Alexander Röder
Der Mönch in Weimar

Ein Schauerroman
nach alter Mode

Autor: Alexander Röder
Lektorat: Oliver Hoffmann und Thomas Le Blanc
Korrektorat: Maran Alsdorf und Solveig Tenckhoff
Art Director, Satz und Gestaltung: Oliver Graute
Umschlagillustration: Oliver Graute

1. Auflage 2013
ISBN 978-3-86762-178-6
Gedruckt in Deutschland, CPI – Clausen & Bosse, Leck

www.feder-und-schwert.com

Inhalt

Prolog

Unter der Stadt

Es rumorte in der Erde unter Weimar.

Die Weimarer Bürger aber gingen dessen ungeachtet ihren Geschäften und Vergnügungen nach. Man besuchte Wirtshäuser und Märkte, alte Freunde und neue Bekannte, erfreute sich am beschaulichen Leben der kleinen Residenzstadt, an der thüringischen Luft und den Thüringer Würsten, und sollte dennoch ein feinfühliger Passant die leichten Erschütterungen durch die Sohlen seiner Schnallenschuhe gespürt haben, so erklärte er es sich gewiss damit, dass eine in der Nähe vorbeifahrende Kutsche oder ein Karren den Kitzel verursacht habe, der sich durch das Pflaster über die Schuhsohlen auf seine bestrumpften Zehen übertragen hatte.

Des Nachts mochte ein aus dem Schlummer Gefahrener im ersten Moment mit Schrecken lauschen – war da etwas gewesen? Doch nach einem bangen Moment kratzte er sich schläfrig den Kopf unter der Nachtmütze, murmelte vielleicht etwas von Ratten im Gebälk, nächtlichen Zechbrüdern oder tölpelhaften Nachtwächtern und sank wieder in den Schlaf des Gerechten, und der Mond würde wieder unbehelligt sein silbriges Licht über Weimar werfen.

Doch selbst wenn sich dem einen oder anderen die wahre Herkunft dieses gelegentlichen dumpfen Polterns erschlossen hätte, wenn er vielleicht in einem unbeobachteten Augenblick des Zweifelns das Ohr auf den Grund gepresst hätte – so wäre das Geheimnis doch gewahrt geblieben. Denn je nach Veranlagung des Lauschers hätte sich die eine oder andere Erklärung gefunden: Entweder war dieses Pochen und Stampfen ein unwiderlegbarer Beweis für die Existenz des Leibhaftigen und seiner höllischen Heerscharen, der in der Erde seine teuflischen Ränke gegen die Menschheit schmiedete und davon schwerlich abzubringen sein würde, weswegen sich jegliches – wie auch immer geartetes – Einschreiten verböte. Oder das Klopfen und Rumpeln wäre ein Hinweis auf neuerliche Bestrebungen Carl Augusts, Herzog zu Sachsen-Weimar und Eisenach, der thüringischen Scholle wertvolles Erz zu entreißen. Warum aber ausgerechnet unter der Stadt? Vielleicht, weil die Bemühungen am Johannisschacht in Ilmenau auch nach acht langen Jahren – und siebenjähriger Vorbereitung – immer noch nicht von Erfolg gekrönt waren? Oder war die Gemengelage der Steine und Erden in diesem Landstrich dergestalt, dass die Arbeitsgeräusche der Bergleute am Kammerberg auch über die sechzig Kilometer Entfernung drangen?

Oder konnte es nicht doch sein, dass das unterirdische Völklein, von dem Märchen und Sagen zu berichten wussten, tatsächlich dort unten hauste? Dass Gnome durchs Gestein streiften, dass Heinzelmännlein ihre Gänge anlegten? War dies eine Möglichkeit, eine Verbindung zwischen den beiden anderen Erklärungsversuchen? Nichtmenschliches mit menschlichen Eigenschaften und Arbeitsweisen?

Niemand drang tatsächlich auf den Grund der Töne aus der Tiefe, bis im Sommer 1792 ein junger Herr aus England in der Stadt eintraf. Ein junger Herr, der bereits in einigen Jahren weltberühmt, ja gar berüchtigt sein würde, einstweilen aber noch ein Niemand war.

Erstes Kapitel

In welchem Geister aus Büchern und aus der Vergangenheit auftauchen

Matthew Gregory Lewis sah mit seinen vor Ermattung tiefliegenden Augen durch einen Spalt im Vorhang aus dem Fenster der rüttelnden Kutsche. Er wischte sich mit einem Tüchlein den Schweiß von der schmalen Stirn unter dem dunklen Haar. Die Julisonne des Kontinents kümmerte sich wenig um die klimatischen Bedürfnisse eines Engländers und brannte auf die dunkel gestrichene Kutsche. Vor die Wahl gestellt, das stickige Wageninnere mit der Kühle des Fahrtwindes auf dem Kutschbock einzutauschen, hatte Lewis sich für die ruhigere Kabine entschieden – der vierschrötige Postillion hatte seit dem Aufbruch nach Weimar ohne Pause auf ihn eingeredet, schlimmer noch als die, die ihn von Berlin nach Leipzig gebracht hatten. Es schien, als würden die Menschen in der Provinz immer redseliger. Der Kutscher war der lebende Beweis dafür, und das, obwohl er doch bemerkt haben musste, dass die meisten seiner Zoten und Anekdoten bei dem jungen Engländer auf unverständige Ohren stießen. Im Zweifelsfall hatte er den nicht besonders hoch aufgeschossenen Siebzehnjährigen für wesentlich jünger gehalten – das geschah Lewis ständig, auch wegen seiner knabenhaften Züge – und eine gewisse Schamhaftigkeit vorausgesetzt. Was ihn nicht daran gehindert hatte, noch anzüglicher zu werden. Als Lewis' Wortschatz nicht mehr ausreichte, um auch nur annähernd zu folgen – wenngleich sich etwaige Inhalte durch Gesten des Kutschers unmissverständlich erschlossen –, hatte er bei der nächsten Rast Müdigkeit signalisiert, und müde war er allerdings nach dieser Reise quer durch all die deutschen Fürstentümer und Grafschaften, an deren Grenzen er sich wieder und wieder deklarieren musste. Ganz zu schweigen von den beängstigenden Kontingenten blaugewandeter preußischer Soldaten, die nach Westen, in Richtung Frankreich zogen und sich in den Wirtshäusern nicht sonderlich preußisch diszipliniert verhielten.

Gottlob hatte er bei solcherlei Begegnungen unmissverständlich klarmachen können, dass er Engländer, nicht Franzose sei, auch wenn seine recht elegante Kleidung dies hätte vermuten lassen können. Eine Verwechslung wäre ihm sicher schlecht bekommen.

Bei dieser Erinnerung trat ihm wieder Schweiß auf die Oberlippe, und er musste erneut das Tüchlein gebrauchen. Dann steckte er es mit schwungvoller Bewegung in den Ärmelaufschlag seines Rockes zurück und stutzte. Sicher waren es solche Verhaltensweisen, die ihn in rauerer Umgebung in Bedrängnis brachten. Er seufzte und räusperte sich. Seine Stimme war gar zu hell geraten. Das musste er ändern. Vielleicht würde ihm diese schrecklich harte deutsche Sprache dabei helfen. *Herrzzlichchen Dannkk.* Er nahm seine Papiere wieder auf und sah auf die wippenden Blätter und tanzenden Schriftzeichen.

Einige Zeit zuvor waren die eisenbeschlagenen Räder des Wagens vom Staub der Landstraße auf das Kopfsteinpflaster der Weimarer Gassen gewechselt und hatten ein entsetzliches Geklapper veranstaltet. Lewis war es unmöglich, sich seine Notizen einzuprägen, die aus einer auf Deutsch formulierten Begrüßungsansprache für seinen Gastgeber bestanden. Seinem

Vater, der ihn im Herbst des vergangenen Jahres auch nach Paris hatte reisen lassen, um dort Französisch zu lernen, war es in den Sinn gekommen, den Sohn bei einer respektierlichen Person der Weimarer Gebildeten unterkommen zu lassen: Karl August Böttiger, der örtliche Gymnasialdirektor, ja gar Oberkonsistorialdirektor für Schulangelegenheiten. Es schien, als wollte der gewissenhafte Sekretär im britischen Kriegsministerium seinen ältesten Sohn zu gewissenhaften Sprachstudien anhalten, indem er ihn ins Haus eines Lehrers gab.

Aber hätte es nicht auch Lehrer in Berlin gegeben! Dorthin war er zunächst gereist und hatte einige Zeit verbracht. Der englische Gesandte Sir Norton Eden hatte ihn in die adeligen Kreise eingeführt, und das unbeschwerte Leben mit all den Bällen und Empfängen war äußerst angenehm gewesen.

Lewis seufzte erneut und blickte den Bürgern und Mägden hinterher, die teils Spazierstöcke, teils Weidenkörbe mit sich trugen, und ließ den Blick an den niedrigen Fassaden der Häuser emporwandern. Weimar. Was war Weimar gegen Berlin? Oder noch deutlicher: gegen Paris? Dort hatte er wundervolle Konversation betrieben, mit der besten Gesellschaft der Stadt in den Salons Tricktrack gespielt, selbst wenn er sein Glück in derlei Dingen nicht allzu oft beansprucht hatte. Er war im Theater gewesen, hatte Dutzende glanzvoller Opern erlebt. Von Marsollier und Boutet und …

Kaum hatte er sich in Gedanken derart ereifert, kamen ihm auch andere Dinge in den Sinn. Er hatte in Paris beobachten müssen, dass die Revolution an den schönen Künsten nicht spurlos vorübergegangen war. Im aktuellen französischen Theater zeigte sich ein schreckliches Motiv als einer der Favoriten: das des lebendig Begrabenseins. Sicher, das war eine treffende Metapher für die Schändlichkeit der Bastille und in seiner schauerlichen Wirkung auch auf den Bühnenbrettern durchaus publikumsträchtig. Dennoch missfiel Lewis dies ausnehmend. Seine Mutter hatte ihm von klein auf erzählt, wie sehr sie sich genau davor fürchtete. Eingesperrt und vernagelt in der dumpfen Düsternis des hölzernen Sarges. Hinabgelassen in die Erde. Für immer gefangen. Für immer. Für immer ...

Lewis fuhr sich mit dem Finger zwischen Kragen und Hals, zerrte am Knoten seines Tuches. Die drückende Hitze im Kutscheninneren war plötzlich noch unerträglicher als zuvor. Konnte das Gefangensein im Sarg schlimmer sein? Statt Erdenkühle das Höllenfeuer zu spüren? Er keuchte. Das Fenster! Er riss hektisch die Vorhänge zur Seite – und starrte ins gehörnte Antlitz des Leibhaftigen.

Schwarze Augen glotzten ihn an, und aus den breiten Nüstern schoss Dampf, der sich zu Gewitterwolken formte und schweflig die Fratze des Höllenfürsten umspielte!

Lewis schrie auf, und ein infernalisches Brüllen antwortete ihm. Satan lachte ihn aus, fuhr sich gar mit der von Pestbeulen übersäten, ellenlangen Zunge über das garstige Antlitz. Grauenhaft! Lewis schwankte zwischen den Bedürfnissen, die Augen erschreckt aufzureißen oder sie vor Angst zusammenzupressen.

Doch noch ehe er sich entscheiden konnte, drehte die Kuh ihren mächtigen Schädel zur Seite, leckte sich erneut mit schwärzlicher Zunge übers Maul und trottete weiter. Andere folgten ihr.

Lewis wagte sich näher an die Fensteröffnung und spähte hinaus. Verfluchtes Weimar! Eine Residenzstadt, in der man Kuhherden durch die Gassen trieb. Lewis war schlagartig ernüchtert, und die furchtbaren Gedanken waren zunächst verflogen. Zumindest hatten sie sich in einen der hinteren Winkel seines Geistes zurückgezogen, um dort zu lauern und auf eine neuerliche Gelegenheit zu warten, hervorzuschießen.

Lewis hustete nervös. Kein Zweifel. Weiter entfernt von Paris könnte er kaum sein. Zumal, wie er erfahren hatte, Herzog Carl August nicht bei Hofe war, sondern sich seit dem vorigen Monat auf dem Feldzug gegen Frankreich befand. Wie strahlend mochte es dann hier in Weimar wohl zugehen? Seit einigen Jahren war es beim englischen Adel beliebt, seine Söhne nach Weimar zu senden, damit sie sich am dortigen Hof den letzten Schliff ihrer gesellschaftlichen Formen erwarben. Aber ohne den Herzog? Lewis schüttelte den Kopf und atmete tief ein. Es war wohl besser so.

So würde er sich auf seine Studien konzentrieren können. Deutsch lernen. Das Französische war ihm rasch von der Hand gegangen, zweifellos, warum sollte es sich also hier anders verhalten? Zudem war er hier auf höchst edlem literarischen Grund und Boden. Christoph Martin Wieland lebte hier, dessen erste Werke man schon vor dreißig Jahren ins Englische übersetzt hatte. Lewis hatte sie gelesen, den *Agathon*, den *Don Sylvio* und natürlich den großen, gewaltigen *Oberon*. Diese grazile Heiterkeit, dieser gepflegte Witz!

Lewis hatte sich vorgenommen, selbst in diesem Feld zu reüssieren, ja, nicht allein zu schreiben, sondern auch das Werk deutscher Dichter in seinem englischen Heimatland bekannt zu machen. Natürlich hieß es da, fleißig zu sein und die Sprache zu erfassen, ja zu meistern. Da halfen nur unermüdlichstes Üben und viel Lektüre. In den vergangenen Tagen hatte er ein schmales Bändchen zu lesen begonnen und beendet. Ein Erfolg in seiner Heimat wie auch in Deutschland. *Die Leiden des jungen Werthers.* Von Goethe, der auch dieses und jenes geschrieben hatte. Möglicherweise boten sich ein Besuch, ein Gespräch an. Aber Wieland lag ihm mehr an Herzen.

Lewis war hoffnungsvoll. Ein beschauliches Leben im Hause dieses Schulmeisters, ohne weitreichenden gesellschaftlichen

Kontakt, das würde die richtige Grundlage sein, die ihn zu raschem Studienerfolg führen würde, und nebenbei konnte er wohl das verwirklichen, was ihm seit dem letzten Jahr in Oxford im Kopf herum …

Ja, herumspukte wäre wohl das rechte Wort hierfür. Er hatte seit jener Zeit eine Idee im Kopf, eine schauerliche Romanze im Stile des *Schlosses von Otranto* seines Landsmanns Horace Walpole. Eine Geschichte voller Gespenster und Grüfte. Was bot sich besser an, als diese Mär hier zu schreiben, in Deutschland, dem Land der Geister und der Schauerromane? Hier, wo sich das, was sich bislang nur in seinem Kopf befand, wirklich ereignen konnte.

Lewis klopfte auf die pralle Reisetasche neben sich, die die Ausbeute eines halben Tages in den Buchhändlerläden Leipzigs enthielt. So gerüstet würden ihm weder das Lernen noch das Schreiben schwerfallen.

Lewis wischte sich erneut den Schweiß von der Stirn. Er merkte, wie seine Gedanken sich beständig im Kreis drehten; die Hitze machte ihm doch einiges zu schaffen. Langsam wünschte er sich, die Reise möge bald ein Ende nehmen. Er wollte gerade den Kopf aus dem Fenster stecken – vorsichtig, denn wer wusste schon, was da draußen auf den Gassen Weimars lauerte –, um den Kutscher zu fragen, als das Gefährt auch schon zu einem Halt kam.

„Hooo!“, rief der Kutscher den beiden Pferden zu und drehte den hässlichen Kopf, um seinem Fahrgast schallend das Ende der Reise zu verkünden, als er dessen Gesicht sah und sogleich anzüglich den Mund verzog. Dann wies er auf das unauffällige Haus mit den Sprossenfenstern und der dunklen Tür, vor dem sie standen, und nickte. Lewis senkte ergeben den Kopf, strich sich das Haar aus der Stirn und rückte den Kragen zurecht. Dann stieg er aus und setzte zum ersten Mal einen Fuß auf

Weimarer Boden, genauer, auf das Pflaster der Jakobstraße. Kaum hatte er den Dreispitz auf den Kopf gedrückt und seinen Rock gerichtet, rief ihn auch schon der Postillion an, er möge sein Gepäck in Empfang nehmen. Die beiden großen, ledernen Koffer rutschten ihm schwer entgegen, und er ging keuchend in die Knie. Der Kutscher sah belustigt zu, hob dann den Kopf und blickte über Lewis hinweg.

„Darf ich Ihnen helfen?", fragte eine Englisch sprechende Stimme. Lewis drehte sich halb um, so gut es ihm mit seiner Last gelang. Dort stand ein etwa dreißigjähriger Mann mit hellem Haar, freundlichen Augen und rötlichen Wangen und streckte ihm die Hand entgegen. „Master Lewis, nehme ich an."

Lewis nickte, runzelte die Stirn und sah verwundert auf die dargebotene Hand. Der Mann lächelte und griff beherzt nach dem Gepäck. „Karl August Böttiger, Ihr Gastgeber für die nächsten Monate ..." Dann spürte er das Gewicht der beiden Koffer und hob die Brauen.

Jetzt erlaubte sich Lewis ein Lächeln. „Erfreut, Sie zu treffen, mein Herr, und Dank Ihnen, mir eine Hand zu leihen", sagte er auf Deutsch.

Gemeinsam setzten sie das Gepäck auf dem Pflaster ab. Böttiger schüttelte seine Hand aus. „Sie haben nicht gerade leichtes Gepäck." Er sprach nun auch wieder Deutsch, wenn auch langsam und deutlich.

„Garderobe", sagte Lewis. Dann fischte er die Reisetasche aus dem Wageninneren. „Und Bücher, in der Tat."

„Sprachwerke, wie es scheint, denn Sie sprechen recht gut unsere Sprache." Böttiger nickte lobend. „Ich ging davon aus, dass Sie sie hier erlernen wollten ..."

Lewis zuckte ein wenig die Achseln. „Ich lernte von meiner Reise nach Frankreich, ein wenig mehr vorbereitet zu sein ..."

Er kramte in seiner Börse nach dem Entgelt für den Postillion. Der dankte, indem er den Finger an den Hut legte und flott anfuhr. Lewis sah ärgerlich hinterdrein.

Böttiger zupfte seine hochgerutschten Rüschenmanschetten wieder aus den Rockärmeln. „Ihr wart in Frankreich?" Sein Tonfall war neugierig und hatte doch den Anflug eines Vorwurfs. „Vor kurzem?"

Als Lewis den Mund öffnete, um zu antworten, ertönte plötzlich eine helle Frauenstimme aus Richtung des Eingangs. „Karl! Frag unseren Gast doch nicht aus, bevor er sich erfrischt hat!"

Die beiden wandten sich um. Unter dem Türsturz stand eine junge Frau in hellblauem Kleid mit halblangen Ärmeln, einen zwei Jahre alten Jungen an der Hand. „Vor allem solltest du uns einander vorstellen." Sie lächelte gewinnend.

Böttiger konnte nicht umhin zurückzulächeln. Er zeigte auf den jungen Engländer. „Master Matthew Lewis aus England – meine Gemahlin Eleonore." Der Bub schaute den dunkel gekleideten und aufgrund der Reiseanstrengungen verwegen aussehenden Lewis mit großen Augen an. Böttiger hob einen Finger. „Mein Sohn Karl."

Lewis zog den Hut und verneigte sich. „Erfreut, Sie zu treffen, meine Dame ..." – er blickte zwischen den Haarsträhnen hervor, die ihm ins Gesicht fielen – „... und mein Herr."

Karlchen zog die Nase kraus und machte ein bedrücktes Gesicht, als wolle er sogleich zu weinen beginnen, und so richtete Lewis sich rasch auf und lachte so fröhlich über das ganze Gesicht, wie es seine kleinen Augen erlaubten. Es gelang ihm, das Schlimmste abzuwenden, der kleine Karl blieb brav. Eleonore Böttiger machte eine einladende Geste. „Treten Sie ein, Herr Louis, und nehmen Sie einen Schluck mit uns. Um Ihr Gepäck wird man sich kümmern." Sie nickte ihrem Gatten zu. „Du kümmerst dich um das Kümmern, nicht wahr?"

Böttiger sah Lewis an, der versuchte, diesen Blick zu deuten, was ihm aufgrund seiner Unerfahrenheit nicht recht gelang. Böttiger bemerkte dies, und bevor das Tableau dieser beiden Männer, die sich verständnislos anstarrten, zu peinsam wurde, lenkte er Lewis in Richtung des Eingangs.

Dort verneigte der sich erneut vor Eleonore Böttiger, und als er sich aufrichtete, bemerkte er leise, fast verschwörerisch: „Lewis ist der Name, Lewis." Er hob kurz die Brauen. Der kleine Karl schluckte. Lewis straffte rasch seinen Körper. „Gern nehme ich einen Schluck!"

Eleonore Böttiger sah den Engländer an und leitete ihn ins Haus. Ihr Gatte schaffte es, ihr zuzuflüstern: „Es scheint mir, als würde dieser junge Herr noch einiges an Gesprächsstoff liefern." Sie flüsterte zurück: „Das scheint mit auch so." Dann kümmerte sich Böttiger ums Gepäck.

Im Haus war es angenehm kühl. Man bat Lewis in den Salon, durch dessen Fenster helles Licht fiel, in dem Staubkörnchen schwebten. An den Wänden hingen gerahmte Stiche, und sogleich wurde Lewis auf einen Stuhl unter einer weitläufigen Landschaft mit Ruinen komplimentiert. Als Eleonore ihm reichlich von einem sonnenfarbenen Wein ins langstielige Glas goss und gleichzeitig fröhlich Fragen über die Reise stellte, musste Lewis in zweifachem Sinne eine beschwichtigende Geste vollführen.

„Ich erbitte Ihre Verzeihung, Frau Böttiger, aber meine Kunst vom Deutschen ist nicht gut, jetzt ..." Er griff zum Dank nickend graziös nach dem Weinglas. „Ich bin auch ein wenig heiß."

Eleonore hielt sich an der Weinkaraffe fest und wusste nicht recht, was zu entgegnen sei, als ihr Ehemann ins Zimmer trat, der den letzten Satz gehört hatte.

„*Erhitzt* ist das richtige Wort, junger Master Lewis." Er wischte sich mit einem Leintuch über die Stirn und ließ es dann in seinem hellbraunen Rock verschwinden. „Mir geht es ähnlich." Er nahm auch ein Glas Wein von seiner Frau entgegen. Sein Tonfall hatte schulmeisterhaft geklungen, was der lexikalischen Richtigstellung durchaus zupass kam. Offenbar fühlte er sich in seinen eigenen Wänden wohler als draußen, wo er britische Gepäckstücke entgegenzunehmen hatte.

„Nun denn, Master Lewis, willkommen in Weimar! Mögen Sie hier für das Leben lernen." Er prostete Lewis zu und trank. „Ein Zimmer ist oben für Sie bereit, in dem Sie nach Herzenslust studieren können."

Lewis trank auch. „Danke." Er sah sich um. „Sie wohnen sehr angenehm."

Böttiger nickte. „Vielleicht haben Sie beim Einfahren in diese Straße das große, vorgelagerte Gebäude mit dem zweiseitigen Treppenaufgang bemerkt?"

Lewis schüttelte den Kopf, sparte sich aber weitere Erklärungen. Er wollte nicht als unaufmerksam oder uninteressiert gelten.

Böttiger fuhr nicht ohne Stolz fort: „Das ist das Gymnasium, dem ich seit dem vergangenen Jahr als Direktor vorstehe. Der Herr Herder hat mich damals vermittelt, und ich stehe noch heute in gutem Kontakt mit ihm." Er überlegte kurz, während er sich von Eleonore nachschenken ließ.

Karlchen streifte indes in gebührendem Abstand und mit unstetem Blick um den sitzenden Lewis herum. Lewis tat, als bemerke er dies nicht, um mögliche Konsequenzen zu vermeiden.

Böttiger setzte das Glas wieder ab. „Ich denke, man könnte einen der jüngeren Lehrer dafür gewinnen, Ihnen einige unterstützende Lektionen in der deutschen Sprache zu geben.

Neben Ihrem eigenen Bemühen und fleißiger Anwendung des Gelernten im angeregten Gespräch dürfte dies rasch zum Erfolg führen." Böttiger nickte emsig.

Lewis dachte nicht lange nach. „Eine großzügige Idee, Herr Böttiger! Ich danke Ihnen für das Angebot." Böttiger nickte ungestümer und hob zur Bekräftigung das Glas. Es war leer. Eine kurze Geste in Richtung seiner Frau erbrachte nur ein ablehnendes Kopfschütteln. Trotz dieser Ernüchterung behielt er seinen enthusiastischen Tonfall bei.

„Sie müssen wissen, dass ich mich sehr darüber freue, dass Sie unsere Sprache erlernen wollen. Unter Ihren englischen Landsleuten gibt es nur einige wenige Gelehrte und natürlich die Angehörigen der Kaufmannszunft, die sich um die deutsche Zunge bemühen, und Sie als begeisterter Leser, wie mir scheint, ..." – er vollführte eine vage Geste dorthin, wo er Lewis' Gepäck untergebracht hatte – „... sind der schönen Literatur nicht abgeneigt. Ich für meinen Teil, wenn ich auch vornehmlich an der Archäologie interessiert bin, ..."

Böttiger gab Lewis Gelegenheit, die gerahmten Stiche an der Wand in Augenschein zu nehmen, und dieser stellte fest, dass es sich tatsächlich ausschließlich um Motive mit Überbleibseln der Antike handelte.

„... verfolge doch auch aufmerksam die neuere Literatur im In- und Ausland, und mir ist nicht entgangen, dass sich ein leichtes Missverhältnis gebildet hat, was den Austausch unserer beiden Kulturen angeht." Böttiger hob den Finger, und Lewis wurde erneut daran erinnert, dass hier ein Lehrer zu ihm sprach. Er hob leicht das Kinn und ließ seine Züge einen Ausdruck von Spannung annehmen. Böttiger sah dies mit Genugtuung und fuhr fort.

„Es verhält sich so, dass wir hier in Deutschland wohl sehr anständige und treffende Übersetzungen aus dem Englischen haben – begonnen bei den Werken Ihres Nationaldichters Wilhelm Shakespeare, die ..."

Lewis vermied es, die Hand wie ein Schulkind zu erheben oder gar aufzustehen, und dennoch gab er seiner Stimme einen artigen Klang, als er ungefragt den Satz beendete: „... derer sich der große Wieland so meisterlich annahm ..."

Böttiger war verblüfft. Diese Miene schien etwas Vertrautes zu haben, denn Eleonore lachte kurz und leise auf, ehe sie die Hand auf die Lippen legte und sich rasch ihrem Sprössling zuwandte, der seine Kreise um Lewis langsam aber stetig enger gezogen hatte. Sie nahm ihn auf, lächelte Lewis zu, schenkte ihrem Mann ebenfalls ein Lächeln, das jedoch gänzlich anders geartet war und verließ mit einer kurzen Bemerkung über den kleinen Karl den Raum.

Böttiger fing sich schnell. Lobend nickte er. „In der Tat! Ich sage Ihnen also nichts Neues. Nun, leider verhält es sich im umgekehrten Falle gänzlich anders. Leider, leider benutzen die englischen Übersetzer allzu oft nicht die deutschen Originaltexte, sondern geben sich mit der Zwischenstufe französischer Übersetzungen zufrieden. Dass darunter die Qualität, ja der Sinn leidet, versteht sich von selbst!" Er trat einen Schritt an Lewis heran und senkte die Stimme ein wenig. „Bedenken Sie: eine romanische Sprache als Mittelweg zwischen zweien gemeinsamer germanischer Abkunft – das kann doch zu keinem Erfolg führen!"

Lewis entsann sich der Szene auf der Gasse vor dem Haus und beschloss, nichts zu erwidern, sondern zu nicken. Dann, um die Stille zu überbrücken, nahm er einen Schluck Wein, was Böttiger genauestens verfolgte. Als das Glas wieder auf dem Tisch stand, fand Böttiger wieder zu seiner Rede.

„Auf jeden Fall sähe ich es als fruchtbar an, wenn ich Sie mit diesen Herren bekannt machte. Ich selbst habe ihrer aller Gesellschaft im vergangenen Jahr sehr zu schätzen gewusst – und auch so manches niedergeschrieben, was ich an literarischen Zuständen und Zeitgenossen erfahren habe." Er schien in sich hineinzuhorchen, war offenkundig zufrieden mit dem, was er da vernahm, und schaute dann zu Lewis.

Der wartete auf eine weitere Verkündung, und als diese nicht kam, sagte er: „Mein guter Herr Böttiger, ich bin sehr geschmeichelt von den Erwartungen, die Sie in mich hineinstecken. Mit Freude will ich versuchen, diesen gerecht zu werden. Es wird mir eine Ehre sein, die literarische Gesellschaft hier in Weimar kennenzulernen."

Böttiger hörte dies gern und trumpfte auf: „Natürlich werden Sie auch bei Hofe Ihre Aufwartung machen und all die anderen wichtigen Persönlichkeiten kennenlernen, mit denen ich auch bekannt bin. Sie werden grandiose Abende verleben, die sicher die in Paris in den Schatten stellen werden."

Lewis atmete scharf ein. Nicht, weil Böttiger erneut einen antifranzösischen Streich zu führen schien, nein, vielmehr weil er sich nun allzu gut an Paris und seinen in der Kutsche geleisteten Eid erinnerte. Er stieß die Luft wieder aus und wollte etwas entgegnen, als Frau Böttiger ins Zimmer trat.

„Wie kannst du nur! Du redest immer noch auf den jungen Herrn Louis ein, der staubig, hungrig und erschöpft von der langen Reise dasitzt und kaum zu Wort kommt!"

Lewis schloss den Mund, Eleonore Böttiger nicht.

„Er wird sich jetzt erst einmal ausruhen, sich säubern, und dann werden wir eine begrüßende und stärkende Mahlzeit einnehmen." Sie strahlte Lewis an und verschwand wieder.

Böttiger deutete ihr nach. „Nehmen Sie es ihr nicht übel, dass sie unser Gespräch unterbrach. Sie ist einfach zu mütterlich. Und Sie scheinen es ihr besonders angetan zu haben."

Lewis legte die schmalen Hände auf den Tisch und verzog keine Miene.

Einige Zeit später saßen die Eheleute Böttiger und der junge Matthew Lewis zu Tisch, verspeisten Zunge und Gartengemüse, und zwischen den Schüsseln stand auch eine Bouteille Rheinwein. Lewis aß mit gutem Appetit, krümelte wenig mit dem Brot und sprach dem Wein angemessen zu. Derweil hatte er auf Wunsch von Eleonore Böttiger begonnen, von seiner Reise zu erzählen. Im Verlauf dieses Berichts hatte er sich immer besser in die noch etwas fremde Sprache eingefunden, was möglicherweise auch am fremden Wein gelegen haben mochte. Er musste sich eingestehen, dass ihn seine Beredtheit und Ausdrucksfähigkeit selbst überraschte, und so war es ihm möglich, eine der aufregenderen Passagen auch ebenso aufregend zu schildern.

„Von Leipzig fuhren wir über Naumburg, wo ich mich an das kaum der Erinnerung werte Posthaus erinnern kann." Er machte eine Pause, um das dezente Wortspiel wirken zu lassen und nippte an seinem Glas. „Am Salztor, das allerdings keineswegs aus diesem Material bestand, kehrte ich in den *Goldenen Scheffel* ein, wo mir ein Mahl serviert wurde, das diesem hier nicht ausreichend nahe kam, wie ich bedauern muss. Doch weiter auf meinem Weg: Er führte durch lauter Hügel aus grauweißem Kalk, in die abscheuliche Hohlwege geschnitten sind, die sich winden und winden und kein Ende zu nehmen scheinen. Dort hindurch preschte unsere Kutsche. Der Fahrer konnte kaum den Weg erkennen, aber nicht allein, da die überhängenden Kalkfelsen, die sich dort so sonderbar geschichtet auftürmen, das Licht minderten. Nein, auch das Wetter sandte seine Unbilden. Der Himmel, nur noch als schmales Band über unseren Köpfen zu erkennen, bewölkte sich zunehmend, und die Nacht war nicht mehr fern. Ich hatte zuvor erfahren, dass ebenjene Felsen infolge starker Verwitterung leicht Gefahr liefen, von Regenwasser hinabgeschwemmt zu werden, und so trieb der Kutscher die Pferde an, um ja den Hohlweg hinter sich gebracht zu haben, bevor das Gewitter losbrechen mochte. Plötzlich ..."

Lewis hob die Hände ein wenig und blickte befriedigt in die Gesichter der beiden Böttigers, die leicht vorgebeugt auf ihren Stühlen saßen und voll Spannung lauschten.

„... hallte ein Donnerschlag in der Schlucht wider!"

Eleonore Böttiger entfuhr ein leiser Schreckenslaut, und ihr Gatte sah sehr selbstzufrieden drein: Dieser junge Mann war begabt, und er, Karl August Böttiger, würde ihn formen und begeistern und zu einem wertvollen Instrument für das Orchester der deutschen Literatur machen. Er wollte sich zufrieden zurücklehnen, als ihm bewusst wurde, dass die Geschichte noch nicht zu Ende war. Lewis erzählte weiter, in raschen Sätzen, die ihm flüssiger aus dem Munde kamen, als er es selbst glauben mochte. Er trank mehr Wein und dankte insgeheim seinem deutschsprachigen Lesestoff. „Der Regen begann herniederzurauschen. In Rinnsalen, dann in Sturzbächen floss das Wasser über die Kanten der Felsen. Im schwachen Licht undeutlich, während des Blitzflackerns erschreckend deutlich konnte ich sehen, wie die Ströme des Wassers trüber und trüber wurden vom ausgewaschenen Kalk. Schon mischten sich erste Steinchen hinein, die ich immer lauter aufs Wagendach prasseln hörte. Sie übertönten schon die Hufschläge der tapferen Rösser, die der kühne Kutscher immer heftiger antrieb. Donner grollte. Es schien, als wolle er mich persönlich verfluchen. Immer schneller fiel der kalkige Hagel, schneller und schneller trommelten die Hufe, der Hohlweg wollte kein Ende nehmen. Mein Ende hingegen schien kurz bevorzustehen. Ich wurde im Inneren der Kutsche hin- und hergeschleudert und erwartete das Schlimmste. Der Lärm schwoll an, und dann – war es still!“ Lewis machte eine ausdrucksvolle Pause. Die Böttigers verharrten atemlos.

„Wir hatten glücklich das Gebirge hinter uns gelassen und schauten ins anmutige Tal eines Flusses, der sich tief unten durch breite Wiesengründe wand. Die Wolken waren aufgebrochen, und die letzten Strahlen der Abendsonne tauchten das Buschwerk in goldenes Licht.“ Damit hob er sein Glas und fing gekonnt etwas vom Schein, der durch die Fenster fiel, darin ein. Dann trank er.

Eleonore Böttiger klatschte in die Hände. „Wie ergreifend! Ich bin froh, dass es gut ausgegangen ist.“ Dann legte sie den Finger ans Kinn. „Aber das musste es ja, schließlich sind Sie wohlbehalten hier angekommen, Herr ... Lewis.“

Lewis nickte anerkennend und dankbar. Böttiger war noch angetaner als zuvor. „Master Lewis, Sie erzählen hervorragend. Geradezu galvanisch. Jeder Satz verursacht einen Schock, als berühre man die Glasscheibe einer Elektrisiermaschine.“ Er klopfte in studentischem Applaus kurz auf die Tischplatte.

„Vielen Dank“, sagte Lewis. „Aber nachdem ich diesen Vergleich genießen durfte, will ich vorerst davon Abstand nehmen, meine Erlebnisse in der alten Burgruine zu berichten, die auf einem Hügel über Camburg dräut, dem nachfolgenden Ort meiner Reise. Allzu viele Schocks dürften den Nerven nicht förderlich sein ...“

„Zuvorkommend Ihrem Publikum gegenüber sind Sie zudem, sehr lobenswert!“ Eleonore Böttiger blickte von Lewis zu ihrem Mann und wieder zurück. Sie hatte den Jüngling zweifellos ins Herz geschlossen. Sie wollte noch etwas hinzufügen, als man gedämpft das Weinen eines Kindes hörte. „Es scheint,

Ihre Energien haben sich auch auf meinen Sohn übertragen. Ich sehe nach ihm." Sie erhob sich und verließ den Raum.

Böttiger klopfte sich auf die Weste. „Ich denke, ein Pfeifchen wäre nicht das übelste nach diesem Mahl." Er rückte geräuschvoll seinen Stuhl zurück. „Folgen Sie mir doch in mein Arbeitszimmer."

Kurz darauf saßen die beiden einander in lederbezogenen Armstühlen gegenüber, umgeben von Regalen voller Bücher und Karten, auf deren Böden auch einige Tonscherben und kleine Skulpturen lagerten. Böttiger sog an einer Tonpfeife und produzierte genug Rauchschwaden für beide, während Lewis sich höflich umschaute. Dann beugte Böttiger sich vor. „Um unser Gespräch vom Tisch fortzuführen ..." – er warf Lewis einen süffisanten Blick zu – „... und dies, ohne meine Gattin allzu sehr zu erregen, denn Sie müssen wissen, dass sie im Grunde von sehr zartem, ja bangem Gemüt ist ..."

Lewis hatte sich zwar ein eigenes Bild von Eleonore Böttiger gemacht, sah aber keinen Anlass, seinem Gastgeber zu widersprechen, und so nickte er.

Böttiger schmunzelte. „Ihre Erzählung war bemerkenswert. Eine richtiggehende Schauergeschichte." Er ließ den Tabaksqualm wie Herbstnebel aufsteigen und wartete, bis er sich etwas verzogen hatte. „Es scheint, als wären Sie mit dieser neuen Richtung in unserer deutschen Literatur vertraut ..."

Lewis lächelte zurück. „Tatsächlich habe ich bereits daraus gelesen. Einige wenige Geschichten, etwa die *Entführung* von Musäus oder die *Teufelsbeschwörung* von Weber, welche mir recht gut gefallen haben. Ich möchte mich gern weiter in diese Richtung vertiefen."

Böttiger stand auf, zog einige Tabakschwaden hinter sich her und griff in eines seiner Bücherregale. Aus der zweiten Reihe förderte er drei, vier Oktavbändchen hervor, die er, nachdem er wieder im Sessel Platz genommen hatte, auf den Knien balancierte. „Ich habe diese hier mit Interesse gelesen." Er blätterte im ersten der Werke. „Lorenz Flammenberg. *Der Geisterbanner.*" Er runzelte die hohe Stirn, als rufe er sich einiges aus dem Inhalt wieder in den Sinn und sei damit ganz und gar nicht zufrieden. Er klappte den Band sachte zu und schob ihn mit einer ausgreifenden Bewegung wieder unter die anderen Bücher. Lewis hatte den ersten Impuls von Böttigers Arm missdeutet und im Glauben, er bekäme den *Geisterbanner* gereicht, die eigene Hand ein wenig ausgestreckt. Nun legte er sie auf die Lehne des Sessels zurück und wartete. Böttiger schlug den nächsten Band auf. „Christian Heinrich Spieß. *Das Petermännchen.*" Wieder legte er die Stirn in Falten und schmauchte Wölkchen in die mittlerweile recht trübe Luft des Zimmers. Er klappte den Buchdeckel vehement zu. „Nein, das ist nichts für Sie. Da kommen Sie auf falsche Gedanken und bekommen einen falschen Eindruck vom deutschen Literaturschaffen. Diese Werke mögen zwar ihr Publikum finden, und dies nicht zu knapp, aber dennoch sind sie von minderem Wert und nicht für das Überdauern geschaffen."

Lewis nickte höflich, wies aber gleichwohl auf den niederen Bücherstapel. „Darf ich dennoch, aus reinen Gründen der Erfahrung, fragen, was sich noch darunter befindet?"

Böttiger sah nach unten, als wisse er im ersten Moment nicht, was Lewis meinte, dann hob er den etwas dickeren Band an und strich über das bunte Papier des Vorsatzes. „Das ist der erste Teil des *Genius* von Carl Friedrich Grosse. Eine Geschichte, die von Geheimbünden und deren dunklen Machenschaften handelt. Ein reines Werk der Fiktion, nur dazu da, dem Leser Schauder über den Rücken zu jagen. Von diesem muss ich Ihnen am deutlichsten abraten: Sie könnten vielleicht auf falsche Gedanken kommen, was das Politische hierzulande angeht. Ich kann Ihnen versichern, dass im Herzogtum Sachsen-Weimar derlei Ränke und Intrigen völlig abwegig sind." Böttiger sog an der Pfeife, doch ohne Erfolg, denn der Tabak war mittlerweile verbraucht.

Lewis war über die unterdrückte Heftigkeit dieser Versicherung etwas überrascht, ließ sich aber nichts anmerken. Er nutzte das kurze Schweigen, während Böttiger seine Pfeife neu stopfte, um seinen Blick über die weiteren Buchrücken der Regale wandern zu lassen. Dort fiel ihm ein berühmter Name ins Auge, zusammen mit einem Titel, der zum schauerlichen Thema des Gespräches passte.

„Es war mir nicht bekannt, dass auch Herr Schiller ein Buch über Geister geschrieben hat", sagte er und deutete, als Böttiger von seiner Pfeife aufblickte, auf die betreffende Stelle im Regal.

Böttiger griff nach dem Band, und sein Antlitz hellte sich auf. „Dies kann ich Ihnen mit gutem Gewissen ans Herz legen. Der *Geisterseher* von Schiller wäre eine Lektüre für Sie. Vorrangig geht es allerdings keineswegs um Geister oder Gespenster, sondern vielmehr um die geheimen Ränke und Kabalen eines ..." Böttiger brach ab und räusperte sich. „Das Ganze spielt in Venedig, weit weg von hier, in Italien, wo sich so etwas zutragen konnte und kann. Vielleicht haben Sie auch in England von diesem welschen Betrüger Giuseppe Balsamo gehört, der unter seinem *nom de hasard* Cagliostro die Fürstenhöfe Europas mit seinen Scharlatanerien zum Narren gehalten hat."

Lewis legte den Finger an die Schläfe und rieb diese leicht. „Ich entsinne mich schwach. Sie müssen wissen, dass wir Engländer für derlei, wie sagt man, Possen, nicht sehr anfällig sind. Wahrscheinlich sind wir zu ..." Er suchte nach dem richtigen Wort.

„Rational“, half Böttiger ihm und seufzte. „Das mag wohl sein.“ Er klopfte nachdenklich auf den Einband des Buches. „Wie auch immer, wenn Sie so etwas durchaus lesen wollen, dann empfehle ich Ihnen den Schiller. Warum mit den Nachahmern vorliebnehmen? Sie müssen bedenken, dass dieses Werk gewissermaßen die Grundfeste dieses ganzen neuen Genus bildet.“

Lewis schmunzelte. „Sie meinen die schauerliche Literatur?“

„Keine andere.“ Böttiger blickte verwundert drein. „Wir sprachen in den letzten Minuten darüber ...“

„Dann darf ich Sie, wie es mir die Höflichkeit gebietet, aufklären, dass ein Landsmann meinerseits schon vor über einem Vierteljahrhundert, genauer im Jahr 1764, eine bemerkenswerte Novelle ... nein, bei Ihnen heißt es Romanze, nicht wahr?“

„Roman“, half Böttiger und stieß einen Strom von Rauch zwischen den interessiert gespitzten Lippen hervor.

„... einen Roman mit dem Titel *Die Burg von Otranto* verfasst hat. Eine schwulstige Rittergeschichte voller schauerlichter Begebenheiten.“

Böttiger paffte weiter. „Eine Rittergeschichte? Dies ist eine dankbare Leinwand für solche Mären, das finstere Mittelalter. Sie selbst haben ja die *Sagen der Vorzeit* von Veit Weber gelesen und können das beurteilen.“

„In der Tat, und was Sie zuvor bemerkten, trifft ebenfalls zu: Die Geschichte siedelt ihre Handlung nämlich in Italien, ebenso wie jener *Geisterseher*. Es scheint tatsächlich ein gewisser Zusammenhang zu bestehen. Ich bin der Ansicht, dass es wohl am dortigen Menschenschlage liegen mag, dessen heißes Blut viel ärgere Temperamente zum Ausdruck bringt, und weiterhin erzeugen die Schauer der Grabeskälte dann gleichsam viel stärkere Empfindungen.“

Lachend nahm Böttiger die Pfeife aus dem Mund. „Junger Master Lewis, mir scheint, dass Sie nicht nur auf dem Gebiet der Literatur bewandert sind, sondern auch in Medizin und Philosophie. Sollten noch mehr verborgene Talente bei Ihnen zu Tage treten, dann werden Sie eine unglaubliche Bereicherung der Weimarer Hofgesellschaft sein!"

Lewis biss sich auf die Unterlippe. Er hatte befürchtet, dass dieser Punkt wieder zur Sprache kommen würde, und nun würde er offen reden müssen. Immerhin hatte Böttiger ihn davon entbunden, selbst auf dieses Thema zurückzukommen.

„Dazu ein Wort …"

„Nur zu", sagte Böttiger gönnerhaft und lachte immer noch leise in sich hinein, während er den Kopf ein wenig hin- und herbewegte.

„Sie haben wiederholt betont, wie wichtig es sei, dass ich am Hofe vorstellig würde. Oder vielmehr, dass ich dort häufig anwesend sein solle."

„Sie werden begeistert sein! Im Palais der Herzoginmutter finden die Freitagsgesellschaft und die Freundschaftstage statt und sogar – Sie als Engländer wird das amüsieren – die Tafelrunde. Selbstverständlich hat diese nichts mit Ihrem mythischen König Arthur zu tun, aber gleichwohl …"

Lewis räusperte sich. Böttiger stockte kurz und wollte gerade fortfahren, als Lewis die Pause nutzte, um ihn zu unterbrechen, ohne ihm ins Wort zu fallen. „Ich möchte diese vielgestaltige Ehre, sowohl hier als auch dort willkommen und eingeladen zu sein, zu meinem tiefsten Bedauern ablehnen."

Böttiger hatte mit Beginn von Lewis' Rede begonnen, wohlwollend nickend an seiner Pfeife zu saugen, da er von nichts anderem ausging, als dass Lewis zustimmen würde. Nun verschluckte er sich am Tabakrauch und hustete ihn in kleinen Wölkchen stoßweise aus. „Sie wollen was?", brachte er mühsam hervor, während Lewis ein wenig hilflos und betreten in seinem Stuhl saß. Dennoch, es war heraus, und damit war er's zufrieden. Wenn er auch nicht mit solchen Folgen gerechnet hatte. Böttiger hatte seinen Hustenreiz erfolgreich bekämpft und wollte mit kratziger Stimme eine ebenso kratzige Entgegnung ausstoßen, als er sich seines pädagogischen Einfühlvermögens entsann. Deshalb sagte er, so sanft es ihm irgend möglich war: „Aber junger Master Lewis, warum denn nicht?"

Der Engländer setzte sich etwas hölzern auf und sprach mit dem, was ihm als feste Stimme erschien, sein zurechtgelegtes Sätzlein: „Ich fürchte, dass mich allzu viel gesellschaftliche Verpflichtungen und Amüsements von meinen Studien abhalten könnten. Mein Vater setzt einiges auf mich, da er mich für den diplomatischen Dienst vorgesehen hat."

Jetzt schien ein leichtes Triumphlächeln über Böttigers Mundwinkel zu fliegen. „Aber nichts könnte Sie besser in diplomatischen Gepflogenheiten schulen als eben der Umgang mit nämlichen Persönlichkeiten!" Böttiger bemerkte einen Tabakkrümel auf seinem Knie und wischte ihn fort.

Lewis verfolgte die Geste mit Missmut. Er fühlte seine Bitte ebenso weggefegt, mit einem Handstreich. Es wallte heiß in ihm auf, dass ihm der Kopf schmerzte. Auf keinen Fall wollte er sich vereinnahmen lassen, und aus diesem Grunde griff er zu gravierenden Argumenten. Zumindest schob er diese vor, weil er wusste, sie würden ihre Wirksamkeit nicht verfehlen.

„Ich bedauere, Ihnen gestehen zu müssen, dass ich Ähnliches bereits in Paris, in Frankreich, erleben musste. Ich spreche also aus Erfahrung, was …"

„Aber junger Master Lewis", rief Böttiger aus und stach mehrmals mit dem Pfeifenstiel in die Luft. „Sie wollen doch nicht etwa einen deutschen Fürstenhof mit …"

„… was meine Affinität zum Leichtleben angeht, wenn mir nur die Gelegenheit dazu gegeben wird.“ Lewis hatte Böttiger mit pädagogischen Argumenten überzeugen wollen, aber nicht an dessen Patriotismus gedacht. Deshalb war er ihm etwas schroff ins Wort gefallen, und das hatte gesessen. Lewis begutachtete das virtuose Stirnrunzeln, das Böttiger zustandebrachte, mit wachsendem Interesse, und um es nicht vorzeitig zum Erlahmen zu bringen, fuhr er fort: „Um ein bekanntes Sagwort abzuwandeln: Nicht nur für den Vater, für das Leben lerne ich.“

Der Pädagoge war offenkundig beeindruckt, versuchte aber, einen weiteren Köder auszubringen. „Aber was wird Ihre Frau Mutter sagen, wenn Sie gar nichts vom Hofe berichten können? Schließlich ist so etwas für Damen immer interessant.“

„Ich muss zu meinem Leidwesen erwähnen, dass ich keine Mutter mehr habe.“ Lewis' Miene blieb seltsam starr bei dieser Äußerung, was Böttiger auf die unangenehme Erinnerung zurückführte. „Ich fühle mit Ihnen“, sagte er knapp und suchte nach einem unverfänglichen Thema, auf das es sich umschwenken ließ.

Lewis kam ihm zuvor. „Weiterhin möchte ich Sie ersuchen, nein, bitten, mir eine eigene Bleibe hier in Weimar suchen zu dürfen. Ich denke, dass die Abgeschiedenheit mich noch leichter auf meine Studien …“

„Sie wollen nicht bei uns wohnen?“, fragte Böttiger etwas schärfer, als angemessen war.

„Bitte verstehen Sie es nicht als Ablehnung Ihrer Gastfreundschaft, es ist nur so …“

Böttiger blickte nachsichtig. „Nein, junger Master Lewis, Sie müssen nicht erneut darauf hinweisen. Ich habe verstanden.“ Er erhob sich und lächelte. Lewis tat es ihm gleich, zumindest im Aufstehen. Böttiger legte dem jungen Mann die Hand auf die Schulter. „Ich wünschte, alle meine Schüler wären so versessen darauf, zu lernen und zu studieren. Ich will Ihrem Wunsch entsprechen, wenn auch meine Frau enttäuscht sein wird ..."

„Das ist sie allerdings", sagte Eleonore Böttiger von der Tür her. Die beiden Männer drehten sich um und sahen sie mit einem kleinen Tablett mit zierlichen Gläsern und einer gedrungenen Flasche unter dem Türsturz stehen.

„Ich dachte, ein Glas Madeira würde das Willkommen abrunden ... so wird leider ein Abschied daraus." Sie schaute verdrossen.

„Aber nicht doch, Frau Böttiger", beeilte sich Lewis zu sagen, während der Gatte ihr das Tablett dankend aus den Händen nahm. „Ich werde regelmäßig meine Aufwartung machen."

Eleonore Böttiger lächelte liebenswürdig. „Dann bestimme ich hiermit, dass diese Aufwartung täglich erfolgt. Sie werden nämlich mit uns essen. Es kann nicht in Ihrem Sinne sein, sich allmittäglich in Gasthäusern herumzutreiben, und da Sie so fleißig sein wollen, wird es uns eine Freude sein, Ihre Fortschritte mit unserer Sprache in dieser schönen Regelmäßigkeit abzufragen."

Lewis widersprach nicht, und Karl August Böttiger fragte sich erneut, ob er seine Frau nicht doch in seine Schultätigkeiten einbinden könnte.

Wenige Stunden später war für Lewis ein annehmbares Quartier gefunden worden. Bei einer Witwe, die in der Rosmarinengasse wohnte, gab es ein anständiges, sauberes Zimmer mit Kammer, in dem der junge Engländer unterkommen konnte. Die Wirtin war eine Anverwandte des Kalfaktors, der Böttiger am Gymnasium unterstand, und so war der kurzfristige

Umzug vor keinerlei Probleme gestellt. Lewis wurde aus dem Hause der Böttigers verabschiedet – wenn auch nur für kürzeste Zeit, denn Eleonore schärfte ihm wiederholt die Essenszeit ein, drohte gar, ihn höchstpersönlich zu Tische zu treiben, wenn er nicht von selbst der Einladung nachkäme, und falls dem jungen Mann in den späten Stunden des Studierens, oder doch vielmehr der Eingewöhnung in sein neues Quartier, der Magen knurren würde, so sei auch dafür vorgesorgt. Ein kleines Bündel mit Brot und Zervelatwurst samt einem Fläschchen Wein wechselte den Besitzer. Lewis bedankte sich herzlich, grüßte mit dem dunklen Dreispitz, warf Karlchen, der erneut sehr misstrauisch dreinschaute – möglicherweise aber gar nicht damit aufgehört hatte – einen fröhlichen Blick zu und schritt vom Böttigerschen Haus in der Jakobstraße fort. Beim Tragen des Gepäcks half ihm der halbwüchsige Sohn des Kalfaktors. Auf dem Weg zur Rosmariengasse konnte Lewis auch die nahe Kirche in Augenschein nehmen, St. Peter und Paul, deren wuchtige Mauern mittelalterliche Kühle ausstrahlten.

Kurz vor einem schmalen, weißen Haus, das, am Ende zweier Gassen stehend, in den eben überquerten Marktplatz hineinragte, hörte Lewis eilige Schritte hinter sich. Diese stammten, wie er unschwer erkannte, nicht von einem Mann, sondern klangen zierlich und leichtfüßig.

Er drehte sich um und sah Eleonore Böttiger, die, kaum dass sie erkannte, bemerkt worden zu sein, mit einem Mal in eine wesentlich langsamere und galantere Gangart wechselte.

Sie lächelte Lewis an, der verblüfft dreinschaute. „Herr Lewis", sagte Eleonore. „Ich habe hier etwas für Sie, was ich im Beisein meines ... was ich zuvor vergessen hatte, Ihnen zu geben."

Damit überreichte sie ihm ein recht schweres Bündel von geringem Format, eingeschlagen in Papier und sorgfältig mit Kordel umknotet. Lewis dankte.

„Öffnen Sie es erst in Ihrer neuen Bleibe, nein, Ihrer Studierstube und entscheiden Sie dann Ihren Prinzipien gemäß, ob Sie es benutzen mögen oder nicht. Ich muss jetzt zurück, mein Sohn braucht Zuwendung. Seit Sie das Haus verlassen haben, ist er ein wenig traurig."

Frau Böttiger lachte leise und wandte sich ab. „Spätestens morgen wird er aber wieder zufrieden sein, nicht wahr?", sagte sie über die Schulter zurück und eilte gemessenen Tempos nach Haus.

Lewis wog das kleine Bündel in seiner Hand, zuckte die Achseln und bedeutete seinem Helfer, der frech grinsend dastand, seine Last wieder aufzunehmen. Dann gingen sie weiter, in Richtung Eisfeld, und traten schließlich in die Rosmariengasse ein.

Im Halbdunkel des engen Hohlwegs, den die Häuser bildeten, war es angenehm kühl. Die Dachrinnen ragten in den Streifen blauen Himmels, der sich über Lewis' Dreispitz zeigte. Auf halber Strecke, einige Schritte vom Gassenende entfernt, öffnete sich eine schmale Tür, und eine ältliche, untersetzte Frau mit Schürze und Haube trat heraus. Sie reckte den dicken Hals und spähte misstrauisch in Richtung des Ankömmlings, bis dieser den Hut lüpfte. „Frau Recknagel?"

Die etwas wässrigen, hellen Augen der Witwe Recknagel huschten hin und her und musterten Lewis in kürzester Zeit vom baren Scheitel bis zu den etwas staubigen Stiefeln. „Sie sind der junge Bursche, der bei mir wohnen soll?", fragte sie barsch.

Lewis zog unmerklich Luft durch die Zähne und schmunzelte. „In der Tat. Herr Böttiger hat mich Ihnen empfohlen." Der junge Mann hoffte, dass die Witwe keine schwierigeren Fragen stellen würde, denn er hatte Mühe, den breiten Dialekt zu verstehen.

„So, so", sagte die Recknagel, und ihre Augen wurden schmal. Lewis sah sie so offen an, wie er konnte. Die Frau erinnerte ihn an einen Bluthund, der die Witterung des Fuchses aufgenommen hatte. Leider war er der Fuchs, und er konnte nicht fortlaufen. Sein zukünftiger Bau war gleichzeitig der Zwinger der Witwe Recknagel.

„So, so“, wiederholte die Frau und wischte ihre Hände an der Schürze ab. Was auch immer sich an ihren Fingern befunden haben mochte hinterließ gut sichtbare Spuren auf dem nicht mehr ganz hellen Stoff. Sie musterte Lewis wieder. Sein Gepäckträger räusperte sich und spie aufs Pflaster. Schon ruckte der Kopf der Witwe in seine Richtung.

„Wirst du dich benehmen, Bursche?“, fauchte sie und hob die Hand wie zur Ohrfeige. Dann wies sie hinter sich. „Sieh zu, dass du das Gepäck des jungen Herrn nach oben schaffst. Tummel dich!“

Der Sohn des Schulkalfaktors schluckte, griff sich seine Last und kam dem ruppigen Befehl nach. Die Witwe sandte dem Jungen einen bösen Blick nach, während er die schmalen Stiegen hinaufächzte. Dann griff sie Lewis beim Rockärmel und schob auch ihn zum Eingang, von dessen Rahmen und Tür die Farbe abblätterte. „Na dann kommen Sie mal rein, es wird Ihnen hier schon gefallen.“ Sie musterte ihn erneut. „Ich hoffe doch, Sie sind reinlich?“, fragte sie argwöhnisch und kratzte sich an der Nase. Lewis sah sie an, und sie kratzte weiter.

„Was, bitte, meint *reinlich*?“, fragte er vorsichtig. Lewis erinnerte sich an das Tischgespräch im Hause der Böttigers und bemerkte einigermaßen ungehalten, wie hilflos er in dieser Sprache war, wenn es sich nicht um literarische Ausflüge handelte, sondern um das Alltägliche ging. Eine ungewöhnliche Konstellation, die gemeinhin genau gegenteilig auftrat. Vielleicht fehlte ihm auch der Wein.

Die Witwe hörte nicht auf, sich an der Nase zu kratzen und schielte Lewis über die wackelnden Fingerknöchel hinweg an.

„Ach, ein ganz feiner Herr, der sich nicht waschen tut und lieber Puder nimmt ..."

„Oh, Sie meinen *waschen*!", sagte Lewis eifrig. „Sicher tue ich das! Ich bin sehr ... *reinlich*!"

Die Witwe senkte ihre Kratzhand, sah auf die Nägel und dann auf den Engländer. „Dass Sie nicht von hier sind, merkt man schon", meinte sie mit Kennerblick.

„Ja, nicht wahr", pflichtete Lewis bei und verkniff sich jegliches Mienenspiel. „Mögen wir eintreten? Bitte, hinter Ihnen", sagte er höflich und gestikulierte ebenso.

„Aber manierlich!" Die Witwe Recknagel fühlte sich geschmeichelt und deutete einen plumpen Knicks an. Dann rauschte sie mit ihren dicken Röcken an Lewis vorbei und flötete: „Bitte, mir zu folgen."

Der Engländer nahm seine Tasche und tat, wie ihm geheißen. Die Stiege war noch schmaler, als sie von unten aussah, und Lewis fürchtete eine Karambolage, falls die Witwe ausgleiten würde. Oben auf dem Treppenabsatz war es ein wenig stickig, und auch etwas Küchendunst war zu bemerken. Die Witwe stapfte über die knarzenden Dielen in einen Raum, dessen Lichtfülle nach der dämmrigen Gasse und dem düsteren Stiegenhaus nahezu blendete.

„Das wär's denn", sagte die Witwe und richtete Lewis' Aufmerksamkeit mit einigen Gesten auf Sekretär, Waschtisch, Bett und Fenster. Beim Eintreten war der Sohn des Kalfaktors schnell von seiner Verschnaufgelegenheit aufgesprungen und stopfte das schweißnasse Sacktuch in die Tasche zurück.

„Nun", meinte Lewis, „das ist doch sehr erfreuend", und er setzte seine Tasche ab.

„Na fein, dass es Ihnen gefällt", sagte die Witwe und ließ sich auf den Stuhl vor dem Sekretär fallen, wobei das Möbel ebenso ächzte wie sie. Während sie an ihrer Schürze zwirbelte, begann sie, Lewis mit den Gepflogenheiten in ihrem Haus bekannt zu machen. Sie setzte ihm auseinander, wie mit Abfall und Waschwasser zu verfahren sei, wann des Nachts Ruhe einzukehren habe und um welche Zeit gegessen wurde.

„Ich werde im Hause des Herrn Direktor Böttiger zu Tisch gehen", warf Lewis ein. Die Witwe hob erst das eine Kinn, dann das andere. „So, so", sagte sie und kniff wieder die Augen zusammen. Lewis glaubte erneut, den Bluthund schnobern zu hören, doch möglicherweise litt die Witwe Recknagel nur unter einem sommerlichen Katarrh.

„So, so", wiederholte sie. Der Bursche, der neben Lewis' Gepäck noch immer auf eine Entlohnung wartete, machte den Fehler, in diesem Augenblick sein Gewicht von einem Fuß auf den anderen zu verlagern. Ein Dielenbrett knarrte. Der Kopf der Witwe Recknagel flog herum. „Was treibst du noch hier? Scher dich fort, Bursche! Geh!" Sie wedelte mit der roten, schwieligen Hand, und der Junge trollte sich.

Lewis fing einen enttäuschten Blick von ihm auf. „Nur einen Moment, bitte ...", sagte er vorsichtig und spreizte beschwichtigend die Finger. Unter den scharfen Augen der Witwe stiefelte er aus der Stube und rief die Treppe hinab: „He, Junge!"

Der blieb am Fuß der Stiege, schon halb aus der Tür, stehen und wandte sich um. Lewis griff in die Westentasche und förderte eines der noch wenig vertrauten Geldstücke zutage. Im schwachen Licht glaubte er, einen kupfernen Glanz zu erkennen, dann schnipste er es hinab. Geschickt fing es der Junge auf, blickte skeptisch erst auf seine Hand, dann auf den jungen Engländer. Er strahlte über das hagere Gesicht.

„Oh, vielen Dank, der Herr!" Er dienerte etwas unbeholfen. „Stets zu Diensten." Die zweite Verneigung geriet schon besser. „Schicken Sie nur nach Justus!" Dann verschwand er auf die Gasse hinaus. Lewis schwor sich, sobald als möglich seine Münzen zu ordnen und sich deren genauen Gegenwert einzuprägen. Er klimperte versonnen mit dem Inhalt seiner Westentasche. Dann wandte er sich um und stieß beinahe mit der Witwe zusammen, die sich lautlos genähert hatte. Lewis erschrak, die Witwe Recknagel nicht.

„Sie sollten Ihr Geld beisammenhalten, junger Herr aus England", schalt sie in allzu mütterlichem Ton, der Lewis ein unangenehmes Ziehen im Magen empfinden ließ. „Was braucht dieser Bengel bare Münze, wenn er sich nützlich machen kann?" Sie blickte interessiert auf Lewis' Finger, die noch immer in dessen Westentasche steckten. „Dabei fällt mir ein, dass wir noch über gewisse geldliche Dinge zu sprechen haben, kommen Sie mal mit ..."

Lewis seufzte leise und malte sich im Geiste aus, wie der Bluthund nicht allein nach Blut, sondern auch nach Barem dürstete.

Schließlich fiel Matthew Lewis auf das Bett und atmete die süße Luft der Entspannung und der Einsamkeit ein. Die Witwe Recknagel war mit Geld und guten Worten ruhiggestellt, und Lewis erhoffte sich, nun für einige Stunden die Strapazen des letzten Reisetages, ja der ganzen Reise von sich abfallen lassen zu können. Er zog die Stiefel aus, ließ sie achtlos zu Boden fallen, warf den Rock über den Stuhl und sank zurück auf die Laken. Die Hände verschränkte er hinter dem Kopf und studierte die kleinen Risse in den gekalkten Wänden und der Decke über ihm. Vom Fenster fiel Licht herein, das sich langsam immer wärmer färbte und schließlich, mit der sinkenden Sonne, zu schwinden begann. Lewis fielen die Augen zu. Hinter seinen Lidern begannen Schatten zu tanzen. Kutschen, Kühe, Münzen, Scherben und ...

Mit einem Schlag, der nicht allzu heftig gewesen war, den jungen Mann aber umso heftiger aufschrecken ließ, flog die Tür auf, und die Witwe trat in den halbdunklen Raum. In ihren Händen hielt sie zwei kleine Leuchter mit je einer flackernden Kerze, die ihr grämliches Gesicht von unten in schreckliche Schatten tauchten. „Es ist dunkel, und ich wollte Ihnen ein Licht bringen", sagte sie und ging zum Sekretär, um dort einen der Leuchter abzustellen. Sie fuhr mit der Hand über die lederbezogene Schreibfläche.

„Ich habe gehört, Sie wollen studieren und schreiben."

Lewis nickte, ohne dass sie es hätte sehen können. Ihr Tonfall war ungewohnt gutmütig.

„Der Sekretär hier gehörte meinem Mann, der immer fleißig und ehrbar war." Sie wandte sich Lewis zu, der im Dunkel seiner Bettnische den Kopf einzog, als sie ihn anfunkelte. Nicht nur beleuchtete die Kerze in ihrer Hand erneut die schauerlichen Gesichtszüge, auch ließ das Licht in ihrem Rücken einzelne Strähnen ihres nicht sorgfältig unter die Haube gesteckten Haares wie glühend erscheinen. Weit weniger warm klang nun wieder ihre Stimme: „Ich hoffe, Sie wissen dies zu ehren und würdigen."

Lewis räusperte sich. „Sicherlich", brachte er hervor, die Kehle vom kurzen Schlaf etwas trocken.

„Das will ich hoffen", brummte die Witwe. Dann ging sie zur Tür zurück. „Gute Nacht!"

Lewis hörte ihre Schritte auf der Treppe und sah im unteren Türspalt das Licht ihrer Kerze verschwinden. Er erhob sich und ging zum Waschtisch hinüber. Aus dem Krug goss er Wasser in einen Becher und trank. Er fuhr sich mit der Hand über den Mund und sah sich im Zimmer um. Seine Koffer würde er morgen auspacken, die Bücher zur Arbeit sortieren ...

Sein Blick fiel auf das verschnürte Bündel, das ihm Eleonore Böttiger übergeben hatte und das nun auf einer Ecke des Sekretärs lag. Er trat näher. Was mochte sich unter dem Papier verbergen? Möglicherweise eine Leckerei, Zuckerwerk, um dem jungen Gast die Eingewöhnung in die neue Umgebung zu versüßen … nein, dafür war das Paket zu schwer. Lewis griff in seine Reisetasche, holte das Schreibzeug hervor und griff nach dem Federmesser.

Geschickt kappte er die Schnüre des Bündels, ohne sich mit den sorgfältig gebundenen Knoten abzumühen, und schlug das Papier auseinander. Er setzte sich. Bücher. Eleonore Böttiger hatte ihm vier Bücher übergeben. Auf dem obersten lag ein kleiner Abschnitt feinen Briefpapiers, mit zierlicher Handschrift versehen.

Werter Master Lewis.

Ich hoffe, diese Lectüre wird Ihnen neben den harten Stunden des Studirens ein wenig Zerstreuung bieten. Auch ich habe diese Werke mit Amusement gelesen. Lassen Sie dies aber ein Geheimnis zwischen uns bleiben und erwähnen Sie es meinem Manne gegenüber nicht, der diese Art Bücher für Damenaugen für nicht convenable hält.

Mit vorzüglichem Gruß,
Eleonore Böttiger

Lewis lachte leise und nahm den ersten Band auf.

Carl Friedrich Grosses *Genius*. Darunter lag *Das Petermännchen* von Christian Heinrich Spieß, eine Ausgabe des *Hochwaldnebels* von Friedrich Gotthold Loeffler und schließlich noch *Der Geisterbanner* des Lorenz Flammenberg. Er schlug diesen auf und sah in der ihm bekannten Handschrift den Namenszug Eleonore Böttigers. Zweifellos handelte es sich nicht um dieselben Bände, die ihm der Gymnasialdirektor in seinem Arbeitszimmer gezeigt hatte.

Lewis wiegte den Kopf. Wenn alle Deutschen in so großer Zahl jene Schauer- und Geistergeschichten besaßen, so musste es in deren Köpfen gewaltig spuken. Nicht zuletzt deswegen, weil ein jeder mit seinen Geistern im Kopfe allein war – sollte er sich nicht anderen mitteilen können, ob nun aus Gründen der Schicklichkeit, des Anstandes oder des Geschmackes.

Lewis legte die Bände auf das Schreibpult zurück. Draußen rief der Nachtwächter etwas, das Lewis nur schwer verstehen konnte. Gleichwohl erinnerte es ihn daran, dass es spät war. Er entledigte sich der Weste, der Hosen und der Strümpfe und wollte gerade die Kerze löschen, um unter die Laken zu schlüpfen, als sein Blick erneut auf die Bücher fiel. Er griff den obersten Band, trug ihn mitsamt der Kerze zum Bett und richtete sich dort zum Lesen ein.

Die Flamme flackerte ein wenig, als er die erste Seite des *Geisterbanners* aufschlug. Kurz fragte er sich, wie man einen Geist und eine Fahne zusammenbringen konnte, dann begann er die ersten Zeilen zu betrachten. Langsam arbeitete er sich vor, glitt von Wort zu Wort, von Satz zu Satz und hatte bald den groben Zusammenhang begriffen: Eine räuberische Bande von Geheimbündlern trieb im Schwarzwald ihr Unwesen und hatte ihr Lager in einem von Geistern heimgesuchten Schloss aufgeschlagen.

Lewis rieb sich die Augen. Das war tatsächlich das Garn, das empfindsame Gemüter erschüttern und nächtelang wachhalten konnte. Er las weiter, so gut er es vermochte, wobei er bemerkte, dass er im mündlichen Deutsch schon wesentlich bewanderter war. Seite um Seite verfolgte er das wüste Geschehen, wobei ihm die Lider immer schwerer wurden und sich die ersten Truggebilde seiner Träume in die Handlung zu mischen begannen. Schließlich erlosch die niedergebrannte Kerze, und im selben Moment war auch Lewis in tiefem Schlaf versunken, während das Buch geräuschlos aus seiner erschlafften Hand zu Boden glitt.

In der Nacht erwachte Lewis einige Male, da er glaubte, das Rascheln von Papier zu hören.

Am nächsten Morgen weckte ihn die Sonne, die aufdringlich ins Zimmer stach. Lewis blinzelte und war für einen Moment verwirrt. Doch als er ihm gegenüber den Sekretär mit den Büchern und seine Gepäckstücke sah, entsann er sich wieder des vorigen Tages.

Er setzte die Füße auf den Boden und konnte dabei knapp dem Band ausweichen, der mit gespreizten Blättern wie ein Zeltchen auf den Dielen stand. Lewis angelte mit einem Ächzen nach dem Buch. Die Seiten raschelten. Ein paar Worte des Textes fielen ihm ins Auge, und er nickte sachte, als er sich seiner wirren Träume in der Nacht erinnerte. Eine graue Frau, die gramgebeugt am Tisch saß, das Gesicht in die Hände gelegt, schluchzend und immer wieder Bögen von Papier um- und umwendete. Lewis schauderte, als ihm wieder in den Sinn kam, wie sie sich mit ihrem grauen, zerfurchten Gesicht ihm zuwandte und …

Es pochte energisch an der Tür. Von draußen hörte Lewis die Stimme der Witwe. „Aus den Federn! Das Morgenmahl steht auf dem Tisch!"

Kaum hatte Lewis sich von seinem Schrecken erholt, befürchtete er, die Witwe würde ebenso dreist seine Stube betreten, wie sie es am Abend zuvor getan hatte, doch als es draußen nur noch Schritte auf der Stiege zu hören gab, atmete er durch. Er gähnte, und sein Magen knurrte. Also kleidete er sich an und ging langsam die Treppe hinab.

In der folgenden halben Stunde fragte Lewis sich mehrfach, ob seine Entscheidung, bei der Witwe Logis zu nehmen, richtig gewesen war. Wissbegier und Redefluss der Recknagel suchten ihresgleichen. Lewis war froh, sich mit Hinweis auf seine mangelhaften Sprachkenntnisse dem Ärgsten entziehen zu können. Schließlich entfloh er treppauf, mit der Versicherung, dass nach fleißigem Studium wesentlich ergiebigere Gespräche möglich seien. Die Witwe Recknagel hörte dies gern und gab Lewis frei.

Den früheren Vormittag verbrachte der Neuankömmling damit, sich einzurichten. Er ordnete seine Kleidung und seine Lehrmaterialien, dann machte er sich gewissenhaft an seine Arbeit. Er übte Grammatik, lernte Vokabeln und übersetzte Textabschnitte, bis die Sonne am höchsten stand.

Zufrieden mit seinen Lernerfolgen verließ er das Haus, nicht ohne zuvor von der Witwe entdeckt worden zu sein, die ihm das Versprechen abrang, dem Herrn Gymnasialdirektor Böttiger einen Gruß zu übermitteln. Auf dem kurzen Weg in die Jakobstraße machte er sich den Spaß, einmal über den Treppenaufgang an der Front des Gymnasiums zu laufen, zur einen Seite hinauf und zur anderen Seite hinunter. Guter Laune und auch hungrig betrat er das Haus der Böttigers, wo ihm der kleine Karl fröhlich entgegenkrähte.

Schon kam ihm die Dame des Hauses entgegen, doch ehe Lewis mit Verschwörermiene auf ihrer beider Büchergeheimnis hätte anspielen können, trat Direktor Böttiger hinzu und hieß Lewis willkommen. „Haben Sie eine gute erste Nacht in Weimar hinter sich gebracht?“, fragte er und bat ins Speisezimmer.

„Danke, ja.“ Alles in allem war Lewis überzeugt, dass es sich bei dieser Äußerung um keine Lüge, auch nicht um eine Beugung der Wahrheit handelte. Er nahm Platz.

Böttiger tat ihm von den Koteletts auf, auch von den Kohlsprossen, und nach einigen Bissen schien es allen, als sei seit dem gestrigen Tage kaum Zeit vergangen, als habe sich dieses Mahl direkt dem vom vorigen Mittag angeschlossen. Böttiger, seine Gemahlin und Lewis plauderten über Speisegewohnheiten in England, über Weimar und die Umgebung im Sommer und über die Lektionen des jungen Engländers. Der zeigte sich selbstzufrieden.

„Ich habe mein Gehirn, kann man das so sagen, so hart gegen das Deutsche geschlagen, wie ich nur kann. Im Morgen habe ich Lektionen genommen und kam gut voran." Er nahm etwas Brot und pflückte es auseinander. „Die drei Grundlagen von Vokabeln, Grammatik und Stil gehen mir recht gut ein." Böttiger und seine Gattin lobten ihn ohne Vorbehalt, wenn sie auch die zuweilen drollige Wortwahl des Engländers amüsierte. Lewis nutzte das Thema, um Eleonore Böttiger unauffällig für die Lektüre zu danken. „Ich habe auch neben den Lehrtexten schon einiges an Literatur zu mir genommen, zur Übung sogar einige Zeilen übersetzt. Sehr aufschlussreich, hilfreich und interessant." Wie beiläufig trank er Eleonore Böttiger zu.

Böttiger fegte einige Krumen zusammen. „Was haben Sie sich denn zur Lektüre erkoren?", fragte er, völlig arglos in Blick und Tonfall.

Lewis schaltete schnell. „Es kam mir in den Sinn, Ihre Empfehlung zu beherzigen und nur das Gute mit Aufmerksamkeit zu bedenken. Ich nahm mir den *Werther* des geehrten Goethe vor." Seine Gesichtshaut rötete sich ein wenig, wie er an der aufkommenden Wärme spürte, doch hatte der genossene Wein längst sein Übriges getan, und so fiel die zusätzliche Färbung kaum ins Auge. Frau Böttiger bedeckte ihr Lächeln mit dem Mundtuch.

Böttiger lehnte sich zurück. „Gut. Das kann nur fruchtbringend sein." Er kratzte sich am Kinn. „Sagen Sie, wie wohnt es sich bei der Witwe Recknagel? Ich kenne sie nicht in Person, habe aber gehört, dass sie, nun, vielleicht etwas sehr mütterlich zu sein scheint."

Lewis bewahrte seinen gelösten Gesichtsausdruck, verkrampfte sich aber innerlich. Das traf nicht die Wahrheit, beileibe nicht. Dann lächelte er mühsam, gab seiner Stimme einen frohgemuten Anstrich. „Wenn Sie es so nennen mögen? Sie ist recht streng, einigermaßen fürsorglich und sehr, sehr wissbegierig. Beim Frühmahl kam ich kaum dazu, etwas zu mir zu nehmen, da ich in einem fort zu berichten hatte ..."

Böttiger lachte. „Das kann ich mir vorstellen. Ebenso, dass das Erfahrene sehr rasch seine Runde bei den Marktweibern machen wird. Die Witwe Recknagel soll nicht nur neugierig, sondern auch redselig sein." Dann senkte er kaum merklich den Blick. „Schade, dass nicht auch die bessere Gesellschaft von Ihnen erfahren wird ..."

Eleonore funkelte ihn aus den Augenwinkeln an, so dass er beschwichtigend die Hände hob. „Doch es ist natürlich Ihre freie Entscheidung ..."

„Haben Sie ein wenig Nachsicht mit mir als Schüler, Herr Gymnasialdirektor. Erst die Arbeit, dann das Vergnügen."

Eleonore Böttiger lachte leise, und Lewis sah, dass er ohne Vorsatz Worte und Tonfall Böttigers perfekt nachgeahmt hatte. Böttiger ergab sich seinem Schicksal und erlaubte sich auch ein Lächeln. Trotz der angeregten Unterhaltung spürte Lewis Müdigkeit in sich aufsteigen, was er auf die eben genommene Mahlzeit zurückführte.

Eleonore Böttiger bemerkte es. „Sie sehen erschöpft aus. Haben Sie sich gleich am ersten Tag übernommen, oder war Ihre erste Nacht doch nicht so erquickend?"

„Nun, ich muss zugeben, die neue Umgebung hat mich etwas beeinflusst. Ich träumte ein wenig wirr und schlief unruhig, trotz der anstrengenden Reise ..."

„... oder wegen der Aufregungen, die Sie gestern so treffend geschildert haben", meinte Böttiger. „Dazu die weiteren Gespräche über gewisse Themen ..." Er schielte ein wenig zu seiner Frau hinüber, die vorgab, einen Sprung im Geschirr entdeckt zu haben, und halblaut etwas von der plumpen Spülmagd vernehmen ließ. Böttiger nutzte dies, um den Tisch aufzuheben und den Gast in sein Arbeitszimmer zu bitten. Lewis fing beim Hinausgehen ein feines Lächeln Eleonore Böttigers auf.

Im Arbeitszimmer wiederholte sich das Rauchritual des vorigen Tages. Böttiger wollte es sich offenkundig nicht nehmen lassen, persönlich an den sprachlichen Erfolgen des Engländers teilzuhaben, und so plauderte er mit ihm, dann und wann leicht verbessernd und aufmunternd. Schließlich durfte Lewis sich verabschieden und wieder seinem eigenen Tagesprogramm nachgehen.

Er nahm einen anderen Weg zu seinem Zimmer, der ihn über den Graben und die Kleine Teichgasse zurück in die Rosmariengasse führte. Auf diesem kurzen Spaziergang betrachtete er die Häuserfronten mit ihren Sprossenfenstern, den vereinzelten Blumenkästen und den Rankengewächsen, die hier und da von Wurzelstöcken nahe dem Fundament an den Fassaden emporkrochen. Lewis versuchte, Häuser und Menschen nicht allzu offensichtlich mit den Augen des fremden Reisenden zu betrachten. Vielmehr strebte er an, die innere Essenz dieser anderen Stadt, dieser anderen Welt in der Mitte des europäischen Kontinents zu erfassen. Er versuchte zu ergründen, was deutsche Dichter zu eben den Worten veranlasst haben mochte, die sie niedergeschrieben hatten. Nur so, dessen war Lewis gewiss, konnte es ihm gelingen, die Werke, die er ins Englische zu übersetzen gedachte, wahrhaftig zu übertragen. Doch zuvor hatte er sich noch mehr an sprachlichem Rüstzeug zuzulegen.

Er ging guten Mutes ins Haus der Witwe Recknagel zurück und arbeitete fleißig und ungestört bis zum Sonnenuntergang.

In der Nacht schrak er entsetzt auf. Wieder hatte er im leichten Schlaf jenes Rascheln vernommen, das ihm schon zuvor aufgefallen war. Dieses Mal lag seine Lektüre jedoch sorgsam zugeschlagen auf dem Nachtkasten, soviel konnte er im Mondlicht erkennen, das auffallend hell ins Zimmer schien und zudem eine eigentümliche Färbung aufwies. Wäre ein Spiegel in Lewis' Blickweite gewesen, so hätte er sein Antlitz in leichenhaftem Grün schimmern sehen können – und sein eigenes Erbleichen, als er den Kopf dorthin wandte, von wo der geisterhafte Glanz herrührte.

Lewis stockte der Atem.

Am Tisch saß die Gestalt aus seinem vornächtigen Traum. Ganz in durchscheinendes Grau verschiedenster Schattierungen gehüllt, von innen her jenes ungesunde Grün ausstrahlend, beugte sich der Schemen einer ältlichen Frau über die Tischplatte, die mit vielerlei Papieren bedeckt war. Eine gichtige Hand tastete mit dürren Fingern nach den Zeitungen und Journalen, wendete hier eine, dort zwei Seiten um. Es knisterte und raschelte, doch der sonst vertraute Klang des Papiers klang hohl, als würden die Wände einer Grabkammer das Geräusch zurückwerfen.

Lewis hob die Hände vors Gesicht, doch ehe sie ihm den Blick auf dieses Grausen gnädig verwehrten, wandte die spukhafte Frau ihm das gramgefurchte Gesicht zu, schaute ihn mit trüben Augen durchdringend an. Lewis wollte das Herz in der

Brust stehenbleiben, dann schlug es ihm bis hinauf zur Kehle. Kurz schienen die Augen der Frau aufzuleuchten, wie die einer Katze, die bei Nacht vom Lichtstrahl einer Blendlaterne überrascht wird, dann schimmerte die Iris wieder blind und weiß und so tot wie zuvor.

Lewis sah noch, wie sich der grausige Kopf mit dem zerrauften Haar wieder dem Tisch zuwandte, dann verlosch das Bild. Doch er konnte am nächsten Morgen nicht sagen, ob das Phantom verschwunden oder ob es die Ohnmacht gewesen war, die sich seiner bemächtigt und ihn in gnädigem Dunkel hatte versinken lassen.

Kaum ertönte das Klopfen der Witwe an seiner Tür, war Lewis hellwach. Noch bevor sie ihren Satz zu Ende bringen konnte, sprang er aus dem Bett, setzte zur Tür und riss sie auf, ungeachtet der Tatsache, dass er sich im Hemd befand.

Die Witwe Recknagel erschrak kurz, dann gewann ihre übliche Natur Oberhand, und sie musterte den jungen Mann von oben bis unten. Entrüstet, wie es schien. Doch als die erste Silbe eines Wortes über ihre Lippen kommen wollte, kam Lewis ihr zuvor: „Ist dieses Haus bespukt?“, rief er, und seine Stimme zitterte dabei.

Schlagartig wich alle Farbe aus dem Antlitz der Witwe, und sie ließ den Mund halboffen stehen, verschluckte ihre Worte.

„Ist es?“, drängte Lewis. Die Witwe tastete nach der Türfüllung, um Halt zu finden. „Sie haben ... etwas gesehen?“, fragte sie zögerlich und versuchte vergeblich, den Anschein zu erwecken, sie wisse nicht, wovon Lewis sprach.

„In der Tat! Etwas mit glühenden Augen, in geisterhaftem Glanz. Es war schrecklich!“ Auch Lewis musste nach dem Türrahmen greifen.

Die Witwe vermied es, in Richtung des jungen Engländers zu schauen, als fürchte sie, einen Blick ins Innere des Zimmers zu erhaschen, obwohl dort nur fröhlich einige Staubkörnchen im hellen Morgenlicht tanzten. Sie senkte den Blick. „Es ist also wieder da", flüsterte sie in einem düsteren Ton, der Lewis mehr Schauer über den Rücken fahren ließ, als es die nächtliche Erscheinung vermocht hatte. Er wich einen Schritt zurück. Die Witwe Recknagel wandte ihm halb den Kopf zu. „Kleiden Sie sich an und kommen Sie in die Küche. Ich bereite derweil eine Nervenstärkung." Langsam ging sie die Stiegen hinab, und Lewis fragte sich, wie er diese Frau je mit einem Bluthund hatte vergleichen können. Rasch warf er die Kleider über, um nicht länger als nötig in diesem verfluchten Raum zu bleiben.

Unten in der kleinen Küche, deren winziges Fenster auf den Gemüsegarten hinausging, empfing ihn der Duft von Kaffee, den die Witwe in zierliche Tassen aus besseren Tagen goss. Lewis nahm ihn dankbar an. Die Süße des Getränks und dessen Hitze vertrieben die bitteren und grabeskalten Empfindungen aus der Nacht. Auch die Witwe gewann wieder etwas von ihrer früheren Gesichtsfarbe zurück. Sie hielt die Tasse mit ihren feisten Fingern umklammert, dass Lewis um das Porzellan bangte, doch schon brachte die noch etwas brüchige Stimme der Witwe ihn auf den rechten Pfad der Aufmerksamkeit zurück.

„Ich hatte gehofft, dass die Ereignisse zu einem Ende gekommen wären", begann die Witwe Recknagel. „Einige Jahre war es still, nein, viele Jahre, um genau zu sein. Als ich mit meinem Mann, Gott hab ihn selig, dieses Haus bezog, hatten wir davon gehört und dann und wann auch einen schrecklichen Blick erhaschen können. Doch mit der Zeit verschwand die Erscheinung, und wir konnten glücklich und traut leben ..."

„Aber um was handelt es sich?“, fragte Lewis ungeduldig, der es nicht gewöhnt war, so früh am Morgen Kaffee zu sich zu nehmen.

Die Witwe sah ihn fest an. Dann setzte sie die Tasse ab und legte die Hände fest auf die Tischplatte, damit sie nicht zitterten. „Vormals war dieses Haus im Besitz einer Witwe ... so wie jetzt auch“, fügte sie dumpf hinzu. „Doch diese hatte nur einen einzigen Sohn, dem Herrn sei's gedankt, während ich mit einigen Kindern gesegnet bin, wenn sie auch schon lang aus dem Haus sind ...“

Lewis nickte bedächtig und ermunterte die Witwe, doch bitte weiter zu berichten.

„Dieser Sohn also verliebte sich in ein schönes, aber bettelarmes Mädchen und wollte es heiraten, was der geizigen Mutter nicht recht war. So gab sie ihren Sohn an einen Kaufmann, der zur See fuhr, und sandte ihn aufs raue Meer hinaus. Die Jahre vergingen, und die Mutter bekam keine Nachricht, weder von ihm noch von dem Schiff, mit dem er in See gestochen war. Man nahm an, es sei gesunken und alle an Bord mit ihm. Das Mädchen, das auf ihn hatte warten wollen, klagte die Mutter an. Dies und das zehrende schlechte Gewissen zerrütteten zusammen mit dem Schmerz über den Verlust ihres Kindes den Geist der Frau. Ihr einziger Lebenszweck war fortan, die Gazetten nach Meldungen zu durchsuchen, die ihr Aufschluss über das Schicksal ihres Sohnes geben könnten. Mit der Zeit verließ sie alle Hoffnung, und sie starb bald. Doch nach ihrem Tod verfolgte sie ihre alten Gewohnheiten weiter ... und erscheint in der Nacht, oben in jenem Zimmer, die Zeitungen nach einem Zeichen durchsuchend ...“

„Genug!“, rief Lewis so heftig, dass die Witwe und auch er selbst erschraken. „Das ist entsetzlich ...“

Die Witwe seufzte. „Ja. Der Schmerz einer Mutter über den Verlust ihres Sohnes ...“

Lewis verkrampfte sich.

Die Witwe legte die Hand an die Wange. „Aber sicher können Sie nachempfinden, was für ein Unglück es ist, den Sohn zu verlieren. Denken Sie nur, was Ihre Frau Mutter ...“

„Meine Mutter lebt nicht mehr“, sagte Lewis hastig und presste die Lippen aufeinander.

Die Witwe sah ihn milde an. „Das tut mir leid. Wann ...“

„Ich möchte nach oben gehen“, sagte Lewis eilig. Als die Witwe Recknagel überrascht den Mund öffnete, fügte er hinzu: „Ich denke, am besten vertreiben sich Geister durch fleißiges Arbeiten und dadurch, dass man seinen eigenen Geist dagegensetzt.“ Er stand auf, nickte höflich und verließ eilig den Raum. Die Witwe blickte ihm nach und dann in ihre Tasse, auf deren Grund der Kaffeesatz seltsame Muster gebildet hatte.

Lewis setzte sich ans Schreibpult und barg den Kopf in den Händen. Beklommenheit drückte auf seine Brust. Er fegte die Bücher, Hefte und Zettel beiseite und griff nach dem Briefpapier. Mit zitternder Hand tauchte er die Feder ins Tintenfass und presste die Spitze auf das Weiß, zog die ersten fahrigen Linien in tiefem Trauerschwarz:

Dearest Mother ...

Eine Stunde später versiegelte und adressierte er den Brief, ging hinunter zur Witwe und erfragte bei ihr, wo er ein Schreiben nach England aufgeben könne. Er verließ das Haus und die Witwe, die sich Sorgen um das Wohl ihres Mieters machte, da er fahrig und bleich wirkte. Ein Gang durch die frische Luft des Vormittages würde ihm guttun, so dachte sie sich und ging wieder ihren eigenen Geschäften nach.

Lewis ging unstet durch die Gassen und Straßen Weimars, das ihm trotz des lichten Tages düster und verhangen schien. Kindern, die laut rufend umhertollten, und Frauen, die beisammen standen und tratschten, begegnete er mit Unverständnis. An einem Brunnen nahe der Geleitstraße wusch er sich das von kaltem Schweiß überlaufene Antlitz und rastete kurz. Langsam klärte sich sein Geist wieder, und er fasste nach einigem Abwägen, das ihm zunächst schwer, dann immer leichter fiel, einen Entschluss. Er strich sich das wirre Haar aus der Stirn und ging festen Schrittes zurück in die Rosmariengasse.

Zur Mittagszeit begrüßte man ihn, als sei es schon liebe Gewohnheit, die vor sehr langer Zeit ihren Anfang genommen hatte, im Haus der Böttigers. Nach dem Essen brachte er wie beiläufig das Gespräch auf die Erlebnisse im Haus der Witwe Recknagel.

„O nein! Wie schauerlich!", rief Eleonore Böttiger mit Entsetzen, und Lewis vermochte in dieser Bemerkung mittlerweile besser zu lesen als ihr Ehemann, jetzt, da sie über eine literarische Verschwörung miteinander verbunden waren.

Böttiger hingegen war skeptisch. „Master Lewis, sind Sie sich dessen sicher? Hat die Witwe sich nicht vielleicht, nun, ein wenig interessant machen wollen, dem jungen Gast gegenüber?"

„Aber ich sah, was ich gesehen habe", sagte Lewis mit Nachdruck.

„Sicher, sicher, sofern es kein Traum war ..." Böttiger tippte mit den Fingern auf die Tischplatte.

Lewis ließ sich nicht beirren. „Doch wie kann ich von etwas träumen, was ich erst am Tag darauf erfahren habe?"

Böttiger wusste darauf nichts zu entgegnen und nahm, um die Zeit zu überbrücken, einen Schluck Wein.

Lewis fuhr fort: „Glauben Sie mir, Geister existieren!"

Böttiger sah mit in Falten geworfener Stirn auf, doch Lewis sprach weiter: „Ich habe schon einmal Ähnliches erlebt, daheim in England, im alten Anwesen der Familie meiner Mutter ..." Wieder ergriff Lewis das bedrückende Gefühl, doch er rang es nieder. „In Stanstead Hall gab es einen Flügel, der schon seit langer Zeit unbewohnt geblieben war, und von dem es – selbstverständlich – hieß, dort würde es umgehen. Besonders auf ein Gemach sollte dies zutreffen, den sogenannten Zedernraum, ein sehr verschwenderisch ausgestattetes Zimmer. In dieses einzutreten wagte sich nach Einbruch der Dunkelheit keiner der Diener, was auch immer der Anlass oder Anreiz sein mochte." Lewis sah, dass Böttiger weiter an seinem Wein nippte, während Eleonore mit glühenden Wangen lauschte.

„Ich musste auf dem Weg in meinen Schlafraum stets den Eingang dieses Zimmers passieren, mich vorbeischleichen an den großen Türflügeln, die mit seltsamen Schnitzereien verziert waren, und oftmals warf ich einen Blick des Schreckens über meine Schulter zurück, fürchtend, dass sich diese Türflügel mit einem Schlag auftun würden und das dort Verborgene offenbarten, jene fürchterlichen Schemen, die dort drinnen im Zedernraum hausen mochten ..."

„Genug, genug!", brummte Böttiger und empfing dafür einen empörten Blick von seiner Frau. „Master Lewis, wir haben schon einige Male ihr fulminantes Talent zum schauerlichen Erzählen erleben dürfen. Doch erlauben Sie mir anzumerken, dass dies in Wirklichkeit nichts, aber auch gar nichts zu belegen vermag."

„Dennoch", mischte sich Eleonore Böttiger ein, „gab es das Phänomen des Erlebens vor dem Wissen darum!" Sie lächelte Lewis an. „Vielleicht besitzt der junge Herr eine weitere besondere Gabe."

„Eleonore, bitte, verschone uns mit deinen Ansichten über Geisterseherei, Mesmerismus und dergleichen. Wir stehen mit beiden Beinen fest auf der Erden Grund, und daran gibt es nichts zu rütteln." Böttiger leerte sein Glas. Zu Lewis gewandt sagte er: „All diesen Spuk beiseite – ich kann nur wiederholen, was ich vor Tagen erläutert habe. Hier im Hause hätten Sie weit besseres Logis als dort drüben bei der alten Witwe, die mir etwas schrullig zu sein scheint. Aber ...", hier senkte er bedeutungsvoll Kinn und Stimme, „... Sie geruhten ja, unser freundliches Angebot ..."

„Anzunehmen", sagte Lewis knapp, und bevor Böttiger nachfragen konnte, fügte er hinzu: „Ich denke, die vereinigte Weimarer Adels- und Dichterwelt kann mich nicht so von meinem Tun ablenken wie ein leibhaftiger Geist – wobei niemand bei einem Geist von einem Leib sprechen sollte."

Böttiger schnaufte und murmelte etwas von unsteter Jugend, während seine Frau strahlte und den Kopf von einem der Herren zum anderen wandte.

Lewis stand auf. „Justus steht mit meinem Gepäck bereits unten vor der Tür. Herr Böttiger, wenn Sie mir wie zuvor mit den Koffern zur Hand gehen möchten?"

Zweites Kapitel

In welchem Lewis auf
große und kleine Geister trifft

Seine dritte Nacht in Weimar verbrachte Lewis mit angenehmen Träumen. Zumindest konnte er sich beim Erwachen an nichts Erschreckendes erinnern, als seine ersten Blicke auf das freundliche Interieur seiner neuen Schlafstätte fielen. Im Hause der Böttigers hatte er das Zimmer bezogen, das ihm schon vor seinem Abstecher in die Schreckenskammer der Witwe Recknagel – wie er sein ehemaliges Quartier insgeheim nannte – zugedacht war. Durch die leichten Vorhänge gemildert fiel das Morgenlicht auf die hellen Wände mit den kleinen gerahmten Aquarellen und brach sich in der gläsernen Vase voller Blumen, die auf dem furnierten Tischchen stand. Lewis' Schreibutensilien warteten ungeduldig auf dem schmucken Rollsekretär. Lewis zwinkerte und bemerkte, wie sich die Gardinen vor dem leicht geöffneten Fenster bauschten. Ein Luftzug nur.

Lewis fuhr sich mit den Fingern durchs wirre, schwarze Haar und stieg aus dem Bett. Im Spiegel sah er, dass die Ringe unter seinen Augen schwächer geworden waren, wenngleich der leicht verquollene Ausdruck nicht vom Schlaf herrührte. Die schweren Lider und tiefliegenden Augen waren ihm von jeher gegeben. Wenn er sich rasiert hätte, würde sein Erscheinungsbild einigermaßen adrett und nicht mehr sonderlich düster wirken. Er schäumte Seife auf und bestrich sich das langgezogene Kinn und die Partien um seine vollen Lippen.

Als er das Messer ansetzte, hörte er von unten Karlchens offenkundig gut gelauntes Krähen. Lewis seufzte. Der winzige Knabe schien einen Narren an ihm gefressen zu haben und hing ihm nun stets am Rockzipfel. Als er noch gehörigen Respekt vor dem düsteren Engländer gezeigt hatte, war er Lewis angenehmer gewesen. Zwar hatte er seine eigene Kindheit mit drei jüngeren Schwestern verbracht, aber dies war doch etwas ganz anderes.

Zudem schien Eleonore Böttiger Karlchen allzu oft in Lewis' Richtung zu lenken, als wolle sie auf sich selbst aufmerksam machen. Lewis schabte über seine Wangen und dachte nach. Die Ereignisse der ersten Tage hatten ihn die fast unstandesgemäße Freundlichkeit der Frau seines Gastgebers nicht sonderlich bemerken lassen, er war mit sich selbst beschäftigt gewesen. Mittlerweile fragte er sich aber, was dahinter steckte. Sah Eleonore Böttiger in ihm so etwas wie einen erwachsenen Sohn? Das konnte, betrachtete man den geringen Altersunterschied, kaum sein. Aber wer konnte schon Mütter verstehen?

Lewis biss die Kiefer zusammen. Die Bewegung ließ das Rasiermesser aus seiner Bahn gleiten und in Lewis' Wange schneiden. Aus der winzigen Wunde sickerte Blut, das ihn erschrecken ließ. Rasch brachte er die Rasur zu einem Ende und trocknete sein Gesicht.

Hoffentlich würde die Blutspur auf dem Leintuch die Waschfrau nicht allzu sehr in ihrer Annahme bestätigen, die Böttigers hätten sich mit dem Engländer einen sehr verschrobenen Gast ins Haus geholt. Aber schließlich hatte auch der Herr des Hauses dann und wann eine Blessur. Nichts Ungewöhnliches also.

Als er sich anzog, betrachtete er die Schauerromane, die sich düster auf dem Nachttisch türmten. Hatte Eleonore Böttiger in ihm doch nur eine verwandte Seele im Bereich der Literatur erkannt? Ihr Mann war schließlich wesentlich nüchterner, auch oder vielleicht gerade weil er für die vergangenen Sphären der klassischen Antike schwärmte. Nach dem Abendessen des Vortages hatte Böttiger es sich nicht nehmen lassen, eine seiner Abhandlungen vorzutragen. Jenes Lehrstück über die *Prachtgefäße der Alten* hatte, wie er betonte, im März des Jahres die Mitglieder des Weimarer Gelehrtenvereins zu unterhalten, ja von den Plätzen zu reißen gewusst. Natürlich war er davon ausgegangen, auch ein profaneres Publikum wisse es zu schätzen und hatte somit Lewis gezwungen, nach dem durchaus schmackhaften Mahl von Rindfleisch, Kartoffeln und Erbsen, welches Lewis so angenehm an seine Heimat erinnert hatte, ein gerüttet Maß an Zeit aufmerksam dreinblickend auf seinem Stuhl zu sitzen. Der Senf stammte zwar aus Erfurt, wusste am Gaumen des Engländers aber das erwünschte Prickeln zu entfachen, das er vom heimischen Mostrich schätzte. Lewis hatte also dem Essen tüchtig zugesprochen, was sich im Anschluss durch eine gewisse Trägheit im Kopf bemerkbar machte. Es fiel ihm nicht leicht, Vortrag und Vortragendem die nötige Höflichkeit in Form von gelegentlichem Kopfnicken zu zollen, wann immer Böttigers Blick vom Manuskript in seine Richtung wanderte. Geschickt konnte er sein in immer kürzeren Intervallen auftretendes Gähnen hinter der Hand verbergen und in einer Anwandlung von eleganter Genialität gar durch angedeutete Schlucke aus dem Weinglas tarnen. Eleonore Böttiger hingegen hatte das Glück besessen, sich nebenbei einer Handarbeit widmen zu können. Dann und wann blickte sie zu Lewis herüber, der glaubte, so etwas wie Mitgefühl erkennen zu können. Augenscheinlich kannte sie Böttigers gelehrte Ausführungen bereits und wusste, wie lang Lewis noch den geneigten Zuhörer zu mimen hatte. Sehr lang, denn Böttiger gab noch in ausschweifendem Bericht die damals im Anschluss erfolgte Diskussion wider. Lewis hatte sehr oft in sein Glas gähnen müssen.

Wäre jedes Mal auch ein Mund voll Wein durch seine Kehle geflossen, er wäre an diesem Morgen nicht so behände auf den Beinen gewesen. So stieg er mit geradezu artistischem Geschick in seine Hosen und wollte den Fuß gerade wieder auf den Boden setzen, als es an der Tür klopfte. Lewis erschrak und strauchelte nahezu, fing sich aber mit einiger Mühe wieder. Er fürchtete, der unartikulierte Laut, der ihm über die Lippen gekommen war, habe durch das Holz der Tür möglicherweise wie die Erlaubnis zum Eintreten geklungen. Fieberhaft beendete er sein Bekleidungsmanöver. Nichts rührte sich draußen. Dann klopfte es erneut.

„Bitte", sagte er laut und deutlich. Doch statt einer Bewegung an der Klinke klopfte es erneut. Lewis schlüpfte in die Stiefel und ging zur Tür. Ein Klopfen, dann ein Scharren.

Lewis drückte die Klinke, zog daran und sah durch den breiter werdenden Spalt. Der Flur war schwach erleuchtet. Da war niemand. Da klopfte es noch einmal, und Lewis' Herz tat einen Satz. Nicht auch noch hier!

Zu seinen Füßen bewegte sich etwas. Lewis zuckte, sein Kopf ruckte nach unten, und dort sah er die kleine Gestalt Karlchens, der am Boden kauerte und mit den Fäustchen gegen die Tür pochte. Er grinste zu Lewis hinauf. Der verdrehte die Augen zum Türsturz hin und atmete kurz ein. „Nun, junger Herr Böttiger, was machst du hier?", fragte er in gespielt förmlichem Ton.

Karl Böttiger gluckste.

„So, so", antwortete Lewis und bemerkte mit Widerwillen, dass er den Ton der Witwe Recknagel nachgeahmt hatte. „Sehr löblich, diese Absicht." Lewis ging ein wenig in die Hocke. „Was gedenkst du nun zu tun?"

Karlchen öffnete den Mund und brabbelte.

„Höchst bemerkenswert“, sagte Lewis und legte den Finger ans Kinn. „Da du heute Morgen so gesprächig bist, kannst du mir vielleicht auch verraten, was deine werte Frau Mama im Schilde führt? Hat sie mit dir nicht genug zu tun?“

Karl Böttiger stopfte die linke Faust in den Mund und produzierte Speichel.

„Oder hat sie so viel Mutter...“, Lewis zögerte, „...gefühl, dass es für zwei reicht?“

Der kleine Karl zuckte mit den runden Schultern, als habe er die Frage tatsächlich verstanden, wisse aber keine Antwort darauf.

Lewis nickte. „Gut. Du musst wohl noch etwas älter werden, um das zu beantworten, und ich muss etwas älter werden, um es zu begreifen.“

„Wofür müssen Sie älter werden, junger Master Lewis?“, fragte Eleonore Böttiger, die an der Treppe erschienen war.

Lewis zuckte zusammen, stand ruckartig auf und grüßte. „Guten Morgen.“ Er blickte kurz zu Karlchen hinab und suchte nach einer Erklärung. „Nun, ich denke, um ... wie sagt man?“ Lewis wusste keinen besseren Rat, als sich in die Ausrede des Vokabelmangels zu flüchten. Er machte einige ungewisse Gesten.

Eleonore Böttiger glaubte ihm, oder sie ließ sich nicht anmerken, Lewis’ Unsicherheit bemerkt zu haben. „Ein Gespräch unter Herren also. Ich bedaure, es unterbrechen zu müssen, aber Karl ist vor einer absoluten Notwendigkeit geflohen, die sich nicht aufschieben lässt. Karl, komm her.“

Der kleine Böttiger zog sich an Lewis’ Hosenbeinen empor und tapste seiner Mutter entgegen, die ihn aufnahm.

„Sie können frühstücken, wenn Sie möchten. Gehen Sie einfach in die Küche. Unsere Köchin, die Gine, wird Sie mit allem versorgen", sagte sie und ging mit einem Lächeln die Stiege hinab. Als sie sich abwandte, glaubte Lewis zu sehen, wie das Lächeln erstarrte und einem schmalen, bitteren Mund wich. Es mochte aber auch ein Schatten gewesen sein.

Später saß Lewis am Schreibtisch und lernte. Je tiefer er ins feinere Gefüge der Fremdsprache eindrang, desto wirkungsvoller konnten ihn die Schauergeschichten einfangen, deren Inhalt mit dieser düsteren Sprache makellos wiedergegeben werden konnte. Lewis verfiel in einen Rausch aus Schöpfungswut und Lerneifer. Nachdem ihm bewusst geworden war, wie leicht ihm das Deutsche zufiel – sei es nun aufgrund seines besessenen Fleißes oder einer besonderen Begabung –, versank er gänzlich im Nebel der Literatur. Was, wenn er versuchte, den Geist der Schauermären in seine angeborene Zunge zu übertragen? Wenn er durch solche Tat den Lesern der heimatlichen Insel nicht allein den Wieland und den Goethe näher brächte, sondern vielmehr die tief innen liegende Essenz der deutschen Seele? All die Geistergeschichten zeigten doch viel deutlicher als die Liebesdramen und launigen Stückchen jener Schreiber, was hier wirklich vor-, nein, umging. Ein Land, in dem Gespenstererscheinungen nicht nur kalte, düstere Schlosshallen aus dunklem Stein als Heimstatt beanspruchten, sondern über die hölzernen Fußböden der Bürgerwohnungen strichen, das war doch wahrhaft heimgesucht. Dies galt es den Engländern zu vermitteln, ihnen einen Anreiz zu geben, all dies mit eigenen Augen zu sehen, mit eigenen Augen oder vor dem inneren Auge, ausgelöst durch todesdunkle Druckerschwärze auf leichenblassem Papier. Was lag also näher, als nicht allein zu übersetzen, sondern auch die Aufmerksamkeit, ja, das Vertrauen der künftigen Leser zu erwecken, indem man selbst ein elektrisierendes Werk abgründigen Schauders verfasste? Eine Geschichte von Liebe und Verrat, Mord und Wahnsinn, in alten Gemäuern und tiefen Verliesen spielend, und über allem dräuend die machtvollen Krallen der schrecklichsten Macht auf Erden, die ...

In diesem Augenblick schlug die Turmglocke der nahen Kirche, und Lewis wurde aus seinen Gedanken gerissen. Mit einem Mal verspürte er ungeheure Hitze. Er blickte auf das Papier vor sich und sah, dass die Tinte zerlaufen war, wo Schweißtropfen von seiner Stirn auf die Schreibplatte gerollt waren. Die Schriftzüge der letzten Sätze waren blass, da Schweiß auch von seiner gekrampften Hand über die Feder gelaufen war und die Tinte bis zur Farbe von Asche verdünnt hatte.

Lewis wischte sich übers Gesicht, fuhr sich durch die dunklen Strähnen seines Haares, fühlte sich wie aus einem wirren Traum erwacht. Er sprang auf, dass der Stuhl nach hinten kippte, und setzte zum Fenster hinüber. Kaum hatte er die Vorhänge zur Seite gefegt, riss er am Griff, und endlich strömte kühle Luft über seine erhitzten Züge.

Draußen stand die Sonne hoch, brannte in die Schluchten der Gassen, zeichnete die Schatten der Giebel scharf auf das Pflaster. Lewis atmete heftig und klammerte die Finger um die hölzernen Rahmen des Fensters. Als er seine Halsbinde lösen und den Kragen weiten wollte, stellte er fest, dass sein Hals bereits enthüllt war. Der Stoff ringsum war klamm vom Schweiß. Lewis sog weiter die Luft ein, roch verschiedene Dünste der Mittagsmahlzeiten, die überall ringsum bereitet wurden und durch die Küchenfenster ihren Weg in willige und unwillige Nasen fanden.

Lewis hustete und wandte sich ruckartig ab. Am Waschtisch warf er sich einige Hände Wasser ins Gesicht, ließ es abperlen und fühlte sich danach etwas frischer. Leicht zitternd ließ er sich auf dem Stuhl nieder, nachdem er ihn mit einem Ächzen wieder aufgerichtet hatte. Vor dem Sekretär lag seine Halsbinde, die er irgendwann abgelegt hatte und achtlos hatte fallen lassen.

Nachdem er sie aufgehoben hatte, fiel sein Blick auf das zuletzt Geschriebene. Fahrig waren die Striche und Züge und durch die verschmierte, verdünnte Tinte auch schwer zu entziffern. Lewis blätterte blindlings Blatt um Blatt zurück, bis er auf die letzte Seite traf, die seine übliche akkurate Schrift zeigte und Konjugationen, Deklinationen und Vokabeln enthielt. Dann erschrak er, als er merkte, welche Menge an Papier er in seiner Linken hatte. In seinem Rausch musste er wie besessen geschrieben haben, mehr als ein Dutzend Seiten in enger Schrift konnte er nun vor sich ausbreiten. Deutlich konnte man erkennen, wann seine Gedanken und seine Aufzeichnungen abgeschweift waren, wann die Grammatik dem Grauen Platz gemacht hatte.

Denn was Lewis da in seiner eigenen und ihm doch fremden Schrift las, erschreckte ihn zutiefst. Nicht nur, weil er es unbewusst, ja in Trance geschrieben zu haben schien, sondern weil sich hier ein Szenario skizzierte, das die von ihm gelesenen Schauerromane an blasphemischer und furchterregender Kraft weit übertraf. Der leibhaftige Teufel trat hier auf, abscheuliche Morde geschahen, unschuldige Frauen wurden ins Unglück gestürzt, und sei das nicht schon verwerflich genug, so war ein abtrünniger Gottesmann der Verursacher all dieses Übels.

In Lewis' Magen kroch ein bedrückendes Gefühl, bemächtigte sich seiner Brust. Er rang nach Luft. Rasch griff er nach den beschriebenen Seiten und zwängte sie in eine Schublade, die er ebenso rasch zudrückte, als fürchte er, die verfluchten Papiere könnten ein Eigenleben entwickeln und sich gegen das Einsperren auflehnen. Dann sank er in seinem Stuhl zusammen.

Langsam begann er, sich zu fürchten. Nicht nur seine Nächte, auch seine Tage schienen unter einem schlechten Stern zu stehen. Kaum war er der Gespenstererscheinung der Witwe entronnen, verfolgten ihn Wahngespinste schon in der hellen Mittagszeit, ja schlimmer noch, es waren keine Gespinste, sondern deutliche Manifestationen, die seinem eigenen Geist entsprangen. Lewis sah nur einen Ausweg aus dieser erschreckenden Lage, und als er zum Essen gerufen wurde, hatte er seinen Entschluss gefasst.

Bei Tisch verschwieg Lewis die Erlebnisse des Vormittags. Einerseits wollte er seine Gastgeber nicht beunruhigen, was seinen Geisteszustand anging, an dem Lewis in schwachen Stunden selbst schon ab und an gezweifelt hatte, wenn er auch genau wusste, in welchen vergangenen Ereignissen dies wurzelte. Andererseits schien es ihm auch, als würde eine erneute Spukgeschichte – auch wenn diese hier mit greifbaren Beweisen belegt werden konnte – ihn in den Verdacht bringen, sich übermäßig interessant machen zu wollen, und über mangelndes Interesse an seiner Person konnte er nun wirklich nicht klagen. Eleonore Böttiger begegnete ihm wie gewohnt strahlend, Karlchen zupfte an ihm herum, und Böttiger selbst gab sich jovial und gönnerhaft. Kurz vor Abschluss der Mahlzeit wurde er ein wenig leiser, ja fast zaghaft, als er das Wort an Lewis richtete.

„Master Lewis, ich wollte Sie noch einmal fragen, wie es mit Ihrem Interesse steht, den einen oder anderen Bürger dieser Stadt kennenzulernen. Falls Sie sich bislang gescheut haben, vielleicht wegen Ihres Sprachvermögens, so kann ich Ihnen versichern, dass Sie geradezu ..." – nun lächelte Böttiger, dass sein rundes Gesicht kurz aufstrahlte – „... unheimliche Fortschritte gemacht haben." Er hob das Glas in Lewis' Richtung.

Der war froh, sein eigenes bereits vor Böttigers Bemerkung wieder abgesetzt zu haben, denn er zuckte in einem Maß zusammen, dass nicht wenig Wein verschüttet worden wäre, hätte sich das Glas noch in seiner Hand, ja an seinen Lippen befunden. Böttiger bemerkte nichts oder sah es als die Reaktion des heute besonders blass und fahrig wirkenden jungen Engländers auf Komplimente.

Er sprach weiter: „Ich wollte mich erkundigen, ob Sie willens wären, einem besonderen Mann die Aufwartung zu machen." Lewis hatte sich wieder gefasst und blickte ehrlich interessiert.

Böttiger erkannte dies und fuhr erfreut fort: „Wenn Sie also interessiert wären, könnten wir heute den Herrn Geheimrat Goethe besuchen, den Autor des *Werther* und ..."

„Sie brauchen nicht weitersprechen, Herr Böttiger. Ich danke Ihnen für Ihre Rücksicht auf meine früher angemerkten Wünsche, nehme aber dieses Angebot dankbar an." Jetzt nahm Lewis selbst sein Weinglas zur Hand. „Es schien mir in den vergangenen Stunden, als fehlte mir etwas, trotz der wunderbaren Aufnahme in Ihrem Haus, und dies scheint doch gesellschaftliche Zerstreuung zu sein. Das harte Lernen hat mich ein wenig erweicht, wie ich zugeben muss." Mit leicht zitternder Hand nahm Lewis einen Schluck Wein und setzte dann das Glas fest und sicher auf dem Tisch ab. „Also", sagte er, „wann darf ich den höchst ehrenwerten Herrn Goethe sehen ... oder wann darf er selbst einen neugierigen Blick auf den neuen Jungen in der Stadt werfen?"

Böttiger fühlte sich ein wenig ertappt, und seine Wangen, die gemeinhin eine rosige Färbung aufwiesen, wurden etwas dunkler. Eleonore Böttiger lachte hinter vorgehaltener Hand, und Lewis selbst gönnte sich ein leicht schelmisches Schulterzucken.

Einige Zeit später spazierten Böttiger und Lewis über den Markt in Richtung Frauentorstraße. Hier sah sich Lewis eingekreist von hohen Hauswänden, die ihn allesamt aus starren Fensteraugen begutachteten, ihm aber milde gestimmt zu sein schienen, da er sich nicht unbehaglich fühlte. Vielleicht lag es an den Menschen um ihn herum und an Böttiger an seiner Seite. Der zeigte sich als kenntnisreicher Fremdenführer, wenngleich er auch ein wenig dem Klatsch verfallen zu sein schien. Wann immer ein ihm bekanntes Gesicht auftauchte – und dies war häufig der Fall –, grüßte er mit ausgesuchter Höflichkeit, wusste aber, kaum dass die betreffende Person außer Hörweite war, stets das eine oder andere zu berichten, und weniges war davon schmeichelhaft. Lewis fragte sich, wie es diesem Mann gelingen konnte, halbwüchsigen Schülern eine Vorstellung von sittlicher Reife zu vermitteln. Immerhin wurde Lewis so mit Weimar und seinen Bürgern vertraut, wie es selbst nur wenigen Einheimischen – ohne Böttigers beredte Informationen – gegönnt war, und neben all den menschlichen Abgründen und Skandälchen wusste Böttiger auch reine Tatsachen wiederzugeben, welche Lewis dankbar aufnahm. Böttigers Arm wies bald hier-, bald dorthin, und Lewis folgte mit den Augen und lauschte.

„Wir haben ganz vergessen, uns noch einmal umzuwenden: Hier, wo die Straße in den Markt mündet, ist die Hofapotheke. Das Haus mit dem Erkerchen. Herr Buchholtz ist der einzige Apotheker in Weimar, Sie sind also gut beraten, bei Bedarf etwaiger Pülverchen, sich an ihn zu wenden. Zudem ist er ein sehr produktiver Naturforscher, und ich darf hinzufügen, dass des guten Geheimrat Goethes Begeisterung, der Natur das eine oder andere Geheimnis zu entreißen, von eben diesem Buchholtz stammt!"

Lewis nickte.

Böttiger wollte noch etwas sagen, sein Blick wanderte zur Seite, dann schien er es sich anders zu überlegen und wandte sich um, wobei er zur entfernten Seite des Marktplatzes deutete. „Dort hinten ist das Gasthaus *Zum Elephanten*, ebenso gewaltig und berühmt wie sein Namenstier. Ein sehr angenehmes Haus, obwohl ich Ihnen keineswegs einen neuerlichen Umzug empfehlen möchte – Sie haben Ruhe nötig." Ehe Lewis etwas erwidern konnte, sprach Böttiger weiter. „Direkt daneben wohnt der geschätzte Wieland. Gegenwärtig, möchte ich hinzufügen, denn trotz seines fortgeschrittenen Alters und seines Kindersegens scheint er nicht müde zu werden, den Wohnort zu wechseln. Er ist seit seiner Ankunft in Weimar vor rund zehn Jahren schon dreimal umgezogen, und ich zweifele nicht daran, dass er es auch noch weitere drei Male tun wird. Ein richtiggehend rastloser Mensch, unangebunden geradezu, was sich, nun ja, nicht wenig in seinen Worten, ob geäußert oder niedergeschrieben, niederschlägt. All dieses Hin und Her muss ja seinen Effekt haben!"

Lewis begann, sich zu fragen, was Böttiger zu seiner solch strikten Ablehnung, ja Missbilligung von Wohnungswechseln und Umzügen bewogen haben mochte.

Er sah, dass Böttiger Schweiß über die Schläfen lief, obwohl es so heiß nicht war. Am Himmel zeigten sich etliche Wölkchen, welche die Sonnenstrahlen zu mildern wussten. Böttiger schritt eilig auf einen nahen Brunnen zu und bedeutete Lewis halbherzig, ihm zu folgen. Böttiger tauchte die Hände bis zum Puls ins kühle Wasser, hielt sie dort einige Atemzüge und netzte dann sein erhitztes Antlitz. Währenddessen betrachtete Lewis diskret den Schmuck des Brunnens, der aus einer Neptunfigur bestand, die aus dem wassergefüllten, steinernen Rund aufragte wie aus der ausnahmsweise gnädigen und ruhigen Weltsee.

Böttiger schnaubte kurz und wandte sich dann wieder an Lewis. Er schien erfrischt und wiederhergestellt, nichts erinnerte an seine vorige Schwäche als einige dunkle Wassertropfen auf dem hellen Rock. Munter sprach er weiter, als sei nichts geschehen, deutete auf ein Haus direkt gegenüber. „Hier, junger Master Lewis, wohnt eines der verehrtesten und gefeiertsten Geschöpfe der Kunst, auch wenn sie keine Zeile Schrift aufs Papier geworfen hat, wie sonst alle hier ansässigen Größen. Vielmehr zeigt sie sich kreativ in der leider so vergänglichen Kunst der Stimme. Hier wohnt die Bühnendame Corona Schröter. Da oben, im Haus neben der Apotheke, im Dachgeschoss. Goethe hat sie in jungen Jahren nach Weimar geholt, und sie war die Seele des Theaters." Böttigers Gesichtsausdruck wurde etwas säuerlich, und seine Stimme nahm nach dieser Lobeshymne wieder den gleichen schnappenden Unterton an wie bei seinen früheren Tratschereien. „Allerdings war das vor meiner Zeit, ehe ich selbst nach Weimar kam, nun ja." Er wies zu einer Straße, die vom Marktplatz wegführte. „Wir sollten weitergehen, es ist noch ein Stück."

Auf dem weiteren Weg schwatzte Böttiger, dann und wann von einem kleinen Kommentar über diesen oder jenen Passanten unterbrochen, und schließlich bogen sie in eine Gasse ein, die Ackerwand hieß.

„Ich weiß leider nicht genau, wo er sich derzeit aufhält", gestand Böttiger.

Lewis zuckte mit dem Kopf. „Wie meinen Sie das? Ich dachte, wir würden erwartet?"

„Natürlich werden wir das", sagte Böttiger geschwind. „Ich weiß nur nicht ..." – er nestelte an einem Knopf seines Rockes, der sich zu lösen schien – „... wo."

„Was meinen Sie damit?"

„Nun, derzeit befinden wir uns auf dem Weg in die Marienstraße, dort liegt das sogenannte Große Jägerhaus, in dem Goethe bislang wohnte ..."

„Warum bislang?", fragte Lewis unschuldig, obwohl er ahnte, wo der Grund zu suchen lag.

„Weil er ... umzieht", knirschte Böttiger. „Weil er wieder ins Haus am Frauenplan zieht. Helmershausen, der frühere Besitzer und auch Goethes Vermieter vor einigen Jahren, hat es dem Herzog verkauft, und der hat es dem Herrn Geheimrat geschenkt."

„Geschenkt!", rief Lewis und sah Böttiger groß an.

„Natürlich! Als Herzog macht man seinem besten Manne schon einmal ein kleines Präsent ... aber ganz im Vertrauen ..." Böttiger trat näher an Lewis heran, so dass ihre Rockärmel beim Gehen fast aneinander rieben und sagte in wesentlich gedämpfterer Lautstärke, aber keineswegs dezenterem Tonfall: „In Wahrheit spielen sich ganz andere Ränke ab. Es verhält sich nämlich so, dass der Herzog das Jägerhaus schon längst einem anderen Herrn zugedacht hat, im genaueren dem ehrenwerten Charles Gore, der, wie mir ja gerade einfällt, ein Landsmann von Ihnen ist!"

„Sollte ich ihn allein deswegen kennen?", fragte Lewis vorsichtig.

„Nicht unbedingt. Er ist Geschäftsmann und Kunstkenner, seit rund einem Jahr hier in der Stadt, ach, und er malt auch etwas. Aber seine hervorstechendste Eigenschaft ist, dass er zwei Töchter hat, von denen eine ein besonders gutes Verhältnis zum Herzog pflegt ..."

„Verstehe", sagte Lewis schnell, damit sich Böttiger nicht in Einzelheiten verstieg.

„Nun, und da der Herzog den Vater an die Stadt und dessen Tochter an sein Herz binden will, schenkt er ihnen flugs das Jägerhaus."

„Obwohl Goethe dort lebt."

„Goethe und seine, äh, Frau – Christiane Vulpius und deren Söhnchen August, ja. Aber was soll's, sie haben ja nun das Anwesen von Helmershausen."

„Am Frauenplan."

„Richtig."

„Die Straße hinter dieser Häuserzeile." Lewis war stehengeblieben und klopfte gegen eine Mauer, die neben der Gasse aufragte. Dahinter war es still, aber von fern hörte man Geräusche, die von Webstühlen herrühren mochten – und eifriges Klopfen.

Böttiger wiegte den Kopf. „Direkt hinter dieser Mauer liegt Goethes Garten ..."

„Warum sind wir dann hier und nicht auf der anderen Seite, um Herrn Goethe zu sehen?"

„Weil er vielleicht noch im Jägerhaus ist. Ich dachte, wir sollten uns dem Frauenplan als Abschluss nähern, damit Sie den richtigen Eindruck bekämen."

„Welchen Eindruck?", fragte Lewis ein wenig schärfer als beabsichtigt. Er wusste nicht, ob er sich von Böttiger gegängelt oder gar genasführt fühlen sollte. Langsam störte ihn dessen Gebaren, sonderlich der Klatsch und Tratsch, und er befürchtete, dass nach dieser Vorbereitung etwas besonders Profanes zu erwarten sei.

Böttiger seufzte. „Vielleicht kennen Sie den Ausspruch, man solle Rom nicht verlassen, ohne den Papst gesehen zu haben."

„Ich muss gestehen, dass dies mich recht wenig kümmert, da ich Anglikaner bin."

Böttiger schaute konsterniert. „Point taken“, dachte Lewis.

„Wie auch immer“, entgegnete Böttiger. „Jedenfalls verhält es sich hier in Weimar ebenso mit Geheimrat Goethe, und Ihnen als geehrtem Gast wollte ich beides präsentieren. Also entweder das Haus am Frauenplan mit Goethe darin – oder mit eben demselben auf eben dasselbe zusteuernd.“ Er schaute betreten. „Keinesfalls sollten wir nur beiläufig daran vorbeischlendern.“

„Schlendern?“, fragte sich Lewis, wischte das Bedürfnis nach Klärung aber fort, als er Böttigers Gesichtsausdruck sah. Lewis lächelte. „Lieber Herr Böttiger! Wenn ich gewusst hätte, wie sehr Sie mir das gute, alte Weimar und seine Gefeiertheiten bekannt machen wollten! Nehmen Sie mein Lob und meinen Dank!“ Zur Bekräftigung gestattete er sich, Böttiger leicht beim Ellbogen zu fassen und wieder zum Gehen zu bewegen. „Erzählen Sie mir doch ein wenig mehr von meinem Landsmann, diesem Gore ... wissen Sie eigentlich, was dieser Name ins Deutsche übertragen bedeutet?“

Als sich die beiden schließlich der langgestreckten Häuserfassade an der Marienstraße näherten, schlug Böttiger, der nach dem kurzen Zwischenspiel an der Ackerwand seine scharfe Zunge wiedergewonnen hatte, einen gesetzten Tonfall an.

„Master Lewis, ich muss Sie noch auf etwas vorbereiten, was Ihre Begegnung mit Goethe angeht. Sicher wissen Sie, dass er auch abgesehen von seiner geistigen Größe ein eindrucksvollern Mann ist – möglicherweise ist Ihnen das wohlgeratene Portrait bekannt, das Lips jüngst angefertigt hat ... nun, das ist nicht tragisch, was sagen schon Bilder aus, aber jedenfalls muss ich Sie darauf vorbereiten, dass Frau Vulpius in ihrer Gestalt nicht wenig mit dem Herrn Geheimrat kontrastiert. Sie ist, um es fein auszudrücken, eine kleine und unansehnliche Person."

Böttiger zog die Nase kraus. „Auch möchte ich Sie noch einmal darauf hinweisen, dass Goethe und die Vulpius ehelos zusammenleben, was dennoch zu Nachwuchs geführt hat. Begegnen Sie diesen Dingen also mit Nachsicht, ja Gleichmut."

Lewis versprach es. Dann traten sie in den Nordflügel des Jägerhauses. Kurz hinter der offenen Tür hörten sie schon ein mit jedem ihrer Schritte anschwellendes Klappern und Scheppern. Lewis war etwas zögerlich, unangemeldet ins Haus zu treten, aber Böttiger wusste ihn zu beruhigen, schließlich sei dies besprochen, und außerdem herrsche sowieso ein Kommen und Gehen, da der Geheimrat ja umzog.

Als sie die bald ehemaligen Goethe'schen Räume erreichten, fanden sie ein entsetzliches Durcheinander vor. Überall standen Kisten und Kasten, mit Hausrat angefüllt, verpackt in Tücher und Holzwolle, um einem Zerbrechen während des Transportes entgegenzuwirken. An den Wänden stachen einige helle Stellen ins Auge, die einst Ort von Bilderrähmchen gewesen sein mussten. Männer in Westen und Frauen in Schürzen huschten umher, verpackten Dinge, verstauten und verschlossen sie in den Kisten. Holzwolle stob auf. Zwei Männer balancierten auf Schemeln und hängten die Gardinen ab.

Plötzlich klirrte etwas gellend, und das emsige Laufen und Werken kam zu einem abrupten Stillstand. Die Bediensteten drehten sich um, sahen von ihren Arbeiten auf und starrten die beiden Neuankömmlinge an. Ehe Lewis oder gar Böttiger jedoch etwas äußern konnte, geschahen zwei weitere Dinge: Zuerst hob ein durchdringendes Kinderplärren an, dann folgte eine schrille Frauenstimme, die lauthals Boshaftigkeiten vermittelte, und schließlich das unterdrückte Schluchzen einer jungen Frau.

Während die Männer und Frauen unbeteiligte, ja ergebene Mienen aufsetzten und sich wieder ihren Aufgaben widmeten, reckten Lewis und Böttiger die Hälse und schauten durch eine Türöffnung in ein angrenzendes Zimmer, das ebenso kahl und ungemütlich wirkte wie die anderen. Dort stand eine kräftige Frau mit dunklem, in Locken gelegtem Haar und schalt ein Mädchen, das bereits am Boden kniete und die Scherben nicht mehr klar erkennbarer Glasgegenstände zusammenklaubte. In den sich bauschenden Rock der Frau drückte sich ein kleiner Junge mit blondem Schopf und heulte, was sein feistes, rundes Köpfchen hergab. Christiane Vulpius tätschelte ihrem Kind das Haupt auf mütterlichste Art, ließ ihren ziemlich groben Zügen aber ebenso grobe Worte entfahren. Unter den Tränen der Gescholtenen glaubte Lewis so etwas wie Zorn zu erkennen, und tatsächlich zeigten sich auch ein paar kleine weiße Zähne im hübschen jungen Mund, gefletscht wie bei einem Raubtier. Lewis betrachtete die Szene und war sich sicher, dass bei einem weiteren Wort der gestrengen Hausherrin die junge Frau vielleicht etwas Unbedachtes tun würde. Er sah, wie sich ein schmaler Daumen mit Absicht in eine scharfe Scherbe presste und einen Faden hellen Blutes entließ. Es schien, als wolle sich das Mädchen so von Ärgerem ablenken.

„Dummes Ding!", schrie Christiane Vulpius. „Als reichte es nicht, die guten Gläser des Geheimrats zu zerschmeißen, jetzt blutet sie auch noch das Parkett voll!"

Böttiger warf Lewis einen Seitenblick zu und hob bedeutungsvoll die Brauen. Dann hob er die Stimme. „Schönen guten Tag, Frau Geheimrat."

Der derbe Kopf der Vulpius ruckte auf dem etwas zu kurz geratenen Hals herum, und sie schoss einen Augenblitz in Richtung des Grußes, der Lewis zusammenzucken ließ. Dann verengten sich die Augen. „Ah, Böttiger!", sagte die Vulpius kalt. „Immer da, wo es etwas zu sehen gibt, das es weiterzutratschen gilt."

Böttiger deutete eine Verneigung an und wollte gerade antworten, als die Vulpius schon weitersprach. „Der Geheimrat ist nicht hier, Sie haben sich umsonst herbemüht. Guten Tag!" Dann sandte sie schnell nacheinander vernichtende Blicke auf Böttiger, auf Lewis, wobei sie etwas zögerte, da er ihr unbekannt war, sowie auf das arme Ding zu ihren Füßen. Als sie den Kopf wieder hob, entdeckte sie etwas im Nebenraum, hob den Finger und rauschte in diese Richtung, den immer noch greinenden August hinter sich herziehend. „Habe ich nicht gesagt ..."

Böttiger grinste Lewis an. „Auch gut. Dann gehen wir zurück. Immerhin haben Sie nun einen Eindruck von der, ah, Dame. Ich leiste mir stets den Scherz, sie mit Frau Geheimrat anzusprechen, obwohl ... Lewis?"

Böttiger brach ab, weil Lewis in den Raum geschritten war und neben dem Mädchen in die Hocke ging, das die Glasscherben auf ein Tablett sammelte. In der Bewegung zog er sein Tuch hervor und bot es der jungen Frau an. Die sah ihn groß an, schniefte kurz, worauf Lewis erklärend auf ihren blutigen Daumen wies.

„Danke, es ist nichts", sagte sie, und ihre Stimme klang nach all den Tränen erstaunlich gefasst.

Lewis schob das Tuch vor. „Ich bestehe darauf."

Das Fräulein nahm das Tuch und legte es um ihren Daumen, der immer noch blutete. Das Rot fraß sich gierig in das weiße Gewebe.

„Danke", sagte sie und bemerkte dann den fremdländischen Akzent ihres Gegenübers. „Wer sind Sie?"

Lewis warf einen Blick in den Nebenraum, in dem Christiane Vulpius nicht zu sehen, aber umso vernehmlicher zu hören war. „Kein Bekannter der Hausherrin, wenn Sie das beruhigt."

Die junge Frau lächelte.

„Matthew Gregory Lewis. Von England. Ich nehme hier Sprachstunden."

„Ich bin Matilde ...", stellte sie sich vor und sah von ihrem Finger zu Lewis und wieder zurück. „Sie sind sehr aufmerksam. Ich möchte das Tuch gern waschen und Ihnen zurückgeben ..."

Lewis nickte. „Sicher. Ich wohne ..."

„Bei mir", warf Böttiger ein und bedeutete Lewis, sich zu erheben. „Kommen Sie, wir wollen Goethe nicht warten lassen."

Lewis zögerte. „Aber ..."

„Ja, ich weiß", entgegnete Böttiger mit wissendem Lächeln. Er lauschte übertrieben in Richtung des angrenzenden Zimmers. „Aber wenn die Frau Geheimrat sieht, wie Sie die Leute von der Arbeit abhalten, dann bekommt diese junge Person hier Ärger." Von nebenan waren erneut lautstarke Worte strengen Inhalts vernehmbar. „Sie selbst im Übrigen womöglich auch, also los, kommen Sie!"

Lewis stand zögernd auf, ohne den Blick von Matilda zu wenden. Sie blieb am Boden, ihr helles Kleid um sie herum ausgebreitet wie ein Blütenkelch. Lewis' Blick fiel auf das rotgetränkte Taschentuch, dann trafen sich seine Blicke mit jenen Matildes. Er nickte, mehr wusste er nicht zu äußern. Matilde vollführte einen Augenaufschlag, der selbst Böttiger anrührte. Lewis stand wie vom Donner gerührt, bis Böttiger ihn wegführte. An der Tür wandte sich Lewis noch einmal um und sah, wie Matilde ihm nachsah und leicht die Hand hob. Die mit dem blutgetränkten Tuch.

„Lewis, nehmen Sie sich doch etwas zusammen!", sagte Böttiger und deutete dem jungen Engländer weiterzugehen. „Sie haben noch sehr viel Zeit, jedweden amourösen Dingen nachzugehen, aber ich denke, Sie sollten einen klaren Kopf haben, wenn ich Sie Goethe vorstelle. So haben alle Beteiligten etwas davon. Es wäre nicht gut, wenn Sie durch Liebesgedanken abgelenkt sind."

Lewis schüttelte den Kopf. „Nein, nein, es ist anders, als Sie denken ..."

Böttiger legte den Kopf schief, so gut es bei dem raschen Schritt, den er anschlug, ging. „Das bezweifle ich, Master Lewis. Verschiedene Anzeichen waren eindeutig ... seien Sie nicht so zaghaft!"

„Es ist wirklich anders, als Sie denken. Ganz anders." Lewis wandte den Kopf ab und marschierte stumm weiter.

Böttiger fragte sich, warum der junge Mann sich so gegen diesen Gedanken sträubte, dann schob er es auf dessen wunderliche britische Herkunft und ließ das Thema fallen. Nun hatte er Mühe, mit Lewis Schritt zu halten, der zielgenau auf den Frauenplan zustrebte.

Als sie über den Platz auf die ausgedehnte Front des Hauses zugingen, vernahmen sie das gleiche Hämmern wie in der Ackerwand. Lewis bemerkte einen Mann, der einen offensichtlich schweren Sack durch eine der beiden Toreinfahrten rechts und links des Haupthauses schleppte. Auch sah er eine Schubkarre, auf der sich weitere Säcke befanden. Das Klopfen schwoll an, je mehr sie sich der Fassade näherten. Kurz vor den vier Stufen zum Haupteingang sah er in einer gemeißelten Inschrift über der Tür den Satz: „Zur Ehre Gottes und der Zierde der Stadt". So übersetzte Lewis es sich aus dem Lateinischen.

Böttiger bemerkte es. „Der Spruch stammt noch vom vorigen Eigentümer. Aber der neue, Goethe, legt alles daran, ihn in Tatsachen umzusetzen. Zumindest den zweiten Teil. Er lässt das Innere nach eigenen Entwürfen gestalten." Böttiger senkte die Stimme. „Herzog Carl August lässt sich dies ein gerüttet

Maß Geldes kosten: sechstausend Reichstaler für das Haus selbst und für den Umbau noch einmal so viel."

Dann klopfte er an die wuchtige Tür. „Schauen wir, ob es sich lohnt ... das heißt – junger Master Lewis, machen Sie sich bereit, den großen Goethe zu treffen!" Er klopfte erneut, während Lewis sich Kragen und Tuch zurechtrückte und sich durchs Haar fuhr. „Keine Bange, Sie sehen adrett aus", versicherte Böttiger ihm, und als er sich wieder zur Tür drehte, taten sich die Flügel wie mit einem Donnerschlag auf.

Schreckliches Getöse drang vom Inneren der Öffnung auf sie ein, als ritte die Wilde Jagd eine Attacke gegen ihre Ohren, und eine gewaltige Wolke weißen Staubes wirbelte nach vorn.

Lewis hob die Hände und wollte die tödlichen Schwaden abwehren. Einige panische Herzschläge später sah Lewis, wie sich in diesem unirdischen Nebel und Dunst der Schemen einer hohen Gestalt verdichtete, und dort, wo bei einem Menschen sich die Augen befanden, blitzte es auf, als sich das Sonnenlicht wieder einen Weg bahnen konnte.

Lewis zuckte zurück, und Böttiger murmelte: „Na, na ..."

Johann Wolfgang von Goethe hob das genialische Kinn, glitt mit dem edlen Blick über Böttiger und Lewis und sagte: „Guten Tag, die Herren."

Seine dunklen Augen funkelten munter. Als er Böttiger noch einmal anblickte – und er schien diesen erst jetzt so recht zu erkennen –, gingen seine Brauen so jäh nach oben, dass Lewis befürchtete, der Hirnknochen ginge mit, und das dunkle Schauen wandelte sich zum Adlerblick. Goethes Mund unter der Habichtsnase bog sich außerordentlich hin und her und nahm schließlich einen etwas unangenehmen Zug an. Als er aber Lewis fixierte, erhellte sich seine Miene in offenkundiger Neugier, und über sein braungebranntes Gesicht huschte ein Anflug von feiner Listigkeit. Lewis sah den Dichter ungläubig an. Goethe war leger gekleidet und mit Staub bedeckt. An den dunklen Hosen fanden sich gipsweiße Streifen von abgewischten Fingern. Das Haar, vorn kurz und an den Seiten glatt gekämmt, war bis über den Zopf gepudert, jedoch nicht aus modischen Gründen, sondern ebenfalls mit fein zerstoßenem Putz und Mauerwerk. Auf der mächtigen, herrischen Nase saß ein vorwitziges weißes Stäubchen, das Goethe nach Lewis' andauerndem Starren beiläufig fortwischte.

Um Lewis eine Peinlichkeit zu ersparen, wandte Goethe sich an Böttiger. „Schön, dass Sie da sind. Führen Sie unseren jungen Engländer herein und stellen Sie uns vor!" Höflich ließ Goethe die beiden ein.

In dem staubflirrenden Eingangsbereich sah Lewis nichts, was ihn an das Haus eines großen Dichters erinnert hätte. Staubige Fußspuren und Mörtelreste waren auf dem Boden zu sehen, hölzerne Eimer und Tragen standen herum, hier und da waren Werkzeuge an die Wände gelehnt, während andere auf Bretter gereiht waren, die auf Böcken ruhten. Handwerker riefen und huschten als Schemen umher.

Goethe führte sie durch die Räume. Böttiger nieste kurz und schnäuzte sich in sein Sacktuch. Goethe sagte: „Prosit!" und fügte eine Entschuldigung an. „Wir haben eine tragende Wand hier im Parterre durchstoßen müssen, damit ich meine Treppe bauen kann." Er wies auf einen Haufen Schutt und die daran schaufelnden Arbeiter. „Ich muss zwar zwei ganze Räume hier unten aufgeben und zu einem verbinden, aber dafür haben wir den Aufgang in die obere Etage dann wie in Venedig." Er schaute verzückt, als sähe er in all dem Wust und der Unordnung entweder seine Erlebnisse in Italien widergespiegelt oder als könne er einen Blick in die Zukunft erhaschen. Dann beschrieb er geometrische Gesten. „Je zwei Stiegen und zwei Absätze. Wie in Venedig. Eine solche Treppe auf und ab zu steigen wird man nicht müde!" Er hob einen Fuß, setzte ihn nieder und hob den anderen. „Ach, könnte ich doch ..."

Böttiger nieste nochmals. Goethe sah Lewis an und klatschte leicht in die Handflächen. „Aber ich schwärme und bin unhöflich! Lassen Sie uns in den Garten hinaus gehen, dort ist es ruhiger und auch weniger staubig, was der Nase des guten Böttiger zugute kommen wird." Er lächelte. „Die Nase ist ja der wichtigste Körperteil, wenn es um Neuigkeiten und Wahrheiten geht, nicht wahr?" Böttiger biss sich auf die Unterlippe, was Lewis half, diese Anspielung zu enträtseln. Dann wies Goethe den Besuchern den Weg, der wie zufällig durch mehrere Räume führte. Es war, als wolle Goethe dem Besucher wie beiläufig auch die andere, ansprechendere Seite seines Heimes zeigen, ohne als aufdringlich stolzer Hausherr zu gelten. Lewis erhaschte nur einige Eindrücke, die aber ausreichten, ihm zu bestätigen, dass es sich hier um die angemessene Wohnstatt eines großen Dichters handelte: Die Wände in angenehmen Farben getüncht, barocke Stuckdecken, hier und da Abgüsse von Statuen sowie Bilder, die behagliche Ausblicke boten. Einige Möbelstücke, die sich nahe am Baugeschehen befanden, waren mit Tüchern verhängt.

Am anderen Ende des Hauses angekommen traten die drei Männer durch eine Tür ins Freie, stiegen eine kurze, an dem Geländer mit Wein bewachsene Treppe hinab und versammelten sich vor einer kleinen Bank. Lewis überschaute die Beete, Wege und jungen Bäume und entdeckte auch die Mauer, auf deren anderer Seite er sich vor einer knappen Stunde befunden hatte. In den Zweigen sang ein Vogel und schaffte es nahezu, die Geräusche aus dem Inneren des Hauses zu übertönen.

Goethe klopfte sich den Staub ab und begrüßte seinen jungen Gast. „Böttiger hat mir schon einiges von Ihnen erzählt. Ihre Begeisterung für die deutsche Sprache und Dichtung ehrt mich, und von Ihrem Talent und Ihrem Fleiß bin ich erfreut, ja begeistert."

Lewis spürte, wie er rot wurde, und trat einen halben Schritt beiseite, damit der Schatten eines Buchsbaumes auf sein Gesicht fiel, der mit seinem Zwilling in löwenkopfgeschmückten Kübeln nahe der Bank stand.

Goethe schmunzelte. „Ich hoffe, wir werden uns beizeiten noch unterhalten können. Denn leider ist es mir derzeit unmöglich, Sie angemessen zu verköstigen oder eine wohlige Atmosphäre zum Beisammensein zu schaffen. Schauen Sie mich an: ein Erdenkloß, zwar beseelt, aber staubig."

Lewis wagte zunächst nicht, eine Miene zu verziehen, bis Goethe und Böttiger selbst zu lachen begannen, gewiss auch ein wenig über Lewis' Gesichtsausdruck. Goethe wies mit dem Daumen auf Böttiger. „Aber immerhin hat Böttiger jetzt meine so drängende Neugier nach seinem interessanten Gast befriedigt, und sicher auch die drängende Neugier seines Gastes nach mir." Jetzt durfte sich Lewis mit Goethe amüsieren. Ehe jedoch auf seine Kosten gelacht würde, brach Goethe die Scherzerei ab. „Ich schlage vor, Sie, junger Master Lewis, kommen morgen Abend mit nach Tiefurt, auf den Sommersitz der Herzogin. Dort können Sie an unserer illustren Gesellschaft teilhaben, und dieser Termin ist besonders günstig: Außer Musik und Kunst gibt es ein besonderes Stück Unterhaltung, es ist nämlich ein Mann geladen, der ..." Goethe legte den Finger ans Kinn. „Nein, das verrate ich nicht, schließlich soll es Sie unvorbereitet begeistern. Also, seien Sie dort!"

„Das verspreche ich. Ich fühle mich geehrt. Wann habe ich mich dort einzufinden?", fragte Lewis eifrig, obwohl er keineswegs wusste, wo Tiefurt liegen mochte.

„Eine Chaise wird Sie abholen, halten Sie sich gegen Abend bereit", flüsterte Goethe verschwörerisch und fügte hinzu: „Fürchten Sie sich nicht, wenn der Kutscher gesichtslos ist ..."

Lewis schluckte diese Kröte, lachte höflich mit und fragte sich, ob all dies vorrangig in seiner Person oder vielmehr in diesen seltsamen Deutschen begründet war. Wahrscheinlich wäre es ratsam, sich seines spukhaften Rufes zu entledigen. Am morgigen Tag wäre es also angeraten, wenn er sich von seiner charmantesten, gebildetesten, kurz, besten Seite zeigte und kein Quäntchen Grauen oder Schrecken mit ihm in Verbindung stand. Er hoffte, diese beiden, Böttiger und Goethe, würden ihn nicht allzu spleenig darstellen – und hatten ihn noch nicht so dargestellt.

Auf dem Rückweg zur Wohnung Böttigers fragte dieser den neben ihm gehenden Lewis, was er von seiner ersten Begegnung mit dem Dichterfürsten halte.

„Nun", begann Lewis gedehnt, und Böttiger spürte, dass ihm das „Well" der Muttersprache fehlte, das sich viel trefflicher in die Länge ziehen ließ. „Nun, er ist sehr einnehmend und von erfreulichem Wesen und sicher auch würdevoll, wenn man ihn in anderer Kleidung antreffen könnte."

„Gut gesprochen", sagte Böttiger, „und weiter?"

„Was sollte ich Weiteres sagen, ich habe ihn ja nur so kurz gesehen und kaum ein Wort gewechselt. Noch kann ich keinen Grund sehen, warum ich mich selbst zu Tode schießen sollte." Lewis zuckte die Achseln.

Böttiger blieb stehen und klappte den Mund auf. „Um Himmels Willen! Ich glaube, Sie haben da etwas gehörig missverstanden!"

„Aber haben sich nicht verschiedene junge Herren Goethes wegen entleibt?“ Lewis sah verwirrt drein.

„Doch nicht seinetwegen, sondern wegen seines *Werthers*! Des Buchs!“ Böttiger hob die Hände und ließ sie wieder sinken, als er sah, wie es um Lewis’ Mundwinkel zuckte, obwohl er eine todernste Miene zur Schau stellte. „Sie foppen mich ...“

„Nur ein wenig“, sagte der und hoffte im Stillen, langsam auf den rechten Weg zu kommen. Lieber wollte er als Spaßmacher bekannt werden denn als Geisterseher. Er schmunzelte und ging weiter. Böttiger schloss auf und schüttelte den Kopf. „Sie haben mir einen Schrecken eingejagt.“

Lewis ließ das Kinn sinken. „Einmal mehr“, dachte er und seufzte kurz. Dann klopfte er sich auf die Hosenbeine.

„Nun, ich hätte auch sagen können, sie hätten sich wegen ihrer scheußlich gelben Hosen umgebracht. Wäre das lustiger gewesen?“

Böttiger verzog das Gesicht. „Master Lewis, ich glaube, Sie sollten noch ein wenig an Ihrem britischen Humor feilen, wenn Sie nicht als seltsam und verschroben bekannt werden möchten. Ich denke im Übrigen, dass Sie sich ausgezeichnet mit Wieland verstehen werden. Er schätzt einen gepflegten Witz – und auch einen ungepflegten.“ Er grüßte einen Bekannten, ohne im Anschluss einen Kommentar über ihn abzugeben. „Machen wir, dass wir heimkommen. So eine Tour regt den Appetit an.“

Bei Tisch erzählte Böttiger seiner Gemahlin ausführlich von den Ereignissen des Nachmittags. Er begann mit Goethes ungewöhnlichem Auftritt und berichtete dann weiter. Auch sparte er nicht mit Seitenhieben auf Christiane Vulpius, ereiferte sich sogar ein wenig, so dass ihn Eleonore Böttiger zur Mäßigung ermahnen musste.

„Wie dem auch sei", sagte Böttiger und kräuselte spöttisch die Lippen. „Immerhin ist im Jägerhaus auch das eine oder andere Erfreuliche passiert, nicht wahr, mein junger Lewis?"

Der Engländer tat, als verstünde er nicht, und versteckte das Gesicht hinter seinem Weinglas, als er einen verlegenen Schluck nahm.

„Da es dem jungen Herrn unangenehm zu sein scheint, gehe ich davon aus ...", begann Eleonore, und Böttiger setzte ihre Rede fort: „Richtig ... dass es sich um eine schüchterne Kontaktaufnahme mit der angenehmeren Seite Weimars handelt. Nicht trockene Gelehrte und erhabene Dichter, sondern vielmehr die hübschen Töchter." Böttiger betete sogleich das ganze Erlebnis herunter, und Lewis war ihm dankbar, dass er es nicht unnötig ausschmückte. Lewis trank weiter, als wolle er genug Wein zu sich nehmen, um die hektische Röte seiner Wangen auf den Alkohol schieben zu können. Eleonore Böttiger klatschte in die Hände. „Das ist ja zauberhaft! Wer war das schöne Kind?"

„Ich weiß nicht", sagte ihr Mann. „Sie half bei den Packarbeiten, war aber keine Dienstbotin. Möglicherweise eine Tochter oder Nichte aus dem Freundeskreis der Vulpius."

„Ah, ja, die *Lustigen Weiber von Weimar*", meinte Eleonore Böttiger und fügte für Lewis hinzu: „So nennt man die erlauchte Gesellschaft von Damen, mit denen Frau Vulpius die Stunden im Geplauder verbringt."

Normalerweise hätte Lewis fragen mögen, ob sich dieser Titel von jenem Shakespeare-Stück ableiten mochte, doch hatte er, seit das Gespräch auf seine herbeigeredete Liebschaft gekommen war, Eleonore Böttiger scharf, aber unauffällig beobachtet. Seit er in diesem Hause angekommen war, hatte er sich über deren Aufmerksamkeit und Freundlichkeit seiner Person gegenüber wohl gefreut, doch war ihm irgendetwas daran nicht geheuer.

Oder vielmehr seltsam, denn es schien ihm, als gehe die Frau in ihrem Benehmen doch ein wenig über die Grenzen des anständigen Umgangs hinaus. Allerdings geschah dies offen im Beisein ihres Mannes, von der heimlichen Buchübergabe einmal abgesehen, und an Böttiger selbst hatte er keinen Missmut erkennen können. Als der nun jene Matilde erwähnte, sah Lewis in Eleonores Augen aufrichtige Freude. Matilde. Lewis verscheuchte den Gedanken und konzentrierte sich wieder auf das Gespräch.

„Zu den Freundinnen der Vulpius gehören auf jeden Fall die Wernern und die Burkhardtin. Ich wüsste aber nichts von weiblichen Verwandten im besagten Alter", sagte Eleonore Böttiger und sah von ihrem Mann wieder zu Lewis hinüber. Sie schmunzelte. „Aber ich denke, es wäre keine Schwierigkeit, das herauszufinden."

Böttiger nickte eifrig. „Schließlich ist da noch die Sache mit dem Taschentuch. Wenn es der jungen Dame so ernst ist, wie es mir persönlich schien, dann dürfte demnächst ein frisch gebleichtes Stücklein Stoff über diese Schwelle flattern, eventuell mit einem zarten Wink ..."

„Aber wie soll sie denn herausfinden ...", warf Eleonore Böttiger ein.

„Sie weiß doch, dass Master Lewis bei mir wohnt, und die raue Begrüßung der Vulpius ist wohl niemandem im Raum entgangen. Außerdem bezweifle ich nicht, dass es sich rasch herumsprechen wird, dass ein attraktiver und schlauer junger Mann neu in Weimar eingetroffen ist." Böttiger lachte. „Morgen geht es für ihn ja erst einmal nach Tiefurt zur Herzogin, das ist der erste Schritt zur weiteren Bekanntheit, und eine große Ehre dazu."

Lewis räusperte sich und beugte sich ein wenig vor. „Wenn ich mir die Bemerkung erlauben darf – ich bekomme den Eindruck, als wollten Sie mich ... verkuppeln?"

Die Böttigers schwiegen kurz und tauschten einen Blick, aus dem Lewis wenig zu lesen vermochte. Dann sagte Böttiger unbekümmert: „Aber nein, aber nein. Es ist nur so, dass ein jeder Autor seine Muse braucht, nicht wahr? Es hat zwar nicht jeder so ein Glück wie ich – wobei ich nur auf den Herrn Geheimrat verweisen möchte ..." Eleonore Böttiger konnte sich nicht entscheiden, ob sie ihrem Mann danken oder ihn rügen sollte und schnappte nur unentschieden nach Luft, wobei ihre Augen aufleuchteten.

„Aber so es zum Erfolg führt, soll es so sein, und Sie, lieber Lewis, sollen doch nicht ungeküsst bleiben ... von der Muse."

Lewis glaubte zu spüren, dass nach den vorigen Auswirkungen von Scham und Wein der Anflug einer dritten Röte über sein Gesicht wanderte. Er gestattete es sich aber nicht, seinem Zorn Oberhand über die Höflichkeit gegenüber den Böttigers gewinnen zu lassen. Er fühlte sich bevormundet, ja gegängelt. Es gelang ihm, seine Augen nicht allzu schmal werden zu lassen. Allerdings presste er die Zähne zusammen, als er sagte: „Herr Böttiger, ich hatte Ihnen doch schon, als wir den Ort dieser Begegnung verließen, mitgeteilt, dass es sich anders verhält, als Sie annehmen."

Böttiger hatte den Stimmungsumschwung Lewis' nicht bemerkt. „Aber weshalb denn nicht? Es ist doch nichts Verwerfliches daran ..."

„Die junge Dame hat keineswegs in der Art mein Herz gerührt, wie Sie vielleicht denken, es ist vielmehr so, dass ..." Lewis hatte, schon als er den Satz begonnen hatte, fieberhaft nach einer Ausrede gesucht, die für Außenstehende plausibel sein mochte. Er rettete sich in etwas Naheliegendes. „... sie mich an meine Mutter erinnerte. Ich musste ihr helfen."

Lewis tastete nach seinem Glas, während die Böttigers enttäuscht schauten. „Das tut uns leid", begann Eleonore Böttiger. „Ihre werte Frau Mutter, die verschiedene ..."

„Bitte?", fragte Lewis, und Böttiger erklärte. „Ihre verstorbene Frau Mutter ..." Lewis nickte eilig, dann nahm er die Bewegung zurück und ließ den Kopf sachte sinken.

„Oh ja." Er trank. Als er das Glas absetzte, bedauerte er die Böttigers, die nach der vorherigen frohgemuten Stimmung nun traurig über den Tisch schauten. Lewis war erstaunt, dass das Paar so betroffen auf dieses Thema reagierte, und es tat ihm leid, dass er mit dem heiklen Thema seiner Mutter gekontert hatte, zumal ... er schob den Gedanken beiseite und sprach rasch in die Stille hinein. „Aber Sie müssen sich keine Sorgen um meine Arbeit machen. All das hier, die freundliche Atmosphäre, ist Musenkuss genug. Endlich finde ich hier die Möglichkeiten zu schreiben: In Paris war die Stadt selbst zuviel Hemmnis, und noch weiter zurück, ich erinnere mich an Oxford, dort musste ich meine Schriften verbergen, war also keineswegs mit Freiheit im Geiste gesegnet. Also, bitte, seien Sie ebenso guten Mutes wie ich."

Die Böttigers nickten. Ein wenig mechanisch, wie Lewis argwöhnte. Ihm war die drückende Stimmung unangenehm, so entsann er sich des Gesprächs über den humorvollen Wieland.

„Herr Böttiger, Sie sprachen doch über den großen Wieland und davon, wie er einen guten Scherz zu schätzen weiß. Meinen Sie, dass dies ihn nicht auch befähigt, die von Ihnen beklagten häufigen Umzüge zu ertragen?"

Mit einem Mal schluchzte Eleonore Böttiger auf, presste die Hand auf den Mund. Ehe Böttiger sich rühren konnte, war sie mit einer tränenerstickten Entschuldigung vom Tisch aufgestanden und aus dem Raum gelaufen. Lewis sah ihr erschrocken nach, den Mund offen. Böttiger legte die Hand über die Augen, und sie bebte, als er mit den Fingern seine Stirn massierte.

„Was habe ich gesagt?", fragte Lewis zögerlich und kläglich. „Wie konnte ..."

Böttiger sah auf, und seine Augen glänzten feucht. Der unglückliche Blick auf dem sonst so frischen Gesicht erschreckte Lewis, und er fürchtete das, was jetzt kommen mochte. Böttiger atmete tief durch, doch seine Atemzüge waren unregelmäßig, seine Nasenflügel vibrierten. Der erste Satz fiel ihm offenkundig schwer.

„Lewis, Sie müssen wissen, dass sich ..." Er schluckte. „Ich will es nicht hinauszögern, sondern knapp schildern, damit es ausgesprochen ist und dann schnell vergessen. In diesem Haus versuchen wir es schon seit fast einem Jahr, und doch bricht es immer wieder durch, wie auch anders ..."

„Sprechen Sie", sagte Lewis sanft, um Böttiger Mut zu machen, dem Mann, der kaum doppelt so alt war wie er selbst und ihm doch so väterlich begegnete.

Böttiger sah ihn dankbar an. „Es war an einem Septembertag im vergangenen Jahr. Ich hatte die Stellung angenommen, die Johann Herder mir angeboten hatte. Ich fuhr mit meiner Gemahlin von meinem damaligen Rektorposten in Bautzen hier nach Weimar. Bei uns waren unsere beiden Söhne, Karl und ..."

Lewis öffnete den Mund, dann schloss er ihn, denn er ahnte, was kommen würde.

Böttigers Augen füllten sich mit Tränen. „... August. In Jena fiel der kleine August durch einen furchtbaren Unglücksfall aus dem Wagen und starb bald darauf." Er barg das Gesicht in den Händen. Lewis wollte erneut etwas äußern, doch bevor ihm das rechte Wort über die Lippen kam, hatte Böttiger sich wieder gefasst.

Er wischte sich übers Gesicht und sah gefasst zu Lewis herüber. „Sie verstehen, warum wir diesen entsetzlichen Tag verfluchen und jegliche Erinnerung daran besonders meine Frau ins Herz trifft."

„Ich bedaure, dass ich dies ausgelöst habe", sagte Lewis mit ehrlichem Bedauern.

„Sie trifft keine Schuld. Sie konnten ja nicht wissen ... vielmehr muss ich Ihnen dankbar sein."

„Wofür?", fragte Lewis erstaunt.

„Für Ihre Anwesenheit. Seit Sie hier sind, Master Lewis, habe ich Eleonore so oft lachen hören wie seit Monaten nicht mehr. Sie ist viel heiterer. Verstehen Sie das nicht falsch, nicht, dass sie zuvor etwa immer melancholisch oder bedrückt gewesen wäre. Aber durch Sie hat sie einen neuen Enthusiasmus für alles entwickelt. Sie müssten hören, wie sie ihren Freundinnen berichtet – und selbst mir, obwohl ich Sie doch leibhaftig erlebe."

„Das ehrt mich. Aber was gibt es denn zu berichten? England bietet nichts Besonderes und Paris, nun ja. Ich persönlich finde ..."

„Genau das ist es doch! Sie sind nicht aus Weimar, nicht aus Deutschland! Sie haben den halben Kontinent bereist und dabei, Gottlob, nichts Tragisches erlebt, und all dies Abenteuerliche ist es, was meine Frau so durstig in sich aufnimmt."

„Aber Sie sehen, was ich trotz alldem angerichtet habe ..."

„Oh, Lewis", sagte Böttiger und legte die Arme über den Tisch, als wolle er die Hände des Engländers ergreifen und dankbar drücken. „Das war ein unglückseliger Zufall, der sich nicht wiederholen wird. Wichtig ist, dass es in diesem Haus allgemein wieder fröhlicher zugeht. Hoffen wir, dass dies besteht, solang Sie hier sind, und auch darüber hinaus."

Lewis streckte die Hand aus und gab sie Böttiger, der heftig zudrückte. „Ich verspreche es Ihnen", sagte Lewis. „Sofern es in meiner Macht steht."

„Danke", sagte Böttiger und versuchte ein aufmunterndes Lächeln, das mehr ihm selbst galt als Lewis. Dann stand er auf. „Ich möchte nach meiner Gemahlin sehen."

Lewis nickte. „Ja, und ich nach der Muse."

Nacheinander verließen sie den Speiseraum.

Den Abend hindurch arbeitete Lewis angespannt, auch um sich von dem abzulenken, was der Tag an Unerfreulichem geboten hatte. Während der Lektionen stahl sich immer wieder das Bild eines blutigen Tuches vor sein geistiges Auge, überlagert von dem einer jungen, blonden Frau mit blauen Augen. Als die Bilder in immer schnellerer Folge auftauchten, warf er die Schreibfeder auf die Tischplatte und rieb sich die Augen. Doch als er die Hand sinken ließ, wanderte diese wie aus eigenem Antrieb zu der Schublade, in der Lewis die ominösen Schriftstücke vom Mittag hatte verschwinden lassen. Er erinnerte sich mit Widerwillen an die wirre Schrift, die an unheimliche Kratzspuren gemahnte, und an den noch furchtbareren Inhalt.

Lewis riss die Hand zurück. Er stand eilig auf, entkleidete sich und floh in die scheinbar sichere Welt des Schlafes.

In seinen Träumen begegneten ihm die toten Söhne, von denen man ihm berichtet hatte. Zwischen gewaltigen, rotierenden Wagenrädern tauchte der kleine August Böttiger auf und winkte ihm stumm aus blinden Augen zu. Der Sohn der gespenstischen Witwe stand an Bord eines Schiffes, unter knatternden Segeln, die ihn bald einhüllten und ins Meer sinken ließen, tief, tief hinab. Tief, tief unten. Lewis tauchte aus seinem Traum empor, und von seiner Stirn rann der kalte Schweiß wie Seewasser, als sei der Alptraumozean über die Ufer der Realität getreten.

Draußen war dunkelste Nacht. Kein Uhrenschlag oder Nachtwächterruf war zu hören, und ob der Mond schon auf- oder bereits untergegangen war, konnte Lewis nicht erkennen. Mit einem Mal schien der Alptraum auf sein waches Gemüt stärker zu drücken als auf seinen schlafenden Geist, und so stand er auf, öffnete das Fenster und streckte den Kopf in die Nachtluft, die sein feuchtes Haar trocknen ließ und seine Stirn kühlte. Still war es und friedlich. Lewis konnte weder einen Hund noch einen Nachtvogel hören, die Finsternis schien in jeder Beziehung unbelebt. Bis auf ...

Lewis lauschte.

Er glaubte, ein schwaches Pochen zu hören oder vielmehr zu spüren. Seine Hand tastete nach seinem Herzen und erfühlte dessen Schlag, der jedoch nicht mit dem Rhythmus des Pochens übereinstimmte. Lewis reckte den Hals und horchte angestrengt. Fest auf das Fensterbrett gestützt versuchte er, die Quelle des Geräusches zu ergründen. Er wusste nicht, ob er es sich nur einbildete, aber im gleichen Maße, wie er die Töne hörte oder zu hören glaubte, schien er sie auch zu spüren, als leiteten die Mauern sie in seine Handflächen. Lewis begann zu frieren. Durch seinen Kopf zogen Bilder von lebendig Begrabenen, die tief in der Erde ihres unabwendbaren Schicksals harrten, sich ungehört hörbar machen wollten, in dem sie mit blutigen Knöcheln gegen ihre Gefängnismauern aus Stein und Erde klopften. Mit den eigenen Knöcheln. Oder den Knochen der längst Verstorbenen. Tief, tief unten.

Lewis schüttelte den Kopf, dass die schrecklichen Gedanken mit den kalten Schweißtropfen davonspritzten, warf das Fenster zu und floh in tiefen Schlaf.

Drittes Kapitel

In welchem eine Kutsche stürzt und die Kleider fallen

Böttiger ließ es sich nicht nehmen, Lewis nach dem Mittagstisch auf den kommenden Abend vorzubereiten. Er hielt es für seine Pflicht, den, zumindest was Weimar anging, noch unerfahrenen Engländer mit all dem nötigen und unnötigen Wissen zu versorgen, um das gesellschaftliche Ereignis auf Schloss Tiefurt überstehen zu können. Beide saßen sich in Böttigers Arbeitszimmer gegenüber und konnten nicht unterschiedlicher sein: Böttigers rote Wangen strahlten im frischen, nach jeder Mahlzeit etwas feist erscheinenden Gesicht, das helle Haar war ordentlich in Wellen gelegt. Lewis hingegen wirkte ausgezehrt, und sein dunkler Schopf stand den Ringen unter seinen Augen in nichts nach. Das Mittagessen, geräuchertes Rindfleisch und Sauerkraut, das seinen Namen nach Lewis' Geschmack wirklich und wahrhaftig verdient hatte, schien ihn nicht gestärkt, sondern noch weiter erschöpft zu haben. Er hatte dazu nur wenig weißen Wein getrunken, und er fragte sich, ob diese Menge nun zuviel oder zu gering gewesen war, um ihm zu bekommen. Während Böttiger seine Pfeife stopfte und kurz nachsann, mit welcher der illustren Personen er beginnen sollte, hockte Lewis also still und ein wenig blass auf seinem Stuhl. Er war am Morgen nach fiebrigen Träumen, die kurz vor der Dämmerung über ihn gekommen waren, aus den zerwühlten, klammen Laken gekrochen und hatte angsterfüllt den Kopf in den Händen geborgen. Auch jetzt senkte er das Kinn auf die Fäuste, während Böttiger seine Pfeife anzündete, und als Lewis vor den ersten Tabakschwaden zurückwich, um sich daraufhin wieder höflich nach vorn zu beugen, um Böttigers Ausführungen zu lauschen, fühlte er sich durch diese Bewegung an den Morgen erinnert. Er gähnte ein wenig, ohne den Mund zu öffnen ...

Er gähnte stark, um mit dem Atem die letzte Benommenheit aus seinem Kopf zu vertreiben. Während er sich auf der Bettkante vor und zurück wiegte, flogen seine Gedanken hin und her, von den Gesichten der Nacht zu der Niederschrift, die er am vorigen Tag vollbracht hatte. Scheu spähte er zum Sekretär hinüber, zu der Schublade, in der er die tintenschwangeren Blätter verborgen hatte. Mit einem Mal beschlich ihn ein Verdacht, oder vielmehr, es überkam ihn eine seltsame Idee. Was, wenn sich seine üblen Hirngespinste dort auf eine gewisse Art manifestiert hätten, greifbar geworden waren?

Lewis sprang auf, zerrte das Laken halb hinter sich her, stolperte fast und stützte sich schwer auf die Schreibplatte. Eilig zog er die Lade auf und zerrte die Papiere ans Licht. Die hastigen Linien darauf schienen Lewis nicht weniger fremd und unheimlich als am Tag zuvor. Er war froh, dass er sie kopfüber in den Händen hielt, so dass er die Blasphemien darauf nicht lesen konnte. Je länger er darauf blickte, ohne mit den Lidern zu schlagen, bis sein Gesichtsfeld zu verschwimmen begann, desto deutlicher schienen sich dennoch einzelne Worte herauszubilden. Sie krochen aus dem trüben Grau von Untergrund und Schrift und schienen sich zu drehen – zu drehen, um sich erkennbar zu machen. Lewis krallte die Finger zusammen, und das geräuschvolle Rascheln schreckte ihn ins Wachsein zurück. Er keuchte. Dann quetschte und drückte er das Papier in den Fäusten zusammen, knüllte es zu einem unförmigen Brocken und schleuderte das ganze Bündel fort. Aus den Augenwinkeln sah er, wie es einem scheuen Tier gleich unter dem Bett Zuflucht suchte. Fort damit, dachte er. Nie würde er ruhig schlafen können, solange diese Gespinste in seinem Schädel umherspukten. Hektisch schlug er seine Bücher auf und drosch mit Vokabeln und Grammatik auf seine fahrigen Gedanken ein, bis er immer ruhiger wurde und schließlich ganz in der Nüchternheit des Lernens versank ...

„Sie scheinen in Gedanken versunken, Master Lewis", sagte Böttiger. „Wie ich erfuhr, ersetzten Sie das Frühstück heute durch Lektionen und waren auch vorhin kaum zu Tisch zu bewegen. Sehr löblich." Er sog an der Pfeife. „Es ist sehr gewissenhaft, sich vor dem Treffen heute Abend noch ein wenig firm zu machen."

Was auch immer *firm* bedeuten mochte, Lewis war es nur recht, dass Böttiger die Sache so sah. Aber wie konnte er sie auch anders sehen, Schulleiter, der er war. Gleichwohl, diese Auslegung der Dinge hatte etwas für sich, und Lewis beschloss, sie zu übernehmen. Hauptsache, ihm blieben die Erinnerungen an den teuflischen Text erspart, mit welchem Selbstbetrug er dies auch erreichen mochte.

„Durchaus", sagte Lewis also und setzte die Miene eines fleißigen Schülers auf, „und ebenso gewissenhaft möchte ich nun Ihren Ausführungen lauschen. Mit wem werde ich heute Abend zusammentreffen?"

Böttiger nahm die Pfeife aus dem Mund und hob den Stiel wie einen Taktstock. „Zunächst ist es für Sie bedeutungsvoll zu wissen, *wo* Sie sich aufhalten werden."

„In Tiefurt." Lewis beeilte sich mit der Antwort auf die noch nicht einmal als rhetorisch zu bezeichnende Frage so sehr, dass er sich grauenhaft mit der Aussprache verhaspelte.

Böttigers Mundwinkel zuckte. „Richtig", nickte er. „In Tiefurt. Der Sommerresidenz der Herzoginmutter Anna Amalia, nicht weit vor den Toren Weimars. Vor fünfzehn Jahren, als der Herzog die Regierungsgeschäfte übernahm, war geboten, auch seinem jüngeren Bruder, Prinz Konstantin, eine kleine Hofhaltung zu übergeben, und so bot sich Tiefurt an, da Ettersburg und Belvedere ..." Böttiger sog Tabakrauch ein. „Aber das ist nicht besonders wichtig. Wichtiger ist, dass in den vergangenen Jahren in Tiefurt Kultur geschaffen wurde und wird, junger Master Lewis! Aristokratie und Bürgertum haben sich dort im Zeichen der Künste vereinigt und Theater gespielt, musiziert, Literatur verfasst, gelesen und diskutiert. Fast könnte man sagen, dass Sie heute Abend in das Herz Weimars eintreten werden, auch wenn es sich nicht direkt im Körper der Stadt befindet. Aber sein Puls ist so kräftig, dass es auch von dort aus alle wichtigen Köpfe mit frischem Blut versorgen kann."

Lewis schluckte.

Böttiger bemerkte es und machte eine fast unmerkliche, entschuldigende Geste. „Aber davon werden Sie sich ja selbst ein Bild machen können, und da Sie dortselbst ebenfalls ein Anschauungsobjekt sein werden, so medizinisch das nun klingen mag, sollten Sie doch wissen, wer Sie dort mustern und sich ein Bild von *Ihnen* machen wird. Zunächst werden Sie Herzogin Anna Amalia vorgestellt werden. Ich zweifle nicht daran, dass Sie in Paris und Berlin die gewisse Etikette erlernt haben, also dürfte das Protokoll, auch wenn es hier etwas weniger streng gehandhabt wird, zweitrangig sein. Dass die hohe Frau sehr feinsinnig ist, haben Sie mittlerweile erfahren. Sie hat den großen Wieland als Prinzenerzieher nach Weimar geholt, was von großer Weitsicht und weiser Größe spricht, um es so spielerisch auszudrücken, und es zeigt, dass die Dame dann und wann einen Scherz liebt, welchen sie von Wieland allezeit erhalten mag. Zuweilen lässt die Herzogin sogar alle Fürstlichkeit zu

Hause, ich erinnere mich an eine Mondscheinszene in Belvedere, wo Studentenlieder erklangen und der Jagdjunker von Wedel sogar anfing ...“ Böttiger schüttelte den Kopf. „Nein, ich schweife ab, dieser Herr braucht Sie nun wirklich nicht zu interessieren, nein, gewiss nicht.“

Er sah Lewis mit Nachdruck an, als hoffe er, dass dieser ein Zeichen von Interesse an eben dieser Episode zur Schau stellen würde, doch der junge Engländer zeigte keinen tieferen Ausdruck im Gesicht als den eines aufmerksamen Zuhörers.

„Nun denn, die Herzogin. Sie hat ihr fünfzigstes Jahr überschritten, war aber damals, als Wieland nach Weimar kam, eine sehr schöne Frau in den Dreißigern, und nach dem, was ich von dieser Zeit gehört habe ...“ Er machte eine bedeutsame Pause, während der sich Lewis fragte, auf welche der eben genannten Informationen nun die Bedeutung gelegt sein wollte. Die Zeit, von der Böttiger sprach, war seit zwei Jahrzehnten verstrichen, und somit konnte er sich nur auf fremde Quellen berufen, es war zweifelhaft, dass er als weit entfernt lebender Zwölfjähriger etwas davon aus erster Hand erfahren hatte. Dennoch fuhr der Schulmeister mit dem Gönnerton des Augenzeugen fort: „... so war der Herr Wieland der Regentin sehr zugetan und huldigte ihr in vollstem Enthusiasmus. Er hat derzeit sogar ein Geburtstagsvorspiel entworfen, um der Herzogin zum Wiegenfeste ohne Aufsehen die süßesten Dinge sagen zu können, und all das, während seine Frau von arger Krankheit geschwächt darniederlag!“ Böttiger schnalzte in leiser Entrüstung mit der Zunge. „Aber mittlerweile sind beide ja etwas gesetztere Herrschaften, von dort ist also kein Skandal zu befürchten.“

Lewis fragte sich, ob er tatsächlich einen Anflug von Verdrossenheit in der Stimme Böttigers vernommen hatte, wollte diesem aber solch eine Niedertracht nicht einmal in Gedanken vorwerfen. Obgleich er in den letzten Tagen ausreichend Kostproben von Böttigers Klatsch- und Tratschsucht erhalten hatte und wohl noch erhalten würde.

„Wiewohl, wenn ich an jene Landpartie zurückdenke ... zu acht waren sie damals von Tiefurt nach Denstedt gefahren – auf einem Heuwagen! Sehr pastoral, nicht wahr? Geradezu ein Hirtenstück, und auf halbem Wege brach ein Gewitter los und durchnässte die ganze Gesellschaft, besonders die Herzogin und ihre Hofdamen, die sommerlich gekleidet waren, bis aufs Hemd. Wieland bot höflich seinen Überrock an, dreimal dürfen Sie raten, wem. In Denstedt musste neue Garderobe herangeschafft werden. Natürlich wurde die ganze Expedition von allen Teilnehmern bejubelt, und als die Frau des örtlichen Pflegers, des Herrn von Lincker und Lützenwieck nun ...“

Lewis hob die Hand. „Sagen Sie, Herr Böttiger, wen darf ich denn noch am Hofe zu Tiefurt ...“ – furchtbar, wie dieses Wort aus seinem Munde klang – „... erwarten?“

Der Gymnasialdirektor wirkte überrascht, ein Zug des Tadels huschte über sein Gesicht, doch dann bemerkte er seine Abschweifung und räusperte sich. „Natürlich. Die Lincker werden Sie dort nicht antreffen, aus diesem Grunde müssen Sie auch nicht unbedingt Näheres über sie erfahren. Aber ...“ – er senkte die Brauen ein wenig und versuchte finster und bedeutungsschwanger auszusehen, was ihm gehörig misslang, da seine Wangen allzu gesund gefärbt waren – „... Sie werden dort ein ganz anderes Frauenzimmer erleben. Geradewegs wie einem Ihrer favorisierten Schauerromane entstiegen. Ein garstiges Weibsbild, kurz gewachsen und bucklig, mit scharfer Zunge und glühendem Auge.“ Böttiger biss so heftig auf das Mundstück seiner Pfeife, dass es leise knirschte.

Lewis runzelte die Stirn. So hatte er Böttiger noch nicht erlebt, es schien, als sei dies eine persönliche Angelegenheit.

„Das Fräulein von Göchhausen, Master Lewis“, presste Böttiger zwischen den Zähnen hervor, „ist ein Geschöpf, vor dem Sie sich in Acht nehmen müssen. Sie ist die erste Hofdame der Herzoginmutter. Was sie an äußerlichen Reizen nicht besitzt, macht sie durch geschliffenen Spott und gelehrte Retouren wett. Der ist nicht beizukommen, also setzen Sie hier nicht allzu sehr auf das Interesse und Wohlwollen, das allen anderen Ihnen aufgrund Ihres Status, Ihrer Herkunft und Ihrer Person entgegenbringen werden. Sie haben in England doch die Fuchsjagd, nicht wahr?“

Lewis war konsterniert ob des plötzlichen Gedankensprungs. „Ja, sicher, aber ...“

„Stellen Sie sich als den Fuchs vor, und die Göchhausen ist – nein, nicht etwa ein Bluthund – sie ist eine Meute. Sie hat damals schon mit Erfolg Herrn von Goethe in die Fänge des Weimarer Zirkels gehetzt ...“ Er brach ab, als spürte er, dass sein blutrünstiger Vergleich zu hinken begann. „Nun, die Herzoginmutter und ihre Hofdame hatten sich viel vom Dichter des *Götz* und des *Werther* versprochen und es auch erhalten. Ich will mich verbessern, natürlich geschah das zu beiderlei Vorteil, nicht nur weil Wieland sich für den Jüngeren einsetzte. Aber in Ihrem Fall, mein lieber Lewis, würde ich auf nicht allzu viel Schutz hoffen. Halten Sie sich sicherheitshalber mit allzu blumigen und galanten Reden zurück, besonders wenn die Göchhausen in Hörweite ist. Sie hört sehr gut, müssen Sie wissen.“

Böttiger lehnte sich zurück und schaute herablassend drein, als habe er einem Schüler die Weisheit des Lebens in einer Nussschale verpackt auf die große Reise in die weite Welt mitgegeben. Lewis wusste nicht, was er davon halten sollte, und nickte deshalb unverbindlich. Fraglich war allerdings, ob Böttiger ihn überhaupt sehen konnte, denn der paffte an seiner Pfeife, als würde damit seine offenkundige Wut auf das Fräulein von Göchhausen verrauchen.

Bis auf das leise Schmauchen war es still im Zimmer. Lewis konnte das Ticken der Uhr aus dem Nebenraum und die Geräusche draußen auf der Straße hören. Das Schweigen dehnte sich unangenehm. Böttiger paffte. Lewis ließ seinen Blick über die Wände, die gerahmten Stiche und die Regale wandern, mochte aber auf keinem Motiv verweilen. Er fühlte sich entkräftet. Die fiebrige Nacht und das angespannte Arbeiten forderten ihren Tribut. Langsam verschwamm das Bild vor seinen Augen, die Lider flatterten, und sein Oberkörper fiel schläfrig in sich zusammen. Ein paarmal ruckte er wieder in aufrechte Haltung, dann fiel ihm sachte das Kinn auf die Brust, während ihn die Tabakswolken aus der Pfeife des Schuldirektors wie Traumdunst umspielten.

„Herder hingegen ist ein sehr feiner und großer Mensch", sagte Böttiger unvermittelt.

Lewis schrak auf, dass ihm das Herz bis in die Kehle zu springen schien. Aus dem Nebel schälte sich das Gesicht Böttigers, als dessen Atem die Tabakschwaden teilte. Lewis atmete aufgeregt ein und musste husten. „Bitte?"

„Johann Gottfried Herder, Generalsuperintendent und Hofprediger. Ebenfalls in Tiefurt oft und gern gesehen. Hochgebildet in Naturgeschichte und Mathematik, Stil und französischer Sprache ... er war auch einige Male in Italien ..." Böttiger wies auf die Stiche an den Wänden, auf denen die römischen Ruinenlandschaften zu sehen waren. „Mit ihm habe ich so manches anregende Gespräch über derlei Themen geführt, und ich kann sagen, der Mann eignet sich wahrhaft zum Erzpriester des Menschengeschlechts. Da stimmt mir auch Wieland zu. Goethe ebenfalls, schließlich ist Herder erst durch dessen

Fürsprache nach Weimar gekommen, und wir alle haben diese Entscheidung nicht bereuen müssen."

Lewis war von diesem Überschwang beeindruckt, nicht allein, weil er in völligem Gegensatz zu den Boshaftigkeiten über das Fräulein von Göchhausen stand. Dieser Herder musste wirklich eine famose Persönlichkeit sein, denn bislang hatte Lewis keinerlei Anlass, an den Ausführungen Böttigers zu zweifeln. Auf die Begegnung mit Goethe und der Vulpius hatte ihn der Gymnasialdirektor trotz aller Blumigkeit seiner Vorwarnungen recht treffend vorbereitet.

„Ich darf nicht unterschlagen", sprach Böttiger weiter, „dass ich meine jetzige Anstellung ebenfalls der segensreichen Vermittlung des Herrn Herder verdanke."

„Das erwähnt er zum dritten Mal", dachte Lewis und beschloss, Böttigers Urteil über Herder doch eher mit einem Körnchen Salz zu nehmen. Wie auch immer, er konnte sich ein Gähnen nicht mehr verkneifen. Kaum schaffte er es, die Hand vor den Mund zu nehmen.

„Master Lewis, Sie scheinen ermüdet! Doch nicht etwa wegen meines vorbereitenden Unterrichts?" Böttiger schien teils ungehalten, teils belustigt.

„Aber nein. All das war sehr aufschlussreich und wird mir helfen, auf dem gesellschaftlichen Parkett nicht zu versagen." Lewis verschluckte ein weiteres Gähnen.

„Das werden Sie aber, wenn Sie müde sind. Es ist noch Zeit bis zum Abend, und Sie sollten sich noch etwas hinlegen und Schlaf nachholen."

Der schulmeisterliche Ton missfiel Lewis, aber als Böttiger auf väterliche Weise lächelte und eine scheuchende Geste machte, schien es klüger, dem Vorschlag nachzukommen.

„Das wird das Beste sein. Ich fühle mich sehr ermattet."

Lewis bedauerte, dass er mit Böttiger nicht über seinen Zustand sprechen konnte. Im Zweifel würde dieser ihm nur Überspanntheit wegen der bevorstehenden gesellschaftlichen Ereignisse attestieren, zumal er manchmal zu vergessen schien, dass der Engländer sich schon sicher an den Höfen in Paris und Berlin bewegt hatte. Auch schien Böttiger Weimar für den Nabel des geistigen Lebens in Deutschland, vielleicht sogar auf dem europäischen Kontinent zu halten.

Möglich, dachte Lewis, und gähnte nochmals. „Ich werde auf mein Zimmer gehen. Wann, sagte Herr Goethe, wollte mich die Kutsche abholen?"

„Ich werde Sie beizeiten wecken." Böttiger nickte und wies mit dem Kinn auf Lewis' Kleidung. „Sie sollten sich etwas weniger leger kleiden. Ich bezweifle, dass ein Heuwagen vorfahren wird." Er lächelte und schmauchte an seiner Pfeife.

Lewis erwiderte das Lächeln und ging aus dem Zimmer, als sich Böttiger auch schon seinem Schreibtisch zuwandte.

Auf seinem Zimmer betrachtete Lewis seinen eigenen Schreibtisch und fragte sich, ob er sich nicht noch zur Sicherheit eine Lektion vornehmen sollte. Dann musste er wieder gähnen. Also setzte er sich aufs Bett, knöpfte die Weste auf und ließ sich zurücksinken. Während er noch einige Male „Tiefurt, Tiefurt" vor sich hin murmelte und dabei jedes Mal die Stirn in Falten legte, dämmerte er langsam weg.

Die Träume von buckligen Weibern und Bluthunden, die Lewis, der einen Mantel mit Fuchspelzbesatz trug, heimsuchten, waren nicht ganz so furchtbar wie die Tatsache, dass jäh die Tür aufflog und ein hektischer Böttiger Lewis aus dem Schlaf rüttelte.

„Es ist schon spät!", rief der und zeigte die Zähne, was dem schlaftrunkenen Lewis fürchterlich erschien, aber nur ein Zeichen für Böttigers Verlegenheit war. „Ich habe am Schreibtisch die Zeit vergessen. Sie müssen sich sputen!"

Lewis zwinkerte. „Ich muss ... was?"

„Eilen, Sie müssen sich eilen! Jeden Augenblick kann die Kutsche ankommen!"

Lewis sah zum Fenster, um am Sonnenlicht die Tageszeit abzuschätzen, doch er war noch zu benommen. Außerdem fuchtelte Böttiger mit den Händen. „Schnell, ein reines Hemd! Strümpfe!" Er riss die Kleidertruhe auf und griff hinein. Lewis richtete sich mühsam auf, und schon hatte er die Wäschestücke in Reichweite, die Böttiger aufs Bett geworfen hatte.

„Wo ist Ihr guter Rock? Sie haben doch einen Frack, aus Samt vielleicht?"

„Ja, ja", stotterte Lewis und wechselte die Kleidung, während er ständig Böttiger im Auge behielt, der ihm den Rücken zugewandt hatte und in Lewis' Garderobe forschte. „Ah, in Weinrot, und die passende seidene Weste, die Halsbinde – mit Spitze, sehr schön – und ebensolche Ärmelbündchen, ja, das mag gehen. Gottlob sind die Schuhe geputzt ..."

Lewis versuchte, in die Hosen zu steigen und wurde langsam wach, hellwach sogar. Böttiger ging noch einmal die Kleidungsstücke durch und nickte. Er ließ sich auf den Stuhl vor dem Schreibtisch fallen und fuhr sich über die feuchte Stirn. Diskret schaute er über die Bücher und Schriftstücke, um nicht in Lewis' Richtung blicken zu müssen und diesen vielleicht verlegen zu machen.

Lewis hingegen bekümmerte weniger Böttigers Anwesenheit als vielmehr die Tatsache, dass dieser bei seinem hastigen Eintreten versäumt hatte, die Tür zu schließen. So stand Lewis halb bekleidet mitten im Raum, die Tür gähnte weit offen und bot freien Blick auf den Flur – und vom Flur ins Zimmer. Was, wenn jetzt Eleonore ... Lewis ließ die Finger fliegen, um sich zu bedecken. Erst an den Westenknöpfen wurde er langsamer, was nötig war, denn zuvor hatte er oft genug den Knopf ins falsche Loch genestelt.

Böttiger hingegen hatte seine Begutachtung der Lewis'schen Sprachbemühungen abgeschlossen, auch war seine Aufregung verflogen, und so redete er auf den mit seiner Garderobe ringenden Lewis ein, nahm den Faden des Gesprächs vom frühen Nachmittag wieder auf, als seien die vergangenen Stunden nur ein Lidschlag gewesen.

„Unzweifelhaft werden Sie in Tiefurt auch den Herrn Bertuch treffen, den herzoglichen Schatullenverwalter ..."

„Den – was bitte?" Lewis schlang gerade die Halsbinde um seinen Nacken. Zunächst fragte er ganz automatisch nach dem ihm unbekannten Wort, doch dann überkam ihn die Verblüffung, dass Böttiger so unvermittelt und der Situation unangemessen mit seinem Schulungsvortrag fortfuhr.

Der Gymnasialdirektor deutete dies anders: „Oh, keine Bange, Sie werden nicht mit Finanziersgeplauder gelangweilt werden. Bertuch ist neben seinem Beruf als Unternehmer auch Schriftsteller, Übersetzer, ja Verleger! Möglicherweise genau der richtige Mann, um ihn in einer kleinen Unterhaltung auf Ihre eigenen Avancen hinzuweisen ..."

Lewis konnte nichts entgegnen, zu absonderlich erschien ihm die Szene, in der er sich mit seiner galanten Kleidung mühte, die verrinnende Zeit wie ein unerbittlicher Verfolger auf seinen Fersen, der ihn hetzte und hetzte, während Böttiger wieder in aller Seelenruhe in Hemdsärmeln am Schreibtisch saß und über illustre Weimarer Bürger plauderte.

„Eine Idee, wie gesagt", fuhr Böttiger fort. „Denn natürlich ist an dem Mann nicht alles ganz zum besten gestellt. Er ist ein akademischer Zwitter, womit ich sagen will, dass er zunächst Theologie, dann aber Jura studiert und somit auf beiden

Gebieten nicht allzu viel geleistet hat. Dafür ist er ein umso eifriger Kassenverwalter: Nicht von ungefähr lässt er sich in alle seine Röcke und Mäntel gleich vier Taschen machen."

Das Lachen, das hierauf folgte, bezog Lewis zunächst auf sich, da er nur mit halbem Ohr zugehört hatte und etwas unkonzentriert den Bund seiner Kniehosen schnürte. Er blickte hastig auf und verlor beinahe das Gleichgewicht.

„Vorsicht, Master Lewis", mahnte Böttiger, noch immer in sich hinein lachend. „Seien Sie nicht tollpatschig, das mag sich leicht rächen. Gerade fällt mir ein, da ich Bertuch erwähnte, dass Sie hier in eine recht scherzfreudige Runde eintreten werden. Gerade Goethe hat sich in der vergangenen Zeit als Bertuchs Plagegeist erwiesen. In dessen Hochzeitsnacht trieb er es mit dem Schabernack so weit, dass Bertuchs Frau dem Geheimen Rat auf mehrere Jahre nicht begegnen konnte, ohne blass oder rot zu werden! Damals hatte nämlich …"

In diesem Moment polterte es auf der Stiege, und einen Augenblick später erschien Eleonore Böttiger an der Tür. Sie atmete rasch. „Draußen ist der Wagen vorgefahren. Der Kutscher bittet Herrn Lewis einzusteigen." Dann blickte sie den jungen Engländer an und legte den Kopf schief.

Lewis fühlte sich unangenehm gemustert, zumal er einen seiner Schuhe in der Hand hielt und ansonsten auf Strümpfen dastand.

Eleonore Böttiger lächelte. „Sie sehen sehr stattlich aus. Der Rock steht Ihnen gut."

Lewis spürte, wie etwas Wärme seine Wangen heraufkroch, und er ließ die Hand mit dem Schuh auf halber Höhe innehalten.

Böttiger stand auf und trat zu Eleonore. „Ja, durchaus, er kann sich sehen lassen, und wenn er sich so beredt gibt wie bei uns, so wird er in Tiefurt durchaus brillieren." Unüberhörbar schwang in diesem Satz mit, dass Böttiger einen gehörigen Teil des Erfolges, mit dem Lewis bei Hofe ankommen würde, für sich beanspruchte. Dann blickte er auf den immer noch unbeschuhten Engländer und fuchtelte wieder mit den Händen. „Nun, die Kutsche wartet!" Dann wandte er sich ab und ging die Treppe hinunter, um vor der Tür um einen Augenblick Geduld zu bitten.

Eleonore Böttiger sah Lewis noch einmal an und ging ebenfalls zur Treppe. Lewis hatte sich nach Böttigers Ausruf gebückt, um in die Schuhe zu schlüpfen, und so war ihm der letzte Blick Eleonores entgangen. Was seiner Gesichtsfarbe zugute kam. Rasch griff er nach dem Hut, dem modischen runden, nicht dem Dreispitz, setzte ihn auf und nahm ihn dann wieder in die Hand. Als er sein Zimmer verließ, nur halb so bedächtig, wie er sich noch am Morgen den Aufbruch vorgestellt hatte, kam ihm Böttiger auf halbem Wege auf der Treppe entgegen.

„O je, o je!", klagte der, und Lewis befürchtete etwas Tragisches, als Böttiger auch schon hektisch auf die Eingangstür deutete. „Sie fahren nicht allein nach Tiefurt – wie hätte ich das auch annehmen können –, in der Kutsche sitzt schon ein Fahrgast!"

Noch ehe Lewis auch nur den Hauch einer Frage hätte stellen können, sprach Böttiger schon weiter: „Es ist Wieland, er sitzt da und wartet!" Lewis wollte sich gerade fragen, was an dieser Tatsache denn so schlimm sei, als Böttiger atemlos hauchte: „Ich konnte Sie gar nicht recht auf ihn vorbereiten!"

Nun lachte Lewis. „Lieber Herr Böttiger! Dann werde ich mich wohl ungerüstet in die Schlacht des gepflegten Dialoges begeben müssen. Der Schild, den Sie mir gezimmert haben, mag noch nicht ganz vollständig sein, aber ich bin sicher, er wird seine Dienste leisten." Er ging die letzten Stufen hinab. „Herzlichen Dank."

Böttiger schaute drein, als würde er tatsächlich sein eigen Fleisch und Blut unvorbereitet ins Feld ziehen lassen müssen.

Lewis schmunzelte und sagte halblaut: „Ich werde Ihnen selbstverständlich in aller Ausführlichkeit berichten, was sich am heutigen Abend in Tiefurt ereignet." Diesmal hatte er den Ortsnamen fehlerfrei ausgesprochen. Er war aber der festen Überzeugung, dass dies nicht der Grund dafür war, dass Böttiger seine Leichenbittermiene ablegte und über beide Wangen zu strahlen begann.

Lewis verabschiedete sich von Böttiger und Eleonore, die die Hand hob, als wolle sie ihm die Halsbinde zurechtrücken, es aber dann doch nicht wagte und die Bewegung in eine etwas ungelenke Abschiedsgeste übergehen ließ. Dann trat der Engländer auf das Pflaster vor dem Haus, wo im hellen Sonnenlicht die Kutsche stand. Der Fahrer saß schon auf seinem Bock, und dann schwang die Tür des Schlages auf, und eine volle Stimme ertönte: „Noch einmal sattelt mir den Hippogryphen, ihr Musen, zum Ritt ins alte, romantische Land!"

Lewis erkannte den ersten Gesang aus Wielands Versepos *Oberon*, und er konnte mit einigem Nachsinnen gerade noch den anschließenden Teil zusammenbringen. „Wie lieblich um meinen entfesselten Busen der holde Wahnsinn spielt."

Aus der Kutsche hörte er leisen Applaus, und dann beugte sich ein älterer Mann heraus und machte eine einladende Geste. Christoph Martin Wieland musterte den jungen Engländer scharf mit hellen Augen, um die schon einiges an Fältchen zu sehen war. Sein kräftiger Mund lächelte, als Lewis sich ihm gegenüber auf die Bank schob. „Eine erfreuliche erste Begegnung, Herr Lewis, ich fühle mich geehrt, dass Sie sich meiner Werke entsinnen."

Lewis nickte. Er war froh, dass sein Gedächtnis ihn nicht im Stich gelassen hatte. Zum Glück waren es nur einige Zeilen vom Beginn des Epos gewesen, an andere Teile hätte er sich unmöglich erinnern können. Wenn er geahnt hätte, dass Wieland ihn derart prüfen würde, hätte er sich vorbereitet. Zu dumm, dass Böttiger ihm dieses Faible Wielands nicht mehr hatte mitteilen können. Lewis sah dem Poeten offen ins Gesicht, das eine dicke, fleischige Nase dominierte.

„Sie dürfen das nicht falsch verstehen", zwinkerte Wieland. „Ich wollte Sie nicht auf die Probe stellen. Es schien mir eine hübsche Ironie, den vor unsere Kalesche gespannten Klepper als graziles Fabelwesen zu bezeichnen. Aber wenn ich meinen Scherz schon erklären muss ..."

„Verzeihung", entgegnete Lewis halblaut, dem es schien, als zöge sich eine dichte Wolke über seinem Kopf zusammen, aus der sogleich der Dichterzorn auf ihn hinabfahren würde.

„Ich bitte Sie", winkte Wieland ab. „Ich habe Sie auf Kosten meines Spaßes unterschätzt. Wie hätte ich ahnen können, dass Sie so beschlagen in ausländischer Dichtung, ja sogar in der meinen sind. Sie müssen wissen, das ist keineswegs üblich ..."

Er lehnte sich ein wenig aus dem Fenster, wobei er das Samtkäppchen festhielt, das auf seinem Kopf saß und unter dem an den Seiten dichtes, ergrautes Lockengekräusel hervorlugte. Er rief dem Kutscher zu loszufahren und ließ sich dann wieder gegen das Rückenpolster sinken. Durch diese Bewegung bot sich Lewis die Gelegenheit, Wielands Garderobe in Augenschein zu nehmen. Der trug einen dunklen Rock, der zwar sauber wirkte, aber keineswegs feierlich, und statt Lackschuhen Tuchstiefel, die bequem aussahen, aber dem bevorstehenden Abend unmöglich angemessen waren.

Ehe Lewis jedoch weiter über diese Dinge nachdenken konnte, führte Wieland seine Rede fort: „Sie sind ja ein ziemlich junger Mensch, und bei der Jugend sind meine Werke zunehmend unbeliebt, und das zehrt an mir, obgleich ich – wem ist das schon vergönnt – einer Werkausgabe in zweiundvierzig Bänden entgegensehe. Mein Verleger Göschen in Leipzig besorgt sie. Aber was nützt das? Schon vor zwanzig Jahren hat der Göttinger Hainbund – eine Gruppe junger sogenannter Geniedichter – einige meiner Bücher verbrannt, angeblich, um ein Zeichen für neue literarische Wege zu setzen. Sie können sich denken, dass ich seitdem ein gebranntes Kind bin. Demzufolge freut es mich, dass Sie sich so für die Schreibereien dieses alten Kauzes interessieren."

Wielands Antlitz strahlte tatsächlich tiefempfundene Freude aus. Lewis war überrascht, wie unvoreingenommen der große Dichter auf ihn einging. Wie offen und gütig er schien.

Überhaupt musste Lewis feststellen, wie hilfsbereit die Menschen in Weimar bislang zu ihm gewesen waren. Der ihm mit gutem, wenn auch schwatzhaftem Rat zur Seite stehende Böttiger, der ihn in seinem Haus aufgenommen hatte, Goethe, der ihn sogleich eingeladen hatte und nun Wieland, der sich ihm als Mitreisender anbot und sich ihm gegenüber so väterlich gab.

Lewis saugte den gütigen Ausdruck, der auf dem Gesicht seines Gegenübers lag, mit jeder Faser seiner Seele auf. Der Gedanke an seinen eigenen Vater wandelte sich in seinem Mund zu einem bitteren Geschmack, und schon überkam ihn ein Gefühl des Misstrauens, als schliche sich diese Bitterkeit zurück in seine Gedanken. Vor ihm erschien das Bild Böttigers, der ihn als geduldigen Zuhörer für sein Getratsche gebrauchte. Das Antlitz Goethes, der ihn bei der Weimarer Gesellschaft scherzend als Exoten von den britischen Inseln vorführte, und nun auch dieser alternde Poet, dem die Leserschaft entglitt, die Anhängerschaft verlustig ging und der ihm sein Leid klagte. Lewis senkte die dunklen Brauen, und im gleichen Maße verzogen sich auch seine Mundwinkel.

Das Bild des höflichen älteren Mannes verschwamm vor seinen Augen.

„Nun, junger Herr Lewis, ich muss mich entschuldigen“, sagte Wieland plötzlich. „Ich spreche von mir, dabei sind Sie es, der als Gast Aufmerksamkeit verlangt. Also denn“, er klatschte sich mit den Händen auf die Knie, „frisch heraus, was erwarten Sie vom heutigen Abend?“ Er klatschte erneut, zweimal kurz hintereinander, als wolle er Lewis aufmuntern. „Nicht so grimmig dreingeblickt! Mir scheint, als zögen noch alle Nebel Britanniens durch Ihren Kopf und verdüsterten Ihr Gemüt!“

Lewis fühlte sich beschämt und rang sich ein schwaches Lächeln ab. Er durfte diesem Mann nicht mit Arg begegnen, das war unrecht. Was trug der für eine Schuld an seinen eigenen, missmutigen Gedanken? Keine. Vielmehr hatte Wieland verstanden, was an seiner Seele nagte. Zwar war es nicht das Klima, aber doch etwas aus seiner Heimat, nämlich das, was er dort zurückgelassen hatte und doch stets bei sich trug, den Gedanken an Vater und Mutter, die beide auf eine gewisse Art gestorben waren.

Lewis zwang sich, Wielands Frage zu beantworten. „Nun, ich hoffe, dort im Umgang mit der hohen Gesellschaft den Schliff und die Etikette zu erhalten, für die mich mein ... für die England seine Söhne auf den Kontinent entsendet.“

„Groß und gut gesprochen, junger Master Lewis“, lachte Wieland, und seine gewaltige Nase bebte. Dann nahm er sein Gegenüber näher in Augenschein. „Aber vergessen Sie nicht, dass wir uns auf dem Weg zu einem künstlerischen Beisammensein befinden, nicht zu einem höfischen Zeremoniell. Tiefurt ist der Sommersitz der Herzoginmutter. Sommersitz! Allein das Wort strahlt so viel Leichtigkeit aus, dass es sich verböte, dort Strenge und Steifheit herrschen zu lassen. Glauben Sie mir, es ist höchst angenehm.“

„Dann möchte ich mich aufs Angenehmste überraschen lassen. Nehmen Sie nichts vorweg, ich habe bereits durch Herrn Böttiger …"

„Ah, Böttiger! Ich kann mir vorstellen, dass Sie durch ihn bereits so einiges erfahren haben. Sagen Sie – und verspüren Sie keine Scheu, offen zu sein –, was hat der Gute über meine Person zu berichten gewusst? Ich kann mir vorstellen, er hat Sie ausführlich unterrichtet …"

Lewis zuckte die Achseln. „Ich muss Sie enttäuschen. Zu Ihnen ist er nicht mehr gekommen." Die Bemerkungen, die Böttiger in Bezug auf Wieland und die damalige Herzogin gemacht hatte, konnte und wollte er nicht wiedergeben.

„Prächtig!", rief Wieland und lachte wieder. „Dann sitzen Sie also mit dem großen Unbekannten in einer Kutsche. Denn wenn Sie nur das parat haben, was Sie selbst in Erfahrung brachten – wie unwissend sind wir doch alle ohne Böttigers Nachhilfe in Sachen Mensch."

„Ja, das mag stimmen", meinte Lewis. Er wollte lächeln, dachte aber an seine vorangegangenen Überlegungen zurück und ließ es. „Wie weit ist es bis Tiefurt?"

„Nicht weit. Eine gute halbe Stunde Fußwegs außerhalb von Weimar." Wieland bemerkte Lewis' Blick. „Aber eine alte Eule wie ich lässt sich gern nach Athen tragen. Beziehungsweise fahren."

Lewis wusste nicht zu ergründen, worauf Wieland anspielte. Aber tatsächlich mochte er mit seinem hellen, wachen Blick und der prägnanten Nase an diesen Vogel erinnern. Die dunkle Kopfbedeckung tat ihr Übriges.

„Außerdem", fügte Wieland hinzu, „werden wir noch jemanden mitnehmen."

Lewis hatte während des Gesprächs nicht auf den Weg der Kutsche geachtet – was ihm aufgrund seiner mangelnden Ortskenntnis ohnedies wenig Aufschluss gegeben hätte –, aber noch befanden sie sich mitten in der Stadt.

„Oh", entfuhr es ihm. „Um wen handelt es sich denn?" Im Geiste ging er die Personen durch, die Böttiger erwähnt hatte.

„Eine Bekanntschaft, die Ihnen zusagen wird. Gottfried von Herder." Wieland lächelte geheimnisvoll.

Herder. Der Gottesmann und Förderer Böttigers. Die Aussicht, mit Herder und Wieland, mit diesen beiden Größen auf engem Raum in einer Kutsche sitzen zu müssen, behagte Lewis wenig. Wieland schien umgänglich, doch ... nein, Böttiger hatte nur das Beste zu berichten gewusst, selbst wenn man seine Befangenheit bedachte.

„Herr von Herder", wiederholte Lewis.

„Ganz recht", sagte Wieland und lächelte wieder.

„Ich vermeine mich aufgrund der Worte von Herrn Böttiger zu erinnern", merkte Lewis an, „dass die Wohnung des Herrn von Herder nur unweit vom Haus der Böttigers liegt. Warum also die lange Fahrt?"

Wieland hob die Brauen, bis sie fast an den Rand des Samtkäppchens stießen. „Ein aufmerksamer junger Mann, in der Tat."

„Ich hatte einen guten Stadtführer, und es schien mir höflich, gewissenhaft zuzuhören."

„Richtig. Nun, dann wird Ihnen auch nicht fremd sein, dass sich nicht jeder Mann immer in seinem Haus aufhält."

Lewis konnte sich aus dem geheimnisvollen Spiel von Wielands Mundwinkeln keinen Reim machen. Er nickte. „Sicher."

„Gut, denn wir sind schon nahezu ..." – Wieland blickte aus dem Fenster zur Rechten – „... da."

Lewis sah ebenfalls hinaus. Gerade bog die Kutsche in eine Straße ein, und in einiger Entfernung, am Ende der Häuserzeile, konnte er eine Gestalt stehen sehen. Keine weiteren Fußgänger waren unterwegs, so dass sich dieser Mensch deutlich vor den Häusern abhob. Dann lenkte der Kutscher ein, und Lewis war der Blick in die Ferne verwehrt, nur Fenster und Türen zogen vorbei. Wieland streckte den Kopf nach draußen und winkte, dann rief er dem Kutscher zu, er möge halten. Im Fenster erschien zunächst ein dunkelblauer Rock mit blanken Knöpfen, darüber ein schneeweißer Kragen und darüber wiederum ein gefälliges, jugendliches Gesicht. Wieland grüßte und öffnete den Schlag.

Ein junger Mann stieg in die Kutsche, die Kopfbedeckung in der Hand. Lewis war verdutzt. Dies sollte Herder sein? Der, der sich jetzt neben Wieland setzte, war unzweifelhaft in seinem eigenen Alter. Was für einen Scherz hatte sich der Schriftsteller hier ausgedacht?

Wieland stellte die beiden einander vor. „Matthew Lewis aus England – Gottfried von Herder."

Herder grüßte höflich, was Lewis erwiderte, jedoch nicht, ohne fragend dreinzuschauen.

Wieland legte den Finger ans Kinn. „Vielleicht hätte ich präziser sein sollen. Dies ist Wilhelm Gottfried von Herder, der Sohn unseres verehrten Johann Gottfried von Herder. Aber dies bleibt immer noch Matthew Lewis."

„Matthew Gregory Lewis", sagte der, obwohl er seine Taufnamen – der eine der des Vaters, der andere der Nachname der Großmutter väterlicherseits – seit jeher verabscheute. „Um präzise zu sein."

Wieland lachte und Herder mit ihm, was Lewis Gelegenheit gab, den jungen Mann zu mustern. Wilhelm Herder hatte volles, dunkles Haar und ebensolche Augen unter kräftigen Brauen. Seine Nase war gerade, der Mund schön geschwungen, das Kinn charakteristisch. Seine Zähne schimmerten, als er schmunzelte. Die Stimme war angenehm dunkel, als er das Wort an Lewis richtete. „Herr Wieland bot mir an, in seiner Kutsche mitzufahren, statt meinen Vater nach Tiefurt zu begleiten. Vermutlich wollte er Sie nicht mit ihm allein lassen, um Sie nicht allzu ungeteilt seiner Ironie auszusetzen."

„Wie wahr", sagte Wieland und zwinkerte. „Wie laufen die medizinischen Studien bei Hufeland?"

„Danke, gut. Da der Herr Hofmedikus im kommenden Jahr die Professur in Jena annehmen wird, werde ich ihm wohl dorthin folgen."

„Sehr schön." Er sah von Herder zu Lewis. „Während ich die Menschheit nur mit Ironie seziere, werden Sie es bald mit dem Chirurgenmesser erledigen."

„Au, Herr Wieland", machte Herder und grinste. „Das saß! Wie ich erwähnte, gut, dass ich hier bin, um meinen Teil einzustecken."

„Ja, es ist ein ziemlich gefährliches Talent, das zu haben ich mich rühme. Zum Glück hat mich die Natur mit einem unschuldigen, anständigen Wesen gesegnet. Mein Menschenhass ist nur gespielt. Ich liebe die Menschheit, und wenn ich auch über die Gebrechen der einen und über die Schwachheiten der anderen spotte, so geschieht es in der Regel freundlich und in der Absicht, ihnen scherzend heilsame Wahrheiten zu sagen, die man zuweilen geradezu nicht zu sagen wagt."

„Wohl gesprochen", meldete sich Lewis zu Wort und nickte erst Wieland und dann zögerlich auch Herder zu.

Wieland kniff die Augen zusammen und fixierte Lewis. „Nun, auch Sie haben, wie ich hörte, ein gefährliches Talent."

Lewis runzelte die Stirn. „Ja?"

„Sie können Leuten Furcht einjagen mit dem, was Sie fabulieren."

„Fabulieren?“ Lewis schoss es kalt durch den Magen. Was mochte das Wort bedeuten? Was um Himmels Willen erzählte man über ihn, schlimmer noch, warf man ihm vor?

„Erzählen. Mit dem, was oder vielmehr wie Sie es erzählen. Goethe sagte, Böttiger hätte so etwas bemerkt.“

„Ja, ich habe Ambitionen, was das Dichten angeht. Wie erfolgreich diese sein mögen, kann ich nicht entscheiden.“ Lewis wollte nicht an das schreckenerregende Manuskript unter seinem Bett denken.

„In welcher Art möchten Sie arbeiten? Lyrik, Epik ...?“ Wieland wischte ein Stäubchen von seiner Kniehose und versuchte, so beiläufig zu klingen, dass Lewis so etwas wie eine rhetorische Falle witterte. Er hütete sich, mit Wieland konkurrieren zu wollen und flüchtete sich kurzerhand nach vorn: „Dramatik. Ich habe in Paris so häufig und mit Begeisterung das Theater besucht, dass auch ich mich an einem Stück versuchen möchte.“

„Auf den Spuren Shakespeares“, sagte Wieland versonnen. „Auf den Spuren eines der Größten. Sehr enthusiastisch für einen jungen Mann, der reüssieren will. Aber immerhin haben Sie einen Vorteil ...“

Lewis hatte schon einen stummen Seufzer ausstoßen wollen, als er Wielands Worte vernahm. Ihn mit Shakespeare zu vergleichen war mehr Spott, als er ertrug. Jetzt aber horchte er auf – folgte etwa eine Ermutigung?

„Welchen?“

„Sie sind ebenfalls Engländer.“

„Das ist“, seufzte Lewis, „herzlich wenig.“

„Nein“, antwortete Wieland ohne Anzeichen von Unernst. „Wenn Sie sich anstrengen, mag es reichen.“

„Ich weiß nicht, worauf Sie hinauswollen ...“, begann Lewis, aber Wieland schnitt ihm das Wort ab. „Warten Sie ab. Warten Sie ab.“ Er wandte sich an Herder und schüttelte den

Kopf. „Immer diese Jugend, so ungestüm!" Dann runzelte er die Stirn, als erkenne er erst jetzt, wen er angesprochen hatte. „Ach, Jungvolk!" Herder lächelte gewinnend, und Lewis fühlte sich angesteckt.

Mittlerweile hatte die Kutsche die Stadt hinter sich gelassen und war auf eine Kastanienallee gefahren. Die tiefstehende Sonne schien zwischen den Bäumen hindurch, die Bewegung der Kutsche machte daraus ein ständiges Flackern und Aufblitzen von Licht.

Wieland sah seine Mitreisenden an. „Ich werde jetzt für einige Zeit meinen Mund halten, heute Abend werde ich noch genug Unterhaltungen führen müssen. Ich werde ein wenig dösen, während sich die beiden jungen Herren miteinander bekanntmachen. Auf Tiefurt wird auch dafür wenig Zeit bleiben." Er lehnte sich zurück, so dass das Käppchen ein wenig nach vorn rutschte, und schloss die Augen. „Ich bitte, mich zu wecken, wenn wir da sind." Dann begann er, ruhig und tief zu atmen.

Herder schien dies nicht zu überraschen, während Lewis etwas ungläubig auf den augenscheinlich Schlafenden blickte. Er wollte etwas bemerken, als Herder ihm zuvorkam.

„Was meinte Herr Wieland damit, dass Sie Leuten Furcht einjagen?"

Lewis setzte sich auf. „Ich hatte bei meinem Gastgeber, Herrn Böttiger, das eine oder andere von meiner Reise berichtet, und da ich offen gestanden dem Wein ziemlich zugesprochen hatte, gerieten meine Ausführungen recht eindrucksvoll."

„Vermutlich um so eindrucksvoller, da Sie nicht in Ihrer Muttersprache redeten."

Lewis hob die Schultern. „Denkbar. Ich vermute, der Wein hat geholfen und auch der vorangegangene Lesestoff." Herder gegenüber verspürte er nicht die Scheu, die ihn davon hatte absehen lassen, Wieland etwas von seinen Faibles und Erlebnissen schauerlicher Art zu berichten. Lag es daran, dass Herder kein Autor, keine Berühmtheit, vor allem aber kein achtbarer älterer Herr war?

„Als da wäre?“, fragte Herder und schaute interessiert.

„Nun“, begann Lewis, und fast schämte er sich etwas, seiner Stimme einen geheimnisvollen Klang zu geben. Er wusste nicht genau, ob er es tat, weil Wieland jetzt nicht mehr mit Bemerkungen darauf eingehen konnte oder weil er Herder beeindrucken wollte. „Die verschiedenen Schauergeschichten, wie Schillers *Geisterseher* oder Webers *Teufelsbeschwörung.*“

Herder schüttelte den Kopf. „Kenne ich nicht.“

„Ich habe auch noch anderes gelesen. Den *Genius.* Den *Hochwaldnebel.*“

„Romane lese ich nicht, ich habe es mehr mit den medizinischen Büchern.“ Er neigte den Kopf in Richtung des schlummernden Wieland. „Wie gesagt, dort gibt es genug Ängste und Schrecken. Das mag mir reichen. Von den Dingen in den Leibern sollte man besser schweigen.“

Lewis nickte schweigend. Herder sah aus dem Fenster. Draußen verdichtete sich die Allee zu einem Wald. Das Licht wurde schwächer, wodurch die vereinzelten Sonnenstrahlen umso heller schienen.

„Der Webicht“, sagte Herder. „Jenseits des Forstes liegt Tiefurt.“ Als er sich Lewis wieder zuwandte, leuchtete sein Gesicht auf, bestrahlt durch das Funkeln zwischen den Stämmen.

Lewis kniff die Augen zusammen und sah dann rasch hinaus, wo sich die vorbeiziehenden Baumstämme zu einem Schleier verwischten. Eine Weile schwiegen die beiden. Die Kutsche rüttelte, und im Rattern der Wagenräder über den harten Grund ging jedes Geräusch unter, das vom schlafenden Wieland herrühren mochte. Lewis sah zögerlich zu Herder hinüber, doch der blickte aus dem Fenster. Sein Profil schimmerte golden, und immer noch flackerten die Lichter darüber, die Lewis blendeten und verwirrten. Lewis blinzelte, als er spürte, wie ihn das Lichterspiel immer mehr gefangennahm. Plötzlich schob sich ein schwarzes Schemen vor die Sonne, ein Schatten, der das Licht verdeckte und Lewis wachrüttelte. Sicher war es nur ein Baum gewesen, doch hatte es nicht die Umrisse einer Gestalt gehabt? War da nicht ein Kopf gewesen? Unmöglich, eine solche Größe erreichte kein Mensch. Er musste sich das eingebildet haben.

Er räusperte sich. „Sagen Sie ..."

Herder wandte sich ihm zu. Das Ruckeln der Kutsche wurde heftiger. „Ja?"

„Ich fragte mich ..."

Da ging ein heftiger Stoß durch den Wagen, die Pferde wieherten, und der Kutscher fluchte laut. Lewis warf erschrocken den Kopf von einer Seite zur anderen. Was ging da draußen vor sich?

Mit einem Mal wurden die Insassen von ihren Sitzen gehoben, und kaum dass sie auf die Bänke zurückgefallen waren, legte sich das Wageninnere schief. Lewis krallte die Finger in einen der Fenstervorhänge, stieß beinahe mit dem Kopf an die Seitenwand. Fast hätte er aufgeschrien – nicht vor Schmerz, sondern aus Angst vor dem, was geschah oder geschehen mochte. Die Bäume, zuvor einige Armlängen entfernt, kamen gefährlich nahe, dann schob sich die Kutsche schräg in den Graben. Lewis rutschte gegen die Seitenwand, und fast fürchtete er, sie würde nachgeben. Doch das Holz hielt, und die Kutsche bewegte sich nicht mehr. Die Pferde wieherten immer noch, der Kutscher fluchte nochmals, und dann war es still, von einem gelegentlichen Vogelruf abgesehen. Im Wagen selbst keuchte Lewis auf, betastete seine

Schulter und war froh, keine allzu arg schmerzende Stelle zu erfühlen.

Wieland brummte zunächst unverständlich, dann schlug er die Augen auf und sagte: „Ich bezweifle, dass wir in Tiefurt angekommen sind. Warum wurde ich geweckt?“ Er rückte sein Käppchen zurecht und begutachtete die schrägstehenden Baumstämme. „Ein schiefer Wald, sieh an. Wo sind wir?“

Herder rieb sich die Schläfe, mit der er gegen den Fensterrahmen geprallt war. „Ich schätze, vom Weg abgekommen, warum auch immer.“

Er streckte den Kopf aus dem Fenster und rief den Kutscher an: „Heda, Mann! Was ist geschehen?“

Lewis drückte sich die Hand in den Nacken, der ihm von dem plötzlichen Stoß schmerzte.

Draußen rief der Kutscher etwas von Männern zu Pferde, die ihn geschnitten hätten, sowie von Bäumen und Wurzeln und Steinen. Lewis war etwas durcheinander, so dass er das ohnehin durch einen schweren thüringischen Akzent gefärbte Deutsch kaum verstand. Doch ihm wurde klar, dass der Schemen, den er gesehen hatte, einer der Reiter gewesen sein musste. Herder drehte sich zu ihm und Wieland um. „Um es kurz zu machen: Die Kutsche steckt im Graben.“

„Dann sollten wir helfen, sie da herauszuholen“, sagte Wieland und machte eine auffordernde Geste. Herder und Lewis nickten, erhoben sich schwankend von ihren Plätzen und standen dann gebückt da, die Köpfe unter dem niedrigen Dach geneigt. Der Boden der Kutsche fiel zur Waldseite steil ab und ragte zum Weg hin auf, sie konnten sich glücklich schätzen, dass sie nicht umgekippt war. Der Stamm eines querliegenden Baumes hatte sie abgefangen.

Herder versuchte, die untere Tür zu öffnen, aber es gelang ihm nicht. Ein schmaler Spalt zeigte sich, durch den man Gras und Rinde sehen konnte, dann schlug die Tür gegen ein Hindernis. Irgendetwas plätscherte. „Im Graben läuft ein Rinnsal", sagte er, nachdem er kurz durch das Fenster hinausgeschaut hatte. „Die Räder stecken im schlammigen Grund."

Lewis sah an sich hinab, dann auch auf Herders Garderobe. Fast war er froh, dass dieser Weg verwehrt war. „Mir scheint, wir müssen auf der anderen Seite aussteigen ..."

Beide kletterten auf das obere Fenster zu und schoben sich mit Entschuldigungen an Wielands Beinen vorbei. Schwer klappte die Tür gegen die Flanke des Aufbaus, nachdem Lewis sie aufgedrückt hatte. Herder stieß sich ab, machte einen Satz und landete auf dem Weg, wobei er ein Staubwölkchen aufwirbelte. „Kommen Sie", sagte er, als er Lewis zögern sah. Der stützte sich ab, brauchte ein wenig länger, auch sah es weniger elegant aus, aber schließlich standen sie nebeneinander vor der Kutsche und betrachteten die Bescherung.

Schief hing der Wagen da, bedenklich schief. Die Deichsel ragte schräg empor, die vordere Achse stand quer, es schien, als habe allein der geistesgegenwärtige Kutscher sie vor Schlimmerem bewahrt. Der schlaksige Mann mit dem hageren, griesgrämigen Antlitz beruhigte gerade die Pferde, denen nichts geschehen zu sein schien, die aber nervös im Staub mit den Hufen scharrten. Herder trat auf ihn zu: „Bekommen wir den Wagen wieder heraus?"

Der Kutscher rieb sich das Kinn, das ein langer Schmiss verunstaltete. „Achsen und Deichsel sind intakt, wie es aussieht." Er beäugte die beiden jungen Männer. „Wenn Sie mit anpacken würden und schieben hülfen ... damit der verquere Zug nichts zerbrechen lässt." Er wies auf den Winkel, in dem die Pferde zum Wagen standen. „Ich muss die Tiere führen, damit nichts schiefgeht."

„Natürlich", sagte Herder. Er wandte sich zum Schlag, in dem es sehr still war. Lewis reckte den Hals. Hatte Wieland nicht auch aussteigen wollen?

„Herr Wieland?", rief Herder.

Drinnen raschelte es, dann schoben sich Haupt und Oberkörper Wielands aus dem oberen Fenster wie der Holzvogel aus einer Schwarzwälder Kuckucksuhr. Wieland rückte das Käppchen zurecht, räusperte sich und sagte: „Ja?"

Herder und Lewis sahen einander an. Herder presste die Lippen aufeinander, als müsse er etwas zurückhalten, das sonst herausgeplatzt wäre. Lewis kam ihm zu Hilfe. „Herr Wieland, wir müssen die Kutsche aus dem Graben schieben."

„Sehr schön", sagte Wieland und sah sich um. Die tiefe Sonne blitzte durchs Gesträuch, die Vogelstimmen wurden langsam stiller. „Tun Sie das, diese Lage ist recht unbequem."

„Möchten Sie nicht herauskommen?" Lewis bezweifelte, dass Wieland helfen mochte oder gar konnte, aber das Manöver würde bedeutend leichter vonstatten gehen, wenn sich kein Fahrgast mehr im Inneren befände.

„Lieber Lewis, glauben Sie, ich sei ein so wendiger Springinsfeld wie Sie beide? Weder kann ich mich durch das Fenster da unten zwängen noch von hier oben hinabspringen. Vom Wollen ganz zu schweigen ..."

„Aber wir ...", begann Lewis. Herder fiel ihm ins Wort: „... werden uns an die Arbeit machen." Er zog seinen Rock aus und ging zu Wieland. „Würden Sie sich dessen annehmen?"

„Aber sicher", meinte Wieland. „Ihren auch, Herr Lewis?"

Der zögerte, schlüpfte aber schließlich auch aus seinem Samtfrack und gab ihn Wieland, der mit den beiden Kleidungsstücken über den Armen noch bizarrer aussah, als ihn seine Pose ohnehin erschienen ließ.

Schnell gingen Herder und Lewis um den Wagen herum. Dem Kutscher hatte Herder zugerufen, sie würden ihre Positionen einnehmen. Der Graben war mit reichem Grün bewachsen, mit Gräsern und Kräutern, genährt durch das Rinnsal, das die Walderde zu Schlamm verdünnte.

Lewis blickte auf die dreckigen Räder, die trotzig im Grund saßen. „Wir müssen da reinsteigen", begann er.

Herder sah ihn an. „Natürlich. Sie wollen sich nicht schlammig machen?"

Lewis strich über sein makelloses Hemd und sah auf die weißen Strümpfe. Herder war ebenso gekleidet und nickte. „Ich auch nicht. Wir werden also Vorkehrungen treffen, um nicht wie Ferkel aus dem Koben in Tiefurt einzutreffen." Dann knöpfte er die Weste auf, zog sein Hemd über den Kopf und hängte beides an die Haken der Kutschenrückwand. Lewis sah ihn groß an. Er gestattete sich keinen Gedanken als den, dass Herder die Kutsche auch im Alleingang würde aus dem Graben schieben können. Herder machte eine auffordernde Geste, dass die Sehnen an seinen kräftigen Armen spielten. Zögernd begann auch Lewis, sich seiner Weste zu entledigen.

Bis auch er mit bloßem Oberkörper dastand, hatte Herder schon Strümpfe und Schuhe abgelegt und war in den Graben gestiegen. „Wir sind bereit!", rief er und bedeutete Lewis, sich zu beeilen. Er zeigte die Zähne und hob aufmunternd die Brauen. Lewis seufzte und sprang neben Herder, der sich schon gegen ein Wagenrad stemmte. Seine Muskeln spielten und waren schon bald schlammverschmiert. Als Lewis' Füße in das feuchte Bachbett drangen, überkam ihn ein Schauder. Ein Badevergnügen war das nicht. Aber das Bild von mit Schlamm und Grasflecken verunzierten Strümpfen und Schuhen ließ ihn sich dieser Unbill hingeben. Er stemmte sich gegen die Speichen und schob. Von vorn hörten sie den Kutscher rufen, die Pferde schnauben und Deichsel und Schirrzeug sich knirschend und knarrend dem Zug beugen. Lewis ächzte, Herder gab keinen Laut von sich, atmete nicht einmal schwerer. Die Kutsche bewegte sich kaum. Die Geräusche verstummten.

„Gleich nochmal!“, rief der Kutscher. „Auf meinen Ruf!“ Lewis hörte, wie sich die Pferde neu positionierten. Er schnaufte und wollte sich mit der Hand über die Stirn fahren, als er die erdfarbene Pranke am Ende seines Armes sah und es lieber sein ließ. In der Kutsche raschelte es, dann schoben sich Haupt und Oberkörper Wielands aus dem unteren Fenster. „Haben Sie Erfolg?“, fragte er unschuldig und fügte, als er die beiden Männer betrachtet hatte, hinzu: „Zumindest scheinen Sie sich anzustrengen.“ Lewis wusste, dass sich sein Antlitz von der Mühe bereits gerötet hatte, während auf Herders Stirn nicht einmal Schweiß lag.

Dieser Mann wollte Mediziner werden? Etwas Heldenhafteres schien ihm besser zu Gesicht zu stehen.

„Es wird schon gehen“, entgegnete Herder und sah Lewis aufmunternd an. Dann kam der Ruf des Kutschers, es krachte und knirschte, und die beiden stemmten sich in die Speichen.

Wielands Kopf verschwand wieder, und Lewis sehnte sich an Schreibtisch und Feder zurück.

Nach ein paar Anläufen stand die Kutsche wieder auf dem Weg. Der Fahrer dankte den jungen Herren und untersuchte Achsen und Räder auf Schäden. Lewis stand da und schnaufte, Beine und Oberkörper mit Schlamm und Pflanzenteilen bedeckt. Wundersamerweise war die Kniehose in fast makellosem Zustand. Umso mehr schmerzten seine Arme und Schultern, weil er sich, um die Hose zu schützen, auf sehr verdrehte Weise gegen das Gewicht der Kutsche gestemmt hatte. Herder sah an sich hinab, seine Hose starrte vor Dreck. „Wenn es getrocknet ist, kann man das ausbürsten.“

Wieland hatte während des Manövers noch einige Male Kuckuck gespielt, jetzt saß er offenkundig zufrieden wieder aufrecht auf seinem Platz. Er musterte die jungen Männer. „Meine Güte, Sie sehen aus wie wilde Burschen aus den Hängen und Hügeln Arkadiens. Ich bezweifle, dass Rousseau das mit der Rückkehr zur Natur meinte."

Herder stemmte die Fäuste in die Hüften und lachte. Lewis wollte allzu gern einstimmen, fühlte sich aber ganz und gar nicht danach.

Wieland deutete den Weg hinab. „Es dürfte nicht mehr weit sein bis zur Brücke über die Ilm. Wie wäre es, wenn Sie vorgingen und sich wüschen, und wir folgen Ihnen, sobald hier alles in Ordnung ist?"

Herder nickte. „Eine gute Idee! Kommen Sie, Lewis." Er ging los.

Der junge Engländer hob kurz die Hand zum Gruß in Richtung Wieland, der eine scheuchende Geste machte und sich dann an den Kutscher wandte. Lewis hörte nicht hin, sondern schloss zu Herder auf. Steinchen drückten in seine Fußsohlen, aber es war erträglich.

Herder atmete tief ein. „Ah, Waldluft – und wie erfrischend dann und wann körperliche Arbeit im Ausgleich zum Bücherstudium ist!"

Lewis schmerzten die Knochen, und er war durstig. Derzeit konnte er der durchaus mitreißenden Heiterkeit Herders wenig abgewinnen. Er schleppte sich neben ihm dahin.

Herder wandte den Kopf. „Nun lassen Sie sich nicht so hängen. Sie haben sich tapfer geschlagen! Bedenken Sie, wir haben nicht allein die Kutsche, sondern auch Herrn Wieland bewegt, und in Anbetracht der Tatsache, was der Mann in seinem Kopf und Geiste hat, war das eine geradezu herkulische Arbeit."

Lewis sah zu Herder auf, nicht etwa weil er wesentlich kleiner gewesen wäre. Ihm ging erneut die Bedeutung von Körperhaltung auf, denn während er mit hängenden Schultern trottete, schritt Herder mit gestraffter Brust dahin. Also richtete auch er sich auf, so sehr es auch schmerzte, und rang sich ein ehrliches Lächeln ab. „Das mag sein. Fast möchte man sagen, wir haben Herrn Wieland die Reputation, wenn nicht gar das Leben gerettet. Steckte die Kutsche noch im Graben, säße der große Schriftsteller vielleicht bis in alle Tage wie der Vogel in einer dieser Schwarzwälder Uhren und würde nur dann und wann hinausschauen, um eine Ironie von sich zu geben."

Herder lachte. „Lewis, Sie sind spitzzüngig. Wieland hatte recht, als er äußerte, sie hätten ein gefährliches Talent. Nur konnte er nicht ahnen, dass es so nah an dem seinen liegen würde." Er zeigte die Zähne und lächelte.

Lewis fühlte sich geschmeichelt und wollte etwas entgegnen, als Herder stehenblieb. „Hören Sie das? Da vorne rauscht die Ilm. Wir kommen zu unserem verdienten Bad." Er lief los.

Lewis schaute ihm kurz hinterher, dann setzte auch er immer rascher einen wunden Fuß vor den anderen.

Am Ufer der Ilm wuschen sich die beiden Schweiß und Schlamm von Gesicht und Körper. Herder schaufelte mit beiden Händen das kühle Wasser aus der Strömung und prustete offenkundig vergnügt, als sei er ein Wassergeist, der gerade nach anstrengender Nixenjagd den Fluten entstiegen war. Lewis ging mit mehr Vorsicht zu Werke. Es gelang ihm, jede Handvoll Wassers heimlich ein wenig anzuwärmen, ohne allzu zimperlich zu erscheinen. Dann ließen sich die beiden, gesäubert und erfrischt, von der tiefstehenden, aber noch immer wärmenden Sonne trocknen. Als sie aus dem Wald getreten waren, hatte Lewis mit Erleichterung bemerkt, dass es wesentlich weniger spät war, als es im gedämpften Licht zwischen den Bäumen den Anschein hatte. Zumal glaubte er am Ende des Weges, der über die kleine Brücke führte, schon die ersten Häuser des Dorfes Tiefurt ausmachen zu können. Das Schloss durfte also nicht mehr weit entfernt sein.

Herder und Lewis saßen nun in ihren Kniehosen an der Brücke und plauderten. Des medizinischen Interesses wegen erzählte Lewis von seiner Zeit am Christ Church College, wo er im vergangenen Jahr etwas Algebra und Anatomie gelernt hatte. Den Trakt, in dem diese Kunst gelehrt wurde, hatten die Studenten gemeinhin als *skeleton corner* bezeichnet, was dem auch sonst recht gotischen Erscheinungsbild des Gebäudes entgegenkam. Herder zeigte sich trotz des schaurigen Themas amüsiert, was, wie Lewis meinte, wohl tatsächlich an seiner höchst irdischen Einstellung als künftiger Mediziner lag.

„Der Skelettwinkel. Oder besser, die Ecke der Gebeine? Ich frage mich, welcher Name wohl auf die entsprechende Örtlichkeit in Jena passen würde." Herder überlegte, kam aber zu keinem Ergebnis. „Wie auch immer, ich werde es Sie wissen lassen und unter meinen Kommilitonen verbreiten."

Lewis nickte. Es war ihm nicht entgangen, dass Herder in Anatomie brillieren würde. Er musste sich nur im Spiegel betrachten, um vollendet ausgeprägte Gliedmaßen und Muskelstränge studieren zu können. Zudem zeigte seine Haut einen Farbton, der sein beständiges Bücherstudium in der Stube Lügen strafte. Lewis selbst kam sich sowohl äußerlich als auch innerlich recht blass vor.

Herder sah zum Waldrand hin. „Wo nur Herr Wieland mit der Kutsche bleibt?"

Beide standen auf und horchten. Die Sonne war noch weiter gesunken, und Lewis fragte sich, wie spät es sein mochte.

Da jagte auch schon mit Klappern und Rattern das Fuhrwerk aus dem Wald heraus und kam kurz vor der Brücke zu einem raschen Halt. Staub wirbelte auf, dem die frisch gewaschenen Jünglinge mit Mühe ausweichen konnten.

Wieland steckte den Kopf aus der geöffneten Tür. „Nun aber los, die Herren! Herein mit Ihnen!"

Die beiden stiegen eilig ein, wo ihre zusammengelegten Kleider auf den Sitzbänken warteten.

„Ich hoffe, Sie können sich auch hier drinnen ankleiden", meinte Wieland. „Wir sind spät dran. Da werden gewisse Damen und Herren ziemlich ungehalten sein."

Das hatte Lewis befürchtet. Sein erster Auftritt bei Hofe würde zu einem Debakel werden.

Die Kutsche fuhr eilig an und raste gen Tiefurt.

Viertes Kapitel

In welchem mit Köpfen gespielt wird

Während die Kutsche durch Tiefurt brauste, mühten sich Lewis und Herder, trotz der Enge und des Rüttelns wieder in ihre Kleidung zu schlüpfen. Wieland schaute amüsiert drein, bot aber keine weitere Hilfe an, als dass er sich möglichst eng in seine Ecke drängte, um den beiden jungen Männern einigermaßen Platz zu bieten.

„Haben Sie übrigens die vier Berittenen gesehen, die uns entgegenkamen?“, fragte er.

Herder hielt beim Versuch, seine Halsbinde zu richten, inne und sah ihn an. „Nein, von welchen Reitern sprechen Sie? Die, die uns abdrängten?“

Wieland stutzte. „Kurz bevor wir den Waldrand und die Brücke erreichten, kamen uns vier Reiter entgegen. Ich glaubte, es seien die, die auch unsere Pferde zum Scheuen gebracht hatten, und hoffte, Sie hätten sie im Sonnenlicht besser erkennen können ...“

„Nein“, sagte Herder. „Da wir gleich neben der Brücke lagerten, hätten wir sie wohl bemerken müssen, nicht wahr, Herr Lewis?“

Lewis nickte. „Ich habe auch nichts bemerkt.“ Er blickte Wieland an. „Möglicherweise gibt es einen Querweg zur Straße durch den Wald.“

Wieland wiegte den Kopf. „Das mag sein.“

Herder rückte sich den Rock zurecht. „Das wär's." Er musterte Lewis. „Wir sind so gut wie neu. Die Herzogin wird nichts zu beanstanden haben."

Lewis mochte dem zustimmen, soweit es Herder betraf. Der sah aus, als sei das schlammige Debakel nie geschehen. Er selbst fühlte sich allerdings zerzaust und unwohl, gar nicht recht gewappnet für einen Besuch bei den hohen Herrschaften des Adels und des Geistes. Aber dann stellte Herder wieder sein gewinnendes Lächeln zur Schau, und Lewis ließ sich mitreißen. Trotzdem wollte er sichergehen.

„Was meinen Sie, Herr Wieland? Ist das angemessen?"

Der Schriftsteller zog die Nase kraus, was ein beeindruckendes Schauspiel war, und spitzte die Lippen. „Nun, ich könnte jetzt etwas Zweideutiges sagen, um meiner Rolle gerecht zu werden, aber glauben Sie mir, es ist alles in schönster Ordnung."

Lewis nickte dankbar.

„Außer vielleicht dem einen oder anderen Grashalm in Ihrem Haar." Er deutete mit dem Finger darauf. „Aber ich denke, es wird auf dem Weg vom Eingang zum Gesellschaftszimmer den einen oder anderen Spiegel geben ..."

Lewis' Hand zuckte zu seiner Schläfe und tastete, konnte aber nichts ausfindig machen. Er schaute verwirrt.

Herder schüttelte den Kopf. „Herr Lewis, Sie müssen sich daran gewöhnen, nicht jede Äußerung Herrn Wielands für voll zu nehmen."

„Ich werde das beherzigen", sagte Lewis und versuchte, Wieland einigermaßen respektvoll in gespieltem Zorn anzufunkeln.

„Eines dürfen Sie mir aber glauben ...", begann Wieland.

„Was mag dies sein?", fragte Lewis misstrauisch.

Wieland wies aus dem Fenster. „Wir sind da."

Lewis sah hinaus. Sie fuhren in eine malerische Parklandschaft ein, die im späten Licht lag. Zwischen hohen Bäumen konnte Lewis hell verputzte Mauern blitzen sehen, und schon hielten sie vor dem Altan, einem auf Pfeilern stehenden und mit Schindeln gedeckten hölzernen Gang, der das zweigeschossige Haupthaus mit dem Nebengebäude verband.

„Aber“, meinte Lewis, „das ist ja gar kein Schloss.“

„Nein, wie sollte es auch“, erläuterte Wieland. „Früher war es das Pächterhaus des Kammergutes. Aber seien Sie unbesorgt, im Inneren ist es erstklassig eingerichtet.“

„Ich bin keineswegs besorgt“, antwortete Lewis. „Ich bin nur verblüfft, da es stets als Schloss bezeichnet wurde.“

„Der Adel kommt mit den Bewohnern“, stellte Wieland fest. „Aber jetzt hinaus, wir sind schon spät.“

Die drei stiegen aus, und der Kutscher lenkte den Wagen sogleich weiter, um das Bauwerk herum. Herder klopfte abermals seine Kniehosen aus. Dann gingen sie zum Hauptgebäude, unter den vier hohen Bäumen hindurch, bis sie vor dem Tor standen, das von zwei steinernen Bänken gesäumt war.

Wieland klopfte an.

Als sich nichts rührte, drückte er gegen das Holz, und die Pforte schwang auf. Er sah sich zu Herder und Lewis um, zuckte die Achseln und steckte den Kopf ins Innere. Es war still. Wieland öffnete die Tür weiter, bedeutete den beiden jungen Männern, ihm zu folgen.

„Höchstwahrscheinlich sind die Herrschaften schon ins musische Gespräch vertieft, und die Dienerschaft ist im Nebenhaus in der Küche, wer weiß? Als treuester Gast kann ich mir den selbsttätigen Eintritt erlauben. Kommen Sie.“

Wieland führte die beiden zur Treppe, ohne Hast, als wolle er Lewis Gelegenheit geben, sich ein wenig zu beruhigen und die Ereignisse des Weges von sich abfallen zu lassen. „Im oberen Stockwerk bewohnt die Herzoginmutter fünf Räume, es gibt auch ein Kabinett und ein Billardzimmer, die dann und wann als Gastzimmer dienen. Gemeinhin quartiert man die Gäste aber beim Bauern Grobe und ein paar anderen Landleuten ein. Das Fräulein von Göchhausen wohnt im Nebengebäude ..."

Lewis erkannte den Namen und erinnerte sich an die Warnungen Böttigers. Er atmete tief ein. Dieser furchtbaren Person würde er also auch begegnen. Aber was konnte ihm heute schon noch Erniedrigendes widerfahren, verglichen mit der schmutzigen Strapaze des Kutschenunglücks? Wohin es wohl die Reiter so eilig getrieben hatte? Waren sie nicht dunkel gekleidet gewesen, hatten sie nicht wie finstere Mordbuben oder Schergen einer bösen Macht ausgesehen? Lewis fühlte sich unwohl, vernahm kaum noch, was Wieland berichtete. Was, wenn die düsteren Gestalten den Weg nach Tiefurt genommen hätten, einer arglistigen Bestimmung folgend? War das der Grund, warum niemand das Klopfen an der Pforte beantwortet hatte?

Waren alle gemeuchelt, dahingemordet? Lewis schüttelte den Kopf. Herrje, er ließ zu, dass seine schauerliche Lektüre ihm Streiche spielte. Er schien doch erschöpft zu sein, und möglicherweise das Sonnenbad ohne Hut ...

Plötzlich vernahm er aus dem oberen Stockwerk einen Schrei. Eine Frau schien in höchsten Nöten.

Aufgeregt sah Lewis die beiden anderen Männer an. Wieland und Herder schienen zunächst erschrocken, gelähmt. Dann beschleunigten sie ihre Schritte, stiegen immer schneller treppauf. Schon rannten sie. Lewis stürmte mit. Seine Ahnung hatte ihn nicht getrogen, dort oben in den Zimmern geschah Furchtbares. Er verspürte Furcht, sah zu seinen Gefährten. Doch er sah in Herders markantem Profil nur die Züge eines entschlossenen Geistes, der zum Handeln bereit war, bereit, die Dame in Fährnis zu retten. Lewis fühlte sich angespornt, wollte es diesem Manne gleichtun. Diesem Mann, der wie die Helden der Romane zu handeln wusste. Er lief, erreichte den Treppenabsatz, drang in ein Zimmer vor, in dem sich nichts Lebendes fand, allein Möbel und Bilder an den hellen Wänden. Seine Sohlen rutschten auf dem mit Intarsien verzierten Parkett. Wieder hörte er die Frau in Not. Lewis wünschte sich eine Waffe, hatte keine, sah keine, aber dessen ungeachtet rannte er voran, hinter sich die Rufe seiner Gefährten, und dann sah er sie, im entfernten Zimmer, die Arme in abwehrender Geste erhoben, um sie herum geduckte Gestalten.

Mit einem Satz war er heran, fing sich am Türrahmen und erstarrte.

Die Frau verstummte. Die Gestalten wandten sich ihm zu. Hinter ihm hörte er die Schritte Wielands und Herders, die zu ihm aufschlossen. Lewis keuchte. Er spürte, wie ihm die Röte der Anstrengung ins Gesicht stieg, und wie diese von der Röte der Scham übertüncht wurde.

Aus der Gruppe der Sitzenden erhob sich Goethe, gekleidet in Tannengrün, und sagte: „Junger Herr Lewis! Ich muss zugeben, Sie verstehen es, ebenso wirkungsvoll aufzutreten, wie ich es vor Ihnen getan habe.“ Er sah in die Runde, dann wieder zu Lewis. „Aber zunächst möchte ich Sie bitten: Nehmen Sie Platz und lassen Sie uns gemeinsam der Kunst der Primadonna Madame Schröter lauschen. Danke.“ Goethe setzte sich.

Lewis zauderte. Zum Glück waren Wieland und Herder da, um ihn zu stützen und vor etwas zu bewahren, das noch mehr Aufruhr verursacht hätte. Nach Halt tastend griff er nach dem Türrahmen, der mit einem Fries aus Blumenranken umspannt war. Während sich die Gäste im Gesellschaftszimmer wieder der Sängerin zuwandten, die sogleich mit ihrem

Vortrag begann, zog Wieland einen der dunkel gepolsterten Stühle des Nebenzimmers, in dem sie sich befanden, heran. Er stieß ihn Lewis, den Herder aufrecht hielt, von hinten in die Kniekehlen.

„Verzeihung", flüsterte er, um die Gesangsdarbietung nicht zu stören, obwohl seine Worte ohnehin in der vollen Stimme Corona Schröters untergingen.

Lewis sackte auf die Sitzfläche. „Ich erbitte Ihre Verzeihung", flüsterte er und rieb sich mit den Handballen die Schläfen. „Ich weiß nicht, was über mich gekommen ist. Die letzten Momente erscheinen mir wie von einem Schleier überzogen ..."

Er blickte starr nach vorn, hinein in das Gesellschaftszimmer und auf die schlanke Frau, vierzig mochte sie sein, die in der Mitte der Lauschenden stand. Reiche Falten rosenfarbenen Stoffes umspielten sie, bewegten sich mit ihren Gesten. Das lange, helle Haar der Schröter war mit einem zum Kleid passenden Band auf dem Scheitel gebändigt und fiel in Locken auf ihren Nacken und ihre Schultern. Die Augen schlossen sich dann und wann unter den gewölbten Brauen, um diese oder jene Passsage zu betonen. Auch wiegte sie den Kopf, so dass man ab und an ihre klassische Nase im Profil sehen konnte. Ihr Mund rundete sich fein und entließ jene verzückende Melodie, die Lewis so jäh unterbrochen hatte. Er hatte den Blick immer noch auf die Primadonna gerichtet, als diese in einer ihrer wiegenden Bewegungen innehielt und ihm ins Gesicht sah. Lewis erschrak und senkte das Haupt in Scham.

„Wenn ich mich nicht irre", raunte ihm Herder zu, der sich mittlerweile ebenfalls eine Sitzgelegenheit besorgt hatte, „ist die Dame nicht besonders erzürnt."

„Wie kommen Sie auf diesen Gedanken?", gab Lewis schwach zurück, ohne aufzublicken. „Ich habe mich unmöglich benommen und ihre Kunst gestört."

„Ich glaubte zu sehen, wie sie in Ihre Richtung geblinzelt hat“, meinte Herder.

Lewis sah ihn aus dem Augenwinkel an. „Sie scherzen!“

„Keineswegs“, antwortete Herder, und Lewis erschien Herders Gesichtsausdruck ernst genug, um seinen Worten Glauben zu schenken.

„Aber ist das nicht ungehörig ...?“, begann er.

„Ungehörig ist es, wenn die jungen Herren nicht mit dem Tuscheln aufhören“, zischte der hinter ihnen sitzende Wieland, indem er sein Antlitz zwischen die Köpfe der beiden schob.

„Jawohl, Herr Wieland“, sagte Lewis eingeschüchtert und reuig, während Herder nur knapp nickte.

„Recht so. Wenn hier jemand spricht, dann werde ich das sein.“ Wieland zog das Haupt zurück, blieb aber weit genug vorgebeugt, damit seine leise Stimme gut zu hören war. „Ich denke, Sie können Ihren Fauxpas am besten wieder gutmachen, indem Sie nicht kleinlaut, sondern gefasst auftreten, und damit Ihnen das gelingt, werde ich Ihnen nun die Anwesenden vorstellen. So wissen Sie, mit wem Sie es nachher zu tun haben, und falls Spontaneität nicht Ihre Stärke ist, können Sie sich für jede Person schon einmal ein Sätzlein bereitlegen. Verstanden?“

„Natürlich“, zischte Lewis, ohne den Kopf zu wenden, ja nahezu ohne die Lippen zu bewegen.

„Sitzen Sie nicht so steif, sonst sind Sie in ein paar Minuten so verkrampft, dass Sie keine gute Figur machen werden.“

Lewis rutschte ein wenig auf dem Polstersessel hin und her und bewegte die ohnehin schmerzenden Schultern so sachte wie möglich, damit es nicht aussah, als zappele er auf seinem Stuhl herum.

„Also“, wisperte Wieland. „Die hochgeborene Gastgeberin sitzt dort hinten zur Linken, in Dunkelblau.“

Lewis schielte in die ihm gewiesene Richtung und sah eine zierliche Frau in den Fünfzigern, mit großen Augen und schmalem Mund, die mit zartem Lächeln der Sangesdarbietung lauschte. Sie war nicht so prächtig gekleidet, wie sich Lewis die Mutter eines Herzogs vorgestellt hätte, sie trug keine Preziosen, um ihren Hals war nur locker ein dünner Schal geschlungen. Die Kostbarkeiten, mit denen sie sich schmückte, bestanden aus Dichtern, Künstlern und Gelehrten, und diese schienen ihr weit wertvoller zu sein als Gold und Juwelen. Lewis konnte das nur bewundern.

„Neben ihr sitzt Karl Ludwig von Knebel, Erzieher des Prinzen Constantin und maßgeblicher Gestalter dieses Anwesens und der umliegenden Parklandschaften“, fuhr Wieland fort.

Lewis schätzte den Mann im senffarbenen Rock auf Ende vierzig, doch dessen verdrießlicher Blick, die hohe Stirn und der verkniffene Mund ließen ihn älter erscheinen.

„Eine recht kapriziöse Natur“, setzte Wieland hinzu. „Vielleicht auch deshalb mit Goethe so gut befreundet. Der sitzt, wie Sie sehen, direkt daneben.“

Kaum hatte Lewis zögerlich, da ihm dessen Zurechtweisung noch in den Ohren klang, seinen Blick auf den Geheimrat gerichtet, da ruckte Goethes Kopf auch schon eine wenig zur Seite, und seine Augen schienen ihn direkt anzufunkeln. Lewis sah rasch nach unten. Er wusste nicht zu entscheiden, ob die folgende Bewegung ein schulmeisterliches Kopfschütteln war oder ob sich Goethe nur zum Takt des Liedes wiegte. Sicher war er nur, dass er das Wohlwollen, das ihm der Geheimrat am vorigen Tag entgegengebracht hatte, nun wieder verspielt hatte. Es graute ihm davor, Goethe gegenüberzustehen, und die Frist bis zu dieser Begegnung schwand mit jeder Note aus der Kehle Corona Schröters. Lewis hob den Blick vorsichtig und sah, dass Goethe sich wieder abgewandt hatte. Er nickte kurz einer kleinen Frau zu, die neben ihm auf einem Stuhl saß. Lewis sah diese im Profil, und hätte ihn nicht schon die markante Nase und die vorspringende Mundpartie aufmerksam gemacht, so ahnte er doch noch mehr, als er sah, wie ein Buckel unterhalb des Nackens hervorsprang, der mit dem *cul de Paris* des veilchenblauen Kleides wetteiferte.

Wieland schien bemerkt zu haben, wie Lewis' Schultern sich versteiften. „Master Lewis, entweder Sie haben die unelegante Angewohnheit, Menschen nach ihrem Äußeren zu beurteilen, oder der gute, geschwätzige Böttiger hat Sie mit Informationen versorgt, die ebenso furchtbar wie übertrieben waren." Er schnalzte leise mit der Zunge. „Aber wie auch immer, Sie haben richtig erkannt, das ist das Fräulein von Göchhausen. Sie werden sie nachher wohl oder übel kennenlernen müssen und sich selbst einen Eindruck verschaffen."

Lewis nickte automatisch.

„Die anderen Herren sitzen leider mit dem Rücken zu uns, aber ich kann Ihnen nichtsdestoweniger sagen, dass der Herr im gestreiften Frack mit großer Sicherheit Friedrich Bertuch ist. Er wird gern der Tatsache gerecht, dass er mit Kraus zusammen das *Journal des Luxus und der Moden* begründet hat, also sehen Sie ihm die Farbkombination nach."

Lewis konnte nichts Schlimmes an den blauen und cremefarbenen Streifen des Stoffes finden, vielleicht waren die dünnen Linien Rot dazwischen etwas zu extravagant. Dagegen war der letzte der Männer im Raum umso strenger gekleidet. Lewis sah nur den schwarzen Rock und den hellen Kragen, auf den der eisgraue Zopf fiel. Er wartete, dass Wieland etwas anmerken würde, aber diesmal war es Herder, der sprach. „Das ist mein Vater, Johann Gottfried von Herder." In diesen wenigen Worten klang so viel Ehrfurcht und Liebe des Sohnes zum Vater mit, dass es Lewis mit Trauer und auch Neid erfüllte.

Er hätte nie derart von dem Sekretär des Kriegsministeriums sprechen können, dem er vor siebzehn Jahren als Sohn geboren worden war.

Als mit einem Mal Corona Schröter ihren Gesang beendete und die Zuhörer dezent applaudierten, war Lewis froh, nicht solcherlei Gedanken nachhängen zu müssen.

„Nun“, hörte er Wieland sagen. „Jetzt kommt Ihr Auftritt.“ Lewis, der sich bereits, ohne Nerven zu zeigen, auf dem Parkett von Paris und Wien bewegt hatte, schlug das Herz bis zum Hals. Im Empfangszimmer scharrten die Stuhlbeine leise.

Bertuch und der alte Herder präsentierten sich nun im Profil, doch bevor Lewis sie auch nur genauer in Augenschein hätte nehmen können, traten sie zur Seite, und zwischen ihnen erschien die hohe Gestalt Goethes, der mit weitgreifenden Schritten auf die drei Spätankömmlinge zuging.

Lewis schoss vom Stuhl empor, halb, weil Goethe sich so schnell näherte, halb, weil er für einen kurzen Moment einen Blick der Herzoginmutter auf sich erhascht hatte. Aus dem Augenwinkel sah er neben sich auch Wieland und den jungen Herder aufstehen.

Nun war Goethe heran und baute sich vor den dreien auf. Er sah von einem zum anderen, wobei er bei Herder begann, ihn kurz nickend grüßte, was dieser mit leichtem Diener erwiderte. Dann hob er Wieland gegenüber die Brauen und richtete schließlich seine ganze Ausdruckskraft auf Lewis. Dies dauerte nur wenige Lidschläge an, und doch schien es Lewis wie eine Jahreszeit, vornehmlich eine mit Frost, Sturm und Dunkelheit. Dann öffnete Goethe den Mund und fragte, ohne den Blick von Lewis zu wenden: „Wieland, sag mir, warum diese Verspätung deinerseits, warum das tolldreiste Gebaren von Seiten Master Lewis’, und warum hat der junge Herder Schlamm an seinen Hosen?“

Wieland blies die Backen auf, während Herder so unauffällig wie möglich seine Beinkleider betrachtete. „Teurer Freund, die Narretei magst du allein mir kaum glauben, weswegen ich sie für später aufzuheben gedenke. Momentan scheint es mir sinniger, den Kernpunkt der Aufmerksamkeit allen hier bekannt zu machen." Er hob das Kinn, und als Goethe sich halb umwandte, sah der die Gesellschaft im angrenzenden Zimmer mit verhaltener Neugier in seine Richtung blicken.

Goethe blitzte Lewis an. „Nun denn. Folgen Sie mir, junger Herr aus England."

Dann drehte er sich auf dem Absatz um und schritt mit leicht ausgebreiteten Armen in den Gesellschaftsraum, zwischen den Wartenden hindurch, bis er vor Anna Amalia stehenblieb. Er dienerte leicht und drehte sich mit der gleichen Bewegung zurück zu Lewis, wobei er eine große Geste vollführte. „Verehrte Fürstin, ich erlaube mir, Ihnen vorzustellen: Matthew Gregory Lewis, Engländer und angehender Poet, zurzeit hier in Weimar, um sich zu bilden und bilden zu lassen." Er lächelte auf eine Art, die Lewis gern als hinterhältig bezeichnet hätte, wäre es ihm in den Sinn gekommen, eine solche Eigenschaft mit Goethe zu verbinden. So wich aber jeglicher Gedanke aus seinem Kopf, als er das Spalier aus Gästen durchschritt, immer näher auf die noch immer sitzende Herzoginmutter zu. Schließlich stand er vor ihr und verneigte sich tief.

„*Your Highness ...*", begann er und merkte zu spät, dass er in seine Muttersprache verfallen war. Er versuchte, sich zu erinnern, wie Goethe die Herzoginmutter angesprochen hatte, doch es gelang ihm nicht. Er blickte betreten auf, um zu sehen, wie Anna Amalia im Licht des Sonnenunterganges, das durch die Fenster fiel, huldreich lächelte.

„Ich möchte Ihnen nachsehen, wie Sie in unsere Runde getreten sind. Ich bezweifle nicht, dass es Gründe gab, weswegen Sie sich so verhalten haben, und da wir hier weilen, um den Musen zu huldigen, sollten Sie es nicht versäumen, uns diese Geschichte zu berichten. Seien Sie also willkommen in meinem *Tibur.*"

Lewis sah Anna Amalia an und lächelte schief. Es war nicht allein das bescheidene, gütige Auftreten, das ihn sogleich für diese Frau einnahm, die so herrschaftlich und warmherzig zugleich schien. Nein, er verspürte auch sogleich eine tiefe Sympathie für die Herzoginmutter, da sie ebenso wie er mit dem Namen dieses Ortes zu kämpfen hatte. So schien es ihm zumindest, denn er konnte nicht wissen, dass sie wie gewöhnlich den umgänglicheren Namen für den Ort Tiefurt gewählt hatte, als sie von *Tibur* sprach, und so antwortete er: „Ich bin sehr geehrt und erfreut, dass ich dieser luminösen Gesellschaft hier in Tibur beiwohnen darf."

Die luminöse Gesellschaft hieß Lewis willkommen, indem sie über die vorwitzige Art des jungen Engländers lachte, der es scheinbar wusste, sich furios einzuführen und das Ganze nonchalant abzutun.

In der folgenden Stunde hatte Lewis sich in allerlei Gesprächen zu behaupten. Nach Ablauf dieser Zeit sollte nämlich, wie Goethe verlauten ließ, ein noch höheres Aufsehen erregender Gast die Gesellschaft beehren und dann, wenn auch nicht mit seiner Persönlichkeit, so doch mit seinem Können die Anwesenden verblüffen. Momentan jedoch befand sich Lewis inmitten des Musenzirkels, dessen Mitglieder sich zwar auch mit den üblichen Gesprächen über Literatur und Lyrik unterhielten, vorrangig jedoch darauf warteten, selbst einige Worte mit dem Neuankömmling zu wechseln. Lewis war froh, dass auch Wieland und der junge Herder am Abenteuer mit der beinahe umgestürzten Kutsche teilgenommen hatten und er diese Geschichte somit nicht jedem seiner Gesprächspartner selbst berichten musste. Im Übrigen vermochte Wieland diese Episode noch fabelhafter auszuschmücken, als er es – selbst mit Hilfe allen Weins der Weimarer Keller – gekonnt hätte, und auch der junge Herder vermittelte das Erlebnis schon jetzt mit der chirurgischen Präzision, die ihm als künftigem Arzt dienlich sein würde. Abgesehen von der Tatsache, dass die Pflicht der Wiederholung von ihm genommen war, schätzte sich Lewis glücklich, dass durch das Kutschenereignis ein wenig Aufmerksamkeit von seiner Person genommen wurde.

Dennoch atmete er tief, als sich seine erste Begegnung mit einem Mitglied des Musenkreises anbahnte. Goethe hatte ihn zuvor beiseite genommen und ihm unmissverständlich mitgeteilt, er sehe keinen Anlass, Lewis den Anwesenden bekannt zu machen. Das möge er doch bitte selbst tun. Goethe wolle den Damen und Herren dies gern mitteilen, um nicht den Eindruck der Unmanierlichkeit zu erwecken, aber damit wolle er es auch bewenden lassen. Lewis hatte wohl oder übel eingewilligt, und nun kam Karl Ludwig von Knebel ebenso zielstrebig und rasch auf ihn zugeschritten wie zuvor Goethe, nur dass die Bewegungen von Knebels etwas unverkennbar Militärisches an sich hatten. Der mürrische Blick, den er während der Rezitationen Corona Schröters zur Schau gestellt hatte, war geblieben, wie Lewis mit Unbehagen feststellte. Er grüßte mit zackigem Nicken, und als er sprach, bewegten sich seine schmalen Lippen kaum, von den genauso schmalen Brauen ganz zu schweigen. „Major von Knebel, angenehm!“

„Der Erzieher des jungen Prinzen Constantin“, entsann sich Lewis der vorangegangenen Lektion Wielands.

Knebel war offenkundig geschmeichelt, und seine Miene hellte sich auf, die harte Querfalte auf der Nasenwurzel glättete sich. „In der Tat“, versetzte er schmunzelnd. „Ich versuchte, all das, was der Herr Geheimrat dem jetzigen Herzog vermittelte, gleichermaßen auch dessen jüngerem Bruder angedeihen zu lassen.“

„Dann genoss der Prinz also eine doppelte Erziehung.“

„Ein interessanter Ansatz.“ Von Knebel sah Lewis prüfend an. „Dennoch möchte ich sagen, da ich mit meinem Freund Goethe so manches Interesse teile, war diese Erziehung aus einem Guss.“ Er sah kurz in Richtung Fenster. „Aber sagen Sie, Sie als Engländer – was halten Sie von diesem Anwesen? Wie Sie vielleicht bemerkt haben, ist die Parklandschaft nach englischem Vorbild gestaltet.“

Lewis konnte sich des Verdachtes nicht erwehren, dass von Knebel nach Komplimenten fischte. „Oh“, entgegnete er. „Nach dem Wenigen, das ich am Ende unserer turbulenten Anfahrt davon habe sehen können, ist alles ganz trefflich gelungen.“

„Das von einem zu hören, der es aus erster Hand wissen muss, ehrt mich besonders!“ Von Knebel strahlte, und mit einem Mal wirkte er um Jahre jünger. „Sie müssen wissen, dass ich vor nahezu zwanzig Jahren Paris besuchte – nun ist dies ja nicht mehr zu empfehlen –, und die dortige Parkgestaltung sagte mir gewiss nicht zu.“

Lewis begrüßte diese Wendung im Gespräch und redete nun seinerseits über Paris, worauf von Knebel wiederum das eine oder andere zu berichten wusste. Dieser Erfahrungsaustausch ging so lange hin und her, bis sich der buntgestreifte Frack näherte, in dem Friedrich Justin Bertuch steckte. Er gesellte sich ohne große Vorrede zu ihnen.

„Ich habe mir erlaubt, ein paar Fetzen Ihrer Unterhaltung aufzuschnappen, aus denen hervorging, dass Sie über Paris reden!“ Dabei lächelte er gewinnend, was seinen Zügen entgegenkam, die nicht unbedingt feist waren, aber doch unverkennbar zu einem Genussmenschen gehörten. Sein Kinn war gerundet und wirkte immer wie neugierig vorgereckt. Auch die Nasenspitze schien äußerst rund, und unter den dichten Brauen schauten warme Augen ein wenig schläfrig hervor.

„Paris! Oh, ich schätze den Luxus und die feine Hofetikette über alle Maßen. Hier geht es manchmal etwas preußisch zu, nicht wahr, Knebel?"

„Ja, ja ...", brummte der, und mit einem Mal war wieder der griesgrämige Ausdruck auf seinem Gesicht erschienen. Er wandte sich an Lewis. „Ich werde zu Herrn Wieland gehen, den habe ich noch nicht begrüßt. Ich denke, Herr Bertuch hier wird Sie gut unterhalten." Dann machte er auf dem Absatz kehrt und ging.

Bertuch schien es nicht zu bemerken, sondern redete sogleich auf Lewis ein. „Ja, recht hat er, zu Wieland zu gehen. So ein fabelhafter Mensch. Sie hatten ja auch schon die Freude, ihn kennenzulernen, nicht wahr? Ja sicher, Sie kamen ja zusammen an. Ein furioser Auftritt übrigens, Respekt! Mit soviel Schwung, obgleich man doch allgemein über das eher lethargische Temperament der Engländer zu berichten weiß. Aber wie so oft ist doch allein die eigene Anschauung die wahre, da stimmen Sie mir sicher zu."

Lewis schwirrte der Kopf. Dieser Bertuch war reichlich überspannt, und schnell sprach er obendrein. Zumal hatte er die bizarre Angewohnheit, sich ein wenig schief zu halten und seinem Gegenüber vorrangig die linke Seite entgegenzurichten. Er glaubte wohl, dass diese die attraktivere Hälfte seiner selbst wäre. Es schien Lewis erstaunlich, dass dieser Geck der herzogliche Schatullenverwalter war. Ob er in Gelddingen den nötigen Ernst walten ließ, sofern es nicht um Äußerlichkeiten ging, für die es Geld auszugeben galt?

„Ja, sicher", sagte Lewis langsam.

Bertuch blinzelte und rückte seine linke Seite etwas näher heran. „Aber was von alldem bejahen Sie denn nun? Dass Sie Wieland schätzen, Wieland kennen? Dass Engländer gemeinhin lethargisch sind, Sie aber nicht? Dass man sich möglichst ein eigenes Urteil bilden sollte?"

Lewis wusste nichts zu entgegnen. Immerhin erkannte er, dass Bertuch klug war und sich nicht mit Unverbindlichkeiten abspeisen ließ.

Bertuch hob den Finger. „Ach, Verzeihung, wie konnte ich Sie derart mit Worten überfallen! Sie sind ja erst kurze Zeit in Deutschland, wie kann ich da verlangen, dass Sie einer solchen Kanonade von Wörtern gewachsen sind!"

„Oh, es ist alles richtig", sagte Lewis schnell und spürte, dass er nicht die passende Formulierung getroffen hatte, denn einen Moment stutzte Bertuch. Ehe Lewis sich jedoch verbessern konnte, sprach sein Gegenüber weiter.

„Ich selbst habe mir vor Jahren mit geradezu rastlosem Aufwand das Spanische beigebracht. Bis tief in die Nächte hinein las und lernte ich, und nach sechs Wochen hatte ich die drei Bücher des *Don Quixote* absolviert und die Sprache vollkommen inne. Ah, was waren das Götternächte, durchwacht im Genuss Cervante'schen Witzes!" Er sah schwärmerisch zur Decke. Als er Lewis wieder anblickte, blinzelte er erneut. „Allerdings hat sich die Natur dafür gerächt. Ich bekam heftiges Fieber und eine über alle Maßen gefährliche Augenentzündung, so dass ich einige Wochen gar nichts sehen konnte und besorgt war, ich könnte erblinden! Seit dieser Zeit ist mein rechtes Auge schwach und kurzsichtig, während ich mit dem Linken ein Presbyope bin."

Lewis fragte sich, was dieser Begriff wohl wieder bedeuten mochte, gab sich aber damit zufrieden, dass er nun wusste, warum Bertuch solch eine seltsame Körperhaltung annahm.

„Seitdem pflege ich zuweilen im Scherz zu sagen, mein rechtes Auge sei das Lehrgeld für die spanische Sprache gewesen." Er lachte. „Und Sie, mein guter Engländer, was sind Sie bereit, für die deutsche Sprache zu geben?"

Lewis schluckte, und ihm schossen die Schrecklichkeiten der vergangenen Nächte durch den Kopf. Natürlich war es nicht klug, sich diesbezüglich zu offenbaren, aber er glaubte doch, in Bertuch einen verständigen Geist gefunden zu haben, und so erzählte er, mit etlichen Abstrichen natürlich, um sich nicht als gar zu seltsam erscheinen zu lassen, was ihm bei seinen bisherigen Studien widerfahren war.

Bertuch lauschte interessiert, vor allem dem Part über die literarischen Ambitionen, die Lewis hegte, und ließ verlauten, dass er selbst an allerlei verlegerischen Unternehmungen beteiligt sei, von den eigenen dichterischen Dingen ganz abgesehen. Erst im vergangenen Jahr habe er das Landes-Industrie-Comptoir gegründet, in dem er nach und nach ein großes Unternehmen mit Druckerei, Lithographieanstalt, Manufaktur und Handel einzurichten beabsichtige. Falls Lewis Interesse habe, möge er ihn und seine Familie doch in seinem Anwesen vor dem Tore einmal besuchen.

„Übrigens hat Schiller mein Zuhause schon vor fünf Jahren unstreitig als das schönste Haus in ganz Weimar bezeichnet und gelobt, mit wie viel Geschmack es gebaut und wie vortrefflich möbliert es sei!" Bertuch warf sich in die befrackte Brust, dass die bauschige Spitze des Halstuches bebte.

Dann sanken seine Mundwinkel jäh. Lewis sah, wie Bertuchs Blick an seinem Kopf vorbeiwanderte und glaubte zunächst an eine weitere Auswirkung von dessen Sehschwäche, als er spürte, wie sich jemand von hinten näherte. Es waren gemessene Schritte, aber doch kraftvoll und zielstrebig, und als Lewis sich umdrehte, sah er die dunkel gekleidete Person Johann Gottfried Herders auf sich zuschreiten. Auch wenn er ihm nicht vorgestellt worden war, so erkannte er doch die Ähnlichkeit zwischen Vater und Sohn, wenn auch dieser hier dreißig Jahre älter war. Um die dunklen Augen spielten deutliche Fältchen, Linien zogen sich von den Flügeln der fein geschwungenen Nase zum Mund, der noch immer volle Lippen hatte, unter denen sich allerdings schon ein weiches Doppelkinn zeigte. Und das Haar zog sich bereits von der Stirn zurück. Herder wirkte freundlich auf Lewis, der sich sowohl der warmen Worte Böttigers erinnerte als auch der persönlichen Begegnung mit dem jungen Herder, und so lächelte er, als sich der Hofprediger näherte.

„Na, Bertuch?", schnarrte Herder mit Kanzelstimme, als er heran war. „Protzt Ihr wieder mit Eurem kleinbürgerlichen Interieur? Was mag es den jungen Mann hier kümmern, dass Ihr großen Luxus treibt und Euch sogar einen prächtigen Nachtstuhl habt machen lassen? Es war schon recht, dass der Herzog damals Eure Tapeten zerhauen und zerstochen hat, als er mit Goethe das erste Mal zu Euch kam. Zu schade, dass Ihr ihn habt davon abbringen können, auch Eure Spiegel zu zertrümmern, und geschickt, wie Ihr seid, habt ihr Goethen eine Träne und dem Herzog eine Abbitte abgerungen, indem Ihr daraufhin den Sterbenskranken markiertet."

Bertuch sah Herder fest ins Auge und ließ sich nicht anmerken, wie sehr dieser ihn verletzte. Lewis stand stocksteif daneben, hatte sein Lächeln verschluckt und wünschte, der Fußboden täte sich unter ihm auf, damit er dies nicht weiter mit anhören musste.

Aber Herder sprach weiter, schlug sogar noch einen härteren Ton an, allerdings ohne dabei laut zu werden. „Geht jetzt besser, geht zu Goethe und belästigt diesen jungen Mann hier nicht mit Eurem Getue, damit er nicht verdorben wird."

Bertuch presste die Lippen aufeinander und wandte sich ab, ohne Lewis noch einmal anzusehen.

Dann nahm Herder den jungen Engländer in Augenschein. Mit einem Mal wurde sein Tonfall sanft, beinahe salbungsvoll. „Du bist also der junge Lewis. In Weimar, um Sprache und Kultur zu lernen. Mein Sohn hat mir schon von dir erzählt. Du seiest klug und umgänglich, was gute Eigenschaften sind, und hier zu lernen wird dir auch gut bekommen, denn ich will's dir offen sagen, gerade ins Gesicht, wie sich's gehört, und ohne herumzukriechen: Ich habe einen großen Widerwillen gegen euch Engländer."

Lewis spürte, wie sich seine Kehle zuschnürte. Da stand dieser dunkel gekleidete Mann, der soeben mit argen Worten Friedrich Justin Bertuch vergrault hatte, und nun ging er auch noch ihn an, ganz abgesehen davon, dass er ihn allzu vertraulich ansprach. Das sollte der liebenswürdige Mann sein, von dem Böttiger geschwärmt hatte?

Herder wandte den Blick keinen Lidschlag von Lewis ab. „Ihr Engländer habt nicht die Anmut der Italiener oder der Schweden, ihr habt die Schwäche der nordischen Völker, die Worte faul und abgeschliffen auszusprechen, und ihr habt außer Shakespeare keinen Poeten hervorgebracht, weil ihr nur ungereimte Gedanken habt. Ihr könnt kein Bild in seiner Gesamtheit erfassen."

Lewis bebte. Was sollte nun noch kommen? Bei jedem der harten Worte Herders war er zusammengezuckt, und doch wollte er kaum glauben, wie ihm geschah.

„Also sei aufmerksam, junger Engländer. Hier in Weimar kannst du lernen, was du brauchst. Arbeite hart und ..."

Plötzlich drängte sich eine kleine Gestalt neben Lewis. Aus den Augenwinkeln sah er ein veilchenblaues Kleid und schloss kurz die Augen. Die Göchhausen. Das böse Weib hatte gewittert, in welcher Bedrängnis er war und war herangeeilt, um ihm den Rest zu geben. Er atmete schwach ein und ergab sich seinem Schicksal, als er ihre Stimme hörte, die für eine solch verwachsene Person sehr melodisch klang. Der Ton aber war schneidend.

„Herr Herder! Haben Sie in unserem jungen Gast ein Opfer gefunden? Das sieht Ihnen ähnlich. Aber leider muss ich Sie bitten, von Ihrer Beute abzulassen und sich zur Herzoginmutter zu begeben. Sie verlangt nach Ihnen. Also denn, beeilen Sie sich!"

Herder schien all die Spitzen überhört zu haben, denn er verzog keine Miene. Lewis bemerkte, wie sehr die Göchhausen die Anrede betont hatte, als wollte sie damit etwas Besonderes ausdrücken. Als sie die Herzogin erwähnte, wandte er sich zum Gehen, jedoch nicht, ohne Lewis noch einmal ernst anzublicken. „Arbeite hart und lerne!" Dann ging er.

„Amen", schloss die Göchhausen spöttisch und feixte, was Lewis zunächst entsetzlich erschien, bei ihrem breiten Mund und ihrem vorspringenden Kinn, ihm aber in Anbetracht der Umstände dann doch ebenfalls ein Lächeln entlockte.

„Sie Armer", begann die Göchhausen. „Ausgerechnet heute mussten Sie hier zu Gast sein, heute, wo Herder wieder mal gar nicht gut gelaunt ist."

„Dann hasst er Engländer nur an manchen Tagen?", fragte Lewis vorsichtig.

Fräulein von Göchhausen lachte herzlich, aber damenhaft. „Nein", sagte sie. „Er mag sie nie. Aber an manchen Tagen vermag er sich nicht zurückzuhalten. Bei den Treffen, zu denen der Kaufmann Gore samt Tochter anwesend ist, kann er seinen Ekel zügeln. Aus guten Gründen, denn ..." Sie sah Lewis schalkhaft an. „Wie ich hörte, logieren Sie bei Böttiger. Somit muss ich mich nicht mit Klatsch befassen, ich denke, der Gymnasialdirektor wird Sie wohl aufgeklärt haben, was Emily Gore und unseren Herzog angeht ..."

Lewis nickte. „Ich vermeine, mich an so etwas zu erinnern, in der Tat. Es fiel, glaube ich, in Zusammenhang mit dem Herrn Geheimrat Goethe ..."

„Richtig, die Angelegenheit mit dem Häusertausch, wenn man es so nennen mag. Ich sehe, Sie sind gut unterrichtet. Außer möglicherweise über Herrn Herder, wie mir scheint. Denn ich gehe davon aus, dass Ihnen Herr Böttiger über seinen Gönner nur das Beste zu berichten wusste und die etwas unangenehmeren Dinge ausließ. Eine Abwägung, die er nicht immer vornimmt."

„Da haben Sie recht."

„Dann lassen Sie mich einige Erklärungen nachreichen, damit Sie nicht ganz so schlecht auf Herrn Herder zu sprechen sind, auch wenn er Sie so angefahren hat."

„Oh, ich verübele Herrn Herder doch nicht seine Vor- oder Misslieben, das steht mir nicht zu."

Fräulein von Göchhausen hob einen spitzen Finger. „Das tut nichts zur Sache. Ihnen ist als – wenn auch intelligenter und sehr fortgeschrittener – Neuling in unserer Sprache doch sicher nicht das Spiel entgangen, das Herr Herder mit seinen Anreden vollführt hat?"

„Oh ja, doch ich dachte mir kaum etwas dabei. Es schien, als wollte er Herrn Bertuch durch die gehobene Anrede besonderen Respekt erweisen ..."

„Nein. Er hält Bertuch für einen Zierbengel. Diese Abneigung scheint er noch aus seiner Zeit in Königsberg mitgebracht zu haben, wo er Schüler Kants war ..."

„Wessen bitte?", fragte Lewis verwirrt.

„Immanuel Kants, des Philosophen. Sie haben gewiss von seinen Kritiken der Vernunft gehört?"

„Natürlich", sagte Lewis. „Natürlich."

„Kant war damals ein ziemlicher Mann von Welt, ein Galan, der bordierte Gewandung trug, gern alle Schneider besuchte und bei ihnen auch gern gesehen war. Er war extrem gesellig und hielt Herder, der ständig über seinen Büchern brütete, an, es ihm gleich zu tun, da man sich nur in der Welt bilden könne."

„Ich brüte auch über Büchern. Wenn nicht, könnte ich mich nicht mit Ihnen unterhalten."

„Aber Sie könnten sich auch nicht mit mir unterhalten, wenn Sie bei sich in England geblieben wären. Oder bei den Böttigers."

„Ja, natürlich ..." Lewis begann, das Fräulein von Göchhausen mehr und mehr zu schätzen. Sie war klug und redete erfreulicherweise nicht allein von sich. Wenn sie auch dem offenbar in Weimar üblichen Benehmen frönte, über andere viel und detailliert zu sprechen.

„Aber ich schweife ab", sagte Fräulein von Göchhausen. „Herder hat Bertuch *geihrzt*, wie ich es nennen möchte, Ihnen gegenüber aber das Du angeschlagen ..."

„Ich dachte, dies sei Höflichkeit mir gegenüber. Schließlich verwendet die englische Sprache nur diese Vokabel zur Anrede. Sie können mir glauben, wie schwierig es für mich ist, immer das *Sie* zu benutzen. Ich bin fast froh, noch keine näheren oder niederen Bekanntschaften gemacht zu haben, so dass ich gezwungen wäre, je nach Person die Anrede zu wechseln."

„Oh nein. Auch wenn der Gedanke etwas für sich hat, von Ihrer Warte aus betrachtet, so muss ich Ihnen doch sagen, dass es sich anders verhält. Wir benutzen das *Siezen* erst seit kurzer Zeit. Es scheint uns modisch und vor allem erfreulich gleichstellend – etwa wie die einheitliche Anrede in Ihrer Muttersprache. Herr Herder aber wehrt sich heftig dagegen.

Er besteht auf dem *Du* und dem *Ihr*, da nur dies die wahre Gebrauchssprache sei, bei der man den Menschen ins Gesicht sehe. Mit der dritten Person kröche man um den andern herum."

„Das Wort hat er tatsächlich verwendet!", erinnerte sich Lewis.

„Sehen Sie, so verhält es sich mit Herrn Herder", nickte sie.

„Aber ist es nicht brillant, wie sehr ihm an dem angemessenen Umgang mit den Menschen gelegen ist? Ein echter Philosoph!"

„Schön, dass Sie es so sehen. Er geht sogar weit über das Menschliche hinaus. Ich darf Ihnen sagen, dass er sich auch auf den Umgang mit Schweinen versteht und große Stücke auf deren Würde, Anmut und Republiktreue gibt."

Lewis schaute skeptisch. „Sie scherzen ..."

„Keinesfalls. Aber diese Anekdote lassen Sie sich besser von Herrn Wieland erzählen, der hatte nämlich den diesbezüglichen Disput mit Herrn Herder, und ich denke, er vermag das auch sehr amüsant zu tun. Sie können mir sicher beipflichten, Sie haben ja sowohl Wieland als auch Herrn Herders jüngere Inkarnation kennengelernt. Ein angenehmer junger Mann übrigens."

„In der Tat", stimmte Lewis zu und blickte an Fräulein von Göchhausen vorbei in den Raum hinein, um nach dem jungen Herder zu suchen. Er sah ihn neben Corona Schröter stehen und sich angeregt mit ihr unterhalten. Mit einem Mal blickten beide in seine Richtung, als sei er das Thema ihres Gespräches. Corona Schröter lächelte ihm zu, beugte sich zu Herder, als sagte sie ihm etwas Intimes, und kam dann auf Lewis zu. Herder blickte ihr kurz nach und ging dann zu Wieland hinüber. Lewis sah die Primadonna nahen und wandte sich aufgeregt Fräulein von Göchhausen zu. „Sagen Sie ..."

Die Angesprochene hatte aber schon bemerkt, dass Lewis abgelenkt gewesen war, und in die gleiche Richtung geschaut. Jetzt verzog sie in gespielter Spöttelei das Gesicht. „Es scheint, als würde eine gewisse Dame mit Ihnen ein paar Worte darüber wechseln wollen, dass Sie sie so ungebührlich unterbrochen haben. Schlagen Sie sich tapfer." Sie trat einen Schritt zurück.

„Oh, bleiben Sie doch noch ..."

„Um Ihnen beizustehen? Nein, Herr Lewis. Wie hieß es so schön: Man kann sich nur in der Welt bilden, und das heißt auch: allein!" Dann raschelte sie in ihrem veilchenblauen Kleid davon, freundlich nickend, als sie Corona Schröter passierte.

Es schien Lewis, als tausche er die Gesellschaft eines Veilchens mit der einer Rose ein, so unterschiedlich waren die Frauen, und das nicht nur wegen der Farbe ihrer Gewänder. Corona Schröter schwebte auf ihn zu und sah ihn dann an, während Sie eine kreisende Bewegung mit dem Kopf vollführte, die distanziert und herrisch wirkte, aber gleichzeitig kokett ihre Züge zur Schau stellte. Lewis bemerkte, wie tief und klar ihre hellbraunen Augen waren und wie gütig diese gewirkt haben könnten, hätten sie ihn nicht so gemustert.

„Herr Lewis!", begann Corona Schröter, und dies genügte, um den jungen Engländer ahnen zu lassen, was nun folgen würde. Es kam ihm in den Sinn, wie sträflich er sich durch all die Gespräche mit anderen Gästen davon hatte ablenken lassen, bei der Sängerin für sein unziemliches Auftreten um Verzeihung zu bitten.

„Madame Schröter?" Mehr brachte er nicht heraus, und dünn klang es noch dazu.

„Was haben Sie zu Ihrer Entschuldigung vorzubringen, meinen Vortrag so unterbrochen zu haben?" In ihren Augen blitzte es zornig auf. Möglicherweise war es aber nur eine

Reflektion, da gerade ein Hausdiener die Kerzen des Deckenleuchters entzündete. Das in die Räume fallende Licht war inzwischen sehr schwach geworden. Corona Schröter stand in Lewis' Blickrichtung genau vor dem Lüster, und die aufflackernden Flämmchen ließen das Haar der Primadonna unirdisch erstrahlen.

„Ich fühle furchtbares Bedauern für diesen Vorfall und erbettele Ihre Vergebung, aber die Zwischenfälle auf der Reise ..." Lewis spürte an seinem Deutsch, wie peinlich berührt er war. In solchen Fällen vermochte er seine englischen Gedanken nur stammelnd umzusetzen.

„Ich habe indessen von diesen Zwischenfällen gehört", unterbrach ihn die Sängerin. „Aber dessen ungeachtet rechtfertigen sie nicht Ihr Hereinstürmen. Ganz zu schweigen von dem Affront der Herzoginmutter gegenüber, derart in ihre Räume einzudringen."

„Aber ich glaubte, Laute der Bedrängnis zu hören, und da diese mysteriösen Reiter ..."

Die Schröter atmete so tief ein, dass ihr Dekolleté ebenso in bebenden Zorn zu geraten schien, wie ihre Nasenflügel es taten. Dennoch wurde sie nicht laut, sondern füllte ihre Stimme mit durchdringender Schärfe. „Sie wagen es, meine Kunst mit Angst-, ja Todesschreien zu vergleichen?"

Lewis wollte die Hand vor den Mund schlagen, doch seine Finger schienen wie mit Pech an die Rockschöße geklebt, an denen sie nervös gezupft hatten. Es war schon heikel genug, die eindrucksvolle Gestalt Corona Schröters so dicht vor sich zu sehen, wie konnte er also auch nur im Ansatz eine solch peinliche Situation meistern?

„Ich ..." Lewis wusste nichts zu antworten. Zum Glück fuhr die Sängerin fort, ehe weiteres Unbedachtes über seine Lippen kam.

„Es scheint, als seien Sie in den Musen nicht allzu bewandert. Es wäre Ihnen anzuraten, zur neuen Saison regelmäßig das Schauspielhaus in Weimar zu besuchen!"

„Wie ...?" Lewis war verblüfft, wie schnell sich der Ausdruck auf dem Antlitz der Primadonna gewandelt hatte. Hatte sich zuvor hochmütige Überheblichkeit gezeigt, so spielte jetzt ein Lächeln um ihre Lippen und ließ sie lieblich erscheinen.

„Seien Sie unbesorgt, ich trage Ihnen nichts nach. Zum einen, weil mir Herr Wieland die Umstände berichtet hat. Zum anderen, weil er mir ebenso erzählt hat, was Sie gemeinhin umtreibt. Schließlich sind Sie noch jung – und als letztes: Mein Bruder lebt seit über zehn Jahren in London und weiß mir stets einiges über Ihre englischen Landsleute zu berichten." Sie zwinkerte durch und durch undamenhaft. Als sie Lewis' wie vom Donner gerührtes Antlitz sah, machte sie eine elegante, beschwichtigende Geste und schlug einen Konversationston an.

„Sie haben vielleicht von Johann Samuel Schröter gehört, dem Komponisten?"

„Nein, bedaure." Lewis begann, sich etwas warm zu fühlen. Möglicherweise waren es nur die Kerzen im Raum, die mittlerweile alle entzündet waren und nicht nur Licht, sondern auch Hitze verbreiteten.

„Dann wäre es Ihnen anzuraten, nach Ihrer Rückkehr in die Heimat auch die dortigen Schauspielhäuser regelmäßig zu besuchen."

„Ich verspreche es Ihnen, und gern versuche ich, Ihrem Herrn Bruder Grüße von Ihnen zu überbringen." Lewis spürte, dass er dringend aus seiner defensiven Gesprächsposition ausbrechen musste.

„Wie aufmerksam." Die Schröter lächelte so herablassend, wie er es höchstens Wieland zugetraut hätte. Dann deutete sie einen Knicks an. Lewis wusste nicht, wie ihm geschah. Er wollte gerade eine Frage stellen, als Goethe herantrat.

Dem Anschein nach hatte er die Szene aus der Entfernung beobachtet. Seine Brauen trafen sich nahezu über der Nase, sein grimmer Ausdruck erschreckte Lewis.

„Crone", zischte er und gebrauchte damit offensichtlich einen Kosenamen, der dem Tonfall nach zu urteilen aus längst vergangenen Tagen stammte. „Lass den jungen Lewis in Frieden. Spiel nicht mit ihm. Deine Saison ist vorüber, das müsstest du wissen."

Corona Schröter warf den Kopf herum. Sie hielt Goethes Blick stand, wenn Lewis auch ein Zucken in einem Augenwinkel zu bemerken glaubte. Auch sie sprach nur gedämpft, wenn auch nicht weniger scharf. Lewis hatte zuvor offenkundig nur einen kleinen Bruchteil dessen erlebt, wozu die Primadonna stimmlich fähig war.

„Der Herr Geheimrat Goethe hat den jungen Lewis vor kürzester Zeit noch zurechtgewiesen, als er eine gewisse Aufführung unterbrach. Wozu also der Sinneswandel?"

Goethes Augen wurden schmal. „Weil man ein letztes Engagement mit dem nötigen Respekt verstreichen lassen sollte ..."

Corona Schröter wurde eine Nuance blasser, dann flog eine Wolke Zornesrot über ihre Wangen. Lewis bemerkte mit Beklommenheit, dass er allzu dicht zwischen den beiden stand. Er spürte fast körperlich den Fluss von Energie, der von einer Person zur anderen überging, und zweifelte nicht daran, dass dieser zu früherer Zeit ganz andere Gefühlsregungen ausgelöst haben mochte. Goethe und Corona Schröter sahen einander noch einige Augenblicke an, dann reckte die Primadonna das Kinn.

„Gefangen zwischen Scylla und Charybdis. Ein heldenhaftes Dilemma, Herr Geheimrat. Möglicherweise gibt es eine göttliche Rettung, wie auf dem Theater. Guten Abend." Damit wirbelte sie herum, kam Lewis anblickend zum Stehen und sagte leise: „Auf bald." Dann rauschte sie hinfort, in die Richtung, wo sich Anna Amalia und das Fräulein von Göchhausen aufhielten.

Lewis versuchte, weder ihr nachzuschauen noch den Blick auf Goethe zu richten. Aus dem Augenwinkel erkannte er, wie dieser mit den Kiefern mahlte, so dass seine Wangen in sachte Bewegung gerieten. Dann warf Goethe den Kopf hoch und zog am Revers seines grünen Rockes. Lewis erschien er wie ein Weidmann, der sich seines Schusses sicher gewesen war, dem aber das Pulver auf der Pfanne abgeblitzt war. Als Goethe sich langsam ihm zuzuwenden begann, wurde Lewis schmerzlich bewusst, dass man Flinten nachladen und auf ein anderes Ziel richten konnte. Er hielt den Atem an.

„Nun, junger Master Lewis, was diese Sache vorhin angeht ..."

In diesem Moment klatschte Friedrich Justin Bertuch in die Hände. Ein Dienstbote, der ihm offenkundig etwas mitgeteilt hatte, entfernte sich gerade wieder. Die Anwesenden unterbrachen ihre Gespräche und wandten sich ihm zu. Auch Goethe, der Lewis noch ein „Später" zuraunte, was diesem ein Aufatmen erlaubte, wenn auch nicht ganz so herzhaft, wie er es sich gewünscht hatte.

Bertuch hob die Hände wie ein Schausteller, und die bunten Streifen seines Fracks schlugen muntere Wellen.

„Ich habe die Ehre und die Freude, die Besonderheit des Abends anzukündigen! Dies war eine Anregung unseres guten Johann Bode, der heute aus Gründen seiner Verwaltertätigkeit für die Gräfin Bernstorff nicht hier sein kann." Er lächelte schief in die Runde. „Wer weiß, vielleicht ist er aber auch wieder einmal aus höchst geheimen Gründen in Paris."

An der gedämpften Heiterkeit beteiligten sich, wie Lewis sah, nur zwei Personen nicht. Herder, der ohnehin nicht zu lächeln verstand, und Goethe, der scheinbar noch immer über die Konfrontation mit Corona Schröter verstimmt war.

Bertuch sprach weiter: „Oder vielleicht überträgt er einen weiteren großen englischen Schriftsteller in unsere deutsche Sprache, und wer weiß, vielleicht haben wir ja bereits einen künftigen unter uns?"

Lewis sah sich mit einem Mal den offenen Blicken einer Vielzahl von Augenpaaren ausgesetzt. Er wusste sich nicht besser zu helfen, als indem er eine Verbeugung andeutete, die vielleicht etwas zu tief und lange ausfiel, ihn aber des Blickkontakts entledigte, bis Bertuch fortfuhr.

„Aber das werden wir ein andermal erörtern, im Mittwochsclub. Sie kommen doch, Herr Lewis?"

„Sicher, sicher", sagte Lewis gepresst, der sich gerade wieder erhoben hatte und nun ein wenig verkniffen in die Runde lächelte.

„Sehr schön!", rief Bertuch und schlug dann wieder einen feierlicheren Ton an. „Aber nun, wie erwähnt, ein besonderer Gast auf Empfehlung unseres guten Bode. Damit er jedoch einen gebührenden, standesgemäßen Auftritt erhält – was am heutigen Abend ja jedem zustehen sollte ..."

Lewis nahm die erneute Anspielung so gelassen hin, wie er es vermochte. Er wünschte sich, er säße in seinem Zimmer im Böttiger'schen Haus und hätte mit Grammatik zu kämpfen, statt Tratscherei über sich ergehen zu lassen.

„... bitte ich Sie, nun Platz zu nehmen. Vorher stellen wir die Stühle im Halbkreis auf, der mit der offenen Seite zur Tür weist." Er klatschte wieder in die Hände, als rufe er zu einem Kinderspiel auf. Die Herren rückten daraufhin die Stühle zurecht, während die Damen darauf warteten, einen Platz zu erhalten. Alle stellten eine mehr oder minder amüsierte, aber auf jeden Fall gespannte Miene zur Schau.

Lewis kam neben dem jungen Herder zu sitzen, der ihn höflich anlächelte. „Mir scheint, Sie haben sich wacker geschlagen, was Ihre diversen Gespräche anging?"

„Wenn Sie es so sehen – ich bin mir nicht so sicher."

„Seien Sie nicht schlecht gelaunt. Immerhin scheint der Schnitzer vom Beginn keine tieferen Nachteile mit sich gezogen zu haben. Außer einigen Sticheleien ..."

„Mir ist das offen gesagt schon genug."

„Nun, für die nächste Zeit werden Sie davon verschont bleiben. Danach zu urteilen, wie Herr Bertuch sich gibt, scheint etwas ganz Besonderes auf dem Plan zu stehen. Also seien wir einfach Beobachter."

Lewis nickte und sah sich den jungen Herder noch einmal genau an. Da raschelte es neben ihm, und auf dem Sitzplatz zu seiner anderen Seite ließ sich Corona Schröter nieder. „So rasch sehen wir uns wieder", sagte sie leise und lächelte erst Lewis an und dann, an ihm vorbei, auch den jungen Herder.

Dieser entgegnete den Gruß wesentlich gelassener als Lewis, der sich aus ihm nicht ganz offenkundigen Gründen zwischen zwei Feuern gefangen sah. Er war sich seines gegenwärtigen Zustandes nicht ganz klar. Die Kerzen schienen den Raum sehr stark aufgeheizt zu haben.

„Nun", sagte Bertuch, der als einziger noch stand, „werden wir die Lichter in diesem und dem vorgelagerten Raum löschen." Er winkte zwei Dienstboten, die die Arbeit wieder zunichte machten, die sie erst vor kurzer Zeit vollendet hatten. Einzig zwei Kerzen im Gesellschaftszimmer erhellten nunmehr schwach die Gesichter der Anwesenden.

Obwohl nun deutlich weniger Flammen von den Dochten züngelten, war Lewis immer noch warm. Im schwachen Licht fuhr er sich unauffällig mit dem Finger zwischen Hals und Seidenbinde.

Bertuch hob wieder die Hände, in etwas größerer Geste als zuvor, sei es, weil er glaubte, man könne ihn bei diesem Licht weniger gut sehen, sei es, um die Spannung zu steigern.

„Heute Abend wird uns ein Mann mit seiner Kunst unterhalten, der ein Meister seines Fachs ist, ein Könner und Kundiger des Geheimnisvollen! Ein Meister der Magie, ein Mesmerist und Wundertäter!“

Lewis hörte aus der Richtung, in der Goethe saß, ein leises, aber sehr verächtliches Schnauben. Er blickte hinüber, konnte aber keine Regung auf Goethes Antlitz erkennen.

Bertuch erging sich in einigen weiteren Beschreibungen, bis er schließlich einen Wink gab, der offenbar einem Dienstboten in der Finsternis des angrenzenden Raumes galt.

„Urbino Leone, der Geisterbeschwörer!“

Im entfernten Dunkel zeichneten sich drei flammende Linien ab, die ein unvollständiges Viereck bildeten. Sie verbreiterten sich und ließen erkennen, dass sie von der sich öffnenden Tür herrührten, durch deren Spalt Kerzenlicht hereinfiel. Schließlich erschien eine verhüllte Gestalt in dem Rahmen, die sich als Scherenschnitt von dem unstet hellen Hintergrund abhob. Bedächtig, feierlich trat sie vor, beschritt den Pfad, den das Licht auf das Parkett zeichnete. Die beiden Dienstboten, die in gemessenem Abstand mit mehrarmigen Leuchtern folgten, wurden vom weiten Kapuzenumhang verdeckt, der sich in der Bewegung bauschte.

Lewis bemerkte erstaunt, wie ruhig er war. Sicherlich lag es daran, dass diese gespenstische Erscheinung angekündigt und auch eindeutig einer Person zugeordnet war. So konnte er das ganze als Schauspiel und nicht als Bedrohung sehen, was ihn mit einem heimeligen Gefühl erfüllte. Er wollte sich nicht ganz eingestehen, dass seine beiden Sitznachbarn ihn weit mehr beschäftigten, als es der effektvolle Auftritt eines Unterhaltungskünstlers hätte tun können.

Jetzt hatte der Vermummte die Strecke des Vorraumes durchmessen und erschien in der Türöffnung des Gesellschaftsraums. Die Kerzen beleuchteten schwach das Innere seiner Kapuze, so dass die Anwesenden eine Andeutung seines Antlitzes erhaschen konnten. Lewis sah in der hellen Fläche in den Schatten die dunkleren Höhlen zweier Augen und einen breiten, grinsenden Mund, der sich weit über die Wangen schwang. Der Vermummte blieb stehen, seine Arme hingen herab, so dass er wie ein Torso wirkte, wie eine übergroße Schachfigur, die nur in grober Andeutung einer menschlichen Gestalt geschnitzt war.

Mittlerweile waren die Dienstboten mit den Kerzenleuchtern herangekommen, betraten hinter dem Mann den Raum und postierten sich zu seiner Rechten und seiner Linken.

„Guten Abend, Meister Leone“, sagte Bertuch plötzlich.

In diesem Augenblick teilten zwei Hände von innen den Umhang, warfen ihn über die Schultern zurück und streiften in derselben Bewegung die Kapuze nach hinten. Die anwesenden Damen gaben gedämpfte Laute des Schreckens von sich, während die Herren so diskret, dass es die Nebenperson nicht bemerkte, den Atem anhielten. Das Licht der Kerzen fiel auf ein bleiches Gesicht, dessen Augenbrauen sich in der Form steten Misstrauens wölbten. Die Augen lagen so tief in den Höhlen, dass sie auch jetzt beschattet waren, wie überhaupt alle Züge und Falten so tief ins Gesicht gegraben waren, als sei der Mann früher einmal beleibter gewesen und habe in jüngster Zeit viel Gewicht eingebüßt. Der breite Mund, den Lewis für ein Grinsen gehalten hatte, war ein weit ausgreifender, dunkler Schnurrbart, der tatsächlich den Kieferspalt eines Totenschädels nachzuahmen schien.

„Guten Abend“, sagte eine Stimme mit italienischem Akzent, die so schmeichelnd klang, dass sie dem Antlitz, aus dem sie kam, nicht entsprechen wollte. Als ihm einer der Diener den Umhang abnahm, bedankte er sich mit einem leisen „Grazie“. Leone trug einen nachtblauen Rock, der im immer noch schwachen Licht schwarz wirkte, dessen goldene Litzen, die dezent an den Aufschlägen angebracht waren, jedoch umso mehr funkelten. Mit grazilen Schritten, denen man bei genauem Hinschauen jedoch ansah, dass sie vormals einen schwereren Körper hatten tragen müssen, ging er auf die Herzoginmutter zu und verbeugte sich tief.

„Edle Frau, es ist mir eine Ehre, Sie und Ihre Gäste heute Abend mit meinen Künsten unterhalten zu dürfen.“

Anna Amalia nickte wohlgesonnen. Da machte Leone eine flinke Bewegung mit dem Handgelenk, und plötzlich hielt er eine Rose zwischen den Fingern. Eine schwarze Rose, die an den Rändern ebenso von Gold schimmerte wie der Rock des Magiers. Er überreichte sie der Herzoginmutter mit einer noch tieferen Verneigung als zuvor. Das Publikum war so überrascht, dass es erst jetzt einen Ausruf des Erstaunens hören ließ. Dann begann Bertuch, vehement zu klatschen, und die anderen folgten seinem Beispiel, außer Goethe, der die Hände still auf seinen Knien ruhen ließ.

Anna Amalia nahm die Rose. „Ich freue mich, Sie begrüßen zu dürfen, Signore Leone, und bedanke mich auch für dieses reizende Geschenk.“ Sie roch an der Rose und war offensichtlich erstaunt über deren Duft. „Nun, zeigen Sie uns weitere Beispiele Ihres Könnens.“

Leone trat zurück, bis ihn alle gut sehen konnten. Er verneigte sich erneut. „Meine Damen und Herren, ich bin weit gereist in Ihrem schönen Land, obgleich ich erst vor kurzer Zeit aus Italien gekommen bin. Ich durfte schon die Damen und Herren an den Höfen Münchens, Braunschweigs, Württembergs und vielen anderen unterhalten, und ich darf Ihnen versichern, dass ich mein erlauchtes Publikum stets für mich eingenommen habe ..."

Leone erzählte noch weitere Dinge zu seinem eigenen Lob und dem seines früheren, aktuellen und zukünftigen Publikums. Lewis war unaufmerksam, da ihm die Aufregungen des Tages zuzusetzen begannen. Seine Schultern schmerzten, in seinem Magen breitete sich ein Gefühl des Hungers aus, sein Kopf wurde von einer heraufziehenden Müdigkeit immer schwerer, und in seiner Brust bewegte sich etwas, das sich leicht veränderte und doch gleich blieb, je nach welcher Seite er den Kopf wandte und welches der nahen Profile er erblickte, die im warmen Schein des von Flammen verzehrten Kerzenwachses schimmerten.

Schatten tanzten über die Wände des Zimmers, als Leone verschiedene Taschenspielertricks und Zauberkunststücke vorführte, die die Anwesenden verblüfften. Die Leuchter waren von den Dienern auf dem Parkett abgestellt worden, so dass Leone von unten angeleuchtet wurde, was ihm ein noch mysteriöseres Aussehen verschaffte, als es seine Züge ohnehin schon taten. Zudem zuckten die von ihm geworfenen Schatten auch über die geisterhaft weißen Statuen nach antikem Vorbild, die in den Zimmerecken neben der Tür standen, und es schien, als habe er mit seinen Künsten nicht nur die Spielkarten und Gegenstände belebt, mit denen er so virtuos hantierte, sondern auch diese Abbilder von Göttinnen aus längst vergangenem Zeitalter. Lewis rieb sich die Augen. Als er wieder aufblickte, sah Leone ihn an.

„Nun möchte ich etwas anderes zeigen. Etwas, das weniger die Augen verblüfft als die Ohren. Dazu brauche ich die Hilfe einer Person aus diesem geneigten Kreis ..."

Lewis ließ die Hand sinken. Wie hatte er nur durch diese unbedachte Geste, die der Magier als Zeichen der Langeweile aufgefasst hatte, die Aufmerksamkeit auf sich lenken können? Lewis biss die Zähne zusammen.

Leone fuhr fort, während ein Dienstbote einen Stuhl brachte und neben ihn stellte. „Ich will Ihnen ein erstaunliches Beispiel für den Mesmerismus geben, auf dessen Anwendung ich mich meisterlich verstehe. Sind Sie bereit, sich hypnotisieren und die geheimsten Dinge aus den Tiefen Ihres Geistes heraufsteigen zu lassen, auf dass sie kundgetan werden?"

Die Anwesenden lachten verhalten. Lewis hörte einen Unterton von Nervosität heraus. Hier, wo jeder über jeden etwas zu berichten hatte, ob erfreulich oder nicht, schien ein solches Rühren an möglicherweise gut gehüteten Geheimnissen kein angenehmer Gedanke zu sein.

Ein kaum wahrnehmbares, unruhiges Rücken auf den Sitzflächen der Stühle kam auf, als Leone in die Runde blickte und damit einen Freiwilligen ermuntern wollte.

Da erhob sich Goethe zu voller Größe, zog wiederum am Revers seines Rockes und sagte mit kräftiger Stimme: „Ich werde es tun!"

Die Gesellschaft applaudierte diskret.

Leone lächelte und wies auf den Stuhl neben sich. Goethe ging hinüber und sagte mit leisem Spott: „Aber ich glaube nicht an derlei Dinge. Seien Sie darauf gefasst, dass Sie bei mir scheitern werden."

Leones Lächeln gefror für einen Lidschlag, dann gewann es wieder die Oberhand. „Wir werden sehen", sagte er. „Nehmen Sie Platz."

Goethe setzte sich, mit aufrechtem Oberkörper und überheblichem Blick.

„Entspannen Sie sich", bat Leone, worauf Goethe sich ein wenig gegen die Rückenlehne sinken ließ, seine Miene aber nicht im Geringsten veränderte. Der Mesmerist zog einen funkelnden Gegenstand aus seiner Rocktasche hervor. Es war ein geschliffener Kristall von der Größe eines Taubeneies, der in einer Fassung aus Gold an einer ebensolchen zierlichen Kette hing. Leone ließ dieses Pendel in gebührendem Abstand vor Goethes Nase hin- und herschwingen, langsam und gleichmäßig. Das Licht der Kerzen brach sich im Kristall und sandte bunte Reflexe in alle Richtungen.

„Ah, die Wirkung des Prismas", sagte Goethe in dozierendem Tonfall. „Wussten Sie, dass ich im vergangenen Jahr einige Beiträge zur Optik verfasst habe, die ebendieses Thema behandeln? Sie wurden übrigens in Herrn Bertuchs Comptoir gedruckt und sind wohlfeil zu erstehen." Er lächelte und verstärkte dieses Lächeln noch, als die Anwesenden über seinen Ausspruch lachten.

„Bitte sammeln Sie sich und blicken Sie auf das Pendel", ermahnte ihn Leone, der einige Zähne unter dem schwarzen Schnurrbart hervorblitzen ließ.

Goethe nickte gnädig.

„Folgen Sie dem Pendel", sagte Leone in beschwörendem Ton und wiederholte es mit einer Regelmäßigkeit, die selbst auf die anderen Anwesenden einschläfernd wirkte. Der Kristall schwang hin und her, seine Facetten warfen farbige Irrlichter in den Raum, und immer wieder sprach Leone dieselben Worte.

Goethe hatte mittlerweile die Mundwinkel sinken lassen. Lewis fragte sich, ob dies von Entspannung der Gesichtsmuskeln herrührte oder ob die Hypnose begann, ihre Wirkung zu entfalten. Seine Augen hielt Goethe aber weiterhin offen, und seine Pupillen folgten aufmerksam dem Pendel.

„Ihre Lider werden schwer", suggerierte Leone.

Lewis fühlte sich angesprochen, nahm sich aber zusammen und betrachtete weiter das Geschehen.

Goethe blickte auf das Pendel und ließ die Augäpfel hin und herrollen.

„Ihre Lider werden schwer“, wiederholte Leone.

Mit einem Mal ließ Goethe seine Augen zuklappen. Lewis glaubte zu erkennen, wie ein schwaches Lächeln über die Züge Leones glitt. Es konnte aber auch ein Schatten sein, den der Oberlippenbart geworfen hatte. Das Pendel stellte seine Bewegungen ein, und Leone barg den Kristall in seiner Faust.

„Nun“, begann er, „treten Sie tief in die Traumwelt ein. Sie vergessen das Jetzt und sinken tiefer ... und tiefer ... und tiefer ...“

Die Gesellschaft hatte sich leicht vorgebeugt, um sich keine Regung auf dem entspannten Gesicht des Geheimrats Goethe entgehen zu lassen. Lewis erkannte, wie dessen Mundwinkel zuckten.

„Nun“, sagte Leone, „sagen Sie uns, was Sie sehen ...“

Goethe öffnete schläfrig den Mund, und heraus drang ein kolossaler Schnarchton. Die Gesellschaft erschrak! Da riss Goethe die Augen auf und scherzte: „Ich sagte doch, dass es bei mir nicht funktionieren würde.“

Leone stand da und vermochte es gerade noch zu vermeiden, seine Empörung allzu offen zu zeigen. Während Goethe nachlässig ein Bein über das andere schlug, sprang die Herzoginmutter dem fahrig an seinem Schnurrbartende zwirbelnden Leone bei.

„Herr Goethe! Ich muss Sie rügen! Verderben Sie uns allen doch nicht den Spaß an dieser Vorstellung. Reißen Sie sich zusammen, und lassen Sie doch einmal ihre Beherrschung fallen.“ Der Ton Anna Amalias ließ allerdings einiges an Schärfe vermissen, und als sie geendet hatte, legte sie zierlich die Finger an den Mund und lächelte dahinter.

Goethe setzte das übergeschlagene Bein heftig aufs Parkett, dass die Sohle knallte, und rief in gespielt militärischem Ton: „Zu Befehl, Herzoginmutter!“

Während die Gesellschaft sich amüsierte, wandte Goethe sich an Leone. „Nun denn, versuchen Sie noch einmal Ihr Glück!“

„Glück hat damit nichts zu tun“, antwortete Leone. „Das hier ist kein Spiel.“ Diesen letzten Satz sprach er sehr ernst aus, was jedoch im Gemurmel der anderen Gäste unterging.

„Wenn ich um Ruhe bitten darf!“, sagte Leone dann, und es wurde still im Gesellschaftszimmer. Wieder schwang das Pendel, wieder tanzten die bunten Lichter über die Wände und Gesichter der Anwesenden.

Wieder sprach Leone seine monotonen Worte, langsamer diesmal und mit schleppender Stimme.

Goethes Wimpern flatterten und senkten sich langsam. Lewis glaubte, das Weiß der Augäpfel gesehen zu haben, ehe die Lider Goethes sich darüberlegten. Im Raum war zwischen den Worten Leones nur das tiefe, ruhige Atmen zu hören, das aus Goethes Nase drang und das sich in nichts von dem eines Schlafenden unterschied.

„Hören Sie mich?“, fragte Leone.

„Ich höre Sie“, entgegnete Goethe mit hohler Stimme, wobei er kaum die Lippen bewegte.

„Was sehen Sie?“

„Dunkel.“

„Ich möchte, dass Sie sich noch tiefer in dieses Dunkel begeben, in die Tiefen Ihres Geistes hinein, und dann möchte ich, dass Sie in sich hineinhorchen.“

Goethes Atemzüge begannen, langsam leiser zu werden, als entferne er sich, als stiege er eine Treppe hinab, die aus dem Zimmer hinaus in eine unbekannte Tiefe führte. Lewis spürte, wie sich rings um ihn die anderen Gäste in Erwartung dessen, was nun folgen mochte, anspannten. Zu seiner Linken, etwas entfernt, glaubte er, eine Bewegung wahrzunehmen.

„Was hören Sie?“, fragte Leone nachdrücklich.

„Ich höre …“, sagte Goethe undeutlich. „Ich höre…“ Er reckte den Kopf ein wenig zur rechten Seite. „Ich höre, wie Bertuch kandierte Veilchen nascht!“

Leone riss die Augen auf, und Goethe ruckte den Kopf herum. Im selben Moment klapperte etwas auf den Boden, und ein erschrockener Friedrich Justin Bertuch musste sich von allen Anwesenden angestarrt finden, den Finger der rechten Hand noch zwischen den Lippen. Seiner Linken war das emaillierte Messingdöschen entglitten, das nun zwischen seinen Schuhen rollte und kleine, violette Blüten verstreute, auf denen feine Zuckerkristalle glitzerten.

„Verzeihung“, murmelte er und nahm den Finger herunter.

„Nein, nein, nein!“, rief Leone und wandte sich erst zu Goethe, dann zur Herzoginmutter. „So kann ich meine Kunst nicht ausführen.“

Goethe lachte. „Das liegt nicht an den Umständen, sondern daran, dass es so etwas wie Hypnose oder anderen übersinnlichen Firlefanz nicht gibt.“

„Oh, Goethe!“, tadelte Fräulein von Göchhausen. „Ich bitte Sie! Verderben Sie nicht alles! Was ist nur aus Ihnen geworden? Einst beschworen Sie Spukgestalten, Teufel und Hexen und schmiedeten faustische Pakte zu Versen. Ich weiß es noch wie gestern, als ich drüben in meinen Zimmern, über den Altan hinweg, Ihren Faust abgeschrieben habe …“

Goethe stand auf. „Liebes Fräulein! Wie kann ich mich mit jenseitigen Dingen befassen, wo das Hier und Jetzt in aller Wahrnehmbarkeit vor uns hintritt? Was in Paris geschah, vor drei Jahren, was sich seitdem ereignete, ja, was jetzt anhebt zu geschehen – wie kann man da fern der Wahrheit leben? Nein, ich sehe einen Sinn nur noch in der Wissenschaft. Das kristallene Pendel hier ..." – er wies auf Leone, der ihn finster anschaute, was Goethe jedoch mit einem mitleidigen Blick erwiderte – „... hat mehr Wahrheit in seinem Funkeln als der sprühendste poetische Geist!"

Er hielt inne. Betretenes Schweigen quoll durch den Raum.

Goethe rieb sich die Nasenwurzel. „Verzeihung." Er sah sich um, streifte kurz jeden der Anwesenden mit einem entschuldigenden Blick. „Ich werde mich für eine Weile nach draußen begeben. Ein paar Schritte durch den Park gehen, frische Luft in mich saugen."

Er schritt rasch zur Tür und drehte sich noch einmal kurz um. „Möglicherweise ist der junge Master Lewis der richtige Mann für dieses Experiment ..."

Dann machte er auf dem Absatz kehrt und verschwand. Lewis saß da und musste mit ansehen, wie sich die Köpfe der Anwesenden ihm zuwandten und ihn mit bittenden Blicken bedachten.

„Auf in Hypnos' Arme!", spornte Wieland ihn an.

„Ein geistiges Abenteuer – sicher mehr nach Ihrem Geschmack als die mit havarierenden Kutschen", meinte der junge Herder.

„Trauen Sie sich doch ..." Der Augenaufschlag Corona Schröters ließ Lewis wanken, und schließlich, als Anna Amalia ihn mit einem freundlichen: „Seien Sie nicht so ein Spielverderber wie Goethe!" an der Ehre packte, stand er zögernd auf und drehte sich zu der Gesellschaft um.

„Wenn es denn dem Wunsch meiner Gastgeber entspricht, so will ich mich dem stellen, was auch immer mich erwarten mag."

Die Anwesenden klatschten freudig und aufmunternd.

Lewis wandte sich Leone zu, der ihm den Platz neben sich wies. „Wirken Sie Ihre Kunst", sagte er, und es klang nicht sonderlich fest.

Als er auf dem Stuhl saß, umfasste er seine Knie, damit niemand sah, dass ihm die Hände ein wenig zitterten. Ihm gefiel es nicht, so in der Öffentlichkeit zu stehen, aller Augen auf ihn gerichtet und nicht wissend, was ihm geschehen mochte. Konnte ein Mesmerist wirklich in die Gedanken, ja in die Seele eines Menschen eindringen? Konnte er Dinge hervorrufen, die verborgen bleiben sollten?

Lewis beschloss, sich der Hypnose zu widersetzen. Was Goethe gelungen war, müsste auch ihm glücken, und vielleicht konnte er die Enttäuschung der Anwesenden, wenn das Experiment erneut scheiterte, von sich ablenken, indem er den Mesmeristen als Amateur in seinem Fach dastehen ließ.

„Ich denke, der Herr Leone wird mit mir leichteres Spiel haben als mit Herrn von Goethe. Schließlich ist mein Geist weniger stark und genialisch als der des Geheimrats ..."

„Gewiss", sagte jemand aus dem Halbdunkel, und Lewis glaubte, die Stimme des alten Herder erkannt zu haben.

„Ich bitte um Ruhe", mahnte Leone und erstickte damit das aufkommende Geraune unter den Gästen.

Er hob die Hand mit dem Pendel und ließ es aus der Faust gleiten, so dass es mit einem Ruck am Ende der Kette zu einem Halt kam. Lewis erschien es wie das Haupt eines Gehenkten am Galgenstrick. Dann brach sich das erste Licht im Kristall, und Lewis war überrascht, um wie viel heller und farbiger das Funkeln aus der Nähe betrachtet wirkte. Das Pendel begann, langsam zu schwingen, und Leone stimmte seine monotone Wortfolge an. Lewis folgte dem Pendel mit den Augen, lauschte der Stimme und versuchte gleichwohl, hellwach zu bleiben. Das Glitzern und Strahlen blendete ihn förmlich, auch verschwamm es für einen Augenblick, als Lewis zu blinzeln vergaß. Er bemerkte, wie die Stimme des Mesmeristen einen seltsamen Hall bekam, als spräche er aus weiter Ferne, quer durch einen großen Saal. Die Lichter begannen, entgegen der Pendelbewegung des Kristalls zu tanzen, auf und ab und kreuz und quer und auch im Kreis herum.

Dann wurde es einen Herzschlag lang dunkel.

Das Licht, das heimkehrte, war nicht von jenem kristallenen Blitzen und auch nicht der Schein der Kerzen. Es strahlte in dunklem, körperlichem Rot und pulsierte wie ein Herzschlag. Heraus schälte sich das Bild einer Frau, in Weiß gehüllt. Lewis erkannte ein Engelshaupt von bezauberndem Ausdruck. Die Lippen schienen ihm von der betauten Frische einer Rosenknospe. Das gewellte, blonde Haar war von einem schmucklosen Band zusammengefasst, und die Pracht der Locken reichte in seiner Fülle bis zur Hüfte seiner Trägerin. Der Hals war von schlanker, wohlgerundeter Vollkommenheit. Die Gestalt hob einen Arm und eine Hand in ebenmäßiger Vollendung an die Augen, die sanft und blau waren und für Lewis den Glanz des Himmels in sich zu tragen schienen. Sie erstrahlten in juwelenhaftem Leuchten, und in diesen spiegelte sich Lewis selbst: ein Mann von ausnehmend angenehmer Gestalt, mit langem Wuchs und anziehendem Blick. Eine Adlernase, zwei schwarze, glänzende Augen und dichte, zusammenstehende Augenbrauen waren die auffallendsten Züge seines Gesichts. Sein Haar war hellbraun. Obwohl er in der Blüte seines Lebens war, so hatten doch Studium und Nachtwachen seine Wangen fast gänzlich entfärbt. Er trug eine Mönchskutte. Lewis sah sich um. Er schien in einer Kirche zu sein. Viele silberne Leuchten erleuchteten den großen runden Platz vor dem Altar und die Seitenteile der Kirche, die zugleich die melodische Stimme der Orgel und religiöse Gesänge aus dem Chor erfüllten. Der Altar war wie an hohen Festtagen ausgeschmückt und von schöngekleideten Personen umgeben. Vor den Altarstufen stand die Frau, in einem prächtigen Hochzeitskleid und mit allen Reizen jungfräulicher Bescheidenheit geschmückt. Lewis näherte sich ihr, und sie sah ihn aus ihren blauen Augen an. Dann sprang er vor, mit einem schnellen, tierhaften Satz, und warf sie rücklings auf den Altar. Ihr Gewand zerriss unter seinen krallengleichen Fingern. Auf dem heiligen Stein tat er ihr Gewalt an, und als sie schrie, zog er einen Dolch aus den Falten seiner Kutte und stieß ihn der Frau ins Herz, so dass das Blut heiß aufspritzte.

Lewis lag auf dem Parkett im Tiefurter Gesellschaftszimmer und zitterte am ganzen Körper. Er hörte eine schrille und gequält klingende Stimme, die fortwährend: „Nein, nein!" schrie.

Er erkannte, dass es seine eigene war. Im flackernden Kerzenlicht sah er die fahlen Gesichter fremder Menschen, die sich über ihn beugten und auf deren Zügen schieres Entsetzen lag.

Dann versank er in gnädige Ohnmacht.

Fünftes Kapitel

In welchem es innerhalb und außerhalb der Weimarer Köpfe spukt

Die Welt schwankte in tiefer Finsternis. Etwas klirrte und schabte nahe bei Lewis in der Finsternis. Als er mit Mühe die Augen öffnete, sah er Funken und Blitze zucken. In deren Irrlicht erkannte er zwei Gestalten, die auf ihn hinabsahen. Er schrak aus seiner liegenden Position auf und hob den Oberkörper, um sich auf einen Arm zu stützen. Er fühlte gepolstertes Leder und erkannte, dass er sich im Inneren einer Kutsche befand, die augenscheinlich durch einen nächtlichen Wald fuhr. Draußen huschten Schemen von Bäumen vorbei, die von Lampen am Kutschbock matt beleuchtet wurden. Nun flammte die Kerze einer kleinen Handlaterne auf. Auf der Bank ihm gegenüber saßen der junge Herder und Goethe, die ihn besorgt ansahen.

„Sie sind wach, welch ein Glück", sagte Herder. „Wir wollten Sie schon zu einem ..." – er stockte kurz und lächelte schief – „... richtigen Arzt bringen, nachdem ich nicht mehr als ihren Puls hatte fühlen können."

Goethe verstaute Feuerstein und Stahl in einer Schublade unter dem Sitz, die mit Kerzen gefüllt war, während er die Laterne hochhielt. Dann hängte er sie an einen kleinen Haken in der Mitte des Kutschendaches, wo sie, vom Rütteln des Wagens bewegt, unstet hin- und herpendelte.

„Immer gut, alles zur Hand zu haben ... das dumme Ding war gerade erloschen ... wir wollten nicht, dass Sie im Finsteren erwachen, nach all dem." Goethe blickte für einen Augenblick aufrichtig besorgt, dann schaute er überzogen rasch wieder ernst drein. „Sie haben allen einen gehörigen Schrecken eingejagt. Zuerst den Damen, dann allen anderen."

Lewis vermied es, die pendelnde Laterne anzusehen. Er griff sich an die Kehle, da ihm der Mund trocken war, und spürte erstaunt, dass sein Kragen und sein Halstuch sowohl gelockert als auch tropfnass waren. Herder reichte ihm ein Tonbecherchen, das er aus einer ebenfalls tönernen Flasche gefüllt hatte. Zwischen seinen Füßen erkannte Lewis eine ähnliche Schublade wie die bei Goethe, nur dass sich in ihr weitere Tonbecher befanden. Dankbar trank er.

Herder goss ihm nach. „Einige Versuche, Ihnen etwas einzuflößen, sind leider gescheitert, wie Sie gewiss spüren."

Lewis schluckte und setzte sich auf. „Was ist vorgefallen?"

Goethe zuckte die Achseln. „Was weiß ich? Ich bin durch den Park gestreift, um den faulen Zauber aus meinem Kopf zu vertreiben, als im Haus ein Geschrei anhub. Ich bin losgehetzt und platzte ins Gesellschaftszimmer, wie Sie es früher am Tage taten."

Lewis sah betreten zu Seite.

Goethe achtete nicht darauf. „Dort angekommen, sah ich Sie am Boden liegen, die Anwesenden um Sie geschart. Die Damen in heller Aufruhr und der Ohnmacht nah, die Herren in wirrer Tätigkeit verstrickt und dieser welsche Wundertäter mittendrin in großem Erschrecken erstarrt, was mir nicht weniger Pose schien als all sein Tun zuvor." Goethe verschränkte die Arme und sah aus dem Fenster, als ginge dort draußen etwas äußerst Interessantes vor sich. Dann wandte er sich an Herder. „Was davor geschah, erzählen besser Sie. Herr Lewis soll es aus erster Hand erfahren, obwohl er der Hauptakteur bei der Sache war.“ Wieder wandte Goethe den Blick nach draußen und verharrte in dieser Position, was Herder als Aufforderung verstand, mit seinem Bericht zu beginnen.

Zunächst sah er Lewis fragend an. „Was war das Letzte, woran Sie sich erinnern?“

Lewis rieb sich die Stirn. „Der Mesmerist ließ sein Pendel spielen, ich hörte seine Stimme, und dann wurde es dunkel.“

„Das war unzweifelhaft der Moment, in dem Sie Ihre Augen schlossen.“

„Aber ich wollte es nicht. Ich hatte mir fest vorgenommen, mich nicht in den Bann dieses Mannes ziehen zu lassen und sagte dies mit innerer Stimme beständig vor mich hin.“

„Vielleicht hat das die Hypnose noch unterstützt ...“

„Mag sein.“ Lewis seufzte. „Mein Geist ist wohl zu schwach, um solcherlei Dingen zu widerstehen.“

Vom Fenster klang ein schnaubender Laut, und als Lewis und Herder zu Goethe sahen, zog der gerade eilig ein Tuch aus seinem Rock hervor.

„Es ist nichts“, sagte Goethe beschwichtigend. „Die kühle Nachtluft reizt die Nase.“ Wie zur Bekräftigung fuhrwerkte er mit dem Tuch im Gesicht herum. Im schwankenden Licht glaubte Lewis, ein spöttisches Lächeln hinter dem Stoff zu erkennen, was ihn sehr verletzte.

Herder sah es und sprach schleunigst weiter. „Was geschah, als es Ihrer Ansicht nach dunkel wurde?“

Lewis hob den Blick wieder. „Dann wurde es rot.“

„Offenbar die Auswirkung der Lichter des Pendels durch Ihre Lider.“

„Aber was dann kam, wird sich nicht so leicht medizinisch erklären lassen, Herr Herder!“ Lewis schien es ungerecht, den Ton derart zu ändern, doch das Gefühl der Kränkung war nun leichtem Zorn gewichen, der sich Luft machen wollte. Allerdings bot sich bei Goethe nicht die Gelegenheit dazu. Lewis rieb sich die Stirn. Er fühlte sich immer noch benommen und nicht Herr seiner Sinne. Von seinen Gefühlen ganz zu schweigen.

„Verzeihen Sie", bat er.

Herder nickte. „Sie sind verständlicherweise durcheinander. Denn das, was sich dann ereignete, war schon für uns Anwesende erschreckend. Wie muss es da erst auf Sie gewirkt haben?"

Lewis öffnete skeptisch den Mund. Dann schluckte er trocken. „Sie wissen, was vor sich ging? In meinem Kopf, vor meinem geistigen Auge?"

„Natürlich. Leone, der Mesmerist, hatte Ihnen eingegeben, über alles, was Sie in der Trance sahen, zu berichten." Herder schien etwas matt zu werden. „Wir erlebten alles durch Sie mit, durch Ihre eigenen, furchtbaren Worte."

„Ich habe Deutsch geredet?" Lewis schüttelte den Kopf.

„Ja, seltsam, nicht? Man sollte annehmen, dass Träume und Visionen doch vielmehr in der eigenen Sprache ihren Ausdruck finden. Aber Sie teilten sich uns in der Ihnen fremden Zunge mit, aber mit äußerster Gewandtheit. Nicht von ungefähr hatte all das einen so tiefen Eindruck auf uns. Wenn es nicht so erschreckend real und gegenwärtig gewesen wäre, hätte man meinen mögen, Sie erzählten eine Schauergeschichte ..."

„Glauben Sie, ich hätte mir das alles ausgedacht?"

„Nein, das bezweifle ich. Denn dann hätte es Sie selbst nicht so ergriffen, dass Sie in Ohnmacht fielen."

Lewis war peinlich berührt. „Ich fiel in Ohnmacht? Wie eine Dame?"

„Oh nein, nein, vielmehr wurden Sie bewusstlos, als Sie zu Boden fielen. Sie hatten ausführlich von dieser Frau berichtet, als Sie ..."

„Sagen Sie es nicht! Es war zu abscheulich!“ Lewis biss die Zähne zusammen und schaute zur Seite.

Herder hob beschwichtigend die Hände. „Das hatte ich gar nicht vor. Denn schreckenerregend war es in der Tat, und Sie, der Sie es im Wachtraum noch viel deutlicher erlebten als wir Zuhörer, Sie schrien auf, als wehrten Sie sich gegen das Geschehen. Sie schlugen um sich, dass Herr von Knebel und ich dem Mesmeristen zu Hilfe springen mussten, um Sie zu bändigen. Sie befreiten sich, während Leone Sie aus Ihrer Trance zu wecken versuchte. Dann stürzten Sie mitsamt dem Stuhl um und erschlafften, wie in Ohnmacht.“

Lewis rieb sich den Hinterkopf. „Ja, diese Beule erinnert mich daran, wenn auch nichts anderes.“

„Wir versuchten, Sie zu wecken, was nicht gelang, weswegen sich Herr von Goethe anbot, Sie mit seinem schnellen Gespann in die Stadt zu bringen. Ich sollte wegen meiner medizinischen Kenntnisse dabei sein.“

Lewis wandte sich Goethe zu, der noch immer aus dem Fenster sah und dessen Wangenmuskeln zu arbeiten schienen. „Ich danke Ihnen, Herr von Goethe.“

„Sie sind willkommen“, sagte Goethe halblaut, wobei er kaum den Mund öffnete.

Lewis wusste nicht, wie er diese englisch erscheinende Redensart deuten sollte. „Danke“, sagte er noch einmal, dann sah er wieder Herder an. „Auch wenn ich mich nur mit Schaudern daran erinnere, so scheint es mir seltsam, dass ich offenbar nicht mit meinen eigenen Augen diese schrecklichen Dinge erblickte. Vielmehr war mir, als befände ich mich in einem fremden Körper, verstehen Sie?“

„Durchaus. Sie haben alles genau beschrieben.“

„Ja?“ Lewis rieb sich die schmerzende Wange. „Wie ...?“

„Sie beschrieben die Frau, und dann sprachen Sie von sich oder Ihrem anderen Ich, jener Traumgestalt, durch die Sie das grauenvolle Ereignis erlebten. Sie können sich denken, dass die Tat umso erschreckender war, da ein Diener Gottes sie beging ..." Er atmete tief ein. „Besonders mein Vater, auch wenn er der Dichtung keineswegs ablehnend gegenübersteht, wie Sie vielleicht wissen, war abgestoßen von dieser Sache. Entrüstet geradezu. Wenn Sie nicht in diesem Zustand gewesen wären, hätte er Sie hinauswerfen lassen, obwohl er keineswegs das Hausrecht in Tiefurt besitzt."

Lewis erschrak. „Was war mit der Herzoginmutter? Was sagte sie? Sicher bin ich durch solche Lästerungen in Ungnade gefallen."

„Nach dem ersten Schrecken haben die Damen, besonders die Herzoginmutter, alles gut verkraftet. Sie ist eine starke Person, müssen Sie wissen, anderenfalls hätte sie kaum über das Herzogtum herrschen können, bevor der jetzige Herzog, ihr Sohn, die Regierungsgeschäfte übernahm. Das Fräulein von Göchhausen ist eine robuste Natur, die ebenso einstecken wie austeilen kann."

Wieder erklang das Schnauben aus Goethes Richtung, doch diesmal sah keiner der beiden hin. „Die Dame Schröter hat schon andere Auftritte mit Bravour überstanden."

Goethe schnaubte nochmals, kräftiger diesmal. Herder blickte Lewis ungerührt an, und auch dieser verzog keine Miene.

„Na gut", sagte er langsam. „Dann bin ich beruhigt, dass ich keinen Schaden angerichtet habe – außer am Mobiliar, wie mir scheint."

„Sie trifft ja keine Schuld. Die Herzoginmutter zog vielmehr den Urbino Leone zur Rechenschaft. Dass aus einem Schauspiel so ein Unglück erwüchse, sei nicht in ihrem Sinne, hieß es. Er wird sich dafür verantworten, und ich denke, auch Herr Bode, der dies ja veranlasst hat."

Lewis sah zu Boden und schüttelte den Kopf. „Wer hätte auch ahnen können, dass dieses Spiel mit den Gedanken solche Dinge hervorbringen würde!"

„Ich weiß auch nicht, Herr Lewis", sagte Herder und versuchte aufmunternd zu lächeln, als der Engländer wieder aufblickte. „Aber auf jeden Fall scheinen Sie für solcherlei Dinge anfällig zu sein. Wollen wir hoffen, dass es kein Omen ist ..."

Goethe räusperte sich und wandte sich vom Fenster ab, den beiden jungen Männern zu. „Meine Herren! Ich muss Sie mahnen! Besonders Sie, Herr Herder, als angehender Arzt, sollten nichts, aber auch gar nichts auf abergläubisches Geschwätz geben. Das Wort Omen sollten Sie aus Ihrem Sprachschatz streichen." Er zuckte energisch mit der Hand. „Sie auch, Herr Lewis. So erschreckend all das gewesen sein mag, Sie sollten es nüchtern betrachten: Einerseits hatten Sie an diesem Tag bereits genug erlebt, um Ihnen eine unruhige Nacht im Traumbette zu bereiten, wen wundert's also, dass Sie im Schlafzustand der Hypnose einen solchen Alp zustande brachten, und andererseits ..."

Goethe beugte sich vor und nahm Lewis scharf ins Auge. „... andererseits ist Ihnen als belesenem Mann und anstrebendem Dichter wohl ein gerüttet Maß an Phantasie mitgegeben. Dass all dies über die Stränge schlagen kann, noch angeregt durch den Hokuspokus eines Menschen, wie dieser Leone einen darstellt ... ach, das brauche ich Ihnen ja wohl kaum zu erläutern!"

„Ja, Herr Geheimrat von Goethe", sagte Lewis und beugte ergeben den Nacken.

Er fühlte sich scheußlich. Zusammengesunken saß er auf seiner Bank, während die Kutsche durch die Nacht schaukelte. Nach einem kurzen Halt am Stadttor rollten die Räder über

Straßenpflaster, vereinzelte Lichter waren hinter den Fenstern der dunklen Häuser zu sehen.

„Nun", begann Goethe und schlug einen wesentlich konzilianteren Ton an als zuvor, „wir werden Sie bei Böttiger absetzen. Oder fühlen Sie sich unwohl und bestehen auf einer Untersuchung?"

„Ich denke, der Doktor muss nicht in seiner Abendruhe gestört werden", sagte Lewis schwach. „Ich fühle mich nur müde, was aber, wie Sie erwähnten, an diesem aufregenden Tag liegen muss. Ich möchte zu Bett gehen und hoffe, dass mit dem morgigen Tag alle Unbill verflogen ist."

„So ist's recht", nickte Goethe. „Gehen Sie doch morgen durch die Grünanlagen an der Ilm, damit Sie auf andere Gedanken kommen. Sie müssen Heiteres sehen und erleben, dann sind die dunklen Dinge rasch vergessen."

„Ich werde Ihrer Anregung mit Freude nachkommen."

„Damit Sie nicht allzu eigenbrötlerisch leben, möchte ich Sie herzlich zu unserem Mittwochsclub einladen. Dort geht es einfacher zu als in Tiefurt und ...", Goethe hob den Finger, als er sah, wie Lewis widersprechen wollte. „Keine Widerrede! Sie haben dort keine Fisimatenten zu befürchten, mit denen Herr Bode die Herzoginmutter zu beeindrucken sucht, vertrauen Sie mir."

„Wenn Sie es sagen ...", meinte Lewis so höflich wie möglich, obwohl er sich sehr über den Mund gefahren fühlte. Aber im gleichen Augenblick kam ihm in den Sinn, dass ein gelungener Gesellschaftsabend vielleicht einiges zu seinem Wohlbefinden beitragen könnte, von seinem Ruf gar nicht zu reden.

„Außerdem", sagte Goethe, „denke ich, dass Sie in Herrn Herder einen guten Freund gefunden haben."

Herder grinste, was Lewis ein wenig betreten erwiderte. Goethe hob salbend die Hände. „Also, bleiben Sie in Verbindung. Es kann dem jungen Engländer hier nicht schaden, auch mit anderen Leuten als nur Poeten und Gelehrten im gesetzten Alter zu verkehren."

Bevor Lewis etwas entgegnen konnte, fuhr die Kutsche vor dem Haus der Böttigers vor. „Da sind wir", sagte Goethe und öffnete fast ein wenig hastig den Schlag. „Schlafen Sie wohl, und beherzigen Sie meine Worte. Wir hören voneinander."

Lewis stieg aus und verabschiedete sich.

Herder schmunzelte. „Träumen Sie etwas Angenehmes. Oder bemühen Sie sich zumindest darum!"

Die drei nickten einander zu, und Lewis ging auf das Haus der Böttigers zu. Am Eingang winkte er zögerlich zur Kutsche zurück. Goethe grüßte zurück und bat den Kutscher loszufahren. Der nickte, begann dann aber, heftig zu niesen und machte eine Geste, die um eine kurze Pause bat. Goethe schloss den Schlag. Die Vorhänge an den Fenstern schwankten. Oben auf dem Bock schnäuzte sich der Kutscher lautstark und beschäftigte sich ausgiebig mit seiner Nase.

Lewis sah zwischen Kutsche und der Haustür hin und her und kam sich etwas verloren vor. Er entschloss sich, die Verzögerung durch den Kutscher zu nutzen und noch ein Wort an Goethe und Herder zu richten.

Auf halbem Wege hörte er, wie Goethe sich hinter den Vorhängen an Herder wandte.

„Erzählen Sie mir doch einmal Genaueres über diese Reiter, die Ihren Wagen von der Straße abdrängten ..."

Herder klang erstaunt. „Ich selbst habe sie nicht gesehen; es wäre besser gewesen, Sie hätten dies vorhin angesprochen, als Herr Lewis noch zugegen war. Er hat, glaube ich, mehr erkannt."

Lewis war versucht, an die Tür der Kutsche zu klopfen, um seine Hilfe anzubieten, doch als er hörte, was Goethe entgegnete, blieb er stehen. „Ich habe es mit Bedacht nicht getan. Der junge Herr war schon angegriffen genug, als dass ich ihn damit beunruhigen wollte."

„Beunruhigen? Herr Geheimrat, ich fürchte, Sie tun das Nämliche mit mir. Worum geht es?"

„Als ich nach dem Intermezzo mit jenem Scharlatan das Haus verlassen hatte und durch den Park ging, bemerkte ich unter einer Baumgruppe einige Männer, die Pferde an ihren Zügeln hielten. Als ich mich ihnen näherte, brachen sie auf, ohne mich jedoch bemerkt zu haben, wie ich glaube."

„Und ..."

„Nun", sagte Goethe und lehnte sich wieder zurück. „Ich vermeinte, einige Sprachfetzen aufgeschnappt zu haben, die eindeutig italienischer Zunge entstammten."

„Vielleicht Reisegefährten des Herrn Leone", vermutete Herder.

„Möglich", sagte Goethe. „Aber warum verbargen sie sich, und warum waren sie in Schwarz gekleidet?"

Lewis stand da und rang nach Luft. Plötzlich öffnete sich die Tür. Rasch trat er hinter die Kutsche, gerade rechtzeitig, als Goethe den Kopf hinausstreckte und den Kutscher anrief: „Je rascher wir nach Hause kommen, um so schneller kann Er sich um Seinen Katarrh kümmern! Los!"

Der Kutscher zog die Nase hoch und brummte etwas, ließ die Kutsche aber endlich anfahren.

Goethe sah zum Hauseingang der Böttigers und die Gasse entlang. Lewis machte schnell einen weiteren Schritt und war sicher, dass Goethe ihn nicht gesehen hatte. Dann verschwand Goethes Kopf im Kutscheninneren.

Lewis blickte dem Gefährt hinterher, bis es um eine Häuserecke bog. Sein Herz klopfte. Dann begab er sich erneut zum Eingang des Hauses, hinter dessen Fenstern im oberen

Stockwerk noch Licht brannte. Böttiger hatte ihm vor seinem Aufbruch versichert, er wolle noch bis in die Nacht arbeiten, Lewis würde also auch bei späterer Ankunft noch Einlass erhalten. Dem Engländer schien dies nicht in gastgeberischer Fürsorge begründet, sondern vielmehr in unbändiger Neugierde. Während sich Lewis also daran machte, anzuklopfen, fragte er sich, was an diesem Abend schrecklicher gewesen war: der von dem Mesmeristen verursachte Traum oder das zufällig belauschte Gespräch, in dem es sich um wesentlich wirklichere Dinge gedreht hatte.

Eine Viertelstunde später befand sich Lewis in seinem Zimmer und im Bett. Nachdem er sich hastig ausgekleidet und das Nachthemd übergeworfen hatte und unter die Laken geschlüpft war, fühlte sich endlich einigermaßen komfortabel, wenn nicht gar sicher. Dies war schließlich der vertrauteste Raum in all der fremden Umgebung mit den fremden Menschen. Hier lagerten seine englischen Kleider, seine englischen Bücher und all die anderen kleinen Dinge, die ihn an seine Heimat erinnerten, darunter das Medaillon mit einer Locke seiner Mutter. Es drängte ihn, sich in einem Brief an seine Mutter mitzuteilen, doch noch scheute er sich, sich all dies wieder ins Gedächtnis zu rufen. Es war ihm zuvor immerhin gelungen, den noch sehr munteren Böttiger mit einigen Nichtigkeiten abzuspeisen und auf seiner eigenen dringend benötigten Bettruhe zu bestehen. Er hatte ihm nur kurz mitgeteilt, wen er kennengelernt hatte und wie sehr ihm Böttigers kundige Worte zugute gekommen waren. Die Affäre mit dem Mesmeristen und seiner entsetzlichen Vision verschwieg er, und auch das mitangehörte Gespräch zwischen Goethe und Herder. Einerseits wollte er nicht durch einen Bericht allzu lebhaft daran erinnert werden, andererseits konnte er auf weitere Kommentare zu seiner Affinität solcherlei Dingen gegenüber verzichten.

Mit einem Mal kam ihm das zerknüllte Manuskript in den Sinn, das er vor langer Zeit, wie ihm jetzt schien, obgleich es nur der Morgen desselben Tages gewesen war, unter das Bett geworfen hatte. Es schien ihm unmöglich, mit solcherlei zu Papier gebrachten Scheußlichkeiten in der Nähe seines Kopfes auch nur ein Auge zuzutun. Rasch schlug er die Laken beiseite, ergriff die Kerze und ließ sich auf die Knie sinken. Er leuchtete unters Bett.

Doch außer einigen Staubflusen war dort nichts zu sehen. Er bewegte die Kerze hin und her, um alle Winkel zu erleuchten, doch das Papierknäuel war nicht auszumachen.

Lewis stand auf, ging im Zimmer herum und suchte. Vielleicht hatte er sich geirrt, als er gesehen zu haben glaubte, wie die Kugel unters Bett gerollt war. Er schaute unter den Nachtkasten, unter den Stuhl, sogar unter den Schreibtisch, obwohl ihm dies töricht schien.

Doch das Manuskript blieb verschwunden.

Lewis war konsterniert. Ihm fiel nichts mehr ein, was mit dem Papier geschehen sein könnte. Ermattung überkam ihn. Er kroch ins Bett zurück, löschte das Licht und hoffte, ihm werde jeglicher Traum erspart bleiben, der die heutigen Ereignisse wieder aufleben ließ.

Am Morgen saß er, durch ungewöhnlich erquickenden Schlaf erfrischt, am Frühstückstisch, gemeinsam mit der Familie Böttiger. Der Gymnasialdirektor hatte einen freien Tag, weshalb er am Vorabend noch so spät wach gewesen war. Er hatte auch nach Lewis' Ankunft weiter gearbeitet und berichtete freudig von allerlei, was er zu Papier gebracht hatte. Eleonore Böttiger, die versuchte, ihrem Sprössling kleine Stücke gebutterten Brotes schmackhaft zu machen, was ihr nur mit mäßigem Erfolg gelang, hörte diesen auch für Lewis' Ohren recht trockenen Ausführungen über Altertümer geduldig zu. Schließlich fragte sie, wobei sie ihren Eifer zu unterdrücken suchte, was ihr recht annehmbar glückte, nach den Erlebnissen, die Lewis am Tag zuvor zuteil geworden waren. Lewis erläuterte die Fahrt nach Tiefurt mit schlichten Worten, aus Rücksicht auf die frühe Stunde und die Anwesenheit des jungen Böttigers. So vermied er etwa jegliche Erwähnung der dunklen Reiter und tat den Kutschenunfall als bedauerliches Zusammenspiel von Zufällen ab, indem er vage auf Steine und Wurzeln hinwies. Die mühevolle Arbeit im Schlamm schilderte er als leichtherzige Posse und genoss das Amüsement, das er bei seinen Gastgebern erzielte. Selbst Karlchen vermochte er mittels einiger lustiger Gesichter, die er schnitt, ein fröhliches Krähen zu entlocken. Nicht minder komisch schilderte er die Ankunft in Tiefurt und seine Begegnung mit den anwesenden Gästen. Böttiger war offenkundig stolz, seinen jungen Gast mit dem nötigen Rüstzeug in Gestalt persönlicher Anmerkungen versorgt zu haben. Gleichzeitig zog er aus Lewis' Bericht insofern einen Nutzen, als dass er sich die eine oder andere Äußerung oder Reaktion dieser oder jener Gestalt des öffentlichen Lebens in Weimar gut merkte, um sie später vielleicht einmal selbst wiedergeben zu können. Während Böttiger also aufmerksam jedes Wort Lewis' in sich aufnahm, saß Eleonore da, das Kinn zierlich auf die Knöchel der einen Hand gestützt, während sie dann und wann am Kaffee nippte, der schon längst kalt geworden war. Sie lauschte aufmerksam und mit leuchtenden Augen. Lewis fragte sich, warum sie so begeistert von seinem Bericht war, da ihr Mann solche Dinge sicher tagtäglich vorzubringen hatte.

Schließlich erklärte er es sich durch seine eigene, im Vergleich zu Böttiger weniger klatschhaft scheinende Erzählweise, die ihr diese höfischen Gesellschaftsneuigkeiten schmackhaft machten. Während er vom Auftritt des Mesmeristen und Goethes Widerspenstigkeit berichtete, wägte er sorgsam ab, wie von seiner eigenen Trance zu berichten wäre. Unmöglich konnte er seine Traumgesichte wahrheitsgemäß wiedergeben – wobei sich allerdings die Frage stellte, inwiefern man hier von einer Wahrheit würde sprechen können. Das drastische Ende jener Episode würde er unterschlagen müssen, um niemanden zu ängstigen. Zwar drängte sich ihm der Gedanke auf, dass Eleonore Böttiger aufgrund ihrer Lektürevorlieben dem ganzen vielleicht etwas weniger schockiert gegenüberstehen würde als etwa die Damen bei Hofe, doch wollte er es nicht auf eine Prüfung ankommen lassen. Schließlich mochte er sie nicht vor ihrem Mann in jene unangenehme Situation bringen, sich etwa erklären zu müssen, warum sie keine angemessene Reaktion gezeigt hätte. Genauso wenig wollte er sie zwingen, ihrem Mann etwas vorzugaukeln, was sie nicht empfand, nur um einem Bild gerecht zu werden oder etwas zu verheimlichen. Lewis merkte, wie er über all diesem Nachsinnen ins Stocken geriet und widmete sich wieder dem Erzählen. Er berichtete also, wie die Wahl des nächsten Anschauungsobjektes für Leones Fähigkeiten auf ihn fiel.

„Ha!", rief Böttiger. „Das sieht dem Geheimrat ähnlich. Seinen überlegenen Geist herauszustellen und andere vorzuführen. Ich erinnere mich da an eine Sache mit einem befleckten Betttuch ..." – er stockte, als er den empörten Blick seiner Frau sah –, „... aber das ist kein Gespräch für den Tisch. Verzeihung, Herr Lewis."

Lewis nickte und hatte wieder die ungeteilte Aufmerksamkeit Eleonore Böttigers. Er berichtete vom glitzernden Pendel, bei dessen Beschreibung besonders Karlchen große Augen machte. Den Beginn der Vision beschrieb er getreu seiner Erinnerung. Ihm wurde dabei mit einiger Fassungslosigkeit, die er nur mit Mühe überspielen konnte, bewusst, wie ähnlich die Traumgestalt der Frau doch der leibhaftig vor ihm sitzenden Eleonore war. Ängstlich ließ er den Blick von ihr zu Böttiger wandern, doch in keinem der beiden Antlitze konnte er etwas lesen, was darauf hingedeutet hätte, dass seine Zuhörer diese Entdeckung teilten. Er war froh, dass die männliche Figur, deren Züge er nun schilderte, ihm in keiner Weise glich. Während er erzählte, bemerkte er, wie Eleonore ihn immer schärfer musterte, als erkenne sie für ihren Teil sehr wohl eine Artverwandtheit zwischen Traumgestalt und Träumendem. Rasch fügte Lewis die Beobachtung hinzu, dass es sich bei dem Mann offensichtlich um einen Geistlichen gehandelt hatte und die Szene in einer Kirche spielte. Dann ersann er rasch eine andere Auflösung, indem er angab, mit einem Donnerschlag seien die Trugbilder vor seinem inneren Auge erloschen, was ihn derart erschreckt habe, dass er vom Stuhl gestürzt sei. Von seinem Sturz hatte er Böttiger nämlich schon am vorigen Abend berichtet, als dieser nach dem Grund der unerwartet frühen Heimkehr des Engländers gefragt hatte. Lewis hoffte, dass das wahre Ende der Vision nicht über die üblichen mündlichen Wege doch noch seinen Weg in Böttigers Ohr finden würde. Ein törichter Wunsch, wie ihm aufging. Aber immerhin wäre es ihm möglich, auf einen Verlust der getreuen Erinnerung infolge des Sturzes hinzuweisen, womit er sich dem Vorwurf der Lüge entziehen könnte. Lewis seufzte leise.

„Ach, Sie Armer!", rief Eleonore Böttiger mitfühlend. Ihr Mann hatte ihr natürlich schon zuvor von dem Missgeschick berichtet und sie der Unversehrtheit des Gastes versichert, doch der Bericht aus erster Hand rührte sie verständlicherweise doch mehr an. „Solch ein Ende eines schönen Abends haben Sie wirklich nicht verdient – und den Anfang erst. Wären Sie doch nur hiergeblieben!"

„Liebe Frau Böttiger, ich danke Ihnen für die Anteilnahme", sagte Lewis und war froh, dass er einiges an Tatsachen unterschlagen hatte. „Aber ich habe ja alles heil überstanden." Er sah die beiden Eheleute nacheinander an. „So heil, dass ich mein Glück nicht allzu rasch wieder auf die Probe stellen will. Keine Kutschfahrten, keine abendlichen Séancen. Herr Goethe hat mich in den Mittwochsclub eingeladen, was ich sehr nett finde ..."

„Goethe will Sie also in seinen eigenen vier Wänden empfangen. Sie können mir glauben, dann sind Sie seinem genialischen Weltgeist völlig ausgeliefert ..." Böttiger unterbrach sich, als schösse ihm ein Gedanke durch den Kopf. „Da fällt mir ein, er kann ja momentan gar kein Gastgeber für den Gelehrtenverein sein, da sowohl die alte Wohnung als auch die neue alles andere denn als wohnlich zu bezeichnen sind. Wahrscheinlich dürfte die Wahl auf Bertuch fallen, und dann haben Sie Gelegenheit ..."

Lewis erlaubte sich ein kurzes Lachen und führte Böttigers Satz fort: „... das schönste Haus in ganz Weimar zu sehen, dessen Bau und Möblierung schon Schiller gelobt hat. Ja, das hat mir Herr Bertuch schon nicht ohne Stolz berichtet."

Böttiger zog sich am Ohrläppchen. „Ich sehe schon, bald kann ich Ihnen nichts mehr berichten, weil Sie selbst schon alles in Erfahrung gebracht haben. Doch nichtsdestoweniger werden Sie bei einer solchen Gelegenheit Herrn Schiller persönlich treffen und feststellen, dass er sich nicht allein auf tatsächliche Gebäude versteht, sondern auch auf jene geistiger Art."

„Ich sehe dem freudig entgegen. Doch zunächst möchte ich Herrn Goethes anderer Empfehlung nachkommen und durch

Weimar spazieren, insbesondere durch die Parks. Denn ich sollte ja nicht nur die Menschen hier kennenlernen, sondern auch deren Umfeld."

„Richtig. Streifen Sie nach Herzenslust durch die Gassen. Es kann nicht schaden, wenn Sie nicht allein die Bekanntschaft mit dem Bürgertum und dem Adel machen, sondern auch dem einfachen Volk begegnen. Das mag Ihr Ohr schärfen und Ihre Zunge geschmeidig machen für die deutsche Sprache, auch wenn Sie sie schon vorzüglich beherrschen. Aber versprechen Sie mir, nicht allzu sehr der Sprache der Gassen zu verfallen. Nicht dass Sie allzu unbedacht bei Hofe oder in Anwesenheit von Damen Dinge aussprechen, die Sie von einem Fuhrmann oder Bauernlümmel aufgeschnappt haben."

„Ich werde mich zu benehmen wissen. Vielleicht höre ich auch erst gar nicht hin, wenn derlei Unaussprechlichkeiten ausgesprochen werden."

Er schaute freundlich Eleonore Böttiger an, die den Blick ein wenig senkte und dann über die vor ihr Lächeln gelegte Hand zurücksah.

„Oh, Karl", sagte sie. „Versuch doch nicht, Herrn Lewis zu erziehen. Das kannst du bei den Schülern und deinem Kind. Aber als angehender Dichter muss unser Gast doch alles in sich aufnehmen, dessen er gewahr wird. Sonst kann er doch nie das Leben in seinen Werken abbilden – und vertraue doch ein wenig mehr auf seine Manieren. Schließlich hat er sich bislang wacker geschlagen, was ihm nicht gelungen wäre, wenn es in Umgangsformen schlecht um ihn bestellt wäre."

Böttiger hob abwehrend die Hände und lächelte. „Herr Lewis, Sie sehen, Sie haben die beste Verbündete, die Sie sich in diesem Haus, ja vielleicht in ganz Weimar wünschen können." Er küsste seiner Frau die Hand und stand auf. „Nun folgen Sie mir doch, ich kann Ihnen auf einem Stadtplan in meinem Arbeitszimmer zeigen, wohin Sie Ihre Schritte lenken müssen, um an die erbaulichsten Orte dieser Stadt zu gelangen."

Lewis folgte dieser Einladung, die Eleonore durch ein aufmunterndes Nicken bekräftigte.

Langsam begannen ihre Wangen, das Rot zu verlieren, das die Bemerkung ihres Mannes und der darauffolgende Blick von Lewis darübergelegt hatten.

Eine Viertelstunde später spazierte Lewis über den Marktplatz, den Weg in Richtung des Ilmufers einschlagend. Böttiger hatte ihn diesmal nicht allein mit kundigen Ratschlägen und Empfehlungen bedacht, sondern ihm auch etwas Handfestes mit auf den Weg gegeben: Lewis schwang im Gehen einen gewaltigen Knotenstock.

„Der hat dem Johann Kaufmann gehört, ein Dichter, den Sie nicht kennen müssen. Irgendwann hat er den Stock bei Goethe vergessen, und dann ist er bei mir geendet. Vor gut fünfzehn Jahren ist Kaufmann damit durch Dessau einhergestelzt, und er hat ihn nicht einmal im Zimmer der Fürstin oder an der Tafel des Fürsten abgelegt. Das gehörte zu seinem Selbstverständnis als Genius. Auch eine eigene Tracht hatte er. Während Goethe in Hosen und Weste aus weißem Leinen einherging, trug Kaufmann eine grüne Friesjacke und Charivaris – das sind Reithosen, die mit Leder besetzt sind und an der Seite Knöpfe haben –, die Brust war bis zum Nabel hinunter nackt, und sein Haar flatterte wie eine Mähne. Das soll ein Anblick gewesen sein! Aber wie auch immer, Sie wollen sich Weimar erwandern, dann brauchen Sie einen guten Stock, und dieser hier ist so gut wie jeder andere, wenn nicht sogar besser. Nehmen Sie ihn, er wird Sie gut führen."

Lewis hätte gern erwidert, er gedenke, keine Bergtour zu unternehmen, willigte aber ein. Wie konnte er eine solch freundliche Geste abschlagen? Zumal er noch immer von seinem Gewissen geplagt wurde, was die Beugungen der Wahrheit anging, die er bei seiner Erzählung vorgenommen hatte.

So ließ er auf seinem Weg die Spitze des Stockes munter auf das Pflaster pochen. Die Sonne schien herrlich, und Lewis erlaubte es sich, da es wärmer und wärmer wurde, die Weste ein wenig aufzuknöpfen. Nicht zu weit, selbstverständlich, das wäre ihm nicht schicklich erschienen. Der ungetrübte Himmel strahlte über den Dachfirsten, und Lewis spürte, wie sich die düsteren Gefühle der vergangenen Tage verflüchtigten.

Auf dem Marktplatz trieben sich einige Bürger und Bauern umher, und Lewis beschloss, seinen direkten Weg zum Lauf der Ilm zu unterbrechen und einige Runden zu drehen. Beim Annähern an zahlreiche Personen und Gruppen schieden sich allmählich einzelne Gespräche aus dem Geplapper, und er lauschte auf das, was man einander hier und dort mitteilte. Gerede gab es und Tratsch, ganz wie ihn Böttiger zu berichten wusste, nur waren die Protagonisten hier die niedrigeren Bürger, die Bauern und die Tagelöhner, deren sittliche Kapriolen sich kaum von jenen der höheren Gesellschaft zu unterscheiden schienen. Frauen mit Hauben und ausladenden Röcken standen beieinander, Körbe oder Kannen in den Händen, und schwatzten. Nachdem zuvor Waren den Besitzer gewechselt hatten, war es jetzt an der Zeit, Neuigkeiten auszutauschen, die oftmals ebenso verderblich waren wie Fisch oder Eier und die deshalb nicht allzu lange gelagert werden durften. War mit dem Einkauf für das leibliche Wohl gesorgt, so mussten nun auch Kopf, Herz und vielleicht auch die Galle zu ihrem Recht kommen. Die Männer in steifen Jacken und mit Hüten, deren Krempen weich herabhingen, sogen vehement an ihren

Pfeifen, und wenn sie es nicht taten, nutzten sie die Stiele als Instrumente, um ihre Darlegungen zu unterstreichen. Diese drehten sich zumeist um geldliche und politische Dinge und wurden teilweise in recht zurückhaltender Lautstärke geäußert, als seien sie wesentlich indiskreter als die privaten Belange der Mitbürger.

Lewis strich umher, lauschte hier und lauschte dort, stets darauf bedacht, nicht aufzufallen. Wurde er nach kurzem Verharren und Ohrenspitzen misstrauisch beäugt, was häufig genug vorkam, so streckte er die Nase in die Luft und begann gemächlichen Schrittes zu lustwandeln, als sei sein Innehalten eine zufällige Unregelmäßigkeit in seinem Gang gewesen. Insgesamt geschah es aber, dass solcherart Gespräche schlagartig leiser wurden oder ganz verstummten, oft schwenkten sie zu unverfänglichen Themen um. Lewis schien es, dass sich die Reaktion der Marktgänger aufteilte: Einerseits schien da eine allgemeine Scheu zu sein, belauscht zu werden. Nicht etwa die Befürchtung, dass jemand etwas zufällig mitanhörte, sondern tatsächlich lauschte.

Dann schien es Lewis, er falle durch seine Kleidung und Bewegung auf, obwohl er nichts Besonderes darin sah, auch nicht im direkten Vergleich zu anderen Bürgern. Aber sicher war das kleine Weimar untereinander so vertraut, dass ein jeder noch so unauffällige Fremde dennoch auffiel.

Schließlich schien es ihm – ein im Grunde närrischer Gedanke –, dass ihn einige wenige der Frauen und Männer tatsächlich erkannten und sich daraufhin, wenn sie auch nicht gerade das Weite suchten, aus seiner Nähe entfernten. Darauf konnte Lewis sich keinen Reim machen. Er sagte sich, dass er sich dies nur einbildete, und ging auf den Brunnen mit der Neptunfigur zu, um kurz die Hände ins kühle Wasser zu tauchen. Als er dort am Brunnenrand saß, außer Hörweite jeglichen Gespräches, war es ihm, als benähmen sich die Weimarer wieder normal. Gebärden und Gespräche waren wie zuvor und kamen als stetes, aber unbestimmbares Gewimmel und Gemurmel bei ihm an.

Er ließ den Blick schweifen und bemerkte in einiger Entfernung einen Mann, der ebenso müßig und ziellos wie er zwischen den Grüppchen auf dem Platz umherstrich. Auch er schien dann und wann beiläufig stehenzubleiben und ins Rund der Häuser oder den Himmel darüber zu blicken. Manche Gespräche verstummten oder wechselten das Thema, wenn er bemerkt wurde – Lewis erkannte das an den Gesten, die er mittlerweile unterscheiden konnte –, und einige der zuvor noch munter Plaudernden schienen sich mit einem Mal der übermäßig verstrichenen Zeit zu entsinnen und strebten auf eine der Gassen zu, die vom Marktplatz abgingen.

Gerade als Lewis halb unernst dachte, ob sich dies um einen weiteren Engländer handelte, setzte sich eine Person neben ihn auf den Brunnenrand. „Guten Morgen!" Es war Wilhelm Herder, der ihn gutgelaunt angriente.

Lewis war ehrlich erfreut. „Wie schön, Sie zu sehen, Herr Herder!"

„Schön zu sehen, dass Sie wieder bester Dinge und für einen belebenden Ausflug gewappnet sind." Herder wies auf den Knotenstock, den Lewis an den Brunnenrand gelehnt hatte und der dem Engländer mit einem Mal furchtbar vorkam. Herder sah glänzend aus, mit seinem meerblauen Rock über sandfarbenen Hosen. Lewis kam sich wie ein Trauervogel vor, mit seiner eigenen Kleidung, die so dunkel war wie Herders Augen.

„Ja", sagte er, „ich wollte die Stadt erkunden. Den Park an der Ilm und dergleichen. Dann bin ich aber hiergeblieben, um, wie es heißt, dem Volk aufs Maul zu schauen. Ich dachte, es könne nicht schaden, was mein Deutsch angeht."

„Löblich", entgegnete Herder, und der Klang seiner Stimme war Lewis sehr angenehm. „Haben Sie Interessanteres mitgehört als in den höheren Kreisen, in denen Sie bislang verkehrten?"

„Nun, es scheint, als seien die Bürger und Bauern peinlich darauf bedacht, dass nichts, was sie an Wichtigem zu sagen haben, in falsche Ohren gerät ..."

Herder schmunzelte wissend, aber sein Blick wurde kalt. „Gut erkannt. Ich denke, Ihnen ist bekannt, dass eine jegliche Obrigkeit genauso darauf bedacht ist, das Ohr am Munde des Volkes zu haben, wie Sie, wenn auch aus anderen Gründen, nämlich um etwaige Umtriebe frühzeitig zu erkennen."

„Das leuchtet ein, aber warum ..."

„Sie fallen auf. Sie sind fremd hier, und Weimar ist klein. Hinzu kommt, dass Sie als einzelne, ohne festes Ziel umherstreifende Person ein wenig Misstrauen erregen ..."

„Oh ..." Er überlegte. „Da war noch ein anderer Mann, und der ist selbst mir aufgefallen."

„Gut erkannt", lobte Herder, „das war gewiss ein Spitzel. Von denen treiben sich einige vermehrt umher, seitdem im Sommer die Studenten in Jena unruhig wurden, und über allem schweben die Nachwirkungen der Revolution in Frankreich und die nahenden Franzosen." Er schlug sich auf die Schenkel und stand auf. „Aber was rede ich! Kommen Sie, wir gehen noch einmal über den Markt und lauschen, und was wir nicht selbst erhaschen, werde ich Ihnen erklären. Schließlich sollten Sie genau wissen, wo und in welcher Stimmungslage Sie die kommenden Monate verbringen."

Lewis war überrascht, wie anders er nun die Bevölkerung auf dem Marktplatz erlebte. Mochte es daran liegen, dass er munter plauschend mit einer anderen Person über das Pflaster spazierte, oder daran, dass es sich dabei um Herder handelte, der ein rechtes Geschick für Scharaden an den Tag legte – es war nun möglich, viel mehr Gespräche mitzuhören.

Einiges, was er vernahm, erfüllte ihn mit Staunen. Nicht, dass er staatlichen Dingen blauäugig gegenüberstand, er wusste wohl, welche Auswirkungen und Auswüchse Herrschaft und Untertanentum haben konnten.

Aber hier, am Musenhof von Weimar, im Idyll der kleinen Stadt mit ihren großen Menschen, hätte er eine solche Unzufriedenheit der niederen Bürger nicht erwartet. Er hörte von heftigen Konfrontationen um Weiderecht und über harte Strafen für die Verweigerung von Frondiensten. So wollte der Hof mit Lebensmitteln und anderen Naturalien versorgt werden, Brennholz für Beamte herbeigeschafft und die eine oder andere Reparaturarbeit an fürstlichen Bauten unternommen sein. Beklagt wurde sich über das ausufernde und zügellose fürstliche Jagdgebaren und über hohe Abgaben – und darüber, dass diese Klagen empfindliche Repressalien nach sich zogen. Im schlimmsten Falle drohte das Zuchthaus.

Doch selbst das mochte nicht das Ende des Unheils sein. Hier und da klang Besorgtheit auf. Die Ereignisse in Frankreich, die Feldkampagne des Herzogs und die durchmarschierenden preußischen Truppen erinnerten viele an die Zeit, als für den Krieg der Engländer gegen die abtrünnigen Kolonien in Amerika Soldaten zwangsrekrutiert wurden. Schon fürchteten manche, die Werber würden wieder durchs Land ziehen und Männer zum Militärdienst pressen. Damals war man auch im Zuchthaus nicht sicher gewesen: ein verschobener Häftling sparte dem Herzogtum nicht allein die Kosten der Verpflegung, sondern brachte der Staatskasse sogar noch einen Betrag ein.

Was, wenn nun der Krieg sich ausweitete, wenn er näherkam?

Lewis war über die Unzufriedenheit, die hinter der schönen Fassade Weimars brodelte, erschrocken. Deswegen war er beinahe erleichtert, dass angeblich allenthalben Spitzel durch die Mengen streiften, denn es durfte doch nicht sein, dass sich die Oberen dem vergeistigten Schein hingaben, ohne zu wissen, was im Volke gedacht wurde. Herder teilte mit ihm letztere Ansicht, was jedoch die Bespitzelungen betraf, so konnte er keineswegs zustimmen.

„Herr Lewis, ich denke, Ihr Umgang prägt Sie zu sehr. Ich möchte Sie hiermit einladen, irgendwann mit mir nach Jena zu kommen, um meine studentischen Freunde dort kennenzulernen. Sie sollte nicht nur mit Geheimräten und dergleichen verkehren ..." Er lächelte gewinnend, so dass Lewis keinen Anlass hatte, dies als Stichelei zu sehen.

„Ich nehme dies gern an. Es kann nur förderlich sein, so viele Meinungen und Facetten wie nur möglich betrachten zu können."

„Außerdem wäre es förderlich, auch einmal dort zu sein, wo es recht lustig zugeht! Sie scheinen mir manchmal gar so ernst, Herr Lewis!"

„Nun ..." Lewis hob verlegen die Hände.

„Aber machen Sie sich nichts daraus. Nun muss ich mich sputen, ich bin spät dran!" Herder legte die Hand an den Hut. „Ich werde mich bei Ihnen melden, vielleicht früher, als Sie denken!" Er grinste breit und verschwand in der Menge.

Lewis sah ihm kurz nach, und es schien ihm, als habe er in dessen Nähe für einen Moment den Mann wiedererkannt, den er zuvor vom Brunnen aus gesehen hatte. Nach einem Lidschlag konnte er den anderen Mann nicht mehr ausmachen. Er war verschwunden.

Lewis zuckte die Achseln und verließ auch den Marktplatz. Er hatte genug von den schweren Gedanken fremder Leute gehört und wollte jetzt mit sich und den ihm eigenen – die hoffentlich von leichterer Natur waren – allein sein . Der Park rief ihn, lud zum Lustwandeln. Lewis schwang den Knotenstock und pfiff eine alte englische Volksweise, etwas, das er schon viel zu lang nicht mehr getan hatte. Er schlug einen Weg zum Schloss ein. Als die Wilhelmsburg mit ihren hohen Mauern in Sichtweite kam, wurde ihm bewusst, wie selten in Weimar eine Gebäudebezeichnung ihrem tatsächlichen Gegenstand gerecht wurde. Zumindest, wenn es sich um ein Schloss handeln sollte: Hatte sich Schloss Tiefurt nach genauer Betrachtung als ehemaliges Pächterhaus herausgestellt, so war das Weimarer Stadtschloss – eine Ruine. Als Böttiger Lewis den Weg zum Park an der Ilm erläutert hatte, hatte er ihm nebenbei etwas über den großen Brand wissen lassen, der im Jahr 1774 die Dachstühle und Innenräume des Herrschaftssitzes zum Raub der Flammen werden ließ. Seitdem logierte die Herzogsfamilie im Fürstenhaus an einem Ausläufer des Marktplatzes, im Wittumspalais oder eben in den ländlichen „Schlössern" Tiefurt, Ettersburg, Dornburg und im Belvedere. Wenn manche Monarchen viele Meilen innerhalb ihrer Paläste zurückzulegen hatten, so waren die Fürsten von Weimar gezwungen, viele Meilen zwischen ihren Palästen zurückzulegen.

Lewis zog die Nase kraus und schüttelte den Kopf. Als er die kopflosen, ihrer Dächer beraubten Gebäude sah, mochte er kaum glauben, dass bereits seit drei Jahren am Wiederaufbau gearbeitet wurde; Böttiger hatte ihm erläutert, dass Goethe Mitglied der Schlossbaukommission und an der Planung und Ausführung des Auf- und Ausbaues beteiligt war. Lewis fragte sich, ob es eine Angelegenheit in Weimar gab, in die der Geheimrat nicht auf die eine oder andere Art einbezogen war.

Als er das Schloss halb umrundet hatte, kam er zu einer zweibogigen, steinernen Brücke, die sich nahe an den Mauern über das Flüsschen Ilm spannte. Interessiert blickte er auf den Wasserlauf, auf die kleinen Wellen, die darauf spielten, und die Enten, die vor sich hindümpelten. Er blickte noch einmal an den Mauern hinauf, die steil aufragten und deren Schatten auf ihn zuzuwandern begann. Dem Gebäude würde er sich ein anderes Mal widmen, momentan stand ihm der Sinn gar nicht nach Ruinen, und so wandte er den Blick wieder zum Fluss und zur Brücke. Der Weg streckte sich einladend ins lockende Grün der ersten Parkbäume und der Wiesen. Mit einem Auftappen der Stockspitze kam er der Aufforderung nach und betrat die Brücke. Unter ihm rauschte die Ilm, ein paar Enten lärmten jetzt, und er ging forsch voran, wobei er je einem Doppelschritt ein Aufsetzen des Stockes folgen ließ, so dass es klang, als bewege er sich auf drei und nicht etwa zwei Beinen.

Er betrat den Park und fühlte sich wie in England. Die Wege säumten ausgedehnte Grünflächen, besät mit Bäumen und Sträuchern. Friedrich Bertuch, damals Legationsrat, hatte fünfundzwanzig Jahre zuvor zusammen mit dem fürstlichen Gärtner, Johannes Reichert, tatsächlich künstlerische Arbeit geleistet. Lewis war glücklich, dass ihm Böttiger auch hierüber ausführlich Kunde gegeben hatte – er wollte bei nächster Gelegenheit dem guten Bertuch zu seinem Werk gratulieren. Ihm war, als sei er, eben noch in den Gassen der Stadt, geradewegs mitten in die freie Natur getreten. Tief atmete er ein, weit schritt er aus, und mit jeder Elle, die er auf den Wegen zurücklegte, fühlte er sich prächtiger. Das war doch wesentlich angenehmere Natur als jener Wald vor Tiefurt, der dicht und düster und wurzelig und vor allem schlammig gewesen war.

In der Flanke eines kleinen, baumbestandenen Hanges erspähte Lewis so etwas wie eine künstliche Grotte mit einem unregelmäßig geformten Wasserbecken. Er trat näher und sah in einer nicht sehr tiefen Höhlung im Fels, umrahmt von einer Art Torbogen, der grob aus dem Gestein herausgehauen war, eine Gestalt kauern. Es war das Steinbild einer Sphinx, die löwenleibig und mit Pharaonenhaupt auf einem Piedestal ruhte. Lewis betrachtete abwechselnd die Figur und ihr Abbild im Wasser des Beckens. Mit einem Mal kamen ihm sein Gang über die Brücke und das uralte Rätsel des Fabelwesens in den Sinn: Was geht morgens auf vier Beinen, mittags auf zweien und abends auf drei Beinen?

Lewis lachte. „Verzeih, gute Sphinx, aber auf mich trifft es nicht zu, auch wenn ich ein Mensch bin, wie als Antwort verlangt! Ich gehe bereits morgens auf drei Beinen!“ Er klopfte übermütig mit dem Stock an einen der Felsen. Als das Licht der Sonne im Wasser flirrte, blickte er zum Himmel. „Nun, genauer betrachtet, gehe ich auch mittags noch auf drei Beinen, wie es scheint!“

Die Sphinx beachtete ihn nicht, und Lewis war es auch egal. Er blickte sich um, und ein leises Plätschern von Wasser lockte ihn zur Seite. Ganz in der Nähe entsprang aus dem felsigen, mit Gesträuch bewachsenen Grund eine Quelle, die sich in eine Mulde aus aufgeschichteten Gesteinsbrocken ergoss und in einem ebensolchen Bett weiterlief. Lewis folgte dem Lauf des Bächleins ein wenig, zwischen Bäumen und Büschen hindurch, wobei ihm der Knotenstock gute Dienste leistete, bis er zu einer sternförmigen Kreuzung mehrerer fest angelegter Wege kam. Er folgte einem in Richtung der Sonne, bis er eine hölzerne Brücke erreichte, die ihn erneut über die Ilm brachte. Hügelig war es hier, und Felsen stachen aus dem Grün, in dem sich die Bäume festkrallten. Durch den Fels brach sich eine Treppe Bahn, den Hügel hinauf. Lewis, dem der vorige Pfad am Bächlein entlang uneben genug gewesen war, nahm flink die gleichmäßigen Stufen. Der Tritt war angenehm sicher, und rasch war der Aufstieg geschafft. Lewis schnaufte begeistert und blickte umher. Linker Hand schimmerten hinter einigen Bäumen die Steine einer Ruine. Lewis wusste von Böttiger, dass diese künstlich war, vielmehr, dass man einer alten Mauer das Ansehen einer weit größeren und wichtigeren Anlage gegeben hatte. Hier sah man einen Torbogenrest, dort, halb im Boden vergraben, das Kapitell einer Säule.

Unter einem weiteren Torbogen, der zu dicht über der Erde saß, als dass ein normal gewachsener Mensch hätte eintreten können, und flankiert von zwei gemeißelten Wappen in der Mauer ruhte eine Steinkugel auf einem Podest. Lewis fuhr mit der Hand darüber, überlegte, sich darauf zu setzen, entschied sich aber dagegen. Selbst an diesem warmen, hellen Sommertag – ein paar Vögel ließen sich in einiger Nähe vernehmen – hatte dieser Ort etwas Melancholisches. Man glaubte, die traurigen Überreste einer Burg zu sehen.

„... worin weiland ein ehrenfester Ritter mit seiner ganzen Sippschaft hauste und welche der Neid und die Habsucht eines mächtigeren Nachbarn in diesen schaudererregenden Steinhaufen verwandelte ..."

Lewis fuhr sich über die feuchte Stirn. Der Satz war plötzlich aus ihm herausgebrochen, als habe der Anblick der Ruine ihn in den Tiefen seines Seins aufgespürt und an die Oberfläche getrieben. Lewis keuchte. Dieser Platz flößte ihm mehr und mehr Unbehagen ein, wiewohl er sich dagegen sträubte, die heitere Stimmung, die ihn zuvor erfüllt hatte, zu verlieren. Plötzlich knackte ein Zweig, und Lewis wirbelte herum, sah, wie ein Kopf hinter der Mauerecke erschien, die sich nahe der Treppe befand. Der Mann vom Markt! Hastig stürzte Lewis davon, seinen Stock fest umklammert, und mit Mühe gelang es ihm, nicht kopfüber ins Gras zu schlagen.

Hinter sich hörte er ein Lachen. Er wich den Baumstämmen aus, stolperte einen Hang hinab, wobei er nahezu einen Schuh verlor. Endlich, endlich erreichte er einen Weg und verbarg sich hinter einem mächtigen Baum. Vorsichtig blickte er zurück. Niemand war zu sehen. Aber aus einer anderen Richtung hörte er nochmals ein Lachen. Er drehte sich erschrocken um. In einiger Entfernung spazierte ein Pärchen, in neckischem Dialog vertieft. Unbeschwerte Spaziergänger wie er selbst noch wenige Augenblicke zuvor. Lewis' Panik fiel mit einem Mal von ihm ab. Er versuchte, sich zu erinnern. Es mochte nicht der Mann vom Marktplatz gewesen sein, den er an der Ruine gesehen hatte. Nein, eigentlich war er ziemlich sicher, dass er es nicht gewesen war, denn bei näherem Entsinnen ähnelten sich weder die Hutform noch dessen Farbe, ganz zu schweigen davon, dass er weder das Gesicht des Mannes auf dem Marktplatz noch jenes halb von der Mauer verdeckte Antlitz genau hatte sehen können. Lewis schnaufte verächtlich. So ein wunderbarer Tag, so wunderbar, wie er begonnen hatte, und dennoch bedurfte es nur einer dürftigen, zumal noch unechten Ruine, die nicht einmal einem Kind als Spukstätte einen Schrecken würde einjagen können, um ihn, Lewis, in die alten Ängste zu versetzen. Er beschloss, die Schauerromane von nun an zu meiden, ja mit Verachtung zu strafen – und das verschwundene Manuskript? Gut, dass es verschwunden war! Das Alptraumgespinst aus Papier und Tinte, fort damit und nicht mehr daran gedacht!

Ein Gegenmittel musste her, um seinem Schreibwillen Genüge zu tun. Warum nicht, um sich nebenbei auch weiter in der Sprache zu üben, einige Zeilen von den großen Weimarer Dichtern übertragen und ihnen diese als Dank für die freundliche Aufnahme – und den Beistand in gewissen, unangenehmen Situationen – verehren?

Lewis hob den Stock, drohte der längst nicht mehr sichtbaren Ruine und wandte das Antlitz der Sonne zu. Weiter auf dem heiteren Spaziergang, die Luft und das Wetter genossen und die muntere Laune der Natur in sich aufgenommen! Er setzte den Stock auf den Boden, und Schritt für Schritt bewegte er sich weiter auf dem Weg, zwang sich zu tun, als sei nichts gewesen.

Nach einem guten Stück, das er hinter sich gebracht hatte – auch wegen des hilfreichen Pfeifens eines Liedchens – war er wieder besserer Dinge.

Bald überquerte er mittels einer Brücke zum dritten Male die Ilm und ging auf einem langgestreckten Weg in Richtung des Schlosses und somit der Stadt zurück. Langsam überkam ihn ein Hungergefühl, es musste schon über die Mittagszeit sein.

Aus dem Blättergrün sah er mit einem Mal ein hohes, gelbes Haus schimmern. Das Gartenhaus Goethes, wie er sich dank Böttigers Schilderung erinnerte. Hier hatte der Geheimrat einige Jahre gelebt und gedichtet, umgeben von einem dicht bepflanzten Garten. Lewis kam näher, trat bedächtig heran und betrachtete die Front des Hauses, wo sich an einem hölzernen Gitterwerk Ranken emporschlängelten.

Einen Moment lang überlegte er, ob er durch das kleine weiße Tor in der Hecke eintreten sollte, um nachzuschauen, ob Goethe vielleicht anwesend wäre, alter Zeiten gedenkend. Oder vielleicht, um dem Staub und dem Lärm im Haus am Frauenplan zu entfliehen. Nein, dachte sich Lewis, warum sollte er? Jetzt zur Mittagszeit war er sicher bei seiner Frau und dem jungen Sohn, um mit der kleinen Familie seine Mahlzeit einzunehmen.

Lewis spürte, wie sein eigener Magen knurrte, so heftig, dass es selbst über das Vogelgezwitscher in den Zweigen hörbar war. Es war höchste Zeit zurückzukehren, um, sollte er den Mittagstisch versäumt haben, doch immerhin bei der Köchin einen am Herd warmgehaltenen Rest zu erhalten.

Er hatte den einen Fuß schon vorangesetzt, als ihm eine Bewegung an der Fassade des Gartenhauses auffiel. Er sah genauer hin. War dort oben, im linken Fenster des oberen Stockwerks, nicht ein Schatten erschienen? Falls Goethe doch im Hause war und ihn gesehen hätte, wäre es doch unhöflich, nicht kurz zu grüßen.

Lewis hob den Hut.

Doch im linken, oberen Fenster rührte sich nichts. Vielleicht war Goethe nur rasch vorbeigeschritten, ohne einen Blick aus dem Fenster und auf den Weg zu werfen.

Lewis drückte die Kopfbedeckung wieder auf seinen Scheitel. Warum auch Goethe? Genauso könnte ein Bediensteter in den Räumen zugange sein, ein Fremder, dem auch Lewis fremd wäre, und ebenso hätte es eine Spiegelung im Fenster sein können, Schwalben flogen hier zuhauf durch die Luft.

Lewis' Magen knurrte erneut und forderte ihn zum Gehen. Rasch strebte er den geraden Weg entlang, bog seinem Gespür folgend nach links ab und kam tatsächlich wieder an der Sphinxgrotte vorbei. Das Wesen erwiderte seinen freundlichen Abschiedsgruß nicht, und so überquerte Lewis, ohne länger zu verweilen, die große steinerne Brücke, die ihn auf die Stadtseite der Ilm führte.

Der Weg zum Haus der Böttigers war schnell zurückgelegt, was von Lewis einen angemessenen Tribut an Schweiß forderte. Einigermaßen erhitzt kam er an und erbat sich in der Küche zunächst einen Trunk kühlen Wassers.

Die Köchin war gerade mit dem Säubern ihrer Gerätschaften beschäftigt und erschrak, als er den Raum betrat. Er fragte nach den Böttigers, sie sagte ihm aber knapp, der Herr Direktor und seine Frau hätten nach dem Essen nacheinander das Haus verlassen. Die Köchin, die die Böttigers stets nur „Gine“ riefen, zeigte für eine Frau ihres Berufs recht schmale, wenn auch keineswegs hagere Züge. Der Mund schien etwas spitz, vielleicht auch die Nase, was aber nicht schnippisch wirkte. Das bleich erscheinende Haar, das schon einige graue Strähnen hatte, war ordentlich aufgesteckt, die Schürze überraschend rein.

Lewis setzte sich an den schön mit Sand geschrubbten Tisch und dankte Gine, als er einen Teller mit Hammelfleisch und Karotten bekam. Er nahm vom Brot, verschmähte aber den Salat aus Kartoffeln, weil Sardellen darin waren, die einen ihm allzu suspekten Geschmack besaßen. Dennoch war er sehr zufrieden mit der Mahlzeit, die seinen Magen füllte und auch am Gaumen wenig zu wünschen übrigließ. Er fühlte sich von der Köchin beobachtet und schenkte ihr ein Nicken, da er nicht mit vollem Mund sprechen mochte.

Sie wandte sich halb wieder ab, schien ihn aber nicht aus den Augen zu lassen.

Lewis schluckte. „Es schmeckt mir sehr, vielen Dank“, sagte er, weil er glaubte, die Köchin verlange nach Anerkennung. Kurz überlegte er, doch noch vom Kartoffelsalat zu kosten, doch dieser Preis schien ihm für ein wenig Höflichkeit doch zu hoch. Also sah er in der Küche umher, als wolle er deren Ordnung loben. Dabei bemerkte er den Korb mit Holz, der neben dem Herd stand, und die Fetzchen Papier, die zwischen den Scheiten hervorlugten.

Mit einem Satz, der den Stuhl nach hinten über den Boden scharren ließ, sprang er hinzu und zerrte das Papier hervor. Gine hatte bei der heftigen Bewegung und dem scharfen Geräusch einen kurzen Schrei ausgestoßen und beinahe die Pfanne fallen gelassen, an der sie mit einem Lappen herumwischte.

Lewis, der entgegen seines Eides im Park gehofft hatte, das verschwundene Manuskript zu finden, wurde enttäuscht. Es war nur eine zerrissene Zeitungsseite. Lewis musste sich eingestehen, dass er zwar nicht betrübt über den Verlust des Textes, aber dennoch neugierig auf den Verbleib der Papiere oder den Umständen ihres Verschwindens war.

„Verzeihen Sie", wandte er sich an Gine, „aber Sie haben doch zum Entfachen des Herdes heute Morgen sicher auch Papier benutzt?"

„Sicher", sagte sie und drückte die Pfanne an die Brust.

„Können Sie sich erinnern, was darauf stand?"

„Ich kann nicht lesen."

Lewis trat näher. Gine trat einen Schritt zurück und hob die Pfanne.

„Können Sie sich erinnern, ob es beschrieben oder bedruckt war?" Lewis hob die Hände in einer beiläufigen Geste, die sein Bitten unterstreichen sollte.

Gine packte die Pfanne fester. „Nein", sagte sie langsam, und ihre Augen wurden schmal.

Lewis bemerkte es nicht, da er überlegte, wie er der Frau sein Anliegen erläutern konnte. Er kam noch näher und suchte nach Worten, wobei er mit den Fingern in die Luft griff, als könne er die Begriffe dort herauspflücken. Gine hob die Pfanne noch höher.

„Sehen Sie ...", begann Lewis, und in diesem Moment fiel ihm etwas ein. Er rief: „Ja!" und hob den Finger.

Gine holte aus.

„Gine!", rief Eleonore Böttiger von der Schwelle zur Küche. „Um Gottes Willen!"

Diesmal erschrak Lewis, sah die Köchin mit ihrem wilden Gesicht und taumelte zurück. Die Pfanne zischte durch die

Luft. Eleonore lief herbei und legte der Köchin die Hand auf den Arm. „Was tust du denn!"

„Der komische Kerl kam mir zu nahe!", sagte sie und ließ die Pfanne sinken, zeigte mit der anderen Hand auf Lewis, der kreidebleich war und nicht wusste, wie ihm geschah.

Eleonore sah ihn ungläubig an. „Herr Lewis ...?"

Lewis wedelte mit den Händen. „Aber nein, ich wollte nur ..."

Eleonore trat zwischen die beiden. „Bitte, was ist hier vorgefallen?"

Lewis und Gine redeten durcheinander. „Ich wollte nach dem Papier fragen."

„Er kam mir zu nah und hat nach mir gegriffen!"

Eleonore schüttelte den Kopf. „Was für ein Papier? Gine, stell die Pfanne ab, Herr Lewis tut dir nichts! Du benimmst dich ja, als sei er ein Fremder!"

„Das ist er doch auch!"

„Nein", sagte Eleonore nachdrücklich, „er ist unser Gast, und ein ehrenwerter dazu!"

„Er ist mir unheimlich!"

Lewis, der eigentlich auf die Frage Eleonores antworten wollte, riss die Augen auf. Sein Haar hing ihm wirr in die Stirn. Eleonore sah von Lewis zu Gine und zurück. Hinter ihrer empörten Miene hätte man bei genauem Hinsehen ein leises Lächeln erkennen können.

„Gine, ich bitte dich! Er ist ein netter junger Mann, der keiner Fliege etwas zuleide tut. Selbst Karlchen hat keine Angst vor ihm!"

Lewis hielt es für vernünftiger, in dieser Situation keine Widerworte zu geben, und so nickte er.

Gine sah ihn immer noch misstrauisch an. „Aber ich habe gehört ...", begann sie.

„Was hast du gehört?", fragte Eleonore scharf.

Gine wurde leiser. „Ich habe gehört, die Tilde habe von der Magd gehört, wie das Kammermädchen Fräulein von Göchhausens gesagt hat, was der Herr für schreckliche ..."

„Ach", schalt Eleonore. „Glaub doch nicht, was diese Weiber daherreden! Das ist nur das übliche Gerede, wenn mal jemand Neues in der Stadt ist! Im Grunde – ach, Schluss damit!"

Sie legte Gine nochmals die Hand auf den Arm. „Geh jetzt einfach nach Haus. Ich möchte sowieso mit Herrn Lewis reden."

Gine nickte und warf Lewis einen undurchdringlichen Blick zu. Zumindest konnte er ihn nicht deuten.

„Entschuldigung", sagte er kläglich. Dann band Gine die Schürze ab, hängte sie an einen Haken an der Tür, grüßte Eleonore und ging.

Lewis breitete die Arme aus und bewegte die Hände. „Es tut mir leid, ich weiß auch nicht, was geschehen ist ..."

Eleonore schüttelte den Kopf. „Sie müssen sich nicht entschuldigen. Ich erkenne das Missverständnis. Auch jetzt machen Sie recht heftige Bewegungen, das mag Gine erschreckt haben."

Lewis ließ die Hände sinken und biss sich auf die Lippe. „Aber das ist doch nicht ..."

„Gemeinhin nicht", lachte Eleonore. „Aber Gine hat recht, wenn sie sagt, dass man sich hier und da etwas über Sie erzählt, mag es nun stimmen oder nicht. Weimar ist eine kleine Stadt, das haben Sie doch wohl auch schon bemerkt."

„Nun ja, aber eine schöne allemal ..." Lewis fühlte sich unbehaglich.

„Sie dürfen davon ausgehen, dass sich nicht allein die höheren Herrschaften mit Neuigkeiten voneinander versorgen."

„In der Tat, ich ging heute auf dem Marktplatz umher, und da ..." Lewis zögerte zu berichten, dass sich die Bürger und

Bauern über wesentlich weniger harmlose Dinge unterhalten hatten als über musische und menschliche Vor- und Missliebe. „Da konnte ich so einiges hören", beendete er den Satz behutsam.

Eleonore schmunzelte. „Sehen Sie? Also nehmen Sie es einer Köchin nicht übel, wenn Sie irgendwelche Spukgeschichten glaubt. Es ist ja zum Glück nichts geschehen."

Lewis schielte zu der Pfanne und fuhr sich über die Stirn. „Ja ..."

„Weil es gut ausgegangen ist, werde ich Sie auch nicht mit der Frage behelligen, warum irgendjemand sich vor Ihnen ängstigen könnte, wo doch der Abend in Tiefurt nach Ihren eigenen Worten gar nichts Erschreckendes an sich hatte." Eleonore sah Lewis an, und der fühlte sich, als könne sie mit diesem Blick tiefer in ihn dringen, als ihm lieb war.

„Ja", sagte er einfach, und als Eleonore nichts entgegnete und ihn nur weiterhin ansah, hob er rasch die Hand und presste die Finger gegen die Schläfe.

„Ach, Frau Böttiger", sagte er schwach. „Wenn Sie mich entschuldigen möchten, der lange Spaziergang hat mich ermüdet. Vielleicht ist es auch die Sonne gewesen. Oder dieser Schreck eben ... ich würde mich gern zurückziehen und ein wenig hinlegen."

„Aber gewiss." Eleonore lächelte ihr undurchschaubares Lächeln, und Lewis konnte sich des Gedankenbildes der steinernen Sphinx im Park nicht erwehren, das ihm durch den Kopf schoss.

Er grüßte eilig und ging so schnell aus der Küche, wie es gerade noch möglich war, ohne unhöflich zu wirken. In seinem Zimmer warf er sich auf das Bett und grübelte so lang, bis er tatsächlich einnickte.

Vor ihm erschien die steinerne Sphinx, die sich von ihrem Podest über dem Wasserbecken erhob und auf ihn zukam. Sie setzte die schweren Pranken auf die schimmernde Oberfläche des Wassers, und als sich Spiegelbild und Stein berührten, bildete sich zwischen ihnen ein lebendiges Zittern konzentrischer Kreise. Wie über eine Eislache schritt die Sphinx, ohne einen Laut, ohne einzusinken, ohne innezuhalten. Lewis sah, wie sich das Hellgrün der Blätter von Büschen und Bäumen ringsum verfärbte, über Gelb zu Braun, und wie es schließlich tot zu Boden sank. Kälte umfing ihn, und er sah seinen Atem, so dicht, dass er ihm die Sicht zu nehmen drohte. Vor den schwarzen, toten Bäumen stand die Sphinx und sah ihn aus leblosen Augen an. Mit einem sachten Knistern zog Raureif über den harten Boden, der Lewis mit den Sohlen seiner Schuhe festfrieren ließ, so dass es ihm unmöglich war, fortzulaufen. Die Sphinx kam näher, wuchs dabei, bis sie ihm an Statur ebenbürtig war. Auf dem Stein schimmerte der Frost, und das bleiche Sonnenlicht, das vom fahlen Himmel sickerte, brach sich darin wie in gemahlenen Diamanten. Lewis spürte, wie sich Schweiß auf seiner Stirn bildete, der sogleich gefror und harte Perlen auf seiner Haut zurückließ. Die Sphinx stand vor ihm, nur zwei Schritt entfernt, ihr Schwanz peitschte die eisige Luft. Wie gebannt folgte Lewis den Bewegungen, hin und her. Doch plötzlich hielt die Sphinx inne. Es krachte laut. Zwischen den Pranken des Wesens tat sich die harte Erde auf, riss in sternförmigen Mustern wie eine geborstene Glasscheibe, und in den dunklen Abgrund, der sich auftat, stürzte die Sphinx, und dann schloss sich die Erde mit einem Donnerschlag wieder, hinterließ nur kalten, reifglitzernden Boden wie zuvor, als sei nichts geschehen.

Lewis starrte auf die Stelle, bis ihn ein anderes Geräusch aufblicken ließ. Hinter den dunklen Baumstämmen waren nachtfarben gekleidete Männer hervorgetreten. Ihre Schultern, Arme und die Körper wurden von den langen Umhängen verhüllt, und schwarze Halbmasken bedeckten die Gesichter unter den schwarzen Dreispitzen. Lewis sah sich einem halben Dutzend dieser Figuren gegenüber, die ihn stumm und unbeweglich ansahen. Immer noch hielt der furchtbare Frost ihn gefangen, die Sohlen festgehalten am Boden und die Glieder gelähmt vor Kälte, und dennoch strömte ihm der Schweiß über das Gesicht, und wieder gefror dieser sogleich, bis ein dichter Panzer aus Eis seine Züge umhüllte.

Verschwommen konnte er mit seinen weit aufgerissenen Augen erkennen, wie sich die Gestalten von den Bäumen lösten und auf ihn zugeflogen kamen.

Da schrie Lewis, und der Panzer aus Eis zersprang in tausend Splitter, die mit dem Klang von silbernen Totenglocken zu Boden fielen.

Lewis schrak in seinem Bett auf, und einen Augenblick befürchtete er, die nachtfarbenen Männer hätten ihn erreicht und mit ihren weiten Umhängen umhüllt, so finster war es um ihn herum. Doch schnell erkannte er, dass er sich in seinem Zimmer befand und die Dunkelheit nur daher rührte, dass die Nacht angebrochen war. Er hatte vom frühen Nachmittag bis jetzt geschlafen, was er der Tatsache zuschrieb, dass die Strapazen des vorigen Abends und der doch recht kurzen Nacht Tribut gefordert hatten. Seine Munterkeit am Morgen schien eine Täuschung gewesen zu sein.

Lewis setzte sich auf und stützte die Ellbogen auf die Knie. Was für ein absonderlicher Traum. Noch immer klangen die hellen Töne des zerberstenden Eises in seinen Ohren.

Da war es wieder! Es klirrte um ihn herum, nein, direkt neben ihm. Er warf den Kopf, ja den ganzen Körper herum und sah, wie die Scheibe seines Zimmerfensters bebte. Lewis ernüchterte sich schnell und schüttelte den Schrecken ab. Da warf offenkundig jemand mit Steinchen, um seine Aufmerksamkeit zu erregen.

Langsam stand er auf und ging zum Fenster. Der Mond leuchtete hell, und er hätte ohne Probleme den Steinewerfer erkennen können, doch der Winkel zwischen dem Fenster und der ein Stockwerk tiefer liegenden Gasse war zu ungünstig. Wieder klirrte ein Kiesel.

Wer konnte ihn zu solch einer Stunde mit solchen Bubenstreichen behelligen? Plötzlich schoss es ihm durch den Kopf: Das konnte nur der junge Herder sein! Ihm traute er so ein Verhalten zu, und außerdem hatten sie ja in Verbindung bleiben wollen. Lewis hätte nur nicht geglaubt, dass dies schon so bald sein würde und erst recht nicht unter diesen Umständen. Dennoch griff er beherzt nach dem Fenster und öffnete es. Er streckte den Kopf hinaus, blickte hinab in die dunkle Gasse und erschrak.

Da saß, auf einem dunklen Pferd, eine hohe Gestalt im dunklen Mantel und mit einem Hut, der das Gesicht beschattete. Den Arm hatte sie ihn drohender Gebärde erhoben. Lewis wich zurück und wollte in Panik das Fenster zuwerfen, als er eine bekannte Stimme hörte:

„Das hat aber gedauert! Ich habe schon keine Kiesel mehr!"

Lewis beugte sich vor. Die Gestalt ließ etwas aus der erhobenen Hand rieseln und hob dann den Hut, so dass Lewis das Gesicht erkennen konnte. Es war Goethe.

„Kleiden Sie sich an, Herr Lewis, und kommen Sie! Es ist dringend – nehmen Sie einen Mantel mit!"

Als Lewis zögerte und den Mund in Ermangelung vernünftiger Worte öffnete und gleich wieder schloss, drängte Goethe weiter: „Nun machen Sie schon! Es eilt! Ich hoffe, Sie können reiten?"

Sechstes Kapitel

In welchem Lewis über Stock und Stein geradewegs in die Hölle reitet

Da Lewis, ohne sich zu entkleiden, eingenickt war, konnte er Goethes Wunsch, so schnell als möglich zu ihm herunter zu kommen, ohne großen Zeitverlust entsprechen. Allerdings stieß er die Halbschuhe von den Füßen und stieg in seine Stiefel, die ihm dem Anlass angemessener schienen. Er warf sich seinen Mantel über, trat leise mit einer Kerze in der Faust aus dem Zimmer und schlich sich über die Stiege nach unten, sorgsam jegliches Geräusch vermeidend, das die Böttigers aus dem Schlaf reißen könnte. Ein Wunder, dass sie Goethes Kieselsteinkanonade nicht gehört hatten!

Unten an der Tür griff er an den Haken, an dem gemeinhin der Schlüssel hing, und entriegelte vorsichtig das Schloss. Karl Böttiger war stets darauf bedacht, seine ihm – und wahrscheinlich auch nur ihm – wertvollen Altertümer zu schützen. Lewis drückte sich durch die halbgeöffnete Tür nach draußen, zog sie zu und schloss einmal herum. Den Schlüssel schob er unter dem Türspalt ins Innere und bereute es sogleich. Was, wenn er Goethes Einladung – zu was auch immer dieser sie ausgesprochen haben mochte – nun doch nicht folgen wollte? Der Weg ins Haus zurück war ihm jetzt versperrt, und den Hausherrn aus seinem Schlummer zu reißen und um Einlass zu bitten, würde kein gutes Licht auf ihn oder vielmehr seinen Geisteszustand werfen. Sich mitten in der Nacht selbst auszusperren!

Lewis seufzte und atmete tief die kühle Nachtluft ein, wodurch er endgültig wach wurde.

Hätte er das nur schon vorher getan.

„Was starren Sie denn dauernd auf die Tür?“, fragte Goethe hinter ihm.

Lewis drehte sich um und sah den Geheimrat neben seinem Pferd stehen, ein zweites an den Zügeln haltend. In den Schatten konnte man die Farbe der Pferde kaum erkennen, wohl aber, dass es sich um zwei stattliche Tiere, eines heller, eines dunkler, handelte.

„Das sind zwei sehr schöne Pferde, die Sie da haben“, sagte Lewis, um von sich abzulenken.

Goethe sah von einem bemähnten Kopf zum anderen, als sähe er sie zum ersten Mal. „Wirklich?“, fragte er. „Sie kennen sich in derlei Dingen aus?“

Lewis sah kurz gen Himmel. Konnte der Mann nicht Besitzerstolz zeigen, wie es jeder Engländer getan hätte? Vielleicht sollte Lewis sich derlei Höflichkeiten verkneifen, wenn es um Goethe ging.

„Nur soweit nötig“, antwortete er und versuchte, einigermaßen nonchalant zu klingen.

„Wundervoll!“, gab Goethe zurück und reichte Lewis das zweite Paar Zügel. „Sie werden es brauchen. Wir haben einen etwas längeren Ritt vor uns, und schnell sollte es auch gehen.“ Er setzte den Stiefel in den Steigbügel und schwang sich in den Sattel, dass sich sein weiter Mantel bauschte.

Lewis tätschelte seinem Pferd vorsichtig die Flanke. Immerhin schien es ein friedliches Tier zu sein. „Wenn ich fragen darf, worum geht es hier eigentlich?“

„Sie dürfen fragen“, antwortete Goethe mit kurzem Blick zu Lewis und sah dann in die Ferne, soweit dies in dieser Gasse möglich war. „Aber erst außerhalb der Stadt. Wir haben keine

Zeit zu verlieren.“ Er funkelte Lewis an und drückte den Hut, den er die ganze Zeit nicht abgenommen hatte, fester auf sein Haupt. „Los, steigen Sie auf!“

Lewis saß auf, nicht weniger gekonnt als Goethe, und nickte. „Wie Sie befehlen, Herr Geheimrat.“

Goethe versetzte sein Tier in leichten Schritt, und Lewis sah besorgt am Böttiger'schen Haus empor, als das Schlagen der Hufe auf dem Pflaster durch die Straße hallte. Es schien ihm, als müsse dieses Lärmen in der ganzen stillen Stadt hörbar sein, und er fragte sich, welche Stunde es wohl sein mochte. Kein Turmschlag, kein Nachtwächter war zu hören. Er trieb sein Pferd an und folgte Goethe. Als sie den nahen Kirchplatz erreichten, schloss er zu ihm auf. Gerade wollte er fragen, warum Goethe so zum Aufbruch gedrängt hatte, wo er jetzt doch geradezu betulich dahintrottete, als dieser ihm den Kopf zuwandte und knapp nickte. Im selben Moment gab Goethe seinem Pferd die Sporen und schoss mit Getöse in die nächste Gasse hinein. Lewis zögerte nur einen Lidschlag lang und setzte dann nach, wobei er seinen Hut festhielt. Was auch immer dies für ein Spiel sein mochte, er würde mitspielen.

Zunächst gestaltete sich dies jedoch schwierig, denn der dahinpreschende Goethe verschwand immer wieder für Augenblicke aus dem Sichtfeld, wenn er um eine Ecke bog. Gleichwohl konnte Lewis mithalten. Allerdings ritt er völlig orientierungslos dahin, denn in dieser Geschwindigkeit, geschweige denn in der Nacht, hatte er sich in Weimar noch nie bewegt, und der Lärm, den sie verursachten, erschien ihm laut genug, die gesamte Weimarer Garnison zu alarmieren und ausrücken zu lassen. Sie eilten an Häusern vorbei, hinter deren Fensterscheiben nur vereinzelt noch das Licht eines Wachenden schien. Lewis glaubte zu sehen, wie eine Katze vom Weg in einen Garten floh, den Bretterzaun mit einem jähen Satz überwindend. Plötzlich mischte sich ein Wutschrei ins Trommeln der Hufe. Ein später Fußgänger, dessen Gang allerdings reichlich schwankend schien, schüttelte die Faust hinter dem entschwindenden Goethe her, als auch schon Lewis ihn passierte. Der Mann drehte sich um die eigene Achse und fluchte wie ein Kutscher. Zumindest erkannte Lewis einige der Vokabeln wieder, die sein Postillion auf dem Weg nach Weimar verwendet hatte. Dann war er auch schon außer Hörweite. Weit vorn bog Goethe um eine Ecke. Er schien sich sehr sicher zu sein, dass Lewis ihm würde folgen können, und dieser war froh, den Geheimrat nicht enttäuschen zu müssen.

Als Lewis Goethe wieder sah, stand dieser vor einem der Weimarer Stadttore und redete mit dem Posten, der vor seinem hölzernen Schilderhaus stand. Aus der offenen Tür des dahinterliegenden Torhäuschens drangen Licht und Gelächter, Karten knallten auf eine Tischplatte. Als Lewis herankam, sah er den Soldaten heftig nicken. Im Licht der Laterne schimmerten dessen Frack und Hosen in kräftigem Grün, und Lewis fühlte sich an einen Laubfrosch erinnert. Nicht unbedingt ein Tier, das Respekt einflößte. Der Posten öffnete eifrig das ein wenig knarrende Tor, das zwischen einem spitzgiebligen Haus und einem gemauerten Pfeiler von doppelter Mannshöhe in seinen Angeln hing. Auf dem Pfeiler thronte ein steinernes Tier mit Wappenschild in den Pranken. Lewis konnte beides nur schwach erkennen, doch schoss ihm sogleich der Traum mit der Sphinx durch den Kopf, und dieses Tier flößte ihm gehörigen Respekt ein.

Da rief Goethe ihn zum Weiterreiten, und Lewis folgte, vermied es aber, am Pfeiler hochzuschauen, als er ihn passierte. Der Posten grüßte, und Lewis dankte knapp. Hinter ihm fiel das Tor knarrend wieder in seine Ausgangsstellung.

Goethe wartete unter einigen hohen Laubbäumen auf ihn, die den Platz vor dem Tor bestanden. Er klopfte sich auf den Schenkel. „So, nun da wir aus der Stadt heraus sind, können wir auch eine flottere Gangart anschlagen, nicht wahr?“

Lewis sah Goethe wortlos an. Ihm schwante Übles.

Goethe grinste verschlagen. „Da Sie ja recht gut haben mithalten können, dürften die nächsten acht Meilen auch kein Problem sein.“

Lewis fragte sich, warum Goethe diese relativ kurze Strecke als längeren Ritt bezeichnet hatte, nickte aber zuversichtlich. „Seien Sie so gut, Herr Geheimrat, und klären Sie mich über das Ziel dieser nächtlichen Reise auf.“

Goethe hob die Brauen. „Nein, ich denke, das sollte ich nicht. Folgen Sie mir einfach. Sie werden etwas sehen, das es nicht alle Tage zu sehen gibt.“ Er wurde für einen Augenblick ernst. „Ein Glück, möchte man meinen ...“ Dann packte er die Zügel fester. „Also denn!“, rief er und sprengte los, aus den Schatten der Bäume heraus und den mondbeschienenen Weg entlang, der mitten durch die Felder vor Weimar führte.

Lewis schüttelte den Kopf und folgte Goethe dicht auf den Fersen.

Unter dem hellen Mond jagten sie dahin, zwischen den Feldern hindurch, an kleinen Gehölzen und Hainen vorbei, dann und wann einen Wasserlauf überquerend. Goethe schien den Weg überraschend gut zu kennen. Die Sicht war gut in dieser Nacht, und er hielt kein einziges Mal inne, um sich zu orientieren, eine Karte zu befragen oder dergleichen.

Lewis hielt seinen Blick fest auf den wehenden Mantel vor ihm geheftet, achtete darauf, wann das vorauslaufende Pferd Steinen oder Löchern im Weg auswich und lenkte sein eigenes Tier dementsprechend.

Dann und wann schob sich eine einzelne Wolke vor den Mond, ohne dass jedoch die sich dadurch verstärkende Dunkelheit Goethe in seinem rasenden Ritt gebremst hätte, und zum wiederholten Male fragte sich Lewis, was den Geheimrat dazu trieb, diese Anstrengung zu dieser späten Stunde auf sich zu nehmen und was er selbst dabei zu suchen hatte. Da Goethe ihn mit seinem plötzlichen Auftauchen einigermaßen überrumpelt hatte, kam Lewis erst jetzt zum Nachdenken. Wie seltsam, dass Goethe schon in so kurzer Zeit nach der Begegnung in Tiefurt wieder mit ihm zusammentraf. Zwar hatte er Lewis zum Mittwochsclub geladen, aber dies hier war beileibe keine geistige Gesprächsrunde, geschweige denn, dass es Mittwoch war.

Lewis kniff die Augen zusammen. Das stete Schütteln des Rittes schien ihn zu verwirren, auch strengte die Dunkelheit seine Augen an. Es war kein rechtes Vergnügen, mitten in der Nacht in mörderischem Galopp durchs Weimarer Umland zu jagen, ohne zu wissen, wohin die Reise ging und warum Goethe ihn dabei im Schlepptau haben musste. Vielleicht war es das Beste, den Geheimrat offen zur Rede zu stellen. Lewis fand, er habe das Recht zu erfahren, was hier vor sich ging.

Er stieß seinem Pferd die Hacken in die Weichen, um es noch weiter anzuspornen, und es gelang ihm tatsächlich, zu Goethe aufzuschließen. Wenn es ihm nun noch gelang, auf dem nicht sehr breiten Feldweg an Goethe vorbeizuziehen oder zumindest auf gleicher Höhe mit ihm zu reiten, dann könnte er eine gerechtfertigt empörte Frage hinüberrufen und um Erklärung bitten, nein, eine fordern!

Lewis trieb sein Pferd weiter. Rechts und links schossen Bäumchen vorbei, die am Rande der Gräben zu beiden Seiten des Weges wuchsen. Er kam langsam immer näher an Goethe heran. Ob er schon einmal rufen sollte? Doch es war zweifelhaft, dass Goethe ihn durch das Hämmern der Hufe und den Wind, der ihm um die Ohren pfiff, würde hören können.

Wieder hatte er sich um eine Armeslänge weiter herangeschoben. Zu allem Unglück stieg der Weg nun langsam an, so dass er zu seinem Mitleid die Anstrengungen seines Tieres noch weiter verstärken musste, und wiederum kam der flatternde Mantel Goethes näher, war schon fast zum Greifen nah.

Plötzlich war der Scheitelpunkt der Kuppe erreicht, und der Weg fiel wieder ab, in eine weite Bodensenke hinein, auf deren Grund ein langgestreckter Wald lag. Lewis sah dies mit Bestürzung, als sein Pferd nach vorn schoss, bergab an Geschwindigkeit gewann und nun sogar Goethe überholte. Der wehende Mantel streifte ihn, ein leichter Stoß und ein Laut des Missmuts folgten. Lewis warf den Kopf zurück, konnte jedoch nicht erkennen, was sich wohl auf Goethes Gesicht abspielen mochte, und richtete den Blick gerade noch rechtzeitig wieder nach vorn, um zu sehen, wie der Waldrand rasend schnell näher kam. Der helle Streif des Weges wurde von der Düsternis verschluckt, die sich als schwarze Masse selbst vom dunklen Himmel abhob.

Lewis zog sachte, dann immer stärker die Zügel an und brachte sein Tier zum Halten, als es einige Körperlängen in die Schatten des Waldes eingetaucht war. Um ihn herum verhallten die Hufschläge, und dann war es still.

Lewis konnte sich nicht mehr entsinnen, wann er zum letzten Mal nächtens in einem Wald gewesen war, aber diese Lautlosigkeit schien ihm unnatürlich.

Er wandte sich um. Jenseits der Stämme, wo das Licht des Mondes ungehindert auf den Weg fiel, hätte er Goethe heranreiten sehen müssen. Doch er vermochte ihn nicht einmal zu hören.

Lewis zog sein Pferd am Zügel herum und ritt zum Waldrand zurück. Der Hufschlag verklang im Wald, und plötzlich konnte Lewis ein Rascheln aus dem Unterholz am Rande des Weges vernehmen. Mit einem Mal schrie auch ein Kauz von einem entfernten Baum hinab, und es war so still, dass er gar eine einsame Grille zirpen hörte.

Lewis schüttelte den Kopf. Natürlich war der Wald mit allem, was darin lebte, verstummt, als er wie von Furien gehetzt hineingeritten war. Wie unsinnig, der Stille nun eine andere Bedeutung oder Ursache beizumessen.

Allerdings, so fragte sich Lewis, nachdem er angespannt gelauscht und geschaut hatte, wo blieb Goethe? Mit Schrecken erinnerte sich Lewis, dass er den Geheimrat im Vorbeireiten gestreift hatte. Was, wenn dessen Pferd gescheut und ihn abgeworfen hätte? Lewis schoss es heiß den Nacken hinauf. Natürlich! Nur das konnte das Fehlen jeglicher Hufgeräusche erklären: Goethe lag mit gebrochenen Beinen und verrenkten Gliedern auf der Wegkuppe und verschied langsam und qualvoll, während er selbst dumm im Wald stand.

Schnell stieß Lewis dem Pferd die Absätze in die Seiten und schoss aus dem Wald hinaus, die Kuppe hinauf. „Herr Goethe! Herr Geheimrat!", rief er.

Was, wenn es tatsächlich zur Katastrophe gekommen war? Einer der angesehensten Bürger der Stadt Weimar, vielleicht gar *der* angesehenste, dahingerafft auf einem Feldwege, durch die Schuld eines jungen Engländers mit zweifelhaftem Ruf, der einen Hang zur Geisterseherei hatte. Was würde das für Schlüsse nahelegen? Bestürzt erinnerte sich Lewis an den hetzenden Ritt durch die Gassen – welcher zufällige Betrachter hätte nicht denken mögen, dass er, Lewis, der hinter Goethe ritt, diesen gejagt hatte? Gejagt, um ihn vor den Toren der Stadt zu Tode kommen zu lassen, aus welchem dunklen Grund auch immer. Mitten in der Nacht, fern jeder Menschenseele!

Lewis erreichte die Kuppe, schon sah er Goethes Pferd, das am Wegesrand graste, und da, am Boden, eine dunkle Gestalt, zusammengekrümmt im Stadium der letzten Agonie, und tatsächlich: Da sickerte ein dunkles Rinnsal durch den Staub. Das Mondlicht brach sich im Blut des Poeten. Lewis schlug erschüttert die Hand vor den Mund und stöhnte.

„Recht haben Sie, dass Sie sich schämen", brummte Goethe und richtete sich auf, wobei er sich den Staub von den Knien klopfte. „Mich so anzurempeln! Die Weinflaschen sind hin, und mein Prisma hat den Fall auch nicht überstanden."

Er hielt eine Glasscherbe in die Höhe, deren Glitzern Lewis wie ein Freudenfeuer schien.

„Oh Gott", stieß er befreit hervor. „Sie leben!"

„Natürlich", gab Goethe schmallippig zurück, „aber nicht sonderlich gut, angesichts der Tatsache, dass mir ein schmackhafter Schoppen als Erfrischung nach dem weiteren Ritt vorenthalten bleiben wird." Er steckte den zerbrochenen Kristall in die Rocktasche, gab dem tropfnassen Beutel am Boden einen Tritt, dass er klirrend in die Wiese rutschte, und stieg dann wieder in den Sattel.

„Weiter jetzt, wir haben Zeit verloren, und dieses Mal bleiben Sie hinter mir, junger Master Lewis!", knurrte Goethe.

Lewis blieb nichts anderes übrig, als unter dem scharfen Ton des Geheimrats ergeben zu nicken, und so ritten sie beide die Kuppe hinab und in den Wald hinein. Dort schlug Goethe wieder eine Geschwindigkeit an, die Lewis unbehaglich war. Zwar war der Weg breit genug, so dass die Schneise, die er durch die Stämme zog, einiges an Licht auf den Boden fallen lassen konnte, aber dennoch war der scharfe Galopp den Sichtverhältnissen keineswegs angemessen. Lewis fragte sich, ob der Geheimrat möglicherweise das Sehvermögen einer Eule besaß oder ob ihn eine Art Instinkt leitete, wohin auch immer der Ritt führen mochte. Zumindest sollte er, wie Lewis nun wusste, an einem Ort enden, an dem man Wein hätte trinken können, was dem ganzen einen recht harmlosen Anstrich verlieh. Goethe übertrieb anscheinend maßlos mit seiner Heimlichtuerei. Dann mochte es eben sein, dass der Geheimrat Landpartien nicht wie andere Leute im hellen Tageslicht, sondern bei Nacht bevorzugte.

Seltsam, aber nicht weiter verwerflich, es sei denn ...

Lewis schüttelte jeden weiteren Gedanken ab und konzentrierte sich auf den Weg. Nicht, dass es ihm selbst so erging wie den Weinflaschen des Geheimrats und er durch eine Unachtsamkeit vom Pferd fiel. Erfreulicherweise war der Weg jedoch frei von jeglichen Hindernissen, seien es Steine oder Zweige, und so ritt Lewis in stetem, ungebremstem Galopp hinter Goethe her. Ab und an durchquerten sie einen Schwarm Glühwürmchen, der in der sommerlichen Nachtluft schwebte, und Lewis kamen sie wie ein willkommener Abglanz der Sterne über ihm vor, der für ein paar Lidschläge Abwechslung ins Dunkel des Waldes brachte.

Nach kurzer Zeit lichtete sich das Dickicht endlich, und sie stoben wieder ins freie Feld hinaus. Lewis hatte jedes Zeitgefühl verloren und fragte sich, wie lange sie nun ritten. Die von Goethe genannten acht Meilen hatten sie jedenfalls längst hinter sich.

Lewis kam es in den Sinn, zu Goethe aufzuschließen, er ließ den Gedanken aber sogleich wieder fallen, nicht allein, weil es schon einmal schiefgegangen war, sondern weil ihm am Horizont, an dem sich eine dunkle Waldkette abzeichnete, plötzlich etwas auffiel: Ein heller, rötlicher Schein war dort zu sehen. Die Sonne ging auf, dachte Lewis zunächst, doch dann schüttelte er den Kopf. Hatte der Ritt durch den Wald, der Ritt über Land so viel Zeit in Anspruch genommen, dass bereits der Morgen dämmerte? Er lachte unzufrieden auf. Dann war Goethes Hinweis auf die acht Meilen also nur ein Vorwand gewesen, ihn zur Teilnahme an dieser Reise zu bewegen.

„Ah, Sie haben es auch bemerkt", rief Goethe, der seinen Ritt etwas verlangsamt hatte, zu ihm zurück. Anscheinend war Lewis' Lautäußerung lauter gewesen, als er gedacht hatte.

„Ja", rief er zurück und machte keinen Hehl aus seinem Missmut. „Die Sonne geht auf!"

Goethe warf den Kopf herum. „Die Sonne?" Er sah um sich und schüttelte den Kopf. „Ach was, da vorn ist unser Ziel!"

Lewis wollte dies nicht hinterfragen, sondern rief: „Außerdem haben wir weit mehr als acht Meilen zurückgelegt!"

Goethe lachte. „Selbstverständlich, wenn Sie *englische* Meilen meinen. Ich sprach aber von *deutschen*, und die sind fast fünfmal so lang. Ich nahm an, Sie wüssten das."

Mit einem Mal wurde Lewis bewusst, warum er sich immer gewundert hatte, dass seine Reisen nach Berlin und Weimar so unverhältnismäßig lang gedauert hatten, obwohl die Kutscher stets von so geringen Entfernungen gesprochen hatten. Er biss sich auf die Lippen. Wie peinlich, dies nicht bedacht zu haben! Aber auf der anderen Seite hatte er in England die Karten studiert und die Entfernungen dort ...

Goethe riss ihn aus seinen Überlegungen. „Na los, keine Schwäche, jetzt, da wir das Ziel vor Augen haben! Los!"

Lewis verschob seine Berechnungen auf später, um mit Goethe mithalten zu können, der nun sein Pferd antrieb, als schimmere am Horizont nicht die Sonne, sondern ein Topf voll Gold, den es zu erreichen galt. Aber halt, verbesserte sich Lewis, die Sonne war es ja offenbar nicht – und selbstverständlich auch kein Gold. Aber was vermochte dieses Leuchten auszulösen? Dann kam ihm eine Idee. Je weiter sie sich dem Leuchten näherten, desto sicherer wurde er seiner Vermutung, und schließlich bewahrheitete sich diese.

Lewis und Goethe ritten auf den Vorhof der Hölle zu. Das lodernde Inferno lag in der Sohle eines Talkessels und sandte grelles Leuchten über die bewaldeten Hänge. Flammen schlugen hoch zum rotglühenden Himmel, und Funken stoben in die Nacht. Ein leiser Wind trug den Geruch von Feuer heran.

„Eine brennende Siedlung", erkannte Lewis, und ihn schauderte. Er konnte im flackernden Licht kleine Gestalten zwischen den brennenden Häusern, Hütten und Scheunen sehen, Menschen, die zwischen den hohen Flammen und den riesenhaften Schatten, die diese ihnen anhefteten, herumliefen. Schreie waren zu hören, sowohl von Menschen als auch von Tieren.

Lewis konnte kaum glauben, dass Goethe ihn geweckt und durch Feld und Wald gehetzt hatte, um nun diesem schrecklichen Schauspiel beizuwohnen. Was für ein schrecklicher Mensch war dieser Geheimrat, sich an Elend und Verdammnis anderer zu weiden? Es schüttelte ihn vor Abscheu, und doch starrte er selbst wie gebannt auf die verheerende Macht, die dort unten wütete.

Goethe, der sich neben ihm auf dem Pferd nach vorn reckte, stieß ihn an. „Schauen Sie nicht! Lassen Sie uns hinabreiten und diesen armen Leuten helfen!"

Schon lenkte Goethe sein Pferd zu Tal, und Lewis folgte, wobei er zum erneuten Male nicht wusste, was er nun denken sollte.

Zum grellen Licht der Feuer kam nun auch die sengende Hitze, die sich wie eine Decke um die Ankömmlinge legte, und da war auch der Lärm. Das Flammenmeer fraß sich prasselnd durch Holzbalken und strohgedeckte Dächer. Männer schrien einander Worte zu, rannten mit Eimern, Krügen, Schaufeln und Beilen umher. Wasser spritzte Schwall um Schwall in die Glut, verwandelte sich zischend in Dampf, der mit dem Rauch die Sicht erschwerte. Schatten tanzen auf den gekalkten Wänden der Gebäude, die weiter von den Bränden entfernt waren und die eine Leinwand bildeten für ein groteskes Schattentheater verzerrter, unmenschlich wirkender Gestalten.

Lewis und Goethe hatten die nervösen Pferde am Eingang des Dorfes angebunden und waren rasch zum Brandherd gelaufen. Lewis fühlte sich wirklich in die Hölle versetzt. Die rußgeschwärzten Männer, die ihren nahezu aussichtslosen Kampf gegen die Flammen fochten, wanden sich im zuckenden Licht wie geschundene Seelen, und das Weinen und Jammern der Frauen und Kinder trug sein Übriges zu diesem infernalischen Eindruck bei.

Lewis hob die Hand vor die Augen. Nicht, um sie vor diesem Anblick zu schützen, sondern damit die Hitze ihm nicht die Lider versengte. Er atmete flach, um nicht zu viel beißenden Rauch in seine Lungen zu ziehen. Das Brausen des Flammenmeeres war ohrenbetäubend, das Wirbeln der Lohen zog Lewis in seinen Bann, so dass er nur dastand und starrte, beobachtete, wie das Feuer sich am Leib des Dorfes nährte.

Ein barscher Ruf lief ihn aufschrecken. Jemand drückte ihm einen schweren Eimer in die Hand. Es war Goethe, der seinen Rock abgelegt hatte und nun mit aufgerollten Hemdsärmeln Lewis zur Hilfe aufforderte. Der sah sich um. Innerhalb der wenigen Augenblicke, in denen er sich in der Betrachtung der Flammen verloren hatte, war er zum Glied einer Eimerkette geworden, die rettendes Wasser herbeischaffte. Er gab den Eimer rasch weiter an einen Mann, in dessen Augen sich das

Feuer widerspiegelte. Irgendwo zischte es auf, als Wasser auf Glut traf, und schon spürte Lewis den nächsten Eimerhenkel in der Faust.

Lange Zeit gab Lewis sich dieser eintönigen Arbeit hin, um ihn herum nur sengende Hitze, rotes Licht und schwarzer Rauch. Das verschüttete Löschwasser tränkte seine Kleidung, die zu dampfen begann und in der Hitze trocknete, bis ihn ein erneuter Schwall durchnässte. Er spürte, wie seine Füße zu schmerzen begannen und erschrak, weil er plötzlich befürchtete, dass das Wasser in seinen Stiefeln zu sieden begonnen hatte. Rasch trat er vom Brandherd zurück, soweit es möglich war.

Dann kam Wind auf und trieb Funken wie glühende Meeresgischt vor sich her. Wo schon Stunden zuvor Häuser in sich zusammengesunken waren, blinzelte tückische Glut auf, loderten erneut Flammen empor. Die Löschenden gruppierten sich um, und Lewis folgte. Sein Gesicht und seine Augen brannten, und in seine Kehle schnitt der Durst. Kurz trank er aus einem Löscheimer, und das Wasser schmeckte nach Kohle und Ruß. Dann reichte er den Eimer weiter und nahm von der anderen Seite den nächsten Eimer und wieder den nächsten und wieder, ohne dass er die verstreichende Zeit wahrnahm.

In diese scheinbar endlose Eintönigkeit, die Lewis umfangen hielt, drangen mit einem Mal ein durchdringender Schrei und ein furchtbares Krachen.

Lewis erschrak, ein Eimer entglitt ihm und stürzte zu Boden, ein Wasserschwall durchtränkte Boden und Stiefel endgültig. Lewis sah auf und erkannte, dass ein wenig abseits ein Dachstuhl eingestürzt war, und die gewaltige Wolke aus Funken, die in die Luft gewirbelt worden war, senkte sich wie feuriger Nebel über die Szene. Schon loderten die Flammen neu auf, und das Heulen und Brüllen der Umstehenden übertönte für einen Augenblick das Fauchen und Prasseln. Kohlschwarze

Schemen liefen durcheinander, und Rufe gellten. Lewis glaubte zu verstehen, dass einer der Löschenden unachtsam nahe an eine der lohenden Ruinen getreten war, just in dem Moment, als die glutzerfressenen Balken nachgegeben hatten.

Lewis versuchte, Näheres auszumachen. Aus den Trümmern des Hauses, die wie ein teuflischer, bizarrer Kamin geformt waren, drang ein Schreien. Der Mann schien noch zu leben! Die Retter versuchten, mit langen Stangen und Harken die rauchenden Balken zur Seite zu zerren und den Eingeklemmten zu befreien. Dieser schrie und brüllte, als sein Haar Feuer fing und mit heller Flamme von seinem Kopf gesengt wurde. Seine Bekleidung begann zu rauchen, und bald glühte er von Kopf bis Fuß. Der schreckliche Geruch kohlenden Fleisches drang bis zu Lewis hinüber, der dastand, die Hände halb erhoben und mit von Rauch und Entsetzen tränenden Augen ungläubig das grausame Geschehen betrachtend. Die anderen um ihn hatten ebenfalls innegehalten, die rettende Eimerkette war unterbrochen, und ringsherum brannte und loderte es ungezügelt. Doch schien in diesen Augenblicken die Rettung dieses einen Mannes wichtiger als das ganze Dorf.

Die gellenden Schmerzensschreie wurden mit einem Mal schwächer. Die Männer mit den Stangen und Harken packten zu und zerrten den Körper aus den glühenden Trümmern. Lewis wusste nicht, ob der Mann leblos oder nur ohnmächtig war, die geschwärzte Gestalt hing regungslos in den Armen der Retter. Als sie ihn vorübertrugen, sah Lewis im wirren Licht der Feuer die Brandwunden auf der Haut des Mannes, die schwarz und rot hervorsprangen und von denen sich sachter Rauch in Fäden kräuselte. Lewis bedeckte Mund und Nase mit der Hand, als ihn der Odor des Flammentodes erreichte, und voller Entsetzen schrak er zurück, als der gebrochene Blick aus den Augen des Mannes sich mit seinem kreuzte.

Da stieß jemand Lewis an, ein Henkel drückte sich in seine Hand, nass schwappte es um seine Füße, und schon war er wieder ein Glied in der unermüdlichen Kette von Händen und Wassereimern, die das Feuer bekämpften.

Nach langer Zeit, in der die stete Bewegung sich so seiner bemächtigt hatte, dass er nicht mehr an den schrecklichen Anblick des Toten dachte, bemerkte Lewis, wie es um ihn herum heller zu werden schien. Er fürchtete schon, es seien weitere Feuer ausgebrochen, doch ein Blick zum Himmel zeigte ihm, dass die aufgehende Sonne nun die zuvor vom Feuer gefärbten Wolken beschien. Mit dem Tagesanbruch war der Brand gelöscht. Doch kein Jubel erhob sich über den schwelenden Ruinen, allein Husten, Keuchen und schwaches Klagen.

Lewis sah suchend umher, um in der Menge der rußigen Geschöpfe Goethe zu finden. Ungekannte, tiefe Ermüdung überfiel ihn und auch zum ersten Mal seit seiner Ankunft in Deutschland das Gefühl, sich einsam in völliger Fremde zu befinden. Um ihn herum war kein bekanntes Gesicht, man mochte nicht einmal glauben, dass es sich bei diesen schwankenden Gestalten um Menschen handelte. Die alten Bäume, die im Ort verteilt gestanden hatten, ragten bar jeden Astes zum Himmel und ähnelten schwarzen Kaminen, aus denen das Feuer der Erde rauchte. Die hohlen Stämme glühten von innen heraus.

Lewis fand Goethe schließlich, wie er flüsternd und mit rauer Stimme zu einem Mann sprach. Goethe entdeckte Lewis und winkte ihn heran. Mit schmerzenden Sohlen schleppte Lewis sich hinüber. Er strauchelte, und Goethe fing ihn auf, legte stützend einen Arm um Lewis' zitternde Schultern.

„Wacker, junger Lewis“, sagte er und hustete ein wenig. „Der gute Lienhard hier wird uns Logis in seinem Haus gewähren.“

Der Mann, dessen Schopf und Bart wohl weiß gewesen sein mochten, jetzt aber durch den Ruß schwarz überpudert waren, nickte schwach, und seine von Anstrengung und Müdigkeit rotgeäderten Augen blickten freundlich. „Ich kenne den Herrn Geheimrat schon lange. Er war oft mit seiner Hoheit dem Herzog und dessen Husaren hier.“ Er wandte sich zum Gehen, blieb auf einen Wink Goethes aber stehen und ergriff Lewis' andere Schulter.

„Very kind, dear Sirs“, murmelte der und ließ sich dabei helfen, langsam einen Fuß vor den anderen zu setzen, um das schwarzgebrannte Herz des Dorfes zum Ortsrand hin zu verlassen.

Schließlich tauchte vor seinen rußblinden, sonnengeblendeten Augen ein Haus auf, mit hellem Putz, das nach all den schwarzen Ruinen so fröhlich und lebendig schien, dass Lewis es mit schwach erhobener Hand grüßte.

Lienhard und Goethe sahen sich kurz an, als Lewis matt und unverständlich englische Halbsätze zu murmeln begann. Dem jungen Engländer fielen immer wieder die Augen zu, und das letzte, was er bewusst wahrnahm, war das Niedersinken auf ein weiches Lager, das alle Annehmlichkeiten hatte, die er sich in diesem Moment wünschte: keine Hitze, keine Flammen und keinen Rauch.

Lewis stürzte von einem zum anderen Augenblick in einen ohnmachtsähnlichen Schlaf, doch das, was in diesen Stunden dennoch wach blieb in ihm, durchlebte erneut auf schreckliche Weise die Höllenbilder der Nacht.

Die Szenerie war seltsam verändert: Statt der rußschwarzen Ruinen des niedergebrannten Dorfs waren um ihn die moderdunklen Mauern eines unterirdischen Verlieses, und doch herrschte eine drückende Hitze, die mit schwefligen Dünsten durchzogen war, welche das Atmen auf beklemmende Weise erschwerten. Lewis sah vor sich einen brennenden Körper, doch es war nicht der jenes armen Bauern, der in den Trümmern seines Hauses einen feurigen Tod gefunden hatte. Es war ein brennender Leib, der die Gestalt eines Engels hatte, und er trug das Merkmal eines Blitzes des Ewigen. Ein verbranntes Braun war über alle Züge gebreitet, seine Hände und Füße waren krallenbewehrt. Aus seinen Augen strahlte ein düsteres Feuer, welches selbst das standhafteste Herz mit Schauder erfüllt hätte. Auf den überaus großen Schultern trug er große, schwarze Flügel, statt der Haare hingen von seinem Haupt lebendige Schlangen herab, die sich um seine Stirn unter grässlichem Zischen bewegten. In der einen Hand hielt er eine Pergamentrolle, in der anderen eine eherne Feder. Lewis, in seiner Traumgestalt, spürte, wie sein Blut zu Eis wurde, während er dieses Wesen betrachtete. Der Flammende richtete den Blick auf Lewis, reichte ihm das Pergament, und Lewis nahm es. Dann hob die Gestalt die eherne Feder und stach mit ihr in eine Ader seiner linken Hand, und die Feder fasste das ausströmende Blut. Der Flammende reichte Lewis die Feder, und der ergriff sie. Dann begann er zu schreiben. Wort um Wort, Zeile um Zeile fügte er aneinander, und je mehr er schrieb, wie rasend und mit Schweiß, Ruß und Schwefel auf der Stirn, desto deutlicher erkannte er, dass das, was er da schrieb, dieselben Worte waren wie jene auf dem entsetzlichen Manuskript, das aus seinem Zimmer verschwunden war.

„Nein!", rief Lewis, und die brennende Gestalt lachte, ergriff ihn mit ihren Krallen am Kopf und hob ihn empor. Die Mauern des Kerkers stürzten ein und enthüllten eine beklemmende Landschaft. Ringsum sah Lewis nichts als düstere Höhlen und steile Felsen, von denen einer auf den anderen getürmt war und die ihre Gipfel in den Wolken verbargen. Einige einsame Bäume standen

weit voneinander entfernt, und der Wind, welcher mit Widerstand durch ihr dickes Laub drang, ließ ein eintöniges Rauschen hören, welches das heisere Geschrei der Adler, die hier nisteten, gelegentlich unterbrach. Von geschmolzenem Schnee angeschwollene Flüsse brausten, und nachdem sie sich in Abgründe gestürzt und ihren Weg in einen langen, unermesslich tiefen See genommen hatten, brach sich in ihnen der Schein des Mondes am Fuße des Felsens, von dem aus die Gestalt mit Lewis in den Krallen emporstieg. Immer höher flog sie auf ihren Schwingen hinauf, und so unvermittelt, wie sie Lewis ergriffen hatte, ließ sie ihn niederstürzen. Lewis fiel auf die emporragende Spitze eines Felsens, wurde im Fall von Abgrund zu Abgrund gewälzt, bis er zerstoßen, zerschmettert, verstümmelt am Ufer eines Flusses liegenblieb. Doch noch hatte er sein Leben nicht ausgehaucht. Vergebens bemühte er sich aufzustehen. Seine zerbrochenen Gliedmaßen versagten ihm den Dienst, und wie angeheftet war er an den Ort, auf den er gefallen war. Die Sonne ging auf, ihre sengenden Strahlen fielen wie Blei auf das Haupt des Sterbenden. Millionen Insekten, durch die Wärme geweckt, krochen auf ihn und saugten Blut aus seinen Wunden. Er konnte sich nicht bewegen, um sie zu vertreiben. Sie fraßen sich hinein, brachten ihm neue Wunden bei, bedeckten ihn fast, und jeder Biss war der Anfang neuer Leiden. Die Adler flogen vom Gebirge auf ihn herab, rissen sein Fleisch in Stücke und gruben ihm mit ihren krummen Schnäbeln die Augen aus. Von brennendem Durst verzehrt hörte er das Rauschen des Flusses neben sich und konnte sich doch nicht zu ihm hinschleppen. Da erhob sich ein Gewitter, die rauschenden Winde erschütterten die Felsen und stürzten die Wälder um. Am Himmel zogen blitzschwangere Wolken auf, der Regen floss in Strömen herab, ließ den Fluss anschwellen und trieb ihn aus seinen Ufern. Die Wellen gewannen den Ort, wo Lewis lag, und schleppten seinen Leichnam mit sich in den Ozean.

Lewis erwachte durch einen milden Lufthauch, der durch das geöffnete Fenster hereinströmte und seinen Schweiß trocknete. Verwirrt fuhr er sich mit der Hand durchs nasse Haar. Er blinzelte gegen das helle Licht, das ins Zimmer fiel, und erschrak. Ein dunkler Schatten, die Silhouette eines Mannes stand da, die Hände auf den Fensterrahmen gestützt. Lewis sog scharf die Luft ein, und dieses Geräusch ließ Goethe sich umdrehen. Er nickte Lewis zu.

„Sie sind gewiss hungrig, nicht wahr? Es ist schon Mittag."

Lewis hustete und rieb sich die Augen.

Goethe lachte. „Ich schätze, das war eine Zustimmung. Kommen Sie hinunter, wenn Sie sich angezogen haben." Dann verließ er die kleine Kammer und polterte auf der Stiege nach unten.

Lewis schlug die Hände vor das Gesicht, als ihm die Traumbilder der Nacht in seine Erinnerung trieben, noch stärker als die Eindrücke des wirklichen Schreckens der Feuersbrunst. Rasch sprang er aus dem Bett und ans geöffnete Fenster, atmete tief ein.

Hell war es draußen und freundlich. Das Fenster lag auf der Seite des kleinen Hauses, die der verbrannten Dorfmitte abgewandt war.

Lewis sah auf einen Gemüsegarten und auf Bäume, die den Blick auf entferntere Teile der Landschaft verbargen. Das Grün der Blätter beruhigte Lewis und lenkte ihn von den Bildern der Schluchten und Schründe ab, durch die er im Traum gestürzt war. Dass dies alles nur ein Gespinst der Geschehnisse aus der Feuernacht war, wollte Lewis nicht leugnen. Doch beunruhigte ihn, auf welch scheußliche Art sich dies mit dem verschwundenen Manuskript verbunden hatte.

Er rieb sich die Augen und musterte seine Hände. Schmutz und Asche waren zumindest oberflächlich entfernt. Auch trug er ein zerschlissenes, aber sauberes Nachthemd. Es schien, als seien die zerrenden Adlerschnäbel des Traumes helfende Hände gewesen und die Fluten der Wolkenbrüche ein Waschzuber. Lewis wandte den Kopf und sah auf einem wackligen Stuhl seine Kleidung liegen. Auch diese war zwar etwas klamm, aber gereinigt. Von dem vormals schneeigen Weiß seines Hemdes war allerdings nur ein trüber, grauer Schleier übrig. In der feuchten Kleidung – seine Stiefel waren erfreulicherweise trocken – fröstelte ihn, als er im Luftzug von Fenster und Tür stand, und so folgte er rasch Goethe nach unten. Vor dem Haus, einem Gasthof, wie Lewis an dem bemalten Schild erkannte, unter dem er herausgetreten war, stand Goethe im Sonnenlicht. Lewis ging zu ihm und wärmte sich an den Strahlen der mittäglichen Sonne. Dann folgte er Goethes Blick und sah die Rauchfäden, die sich in der Dorfmitte zum Himmel kräuselten.

„Meine Ideen über Feuerordnung haben sich erneut bestätigt", sagte Goethe, ohne sich direkt an Lewis zu wenden. „Nach der Bauart unserer Siedlungen müssen wir so etwas eigentlich täglich erwarten. Es ist, als sei der Mensch genötigt, einen kunstvoll errichteten Holzstoß zu bewohnen, der genau dazu zusammengetragen wäre, das Feuer schnell aufzunehmen." Er atmete tief, als röche er die entfernten Schwelbrände. Dann sah er Lewis ernst an. „Aber der Mensch ist Mensch und die Flamme eine Bestie. Da kann ich zehn Leben lang Minister für Brandschutz und anderes sein, ich werde es kaum ändern können."

Lewis nickte sachte genug, um den ersten Teil von Goethes Worten zu bejahen, aber keine Zweifel an den Fähigkeiten des Geheimrats erkennen zu lassen. „Woher wussten Sie, dass das Dorf brannte?", fragte Lewis schwach.

„Ich habe schon vor Jahren Order gegeben, dass mir jeder Brand in der Umgebung Weimars gemeldet werden soll. Halten Sie es bitte nicht für ein makabres Vergnügen von mir, ich will nur anwesend sein, um Schlüsse zu ziehen und neue Verfügungen zu entwickeln. Außerdem weiß ich, dass meine persönliche Hilfe spätere Befehle aufs Beste unterstreicht. Die Bürger müssen auch im Kleinen sehen, dass man für sie da ist."

„Warum haben Sie mich ..."

Goethe biss die Zähne aufeinander. „Nachdem der Bote mich aus dem Bett geklopft hatte, kam mir die Idee, Ihnen doch einmal etwas anderes zu zeigen als ..." Goethe seufzte. „Ich hatte nicht geglaubt, dass das Feuer bei unserer Ankunft noch so stark wüten würde, und ich hätte Ihnen nur zu gern den Anblick des armen Verunglückten erspart." Er schaute zu Boden.

Lewis stand peinlich berührt dem reumütigen Geheimrat gegenüber und suchte nach Worten. „Nun, Sie konnten dies nicht wissen ...", begann er zögernd. „Seien Sie versichert, dass ich es Ihnen nicht übelnehme. Ich bin wieder einigermaßen hergestellt."

Goethe hob den Kopf und beäugte Lewis. Der kam sich in seiner klammen und zerknitterten Garderobe recht elend vor, und man sah es ihm deutlich an.

Goethe schmunzelte wieder. „Aber nun ist ein spätes Frühstück recht, nicht wahr? Oder vielmehr ein Mittagessen! Das muntert auf!"

Er packte Lewis an der Schulter und schob ihn wieder ins Haus. In der Wirtsstube, die still und einsam war und auf deren Tischen noch die halbgeleerten Becher und Gläser der vergangenen Nacht standen, aßen Lewis und Goethe von dem Brot und dem Rauchfleisch, das der Wirt bereitgestellt hatte. Lewis aß mit großem Appetit und versuchte, die Blicke nicht auf die kreuz und quer an den Tischen stehenden oder gar umgestoßenen Stühle zu lenken, die deutlich vom hastigen Aufbruch der Gäste beim Verkünden des Feueralarms berichteten. Zum Aufräumen hatte der Gastwirt noch keine Zeit gefunden. Goethe zufolge war er wieder an der Brandstelle, um dort weiterhin zu helfen.

Lewis fühlte sich unwohl bei dem Gedanken, hier in aller Ruhe etwas zu essen, und rasch flackerten die Bilder der Nacht in seinem Kopf auf. Doch fühlte er sich schwach und gestand sich ein, dass er kaum eine Hilfe bei den Aufräumungsarbeiten sein würde. So konzentrierte er sich auf das Mahlen seiner Kiefer und hoffte, das flaue Gefühl in seinem Inneren werde sich bald legen. Er sah zu Goethe hinüber.

„Wer hat", fragte er zwischen zwei tiefen Zügen aus seinem Becher mit Wasser, „meine Kleidung gerichtet?"

„Lienhards Gemahlin", meinte Goethe, als hielte er diese Frage für närrisch. Er setzte seinen Wein ab. „Oder dachten Sie etwa, fleißige Heinzel ..." Er grunzte leise und nahm einen weiteren Schluck.

Lewis griff nach dem Brot. „Heinzel? Wer ist das?"

Goethe lachte. „Ich dachte, Sie seien durch allerlei Lektüre mit der hiesigen Geisterwelt vertraut. Kleine Erdmännlein sind das, freundlich manchmal, manchmal auch nicht. Bei Ihnen heißen sie Leprechauns, wenn ich nicht irre ..."

Lewis verzog das Gesicht. „Die gibt es nur in Irland, und dort sollen sie auch bleiben."

Goethe lachte erneut. „Goblins dann, mein treuer Engländer! Kobolde heißen sie bei uns." Er trank noch mehr Wein und aß auch noch einen Bissen. „Da fällt mir ein: Wussten Sie, dass diese beiden Worte sich aus derselben lateinisch-griechischen Wurzel herleiten, und noch viel interessanter: dass die Bergleute das Mineral Kobalt nach diesen Erdgeistern benannten, weil sie glaubten, es sei durch diese verhext und verunreinigt? Oder die kleinen Diebe hätten das aus den Adern gestohlene Silber dadurch ersetzt?"

„Nein“, sagte Lewis, „das wusste ich nicht.“ Da er in dem Blick Goethes wiederum eine Anspielung auf seine Lektüre und seine Erlebnisse zu erkennen glaubte, fügte er hinzu: „Ich habe mich kaum mit Bergbau beschäftigt.“

Goethe lachte. „Na, wie herrlich trifft es sich, dass ich seit Jahren in der Bergbaukommission tätig bin.“

Lewis fühlte das Verlangen, die Achseln zu zucken, unterdrückte es jedoch und schnitt sich ein weiteres Stück Speck ab.

Goethe wartete, bis Lewis ihn wieder ansah. „Noch viel trefflicher ist es, dass wir uns hier ganz in der Nähe von Ilmenau befinden, wo man seit einiger Zeit schürft. Ich habe vor acht Jahren den Johannisschacht eröffnet.“ Er stockte kurz, als sei die Erinnerung daran doch nicht so erfreulich. Dann schmunzelte er wieder.

„Ich denke, es ist nicht verkehrt, wenn wir einen kleinen Ausflug dorthin unternehmen. Das wird lehrreich sein, und zudem ist die Landschaft dort, die Höhen und Wälder, genau das Richtige, um die schrecklichen Ereignisse letzter Nacht zu vergessen. Wir haben tüchtig angepackt, da haben wir uns Zerstreuung verdient, ehe wir nach Weimar zurückkehren.“

Lewis fuhr auf und stieß dabei fast seinen Becher um; Goethes Hand schoss vor und hielt das kippende Gefäß auf. Lewis hob die Hand zur Stirn. „Gute Güte! Was werden die Böttigers denken, wo ich doch einfach mitten in der Nacht verschwunden bin? Sie werden sich sorgen!“

„Ach, Lewis“, sagte Goethe leise und füllte Wein in den Becher des Engländers, um ihn ihm dann wieder zuzuschieben. „Seien Sie unbesorgt. Ich hatte das selbstredend bedacht und schon am gestrigen Abend verfügt, dass sich heute in aller Frühe ein Diener zu Böttiger begeben würde, um ihn – und seine Frau – von unserer Exkursion in Kenntnis zu setzen. Niemand wird sich sorgen.“

Lewis nahm den Wein, trank und verschaffte sich damit eine kurze Denkpause, in der er darüber nachsann, was Goethe mit der seltsam betonten Erwähnung von Eleonore Böttiger wohl hatte andeuten wollen. Er kam zu keinem Ergebnis, leerte den Becher bis auf den Grund und setzte ihn fest auf die zerschrammte Tischplatte, ohne sich wieder zu setzen. Der Wein fuhr ihm warm in den Leib und verscheuchte die Gedanken an die Feuersbrunst der Nacht. Er wischte sich mit dem Handrücken über den Mund.

„Nun denn, Herr Geheimrat. Dann bin ich gespannt, welche Zerstreuung Sie mir bieten können!"

Goethe stand auch auf und lachte in sich hinein, weil er erkannte, dass die Wangen des jungen Engländers nicht allein vom Wein rötlich gefärbt waren.

Draußen stiegen sie auf. Goethe hatte Proviant nebst einiger Flaschen Wein in seinen Satteltaschen, für die er dem Wirt eine Summe Geldes in der Schankstube hinterlegt hatte. Goethe versetzte sein Pferd, es war ein Apfelschimmel, wie Lewis nun im Tageslicht erkannte, in leichten Trab und lenkte ihn zunächst zur Dorfmitte hin.

Lewis spürte einen leichten Stich. Ihm lag wenig daran, noch einmal den Ort der Geschehnisse sehen zu müssen, noch dazu bei Tage, wo sich das Ausmaß der Zerstörung noch schonungsloser offenbaren würde. Er hielt die Zügel seines Fuchses fest und rief Goethe zögerlich nach: „Wollen Sie dem Wirt noch einen Abschiedsgruß entbieten?"

Goethe drehte sich im Sattel um. „Wozu? Das habe ich schon getan, nachdem ich sie geweckt hatte. Nun los, ein Ritt durch den fröhlichen Sonnenschein wird Sie aufmuntern, und falls Ihnen die Füße auch nur halb so weh tun wie mir, dann sind Sie doch ebenso froh, einige Zeit im Sattel zu sitzen und nicht etwa zu laufen, nicht wahr?" Er trabte weiter, nun deutlich auf den Ausgang des Fleckens zu.

Lewis seufzte ergeben, trieb sein Pferd an und schloss auf.

Der Ritt nach Ilmenau war zu Lewis' Freude geruhsamer und erfrischender als die nächtliche Hatz zum brennenden Dorf. Irgendwann fiel ihm zwischen den lichten Buchen und Lärchengehölzen ein, dass er den Namen des Ortes gar nicht kannte. Er konnte sich auch nicht erinnern, ob Goethe ihn genannt hatte. Schließlich kam er aber mit sich überein, auf dieses Wissen verzichten zu können. Es drängte ihn nicht danach, diesem Vorgeschmack auf Hölle und Fegefeuer einen irdischen Namen zu geben, der ihm dies alles noch tiefer ins Gedächtnis brennen würde. Als in ihm die Frage aufstieg, ob noch weitere Einwohner in den Flammen zu Tode gekommen waren, zwang er sich, auf das Lichterspiel der Sonne zwischen den Zweigen und den Singsang der Vögel zu achten, und gerade, als sich wieder Flammen und Rauch durch seine Gedanken sengen wollten, sprang Goethe mit einem Male vom Pferd, brach in den Wald hinein, lärmte durchs Unterholz und tauchte erst nach einer bangen Weile wieder auf.

Auf Lewis' Rufen hin hatte Goethe ihn einige Male vertröstet, er werde sogleich wieder auf den Weg kommen, und schließlich tat er das auch, mit breitem Grinsen, das schrecklich blaue Lippen und Zähne zeigte. Er reichte Lewis ein Taschentuch mit einer guten Handvoll Heidelbeeren. „Sie schauen so säuerlich, da dachte ich, Ihnen täte etwas Süßes gut." Darauf schwang Goethe sich wieder in den Sattel und ließ den sichtlich berührten Lewis hinterdrein reiten.

Langsam verdunkelten sich die Wälder um sie herum, wandelten sich zu hohen Forsten aus schwarzen Fichten. Goethe pfiff vor sich hin, gut gelaunt, als freute er sich auf etwas, das kurz bevorstand. Lewis fragte sich, warum der sonst so mitteilsame Geheimrat den recht gemächlichen Ritt nicht zur Konversation nutzte, aber im Grunde war er ihm dafür dankbar. Allmählich fühlte er sich trotz der schrecklichen nächtlichen Ereignisse ähnlich unbelastet wie am Tage zuvor in den Parks an der Ilm, zumindest bis er sich an seinen Verfolger erinnerte.

Da kam ihm in den Sinn, was er am Abend der Rückkehr aus Tiefurt aus der Kutsche von Herder und Goethe gehört hatte, und er beschloss, Goethe danach zu fragen. Rasch trieb er seinen Fuchs an, lenkte ihn neben Goethes Apfelschimmel und wollte gerade zu seiner Frage ansetzen, als sich der Wald vor ihnen öffnete und den Blick auf ein breites Wiesental freigab, durch den sich ein rasch fließender, klarer Fluss zog.

Goethe schaute nach vorn und wollte den vermeintlich hinter ihm reitenden Lewis neben sich rufen, als er diesen schon an seiner Seite sah. Erfreut richtete er sich im Sattel auf und sagte laut: „Anmutig' Tal! Du immergrüner Hag! Mein Herz begrüßt euch wieder auf das Beste!" Dann strahlte er Lewis an. „Schön, nicht?"

„Durchaus ...", begann der und versuchte, sich im Geiste seine Frage zurechtzulegen, die der lyrische Ausbruch Goethes hinweggefegt hatte. Aber dann schien es ihm nicht der rechte Augenblick zu sein. Goethe schien sehr glücklich und bewegt, und Lewis mochte dies nicht mit dumpfen Ahnungen zerstören.

Nach einigen Minuten, in denen sie das Schimmern des Lichts auf den flachen Wellen der Ilm und den Halmen der Wiesen betrachtet hatten, räusperte sich Goethe. „Da unten liegt Manebach. Kehren wir dort ein."

Nach kurzem Weg am Fluss entlang konnte Lewis die schieferblauen Dächer des Dorfes sehen, das in enger Tallage zwischen zwei bewaldeten Höhenzügen kauerte.

Goethe wies nach oben. „Dort links ist der Kickelhahn, zur Rechten der Schwalbenstein. Auf beiden Gipfeln liegen für mich recht bedeutungsvolle Orte ... schöne Erinnerungen ..." Versonnen trabte er auf seinem Pferd dahin, und Lewis ließ ihn gewähren.

In Manebach aßen sie in einem etwas überfüllten Gasthaus, Goethe fragte beim kahlköpfigen Wirt, den er ebenfalls kannte, nach dem Befinden des Kantors und erfuhr, dass dieser nicht zugegen war.

„Schade", sagte er daraufhin zu Lewis. „Das Gärtchen neben dem Pfarrhaus ist sehr gefällig. Aber uns steht der Sinn nach Höherem!"

Noch ehe Lewis dies richtig entschlüsselt hatte, befand er sich schon in Goethes Schlepptau und stampfte mit wehen Füßen bergan, zum Schwalbenstein hinauf. Es ging steil den Fichtenberg empor, und oft glitt Lewis auf dem glatten Nadelboden aus. Er fragte sich, ob Goethe ihn auf diesen Gipfel führte, um ihm tatsächlich die Landschaft Thüringens näher zu bringen, oder ob ihm doch eher daran lag, seinen englischen Gast von den Schrecknissen der Nacht abzulenken. Lewis ließ sich von der warmen Luft und dem Duft der Fichten umfangen, sog alles in sich ein und vertrieb mit einiger Mühe die letzten Gedanken an das Inferno. Schon wollte er wieder über den beängstigenden Traum grübeln, da wurde der Aufstieg steiler, und er musste achtgeben, nicht zu straucheln und mit Goethe Schritt zu halten. Schließlich kamen sie auf einen ebenen, grasbewachsenen Weg und folgten ihm bis zu einigen verwitterten Tränktrögen. Lewis sah sie sehnsüchtig an, denn es war ihm recht warm, und er verspürte Durst nach diesem Aufstieg. Doch Goethe munterte ihn auf und trieb ihn noch ein etwas steileres Stück hinan, wo eine Quelle sprudelte. Lewis trank gierig und benetzte sich Gesicht und Nacken, während Goethe schon weiterschritt.

Der Schwalbenstein klammerte sich hoch über dem Tal an einen Hangsturz. Eine roh gezimmerte Schutzhütte stand da, und Goethe baute sich neben ihr auf, blickte in die Landschaft.

„Schauen Sie! Muss man hier bei heiterem Wetter nicht einfach dichten? Ich konnte an einem einzigen Tag einen kompletten Akt eines Schauspiels verfassen. Aber das ist mehr als zwölf Jahre her."

Lewis war außer Atem. „Ich erinnere mich", begann er, „an das, was Sie in Tiefurt sagten. Dass Sie keinen Sinn mehr in der Dichtung sehen, nachdem die Revolution in Frankreich ausgebrochen ist. Dass Ihnen allein die Wissenschaft Ansporn für den Geist gäbe."

Goethe presste die Lippen zusammen. „Ja. Ich sagte dies und will davon auch kein Iota abrücken. Aber schließlich zehrt der Mensch auch von der Erinnerung, nicht?"

Er blickte wieder in die Ferne. „Vielleicht kommen auch wieder andere Zeiten", flüsterte er und schlug dann jäh wieder einen lebhaften Tonfall an. „Wer kann sich schon der Natur verschließen? Ob mit dem Blick des Dichters oder des Wissenschaftlers betrachtet, eine Augenweide ist sie allemal!"

Er wandte den Kopf, als suche er etwas. Dann hob er den Finger. „Hören Sie! Ein Waldlaubsänger, und dort ein Zilpzalp!" Mit ein paar raschen Schritten war er unterwegs zu den Bäumen.

Lewis blieb noch ein Weilchen stehen und schaute über das Tal der Ilm auf den hellgrünen Wald des jenseitigen Berges.

Als sie wieder hinabgestiegen waren, fiel die Sonne schon schräg durch die Tannen. Der Geheimrat ließ es sich nicht nehmen, in den Lesesteinhaufen der Felder unterhalb der Manebachwand nach Kreuzottern zu forschen.

Lewis war es zufrieden, dass sich die Geschöpfe als genauso scheu erwiesen, wie Goethe sie beschrieben hatte, denn nach einer Begegnung mit Reptilien stand ihm nicht der Sinn. Vielmehr verspürte er nach diesem Bergausflug einen großen Appetit, und so stutzte er, als Goethe ihn vor dem Wirtshaus bat, doch draußen zu warten, während er selbst für einige Augenblicke hineinhuschte.

Er kam mit einem Säckchen über der Schulter wieder heraus. „Vesper", meinte er knapp, als er Lewis' fragenden Blick bemerkte.

„Aber warum können wir das nicht drinnen zu uns nehmen?", fragte Lewis nach, als ihm aufging, was das fremde Wort bedeutete.

„Weil es dann zu spät würde, um noch bei anständigem Licht den Kickelhahn zu besteigen", versetzte Goethe knapp und stapfte los.

„Aber Herr Geheimrat!", rief Lewis. „Gute Güte! Noch ein Berg?"

„Kommen Sie", sagte Goethe, ohne sich umzudrehen. „Sie sind um einiges jünger als ich, und Sie müssen zugeben, dass dies doch erheblich erquickender ist, als in Zimmern und Salons sich dem Gespräch hinzugeben! Wir halten Dialog mit der Natur!"

Lewis eilte hinter Goethe her. „Ich muss gestehen, dass mich meine Füße schmerzen, von den Beinen ganz zu schweigen."

Goethe blickte kurz an Lewis hinab. „Das liegt daran, dass Sie nicht richtig gehen!" Der Geheimrat schlug einen furchtbar schulmeisterlichen Ton an, der Lewis an Böttiger erinnerte. „Sie müssen mit dem ganzen Fuß auftreten. So." Er machte es vor, und Lewis schaute verdutzt. „Natürlich übertreibe ich jetzt, aber im Prinzip ist es so richtig! Nun los, machen Sie es einfach nach – Sie werden sehen, das hilft!"

Lewis kam der Aufforderung nach, und so schritten sie in jener seltsamen Gangart die Straße entlang. Als die beiden die Ilm-Brücke nach Kammerberg querten, begegnete ihnen ein Pferdefuhrwerk. Der Bauer und seine beiden Knechte schauten ungläubig auf das seltsam dahinschreitende Paar, und Lewis war ein weiteres Mal froh, dass er in diesem Land fremd und unbekannt war.

In Kammerberg angekommen berichtete Goethe vom dortigen Bergbau, wenn auch nur im Vorbeigehen, denn er strebte mächtigen Schrittes dem Waldberg zu.

„Dort liegen die Steinkohlengruben, in die ich ab und an mit dem Herzog eingefahren bin. Dort finden sich neben der profanen Kohle auch immer wieder interessante fossile Pflanzen ..."

Lewis nickte. „Sie sprachen schon von den Bergwerken. Aber ich dachte, Sie wollten mir diese zeigen, und nun steigen wir erneut einen Berg hinauf statt in einen hinein?" Er hoffte bei sich, den Geheimrat von seinem neuerlichen Gipfelsturm abhalten zu können, indem er bergbauliches Interesse vorgab. Auch wenn die Hitze im Tal merklich nachgelassen hatte, perlte ihm dank des strammen Tempos, das Goethe anschlug, der Schweiß über die Stirn.

„Oh nein", antwortete Goethe, „hier werden wir uns nicht ins Erdinnere begeben. Die Stollen sind hier so niedrig, dass die Hauer die Kohle auf der Seite liegend losbrechen müssen, und um sie herauszubefördern, müssen sie kriechen, wobei sie kleine Karren, die am Fuß angebunden sind, mit sich ziehen."

Er sah, wie Lewis das Gesicht verzog. „Außerdem", fügte er hinzu, „haben wir gestern genug Ruß und Asche abbekommen, nicht wahr? Warum also noch Kohlenstaub hinzufügen?"

Lewis erschauerte, nickte ergeben und sah plötzlich die bevorstehende Bergpartie in einem anderen Licht.

Kaum hatten sie die Waldgrenze erreicht, brach er kurzerhand einen kräftigen Ast von einem gestürzten Baum und benutzte ihn als Wanderstock, wodurch er um einiges bequemer vorankam. Im schrägfallenden Licht standen die Fichten am Wegesrand aufrecht und ungebeugt da, wie gepanzert mit ihren harten Stämmen. Dazwischen fanden sich, seltsam deplatziert in diesem sonst dunklen und ernsten Wald, hier und da einige lichte Buchen. Oft nur strauchhaft klein und mit bebenden Blättern, als seien sie eingeschüchtert zwischen den Nadelhölzern. Lewis sah das als Sinnbild für sich und Goethe: Der spazierte munter pfeifend voran, groß und aufrecht, während Lewis mit seinem Stock hinterdreinstolperte. Er blickte stur auf Goethes Rücken und den dort schwankenden Leinenbeutel, in dem sich Nahrung und Trank befanden.

Während Lewis Goethe folgte wie der Esel mit dem Karren der vorgehaltenen Karotte, grübelte er darüber nach, wie er Goethe zur Sache der schwarzen Reiter befragen könnte. Keineswegs wollte er in Verdacht geraten, ein privates Gespräch belauscht zu haben, aber nun, die Kutsche hatte an jenem Abend in Hörweite gestanden, schließlich hätten Goethe und Herder mit ihrem Gedankenaustausch auch noch einige Zeit warten können. Lewis war froh, dass ihm der Atem fehlte, Goethe hier und jetzt zu befragen, denn er war noch zu keiner befriedigenden Lösung gekommen, wie er das heikle Thema würde anschneiden können. Er grübelte unablässig und hatte keinen Blick für die Rodungen und Waldplätze, die sich hier und da aus dem Dickicht schälten. Schließlich schleppte er sich nur noch stumpf voran, während er allmählich Mühe hatte, den voranschreitenden Goethe zu erkennen.

Dann endlich hatten sie den Gipfel erreicht, und im frühabendlichen Rotgold lag erneut das Ilmtal unter ihnen. Lewis schnaufte und fühlte sich auf verwirrende Weise an den Blick wenige Stunden zuvor auf der anderen Seite erinnert. Er folgte Goethe zu der einfachen, aus Brettern gefügten Pirschhütte, die neben den Bäumen stand. Selbst diese ähnelte frappant ihrem Gegenstück jenseits des Tales. Der einzige erfreuliche Unterschied war der Inhalt des Proviantsackes, den Goethe nun auf einer Bank vor dem Eingang ausbreitete.

Lewis ließ sich schwer auf die raue Sitzfläche fallen und lehnte seinen Stock an die Bretterwand, an der er sogleich geräuschvoll zur Seite rutschte und zu Boden fiel. Lewis würdigte ihn keines Blickes und atmete nur schwer. Goethe sah verzückt auf das Tal hinaus, trank einen Becher und überließ die feste Nahrung seinem Gefährten.

So entstand eine Pause, in der man nur gelegentliche Ess- und Trinkgeräusche hörte, leises Schnaufen und Seufzen und Räuspern, sowie deutlich vernehmbares Knacken in Lewis' Kniegelenken, wenn er die Beine anders richtete. Lange sprach keiner von beiden ein Wort.

Als der erste Abendwind aufkam und die Äste bewegte, fühlte sich Lewis einigermaßen bei Kräften, sowohl körperlich als auch geistig. Er streckte die Beine von sich und versuchte, so etwas wie das Geräusch eines zufriedenen Gemütsmenschen von sich zu geben, um Goethe aufmerksam zu machen.

Der Laut misslang ihm gehörig, aber nichtsdestoweniger blickte Goethe ihn an.

„Nun, Herr Lewis, wie gefällt es Ihnen auf den Thüringer Bergen? Sie können nun wirklich behaupten, unsere kleine Welt von beiden Seiten gesehen zu haben."

Er war so augenfällig wohlgelaunt und stolz, dass Lewis es nicht übers Herz brachte, sich auch nur einen höhnischen Gedanken über diese Äußerung zu erlauben.

„Sehr gut gefällt es mir", antwortete er stattdessen. „Ich freue mich, dass man hier so rein und klar über alles nachdenken kann. Das alles heilt die Wunden, die die Ereignisse gestern geschlagen haben, und ich freue mich auch, Ihnen hier Gesellschaft leisten zu dürfen." Nun versuchte er die Überleitung und war der Ansicht, dass sie ihm gut gelang. „Nun, da sich diese beiden glücklichen Zustände zusammenfügen, kommt mir etwas in den Sinn, was ich Sie gern fragen möchte."

„Nur zu!", meinte Goethe launig und hob den Becher zum Mund.

Lewis fasste sich ein Herz und sprach frei drauflos. „Ich habe am Abend der Rückkehr aus Tiefurt einige Bruchstücke der Unterhaltung zwischen Ihnen und dem jungen Herrn Herder mit angehört." Lewis konnte nicht umhin, den Sachverhalt etwas abzuschwächen. „Sie erinnern sich, vor dem Hause der Böttigers, als Sie mit Herrn Herder darüber sprachen, dass auch Sie einige der schwarzen Reiter gesehen hatten. Möglicherweise die, die den Unfall mit der Kutsche verursachten ..."

Goethe hatte den Becher auf halbem Wege wieder sinken lassen. Als er sah, dass Lewis es bemerkt hatte, hob er ihn wieder und trank einen hastigen Schluck, als sei nichts gewesen. „Aha", sagte er und schwieg dann, als fordere er Lewis auf, weiterzusprechen.

„Ich hörte, wie Sie einige Vermutungen bezüglich der Herkunft dieser Männer äußerten ..."

Goethe trank noch einmal und setzte den Becher ab. „Nun ...", sagte er dann langsam und sah Lewis ernst an.

Der schluckte. Goethes Miene konnte nur eines bedeuten: Nun folgte die Enthüllung einer schrecklichen Wahrheit. Lewis spürte, wie in ihm die Ungeduld wuchs, und gleichzeitig nahm sein wacher Geist wahr, wie sehr diese Szenerie einer Passage aus einem Schauerroman gleichen mochte. In den dunklen Nadelbäumen rauschte der Wind, die alte Hütte knarrte ein wenig, und Wolkenfetzen schoben sich vor das ersterbende

Sonnenlicht. Lewis hielt den Atem an, als Goethe den Mund öffnete. Jetzt würde sich das ganze Ausmaß der Ränke offenbaren, deren lang reichender Arm jene Schergen in dunklen Umhängen waren.

„Nun“, begann Goethe, „ich denke, Sie haben da einiges missverstanden, junger Herr Lewis.“

Lewis glaubte allerdings, etwas missverstanden zu haben, nämlich die eben von Goethe geäußerten Worte.

Der Geheimrat sprach weiter, in einem Ton, der zwischen Beschwichtigung und Tadel schwankte. „Was Sie da mit angehört haben, war allein die Rekapitulation der Geschehnisse, die Herr Herder und Sie am eigenen Leibe erlebt haben. Die ungehobelten Reiter, die sich, wie ich Herrn Herder sagte, benahmen wie gemeine Strauchdiebe. Ach ja, und weil Sie etwas über deren Herkunft zu vernehmen glaubten: Ich hatte darauf hingewiesen, dass die berüchtigtsten dieses Schlages gemeinhin italienischer Herkunft sein sollen. Der Bruder meiner ... Christiane, der herzogliche Bibliothekssekretär Christian Vulpius, trägt sich seit einiger Zeit mit dem Gedanken, etwas über einen solchen Gesellen zu schreiben, vielleicht sind auch Sie interessiert ...“

„Aber nein, Herr Geheimrat! Ich bin mir ganz sicher, dass ich etwas völlig anderes ...“ Lewis bemerkte zu spät, dass er laut geworden war. Er presste die Lippen aufeinander, als Goethe weitersprach. Sein Tonfall hatte sich jetzt etwas gemildert.

„Natürlich sind Sie sicher, etwas anderes gehört zu haben. Tatsache ist jedoch, dass ich nur ganz allgemein geplaudert habe. Bedenken Sie, dass Sie an diesem Abend recht angegriffen waren, was den Geist angeht, und das mag sich auch, nein, das wird sich ganz sicher auf Ihr Urteilsvermögen ausgewirkt haben.“

Lewis schüttelte den Kopf.

Goethe ignorierte es. „Sie wollen sich nicht eingestehen, sich verhört zu haben. Das ist der beste Beweis, dass ich recht habe." Er hob die Weinflasche ins schwache Licht. „Schauen Sie, nur noch ein Schluck. Den sollten Sie sich zu Gemüte führen, Sie haben es nötig!" Er drückte Lewis die Flasche in die Hand. „Dann wollen wir aufbrechen. Sie scheinen ein weiches Bett nötig zu haben. Daran bin ich natürlich zu einem guten Teil schuld." Er stand auf. „In der Hütte sind Laternen, ich gehe und hole eine für den Rückweg. Wir wollen ja nicht im Finsteren wandeln, wer weiß, was dort lauern mag ..." Er klopfte Lewis auf die Schulter und verschwand ins Innere der Hütte.

Lewis saß auf der Bank, die Weinflasche in der Hand, und wiegte den Kopf. Sollte er wirklich einer Täuschung erlegen sein? Hatten sich die Gedanken an Verschwörungen und dunkle Machenschaften so in sein Hirn gedrängt, dass er Dinge sah und hörte, die bei ruhigem Nachsinnen und hellem Tageslicht gar nicht so waren? Vielleicht hatte er sich auch den Verfolger im Park nur eingebildet. Es mochte sein, dass all die neuen Eindrücke und das strenge Lernprogramm ihn mehr angestrengt hatten, als er gedacht hatte. Lewis schüttelte den Kopf über sich und seine Lage. Höchstwahrscheinlich brauchte er tatsächlich nur ein weiches Bett und einige Stunden guten Schlafs.

Er trank den Wein, stellte die Flasche ab und folgte Goethe in die Hütte. Dort flackerte schon eine Laterne und erleuchtete das Innere. Goethe stand vor einer der grobhölzernen Wände und musterte versonnen eine Inschrift. Lewis hatte beim Eintreten geglaubt, einen Seufzer zu hören, doch wahrscheinlich war es nur der Wind gewesen, der durch einen Spalt in den Brettern gefahren war. Er trat zu Goethe und las den Vers, der dort geschrieben stand:

„Über allen Gipfeln ist Ruh',
In allen Wipfeln spürest du
Kaum einen Hauch.
Die Vöglein schweigen im Walde.
Warte nur, balde
Ruhest du auch."

Lewis ließ die Worte kurz nachklingen. „Das ist sehr schön und passend an diesem Ort."

Goethe nickte. Lewis glaubte, in seinen Augen etwas schimmern zu sehen, doch es war vielleicht nur das schwankende Licht der Laterne.

„Wer mag das wohl geschrieben haben?", fragte Lewis und strich über die Lettern an der Wand.

„Oh", brummte Goethe, „irgendwer."

Dann verließ er die Hütte, und Lewis folgte ihm.

Die Nacht verbrachten sie im Manebacher Gasthaus, da Goethe zu Lewis' Erleichterung von einem nächtlichen Ritt nach Ilmenau absah. Die Betten waren einfach und bestanden nur aus Strohsäcken auf Holzlatten. Doch Lewis kümmerte das wenig, er sank sofort in einen tiefen, traumlosen Schlaf, kaum dass er sich niedergelegt hatte.

Am nächsten Morgen brachen sie früh auf und ritten durch das Ilmtal nach Osten, am Fluss entlang. Die Sonne kroch gerade über die Berge, und aus den Klammen dampfte es die Fichtenwände herauf.

„Was meinen Sie, wie dieses Schauspiel von dort droben am Hermannstein aussieht!", rief Goethe und wies halb im Sattel umgedreht hinter sich. „Ich war so frei, Sie nicht auch noch mit der Höhle darunter bekanntzumachen, die mir selbst so lieb und wert ist."

Lewis bemerkte erneut diesen halb verzückten, halb wehmütigen Anflug auf Goethes Zügen.

„Ich habe dort", fuhr der fort, „im Porphyrstein eine Inschrift hinterlassen, die von früheren Tagen kündet und die ich, nun ... man soll Vergangenes auch ruhen lassen."

„Mir scheint, es ging Ihnen an den beiden anderen Orten ähnlich. Stein und Fels scheinen es Ihnen angetan zu haben", sagte Lewis.

Goethe lachte, und Lewis begriff nicht, was er denn Lustiges gesagt haben mochte. Bevor er jedoch nachfragen konnte, sprach Goethe weiter: „Nun, bevor ich aus Italien zurückkehrte, fand ich meine Sinnen- und Seelenweide in Klüften, Höhlen, Wäldern, in Teichen, unter Wasserfällen – bei den Unterirdischen, kann man sagen. Das hat sich ein wenig geändert, aber doch, wenn ich wieder hier bin, rührt mich all dies erneut an."

Derweil hatte sich der waldige Höhenzug zur Linken etwas gesenkt, und Goethe deutete hinüber. „Da drüben befinden sich die ersten Bergwerksstollen. Der Bergbau hier hat vor dreihundert Jahren begonnen. Nach Silber und Kupfer hat man geschürft. Der Boden ist durchzogen von Gräben zur Entwässerung, denn das Grubenwasser, das aus den Klüften der Gebirge zuläuft, bringt große Schwierigkeiten." Er schaute ernst. „Nicht von ungefähr hat man alles immer wieder aufgegeben, das letzte Mal vor fünfzig Jahren. Aber dann ..." Goethe machte eine bedeutungsschwere Pause.

Lewis sah ihn interessiert an.

„... habe ich die Sache in die Hand genommen! Hoffen wir, dass es endlich klappt!" Er grinste breit und hob die Brauen.

„Sie?", fragte Lewis. „Sie gehen tatsächlich, wie heißt es, unter Tage?"

„Nein. Ich gehöre der Bergwerkskommission an, und als ich vor fünfzehn Jahren den Bergbau im Harz kennenlernte, habe ich festgestellt, wie vom unterirdischen Segen die Bergstädte fröhlich nachwachsen und wie viele Menschen damit in Lohn und Brot stehen. Das war vor hundert Jahren in Ilmenau auch so. Warum also nicht den heutigen armen Maulwürfen helfen? Der Herzog dachte auch an die Kassen, denn der silberhaltige Kupferschiefer in den Bergen hier hatte damals einiges Geld fließen lassen. Also haben wir die Bergwerke wieder eröffnet." Er klatschte in die Hände.

„Einfach so?" Lewis war wieder einmal von den zahlreichen Talenten Goethes beeindruckt, mochte aber nicht ganz an die Leichtigkeit des Ganzen glauben.

„Nein. Zum tatenfrohen Sinn und der beharrlichen Geduld kam natürlich auch mühevolle Arbeit – wenn auch nicht in körperlichem Sinne, falls Sie glauben, ich hätte mit Haue, Kratze und Schaufel zugelangt. Nein, ich hatte die verwickelten Rechtsansprüche zu studieren. Ich musste mich auch auf geologischem und bergmännischem Gebiet bilden, damit ich Vorschläge prüfen und Entscheidungen treffen konnte, und mit den Einzelheiten der Finanzierung will ich erst gar nicht beginnen!"

„Beachtlich", meinte Lewis. „Dann werden Sie mir also ein kenntnisreicher Führer bei den Unterirdischen sein?"

Goethe schüttelte den Kopf. „Nein, ich hoffe, der Bergdirektor oder der Hauptmann sind da, die werden das noch kenntnisreicher gestalten können." Dann legte er den Finger ans Kinn. „Aber natürlich könnte ich das auch ... keine Frage!"

Sie ritten weiter, und schon rief Goethe: „Dort liegt Ilmenau!" Tatsächlich war schon die Stadtkirche zu erkennen, deren Turm sich über die Hausdächer erhob. Goethe wies, während sie sich näherten, auf einige Gebäude am Flussufer. „Dort sind die Schmelzhütten, die eine neben dem Gasthof *Zur Tanne*, da sind die Rohhütte und das Pochwerk."

Schließlich ritten sie durch das Tor am Endleich in die Stadt. Goethe scheute sich nicht anzumerken, dass man die dort stehenden Linden auf seine Anregung hin gepflanzt hatte. Quer durch die Gassen ritten sie und wurden von einigen Passanten gegrüßt, bis sie schließlich am Marktplatz ankamen.

Dort entdeckte Goethe einen Mann auf einem Wagen, den er offenkundig persönlich kannte, und bat Lewis, einen Moment auf ihn zu warten und sich doch umzusehen, während er selbst voranritt. Lewis sah, wie der Handschlag zwischen den beiden Männern sich als schwankende Angelegenheit herausstellte, da Goethe im Sattel blieb und der andere ebenfalls nicht vom Kutschbock stieg. Sie begannen ein offenbar sehr freundliches Gespräch.

Währenddessen betrachtete Lewis die beiden großen, hellen Bauwerke, die den Platz an einer Seite begrenzten. Ein kolossaler, fensterreicher Bau mit einem schiefergrauen Türmchen auf dem Dach, von dem eine Wetterfahne blinkte, sah nach Repräsentation und Amtsgewalt aus, und so stieg Lewis vom Pferd, griff die Zügel und trat näher. Unter dem Türmchen befand sich eine Uhr, darunter ein Wappenschild, und das ornamentierte, steinerne Portal im Putz schien älter als der Rest des Gebäudes zu sein.

Eine harsche Stimme riss Lewis aus seiner Betrachtung. „Prächtig, nicht wahr?“

Lewis sah einen grimmigen, schmutzigen Mann mit Halstuch und verschlissenem Hemd vorbeigehen.

„Ja, sicherlich“, antwortete Lewis vorsichtig.

Der Mann blieb stehen, musterte Lewis und schien sich zu fragen, woher dessen seltsame Aussprache kam. Dann schimpfte er weiter. „Wenn das Rathaus niederbrennt, ist Geld da, es wieder herzurichten, aber uns den Lohn zahlen, in der Bergmannsstube, nee, da wird man vertröstet!“ Er spie auf den Boden, dass Lewis einen Schritt zurückwich.

„Na, guter Hauer“, fuhr Goethes Stimme plötzlich scharf dazwischen. „Ihr seht das etwas einfach. Es gibt verschiedene Säckel, und jedes ist für etwas anderes da. Wartet ab, wenn sich das Erz zeigt, gibt’s auch zuverlässig Geld! Man kann nicht immer den Gewerken neue Zubußen auf den Kux abverlangen. Also, wie auch immer, ängstigt mir nicht die Gäste.“

Der Mann sah zu Goethe auf, der immer noch auf seinem Schimmel saß, blickte dann Lewis an, verzog das Gesicht und ging seines Weges.

Lewis schüttelte den Kopf. „Was haben Sie gesagt? Ich habe kaum ein Wort verstanden …“

Goethe sprang aufs Pflaster und griff die Zügel seines Pferdes. „Nun, jemand muss die Bergbauunternehmungen ja finanzieren, und das geschieht dadurch, dass Anteilsscheine, die man Kuxen nennt, ausgegeben werden. Deren Inhaber, die Gewerken, zahlen dafür eine gewisse Summe. Aber man musste in jüngster Zeit allzu oft Geld von ihnen nachfordern, für neue Wasserhaltungsmaschinen und so fort, und wenn dieses Geld ausbleibt, fehlt der Lohn für die Bergleute.“ Er seufzte. „Das Unternehmen kostet viel und ergibt zunächst wenig, also kann man die Gewerken verstehen, wenn sie unwillig sind, immer mehr und mehr Louisdor zu geben. Insofern war der Zorn des Mannes gerechtfertigt, wenn auch an die Falschen gerichtet.“ Lewis nickte und gab sich verständig.

Goethe führte ihn an dem großen Bauwerk vorbei, das rechtwinklig zum Rathaus stand. Ein breiter Mitteltrakt teilte die helle Fassade. Darunter führten einige Stufen zu einem sandsteinummauerten Tor.

„Das Amtshaus“, erklärte Goethe, „hier habe ich bei meinen ersten Besuchen zum Teil wochenlang gewohnt. Sehen Sie die

Initialen über dem Eingang ..." Er wandte sich um. „Habe ich da einen knurrenden Magen gehört?"

Lewis fühlte sich ertappt. „Nun ..."

Goethe stemmte die Fäuste in die Seiten. „Dann eben keine Stadtführung, sondern zum Essen in den *Adler*." Er stutzte. „Oder besser in die *Sonne*?" Er überlegte. „Ja, wir gehen in die *Sonne*, da sind die Klöße besser! Kommen Sie!"

Lewis war es einerlei, wo sie einkehrten, denn er verspürte gehörigen Hunger, und so kam er Goethes Aufforderung allzu gern nach.

Eine halbe Stunde später waren sowohl die Pferde als auch die Reisenden gefüttert und getränkt. Goethe lehnte sich zurück und blinzelte ins Sonnenlicht, das in die Gaststube fiel.

„Ist das nicht herrlich", meinte er, als er auf die Knochen auf den Tellern schaute. „Thüringer Rippenbraten. Es gibt nichts Besseres."

Lewis nickte, während er versuchte, mit der Zunge unauffällig ein Fleischfitzelchen zu lösen, das sich zwischen den Zähnen festgesetzt hatte.

„Das Geheimnis liegt in der Soße", sagte Goethe und senkte die Stimme, als sei es tatsächlich ein Geheimnis. „Da braucht es Thymian, Lorbeer und Portwein ..." Er klopfte auf den Tisch und beugte sich vor. „Da kommt mir der Gedanke, dass ich Sie demnächst zu mir einlade. Ich habe lang nicht mehr selbst auf dem Zwiebelmarkt in Weimar eingekauft, und da er bei meinem neuen Haus geradewegs vor der Türe liegt ... ja, das mache ich, und dann wird dieser Braten noch übertroffen!" Zur Bekräftigung hob Goethe sein Glas.

Lewis nickte nochmals, während er noch immer mit den Überbleibseln seiner Mahlzeit beschäftigt war. Dann sagte er:

„Wer war eigentlich der Herr, den Sie so freundlich begrüßt haben, der auf dem Fuhrwerk?“

„Oh, das war der Glashüttenbesitzer Gundelach. Ich war mit dem Herzog mehrfach bei ihm zu Gast. Drüben in Stützerbach, am anderen Ende des Tales.“

„Ich hatte erwartet, es sei der Mann, der uns das Bergwerk würde zeigen können.“

„Nein, nein, der kommt noch, ich habe vorhin beim Wirt nach ihm schicken lassen. Wir werden dann den Schacht in Martinroda, dem Nachbardorf, besuchen. Zwar könnte man auch den Johannisschacht hier vor Ort besichtigen, aber ich möchte in Martinroda einer lieben, sehr lieben Bekannten einen guten Tag sagen.“ Er trank wieder Wein.

Ach, dachte Lewis. Christiane Vulpius, Corona Schröter, die Frau, die hinter der Nostalgie auf jenen Berggipfeln steckte, und jetzt diese. Goethe schien ihm immer beachtlicher zu werden, nicht nur, was seinen Weinkonsum anging.

Da öffnete sich die Tür, und ein Mann mit klarem, unauffälligem Antlitz und grauer Reisekleidung trat ein und kam an ihren Tisch. Er grüßte höflich.

„Johann Heinrich Krafft!“, rief Goethe plötzlich in einem Tonfall, als spiele er Theater und zwar ein sehr burleskes Stück. Dabei blickte er in den hinteren Bereich der Gaststube.

„In der Tat“, gab der Mann zurück und lächelte verschwörerisch, wobei auch er in die von Goethe angedeutete Richtung blickte.

An einem entfernten Tisch drehten sich zwei Herren um, die bei Lewis den Eindruck erweckten, als handle es sich um städtische Beamte, da sie auf eine unverwechselbare Weise mürrisch dreinblickten. Als sie Krafft sahen, wurden sie blass und wandten sich rasch ihren Speisen zu. Krafft und Goethe, die dies wohl bemerkt, möglicherweise sogar erwartet hatten, lachten leise in sich hinein.

„Herr Geheimrat“, sagte Krafft, „wie schön, Sie wiederzusehen. Ich hoffe, Sie sind zum Vergnügen in Ilmenau, genau wie ich?“

„Das bin ich“, entgegnete Goethe und bot Krafft einen Stuhl an. Dann stellte er Lewis und ihn einander vor.

Im Laufe des Gespräches trat zutage, dass Krafft gar nicht Krafft hieß und sowohl er als auch Goethe seine wahre Identität geheim hielten. Jahre zuvor hatte Goethe ihn als Agenten in die Stadtregierung eingeschleust, um den betrügerischen Filz der Finanzbeamten zu beseitigen und die schon längere Zeit aufgetretenen Unterschlagungen und Bestechungen aufzudecken. Goethe – als Leiter der Ilmenauer Steuerkommission – war es mit seiner Hilfe gelungen, den Steuereinnehmer Gruber zu überführen und bestrafen zu lassen. Danach hatte Goethe die Besteuerung im Amt Ilmenau umgestaltet und für alle Seiten gerechter gemacht.

Lewis wunderte sich immer mehr. Eigentlich hatte er erwartet, in Weimar nur den Poeten Goethe zu treffen. Was er jedoch tatsächlich vorfand, übertraf alle Erwartungen. Große Ehrfurcht ergriff ihn, und gleichzeitig war er erfreut und dankbar, dass Goethe sich ihm gegenüber so offen und umgänglich zeigte. Fast mochte er auch die kleinen Eigenheiten verzeihen, die der Geheimrat oft genug an den Tag legte.

Während sich Krafft und Goethe unterhielten und dann und wann auch Lewis ins Gespräch mit einbezogen, dachte der an den Abend vor Böttigers Haus zurück. Er war sich sicher über das, was er gehört hatte. Goethe hatte zwar widersprochen, doch Lewis mochte nicht recht daran glauben, dass ihm seine Wahrnehmung einen derartigen Streich gespielt haben sollte, sah aber auch keine einleuchtende Erklärung, warum Goethe ihn belügen sollte. Oder was dieser vor ihm geheim halten wollte. Dass der Geheimrat sich auf solches verstand, konnte er in diesen Momenten mit eigenen Augen sehen und mit eigenen Ohren hören: Krafft war der lebende Beweis für die Spiele, die Goethe mit anderen zu spielen wusste. Lewis fragte sich, ob der unauffällige Mann, der sehr sympathisch und gewitzt wirkte, noch immer in Goethes Diensten stand und worin diese bestehen mochten. Er schien der bestmögliche Mensch für geheime Angelegenheiten zu sein, denn obwohl seine Züge einnehmend waren, wenn man mit ihm sprach, so schienen sie doch vor dem inneren Auge zu verblassen, sobald man den Blick längere Zeit abwendete. Lewis bezweifelte, ihn nach einigen Stunden überhaupt beschreiben zu können, und Krafft schien sich dessen voll bewusst zu sein, so wie er sich gab. Er lachte, trank fröhlich Wein mit Goethe und zeigte sich sehr interessiert an Lewis und dessen Ansichten und Plänen.

Schließlich verschwand er so plötzlich, wie er aufgetaucht war, und verabschiedete sich in einer Art, von der Lewis nicht zu sagen vermochte, ob es ein Lebewohl oder ein Aufbald war.

Goethe gab sich unergründlich, blickte in sein Glas und fand es leer. „Es geht nichts über ein unerwartetes Wiedersehen mit einem alten Vertrauten ..." Er winkte dem Gastwirt. „Noch Wein! – Lewis, was ist mit Ihnen?"

Lewis nickte und blickte immer noch zur Tür, durch die Krafft verschwunden war, als diese sich wieder öffnete und zwei andere Männer in den Schankraum traten. Sie trugen grobleinene Arbeitskleidung, die von dunklem Staub und Erde verunreinigt und nur oberflächlich gesäubert war.

Sie gingen stracks auf Goethe zu, der aufstand und die Arme ausbreitete.

„Schön, dass Sie kommen konnten, setzen Sie sich und trinken Sie mit uns!"

Der kleinere, untersetztere der beiden nahm zuerst Platz und wischte sich mit einem großen Schnupftuch den Schweiß von der Halbglatze und der Nase, die kräftig über einem kurzen, dunklen Vollbart hervorsprang.

„Bergfaktor Weihrach", stellte Goethe vor, „und dies ist Ingenieur Muntzer, der all die Kunstgezeuge hat fertigen lassen, die die Schächte entwässern."

Der schlaksige Mann mit rotblondem Haar und spitzem Kinn schob umständlich seine langen Beine unter den Tisch.

Der Wirt brachte den Wein für Goethe und Lewis und auf Wunsch der anderen Männer, die auch sogleich ihre Tabakspfeifen hervorholten, Bier.

Die nächste Stunde, vielleicht waren es derer auch zwei, schwamm an Lewis vorbei, der den Wein zu spüren begann und dem der Rauch ebenfalls zusetzte. Als sie die *Sonne* verließen, tat die Hitze draußen ihr Übriges. Selbst die Fahrt im von Goethe gelenkten offenen Wagen nach Martinroda vermochte Lewis nicht wiederzubeleben, denn die beiden Bergleute gaben sich alle Mühe, ihn mit den Feinheiten ihres Berufes vertraut zu machen. Untermalt von allerlei Gesten und Fingerzeigen in die vorbeiziehende Landschaft wurden sie es nicht müde, Informationen preiszugeben. Bald schwirrte Lewis der Kopf vor all den fremden Begriffen, die man ihm zwar erklärte, aber nicht allzu verständlich machte. Da war die Rede von Heinzenkunst und Schrämarbeiten, von Gefludern und Bermen, vom Abteufen und anderen Dingen, von denen Lewis noch niemals zuvor gehört hatte, ganz abgesehen davon, dass es sich um deutsche Begriffe handelte. Vielleicht hätte er ein munteres Fachgespräch beginnen können, wenn er aus Südwales gestammt hätte, aber so war er gezwungen, nur zuzuhören und dann und wann matt zu nicken.

Als der Wagen Martinroda, das zwischen waldigen Hügeln voller Eiben mit rotleuchtenden Früchten lag, fast erreicht hatte, hielt Goethe unvermittelt an.

„Nur ein kurzer Gruß, wie ich sagte", meinte er und sprang vom Bock. Lewis sah sich um: Kein Mensch war zu sehen und auch kein Haus außer jenen, die noch ein gutes Stück Wegs entfernt die Grenzen des Dorfes markierten. Einzig eine alte, sehr dicke Eiche wuchs neben dem Weg. Goethe ging zu ihr, klopfte mit der flachen Hand auf die Rinde, wie er einem alten Freund wohl auf die Schulter geklopft hätte, und umrundete den Baum dann einmal. Lewis reckte den Kopf, um zu sehen, ob sich jemand hinter dem breiten Stamm verbarg, doch er konnte nichts erkennen. Schließlich kam Goethe zurück, zog die Revers seines Rockes gerade und stieg wieder auf den Wagen.

„Das ... war die liebe Bekannte, die Sie hier treffen wollten?", fragte Lewis erstaunt.

Goethe nickte, als sei dies nicht ungewöhnlich. „Ja. Solange ich sie kenne, hat mich jeder Besuch bei ihr sehr erbaut." Er sah die drei Männer an. „Fahren wir weiter."

Schließlich fuhren sie in Martinroda ein. Im Osten erhob sich auf einem Hügel die schiefergedeckte Kirche, sonst schien es ein belangloser, eher verschlafener Weiler wie hundert andere in Thüringen zu sein. Doch dann erreichten sie das Mundloch des Martinrodaer Stollens. Bergleute mit breitkrempigen Hüten und langen Westen liefen hier mit geschulterten Schaufeln und Hacken umher, andere schoben Karren mit Aushub, es herrschte eine rege Geschäftigkeit.

Die Männer stiegen vom Wagen und traten hinzu. Die Öffnung gähnte, und auf einmal sah Lewis weder das Grün der Wiesen und Wälder ringsum noch das Blau des Himmels und das Weiß der Wolken, sondern einzig die braunschwarze Düsternis, die sich da auftat. Auch die Bergleute sah er nicht mehr, und selbst Goethe schien ihm ein ferner Schatten.

Allein schien er dazustehen, und das Innere der Erde, das hier so plötzlich offenbar war, wollte ihn anlocken und in sich aufnehmen, in sich hineinziehen. Lewis schwankte.

„Na, na“, rief Goethe und stützte den Engländer. „Ist Ihnen der Schoppen nicht bekommen? Oder die Fahrt?“ Er sah Weihrach und Muntzer an, die einen amüsierten Gesichtsausdruck an den Tag legten. Goethe schnalzte mit der Zunge. „Oder vielleicht waren die Ausführungen der Herren gar zu schwer verdaulich und liegen wie Steine in Ihrem Magen?“

Weihrach und Muntzer grinsten nicht mehr.

Lewis hob die Hand an die Stirn. „Wahrscheinlich von allem ein bisschen. Die letzten Stunden und die Sonne waren doch recht anstrengend.“

„Also doch der Schoppen“, vermutete Goethe.

„Ich denke, der junge Mann meint wirklich die Hitze, nicht das Gasthaus“, sagte Muntzer. „Vielleicht sollten wir in den Stollen gehen, da ist es kühl. Er sollte auch etwas Wasser trinken.“

„Guter Vorschlag.“ Goethe führte Lewis am Arm auf den Eingang zu.

Lewis blinzelte. „Nein ...“

„Wollen Sie einen Hitzschlag bekommen? Sie wirken recht angegriffen“, sagte Goethe und übte etwas Druck auf Lewis’ Arm aus.

„Nein, es ist die Erde, das Loch ...“

Weihrach trat hinzu. „Haben Sie etwa Angst vor der Dunkelheit?“

„Nein, ich ...“, stotterte Lewis.

Goethe nickte. „Rein mit ihm, er ist schon ganz durcheinander. Weiß der Himmel, warum. Muntzer, besorgen Sie bitte einen Becher Wasser." Zusammen schoben sie den sich schwach widersetzenden Lewis in den Eingang.

Dort war es kühl und weit weniger bedrückend, als er gedacht hatte. Ein ausgedehntes Gewölbe war in den Fels gehauen worden. Grobe Bögen und Säulen erweckten den Anschein, als befände man sich in einer verwitterten, niedrigen Kapelle. Licht fiel durch weitere Seiteneingänge herein.

Weihrach zog einen Schemel heran und ließ Lewis darauf sinken. Muntzer kam mit einem Krug und schenkte ihm einen Becher Wasser ein. Lewis trank.

„Danke", sagte er. „Sie müssen entschuldigen, aber ich habe von meiner Mutter die Angst vorm Erdinneren, dem lebendig Begrabensein geerbt, und beim Anblick des Eingangs kam mir dies auf grausige Weise wieder ins Gedächtnis." Er sah Goethe an. „Verzeihen Sie. Ich hätte dies schon früher erwähnen können. Aber ich muss gestehen, ich kam kaum zum Nachsinnen, so rasch, wie Sie mich von einem Ort zum anderen bewegten."

Weihrach strich sich über den Vollbart. „Dann können Sie ja Ihrer werten Frau Mutter berichten, wie tapfer Sie diese Angst besiegt haben. Schließlich sind Sie wohlauf und trotzdem in der Erde." Er zwinkerte. „Sie müssen ja nicht erwähnen, dass wir Sie gewissermaßen hineingetragen haben."

Lewis schüttelte den Kopf. „Leider lebt meine Mutter nicht mehr."

Weihrach schaute betreten. „Dann bitte ich um Verzeihung für meine Unbedachtheit." Für einen Moment sprach niemand.

Goethe brach das Schweigen, indem er sich nach kurzem Blick auf Wände und Decke an Muntzer wandte. „Sieht ausgezeichnet aus. Wie geht es auf den unteren Örtern voran?"

„Gut", antwortete Muntzer und löste den mitfühlenden Blick von Lewis, der seinen Kopf gesenkt hatte und in seinen Becher schaute. „Wir könnten ja hinuntersteigen ..." Glücklich sah er bei diesen Worten allerdings nicht aus. „Aber in Anbetracht des Zustands Ihres Begleiters …"

„Ach was", sagte Goethe und wandte sich an Lewis. „Kommen Sie mit, machen Sie, dass Ihre Mutter stolz auf Sie wäre. Oder tun Sie es für sich selbst, als Beweis Ihrer seelischen Stärke!"

Weihrach fühlte sich von Goethes Worten ermutigter als Lewis, und so lächelte er breit, dass die Zähne in seinem Bart sichtbar wurden: „Ja, gehen Sie mit, am Ende finden Sie Geschmack, und es wird noch ein Knappe aus Ihnen!"

Lewis gab sich einen Ruck und stemmte sich hoch. Es schien ihm, als könne er dies am schnellsten beenden, wenn er all dem guten Zureden nachkam, einen schnellen Blick auf alles warf und dann geschwind wieder ans Tageslicht zurückkehrte. So würde er sich späterem Spott entziehen können. Es war nicht nötig, dass er half, den ihm jetzt schon zugeschriebenen Eigenschaften auch noch jene der Scheu und Feigheit beizufügen. Er seufzte und sehnte sich dabei in sein Studierzimmer in Weimar zurück. „Alsdann! Wohin führt uns der Weg? Ich bitte aber darum, mich nicht allzu nahe ans Purgatorium oder den Leibhaftigen zu führen." Lewis beschloss, sich mit einem Schlag all den Schrecknissen zu stellen, die ihn beschäftigten, rührten sie nun von seinem Erbe oder der vorigen Nacht her.

Weihrach und Muntzer bekreuzigten sich.

„Na, na", ermahnte ihn Goethe. „Nicht so forsch mit dem blasphemischen Mundwerk! Wir sind hier bei achtbaren, gottesfürchtigen Leuten."

Schließlich wanderten sie die Schächte entlang, Laternen in Händen, deren Licht die grauen, steinernen Wände ein wenig mit Leben versah, indem es die Schatten der Träger darüber gleiten ließ. Muntzer und Weihrach führten sie in einen

Abschnitt, der momentan noch nicht bearbeitet wurde, um ungestört von den Hauern Goethe und Lewis weitere Erläuterungen zu geben.

Der Geheimrat zeigte sich unzufrieden. Die Arbeit ging nicht so schnell vonstatten, wie er es sich gewünscht hatte. Muntzer wies weitschweifig auf die schwierige Entwässerung hin, die den Vortrieb und Abbau verlangsamte.

„Aber hier ist doch alles trocken“, entgegnete Goethe. „Mir scheint es eher an Männern zu fehlen.“ Er überlegte. „Ich muss sagen, ich habe draußen nur recht wenige gesehen und hier drinnen auch nicht viele. Von Arbeitsgeräuschen ganz zu schweigen.“ Goethe deutete den Gang entlang, aus dem sie gekommen waren.

Muntzer und Weihrach sahen zu Boden, und Lewis schien es, als hätten sie vorher einen flüchtigen Blick ausgetauscht, den Goethe nicht bemerkt hatte.

Der begann nun, ungehalten zu werden. „Frei heraus! Woran fehlt es? Ich weiß, die Gewerken hinken oft mit den Zahlungen hinterher, die wir von ihnen verlangt haben. Aber wenn wir keine Erfolge liefern können, dürfen wir auch keine große Begeisterung erwarten.“

Muntzer und Weihrach schwiegen.

Goethe wurde laut. Seine Stimme hallte dumpf vom Fels wider. „Was sind Sie so schweigsam? Herrje, Muntzer! Sonst haben Sie doch immer nicht mit Ihrer Meinung und Ihren Forderungen hinterm Berg gehalten! Was Sie brauchten, wurde auch bewilligt – und Sie, Weihrach? Sonst so umgänglich, und nun? Drückt Ihnen der Fels auf die Seele wie unserem jungen Freund hier? Der sieht trotz seines Missbehagens aus wie das blühende Leben, während Sie beide blass sind wie die Schwindsüchtigen!“ Er fuhr ärgerlich mit der freien Hand durch die Luft. „Was ist?“

Weihrach öffnete den Mund. „Herr Geheimrat", begann er, und seine Stimme klang schwach, beinahe furchtsam. „Ich ..."

Muntzer funkelte ihn an. „Ruhig!", fauchte er.

Goethe schaute ernst vom einen zum anderen. „Was soll das? Weihrach, reden Sie!"

Weihrach versuchte, sowohl dem Blick Goethes als auch jenem Muntzers auszuweichen. Stattdessen blickte er Lewis an, als sähe er in ihm eine neutrale Person, einen Beichtvater. „Es ist so, dass wir seit einiger Zeit ... Sie waren ja länger nicht hier ..."

„Weihrach, halt's Maul!", zischte Muntzer und packte den Untersetzten grob am Ärmel.

Der riss sich los, und mit einem Mal trat wieder etwas Farbe in sein Gesicht. „Nein! Wir müssen es dem Herrn Goethe sagen. Wie kannst du nur mit deinem Gewissen vereinbaren, was hier geschieht? Wenn wir jetzt gestehen, kommen wir möglicherweise noch heil aus der Sache heraus ... und können das Schlimmste abwenden."

Muntzer griff wieder nach Weihrach, diesmal nach seinem Kragen. „Zu ändern ist hier nichts, und wir stecken auch tief drin. Du hast es jetzt erst besiegelt."

Goethe fuhr zwischen die beiden, indem er Lewis seine Laterne in die Hand drückte, um beide Arme frei zu haben. „Genug! Schluss mit dem Unsinn! Sie sagen mir jetzt, was hier vorgeht, oder ..."

Plötzlich sprang Muntzer zurück, ließ seine Laterne auf den Boden fallen, die schepperte, aber nicht erlosch, und zerrte eine kleine Pistole unter seiner Jacke hervor. Er spannte sie und drohte in Richtung der drei Männer, die bestürzt dastanden. Weihrach riss ängstlich die Augen auf, Goethe senkte langsam die Brauen und beobachtete scharf die Waffe in der ausgestreckten Faust Muntzers. Lewis wich mit seinen Laternen an die Wand zurück. Sein Rücken berührte das Gestein, und er spürte, wie es nachzugeben schien. Staub und Steinchen lösten sich und rieselten herab. Das schien ihm kein gutes Zeichen, doch konnte er dies kaum äußern, jetzt, da Muntzer rief:

„Nichts sagen wir! Weihrach, du Narr! Warum hast du die Nerven verloren? Der Besuch des Geheimrats kam zwar unerwartet, aber was sollte es uns scheren? Ich hatte uns beinahe herausgeredet!" Muntzer schwenkte den Lauf der Pistole hin und her.

Goethe straffte die Schultern. „Weihrach", sagte er ruhig, „wovon redet Muntzer? Sagen Sie es mir, dann kann es so kommen, wie Sie hoffen. Was immer es ist, es ist noch nicht zu spät."

Muntzer schrie: „Es ist zu spät! Niemand kann es mehr abwenden! Auch du nicht, Weihrach, du Feigling!"

Er zielte auf Goethe. „Sie, Herr Geheimrat, sollten sich besser mit dem Mann befassen, der Sie mit der Waffe bedroht. Spielen Sie kein kaltes Blut vor!"

Goethe hob begütigend die Hände. „Muntzer. Auch für Sie gilt, was ich Weihrach sagte: Sagen Sie doch, worum es geht. Ich versichere Ihnen, dass ... geht es um Geld?"

Muntzer lachte. „Geld! Geld! Was ist das schon gegen das höchste Gut?" Er fixierte Goethe über den Lauf seiner Waffe. „Ja, Sie denken, es sei allein Geld, das uns kleine Leute bewegt. Nur weil Sie und Ihresgleichen genug davon haben und denken, wir streben allein danach, es Ihnen gleichzutun. Ja, um Gleichheit geht es, aber anders als Sie ..."

In diesem Moment stürmte Weihrach vor. Er glaubte, seine Chance nutzen zu können, da sich Muntzer, nur auf Goethe achtend, in Rage geredet hatte. Aber kaum, dass er einen Schritt nach vorn gemacht hatte, riss Muntzer den Pistolenarm herum und schoss. Ein Feuerblitz zuckte durch den Stollen, und Donnerdröhnen betäubte die Ohren der Männer. Weihrach stürzte getroffen nach hinten und schlug schwer zu Boden. Ein weiteres Grollen erklang. Lewis löste sich rasch von der Stollenwand, als er spürte, wie sie zu beben begann. Staub rieselte von der Decke, kleine Steinchen fielen herab. Goethe ging in die Knie und fasste nach Weihrach. Alle spürten, wie der Boden bebte. Im Pulverdampf erschien die Gestalt Muntzers. Er blickte eilig auf die drei Männer und dann zur Stollendecke. Einige faustgroße Brocken lösten sich und stürzten zu Boden.

„Glückauf dann!“, rief Muntzer höhnisch, riss die Laterne vom Boden und rannte im Stollen zurück. Er verschwand hinter einem Vorhang aus Staub und Geröll, der dort niederstürzte, wo er zwei Lidschläge zuvor noch gestanden hatte.

„Rasch!“, schrie Goethe dem erstarrten Lewis zu. Schnell setzte er die Laternen ab, sprang herbei und half Goethe, den leblosen Körper Weihrachs weiter in den Stollen zu zerren, fort von dem einstürzenden Deckenteil. Doch es misslang ihnen. Große Bruchstücke fielen herab und begruben Beine und Leib des Mannes. Goethe und Lewis taumelten zurück, flohen vor dem Felssturz, der so plötzlich endete, wie er begonnen hatte.

Die umgestürzten Laternen erloschen, und Dunkelheit herrschte unter der Erde.

Siebtes Kapitel

In welchem in geheime Tiefen vorgedrungen wird

Lewis erwartete den Tod.

Um ihn herum war es finster und grabesstill. Nur mit Mühe konnte er atmen, Staub drang ihm in Mund und Nase, so dass er glaubte, ersticken zu müssen. Er spürte, wie die gesamte Last des Berges sich auf seiner Brust sammelte, um ihn langsam und qualvoll zu erdrücken, und dann, dann würde er für immer in diesem schwarzen Grab verschlossen sein, bis zum jüngsten Gericht.

Er spürte den harten Boden unter seinem Rücken. Er lag noch immer, wie er gefallen war, denn eine Lähmung hatte seine Glieder ergriffen, die einer Totenstarre ähnlich war. Die Kälte aus dem Stein sickerte durch seinen Rock und sein Hemd tief in sein Fleisch, und doch spürte Lewis es kaum. Seine Gedanken kreisten um den Tod und das Sterben, das hoffentlich schnell über ihn kommen mochte, um die Qualen des lebendig Begrabenseins zu beenden. Er versuchte, sich von diesem offenen Erwarten ins Schattenreich hinübertragen zu lassen, denn etwas in seinem Geist pochte leise gegen die Mauern der Ergebenheit und erinnerte ihn an seine furchtbare Situation.

Lewis presste die Lider fester zusammen und versuchte zu sterben.

Als er glaubte, es beinahe geschafft zu haben – denn das Pochen war verstummt –, bemerkte er einen Schimmer, der durch seine Lider drang. Immer heller wurde dieses Licht, und sein Leuchten erwärmte ihn, erfüllte ihn mit tiefem Frieden. Er war tot. Das Leiden hatte ein Ende, kaum dass es begonnen hatte. Ihm waren die verzweifelten Schreie, welche die Lunge zerfetzten und das letzte Quäntchen Luft aus dem Leib trieben, erspart geblieben. Auch das verzweifelte Scharren, das die Nägel der Finger zersplittert, deren Fleisch zerrissen und die Knochen darunter geschliffen hätte, hatte er nicht auf sich nehmen müssen. Das Licht hüllte seinen Körper in überirdisches Leuchten und lockte ihn, es mit offenen Augen zu schauen.

Lewis blinzelte – und war überrascht, dass ihm dabei Staub in die Augen geriet und höllisch schmerzte. Rasch zuckten seine Hände zum Gesicht, als die Starre von ihm abfiel. Doch nur für einen Augenblick, dann verharrten seine Arme auf halbem Wege, von unsichtbarer Kraft aufgehalten. Lewis spürte eisenharten Druck auf seinen Knochen und das Brennen in den Augen, und er fühlte sich scheußlich lebendig.

„Lassen Sie die Finger von den Augen, Sie machen es nur schlimmer!“, schalt eine Stimme und fügte gleich darauf milder hinzu: „Warten Sie ...“

Dann spürte Lewis, wie ein weiches Tuch leicht über sein Gesicht glitt. „Jetzt lassen Sie die Augen zu. Versuchen Sie, ein paar Tränen zu produzieren, das wäscht den Staub aus.“

Die Stimme gehörte beglaubigt Goethe, wenn sie auch etwas rau und belegt klang. „Aber geraten Sie nicht ins Jammern, so schlimm ist unsere Lage keineswegs.“

Lewis tat, wie ihm geraten, und dachte nach. Tot war er nicht, und das Licht um ihn herum verhieß Gutes. Abgesehen vom langsam nachlassenden Schmerz in den Augen fühlte er sich nicht sonderlich übel. Nun, da war der kalte, steinige Boden, der Geröll in seinen Rücken drückte, das Atmen war wenig erquickend, und in seiner Kehle machte sich ein Kratzen bemerkbar. Aber sonst schien seine Lage bestens – seine unheilvollen Gedanken zuvor schienen unbegründet. Alles sprach dafür, dass er einige Zeit besinnungslos gewesen war und nun schon längst gerettet unter dem hellen Sonnenlicht lag. Der untergehenden Sonne allerdings, wenn er es recht bemerkte, denn der Schein war recht schwach. Lewis fragte sich, warum nichts weiter zu hören war als das Atmen Goethes und ein leises Klappern – und warum bewegte sich die Luft nicht, wenn er unter freiem Himmel lag?

Nun konnte er es wagen, die Augen zu öffnen, das Brennen hatte nachgelassen. Durch den Schleier seiner verklebten Lider sah er Goethe im Lichtkreis einer Laterne kauern. Gerade entflammte er den Docht der zweiten, und deren Schein beleuchtete deutlicher die Szenerie. Dunkle Schatten, graue Wände. Fels und Geröll. Sie waren noch in der Erde eingeschlossen!

Lewis schrie.

Goethe ließ klappernd die zweite Laterne fallen und schüttelte die Hand, deren Finger durch die Flamme gefahren waren. Er starrte Lewis an, das Antlitz flackernd von unten beleuchtet, so dass es aussah wie eine Höllenfratze. Lewis schrie noch mehr und setzte sich hastig auf, wobei er hektisch mit Armen und Beinen strampelte. Staub wirbelte auf, Steinchen rollten, und als Lewis mit dem Rücken gegen die Stollenwand prallte, rieselte es breitflächig an ihr herunter. Goethes Augen weiteten sich, und er schoss hoch, setzte mit einem Sprung zu Lewis hinüber und packte ihn an den Schultern. Er zerrte den Engländer von der Wand weg, und als der immer noch schrie, schüttelte Goethe ihn grob.

„Um Himmels Willen! Kommen Sie zur Besinnung! Sie lösen noch einen Sturz aus!"

Lewis öffnete die Augen wieder und sah im Licht der Laterne Goethes zorngefurchtes Gesicht nur eine Handbreit von seinem eigenen. Er erschrak, versteifte sich in Goethes Griff und wurde dann schlaff. Seine Unterlippe zitterte. „Yes, father ..."

„Was?", rief Goethe und reckte das Kinn vor. Im selben Moment sah er, was in Lewis' Zügen vor sich ging, dass die Panik einer Mischung aus Scheu und Furcht gewichen war, die dem jungen Mann den Anschein eines verschreckten Kindes gaben. Goethe löste die Finger von den Schultern des Engländers und musste sogleich wieder zupacken, als dessen Knie nachgaben. Er ließ Lewis sanft zu Boden sinken, bis dieser mit hängendem Kopf sitzenblieb. Dann ging Goethe zu den Laternen, entzündete die zweite erneut und brachte beide mit zu Lewis.

Der atmete schwer und stockend, es schien Goethe beinahe wie ein Schluchzen.

„Lewis?"

Der hob plötzlich den Kopf und sah Goethe an, als erkenne er ihn nicht. Vielmehr schienen seine Augen leblos und matt, und Goethe fürchtete, die Gefühlsentladung des Engländers sei ein letztes Aufbäumen des geschundenen Geistes gewesen, und nun sei Lewis in die Dämmerung des Wahnsinns getreten. Der Geheimrat erinnerte sich an Lewis' Äußerung, dass er an Angst vor dem lebendig Begrabensein leide, und mit einigem Schmerz musste Goethe sich eingestehen, dass er Lewis in just diese Lage gebracht hatte, indem er ihn zu diesem Stollenbesuch ermunterte. Dennoch – es wäre nicht dazu gekommen, wenn die beiden Männer, Muntzer und Weihrach, nicht dieses erst seltsame, dann verzweifelte Gebaren an den Tag gelegt hätten.

Goethe verzog die Lippen und biss die Zähne aufeinander. Was für ein Verrat war hier im Gange? Muntzer hatte Weihrach erschossen, dessen Leiche jetzt unter den Steinen begraben lag. Goethe ballte die Fäuste. Diesen Mord galt es zu sühnen, die Hintergründe aufzuklären, außerdem den jungen Lewis aus diesem Grab hinauszuschaffen, bevor er tatsächlich dem Wahnsinn anheimfiel.

Goethe schob Lewis, der den Kopf wieder hatte sinken lassen, die Finger unters Kinn und drückte dessen Antlitz ein wenig nach oben. Dann hob er die Laterne und hielt sie über ihre Köpfe.

„Lewis? Antworten Sie mir, ich bin es, Goethe“, sagte er langsam und schaute Lewis fest ins Gesicht.

Lewis ließ keine Regung erkennen, er sah vermeintlich durch Goethe hindurch, als sei der nur ein Schleier aus Staub.

„Lewis! Hören Sie mich?“ Er schwenkte die Laterne ein wenig, um Lewis' Aufmerksamkeit vielleicht durch diese Bewegung zu erlangen, doch ohne Erfolg. Goethe setzte die Laterne ab, zog die Hand unter Lewis' Kinn weg, der prompt den Kopf auf die Brust sinken ließ, und stand auf. Er tastete in den Innentaschen seines Rockes nach dem Riechfläschchen, das er gemeinhin bei sich trug, und fand es nicht. Er konnte sich nicht erinnern, ob er es nicht eingesteckt oder es verloren hatte. Immerhin fand er in der betreffenden Tasche ein Loch, doch der Ärger darüber nutzte ihm nur wenig. Goethe grunzte, rieb sich das stoppelige Kinn und ärgerte sich noch mehr, als er daran dachte, dass in seinem Reisemantel, draußen auf dem Wagen, eine Taschenflasche mit einem stärkenden Schluck immer wärmer wurde, während hier die unterirdische Kälte umherkroch.

Er stapfte auf dem wenigen Raum, den der Stollen bot, hin und her und zermarterte sich das genialische Hirn. Weniger, wie man sich aus dieser misslichen Lage befreien konnte – da war er auf eine unbekümmerte Weise guter Dinge –, als vielmehr, wie er Lewis wieder unter die Wachen und Lebenden befördern konnte. Goethe stieß die Fäuste in die Rocktaschen und gab einen unterdrückten Schmerzenslaut von sich. Schnell zog er die Hände wieder heraus, hob die Rechte vors Gesicht und sah, wie im schwachen Licht zwei dunkle Tröpfchen aus den Fingerspitzen quollen. Er hob die Brauen, als erstaune ihn das Blut, und dann griff er beherzt, aber vorsichtig erneut in die Tasche und förderte das zerbrochene Prisma hervor. Er drehte es zwischen den Fingern und betrachtete, wie sich der Schein der Laternen darin brach. Dann richtete er den Blick auf den vor sich hindämmernden Lewis.

„Wenn er schon wie mesmerisiert dasitzt, vielleicht …“, brummte Goethe und setzte sich vor den Engländer in den Staub. Er platzierte die beiden Laternen links und rechts in gleicher Distanz zu sich und Lewis und hob erneut dessen Kopf an.

Lewis blinzelte schwach.

Goethe hob das gesplitterte Prisma und fing das Licht ein, das sich farbig brach und in Lewis' Augen zu glänzen begann. Der Geheimrat bewegte das Kristallglas auf und ab, hin und her und musterte aufmerksam das Antlitz des jungen Mannes, ob sich eine Regung darin zeigte. Nach einigen Augenblicken ließ Goethe das Prisma sinken, doch dann hob er es erneut und begann wiederum mit dem Lichterspiel.

„Lewis … Lewis … hören Sie mich …?“ Er versuchte, seiner Stimme einen beschwörenden, monotonen Klang zu geben, wobei ihm ersteres gut gelang, letzteres weniger. Goethe wiederholte seine Worte und funkelte Lewis an, sowohl mit dem Prisma als auch mit den Augen. Das vollzog er ein paarmal, doch dann gab er es auf. Er wusste auch nicht recht, was er da tat. Einen Versuch war es allemal wert gewesen, denn vielleicht hätte Lewis auf diesen – wenn auch laienhaften – Versuch des Mesmerisierens ähnlich reagiert wie vor Tagen in Tiefurt.

Ein Aufschrecken aus der momentanen Starre wäre ein Gewinn gewesen.

Goethe steckte das Prisma wieder ein. Er schnaubte kurz. Dann sagte er noch einmal: „Lewis?"

Als keine Antwort kam, holte Goethe aus und versetzte dem Engländer eine kräftige Ohrfeige. Das Klatschen hallte scharf von den Wänden wider. Wenn Lewis' Wange ebenso brannte wie seine Hand, dachte Goethe, müsste er tatsächlich tot sein, um dies nicht gespürt zu haben. Er hielt die Hand erhoben und wollte ein weiteres Mal ausholen, als Lewis zurückzuckte und sich traumwandlerisch an die Wange fasste. Er keuchte und hob den Blick, der wieder völlig klar schien. „What ..."

„Wunderbar!", rief Goethe. „Sie sind wieder Sie selbst!" Er rieb sich die Hände. „Ich wusste, dass all der übersinnliche Aberglaube nichts ist gegen handfeste ..."

Lewis rieb sich die Wange. „Haben Sie mich geschlagen?"

„Keineswegs!", sagte Goethe schnell. „Ich habe Sie ins Land der Lebenden zurückgebracht. Sie waren gehörig weggetreten."

Lewis sah sich um, an Goethe vorbei, und schon wurde sein Blick wieder matt. „Wir sind unter der Erde ..."

Goethe klatschte beide Hände rechts und links in das Gesicht des Engländers. „Schauen Sie mich an! Sie werden jetzt nicht wieder diesen Unsinn veranstalten! Bleiben Sie wach! Ihren Marotten nachgehen können Sie, wenn wir wieder aus diesem Gang heraus sind."

Lewis sah Goethe groß an und blinzelte nervös.

„Haben Sie mich verstanden?", blaffte Goethe und schaute grimmig drein, bis Lewis seine Zustimmung hauchte. Dann drückte er ihm eine Laterne in die Hand. „Auf die geben Sie acht. Scheren Sie sich um nichts um sie herum. Achten Sie auf die Laterne und auf mich. Folgen Sie mir!"

Goethe stand auf und reichte Lewis die Hand, der sich mit zitternden Knien auf die Füße stellte. Dann ging Goethe tiefer in den Stollen hinein, den Blick alle paar Atemzüge nach hinten werfend, um zu sehen, ob der Engländer ihm folgte.

Lewis' Welt war auf die matte Lichtsphäre der Laterne beschränkt. Er versuchte, nicht daran zu denken, was sich um ihn befand, sich nicht die Massen an Gestein vorzustellen, die jenseits der Stollenwände lauerten. Vor ihm bewegte sich der Schattenriss Goethes, und er folgte diesem wie ein Wanderer im Moor dem Irrlicht. Seine Wangen brannten noch immer von den Schlägen, die ihm der Geheimrat versetzt hatte. Sie brannten aber auch vor Zorn und Scham darüber, was geschehen war. Lewis schalt sich selbst, weil er sich hatte gehenlassen, weil er sich derart panisch aufgeführt hatte, mit seiner Furcht vor der Dunkelheit und der Erde. Er hatte Goethe in seiner Verwirrung für seinen Vater gehalten, und dieser Schreck hatte ihn in eine noch tiefere Starre fallen lassen. Sein Vater, Matthew Lewis, dessen Namen er mit Ekel trug, war der Mann, der seine Mutter ins Unglück gestürzt hatte, mit seinen Affären und seiner schlussendlichen Scheidung. Ein herrischer, widerlicher Mensch, der sein übles Wesen auch auf den Plantagen in Westindien und auf Jamaika auslebte. Lewis spürte bei diesen Gedanken, wie der Hass in ihm aufstieg und seine Furcht vor der kalten, feuchten, düsteren Umgebung überrannte. Wie hatte er nur den Geheimrat, diesen großartigen Menschen für seinen abstoßenden Erzeuger halten können?

Lewis atmete tief und spie aus, wie um den letzten Staub aus seinem Körper zu würgen. Er musste sich auf den Moment besinnen: Wohin führte ihn Goethe? Sie waren zweifellos in dem engen Stollen verschüttet und mussten wieder hinaus, aber warum lief der Geheimrat immer tiefer in den Berg hinein, wo es doch naheliegender gewesen wäre, an der Einsturzstelle auf Hilfe von außen zu warten? Immerhin, jener Teil des Stollens war vielleicht nicht mehr sicher, die Wände mürbe und die Decke verwittert. Wer wusste, was der Schuss des verräterischen Muntzer noch beschädigt hatte? Vielleicht war der Stollen schon zuvor marode gewesen, und die beiden hatten ihn und Goethe dorthin gelockt, um ein Attentat zu verüben? War dies ein Auswuchs des Grolls gewesen, von dem Lewis auf dem Marktplatz von Weimar erfahren hatte? Er dachte an den erzürnten Bergmann in Ilmenau und an diesen geheimnisvollen Menschen, der sich Krafft nannte. Vielleicht waren dies Mosaiksteinchen, die es zu einem Bild der Verschwörung zusammenzusetzen galt.

Er beschloss, Goethe seine Überlegungen mitzuteilen und ihn dazu zu befragen. Tief in seinem Kopf sagte ihm etwas, dass es heilsam für ihn sei, sich mit derlei Dingen zu beschäftigen, als an ihre, nein, an seine Lage hier unter dem Berg zu denken, und seine Kehle sagte ihm unmissverständlich, dass er schrecklichen Durst litt.

Er räusperte sich, und Goethe drehte sich um, ohne seinen zügigen, wegen der niedrigen Decke etwas gebeugten Gang zu verlangsamen. „Geht es Ihnen gut?"

„Ich habe nur eine sehr trockene Kehle."

„Ich auch, glauben Sie mir. Ich denke seit einiger Zeit an nichts anderes als die Kiste Port aus Bremen, die vor zwei Tagen bei mir ankam und die ungeöffnet meiner harrt. Sobald wir hier heraus und wieder in Weimar sind, das verspreche ich Ihnen, werden wir uns gemeinsam ihrer bemächtigen und nicht mit dem Trinken aufhören, bis die Flaschen geleert sind!"

Lewis wollte dieses großzügige Angebot nicht mit der profanen Bemerkung abtun, ihm sei ein Becher klaren Wassers in diesem Moment mehr wert als aller Wein Portugals. Dazu fiel ihm auf, dass dieser Art Portweinkonsum den Geheimrat geradezu zu einem Engländer ehrenhalber machen würde. Des Weiteren fragte er sich, wo der Deutsche sein passables Englisch gelernt hatte. Auch kannte er sich mit diesen und jenen britannischen Dingen recht gut aus, wie Lewis sich erinnerte, als er an das Gespräch im Gasthaus zurückdachte.

„Sie haben eine recht englische Zunge, Herr Geheimrat", sagte er, „und zwar in beiderlei Belang."

„Oh, durchaus", rief Goethe zurück und lächelte, was im schwankenden Licht der Laternen jedoch zu einer argen Grimasse geriet. „Port ist mir ein sehr geschätztes Getränk. Ich erinnere mich an ein Gelage mit dem Herzog, dem Prinz von Preußen und dem Dichter Varnhagen, das so etwa siebzehn Jahre zurückliegt. Der Herzog beliebte, sich früh zurückzuziehen, doch mit dem Prinzen hatte ich meinen Spaß, was das Wetttrinken anging. Varnhagen meinte später, ich könne geradezu fürchterlich trinken. Im Gegensatz zu ihm hatte ich jedoch am nächsten Morgen kein Kopfweh und fühlte mich sehr wohl."

Goethe schien in der Ferne etwas zu erblicken und schaute dann wieder zu Lewis. „Aber wir sollten nicht mehr vom Trinken reden, sondern uns darauf freuen. Wir sind schon so gut wie aus dem Berg heraus."

Lewis versuchte, an Goethe vorbei etwas zu erkennen, sah aber nur Schwärze. Plötzlich hielt Goethe an, und auch Lewis blieb stehen.

„Schauen Sie", sagte Goethe und lächelte, diesmal von etwas vorteilhafterem Licht beschienen, da er die Laterne ruhig in der Hand hielt.

Lewis sah einen hellen Fleck auf dem Boden des Stollens. Er trat hinzu und war mit einem Mal in Licht gehüllt. Den Kopf in den Nacken legend konnte er einen schmalen Schacht hinaufblicken, der weit oben in einem strahlenden Stück Tageslicht endete, das Lewis blendete.

„Was ist das?", fragte er Goethe.

„Eines der Lichtlöcher, die jeden Stollen mit der Oberfläche verbinden, für Bewetterung und Gegenortbetrieb ... aber das soll uns einerlei sein, für uns ist es der Weg in die Freiheit."

Lewis räusperte sich. „Ich bin froh, dass Sie sich mit Bergwerkskunst so gut auskennen. Ich hätte an der Einsturzstelle gewartet, bis Hilfe gekommen wäre."

„Das ist kein unkluger Gedanke, im Grunde genommen. Mir aber schien es zu unsicher, in diesem mürben Stollen zu bleiben. Deshalb musste ich Sie auch so schnell als möglich wieder auf die Beine bekommen." Goethe verzog den Mund. „Ich bitte Sie für die Maulschelle um Entschuldigung. Leider hatte nichts anderes gefruchtet."

Lewis hob unwillkürlich die Hand ans Gesicht und rang rasch die unwillkürlich auftauchenden Gedanken nieder. „Nein, das war gerechtfertigt ... Sie mussten ..."

„Es tut mir ebenso leid, dass ich Sie hier in die Erde hineinkomplimentiert habe, und das Ganze nach dem höllischen Dorfbrand." Mit einem Mal legte er den Kopf schief und zwinkerte, als sei ihm eine Erkenntnis gekommen. „Da ich Sie auch zweimal in luftige Berghöhen entführt habe, bitte ich Sie inständig, von einer Schiffsreise mit mir abzusehen. Falls Sie nicht unbedingt die vier Elemente durchspielen wollen ..." Er zuckte die Achseln, und dabei fiel etwas Staub von seinen Schultern. „Ts, ts." Goethe schnalzte mit der Zunge.

Lewis grinste. „Nur wenn Sie mir versprechen, dass wir hier nicht zu Staub zerfallen."

Goethe lachte. „Ironie! Sehr gut, das baut auf. Mir scheint, Sie sind wieder auf dem Damm." Er blinzelte ins Licht. „Mir selbst flößt das Sonnenlicht auch neue Kraft ein, und die brauchen wir." Goethe stellte die Laterne neben sich auf den Boden, Lewis behielt seine fest in der Hand.

„Wollen Sie damit sagen, wir müssen dort hinaufklettern? Ich bezweifle, dass ich dazu in der Lage bin, es erscheint mir sehr hoch, und ich bin keineswegs ein geübter Kletterer."

Der Engländer war noch bleicher geworden, als er ohnehin erschien, und Goethe führte das auch nicht auf das fahle Licht zurück, das durch den Schacht auf ihn fiel. Lewis sah gespenstisch aus, seine Augen lagen tiefer in den Höhlen als sonst, das Haar fiel staubig und verworren in die Stirn, und seine Wangen waren von schwarzem Bartwuchs beschattet. Goethe zweifelte nicht daran, dass er einen ähnlichen Anblick bot, aber Lewis strahlte neben all diesem immer noch ein gewisses Maß an geistiger Verwirrung aus. Goethe machte sich Sorgen um den Engländer, der seinen Zustand tapfer überspielte, aber dennoch, wie es schien, kurz davor stand, erneut die Nerven zu verlieren. Schweiß schimmerte auf Lewis' bleicher Stirn, und Goethe war sicher, dass dieser nicht von dem Lauf durch den Stollen herrührte.

Er war froh, dass er Lewis eine vergleichsweise positive Mitteilung machen konnte. „Seien Sie beruhigt. Alles, was Sie zu tun haben, ist, mir alles nachzuahmen ..."

Lewis musterte Goethe mit angsterfülltem Gesichtsausdruck. Dann öffnete er den Mund, als der Geheimrat kurzerhand die Rockschöße anhob und sich im Schneidersitz auf dem Boden niederließ. „Setzen Sie sich. Das ist doch nicht schwer!" Lewis zögerte und schaute verständnislos auf Goethe hinunter, der sich leicht mit dem Oberkörper hin und her wiegte und sich den Staub von den Schultern wischte. Dann hob er wieder den Kopf. „Setzen Sie sich. Etwas Ruhe kann Ihnen nur guttun."

Lewis warf den Kopf von einer Seite zur anderen und gestikulierte mit der freien Hand. „Aber wir müssen hier heraus!"

Goethe schnaubte. „Klettern wollen Sie nicht, warten wollen Sie nicht. Sie wollen doch nicht etwa graben?" Er musterte den fahrig zappelnden Engländer und überlegte ernsthaft, ob er dem jungen Mann ein weiteres Mal eine langen sollte. Eine saftige Watsche würde ihn zur Besinnung bringen. Aber der Geheimrat hielt sich zurück. „Setzen Sie sich. Wir können nichts weiter tun, als zu warten!“

„Worauf?“, fragte Lewis scharf, und Goethe bemerkte, wie der Akzent des Engländers wieder stärker wurde, wie er die Beherrschung zu verlieren drohte. Es schien ihm vernünftig, den jungen Mann zu besänftigen, in dem er ihn einer der Schwierigkeiten, in der er sich befand, entledigte. So sprach Goethe Lewis auf Englisch an.

„We're waiting to be saved. It should not last too long. The crash has surely been heard. And even if Mr. Muntzer – cursed be his name – should have thought about a *hanebüchene* story on his flight, someone is going to search for us.“

Lewis war überrascht – allein wegen des flüssigen Wortschwalls, der ihm in seiner heimischen Zunge entgegenkam. Goethe hatte keine treffende Vokabel für die Bewertung von Muntzers möglicher Geschichte gefunden und in seiner Eile das deutsche Wort gebraucht, aber Lewis verstand, was der Geheimrat meinte.

„And“, fuhr Goethe fort, „they are going to do this in the tunnel as well as near the chimneys. So, would you please sit down and be calm?“

Lewis nickte mechanisch und immer noch verwundert, ließ sich aber nieder. „Sie haben recht, ich muss mich beruhigen. Aber bitte, sprechen wir auf Deutsch weiter, so muss ich meine Sinne beisammenhalten, und das mag helfen.“

„Wie Sie wünschen“, meinte Goethe. „Es wäre aber keine Schwierigkeit, wenn es Ihnen anders doch mehr behagt – damit Sie sich entspannen können.“

„Nein, es ist recht." Lewis sah nach oben, wo das Licht verlockend strahlte und Freiheit verhieß. Er spürte, wie ein sachter Luftstrom auf ihn herabfiel und den kalten Schweiß auf seiner Stirn trocknete. „Sagen Sie bitte", begann er, als er sein Gegenüber wieder ansah, „wann haben Sie so trefflich meine Sprache gelernt?"

Goethe fühlte, wie der junge Mann sich von seiner Umgebung abzulenken suchte, und so antwortete er ihm rasch. „In meiner Jugend, ich war ein paar Jahre jünger, als Sie es jetzt sind. In Frankfurt war das, da gab mir der gute alte Schade meine Lektionen im Angelsächsischen, und da Unterricht alleine nicht fruchtet – Sie wissen dies ja und halten sich löblich daran ..." – Goethe nickte wohlwollend – „... konnte ich mich glücklich schätzen, einen muttersprachlichen Bekannten zu haben. Ein junger Engländer war das, wie Sie, er hieß Arthur Lipton, nannte sich jedoch Harry. Ein netter Geselle, er wohnte bei einem früheren Diener des Haushaltes meiner Eltern, Pfeil hieß er, wenn ich mich recht entsinne. Die Englischstunden und das Parlieren fanden übrigens im größeren Familienkreis statt, und so kam es, dass sich in dem jungen Mann Gefallen an meiner Schwester Cornelia fand." Der Geheimrat kratzte sich an der Nase. „Nicht einseitig, möchte ich hinzufügen." Dann schmunzelte er und sah Lewis verschlagen an. „Aber sagen Sie, Lewis, wie verhält es sich bei Ihnen in dieser Sache? Ich vermeine mich zu erinnern, dass meine ..."

Wieder stockte Goethe, wie Lewis auffiel, als wolle er „meine Frau" sagen, dies aber für unangebracht hielt. Lewis selbst ahnte die Wendung, die dieses Gespräch zu nehmen drohte, und fühlte sich bedrückt – ganz so, als wolle der Fels um ihn herum wieder auf ihm lasten.

„... Christiane“, sprach Goethe weiter, „mir berichtete, dass Sie bei Ihrem Besuche mit Böttiger im Jägerhause sich sehr ritterlich der jungen Matilde gegenüber verhalten haben.“

„Nun ... “ Lewis stockte und wusste nichts zu antworten. Dieses Thema war ihm unangenehm, vor allem, weil ihm mit einem Male durch den Kopf schoss, dass die gemordete Braut seiner Vision in Tiefurt die Züge dieses Mädchens besessen hatte – und noch die einer anderen ...

„Sprechen Sie doch frei heraus, hier kann uns niemand belauschen“, scherzte Goethe.

„Wenn Sie erlauben, Herr Geheimrat“, begann Lewis mit einigermaßen fester Stimme, „so möchte ich dazu nichts sagen – weil es nichts zu sagen gibt.“

Goethe schaute süffisant, was Lewis wenig behagte.

„Zudem ...“ – Lewis suchte nach irgendeinem Schlusswort – „... zudem ist mir das Fräulein noch ein Tuch schuldig, das sie versprach, zurückzugeben.“ Er nickte mit Nachdruck, aber kaum überzeugend. „Damit dürfte jede Spekulation ausgeräumt sein.“

„Oder ganz im Gegenteil“, provozierte ihn Goethe. „Allerdings kann ich mich entsinnen, ebenfalls gehört zu haben – und mit einigem Spott in der betreffenden Stimme –, wie sich eine gewisse junge Maid besonders mühte, Flecken aus einem Tuch zu waschen und dies auch ...“ Goethe hob mit einem Mal die Brauen und schloss den Mund langsam. „Oh“, gab er leise von sich. Dann nickte er. „Aber Sie haben recht, was habe ich damit zu schaffen? Verzeihen Sie mir mein Benehmen, ich wollte Sie nicht bedrängen.“

Er klatschte in die Hände und sah den Schacht empor. „So langsam müssten sich die Herren aber bequemen, uns zu finden.“ Der Wechsel des Gesprächsthemas war hastig und doch beiden genehm.

Lewis sah auch nach oben. „Was, wenn man uns für tot hält und gar keine Suche unternimmt?", fragte er zögerlich.

Goethe zischte: „Unsinn! Einen Minister unter Trümmern begraben lassen! Das wäre ja noch schöner!"

Lewis zuckte zurück, als sich der Geheimrat so ereiferte. „Aber was ...", begann er erneut.

„Wittern Sie etwa ein Komplott?" Goethe winkte schnell und ungestüm ab. „Sie lesen zu viele Geschichten, Lewis. Die Wirklichkeit sieht anders aus!"

„Allerdings", dachte Lewis. Goethe schien nichts von den tatsächlichen Umständen zu ahnen. Wie konnte er sich dem Augenscheinlichen nur so verschließen?

„Aber Herr Geheimrat! Wir wurden mit einer Waffe bedroht, und die beiden Herren legten ein sehr seltsames Verhalten an den Tag."

„Sie meinen unter Tag", murmelte Goethe.

„Bitte?" Lewis begriff nicht gleich, worauf der Geheimrat hinauswollte, dann dämmerte es ihm. „Wie können Sie nur über dies alles scherzen! Sie haben doch selbst bemerkt, wie ernst es den beiden war."

Goethe wiegte den Oberkörper hin und her. „Sicher, ich war überrascht, wie sich die beiden verhielten, aber je nun: Wenn es ums liebe Geld geht ..."

Lewis schüttelte ungestüm den Kopf. „Der Mann mit der Pistole hat deutlich angemerkt, es ginge ihm nicht darum! Vielmehr um höhere Werte, wie die Freiheit."

„Lieber junger Lewis", begann Goethe und neigte den Kopf ein wenig, „ich will Ihnen nicht vorhalten, dass Sie sich möglicherweise erneut verhört haben – wie damals bei dieser übertriebenen Sache mit jenen schwarzen Reitersmännern. Was Sie erlebt haben, war einer der üblichen Auswüchse, die im

Dunst der Geschehnisse in Frankreich auch auf deutschem Boden sprießen."

Lewis öffnete den Mund. Also wusste Goethe, worum es hier ging. Es war dumm gewesen, ihm im Stillen Ahnungslosigkeit gegenüber diesen Dingen vorzuwerfen.

Der Geheimrat sprach weiter: „Derlei Geschwätz und übergeschnapptes Verhalten finden sich heute oft. Aber glauben Sie mir, unsere Regierung ist nicht so schwach wie bei den Franzen und wird sich dem Pöbel nicht beugen!"

Goethes Wangen hatten einen leicht hektischen, roten Farbton angenommen. „Wir werden das Revoluzzertum gnadenlos niederschlagen. Wir haben Mittel und Wege, das keimende Unkraut aufzuspüren und an der Wurzel auszureißen, machen Sie sich mal keine Sorgen."

Lewis dachte an den Marktplatz von Weimar und an den Spitzel, den er entdeckt hatte. „Nein, das tue ich auch nicht", bestätigte er halbherzig.

„Mein guter Engländer! Wir verstehen einander. Ich kann Ihnen versichern, all dies hier wird wesentlich glimpflicher ablaufen als die Probleme, die Sie und die Krone mit den abtrünnigen Kolonien in Amerika hatten. Ich darf Ihnen mitteilen, dass ich damals, vor gut zwölf Jahren, als Kriegskommissär tätig war und den Verkauf von einem anständigen Kontingent tapferer Weimarer Soldaten für diesen Krieg bewilligt habe."

„Soldaten wurden verkauft?", staunte Lewis. Zumal Goethe offenbar einen ähnlichen Posten innegehabt hatte wie sein eigener Vater.

„Na ja, ich habe mich hinreißen lassen, sie Soldaten zu nennen. Im Grunde waren es Zuchthäusler, die wir den englischen und preußischen Werbern anheimgaben. Das leerte die Gefängnisse, senkte somit die laufenden Kosten, für Verpflegung etwa, und zudem gab es für jeden Straffälligen, der Soldat wurde, ganze fünf Taler für die herzogliche Schatulle."

„Das ist ..."

„Ach, Lewis! Soweit ich weiß, besitzt Ihr Vater eine Plantage in Westindien, auf denen Sklaven arbeiten, die er nicht viel anders, ja, eher noch ärger beschafft hat."

Lewis schwieg.

„Das Anwerben von Soldaten ist erheblich gerechter, schließlich werden sie besoldet und dienen einer größeren Sache, im Gegensatz zu Sklaven oder Fronbauern. Die niedere Bevölkerung kann sich geehrt fühlen, in den Krieg zu ziehen, schließlich geht es um die Freiheit." Goethe verzog das Gesicht. „Aber nicht um diese verdrehte Art, wie sie in den französischen Köpfen spukt."

Dann klatschte er in die Hände und stand auf. „Aber das wird sich alles zum Guten wenden. Ich gebe zu, dass ich nicht übel Lust verspüre, selbst an der Kampagne teilzunehmen, Zeuge bei etwas Weltgeschichtlichem zu sein!"

Er sah zu Lewis hinunter und streckte die Hand aus. „Kommen Sie! Wir sollten uns wieder um unsere persönliche Lage kümmern, als große Probleme zu wälzen."

Lewis zögerte, die Hand zu ergreifen. Zu ähnlich war Goethe jäh seinem abscheulichen Vater geworden. Das Benehmen, die Ansichten, und hier, in diesem dämmerigen Licht, schien sich auch die Physiognomie des Geheimrats wieder in die des Kriegssekretärs Matthew Lewis zu verwandeln. Mit einem Mal traten auch die Wände des Stollens wieder hervor, drangen auf Lewis ein und wollten ihn mit steinerner Umarmung erdrücken. Er wich zurück, bis er mit dem Rücken an den feuchten Fels stieß und gepresst aufschrie.

Goethe griff mit beiden Händen zu, riss Lewis an den Schultern hoch und stellte ihn auf die Füße.

„Lewis! Sehen Sie nach oben! Nur nach oben!“ Der Geheimrat drückte das Kinn des Engländers etwas gröber als nötig nach oben. Lewis blickte in den senkrecht aufragenden Tunnel des Schachtes und auf das Fleckchen Himmel, das sich an dessen Ende abzeichnete, und wie ihn zuvor die Stollenwände bedrängt hatten, so zog und lockte ihn nun das Licht, das den Weg an die Oberfläche wies.

„Wir müssen hier heraus. Heraus!“, stieß er hervor, und seine Stimme schwankte dabei.

Goethe räusperte sich. „Wir müssen auf uns aufmerksam machen. Die Retter müssten ganz in der Nähe sein. Wir sollten schreien.“

„Ha!“, schrie Lewis.

„Schon ganz ordentlich“, urteilte Goethe, „aber etwas langgezogener und lauter würde ...“

„Nein, schauen Sie, dort oben!“, unterbrach Lewis ihn und deutete hastig den Schacht hinauf.

Goethe folgte mit seinem Blick den zitternden Fingern des Engländers, und tatsächlich, es hatten sich mit einem Mal zwei dunkle Flecke in das Rund des Schachtes über ihnen geschoben, die nur die Köpfe zweier Menschen sein konnten, die in die Tiefe herabblickten.

„Na bitte“, lachte Goethe zufrieden. Dann nahm er die Laterne auf und schwenkte sie über dem Kopf. „Hier unten!“, rief er nach oben, und sogleich scholl freudiges Rufen von oben herab. Neben einem der Köpfe wuchs ein Arm hervor, der offensichtlich einige Nebenstehende heranwinkte.

„Sind Sie wohlauf?“, drang es zu Lewis und Goethe, und letzterer bejahte heiser. Dann brüllte einer der Helfer, sie würden gleich ein Seil hinablassen, sobald ein genügend langes herangeschafft sei. Goethe schrie hinauf, die Männer möchten sich beeilen.

Dann sah er Lewis an. „Nun denn. Es ist so gut wie vorbei. Nur noch einen Augenblick …“

Lewis nickte, und seine Unterlippe zitterte.

Goethe sprach ihm ruhig zu: „Am besten, Sie achten allein auf das, was über Ihnen geschieht. Wenn das Seil herabgelassen wird, werden Sie als erster hinaufgehen, dann kann ich Ihnen helfen. Nur Mut!“

Lewis schaute Goethe dankbar an, und der vollführte eine gönnerhafte Geste. Dann räusperte er sich. „Nun wäre mir sogar Wasser recht. Der Hals ist mir staubtrocken.“

Lewis schien es nötig, wieder etwas Willenskraft zu zeigen. Er deutete hinter sich und versuchte sich an einem fröhlichen Lächeln. „Es ist zwar nicht der beste Trunk, aber ich glaube, hier sickert Wasser aus dem Fels.“

Goethe riss die Augen auf. Dann packte er Lewis und zerrte ihn zur Seite. Mit fliegenden Fingern tastete er das Gestein ab und zog dann die Hände zurück. Sie schimmerten feucht. Lewis war erstaunt, wie der Durst Goethe zu so einer fahrigen Handlung treiben konnte, stutzte aber, als Goethe mit der Laterne den Stollen ableuchtete. Goethes Sohlen machten leise Geräusche, und so blickte auch Lewis zu Boden. Hier und da hatten sich bereits kleine Wasserlachen gebildet, auf denen Staub schwamm und deren Oberfläche sich zu bewegen schien. Dies mochte noch auf Goethes Schritte zurückzuführen sein, es erklärte aber nicht, warum die Lachen sich auszudehnen schienen. Jetzt sah Lewis im unebenen Boden winzige Rinnsale, die das Wasser heranführten und die langsam, aber stetig anschwollen.

„Was geschieht hier?“, rief er Goethe zu.

Der sprang an seine Seite und sah hastig nach oben, wo einer der Köpfe verschwunden war, der andere jedoch ausharrte und hinuntersah.

„Ein Wassereinbruch. Irgendwo ist eine Wasserader angeschlagen. Oder ein Kunstgezeug gebrochen. Oder sonst etwas." Goethe blickte zu seinen Stiefeln, die nun schon über die Sohlen im Wasser standen. „Auf jeden Fall steigt es rasch an."

Dann sah er Lewis fest ins Gesicht. „Es wäre ratsam, wenn wir schnell hier herauskämen." In den Schacht hinauf brüllte er: „He! Es eilt! Der Stollen läuft voll!"

Die kleine Gestalt vor dem Fleckchen Himmel hob die Hand an den Kopf und fuchtelte dann wild. Rufe hallten im Schacht wider.

Lewis beobachtete bestürzt, wie das Wasser seine Knöchel zu umspülen begann. Er versuchte, einen ermutigenden Blick von Goethe zu ergattern, doch der starrte mit zusammengebissenen Zähnen nach oben. Lewis sah sich hektisch im Stollen um. Woher das Wasser eindrang, war nun nicht mehr auszumachen, mittlerweile strudelte es durch den Gang, schlug an die Wände und brach sich spritzend an einigen grob gehauenen Vorsprüngen. Seine Laterne war untergegangen, und so spendete nur die in Goethes Hand ein wenig Licht.

Als das Wasser Lewis' Waden erreichte und über die Ränder der Stiefelschäfte schwappte, fühlte er die eisige, unterirdische Kälte. Dieser Schock riss ihn aus seinem Starren, und er schlug ungestüm mit der Faust gegen die Stollenwand. „Ja, Himmel, hilft denn keiner? Was treiben die da oben?"

Goethe wich zurück, ohne ihn anzusehen.

Plötzlich spritzte Wasser zwischen ihnen beiden auf. Lewis fürchtete im ersten Augenblick, sein unbedachter Schlag gegen die Wand hätte einen neuerlichen Einsturz zur Folge gehabt, als er erkannte, dass es das lange Ende eines Seiles war, das in das schenkeltiefe Nass gefallen war. Aus den Fluten ragte der mit Knoten versehene Strang in die Höhe, wuchs den Schacht empor und endete im Himmel. Lewis erschien es wie das

Mangobaumwunder, von dem er gehört hatte, indische Fakire könnten es vollbringen. Zögerlich griff er nach dem Seil, als Goethe es ihm auch schon fest in die Hand drückte.

„Los! Klettern Sie!“, rief er, während er sich gegen die nahezu hüfthohe Strömung stemmte. „Der eingestürzte Gang ist dem Wasser ein Hindernis, und so staut es sich noch rascher als erwartet!“

Lewis umfasste das Seil, zog sich ein Stück hoch und setzte die Stiefel auf einen der Knoten. Prompt rutschten seine nassen Sohlen ab, und er klatschte mit den Füßen ins Wasser zurück. Schmerzlich schoss das Seil zwischen Fingern und Handfläche hindurch. Er versuchte es erneut, und es misslang wieder.

„Ich kann mich nicht halten, ich bin zu geschwächt“, klagte er.

Goethe drückte ihm die Laterne in die wunden Finger, bückte sich und verschwand bis zu den Schultern im Wasser. Er kam mit dem Seilende in der Faust wieder nach oben, schlang das dünne Tau um Lewis' Brust und knüpfte einen Knoten, den er fester zog, als es möglicherweise nötig gewesen wäre. Dann schrie er: „Zieht ihn rauf! Los!“

Lewis schenkte er einen munteren Blick, als er die Laterne wieder entgegennahm. „Das wird schon gelingen!“ Dann schlug er ihm auf die Schulter, und im gleichen Augenblick riss es Lewis nach oben, in den Schacht hinein. Er blickte zurück und sah Goethe bis zur Brust im Wasser stehen, die Laterne hoch erhoben. Dann schlug er schmerzhaft mit der Schulter gegen die Schachtwand und begann, sich zu drehen. Er musste nach oben schauen und mit den Händen das Seil greifen. Es begann, ihm die Luft abzuschnüren, und er atmete schwer. Das Rauschen des Wassers von unten wurde schwächer, und schon hörte er die ersten deutlichen Stimmen von oben: Männer, die einander beim Ziehen am Seil anfeuerten. Er scharrte erneut an der Schachtwand entlang, die nun nicht mehr nur aus Gestein bestand, sondern aus nasser, lehmiger Erde.

Da griffen kalte, knorrige Hände nach ihm, und er erschrak! Längst war er nicht am oberen Ende des Schachtes angekommen, der Himmel über ihm war nur ein Fleck, und rings um ihn war noch erdige Dunkelheit. *Die Hände und Klauen rissen an seiner Kleidung, an seinem Haar und schabten über sein Gesicht. Er schrie und schlug um sich, schützte seine Augen mit den Händen, als plötzlich dürre Arme seinen Brustkorb umfingen und ihm die Luft abschnürten. Seine Schreie wurden erstickt, und seine Gegenwehr wurde schwächer.*

Er wollte schon verzweifeln, als es plötzlich strahlend hell und warm um ihn wurde. Menschliche Hände ergriffen ihn und zogen ihn in die milde Sommerluft, legten ihn in weiches Gras. Schemenhafte Gestalten warfen Schatten auf ihn, doch er blinzelte ihnen nur schwach entgegen. Eine Klinge blitzte in der Sonne und zerschnitt die Schlinge um seine Brust. Er atmete tief ein. Rufe klangen um ihn herum, und dann wandten sich die Gestalten so rasch ab, wie sie erschienen waren.

Lewis blinzelte erneut. Ein Antlitz kam in sein Blickfeld, ein Männergesicht mit klaren, einnehmenden Zügen. Lewis glaubte, es schon einmal gesehen zu haben, schob den Gedanken aber wieder von sich, da es doch zu unauffällig und üblich schien.

„Willkommen über der Erde, junger Herr“, sagte Johann Heinrich Krafft und lächelte.

Dann sank Lewis ins Dunkel.

Achtes Kapitel

In welchem in Gesichtern und anderem gelesen wird

Einige Stunden später waren sie auf dem Rückweg nach Weimar. Lewis saß in trockener, geliehener Kleidung und in eine Decke gehüllt in einer Kutsche und nieste tüchtig. Ihm gegenüber räkelte Goethe sich auf dem Polster. Dem hatte das kalte Bad im Bergwerksstollen nichts anhaben können, und er sah auch in den geborgten Kleidern passabler aus als Lewis, dem Hosen, Hemd und Rock um den Körper schlotterten. Der Engländer dachte an seine von Feuer und Wasser geschundenen Sachen, die in der Packkiste des Wagens ihrer Reinigung harrten, und hoffte, sie würden sich ebenso wiederherstellen lassen wie seine Gesundheit. Er nieste zum wiederholten Male.

„Prosit“, sagte Goethe und runzelte die Stirn, als sich Lewis lautstark ins Taschentuch schnäuzte, so als würde er befürchten, der junge Engländer puste sich die Seele aus dem Leib. „Dafür, dass ich viel länger unten in den Fluten stand und Sie doch ein wenig jünger sind als ich ...“ Er brach ab, als Lewis' Leidensmiene aus dem Tuch auftauchte. „Schon gut“, meinte Goethe, „ich schweige und bin froh, dass es so glimpflich ausging. Dem Himmel sei Dank, dass Krafft die infame Lüge Muntzers sogleich erkannte und die Bergleute zur Rettung antreiben konnte.“ Er schaute aus dem Seitenfenster, wo Krafft auf seinem Pferd neben der Kutsche her trabte und gut gelaunt auf einem Grashalm kaute. Die Pferde, die Goethe und Lewis auf dem Weg nach Ilmenau benutzt hatten, liefen angebunden hinter der Kutsche drein.

Goethe wandte sich wieder an Lewis. „Wie ärgerlich nur, dass Muntzer entkommen konnte. Mit meinem Mantel und allem, was darin war!“ Er verzog den Mund, und Lewis versteckte das Antlitz wieder im Schnupftuch, um nicht zeigen zu müssen, wie leid er dieses Thema war. So ging das nun schon eine ganze Weile in schönster Regelmäßigkeit.

„Aber“, fuhr Goethe fort, „den wird's auch noch erwischen, ungeschoren kommt der keinesfalls davon.“

„Dann“, ergänzte Lewis, und dabei näselte er ein wenig, „wird sich auch offenbaren, was er im Schilde führte, als ...“ Er nieste heftig.

„Aber sicherlich!“, knurrte Goethe. „Wenn der Hundsfott erst einmal gefasst ist, dann ...“ Er brach ab, als Lewis scheinbar gar nicht mehr mit dem Niesen aufhören wollte. Schließlich sank der Engländer matt ins Polster zurück. Seine Lider schienen schwer, und er vermochte sie kaum offen zu halten.

„Herrje!“ Goethe schaute mitleidig. „Was für eine Erkältung! Aber wir sind bald in Weimar, da stecken wir Sie ins warme Bett, und Sie kurieren sich richtig aus.“ Goethe überlegte. „Dann kommen Sie zu mir, auf einen Besuch, und ich bewirte Sie, dass Sie sich wie neugeboren fühlen, und anschließend, da es für Sie besser ist, sich demnächst in trockenen Räumen aufzuhalten, kommen Sie in den Mittwochsclub, und dort lernen Sie endlich den dicken Bode kennen, der sich sehr interessiert gezeigt hat an ...“

Lewis hörte wie von Ferne, dass Goethe ohne Unterlass weiterplauderte. Die Kutsche rüttelte leicht, und er glaubte, auch das Klappern der Pferdehufe zu vernehmen, ab und an ein Lachen Kraffts, mit dem er dem Mann auf dem Kutschbock einen Scherz zuwarf, und dann konnte Lewis die Augen nicht mehr offen halten, und endlich überkam ihn der Schlaf.

Irgendwann vor den Toren Weimars hatte sich Krafft verabschiedet und war in eine andere Richtung geritten. Lewis hatte er einen freundlichen Gruß und Wünsche mit auf den Weg gegeben und mit Goethe einige wissende Blicke und vage Andeutungen ausgetauscht. In der Stadt fuhr die Kutsche zunächst zu Goethes Haus am Frauenplan, und dort stieg der Geheimrat aus. Während Bedienstete die Pferde, auf denen sie zum Ort des Brandes geritten waren, fortführten, schaute Goethe noch einmal durch das Fenster in das Kutscheninnere.

„Sie verzeihen, dass ich Sie nicht bis in die Jakobstraße begleite, aber mir steht der Sinn nicht so recht nach einer Plauderei mit Böttiger, die wahrscheinlich eher in ein Verhör ausarten würde. Sie werden auch nicht darum herumkommen, doch dürfte Sie Ihr Zustand im Augenblick vor dem Schlimmsten bewahren." Lewis verzog das Gesicht, und so fügte Goethe hinzu: „Natürlich wünsche ich Ihnen baldige Genesung und werde mich sobald als möglich bei Ihnen melden. Bis dahin halten Sie sich wacker, Lewis. Sie haben in den vergangenen Tagen genug erlebt, um noch Ihre Enkelkinder damit zu gruseln, und das könnte Ihnen auch anderweitig zugutekommen, nicht wahr?" Er zwinkerte spitzbübisch und rief dann dem Kutscher den Befehl zum Abfahren zu. „Auf bald!", grüßte er Lewis und hob kurz die Hand.

Lewis erwiderte matt die Geste und fühlte schon wieder ein Niesen kommen. Er wollte nur noch so schnell wie möglich in sein Bett.

Vor dem Haus der Böttigers angekommen stieg er mit wankenden Beinen aus. Auf der Fahrt hatte er, ohne zu einem befriedigenden Ergebnis zu kommen, darüber nachgedacht, wie er auftreten könnte, ohne ein allzu erbärmliches Bild abzugeben: In die Decke eingehüllt – die er nicht gerne missen mochte, da es ihn allzu sehr fröstelte – würde er wie eine alte Frau wirken. Allerdings verbarg sie seinen erbärmlichen Aufzug vor den Augen etwaiger Umstehender. Schließlich kam er mit sich überein, die Decke wie einen Mantel um seine Schultern zu drapieren, und sich so wenigstens einen Rest Würde zu bewahren. Als er so zwischen Haus und Kutsche stand und an der Decke zupfte, flog auch schon die Tür auf, und Karl Böttiger und Eleonore stürzten auf ihn zu.

Böttiger trug eine Miene zur Schau, als kehre sein lang verlorener Sohn zurück. Er strahlte über beide Wangen, die Lewis ein wenig eingefallener als sonst vorkamen, sich aber plötzlich wieder zu alter Pracht füllten und mit Farbe überzogen. Böttiger breitete in einem Willkommensgruß die Arme aus und wollte schon die Hände um Lewis' Schultern schließen, als Eleonore ihm zuvorkam. Sie umschlang Lewis und drückte ihn fest, um ihn ebenso schnell wieder loszulassen, als sei ihr erst jetzt aufgegangen, was sie tat. Sie errötete.

Doch bevor Lewis reagieren konnte, krachten Böttigers Handflächen von links und rechts gegen ihn, dass er bis ins Mark erschüttert wurde. Eleonore hatte einen halben Schritt zur Seite gemacht und sah ihn kaum an, schmunzelte aber. Böttiger tönte laut. „Lieber Lewis! Wir haben uns so gesorgt und sind jetzt glücklich, Sie wohlbehalten wieder hier zu haben. Die erste Nachricht Goethes ließ uns aufatmen, aber die zweite ..." Er sah, wie seine Frau eine abwinkende Geste machte. Böttiger beäugte Lewis, als sähe er dessen Aufzug zum ersten Mal. „Ja wie kommen Sie denn daher ..."

„Karl!", rief Eleonore Böttiger. „Jetzt lass uns nicht hier auf der Straße stehen! Der Herr Lewis hat sich verkühlt und braucht nichts Dringenderes als Wärme." Sie blickte von ihrem

Mann zu Lewis und rasch wieder zu Karl zurück. „Das ist nicht mit Worten von dir getan! Ins Haus mit ihm."

Die Böttigers nahmen Lewis in ihre Mitte und führten ihn hinein. Vor der Treppe ließ Eleonore Lewis' sanft umfassten Arm los. „Karl, bring ihn auf sein Zimmer. Ich sage Gine, sie soll heißes Wasser bereiten, und dann bekommt Herr Lewis ein Fußbad und einen Kräutertee." Damit lächelte sie Lewis an. In ihren eigenen Wänden schien sie weniger Scheu zu haben als draußen auf der Straße.

„Danke", flüsterte Lewis und nieste dann so heftig, dass er den ihn stützenden Böttiger mit erschütterte. Eleonore sah ihn mitfühlend und aufmunternd zugleich an und verschwand dann in Richtung Küche. Böttiger führte Lewis die erste Treppenstufe hinauf und flüsterte dann, als befürchte er, Eleonore könnte es hören: „Jetzt erzählen Sie mal, wie war denn das mit ..."

Lewis nieste.

Er nieste auch noch einige Stunden später. Aber immerhin lag er da in einem molligen Nachthemd unter dicken Decken in seinem Bett. Er hatte sogar eine von Böttigers Nachtmützen auf dem Kopf, so dass kaum seine Nasenspitze zu erkennen war. Draußen war es bereits dunkel. Innerlich und äußerlich mit allerlei Kräutersud behandelt, fühlte er sich einigermaßen wohl, wenn auch ein Fünkchen Misstrauen in ihm aufgeflammt war: Was, wenn die gute Gine etwas zu tief in den Kräutertopf gegriffen und ihm irgendetwas Übles hineingemischt hatte? Schließlich hatte sie nicht die beste Meinung von ihm. Aber Lewis war dann doch sicher, dass Eleonore Böttiger alles, was seine Genesung betraf, gewissenhaft überwachen würde.

Die herzliche, ja sehr herzliche Begrüßung war Lewis trotz seines Zustandes aufgefallen und ließ auch frühere Dinge in anderem Licht erscheinen. Dazu kam die Bemerkung Goethes, die dieser im Gasthof von sich gegeben hatte und die Lewis zu der Überlegung führte, warum Böttiger als Klatschbase verschrien war, wenn der Geheimrat sich doch selbst um jede Kleinigkeit des gesellschaftlichen Lebens um ihn herum scherte. Dennoch, was Eleonore Böttiger betraf, so musste Lewis sich eingestehen, dass die junge Frau ihm nicht allein von den gastgeberischen Pflichten her so überaus freundlich zugetan war. Auch die Deutung, die Böttiger damals im Speiseraum geliefert hatte, dass Eleonore ihn, Lewis, als aufregenden, da weitgereisten Fremden ansah, schien nicht alles erklären zu können. Eleonore Böttiger schien ihm auch aus ganz anderen Gründen zugetan zu sein, und das, was Lewis nun mutmaßte, erfüllte ihn mit Scham und schlechtem Gewissen dem Hausherrn gegenüber, und wie er so schwitzend und schläfrig unter seinen Decken lag, fragte er sich, warum ihm auf einmal das Bild des jungen Herder durch den Kopf schoss.

Es klopfte. Lewis zuckte zusammen und brachte ein belegtes „Ja?“ hervor. Die Tür öffnete sich sachte, und nachdem warmer Kerzenschein ins Zimmer gefallen war, steckte Eleonore Böttiger ihr Gesicht herein.

„Geht es Ihnen gut?“, fragte sie sanft.

„Oh ... oh, danke, ja, ich ...“, haspelte Lewis und war dem Himmel dankbar, dass sich prompt ein Kitzeln in seiner Nase bemerkbar machte, das ein Niesen ankündigte. Er kam dem Drang mit Freude nach, da er ihn einer Antwort enthob.

„Das klingt aber nicht so“, meinte Eleonore und trat schnell ins Zimmer.

Lewis zog sich die Decke noch höher vors Gesicht. Ihm wurde auch noch wärmer.

Eleonore sah ihn an und lachte. „Ich denke, das wird sich legen, wenn Sie gut geschlafen haben. Ich habe etwas für Sie."

Jetzt erst bemerkte Lewis, dass sie in der anderen Hand einen Tonbecher trug, der mit einem kleinen Lappen umwickelt war. Sie stellte ihn auf dem Nachtkasten ab. „Heiße Milch mit Honig, danach schlafen Sie wie ein ... wie Karlchen, zum Beispiel." Sie sah versonnen auf den Dampf, der aus dem Gefäß stieg, und als sie Lewis anblickte, tat er rasch so, als stellten die dünnen Schwaden für ihn das faszinierendste aller Schauspiele dar, um ihrem Blick nicht begegnen zu müssen.

„Sie müssen allerdings noch etwas mit dem Trinken warten, es ist noch sehr warm."

Lewis schickte ein Stoßgebet zum Himmel, dies möge nicht bedeuten, Eleonore wolle hier bei ihm abwarten, bis es soweit sei. Er fühlte sich in seinem Bett schrecklich hilflos, obwohl er nicht wusste, was er denn befürchtete.

„Herzlichen Dank", flüsterte er, und Eleonore sah ihn daraufhin nur an. „Ich hoffe", fuhr er leise fort, „ich bin bald auf den Beinen und bereite Ihnen keine Mühe mehr."

„Machen Sie sich keine Sorgen, das ist doch keine Mühe." Sie blickte umher, als suche sie eine Falte, die sie geradezupfen konnte, um es Lewis bequemer zu machen. „Möchten Sie noch eine Decke oder ..."

„Nein, nein", entgegnete Lewis rasch. „Alles bestens." Er überlegte fieberhaft. „Ich bin nur ... entkräftet."

„Oh, dann werde ich Sie nicht weiter stören, Sie brauchen den Schlaf. Trinken Sie aber auf jeden Fall noch die Milch."

Lewis richtete sich auf, griff nach dem Becher, nahm vorsichtig einen Schluck und nickte.

Eleonore lächelte und ging zur Tür. Lewis fühlte sich befreit, als sie ihn endlich verließ. Dann aber drehte sich Eleonore noch einmal um, das Kerzenlicht flackerte über ihre Züge, und

Lewis spürte Wärme in seinem Magen aufwallen, was auch an der Milch liegen mochte, die nun ihr Ziel erreicht hatte.

„Gute Nacht", sagte Eleonore.

„Gute Nacht", antwortete Lewis und war froh, dass es nur der Gruß war, der Eleonore vom Gehen abgehalten hatte. „Morgen wird es mir bessergehen", fügte er hinzu und hob den Becher mit Milch.

„Sehr schön", flüsterte Eleonore und schlug die Augen nieder. „Dann kann ich Sie sprechen. Ich muss Ihnen nämlich etwas gestehen ..."

Rasch drehte sie sich um, entschwand durch die Tür und schloss sie hinter sich, wodurch es wieder dunkel im Raum wurde. Lewis saß da, den Becher in der Hand, und musste achtgeben, nichts zu verschütten, so sehr war er erschrocken.

In der Nacht stürmte alles auf ihn ein, was ihm tags zuvor widerfahren war, und sein fiebriger Geist formte daraus Gebilde, die ihn enger umschlossen als die dunklen Stollenwände zuvor und, so flüsterte es ihm zu, auch die Wände seines Sarges in ungewisser Zukunft.

Gestaltgewordene, verfestigte Finsternis lastete auf seiner Brust, nahm ihm den Atem und drückte ihm die Augäpfel in die Höhlen. Im Inneren seines Schädels war er gefangen, sah das Knochengewölbe als eine düstere Felsenhöhle, durch den ein eiskalter Wind fegte. Dicke, dumpfe Dünste nahmen ihm den Atem.

Da sah er eine Frau aus dem Nebel treten, deren goldenes Haar vor Nässe glänzte. Sie trug ein Ordenskleid, das mit einem Mal wie Nebel zerfaserte und einer Robe wich, die Hals, Arme und Brust freiließ und von goldgewirkten Borten geschmückt war. In ihnen sah Lewis Lettern, die sich schlängelten und bewegten wie arges Gewürm. Unter der Brust der Frau war das Gewand mit einem Gürtel von prächtigen Steinen zusammengehalten, in dem ein Dolch steckte. In der einen Hand hielt die Frau eine goldene Rute aus dünnen Zweigen, die sie hob, worauf sich ihre Haare im Wind zerstreuten und über die Schultern zurückwehten. Ihre Augen glänzten, und alles an ihr flößte Lewis Achtung, Furcht und Bewunderung ein.

Auf eine Geste hin folgte Lewis ihr, und sie führte ihn durch Gänge, in denen Sarkophage standen und hin und wieder Knochen und Gebeine auf der Erde lagen. In einer weiteren Höhle bedeutete die Frau ihm stillzustehen. Sie zog um ihn und sich einen Kreis auf die Erde, holte eine kleine Phiole aus dem Gürtel und verschüttete bedächtig einige Tropfen des Inhalts. Dann beugte sie sich, sprach einige misstönende, unverständliche Worte, und auf einmal ging aus der Erde eine blasse, schweflige Flamme hervor, die sich nach und nach in der ganzen Höhle, den Kreis ausgenommen, worin die Frau und Lewis standen, verbreitete. Sie stieg an den Wänden bis zur Decke auf, und so glich die Höhle einem unermesslichen, mit einer blauen, hin und her schwebenden Helle erleuchteten Gebäude. Das Feuer war ohne Hitze, vielmehr nahm die Kälte immer mehr zu.

Die Frau fuhr mit ihren Zauberformeln fort, zog allerlei Dinge aus ihrem Gürtel, deren Wirkungen Lewis unbekannt waren, und unter denselben waren drei Menschenfinger und ein Agnus Dei, das sie zerriss und ins Feuer warf, welches sie verzehrte. Auf einmal erhob sie ein entsetzenerregendes Geschrei und schien von Verzweiflung ergriffen zu sein. Sie raufte sich die Haare, schlug sich wie eine Rasende auf die Brust, zog den Dolch aus dem Gürtel, durchstach sich den linken Arm und ließ, außerhalb des Kreises, eine Menge Blut fließen, das sich in eine dicke Wolke verwandelte, die sich bis zum Gewölbe erhob. Im nämlichen Augenblick ertönte ein heftiger, widertönender Donnerschlag, und die Erde zitterte unter ihrer beider Füße.

Zitternd erwartete Lewis, was sich dort so fürchterlich ankündigte. Im Traum – und auch in der Wirklichkeit – lief ihm Schweiß über die Stirn, und beinahe sank er zur Erde. Wie überrascht war er jedoch, als sich, sobald der Donner verhallt war und sich die Wolke verzogen hatte, eine liebliche Musik hören ließ und ein Jüngling von außerordentlicher Schönheit erschien. Er war nackt, ein Stern blinkte auf seiner Stirn, und seine Schultern waren mit karmesinfarbigen Flügeln bewachsen. Ein buntes, feuriges Band hielt sein Haar zusammen, dessen wellenförmige Locken um sein Haupt spielten und in zierlicher Durchwindung mehr als Edelsteine glänzten. Diamantene Ringe schmückten seine Arme und Finger, und in der Rechten hielt er einen Zweig, der einem Myrtenzweige glich. Sein Leib war mit Strahlen und rosafarbigen Wolken umgeben, und seine Erscheinung war von einem angenehmen Geruch begleitet, der die ganze Höhle erfüllte.

Lewis hielt die Augen staunend auf ihn gerichtet: Aber so schön ihm die Gestalt des Jünglings vorkam, so bemerkte er doch in seinen Augen eine Art von wilder Unruhe und in seinen Zügen eine geheimnisvolle Melancholie, welche anzeigten, dass er ein gefallener Engel sei, und ein geheimes Schrecken erregten.

Die Musik verstummte. Die Frau wandte sich in einer Lewis unverständlichen Sprache an den Geist, der wieder antwortete. Sie schien auf etwas zu bestehen, was er ihr nicht gewähren wollte. Er warf ab und an Blicke auf Lewis, die diesen sich fürchten machten. Die Frau hingegen wurde durch seine Weigerung immer ärgerlicher: Sie sprach heftiger und in befehlshaberischer Stimme, und ihre Gesten zeigten, dass sie mit Rache drohte. Sie hatte den erwünschten Erfolg; der Geist fiel zu ihren Füßen und überreichte ihr respektvoll den Myrtenzweig. Sobald sie ihn in Händen hielt, ließ sich die Musik von Neuem hören, eine dichte Wolke umgab die Erscheinung, die Flammen verschwanden, und die vorige Dunkelheit herrschte in der Höhle.

Lewis befiel im Traum ein neuer Schrecken, und als er wieder zu sich kam, erwachte er auch in seinem Bett. Doch noch bevor er einen klaren Gedanken fassen konnte, überwältigte ihn die Müdigkeit, und er sank ins Kissen zurück.

Am nächsten Vormittag fühlte Lewis sich trotz des aufregenden Traumes besser, denn sein Schlaf danach war tief gewesen, und auch das Niesen hatte sich gelegt. Möglicherweise, dachte er bei sich, sollte er öfter Milch vor dem Zubettgehen trinken, wenn sie diese Wirkung hatte.

Das Frühstück hatte ihm Böttiger serviert, der damit seiner Sorgfaltspflicht als Gastgeber nachzukommen vorgab, in Wirklichkeit aber den Engländer gehörig über die Ereignisse der vergangenen Tage ausfragen wollte. Während Lewis Haferschleim löffelte, saß Böttiger auf einem Stuhl neben dem Bett.

„Ich dachte mir, dass Ihnen das guttun würde, auch als kleine Erinnerung an daheim", meinte Böttiger mit schiefer Miene. „Wir hier essen so etwas gemeinhin nur im Krankheitsfalle, aber Sie in England mögen es ja über alle Maßen ..."

„Durchaus", nuschelte Lewis und aß mit Appetit, da er wusste, dass er für die anschließende Fragestunde einiges an Kraft benötigte. Er hoffte, Eleonore würde ihren Mann bald zurechtweisen. Wenn das Paar gemeinsam anwesend war, war der dann in seiner Neugier etwas gezähmte Schulmeister besser zu ertragen, und zudem fühlte Lewis sich weniger von Eleonores Anwesenheit ... ja, was?

Was ging in ihm vor? Er war nicht sicher. Auf jeden Fall sah er nun dem kommenden Treffen unter vier Augen mit Eleonore recht bang entgegen. Was, *by Jove*, wollte sie ihm offenbaren?

„Möchten Sie noch etwas?“, fragte Böttiger und wies auf den leeren Teller, in dem Lewis gedankenverloren mit dem Löffel herumkratzte.

Der bemerkte, was er getan hatte, und schüttelte den Kopf. „Nein danke, verzeihen Sie, ich bin noch etwas abwesend.“

Böttiger schaute mitfühlend, aber um seine Mundwinkel zuckte es verräterisch. „Sicher, Ihnen ist ja auch einiges widerfahren. Ich wüsste gern, wie das war, als ...“

Lewis seufzte und begann zu berichten.

Irgendwann setzte sich der bis dahin aufmerksam lauschende Böttiger eilends auf und klatschte mit der flachen Hand gegen seine Stirn. „Ach je!“

Lewis, der gerade auf dem Spannungshöhepunkt der Ereignisse im Martinrodaer Stollen angelangt war, wunderte sich über das plötzliche Erschrecken des sonst so eifrig um Einzelheiten bemühten Böttiger. „Ja, es war furchtbar, doch ...“

„Nein, nein!“, warf Böttiger ein und stutzte dann, als Lewis die Stirn runzelte. „Sicher, es war schrecklich dort unten, aber ich meinte etwas anderes.“ Er griff in seinen Rock und suchte etwas. „Ich habe aus lauter Neu...“ Böttiger biss sich kurz auf die Unterlippe. „... ehrlicher Besorgnis ganz vergessen, Ihnen dies hier zu überreichen, es kam heute Morgen per Bote.“ Er zog ein Schreiben aus dem Rock und reichte es Lewis.

Der fand darauf außer seinem Namen nichts, was einen Absender erkennen ließ, und brach schnell das Siegel. Dann entfaltete er das Briefpapier und sah zunächst nach der Unterschrift, die das Schreiben als von Goethe stammend auswies.

Der wünschte ihm gute Genesung und bedauerte erneut die Unbilden des Schicksals samt der für ihn, Lewis, daraus erwachsenen Missstände. Er bedauerte, ihn, Lewis, dennoch nicht, wie versprochen, bald zu sich einladen zu können. Er habe noch in der Nacht der Rückkehr Order des Herzogs erhalten, ihm auf die Kampagne nach Frankreich zu folgen, und müsse der selbstverständlich sogleich nachkommen. Er sähe in dieser eine willkommene Gelegenheit, sich nach den Ereignissen im Bergwerk unter freiem Himmel aufhalten zu können und noch wichtiger: Dieser Feldzug sei ein Marsch gegen die Gefahr der Unterdrückung. So wenig wie der Mensch im Berg eingeschlossen sein sollte, so sollte er es durch fremde Unterdrücker sein, und so sehr, wie man verhindern müsse, dass ein Stollen einbrach, so müsse man auch dagegen angehen, dass das Weltgebäude, dass ein festes Herrschaftssystem stürze. Daran wolle er mitwirken. Ihm, Lewis, wolle der Geheimrat in aller Freundschaft folgende Order erteilen, nämlich dass er doch am Mittwochsclub teilnehmen solle. Ihm würde am betreffenden Tag zur betreffenden Stunde ein guter Bekannter zur Begleitung gesandt, und das alles zeichnete mit besten Grüßen Goethe.

Unter dem Namenszug stand noch, dass das Schreiben aus dem Grunde versiegelt und anonym sei, damit der neugierige Böttiger nicht etwa seine Nase hineinstecke.

Lewis grinste.

„Gute Nachrichten?“, fragte Böttiger, der allzu unauffällig, aber ohne Erfolg versucht hatte, auf das Schreiben zu schielen. „Oh ja“, antwortete Lewis. „Der Geheimrat lässt Sie schön grüßen.“

Böttiger strahlte. „Wirklich? Hat er das geschrieben?“

„Im weitesten Sinne“, entgegnete Lewis und griente.

„Ein weitsinniger Mann“, lobte Böttiger und setzte sogleich nach: „Und nun erzählen Sie weiter, wie war das mit dem Geheimrat, als das Wasser stieg ...“

Lewis seufzte erneut leise, aber ergeben, setzte seinen Bericht fort und schilderte in aller gewünschten Genauigkeit, was sich am Vortag zugetragen hatte.

Um die Mittagszeit erlöste Eleonore Lewis wie erhofft. Sie brachte Brot und Brühe, hielt während seiner Mahlzeit Wacht, dass Böttiger nicht allzu viel plapperte und fragte, und scheuchte ihren Mann dann aus dem Zimmer, indem sie Lewis eine Mittagsruhe verordnete. Böttiger fügte sich und verschwand, Eleonore blieb, das Tablett mit dem Geschirr in der Hand. Lewis schaute unruhig hin und her und griff schließlich aus Verlegenheit nach einem Glas mit Wasser, das auf dem Nachtkasten stand.

„Fühlen Sie sich auch nicht allzu entkräftet durch das Gespräch mit meinem Mann?", fragte Eleonore.

„Nicht sehr", entgegnete Lewis rasch und bereute es im selben Augenblick. Wie gut hätte er dies als Ausrede nutzen können. Jetzt musste er sich dem so unheilschwanger angekündigten Gespräch, ja, Geständnis stellen.

Eleonore setzte das Servierbrett auf der Kante von Lewis' Sekretär ab, woraufhin diesen zu all seinem Bangen auch noch ein schlechtes Gewissen plagte. Allzu lang war er nicht fleißig gewesen, auch wenn die Umstände es gar nicht erlaubt hätten. Gleichwohl schwor er sich, sobald er wieder genesen war, das versäumte Pensum nachzuholen. Vielleicht konnte er die Ereignisse der letzten Tage auch nutzen und sie sich einfach von der Seele schreiben.

Eleonore hatte seinen geistesabwesenden Blick bemerkt. „Sie ahnen, worüber ich mit Ihnen reden möchte?"

Lewis öffnete den Mund, aber erst einmal kam nur ein Krächzen heraus. Er räusperte sich. „Nein ...", sagte er dann gedehnt, doch voll unangenehmer Vorahnung.

Eleonore machte drei rasche Schritte an Lewis' Bett heran und setzte sich auf den Stuhl, den Karl dorthin gerückt hatte. Lewis zuckte ein wenig zurück, da er die schnelle Bewegung nicht erwartet hatte. Eleonore Böttiger senkte Stimme und

Blick. „Ich muss gestehen, dass ich mich unschicklich verhalten habe, was Sie angeht ..."

Lewis atmete kurz ein und war bemüht, sich nicht zu verkrampfen. Oh weh, dachte er, was widerfährt mir hier?

Dann sah Eleonore ihn fest an, und er meinte zu spüren, wie er unter ihrem Blick schrumpfte, immer kleiner wurde und schließlich in den Bettlaken verschwand. Möglicherweise war es aber eher sein sehnlichster Wunsch, um so dieser Situation entfliehen zu können.

„Ich habe mich zu etwas hinreißen lassen, das mir nicht zusteht", sprach Eleonore weiter, „und das kann ich nicht länger vor Ihnen verbergen." Sie sah Lewis nun bittend an. „Ich muss es Ihnen sagen ..."

Lewis wurde angst und bang, gleich würde es heraus sein – und was dann? Wie konnte er Böttiger unter die Augen treten, wenn nun ... er erstarrte. Eleonore griff zu ihrem Rock und nestelte daran herum. Noch ehe Lewis die Augen zukneifen konnte, zog Eleonore die Hand aus einer der Taschen ihrer Überschürze und hielt einige Blätter Papier hoch. Das Papier war knittrig, so als habe man es zunächst zu einer Kugel geknüllt und dann so sorgfältig als möglich wieder geglättet. Auf den Seiten waren Buchstaben zu erkennen, die Lewis zunächst vage, dann aber außerordentlich bekannt vorkamen.

„Aber das ist ja ...", begann er, dann versagte ihm der Atem. Eleonore nickte leicht und errötete. „Ich fand es, als ich den Raum in Ihrer Abwesenheit lüften wollte. Mit einem Luftzug rollte es mir wie aus dem Nichts entgegen. Ich hätte nie etwas von Ihrem Sekretär genommen, noch nicht einmal einen neugierigen Blick habe ich darauf je geworfen. Aber dieses hatten Sie ja augenkundig fortgeschleudert, und so ..."

Sie wagte kaum, ihn anzusehen. Lewis hingegen fühlte sich mit einem Male glänzend! Nicht allein, dass sich seine Befürchtungen gegenüber Eleonores „Geständnis" als überzogen, gleichsam sogar als widersinnig, als plötzlich vollkommen abwegig erwiesen hatten, nein, auch war der Verbleib des so unerklärlich verschwundenen Manuskriptes aufgeklärt, der ihm doch so einiges an Kopfzerbrechen verursacht hatte.

„Aber das ist doch nicht tragisch", brach es förmlich aus ihm heraus. „Gut, dass Sie es gefunden und ... aufbewahrt haben. Sie konnten es mir bisher ja schwerlich zurückgeben, da ich stets hier oder da oder dort in irgendwelchen Fährnissen weilte ..." Er versuchte sich an einem aufmunternden Lachen, bis ihm mit einem Male wieder in den Sinn kam, dass es sich bei dem Manuskript nicht um irgendein beliebiges beschriebenes Papier handelte, sondern die tintige Ausgeburt seines entsetzlichen Tagtraumes.

Er sah Eleonore an, die ihn noch immer nicht direkt anzuschauen vermochte, und sprach hastig: „Sie haben es doch nicht etwa gelesen ..." Und im gleichen Moment schalt er sich einen Narren. Wie sollte das möglich sein? Er hatte im Wahn auf Englisch geschrieben, und dass Eleonore seiner Sprache nicht mächtig war, wusste er.

Dennoch streckte er nun die etwas zitternde Hand danach aus, ergriff das Manuskript und nahm es an sich, als sei es sicherer, es von Eleonore Böttiger zu entfernen.

Er lachte wieder schwach. „Aber nein, natürlich haben Sie das nicht. Meine Handschrift, das Englische und überhaupt ... ich kann Ihnen sagen, dass es absolut nichtig ist, was dort geschrieben steht, und ..."

„Doch", sagte Eleonore leise, die noch immer mir gesenkten Lidern an ihm vorbeiblickte.

Lewis knisterte mit dem Papier, als seine Finger unwillkürlich zuckten. „Was?"

„Ich habe es gelesen“, hauchte Eleonore, „und es war …“ – nun sah sie Lewis direkt an, und in ihren Augen leuchtete die Begeisterung – „… schrecklich!“

Lewis ließ das Manuskript fallen, und die Blätter raschelten wie übergroßes und falschfarbenes Herbstlaub auf die Schneelandschaft seiner Bettlaken.

„Aber wie …“ – er hatte in seiner ersten Verblüffung über Eleonores Offenbarung den zweiten Teil ihrer Aussage gar nicht wahrgenommen – „… wie konnten Sie …?“

„Ich hatte die Seiten gefunden“, begann sie, und mit jedem Wort schien ein wenig Scheu von ihr abzufallen, „und ich erkannte, dass es sich um englische Worte handelte, und da ich davon ausging, dass es sich um Sätze handelte, die Sie verworfen hatten, dachte ich bei mir, dass ich sie, ohne Ihnen einen Schaden zu tun, auch behalten könnte. Aber ich wollte doch zu gern wissen, was da stand, und so habe ich alles zu Herrn Wieland getragen, mit der Bitte, es mir einzudeutschen. Das hat er getan.“

Sie griff in ihre andere Schürzentasche und holte weitere Blätter hervor, die sie sorgsam entfaltete und Lewis gab. Es war seltsam für Lewis, seine eigenen Worte in einer anderen Sprache zu lesen, aber er musste eingestehen, dass sie auch in der Übertragung nichts von ihrer entsetzlichen Kraft eingebüßt hatten.

Dann schluckte er heftig. „Aber was sagte Herr Wieland? Sie haben ihm doch nicht etwa gesagt, dass dies aus meiner Feder stammt?“

Eleonore lachte. „Das hat er ganz allein ergründet.“

Lewis seufzte. „Das war ja auch nicht schwierig.“ Dann riss er die Augen auf.

„Aber, liebe Frau Böttiger, was sagten Sie da eben über dieses widerliche Werk?“

„Dass ich es entzückend schrecklich fand!“ Wieder glänzten ihre Augen fast fiebrig. „Es ist ganz anders als die Schauerromane, die ich bisher las. Der Grosse, der Spieß, der Flammenberg, sie alle sind nur leerer Rauch gegenüber diesem hellen Feuer! Sie müssen es vollenden, müssen mehr schreiben! Ich bin überzeugt, Sie haben hier Ihre Bestimmung gefunden!“

Lewis’ Blick wanderte langsam über seine Hand, die noch immer die Übersetzung seines Manuskriptes hielt und nun von den schlanken Fingern Eleonores umspannt war. Sie hatte sich in ihrer begeisterten Rede vorgebeugt und seine Faust ergriffen. Jetzt folgte sie seinem Blick, erkannte, was sie getan hatte, und zog die Hand rasch zurück, legte die Finger der anderen verlegen auf den Mund. Sie errötete und Lewis gleich mit.

Doch ehe einer der beiden etwas sagen konnte, flog die Tür auf, und Karl Böttiger erschien. Er blieb unter der Tür stehen und hob beide Arme. Von seinen Händen hingen kleine, graugefiederte Leiber. Er strahlte Eleonore und Lewis an, die beide erschrocken zusammengezuckt waren.

„Seht! Täubchen! Die hat eben ein Bote vom Herrn Goethe überbracht, mit besten Wünschen für Herrn Lewis, da Täubchen doch eine so vortreffliche Krankenkost und Rekonvaleszenzspeise seien. Ich werde sie gleich Gine übergeben, und dann wird geschmaust!“

Er blickte mit erhobenen Brauen von Lewis zu Eleonore und zurück. „Was ist? Es scheint, als hättet ihr einen Geist gesehen!“

Nach einem von Eleonore verordneten Schlummer, in dem sich dem jungen Engländer Dinge offenbarten, die er nach dem Erwachen gnädig vergessen hatte, kleidete Lewis sich an und ging hinab ins Speisezimmer. Es schien, als habe die Eröffnung Eleonores ihn mit einem heilsamen Schock bedacht, denn er fühlte sich munter und kräftig. Die Täubchen, mit Blumenkohl und Karotten als Beilage, schmeckten ihm sehr und taten ihr Übriges. Während der Mahlzeit ließ Karl es sich nicht nehmen, in gewohntem Maße zu plaudern, während Eleonore versuchte, Lewis den einen oder anderen scheuen und doch verschwörerischen Blick zuzuwerfen. Er vermochte diesen, so gut es ging, auszuweichen, ohne allzu unhöflich zu erscheinen. Zumindest versagte er es sich, näher darauf einzugehen.

„Sagen Sie, Herr Lewis“, wandte sich Böttiger bei der Nachspeise, einem zuckrigen Grießpudding, mit einer Unvermitteltheit an ihn, die Lewis zusammenzucken ließ, „nachdem es Ihnen wieder so erfreulich rasch bessergeht, gedenken Sie doch sicher Ihre literarischen Arbeiten wieder aufzunehmen, nicht wahr?“

Lewis sah über den Löffel zu Böttiger hin und suchte in dessen Miene nach einem versteckten Hinweis, ob sich in dieser Frage vielleicht eine Spitze verbarg. Böttigers Antlitz sah jedoch so gesund aus, wie es stets nach einem Essen der Fall war.

„Nun“, gab Lewis vorsichtig zurück, „natürlich möchte ich diese Ambitionen nicht vernachlässigen. Es käme mir im Übrigen durchaus gelegen, die kommenden Tage eher auf dem Zimmer zu verbringen. Ich will meine Gesundheit nicht herausfordern, und ich denke auch, mir kann hier nicht allzu viel begegnen, anders als in den vergangenen Tagen, wann immer ich das Haus verlassen habe.“ Er grinste ein wenig schief.

„In der Tat!“, rief Böttiger. „Sie scheinen das Abenteuer nur so anzuziehen! Nun, dann lassen Sie die Abenteuer besser auf das Papier fließen! Was schwebt Ihnen denn vor?“

Aus den Augenwinkeln sah Lewis, wie Eleonore sich kaum merklich vorbeugte.

„Ich denke“, begann er langsam, um Zeit zu gewinnen, „dass ich mich an etwas Leichtem versuchen werde, einem Lustspiel vielleicht. Mir schwebt etwas über die Kolonien in Ostindien vor …“

„Ah! Dann kann ich Ihnen nur empfehlen, auch das Theater zu besuchen! Die Saison fängt bald an, und ich hörte, dass mit einem von Kotzebues Stücken eröffnet werden soll, dem *Papagoy*, wenn ich nicht irre!“

„Ich werde diesen Rat gerne beherzigen, das Theater lag mir schon immer am Herzen, und weiterhin“, Lewis bemerkte, dass Eleonore Böttiger ein wenig enttäuscht dreinzublicken schien, „werde ich mich an Übersetzungen versuchen, mir gefallen da besonders der *Erlkönig* von Geheimrat Goethe und der *Oberon* von Herrn Wieland.“

Lewis sah rasch von rechts nach links, als befürchte er versteckte Lauscher, und fuhr dann mit gesenkter Stimme fort: „Ich gedenke, diese Übersetzungen den Dichtern als ehrenvolles Geschenk anzueignen. Also bitte, verraten Sie dies nicht …“

„Niemals“, versetzte Böttiger in gleichfalls bedächtigem Tonfall. „Dieses Geheimnis bleibt bei mir sicher verwahrt!“ Er schaute zu Eleonore hinüber. „Auch meine Gemahlin kann so etwas für sich behalten, nicht wahr, meine Teuerste?“

Eleonore nickte und wurde zugleich ein wenig rot, weswegen sie die Hand vor den Mund legte.

„Ich bin auch sicher“, fügte Lewis hinzu, „dass gerade Herr Wieland eine gute Übersetzung zu schätzen weiß …“

Eleonore konnte ein Kichern gerade noch unterdrücken, wie Lewis an ihren Augen zu erkennen vermochte.

„Oh ja“, tönte Böttiger, „vor allem seine eigenen! Er hat …“

„Ich bitte, mich zu entschuldigen“, presste Eleonore zwischen den Fingern hervor, die sie fest gegen die Lippen gedrückt hielt, und stand auf.

„Ist dir unwohl?", fragte Böttiger besorgt und erhob sich ebenfalls halb.

„Nein, es ist alles bestens", beschwichtigte Eleonore mühsam, „ich komme gleich zurück." Dann verließ sie den Raum, wobei sie Lewis im Vorbeigehen einen frechen Blick zuwarf. Hinter ihrer Hand konnte er ihre Mundwinkel zucken sehen.

„Was hat sie nur?", wunderte sich Böttiger und setzte sich wieder.

„Ich weiß nicht", log Lewis. „Vielleicht ist es ihr ein Bedürfnis, Gine für die Zubereitung der Täubchen zu loben."

„Oh, ja!", strahlte Böttiger. „Die waren absolut vorzüglich, und dem Geheimrat gebührt ebenfalls Dank. Zu schade, dass ein Kompliment erst nach seiner Rückkehr möglich sein wird."

„Richtig", meinte Lewis und lehnte sich zurück, froh, Böttiger auf andere Gedanken gebracht zu haben. „Aber ich werde ihm Freude bereiten, indem ich seiner Bitte nachkomme, beim Mittwochsclub vorstellig zu werden."

„Vorstellig werden!" Böttiger lachte. „Das haben Sie schön gesagt! Wenn Sie dort sind, passen Sie auf, dass Sie der dicke Bode nicht aufs Korn nimmt! Der ist recht trocken und die Geißel der hiesigen Genies, immer mit Spott zur Hand."

„So, so", machte Lewis und spitzte den Mund.

„Wahrscheinlich hat er sich deshalb auch daran gemacht – Sie erwähnten ja eben das Übersetzen in andere Sprachen –, Montaignes Schriften aus dem Französischen zu übertragen. Sich dieses alten, launischen und überaus oft zynischen Sonderlings anzunehmen, sieht dem Bode ähnlich!"

Lewis hob die Brauen.

„Kennen Sie Montaigne? Ach, selbst wenn nicht! Unter dem alten, ehrwürdigen Rost schlummert so manche Unsauberkeit, so etwa im Kapitel über die Imagination. Dort ist von *l'art de peter* die Rede, was man gemeinhin – wie auch von Bode getan – mit Orgelei des Af…"

In diesem Moment kam Eleonore wieder, und Böttiger brach rasch seine Rede ab und räusperte sich, wie um die letzten Spuren seiner Worte zu übertönen und gleichsam zu tilgen. Eleonores Wangen waren rot, als habe sie herzlich gelacht.

„Es geht dir besser, wie es scheint!", bemerkte Böttiger, der froh war, die beinahe aufgetretene Peinlichkeit unterbunden zu haben.

„Ja", entgegnete Eleonore, „ich musste nur kurz durchatmen." Sie lächelte die beiden Männer entschuldigend an, wobei ihr Blick einen Augenblick länger auf Lewis verweilte. Diesen berührte das ein wenig unangenehm, obwohl er zuvor bei der kleinen Posse mitgespielt hatte. Seine Scheu vor Eleonore kam wieder zu Tage, und er beschloss, die Gelegenheit zu nutzen und auf sein Zimmer zu fliehen.

„Ich", sagte er deshalb, „werde mich nun wieder zurückziehen. Ich verspüre nach diesem opulenten Mahl ein wenig Müdigkeit und möchte ihr nachgeben, um Kräfte zu sammeln. Sowohl für die Arbeit als auch für den kommenden Abend mit den gebildeten Herren."

Er verabschiedete sich schnell, aber artig und verließ den gemütlich grüßenden Böttiger und dessen etwas enttäuscht dreinblickende Frau.

Es schien Lewis seltsam, aber er merkte, wie er von nun an mit weniger Bangen an das fiebergeborene Manuskript dachte. Vielleicht war es die Gewissheit, nicht mit diesem allein zu sein, da er dessen Geheimnis – wenn auch unfreiwillig – nun mit Eleonore Böttiger und mit Christoph Martin Wieland teilte. Deshalb beschloss er, sich zunächst dessen Gedichtepos'

Oberon anzunehmen und es ins Englische zu übertragen, wodurch er neben allen literarischen Gründen auch ein klein wenig Revanche zu nehmen versuchte. Diese Arbeit entrückte ihn in gänzlich andere Sphären und ließ ihn für einige Zeit alles Schreckliche, ob real oder ersonnen, vergessen. Auch Eleonore übte sich in gastgeberischer Zurückhaltung und beschränkte sich auf kurze Blicke und feines Lächeln.

Dann war es Mittwoch, und gegen Abend wurde Lewis nach unten gerufen. Er warf seinen hellgrauen Rock über und stieg die Treppe hinunter. Draußen auf der Straße stand eine ihm allzu bekannte Kutsche, in deren Polstern eine Gestalt mit schwarzem Samtkäppchen saß.

„Guten Abend, Herr Wieland", grüßte Lewis freundlich, und der Angesprochene öffnete schmunzelnd den Wagenschlag. Er war wie schon zuvor in einen dunklen Rock gekleidet, der die Bequemlichkeit, die er seinem Träger bot, unzweideutig ausstrahlte, und wieder trug er Tuchstiefel.

„Wieder darf ich Sie zu einer Fahrt einladen, Herr Lewis! Hoffen wir, dass es dieses Mal erfreulicher endet." Wielands helle Augen umkränzten Fältchen.

Lewis nahm Platz und verzog leicht die Mundwinkel. „Beschwören Sie es nicht, Herr Wieland ..."

„Fürwahr!", lachte der. „Wenn sich hier jemand auf Beschwörungen versteht, dann Sie, Herr Lewis. Man hat da etwas an mich herangetragen, das den Abend in Tiefurt in völlig anderem Licht erscheinen lässt."

Die Kutsche setzte sich in Bewegung und rollte übers Pflaster. Lewis wusste nicht, ob es diese Vibrationen oder Wielands Worte waren, die ihm unangenehm in den Magen fuhren.

„Ich habe von der kleinen Indiskretion durch Frau Böttiger erfahren; sie hat es mir gestanden", sagte Lewis. „Ich nehme es ihr aber nicht übel. Ich fürchte, ich sollte mich als Dichter daran gewöhnen, dass andere meine Werke lesen."

„Eine einsichtige Geisteshaltung!", nickte Wieland.

„Aber Ihnen gegenüber, geehrter Herr, Ihnen gegenüber muss ich etwas weniger einsichtig sein!" Lewis lächelte. „Wie konnten Sie Ihre Begabung nur einem Geringeren als William Shakespeare widmen!"

„Oh, grämen Sie sich nicht, das war nur allzu nötig! Nach bald dreißig Jahren kam es mir sehr zupass, wieder einmal mein Angelsächsisch zu bemühen, nach all dem Griechisch seitdem ..." Wieland tippte an seine mächtige Nase. „Ich möchte meinen, dass Ihre kleine Schauermär bei mir in besseren Händen war als beispielsweise bei Herrn Bode, der ebenfalls aus dem Englischen überträgt und den Sie gleich kennenlernen werden. Ich denke, die Gespräche heute Abend werden sehr fruchtbar werden!"

„Das will ich hoffen", meinte Lewis, lehnte sich zurück und schloss das kleine Geplänkel für den Augenblick ab.

Die Fahrt war überraschend kurz, und bald schon stiegen Lewis und Wieland vor dem Erfurter Tor an einem schmucken dreigeschossigen Bau aus.

„So", sagte Wieland. „Hier wohnt der gute Bertuch, den Sie ja schon kennengelernt haben. Sie dürfen davon ausgehen, dass sowohl das Haus als auch das Innere sich durch die gleiche *extravagance* auszeichnen wie der Herr Unternehmer selbst."

Das Tor öffnete sich, und ein Diener geleitete sie durch einen Gang, der zu einem weitläufigen, parkähnlichen Baumgarten hinter dem Haus führte. Die Äste und Zweige strotzten vor grünem Blattwerk, und dahinter lärmte ungesehen, aber umso deutlicher vernehmbar, ausgelassen eine Abteilung von Singvögeln.

Lewis sah sich um. „Sollen wir etwa zunächst einen Spaziergang machen?", fragte er.

Wieland schüttelte den Kopf. „Es scheint, als wolle Bertuch das angenehme Wetter nutzen und das Treffen im Freien abhalten."

„Hoffentlich wird das gegen Abend nicht zu kühl", gab Lewis zu bedenken, „ich möchte keinen Rückfall erleiden ..."

„Seien Sie unbesorgt. Ich bin sicher, Bertuch hat wärmende, geistige Getränke bereitgestellt."

Ein lautes Trompeten durchschnitt die Luft, und Lewis zuckte zusammen.

„Hören Sie die Schwäne?", fragte Wieland. „Auf dem Schwanseeteich dort wird im Winter Schlittschuh gelaufen. Goethe hat damit angefangen, das hatte er vermutlich von Klopstock, und seitdem begeben sich Hofstaat und Bürger aufs Eis, als sei es ihnen zu wohl." Er zwinkerte Lewis zu. „Am verrücktesten hält es Frau von Stein, die von morgens neun bis ein Uhr und dann wieder nachmittags von drei bis sechs oder sieben auf den Kufen steht. Sie macht dabei freilich keine gute Figur ..." Er hielt die Hand vor den Mund. „Das brauchen Sie aber nicht gegenüber Goethe zu erwähnen. Herrje, ich plaudere schon wie der Böttiger!"

Lewis lachte. „Ein wenig, nur ein wenig ..."

Sie kamen zu einem Häuschen mit Giebeln, dessen rosafarbener Putz keck aus dem Grün hervorleuchtete. Davor standen auf dem Rasen ein Tisch und einige Stühle, und um diese herum hatten sich bereits drei Herren versammelt, die sich angeregt unterhielten.

Friedrich Justin Bertuch sah auf und kam den Neuankömmlingen mit ausgebreiteten Armen entgegen. Er grinste so breit, wie es sein kleiner, voller Mund erlaubte, und seine Augen waren so rund wie die Nasenspitze, die sich ein wenig gerötet zeigte. „Herr Wieland und Herr Lewis! Wie schön!"

Bertuch trug einen himbeerroten Frack zu mausgrauer Hose, deren Kniebänder ebenso rot leuchteten. Seine Weste war rot und gelb gestreift, und über all dem prangte eine blaurote Halsbinde, die zu einer großen Schleife gebunden war. Lewis war versucht, die Augen ein wenig zusammenzukneifen – der Kontrast von Bertuchs Kleidung mit dem Grün der Bäume hätte Goethe gewiss zu neuen Erkenntnissen in der Farbenlehre gebracht.

Bertuch begrüßte die beiden überschwänglich und führte sie zum Tisch, der mit einem hellen Leintuch bedeckt und mit Gläsern und Flaschen förmlich übersät war. Dazwischen standen Schalen mit Obst und Naschwerk und einige Windlichter, die zwar noch nicht entzündet waren, aber vermuten ließen, dass sich dieses Treffen bis über den Einbruch der Nacht hinziehen würde. Die beiden anderen Männer, der eine schmal, der andere untersetzt, schauten interessiert auf Lewis, während sie Wieland zunickten.

„Herr Lewis", begann Bertuch, „ich darf Ihnen zwei Herren vorstellen, von denen Sie schon gehört haben und die nun endlich zu treffen Sie sich glücklich schätzen dürfen!"

„Ach, Bertuch, rede doch nicht so lange herum", tönte der Dicke mit tiefem Bass und trat einen Schritt vor. Er war vermutlich in Wielands Alter, an die Sechzig, und kräftig gebaut. Als er lächelte, schoben sich seine Hängebacken beiderseits der dicken Nase nach oben, und die Augen, die von dichten Brauen überschattet und mit schweren Tränensäcken unterlegt waren, blickten freundlich – soweit dies die leicht hängenden Lider zuließen, die dem Mann das Aussehen eines melancholischen Schweißhundes gaben.

„Johann Joachim Christoph Bode", stellte er sich vor. „Erfreut, Sie kennenzulernen! Engländer sind mir stets ein liebes Volk gewesen, zumal was ihre humorvollen Dichter angeht."

Bode war in dunkles Violett gekleidet, einzig die helle, zweireihige Weste mit golden blitzenden Knöpfen schien etwas freundlicher. Sein Wesen war jedoch überaus einnehmend, und Lewis vermutete, dass Bode zu den leutseligen Genossen gehörte, sobald der Wein nur ausreichend geflossen war. Dennoch war er ihm sympathisch.

„Sehr angenehm! Ich hoffe, ich kann meinen Landsleuten Ehre erweisen und erweise mich nicht als allzu scherzlos."

„Davon gehe ich aus!" Er lachte so laut, dass aus einem nahen Gebüsch einige Sperlinge aufgeregt schimpfend aufstiegen und die Flucht ergriffen. „Ich hörte, sie seien der einen oder anderen Posse nicht abgeneigt."

Lewis warf einen Seitenblick auf Wieland, der unschuldig mit den Schultern zuckte und sich dann auf einen der Stühle setzte.

Jetzt war der schmalere Mann hinzugetreten, der einen moosgrünen Rock trug, aus dessen Kragen sich ein schneeweißes Halstuch bauschte. Er hatte helles Haar und eine scharf konturierte Nase, einen energischen Mund und ein kräftiges Kinn, wodurch er auf Lewis sehr eindrucksvoll wirkte.

„Das, Herr Lewis, ist", begann Bertuch, der eine kleine Pause einlegte, als fürchte er, der Schmale werde ihm wie Bode die Vorstellung aus der Hand nehmen, „der Professor für Geschichte an der Salana, Johann Christoph Friedrich Schiller."

„Das ist die Universität drüben in Jena", erläuterte Schiller und nickte Lewis zu. In seinen Augen blitzte es, aber Lewis war nicht sicher, ob dies Ausdruck eines leidenschaftlichen Geistes oder eines leichten Fiebers war. Vielleicht beides, dachte er.

„Herr Schiller! Der Dichter der *Räuber*! Wie überaus beeindruckend, Ihnen persönlich gegenüberzustehen – und auch jenes andere Theaterstück, über diesen Minister ..."

„*Kabale und Liebe*", half Bertuch, und Schiller ließ es geschehen.

„Wie schön", sagte er, „dass Sie als Engländer dies kennen." Sein Ton war nun ein wenig schärfer. „Sie wissen sicher um die Umstände, die mich bewogen, über dieses Schandmal auf dem Gewand der Menschlichkeit zu schreiben. Menschenhandel!" Er zog ein Gesicht, als wolle er ausspeien.

Lewis versuchte, nicht auf diesen Angriff einzugehen. „Ja, ich habe mit Herrn Goethe einige Worte darüber gewechselt."

„So. Mit Geheimrat Goethe", stieß Schiller hervor und zeigte die Zähne ein wenig. „Wie schade, dass er nicht hier sein kann, aber er muss ja vielmehr an einem Feldzug gegen Frankreich teilnehmen. Als wenn es in diesem Lande nicht genug ..."

„Ist ja gut, Schiller", murmelte Bode, nahm ihn kurzerhand beim Arm und bugsierte ihn zu einem der Stühle. „Wir wollen heute mal etwas leichtere Gesprächskost verzehren, zu Ehren unseres jungen Gastes."

Er winkte Lewis heran, während er dem sichtbar mit sich ringenden Schiller Wein einschenkte. „Hier, trink das", sagte er halblaut und schob ihm dann eine Schale Klaräpfel hin, die hell schimmerten. „Wenn's dich beruhigt, kannst du ja eine Nase voll hiervon nehmen."

„Nun denn!", rief Bertuch, etwas peinlich berührt. „Setzen wir uns doch und trinken etwas guten Rheinwein!"

Für ein Weilchen saßen die Herren da, tranken Wein und atmeten die milde Sommerluft. Schiller hatte die vor ihm stehenden Äpfel mit einem geflüsterten „Zu frisch!" von sich geschoben und stattdessen getrunken.

Schließlich brach Bode das Schweigen. „Jetzt muss es aber gut sein!", rief er aus. „Dies ist doch kein Trappistenorden!"

„Nein, wahrhaftig nicht", grunzte Wieland und sah schelmisch in die Runde. „Da sind ganz andere Orden vertreten ..."

Bode ignorierte diese Äußerung und wandte sich an Lewis. „Ich bin angenehm überrascht von Ihrer Sprachfertigkeit. Dass Sie auch die Feder führen, habe ich ebenso gehört. Sagen Sie, lieber Lewis, haben Sie einmal daran gedacht, dies alles in die Dienste von etwas Höherem zu stellen?"

Lewis setzte sein Glas ab. „Woran denken Sie, Herr Bode?"

„Mir schwebt eine globale Literatur vor, in der jeder Nation das Beste und Wichtigste der anderen Nationen zugängig gemacht wird. Ich bin sicher, dass Dichtung verbinden kann und das gegenseitige Verständnis fördert, also nicht allein zum Belehren und Erfreuen nützlich ist."

„Wie gedenken Sie, diese Weltliteratur zu erschaffen?", fragte Lewis und griff wieder nach seinem Glas.

„Indem fleißig von einer Sprache in die andere übertragen wird. Ich selbst habe mich unter anderem des *Dorfpredigers von Wakefield* angenommen."

„Wakefield? Ah, sie sprechen von Goldsmiths *Vicar*! Ja, der ist mir bekannt. Aber keineswegs humorig, obgleich Sie doch erwähnten, Sie seien eher jener Spielart zugewandt?"

„Unzweifelhaft! Zu denen zählt vielmehr die Geschichte von *Thomas Jones*, die Henry Fielding so vorzüglich beschrieben hat!"

Lewis lachte. „Oh ja, ein famoses Garn! Aber sagen Sie, kennen Sie auch Laurence Sterne? Die *Leben ...*"

„*... und Meinungen des Tristram Schandi.* Aber ja! Alle neun Bände, schon vor bald zwanzig Jahren! Ein vorzüglicher, amüsanter Lesestoff!" Bode nickte und brachte sein dickes Kinn in heftige Bewegung. „Sehen Sie, Herr Lewis, so sollte es sein! Leser unterschiedlichster Länder sollten sich über die Werke ihrer Zungen und Federn unterhalten und austauschen können. Das liegt mir am Herzen."

Schiller brummte: „Da gibt es noch einiges andere, was mir am Herzen läge, und in Bodes Herzen ist auch noch genug Raum für ..."

Ehe Lewis auf Schillers Anmerkung eingehen konnte, redeten auch schon Wieland und Bertuch auf diesen ein. „Schiller, sag, wie geht denn die Arbeit an der *Geschichte des Dreißigjährigen Krieges* voran?", beeilte sich Wieland zu fragen, und Bertuch fragte: „Und was gibt es Neues von den Jungfern Schramm? Sind sie immer noch so gestrenge Mietherrinnen? Ich sag ja, da fehlt eine Männerhand, bei den beiden ..."

Bode tat so, als habe er nichts bemerkt, und sprach weiter mit Lewis. „So glaube ich, dass Sie der rechte Mann sein könnten, mir bei diesem Unterfangen dienlich zu sein."

Lewis wandte sich wieder Bode zu und versuchte, diesen zweiten Ausfall Schillers zu ignorieren. „In der Tat habe ich selbst über solche Dinge nachgesonnen. Meinen Landsleuten die großen deutschen Dichter noch näherzubringen." Er beugte sich ein wenig vor und achtete darauf, dass Wieland ihn nicht hörte. „Ich habe sogar mit einer Übersetzung von Herrn Wielands *Oberon* begonnen, die ich ihm selbst zueignen will. Sollte jene überdies noch zu dessen ohnehin schon vorhandenen Ruhm in England beitragen, dann ..."

„Na prächtig!", donnerte Bode, dass die anderen drei Männer hinübersahen. „Immer weiter so! Ich kann Sie in meiner Eigenschaft als Verleger nur unterstützen, und sollten Sie auch eigene Werke ..."

Lewis hob beschwichtigend die Hand und wollte diese Geste auch noch deutlicher in Richtung Wielands vollführen, als dieser schon temperamentvoll nickte.

„Herr Lewis hat schon eigenes vorzuweisen."

Lewis presste die Lippen aufeinander. „Bitte nicht", dachte er und sah mit Grausen, wie Bode und Bertuch, sogar Schiller neugierig die Hälse reckten.

„Aber", sprach Wieland weiter, „das soll hier noch nicht erörtert werden. Das Werk befindet sich noch im Entstehen, und wir wollen es nicht zerreden. Ich glaube aber, es wird einiges an Aufruhr erzeugen, wenn es erst einmal fertig ist."

Lewis atmete erleichtert aus. „Danke, dass Sie mich nicht den erfahrenen Poeten als leichte Beute vorwerfen."

Wieland nickte freundlich, und Bode lachte bellend, während Bertuch sich in amüsiertem Lippenkräuseln erging. Schillers Augen dagegen wurden eng. „Wenn ich trotzdem fragen darf – welcher Art ist denn Ihr geplantes Werk? Wenn es solchen Aufruhr verursachen wird, kann es sich doch nur um einen hochbedeutenden Stoff handeln. Im Übrigen, ist es ein Schauspiel?"

„Nein", sagte Lewis. „Es ist Prosa und ..."

„Auch Prosa kann bahnbrechendes Gedankengut enthalten." Schiller schien auf einmal sehr neugierig.

Wieland meldete sich wieder zu Wort. „Mir schien, es sollte eher der Zerstreuung denn der Erziehung dienen." Er rieb sich die Nase. „Aber sollten Sie anderes damit vorhaben ..."

Lewis seufzte. „Was soll ich sagen? Es ist noch gar nichts gediehen, was mir Klarheit geben könnte. Bedenken Sie, dass das, was Sie gelesen haben, allein durch Zufall in Ihre Hände gelangte und ..."

Schiller tippte mit dem Zeigefinger in die Luft. „Aber worum handelt es sich denn nun?"

Lewis räusperte sich und bewegte die Hände in der Luft, als wisse er nicht genau, wo er ansetzen sollte. „Vielleicht kennen Sie den Roman *Die Burg von Otranto*, den mein Landsmann Walpole verfasst hat?"

„Nein", schnappte Schiller. „Aber was kümmern mich auch mittelalterliche Bauten?"

„Na, na, Schiller!", schalt Bode, der sich eines jovialen Untertones befleißigte, damit seine Kritik nicht allzu scharf klang. „Immer gemach!"

Schillers Antlitz schien hagerer zu werden, als er Bode anfunkelte, aber zu Lewis sprach. „Was schreiben Sie nun, ohne Umschweife!"

„Das ist ... schwierig", setzte Lewis an, der sich sehr unbehaglich fühlte, weil ihn Schiller so bedrängte. „Wie gesagt, es ist eine Romanze im Stile Walpoles, die man mit den deutschen Schauergeschichten vergleichen könnte ..."

„Ach je!", rief Schiller. „Eine Spukgeschichte! Völlig indiskutabel."

Wieland schnalzte mit der Zunge. „Wenn ich mich recht entsinne, sitzt hier ein Mann, der erst vor kurzem eine gewisse *Geisterseherei* zu Papier gebracht hat."

„Richtig!", pflichtete Bertuch bei, der bislang mit unstetem Blick zugehört hatte.

Schiller machte eine wegwerfende Handbewegung. „Nicht doch! Es ist allgemein bekannt, dass ich damit gewisse Dinge ins rechte Licht rücken wollte und ..." Dann erhellte sich seine Miene, und er fasste Lewis scharf ins Auge. „Haben Sie etwa auch vor, unter dem Mantel des Romans etwas darzustellen, gar aufzuklären?"

Bode hob die schweren Brauen und schaute interessiert.

„Ich ... aber nein ..." Lewis stockte. „Keinesfalls. Ich will nur ein ergötzliches ... schreckliches ..."

„Schreckliches findet sich in der wirklichen Welt genug!" Schiller zeigte wieder seine zusammengebissenen Zähne. „Der Dichter kann eine scharfe Waffe dagegen führen, wenn er es versteht."

Lewis schüttelte den Kopf. „Nein, ich will unterhalten, nur unterhalten." Eine unangenehme Wärme stieg ihm im Kragen hoch, und das konnte nicht an den letzten Strahlen der Sonne liegen, die auf die Runde niederfielen.

„Das", sagte Schiller, „ist sehr bedauerlich." Er rümpfte die Nase. „Ein Dichter sollte sich zu Höherem berufen fühlen."

„Nun ist's aber genug!" Bode klopfte auf den Tisch. „Herr Lewis soll schreiben, wonach ihm der Sinn steht! Meinen Segen hat er! Er wird schreiben, und er wird übersetzen, so wie wir es auch tun, und er wird auch selbst übersetzt und wie wir Teil der großen Literatur werden." Er zwinkerte Lewis aufmunternd zu.

Schiller begann plötzlich leise, fast wie für sich selbst, das Thema fortzutreiben: „Gespenster und Schauer! Nachher wird eines fernen Tages irgendein leichtfertiger Kopf behaupten, ich hätte mit dem Lewis'schen Machwerk etwas zu schaffen, gar fälschlich behaupten, ich wolle die Geschichte in deutsche Sprache übertragen!" Dann murrte er wieder lauter: „Zu schade, dass Herder heute nicht hier sein kann, er würde mir zustimmen."

„Allerdings", lachte Bode. „Gut, dass er nicht da ist, der alte Prediger ..."

„Ach, Herr Lewis", warf Wieland ein, „ich soll Ihnen recht nette Grüße vom jungen Herrn Herder ausrichten."

Lewis lächelte. „Herzlichen Dank." Er griff nach seinem Glas und trank einen Schluck.

„Ach, der junge Herder", meinte Bode. „Der nimmt doch im Herbst sein Studium in Jena auf. Da könnte man ihn beglückwünschen, einmal fort vom Vater zu sein, und da gerät er in die Fänge Schillers ..."

Schillers scharfe Nase ruckte herum.

„Nicht allzu ernst nehmen", beschwichtigte Bode. „Aber ersprießlich ist es trotzdem nicht, bei den augenblicklichen Umständen und den Dingen, mit denen Herder sich hervorgetan hat ..."

„Was meinen Sie?" Lewis war beunruhigt.

„Das kann Ihnen Herr Schiller besser erklären", entgegnete Bode.

Schiller rutschte auf seinem Stuhl herum. „Nichts Großartiges", sagte er knapp und geradezu nebenbei. „Ein wenig Hin und Her wegen der Begebenheiten in Frankreich. Meinungen und Ansichten und in Jena ein paar Rangeleien wegen der Abschaffung der Duelle ..."

Bode und Bertuch öffneten leicht die Münder, und selbst Wieland sah ein wenig verwundert zu Schiller hinüber.

Lewis merkte es nicht, sondern stellte erschrocken sein Glas ab. „Duelle? Das ist keine gute Sache. Da möchte ich die Hoffnung aussprechen, dass sich dies zum Besten wendet, damit Herder nichts zustößt!"

Er sah zu, wie Schiller bedächtig aus seinem Glas trank und über den Rand verstohlen zu Bode, Bertuch und Wieland blickte. Lewis sah sich um und erkannte, wie seltsam die anderen Männer dreinblickten. „Aber es verhält sich doch so, nicht wahr?"

„Sicher, sicher", bestätigte Wieland rasch und nahm den Blick von Schiller, um Lewis anzulächeln. „Niemand will, dass dem jungen Herder etwas zustößt. Genauso wenig wie Ihnen." Er blickte langsam in die Runde. „Oder sonst jemandem ..."

Lewis nickte. Dieser Wunsch schien ihm selbstverständlich, und er fragte sich, warum Wieland ihn so überdeutlich formulierte.

„Herr Lewis", sagte Bertuch plötzlich. „Haben Sie sich schon gründlich hier im Garten umgesehen? Was meinen Sie dazu?

Ich spiele mit dem Gedanken, in meinem Modenjournal einen Aufsatz über Alter und Ursprung der Englischen Gärten zu verfassen. Ist Ihnen der Name Kent ein Begriff? Der große Schöpfer der Englischen Gartenkunst, der zum Wohltun des Auges das Joch des berühmten Le Nôtre zerbrach und ..."

Als es dunkel war, machte sich Lewis auf den Heimweg. Es fröstelte ihn ein wenig, und er hatte dem Wein etwas zu sehr zugesprochen. Im Schein der Windlichter hatte er sich von den vier Herren verabschiedet, die noch länger debattieren wollten, und auf die Kutsche verzichtet. Besonders Schiller schien es sehr recht zu sein, dass Lewis fortging, denn der Professor hatte die zuvor verstrichene Zeit des Abends nur wenig zur Unterhaltung beigetragen und Lewis nur ab und an mit einem unangenehmen Blick bedacht. Er war Lewis sehr unsympathisch. Bode hingegen erschien ihm als ein gutherziger Mann, gemütlich und scharfsinnig, und Lewis sah mit Zuversicht auf seine künftige Arbeit als Übersetzer.

Zunächst verlangte es ihn jedoch, nach Hause in sein Bett zu kommen, und am morgigen Tage würde er sich vielleicht brieflich beim jungen Herder melden, um ein paar Worte zu wechseln. Möglicherweise wusste dieser mehr über die Geschehnisse an seinem künftigen Studienort. Davon, Böttiger zu fragen, hielt Lewis wenig.

Er schritt kräftig aus und bewegte sich durch die dunklen Straßen auf den Kirchturm zu, der ihm als Scherenschnitt vor dem dunklen Himmel den Weg zum Haus Böttigers wies. Da hörte er ein Geräusch hinter sich und drehte sich um. Im Eingang zu der Gasse, die er zur Hälfte durchschritten hatte, war der Schattenriss eines Mannes aufgetaucht, der nun eilig auf ihn zukam. Zu eilig, als dass es sich um eine Person auf dem Nachhauseweg handeln konnte. Die Stiefel hämmerten ein Stakkato, das von den Häuserwänden auf Lewis eindrang. Schnell drehte sich Lewis wieder um, konnte seinen Gang jedoch nur einige Schritte weit beschleunigen, als er zurückschrak. Auch vor ihm war ein Mann aufgetaucht. Lewis war nicht sicher, ob es am schwachen Licht lag, aber es schien ihm, als sei diese Gestalt von Kopf bis Fuß in Schwarz gekleidet, und auch ihr Gesicht war nicht zu erkennen!

Lewis machte eine fahrige Bewegung zu Seite, da war der Mann hinter ihm auch schon heran und legte ihm die behandschuhten Finger auf die Schulter. Lewis zuckte zusammen und erwartete im gleichen Augenblick, einen scharfen Stahl zu spüren. Seine Kehle war trocken, und er brachte nur ein Ächzen hervor.

Der andere Mann kam näher und hielt schließlich dicht vor Lewis inne. „Sie sind Matthew Gregory Lewis?", fragte eine schaurige Stimme.

Lewis konnte nur fassungslos nicken.

„Schweigen Sie und folgen Sie uns, wenn Ihnen Ihr Leben lieb ist. Es möchte Sie jemand sprechen."

Neuntes Kapitel

In welchem sich so manches
im Verborgenen abspielt

Die beiden Schwarzgekleideten führten Lewis durch die mondbeschienenen Straßen Weimars. Obwohl es noch nicht allzu spät war, begegneten sie keiner Menschenseele, was Lewis tiefer schmerzte als der harte Griff seiner Begleiter. Als sie in einiger Entfernung die Mündung der Jakobstraße passierten, war Lewis versucht, einen Hilfeschrei auszustoßen, doch schien es ihm, als umklammerten die Finger der Männer nicht seine Arme, sondern schnürten ihm die Kehle zu. Langsam trocknete der kühle Nachtwind den Angstschweiß auf seiner Stirn, doch seine Angst wurde keineswegs hinfortgeweht. Seine Knie zitterten, er rang nach Luft. Lewis war sicher, dass sein Ende gekommen war, denn um wen konnte es sich bei diesen Männern handeln, wenn nicht um zwei der – in diesem Falle abgesessenen – schwarzen Reiter? Er hatte sich seine Verfolger also doch nicht eingebildet, nun hatten sie ihn eingeholt und ergriffen, um ihn – ja, wohin zu bringen?

Ihr Weg führte sie tiefer in die Dunkelheit, und mit einem Mal schob sich ein hochragender schwarzer Schatten vor den Mond. Lewis blickte auf und sah die Silhouette eines schlanken Turms in den Himmel stechen. Da wurde ihm sein drohendes Schicksal bewusst: Die Männer wollten ihn in den ausgebrannten Ruinen des Weimarer Schlosses ermorden und seinen Leichnam in die nahe Ilm werfen.

Lewis versagten endgültig die Knie, und so schleiften ihn die Schwarzgekleideten an dem hochaufragenden Turm vorbei in die Ödnis des Innenhofes, der an drei Seiten von langgestreckten Gebäuden umschlossen war. Die rußdüsteren Fensterhöhlen in den Fassaden starrten wie tote Augen auf ihn hinab. Er spürte, wie die Männer ihn kurzerhand unter den Achseln packten und ein wenig anhoben, so dass seine Schuhspitzen einige Fingerbreit über dem Pflaster schwebten. So musste es sein, wenn der Körper die Seele aushauchte, dachte Lewis und schloss die Lider.

Als er mit einem unsanften Ruck auf die Füße gestellt wurde, riss er die Augen wieder auf. Er befand sich, immer noch von den Männern flankiert, im grabschwarzen Inneren eines ausgebrannten Raumes. Durch gemauerte Bogengänge konnte er auf den matterleuchteten Hof hinausblicken, und über sich sah er die Sterne, da der Dachstuhl des Gebäudes fehlte. Von dessen Überresten oder anderen Trümmern war nichts zu sehen, man hatte die Ruine von Brettern und Steinen geräumt. Hier und da lagen Bohlen und Balken, zu Stapeln gefügt, die offenbar als Baumaterial für Gerüste dienten. Ein paar Ratten huschten vorbei, und Lewis schoss der bange Gedanke durchs Hirn, die Männer könnten ihn nach dem Mord hier zurücklassen, damit er ein Fraß des Ungeziefers werde.

Schon schoben ihn seine Entführer weiter, tiefer in den Bau hinein, durch leere Gänge und Zimmer, die schwach durch den Nachthimmel erhellt wurden. Schließlich hielten sie in der Mitte eines Raumes inne, bedeuteten Lewis mit einem festen Druck auf seine Schultern, dort stehenzubleiben, und verschwanden dann hinter der gähnenden Türöffnung.

Lewis blieb wie erstarrt zurück. Warum ließen ihn die Männer allein? Vielleicht wollten sie ihn nicht aus nächster Nähe töten, sondern ihn aus der Entfernung umbringen, mit einem Messerwurf oder einem Schuss? Sie erachteten ihn als so gering, dass sie sich nicht die Hände mit seinem Blut beschmutzen wollten. Oder wartete sein Mörder hier im Dunkel auf ihn?

Lewis wandte hektisch den Kopf hin und her – und lauschte.

Da! Weit hinten, an der kaum sichtbaren entfernten Wand des Raumes, regte sich etwas, und dieses Geräusch rührte von einer größeren Kreatur als einer Ratte her. Lewis bebte vor Angst, diesmal nicht nur in Höhe der Knie, sondern am ganzen Leib. Das Schaben kam näher. Plötzlich glomm ein Lichtschein auf, und in der Richtung, aus der die Laute gekommen waren, sah Lewis eine Türöffnung.

Dort erschien, von einer Kerze schaurig beleuchtet, ein Mann, und dieser schritt langsam auf Lewis zu. Der flackernde, helle Fleck des Gesichtes ließ mit jedem Schritt deutlichere Züge erkennen. Ein hageres Gesicht war es, mit hoher Stirn und tief eingegrabenen Falten um Nase und Mund, die durch die Schatten, die die Kerze entstehen ließ, noch verschärft wurden. Ein breiter, aber schmallippiger Mund saß wie ein Messerschnitt unter einer gebogenen Nase, und darüber stachen Augen durch die Dunkelheit, die bösartig geschwungene Brauen und eine Zornesfalte dazwischen krönten.

Lewis war sich sicher, dem Leibhaftigen gegenüberzustehen, der sich nicht, wie bei seiner Ankunft in Weimar, als braves Milchvieh entpuppen würde. Zu wach war Lewis nun, als dass er einem solchen Trug erliegen würde. Diese Gestalt war der Herr der dunklen Reiter, und er würde nun Lewis seinem furchtbaren Schicksal überantworten, durch welche Taten er sich auch immer dazu verdammt hatte. Lewis griff an seine Brust und umfasste durch den Stoff des Hemdes das Medaillon mit der Locke seiner Mutter, das er seit dem Erlebnis im Stollen um den Hals trug.

„Fürchten Sie sich nicht", ertönte da eine knarrende Stimme, die sich an den Wänden der Ruine brach und durch die Fensterhöhlen in die Nacht entfloh.

Das waren also die letzten Worte, die er hören sollte, dachte Lewis. Dann schloss er ergeben die Augen, da er zu keiner weiteren Regung mehr fähig war.

„Sehen Sie mich an, Lewis", knarrte die Stimme wieder, „ich will mit Ihnen reden!"

Lewis rührte sich nicht.

„Herrgott!" Die Stimme rief in scharfem Ton an Lewis vorbei, anscheinend an die Männer jenseits der Tür gewandt. „Ihr habt ihn ganz und gar verängstigt!" Wie zu sich selbst knurrte sie leiser: „Ich ahnte, dass dies kein guter Einfall gewesen ist."

Dann wandte sich der Sprecher wieder an Lewis. „Öffnen Sie die Augen, haben Sie keine Furcht, ich bin ein Freund Geheimrat Goethes."

Lewis sah mit halb zugekniffenen Lidern ins Licht. Der Mann ihm gegenüber versuchte nun anscheinend, eine freundliche Miene aufzusetzen, was ihm aber nur halbwegs gelang. Dennoch tat der Name Goethes sein Übriges.

„Wer sind Sie?", krächzte Lewis.

Der Hagere verneigte sich knapp. „Voigt. Regierungsrat Christian Gottlob von Voigt, Mitglied des Geheimen Consiliums seiner Hoheit Carl August Herzog von Sachsen-Weimar und Eisenach."

„Warum sind wir hier?", fragte Lewis mit belegter Stimme und hob die Hand schwach an die Stirn. Regierungsrat Voigt sah den kalten Schweiß auf Lewis' Stirn im Kerzenlicht glitzern und winkte rasch. Die beiden Männer setzten hinzu und ergriffen Lewis bei den Armen, um ihn zu stützen. Ihr Griff war dieses Mal wesentlich behutsamer, und sie hatten auch die schwarzen Tücher heruntergezogen, die ihre Gesichter zum Teil verdeckt hatten.

„Ich wollte auf Anraten Goethes mit Ihnen sprechen“, sagte Voigt, und seine Stimme hatte ihren knarrenden Klang ein wenig verloren, „und dieser ließ vermelden, Sie wüssten eine kleine Scharade zu schätzen, da derlei schauriges Tun Ihr liebstes Pläsir sei ...“

Lewis ächzte, und in diesem Laut schwang ein deutliches Maß an Verachtung mit.

Regierungsrat Voigts Brauen schlugen Kapriolen. „Es scheint, als habe sich der Geheimrat geirrt.“ Dann überlegte er einen Lidschlag lang. „Begeben wir uns in die Geheime Kanzlei, dort ist es komfortabler, und im Übrigen habe ich dies ohnehin vorgehabt ...“ Er musterte Lewis. „Sie können diese wenigen Schritte bewältigen? Es ist nicht weit, gleich über den Platz, im Fürstenhaus.“

„Es geht schon“, sagte Lewis, und er spürte, wie ihn ein aufwallendes Zornesgefühl mit neuer Kraft versah. Zu dumm, dass Goethe in weiter Ferne weilte, auf dem Weg nach Frankreich. Liebend gern hätte er ihm seine Späße heimgezahlt. Ihn so in Angst und Schrecken zu versetzen! Das Maß war voll, und Lewis schwor sich, seinem Herzen einen Stoß zu geben und sich fortan nicht mehr ins Bockshorn jagen zu lassen. Goethe schien ohnehin vieles nur als Spiel zu sehen, und Lewis wollte nicht mehr als Steinchen auf dem Brett sein Dasein fristen. Wer wusste, ob die schwarzen Reiter auf dem Waldweg nicht auch schon von Goethe gedungene Schmierenschauspieler gewesen waren, ob das scheinbar zufällig belauschte Gespräch in der Kutsche nicht inszeniert gewesen war? Lewis erinnerte sich: Hatte Goethe nicht dem Weimarer Theater vorgestanden oder Ähnliches? Hatte er neben dem Verfassen von Stücken nicht auch in ihnen mitgewirkt? Alles fügte sich nun: Goethe hielt ihn, den Schauerromane lesenden kleinen, jungen Engländer zum Narren und amüsierte sich darüber – und nun? Was wollte dieser Regierungsrat von ihm, noch dazu auf Anraten Goethes?

Lewis atmete scharf ein. „Also, worum geht es?"

„Kommen Sie", meinte Voigt. „Im Sitzen lässt sich das besser bereden."

„Na schön!" Lewis entzog die Arme dem Griff der Männer, die eilends einen halben Schritt beiseite machten, und hob das Kinn. „Zeigen Sie mir den Weg!"

„Bitte sehr", sagte Voigt und ging voran, nachdem er die Kerze gelöscht hatte.

Lewis folgte und ließ jetzt erst das Medaillon los, das er die ganze Zeit umkrampft hatte.

Die vier Männer marschierten aus dem Hof hinaus, ließen das schweigende Schloss hinter sich und überquerten den Vorplatz in Richtung Fürstenhaus. Lewis erkannte, dass es sich dabei um das Rote Schloss handelte, an dem er selbst schon bei Tage vorbeigegangen war. Der wuchtige, dreigeschossige Bau mit seinen Giebeln und Mansarden trug diesen Namen wegen seiner rotgetünchten Fassade.

Am Portal des Ostflügels entließ Voigt die beiden Männer, die daraufhin in der Dunkelheit verschwanden.

„Zwei Husaren aus der Garnison, die sich gern für diesen ... Spaß rekrutieren ließen", erläuterte Voigt und zuckte wie zur Entschuldigung mit den Achseln. In Wirklichkeit jedoch schien es ihm gleichgültig zu sein.

„Jeder hat eine andere Ansicht von Spaß." Lewis machte sich nicht die Mühe, die Bitterkeit in seiner Stimme zu verbergen. „Die Goethes weicht von der meinen in gehörigem Maße ab."

Voigt nickte und bedeutete Lewis einzutreten. Nach einigen Gängen und Treppen fanden sie sich in einem kleineren Raum ein, der kahl und amtlich wirkte und den ein Schreibtisch und offene Schränke voller Schriften und Aktenstücke beherrschten. Voigt entzündete die Lampe auf dem Tisch und bot Lewis einen der davorstehenden Stühle an, bevor er selbst dahinter Platz nahm.

Er bückte sich, öffnete eine leicht quietschende Tür im Tisch und beförderte eine dunkle Flasche und zwei Likörgläser hervor. „Arrak?", fragte er.

„Gewiss!" Lewis schien es verfehlt, mehr Höflichkeit an den Tag zu legen, als ihm selbst widerfahren war. Voigt goss ein und reichte Lewis eines der Gläser. Die Männer tranken ohne ein Wort. Dann setzte Lewis das Glas hart auf der Tischplatte ab.

„Herr Regierungsrat, bitte klären Sie mich nun darüber auf, was es mit dieser Posse auf sich hat." Lewis lehnte sich zurück und verschränkte die Arme. Zum ersten Mal seit langer Zeit fühlte er sich nicht ängstlich oder besorgt, sondern allem, was nun folgen mochte, gewachsen.

Voigt räusperte sich und schob sein Glas neben die Flasche. „Herr Lewis", begann er harsch, „ich will ohne Umschweife zur Sache kommen: Es gärt in dieser Stadt und in diesem Land."

Lewis nickte und verkniff sich einen Kommentar.

Voigt schien es zu begrüßen, nicht unterbrochen zu werden und fuhr in gleicher Heftigkeit fort: „Es gibt Ränke und Machenschaften von Verbindungen, die darauf aus sind, die bestehenden Herrschaftssysteme zu zerschlagen und sich selbst an die Macht zu setzen."

Lewis stieß ein kurzes, geringschätziges Lachen aus. „Sprechen Sie von den Bauern, die unter Fron und Abgaben leiden? Ich bezweifle, dass Sie von denen viel zu befürchten haben."

Voigt blickte zunächst ungehalten, nickte dann aber anerkennend. „Ich sehe, Sie sind gut unterrichtet, obgleich Sie erst kurz in Weimar weilen. Man hat mir also nicht zu viel von

Ihnen erzählt, was Ihren Scharfsinn und Ihre Auffassungsgabe angeht …"

„Wollen Sie mir schmeicheln? Ich nehme dies mit Dank hin. Aber nun weiter, wenn Sie nicht schon alles gesagt haben." Lewis fühlte sich ausgezeichnet. Der Arrak hatte das letzte unangenehme Gefühl aus seinen Eingeweiden gebrannt, und er war sicher, in diesem Gespräch die Oberhand zu behalten. Er würde dem bitteren Ton Voigts mit eisiger Ruhe begegnen. Voigt würde Goethe Überraschendes über sein Rückgrat zu berichten wissen.

„Dennoch liegen Sie falsch!" Voigt genoss es sichtlich, sein Lob mit Kritik fortzuwischen. „Es verhält sich anders. Die Gefahr droht nicht von planlosen Landmännern und Tagelöhnern, was ja auch ein lächerlicher Gedanke wäre!" Voigt schnaubte verächtlich. „Vielmehr droht sie von jenen, die den Geist haben, gewisse Abnormitäten des Weltgeschehens aufzugreifen und weiterzuspinnen. Ich rede von der Studentenschaft, hauptsächlich der in Jena."

Lewis erinnerte sich an die Dinge, die Schiller in Bertuchs Garten angesprochen hatte. „Auch das ist mir bekannt. Es geht um die Reglementierung des Duellwesens", gab er lakonisch von sich.

„Fürwahr", knarrte Voigt. „Sie sind ein denkwürdiger junger Mann, dafür, dass sie allein um der Sprache und der Dichtung willen hier in Weimar zu Besuch sind! Es ist richtig, die Studenten sehen in der Abschaffung des Duellwesens ihre akademische Freiheit oder vielmehr ihre Eigenständigkeit gefährdet. Sie maßen sich an, sich mit der militärischen Offizierskaste gleichzustellen. Aber noch ärger verhält es sich, und dies wissen Sie gewiss auch, mit den studentischen Geheimgesellschaften, die akademischen Orden, in denen liberales Gedankengut und umstürzlerische Pläne besprochen werden …"

„Gewiss", log Lewis und strich sich mit dem Daumen am Kinn entlang.

„Nun, diese sind, wie Ihnen bekannt, seit Anfang dieses Jahres verboten. Bislang hatte dies nur den Auszug der Studenten am 19. Juli zur Folge, aber es kann noch Schlimmeres folgen. Goethe hat richtig erkannt, dass sich in diesen Orden ein revolutionäres Potential ansammelt oder vielmehr angesammelt hat, dass durch den Funken aus Frankreich jederzeit losbrechen kann, und dann würde auch hier bei uns die Bürgerschaft die Autorität der legitimen Staatsmacht anzweifeln und ... aber das brauche ich Ihnen ja nicht näher auszumalen." Voigt sah Lewis scharf an, als wartete er darauf, ihn belehren zu können.

„Durchaus nicht", bestätigte Lewis. Er fragte sich, worauf Voigt hinauswollte.

„Nun ist es so", fuhr dieser fort, „dass es angebracht ist, über die Machenschaften und Denkvorgänge in diesem Pulverfass unterrichtet zu sein. Im Übrigen ist die Universität Jena ein Fremdkörper in unserem Herzogtum Weimar. Sie liegt zwar auf dessen Gebiet, untersteht aber den Herzögen von Coburg, Meiningen, Gotha und eben Weimar gemeinsam. Das macht eine Handhabe, eine herrschaftliche Beaufsichtigung, überaus schwierig. Deshalb muss man doppelt gut über alles unterrichtet sein, um im äußersten Falle rechtzeitig losschlagen zu können."

Voigt schlug mit der Faust in die Handfläche der anderen Hand und umschloss sie mit den Fingern, dass die Sehnen hervortraten. Lewis zweifelte nicht daran, dass Voigt ein gewissenloser Mann war, der gewillt war, seine Ideale auch mit Gewalt durchzusetzen.

„Was hat dies nun mit mir zu tun?", fragte er ein wenig vorsichtiger.

„Sie sind doch recht gut bekannt mit dem ältesten Sohn des Generalsuperintendenten Herder ..."

„Das bin ich."

Was hatte dies mit Wilhelm Herder zu tun?

„... welcher sich damit hervorgetan hat, ein Befürworter der Revolution in Frankreich zu sein ..."

Lewis ging auf, warum Schiller sich an diesem Abend des alten Herders Anwesenheit herbeigewünscht hatte. Es war ihm nicht nur um Beistand zum Thema Dichtung gegangen.

„ ... und dessen Sohn nun wird demnächst sein Studium in Jena beginnen ..."

„... wo auch Professor Schiller lehrt", warf Lewis ein, um sogleich einen tadelnden Blick Voigts zu erhalten, den dieser mit Not in ein anerkennendes Nicken verwandelte.

„... der vom gleichen geistigen Schlage wie Herder ist, ja gar erst kürzlich aufgrund seiner aufrührerischen Dramen zum Ehrenbürger der Französischen Republik ernannt wurde, man stelle sich vor!" Voigt stach mit dem Zeigefinger in die Luft, als gedachte er, den Abtrünnigen sogleich zu pfählen und ihn somit seiner gerechten Strafe für diese Ungeheuerlichkeit zuzuführen.

Lewis nickte und ahnte, wofür Voigt ihn vorgesehen hatte.

„Sie – und Goethe – wollen, dass ich den jungen Herder, sobald er sein Studium angetreten hat, dann und wann befrage, was in Jena vor sich geht, um Sie, wie Sie so treffend formulierten, über die ›Machenschaften und Denkvorgänge in diesem Pulverfass‹ zu unterrichten."

Voigt verzog die Lippen zu einem hochnäsigen Lächeln und schüttelte den Kopf. „Nicht ganz."

Lewis hob die Hand. „Ah, natürlich, ich zitierte Sie nicht völlig korrekt, ich soll Sie natürlich doppelt gut unterrichten und dafür Herrn Herder doppelt gut befragen." Er konnte nicht umhin, ein gehöriges Maß an Ironie in seine Stimme zu legen.

„Nein", sagte Voigt und lächelte noch mehr, „Sie werden selbst für uns nach Jena gehen, um alles aus erster Hand zu erfahren!"

Lewis schluckte. „Ich soll ... wie darf ich das verstehen?" Voigt weidete sich an Lewis' Verwirrung.

„Sehr einfach: Sie werden dem jungen Herrn Herder nach Jena folgen und sich dort als Student ausgeben, als interessierter Gast aus England. Sicher wird man versuchen, Sie für die Sache zu gewinnen, und ich denke, jegliches Misstrauen Ihnen gegenüber wird ausgelöscht werden, wenn Sie mitteilen, dass Sie erst kürzlich in Paris waren."

„Sie sind auch sehr gut informiert, was meine Person angeht." Lewis zitterte. Der Arrak hatte seine Wirkung verloren.

„Das ist meine Aufgabe." Voigt hob stolz das Kinn. „Ich hätte Herrn Goethes Vorschlag nie zugestimmt, wenn ich Sie nicht ebenso wie er für diesen Auftrag für geeignet hielte." Voigt legte die Fingerspitzen aneinander und musterte Lewis darüber hinweg, als ziele er mit einem Pistolenlauf auf den Engländer. „Nun, wie lautet Ihre Antwort?"

Lewis sah Voigt an und schüttelte leicht mit dem Kopf. „Was, wenn ich ablehne, bei diesem Spiel mitzuspielen?", fragte er vorsichtig. Es war ihm, als könne der Grund, auf dem er sich bewegte, jeden Augenblick brüchig werden und sich auftun.

„Aber nicht doch!" Voigt lachte kalt auf, und seine Brauen tanzten über die Stirn. „Sie werden doch zumindest Herrn Goethe nichts abschlagen können, wo Sie sich doch so gut mit ihm verstehen ..."

„Das mag Ihre Wahrnehmung der Dinge sein."

Bedächtig löste Voigt die Fingerspitzen voneinander und senkte die Hände in ruhiger Bewegung auf die Tischplatte. „... und wo er doch Ihr Leben gerettet hat, im Stollen zu

Martinroda." Seine Handflächen hatten die Tischplatte erreicht. Gemächlich spreizte er die Finger.

Lewis schien es, als suche Voigt Halt. War er auf Lewis' Ablehnung nicht gefasst gewesen? Dann sollte es so sein.

„Ich möchte anmerken, dass mich Herr Goethe erst in diese Gefahr für mein Leben gebracht hat!" Lewis lächelte.

Der Regierungsrat senkte Mundwinkel und Augenbrauen. Er beugte sich vor, und das Licht der Lampe gab ihm fast das gleiche dämonische Aussehen wie in der Ruine des Schlosses. „Herr Lewis", begann er, und diese Anrede klang wie eine Drohung. „Ich möchte keine Druckmittel anwenden, aber vielleicht ist es für Sie eine Entscheidungshilfe, wenn ich dazu anmerken möchte, dass mir zurzeit, da sich der Herzog und Goethe auf der Kampagne in Frankreich befinden, die Regierungsgeschäfte obliegen. Wenn ich es für nötig erachten sollte, läge es in meiner Macht, Ihnen den weiteren Aufenthalt in Weimar unangenehm zu gestalten. Dazu müsste man nur die Ereignisse in Martinroda etwas anders schildern. Oder die Fakten nutzen, die Sie bei den Jenenser Studenten so überaus beliebt machen werden. Ich hörte, dass Sie keine sonderliche Affinität zu unterirdischen Gelassen haben ... und somit derartige Örtlichkeiten doch besser meiden sollten. Unsere Kerker sind nicht von der natürlichen Schönheit eines Stollens in gewachsenem Stein, und dort ist die Gesellschaft auch von anderer Art. Ich möchte sogar hinzufügen: Wenn man den Kerker nach einer Zeit, die sehr lange währen kann, wieder verlässt, heißt es nicht, dass man den Gang in die Freiheit antritt. Der Weg, der daraufhin folgt, kann kurz und endgültig sein. Er kann aber auch in weite Ferne führen und vor dem Ende viele Mühen bergen. Habe ich mich klar ausgedrückt?"

Lewis spürte, wie ihm das Blut aus dem Gesicht wich und mit diesem all die Kraft und Zuversicht, die ihn zuvor erfüllt hatte. „Das haben Sie, Herr Regierungsrat“, entgegnete er leise.

„Wie schön. Noch einen Arrak?“ Voigt hob die Flasche. Lewis schüttelte den Kopf, worauf Voigt die Achseln zuckte und sich selbst eingoss. Er nippte am Glas und stellte es befriedigt wieder ab.

„Ich möchte Sie noch um etwas Anderes bitten. Da Sie sich so vorzüglich in der Weimarer Gesellschaft bewegen, könnten Sie auch dort die Ohren für mich offenhalten.“

„Oh ...“, sagte Lewis schwach.

Voigt zeigte sich finster belustigt, dann huschte ein feines Lächeln über sein Gesicht. Er bemühte sich sichtlich, seiner Stimme einen sanften Klang zu geben. „Schauen Sie, ich will ja gar nicht, dass Sie über Ihren Freund Herder berichten oder wen Sie sonst in dieser illustren Runde ins Herz geschlossen haben. Mich interessieren weder Wielands Narreteien noch irgendwelche freiheitlichen philosophischen Gedanken im Mittwochsclub. Das sind alles ehrbare Männer, die zum Geistesleben Weimars gehören und den Ruf unseres kunstsinnigen Landesvaters bereichern.“ Er beugte sich vor und sprach nun sehr nachdrücklich. „Nein, ich bin auf Verbrecher aus, will die aussieben, die nur scheinbar von französischer Freiheit reden, aber in Wirklichkeit eine Räteherrschaft einführen wollen, die für ihre politischen Irrlehren über Leichen gehen, die nicht mit dem Wort streiten, sondern mit dem Dolch.“

Dieser plötzliche Wechsel im Ton verwirrte Lewis. Eben noch schien Voigt ihn unter Androhung von Leibesgefahr zu einem Spitzeldienst dingen zu wollen, jetzt aber erwies sich, dass er vielmehr helfen sollte, politische Attentäter dingfest zu machen.

Als vermöge Voigt Lewis' Gedanken zu lesen, betonte er nun noch einmal: „Sie sollen, werter Herr Lewis, Ihre Freunde nicht verraten – Sie sollen mir helfen, sie zu beschützen!" Dann lehnte er sich wieder zurück, schloss seine Augen halb, blickte ihn aber unter den Lidern hervor unverwandt an.

Der Auftrag erschien nun in völlig anderem Licht. Lewis musste nicht die Achtung vor sich selbst verlieren, weil er für Voigt arbeitete. Denn auch wenn er nun als Spion gelten konnte, war er doch kein verabscheuungswürdiger Spitzel, der die Arglosigkeit seiner Gastgeber ausnutzen sollte. Es musste ihm fortan nicht vor jedem Gespräch grausen, dass er in der nächsten Zeit führen oder mithören würde.

„Sie sollen sich allein in Belangen aufmerksam umhören, in denen es um die verwerflichen Geheimbündler geht, jene skrupellosen Menschen, die Anschläge auf den Monarchen und die Monarchie verüben wollten. Die zur Umsetzung ihrer kruden Ideen und Ziele unschuldige Menschen umbringen und die eine diktatorische Herrschaft unter ihren seltsamen Ansichten von Mensch, Geist und Gott planten." Voigt erreichte mit dieser Zusammenstellung, dass Lewis seinen Auftrag als immer ehrenvoller ansah. „Es bilden sich in letzter Zeit auch außerhalb der Universität immer mehr demokratische Klubs und geheime Gesellschaften, aus denen nichts Gutes erwachsen kann, in denen sich mit Sicherheit gefährliche Personen bewegen, die sich, wenn sie die Zeit reif sehen, als Rädelsführer und Komplottanstifter versuchen wollen."

„Sie spielen doch nicht etwa auf das heutige Treffen an, bei dem ich ..."

„O doch. Nicht von ungefähr habe ich Sie gleich nach Ihrem Aufbruch von Bertuchs Anwesen ... dingfest machen lassen. So kann ich Sie gleich befragen: Hat man dort gewisse Dinge angesprochen? Bode zum Beispiel?"

„Aber nein, so ein eleganter, liebenswürdiger Herr!"

„Was immer Sie sagen! Aber das mag sich nur auf Ihren ersten Eindruck gründen. Ich für meinen Teil weiß, dass sich Bode verdächtig gemacht hat, mit einem gewissen ..."

Lewis bemerkte mit leisem Erstaunen, wie der bislang so forsche Regierungsrat stockte und nach den rechten Worten suchte, als wolle er nichts Falsches äußern oder gar vermeiden, etwas preiszugeben.

„... Bund oder Orden in Verbindung zu stehen, der sich durch besonders unredliche Machenschaften und Anliegen auszeichnet."

Lewis entsann sich plötzlich der kleinen Seitenhiebe, die Schiller und auch Wieland gegen Bode geführt hatten. Dort war von Orden und Herzensangelegenheiten die Rede gewesen. Aber das hatte seinen Grund sicher nur in den Scherzen, mit denen sich alte Bekannte bedachten.

Voigt blickte nun sehr ernst. „Ich möchte Sie – trotz allem, worum ich Sie hier ... gebeten habe, und für das ich mir auch Sorgfältigkeit und Gewissenhaftigkeit ausbitte – auch warnen und um Vorsicht ersuchen. Nicht nur, weil die Sache gefährdet ist, sollte man Sie als in meinen Diensten stehend erkennen. Es kann auch Ihr eigenes Leben betreffen."

Voigt drehte das Likörglas zwischen den Fingern, verfolgte kurz die Bewegung des Getränks und blickte dann wieder auf.

„Bei der von mir eben erwähnten Gesellschaft handelt es sich um Menschen, die sich vielleicht nicht allein mit geistiger Giftmischerei begnügen werden." Voigt stellte das Glas bedächtig ab. „Nicht von ungefähr bezeichnen diese sich selbst als die Schwarzen Brüder."

Lewis sackte auf seinem Stuhl zusammen. Ein Sturm von Bildern und Ahnungen fegte durch seinen Geist, und ihm wurde angst und bange. Die Kehle schnürte sich ihm zu. Er hob die zitternde Hand erst an die Stirn und dann in Richtung Voigt. „Wenn ich Sie doch um ein weiteres Glas bitten dürfte …"

Lewis ging schleppenden Schrittes nach Hause. Der Kopf schwirrte ihm nicht nur von Wein und Arrak, sondern auch wegen der Drohworte und Offenbarungen Voigts. In was war er da nur hineingeraten?

Am Ende hatte ihm Voigt noch erklärt, wie Lewis ihn über etwaige Ergebnisse unterrichten sollte. Lewis sollte alles ausführlich niederschreiben und an einem Ort hinterlegen, der, wie Voigt sich ausgedrückt hatte, als „toter Depeschenkasten" bezeichnet wurde. Lewis hatte sich gefragt, wie denn ein Kasten, welcher Art auch immer, im anderen Fall lebendig sein könne, um diese unterscheidende Bezeichnung zu rechtfertigen. Aber Voigt hatte dieses Wort mit so geheimnistuerischer Begeisterung benutzt, dass Lewis nicht nachhaken wollte. Als er ihm allerdings erläuterte, dass es sich um einen Baum im Park an der Ilm handelte, der eine verborgene Höhlung besaß, in der Schriftstücke versteckt werden konnten, eröffnete sich ihm so einiges, und als er dann bei Voigt nachfragte, ob es noch weitere dieser Bäume gab, und dies bejaht wurde, wurde Lewis klar, warum Goethe zwischen Ilmenau und Martinroda die alte Eiche besucht hatte. Was der Geheimrat als nostalgischen Akt bezeichnete hatte, war in Wirklichkeit ein Austausch von Informationen gewesen. Welcher Art Information, darüber konnte Lewis allerdings nur mutmaßen.

Er wünschte sich, Goethe wäre noch in Weimar. Dann hätte er mit jemandem über die ganze Sache sprechen, möglicherweise auch seine Bedenken und Fragen äußern können. So würde er jedoch mit seinen Zweifeln allein bleiben: Goethe war auf dem Weg nach Frankreich, und sich jemand anderem anzuvertrauen hatte ihm Voigt untersagt. Was hätte er auch tun können? Böttiger gestehen, dass er nun einen geheimen Berichterstatter unter seinem Dach beherbergte? Jemanden, der auch ihn der Obrigkeit ausliefern könnte, sollte er sich als aktiver Mitverschwörer in einem Geheimorden entpuppen. Natürlich war Lewis überzeugt, dass es sich bei Böttiger um keinen staatsgefährlichen Menschen handelte, schließlich hatte jener sich niemals in dieser Richtung geäußert. Aber andererseits hätte Lewis auch nie geglaubt, dass der ihm ungefährlich erscheinende Bode unter Beobachtung und Verdacht stünde.

Die wichtigste Frage schien Lewis aber, was Voigt zu dem Glauben verleitet hatte, gewisse Leute könnten ihm, Lewis, gegenüber unvorsichtig werden und ihre Zunge nicht mehr im Zaum halten. Seien es nun angesehene, stadtbekannte Weimarer Bürger oder Jenenser Studenten.

Lewis seufzte. Voigt würde sich schon nicht geirrt haben, wenn er ihn, Lewis, als nützlich für derlei Belange erachtete. Aber vielmehr ging es ja um den Eindruck, den er bei Goethe hinterlassen hatte. Schließlich hatte der ihn Voigt anempfohlen.

Lewis trat gegen ein Steinchen, das auf dem Boden lag, und hörte, wie es klickernd in der Dunkelheit verschwand. Wenn es ihm bloß nicht ebenso erging: getreten zu werden und zu verschwinden. Denn was Voigt über die Schwarzen Brüder erzählt hatte, beunruhigte Lewis zutiefst. Also waren seine Befürchtungen doch keine Hirngespinste gewesen, und nun, da er selbst auf der Seite der Herrschaftsmacht stand, die dieser geheime Orden zu stürzen versuchte, war er ebenfalls zu deren Feind geworden.

Mit einem Mal glaubte Lewis ein Brennen auf seiner Stirn zu fühlen, das von einem imaginären Kainsmal herrührte, ein Mal, das ihn für jedermann – oder schlimmer noch: allein für die Schwarzen Brüder – als Spion erkennbar machte. Was, wenn schon hinter der nächsten Ecke ein Meuchelmörder lauerte, mit dem Dolch im Gewand?

Lewis beschleunigte seine Schritte, und den Rest des Weges zum Haus Böttigers lief er, als seien blutrünstige Erinnyen hinter ihm her.

In den folgenden Tagen saß Lewis nur halbherzig an seinen Übersetzungen, seinen Studien und seinem Drama. An schauerliche oder spannende Lektüre oder gar an ein – mit wachem Geiste vollzogenes – Fortsetzen des gewissen Manuskriptes wollte er erst gar nicht denken, zu unsicher und schauerlich schienen ihm die Verhältnisse in der wahren Welt. Er versuchte, bei Tisch so frei und unbeschwert wie nur möglich mit den Böttigers zu plaudern, auch versuchte er, von heiklen Themen, etwa jene den Staat oder die Herrschaft betreffend, abzulenken, diese erst gar nicht aufkommen zu lassen. Zwar war ihm klar, dass er seine Aufgabe vielleicht zu ernst sah: Böttiger ein mordlüsterner Geheimbündler? Wie in den Romanen? Der Gedanke war gar zu abwegig. Doch was würde in Jena geschehen, wo es wahrscheinlicher war, dass er auf gefährliche Subjekte traf?

Mit halb frohem, halb bangem Herzen hatte er dem jungen Herder geschrieben und ihm eine Reise nach Jena vorgeschlagen. Sein Vorwand war, dass er es mit dem Christ Church College vergleichen wolle, zumal habe er Professor Schiller kennengelernt und wolle gern dessen Wirkungsstätte ... und so fort. Lewis kam sich schäbig vor, wollte aber keineswegs das Risiko eingehen, Voigt zu enttäuschen. Er tröstete sich mit dem Gedanken, eine möglicherweise doch recht angenehme Zeit mit Wilhelm Herder zu verbringen, und so befand er sich einige Tage später mit diesem in einem Wagen, der am frühen

Morgen die Landstraße zwischen Weimar und Jena befuhr. Die drei Meilen – deutsche Meilen, wie sich Lewis bewusst machte – führten zunächst durch eine recht leere, traurige Landschaft, und Lewis war erfreut, Herder als angenehme Reisebegleitung zu haben. Oder umgekehrt, denn Herder wollte den Besuch in Jena nutzen, um Vorbereitungen für den Antritt seines Studiums zu tätigen. Er war mit der Stadt und den Menschen schon vertraut und konnte, wie er Lewis versicherte, auch als kundiger Führer dienen. Lewis hätte einiges darum gegeben, wenn er dies alles, wie nur wenige Tage zuvor, als Gast und Besucher hätte erleben können. So aber würde er seine Aufmerksamkeit zwischen dem, was Herder sagte, und dem, was er von anderen hören mochte, aufteilen müssen.

„Nachts wird es recht heikel und geradezu gefährlich auf den Gassen", berichtete Herder mit breitem Grinsen.

„Warum?", fragte Lewis und versuchte, so natürlich wie möglich zu klingen. „Laufen die Duellwütigen unter den Studenten mit gezogenem Degen einher, um sich trotz des Verbotes zu schlagen?" Er kam sich schrecklich tölpelhaft vor, kaum dass er diese rhetorische Falle, sofern man sie überhaupt als solche bezeichnen konnte, ausgelegt hatte. Niemand konnte ihm vorhalten, es nicht wenigstens versucht zu haben. Wenn er scheiterte, dann lag es allein daran, dass er nicht zum Spion berufen war.

„Nein", entgegnete Herder munter, „wenn, dann findet so etwas natürlich im Verborgenen statt, man will ja nicht auffällig werden!"

Lewis fühlte sich insgeheim befugt, diesen Punkt von seiner imaginären Liste inquisitorischer Fragen zu streichen. Überhaupt, wie wollte Voigt nachprüfen, wie Lewis sich als Spitzel machte? Wie konnte der Regierungsrat entscheiden, ob Lewis, wenn er keine Ergebnisse brachte, nicht sorgfältig gearbeitet oder nur die falschen, nämlich unbescholtenen, Leute ausgehorcht hatte? Vielleicht war er als Engländer, der sich neugierig überall umsah und nachfragte, ja viel zu auffällig und nicht vertrauenerweckend? Wie konnte Voigt glauben, irgendwelche Verschwörer würden sich Lewis gegenüber offenbaren?

Lewis lachte in sich hinein. Was für eine nutzlose Posse! Er würde sich nicht darum kümmern und den Ausflug und die angenehme Gesellschaft genießen.

Herder bemerkte das stumme Lachen seines Reisegefährten und bezog es irrigerweise auf seinen letzten Satz. „Sie haben recht, das Verbot ist lächerlich. Aber ich habe Ihnen den wahrhaftigen Grund der Gefährlichkeit jener Jenenser Gassen noch nicht geschildert: Es verhält sich nämlich so, dass abends, wenn es dunkel wird, alle paar Minuten der Ruf *Kopf weg! Kopf! Kopf weg!* erklingt, um so auf menschenfreundliche Art Wanderer vor dem balsamischen Regen zu warnen, der über ihrem Scheitel loszubrechen droht."

Lewis stutzte. „Aber warum ist es dann gefährlich? Wenn man als Passant gewarnt wird, bevor Nachtgeschirre ausgeleert werden ..."

„Weil man sich einen Jokus daraus macht, zur falschen Zeit zu warnen und der sich in Sicherheit wähnende Mensch dann erst recht getauft wird."

Lewis verzog das Gesicht. „Raue Sitten."

„Oh, im Ganzen scheinen sich die Sitten sogar sehr gebessert zu haben. Vor Jahren wurde noch nicht einmal vor Schabernack gegenüber den Professoren haltgemacht. Den Philosophen Reinhold sollen sie besonders geneckt haben, irgendetwas mit Hüten, mehr weiß ich auch nicht. Sie können ja mal Herrn Wieland fragen, vielleicht entsinnt er sich. Herr Reinhold ist nämlich sein Schwiegersohn. Ich hoffe nur, dass es Herrn Hofmedicus Hufeland besser ergeht, wenn er im kommenden Jahr seine Professur antritt. Nun, zumindest mit mir als Studiosus wird er keine Probleme haben."

„Nichts glaube ich mehr", entgegnete Lewis und lächelte.

Inzwischen hatte sich die Gegend belebt, und die Natur ringsum war ansehnlicher geworden. Die Landstraße schlängelte sich in zahllosen Windungen durch das Mühltal, und die Sonne schien langsam immer wärmer auf die Hänge, an denen Wein gedieh. Hoch ragten der Hausberg und der Jenzig auf, und dann sahen sie die Stadt an der Saalefurt mit den beiden Kirchtürmen, die aus dem Dunst ragten.

Als sie das Tor passierten, war Lewis überrascht. Jena war – oder schien – wesentlich ansehnlicher als Weimar. Die sich länger streckenden Straßen und höher aufragenden Häuser gaben Lewis ein deutlicheres Gefühl, sich in einer Stadt zu befinden, als er es jemals in Weimar verspürt hatte.

Sie verließen die Kutsche auf dem Marktplatz, und während sich Lewis neugierig umsah, lenkte Herder seine Schritte zielsicher auf eine Fassade mit einem farbigen Schild zu. „Kommen Sie, Lewis, das Städtchen erkunden wir später, jetzt wird gegessen."

Sie gingen ins Gasthaus und fanden mit Mühe einen Tisch, der nicht gänzlich belegt war. Er stand in der hintersten Ecke und bot kaum Platz für den jungen Mann, der dort schon saß und in all dem Trubel still seine Mahlzeit verzehrte. Herder trat hinzu und fragte freundlich, ob es ihm und Lewis gestattet sei, Platz zu nehmen. Der Angesprochene sah auf, ließ die großen dunklen Augen über die beiden wandern und sagte dann leise und mit kaum wahrnehmbarer Bewegung der beinahe weiblich erscheinenden Lippen: „Bitte sehr."

Herder entgegnete ein fröhliches Danke, und so pressten er und Lewis sich in die Stühle. Lewis musterte den jungen Mann, der vielleicht um einiges älter war als er selbst, dessen sanfte, fast durchsichtig blasse Züge dies jedoch verbargen, mit ihm selbst verwunderlichen Interesse. An dessen dunklem Rock war knapp über dem Herzen eine blaue Blume geheftet. Ein ungewöhnlicher Schmuck, dachte Lewis bei sich.

Herder bestellte derweil lautstark Wurst und Merseburger Bier. Der junge Mann, der weitergegessen hatte, seit die anderen Platz genommen hatten, blickte mit einem Mal auf, und die Augen, die Lewis zuvor als vergeistigt erschienen waren, sprühten vor ätherischer Glut. „Was?", rief er. „Was gaffen Sie so? Kann ich nicht in Ruhe essen?"

Lewis zuckte zurück. Er hob beschwichtigend die Hände und suchte, von diesem jähen Ausfall verwirrt, nach Worten. „Ich ... wollte nicht ..."

„Mich nicht unbehelligt in meinem Mahl fortfahren lassen? Das ist Ihnen geglückt, Sie ungesitteter Mensch!"

„Aber nein ... ich ..." Lewis sah hilfesuchend zu Herder, der den jetzt lebhaft mit dem Finger drohenden jungen Mann anstarrte. Sein Blick blieb ebenfalls an der blauen Blume hängen, und er legte den Kopf schief.

„Ehe Sie meinen Begleiter beschimpfen – wie wäre es, wenn wir einander vorstellten, damit wir wenigstens wissen, wen wir beleidigen. Wilhelm Gottfried von Herder."

Der Kopf des jungen Mannes war herumgefahren und hatte den Mund zu einer Entgegnung geöffnet, als er bei Herders Namensnennung erstaunt innehielt.

Herder bemerkte es mit Genugtuung und fuhr rasch fort: „Dies ist Matthew Gregory Lewis aus England, ein gemeinhin sehr wohlerzogener und höflicher Mann."

Lewis nickte heftig.

Der andere schmunzelte. „Herr Herder. Aus Weimar, nehme ich an. Ihr Vater dürfte nicht unbekannt sein, wie ich vermute."

„Allerdings", sagte Herder, „und ich vermute, dass Sie ..."

„Ich bin Georg Philipp Friedrich Freiherr von Hardenberg, angenehm!" Hardenberg nickte auf eine zackige Weise, die seinem Namen alle Ehre machte, seinem zarten Gesicht jedoch nicht bekam.

Lewis sah ihn neugierig an, und noch mehr, als Herder mit der Hand auf den Tisch hieb. „Donnerwetter, ich ahnte es! Fritz Hardenberg?"

„Kein anderer!", gab der zurück, und ein spöttisches Lächeln spielte um seine Mundwinkel.

Herder lachte Lewis an. „Herr Lewis, Sie haben unaufhörlich Glück mit Ihren Bekanntschaften. Herr Hardenberg hier ist ein tüchtiger Student, der sich, wie ich von anderen hörte, häufig und erfolgreich geschlagen hat ..."

„Aber nicht doch ...", wehrte Hardenberg ab und machte eine Geste, die sowohl Bescheidenheit ausdrücken sollte, als auch darum bat, dies nicht zur großen Sache zu machen.

„Aber was viel wichtiger ist", fuhr Herder fort, „Herr Hardenberg ist auch ein Dichter. Erst im letzten Jahr ist eines seiner tiefempfundenen Werke, *Klagen eines Jünglings*, im Teutschen Merkur veröffentlicht worden, und Herr Wieland war sehr angetan."

Hardenberg wackelte beschämt mit dem Kopf. „Bitte! Es gab auch andere Stimmen. Schlegel etwa attestierte mir Unreife der Sprache und Versifikation, beständige unruhige Abschweifungen, zu großes Maß der Länge und ein Übermaß an halbvollendeten Bildern." Er machte eine Kunstpause, dann lächelte er. „Vielleicht sollte ich ihn fordern ..."

Er lachte, und Herder fiel ein, während Lewis ungläubig schaute. In diesem Augenblick wurden das Bier und die Speisen gebracht, und Lewis war froh, sich an dem Krug festhalten zu können. Sie tranken alle drei, und als sie abgesetzt hatten, begann Herder von Neuem. „Ich bin sehr froh, Sie zu treffen, und Herr Lewis sollte es auch sein!"

Lewis lachte und nickte, überließ aber Herder das Wort. „Über meinen Vater habe ich gehört, Sie pflegten eine gute Beziehung zu Herrn Schiller. Aber wenn ich mich recht entsinne – hieß es nicht, Sie studierten nun in Leipzig?"

„Richtig", bestätigte Hardenberg und wurde ernster. „Seit Oktober des vergangenen Jahres. Nach einem aufregenden Jahr hier in Jena wollte ich mein Leben einer gänzlich veränderten Ordnung unterwerfen. Ich wollte mehr Festigkeit, mehr Bestimmtheit, mehr Zweck erringen, und deswegen habe ich mich eines strengen Studiums verpflichtet. Jurisprudenz, Mathematik und Philosophie sind die drei Wissenschaften, denen ich mich mit Leib und Seele ergeben habe, und seitdem übe ich mich im Seelenfasten in Absicht der schönen Wissenschaften und in gewissenhafter Enthaltsamkeit von allem Zweckwidrigen."

„Tüchtig!", meinte Herder. „Herr Lewis hier hat sich mit ähnlicher Leidenschaft an unsere deutsche Sprache gemacht und sie gemeistert. Leider kann er Sie nur wenig davon überzeugen, wenn er nichts sagt." Er prostete Lewis zu.

Lewis konnte nur abwesend nicken. Er war bass erstaunt. Hardenberg hütete anscheinend recht viele Wesenszüge in seiner Brust. Lewis war noch nicht imstande, die unterschiedlichen Eindrücke, die er in dieser kurzen Zeit von dem jungen Mann erhalten hatte, zu ordnen, aber er war sicher, diesen überaus interessant zu finden.

Hardenberg trank auch. Er schien zu merken, dass Lewis aus irgendeinem Grunde Scheu an den Tag legte, und ließ ihn zunächst gewähren. „Aber natürlich muss ich mich an Kopf und Herz nicht von meiner Brotwissenschaft verkümmern lassen. Musen und Grazien können immer die vertrauten, nützlichen Gespielen meiner Nebenstunden bleiben, und Lieblingen derselben wird immer wärmer und inniger mein Herz entgegenschlagen."

Er grinste Lewis an. „Ich hoffe, das wirft ein besseres Licht auf mich als das Hauen mit dem Degen und das Selbstkasteien über den Lehrwerken? Herr Lewis, erzählen Sie von sich, was führt Sie her?"

Lewis fühlte sich im ersten Augenblick ertappt, hatte er doch gerade mit einiger Erleichterung erkannt, dass er Voigt über diesen jungen Herrn nichts, aber auch gar nichts berichten musste, da dieser ja nicht mehr in Jena, sondern in Leipzig studierte. So ging er zunächst darauf ein. „Oh, ich will gern berichten, doch zunächst sollten wir noch Herrn Herders Frage klären, was zu diesem glückhaften Treffen geführt hat – Sie sagten, Sie studierten in Leipzig, aber was führt Sie zurück nach Jena?"

„Sieh an", rief Hardenberg mit einem Blick zu Herder, „Herr Lewis gibt sehr wohl etwas von sich, und wie Sie sagten, in ausgezeichneter Sprache, und diese wird geführt von einem inquisitiven Geist."

Lewis zuckte verlegen die Achseln und deutete auf Herder, um erneut darauf hinzuweisen, dass er nur auf dessen Frage angespielt hatte.

Hardenberg nickte beschwichtigend. „Ist ja recht. Ich habe in meinem Erguss tatsächlich die Frage nicht beantwortet. Ich bin in Jena, um Herrn Schiller kurz zu besuchen und einige frühere Kommilitonen zu treffen."

Lewis fühlte es unangenehm in seinem Nacken kribbeln. Sollte dies Hardenberg für ihn verdächtig machen? Ein erneuter Kontakt zu Studenten, die vielleicht zu einer akademischen Geheimgesellschaft gehörten? Lewis schob den Gedanken rasch von sich.

„Im Grunde sind Herr Herder und ich auch nur auf einen Besuch hier. Das heißt, Herr Herder wird künftig hier studieren, und ich will mir Jena anschauen, um hier im Thüringischen nicht allein Weimar kennengelernt zu haben ... neben einigen Höhen und Tiefen der Landschaft ringsum, und um Ihre Frage zu beantworten: Ich bin in Deutschland, um, wie Herr Herder so richtig erwähnte, die Sprache zu erlernen, was mir, wie Herr Herder ebenfalls erwähnte, einigermaßen gelungen ist."

„Allerdings", rief Hardenberg und sah von einem Gegenüber zum anderen. „Sie wählen die Worte, als sei es Ihre Muttersprache!"

„Nun, ich hatte auch den besten Umgang, von dem ich lernen konnte: Herrn Herder hier, seinen ehrenwerten Vater, Herrn Wieland und Herrn Goethe."

„Sehr beeindruckend! Hat der Umgang mit all den großen Dichtern auch noch anderweitig seine Wirkung gezeitigt?"

„In der Tat. Ich versuche mich auch ein wenig, schon als ich noch in England war, und hier ... aber es ist noch nichts Gereiftes."

Herder lachte. „Da habe ich anderes gehört ..."

Lewis zog die Stirn kraus. Warum war Weimar nur so ein Dorf und jeder Einwohner ein solches Plappermaul? Wer wusste, wem Wieland noch von seinem geheimen Entwurf erzählt hatte.

„Herr Herder, bitte! Über nicht Spruchreifes soll man ... auch nicht sprechen!"

„Schon gut", entgegnete Herder, „ich wollte nur nicht, dass Sie Ihr Licht unter den Scheffel stellen."

„Ein Dichterkollege, wie angenehm", sagte Hardenberg. „Aber spielen wir das Spiel doch auch andersherum! Herr Lewis, sagen Sie, was ist Herrn Herders Profession?"

„Medizin", sprach Lewis und überlegte kurz, eine kleine Bosheit anzufügen. Stattdessen nahm er das Messer vom Teller und schlitzte die daraufliegende Wurst mit einer großen Geste von einem Ende zum anderen auf. Hardenberg lachte auf, und Herder schaute ein wenig pikiert.

„Ein guter Hinweis", entgegnete Hardenberg schließlich. „Sie sollten zunächst einmal essen, so wie auch ich." Er sah skeptisch auf seinen Teller mit den nunmehr kalten Nierenschnitten. „Dann können wir draußen einen lauschigen Platz zum Plaudern aufsuchen."

Bald verließen sie das rauchgeschwängerte Innere des Wirtshauses und bummelten durch die Gassen mit den hochgiebligen Häusern und den Rundbogentoren, die in steinbelegte Flure führten. Hier und da spazierten in kleineren Gruppen Studenten umher, die rauchten, scherzten und anderen Passanten Dinge zuriefen. Allen war eine Ausstrahlung zu eigen, die zeigte, dass sie sich für ehrenvoll und unbesiegt hielten, ganz im Sinne der Worte Voigts, nach denen die Studenten sich mit dem Ethos von Offizieren identifizierten.

„Wie wäre es", fragte Hardenberg plötzlich, „wenn wir zur Verdauung auf den Hausberg stiegen? Von dort hat man einen herrlichen Ausblick auf das Saaletal!"

„Eine wunderbare Idee", meinte Herder, „und wenn ich dort oben zu müde zum Schauen bin, dann lasse ich mir von meinen beiden Dichtern die Landschaft beschreiben ..."

Lewis, der zwischen den beiden ging, blieb unvermittelt stehen. Herder und Hardenberg wandten sich um.

„Nein", rief Lewis, „nein! Niemand zwingt mich auf noch einen Berg! Ich habe erst vor viel zu kurzer Zeit gleich zwei

Gipfel erklommen, und das genügt mir für den Rest meiner Lebenszeit."

„Gleich zwei!", staunte Hardenberg. „Aber warum? Sie scheinen Berge ja nicht besonders zu mögen ..."

„Herr Goethe hat mich hinaufgetrieben, und im Grunde waren die Berge noch das Erfreulichste, bedenke ich die Dinge, die zuvor und danach kamen ..."

„Na sehen Sie!", lachte Herder. „Mit uns ist es doch viel lustiger als mit dem Geheimrat!" Er zwinkerte Hardenberg zu. „Greifen wir uns den Engländer und zwingen wir ihn auf einen Berg! Aller guten Dinge sind drei!" Kurzerhand hakten Herder und Hardenberg den verdutzten Lewis unter und schritten mit ihm voran, unter schrägem und lautem Absingen einer Wanderweise, die nicht wenige Passanten zum Halten brachte und auch dazu, dem seltsamen Gespann nachzuschauen.

„Schon wieder ein Berg", klagte Lewis, „ach, stürbe ich doch!" Er beugte den Leib vor und stützte die Handflächen auf den Knien ab.

Die drei jungen Männer waren wenige Augenblicke zuvor an dem Aussichtspunkt angelangt. Über ihnen ragte der altersgraue Turm der Burg Kirchberg durch die Wipfel der Bäume. Lewis hatte sich geweigert, noch höher zu steigen.

„Sie werden melodramatisch, Lewis, das steht Ihnen nicht gut zu Gesicht", meinte Hardenberg mit kurzem Blick auf Lewis' rotes Gesicht und atmete tief die Höhenluft ein.

Auch Herder beäugte Lewis und wandte sich dann wieder der Aussicht zu. „In der Tat, Ihr Gesicht hat eine viel zu gesunde Farbe. Zum Dahinscheiden bräuchte es ein *Bleu mourant*. Meinetwegen auch ein bleiches Gelb. Aber so ..."

Lewis schnaubte. „Scherzen Sie nur über mich ..." Dann richtete er sich mühsam auf und warf einen halbherzigen Blick ins Tal. Immerhin musste er gestehen, dass die Aussicht prächtig war. Im langgestreckten grünen Tal wand sich zwischen Erlen und Weiden das silbrige Band der Saale. Umsäumt von Auen und Feldern lag Jena da, und in der Ferne waren buschumstandene Schluchten und Täler in den Berghängen zu sehen.

Dennoch war Lewis nicht glücklich. Von allen Wegen, die angeblich zum Rücken des Hausberges hinaufführten, hatten sie auf Bitten von Lewis den kürzesten gewählt. Wie hätte er ahnen können, dass eben der, der sich in einer Schlucht hinter Wenigenjena hinaufzog, auch der steilste war. Die Viertelstunde, die der Aufstieg gekostet hatte, hatte Lewis auch einiges an Schweiß abverlangt. Herder und Hardenberg hingegen waren frisch und munter wie zuvor unten in Jena. Lewis verachtete sie zurzeit beide, ganz im Gegensatz zu seiner sonstigen Auffassung. Er ließ sich auf einen Baumstamm sinken und starrte missmutig auf den Erdboden zwischen seinen Schuhen.

Hardenberg begann plötzlich, die Aussicht und die Landschaft zu beschreiben – mit Worten, die, wie es Lewis schien, aus einem wilden Feuer geboren waren, das am Grunde von Hardenbergs Seele loderte. Er sprach mit herrlichem Ausdruck und tiefempfundenen Worten, und jegliche Beschreibung, jedes Bild kam so rasch aus ihm heraus, als besäße er die dreifache Fassungskraft und Empfänglichkeit wie ein normaler Mensch. Lewis wusste von sich, wie schnell er selbst reden konnte, wie er zu erzählen vermochte, besonders wenn vielleicht auch ein wenig Wein mit im Spiel war. Doch Hardenberg übertraf ihn noch um das Dreifache. Er war springlebendig und laut, seine Gebärden waren groß, und aus seinen Worten sprach solche Heiterkeit, als gäbe es gar nichts Böses in der Welt, und alles nähere sich wieder dem Goldenen Zeitalter. Seine Gefühle, befand Lewis, besaßen eine gewisse Keuschheit, die ihren Grund in der Seele hatte, nicht in Unerfahrenheit. Es schien ihm, als erlebe er hier den wahren Hardenberg, den, der sich bei Gelegenheit in die Schale des ruppigen Studenten kleiden konnte.

Lewis fühlte sich mit einem Mal nicht mehr erschöpft, es war, als hätten Hardenbergs Worte ihn nicht allein geistig, sondern auch körperlich erfrischt. Das Unbehagen der vergangenen Tage war von ihm abgefallen. Er stand auf, trat zwischen Herder und Hardenberg und legte beiden die Hände auf die Schultern.

„Freunde, ich bin außerordentlich erfreut, hier mit Ihnen beiden zu verweilen. Wenn ich wieder in meiner englischen Heimat bin – was, wie ich plane, noch ein gutes halbes Jahr in der Ferne liegt –, werde ich oft an diese Momente zurückdenken. An den Ausblick, an die Gesellschaft und an Herrn Hardenbergs wunderbare Worte ..."

Herder und Hardenberg sahen Lewis an und nickten. Dann schauten sie zu dritt in die Ferne.

„Aber", sagte Lewis, „lassen Sie uns jetzt um Himmels Willen diesen Berg verlassen. Ich bin furchtbar durstig."

Auf dem Rückweg überquerten sie erneut die Camsdorfer Brücke, welche sich mit ihren neun steinernen Bögen über die Saale spannte, und kehrten in der *Grünen Tanne* ein. Einige Gläser später bat Hardenberg, ihn zu entschuldigen, da er zu dem angesprochenen Treffen mit Schiller wolle.

Lewis überlegte. Es schien ein Leichtes, darum zu bitten, an dem Treffen teilnehmen zu dürfen. Schließlich kannte er Schiller schon, und der kannte ihn. Warum also nicht die Gelegenheit nutzen und mögliche verdächtige Personen in Schillers Umgebung beobachten? Dann aber entschied er sich dagegen. Es wäre allzu auffällig gewesen, wäre er mit einem Mal bei Schiller erschienen. Immerhin war dieser ihm im Garten Bertuchs nicht besonders freundlich gegenübergetreten, und bei Schiller als Anhängsel Hardenbergs aufzutauchen, war wohl keine gute Idee. Lewis beschloss, seinen Aufgaben als Spion in aller Stille nachzugehen. Wenn es galt, Näheres über Schillers Umgang herauszufinden, sollte dies geschehen, ohne dass der etwas davon ahnte.

So wünschte Lewis Hardenberg einen angenehmen Besuch und konnte es gerade noch vermeiden, Schiller einen Gruß zu bestellen. Hardenberg regte an, dass sich alle drei am Abend im Gasthaus *Schwarzer Bär* gegenüber der Universität treffen sollten, und Herder und Lewis stimmten zu. Dann schlugen sie getrennte Wege ein. Während Hardenberg zur Jenergasse ging, um Schiller zu treffen, der dort im Haus des verstorbenen Superintendenten Schramm Logis hatte – Tür an Tür mit Studenten, die dort ebenfalls zur Miete wohnten –, lenkte Herder seine Schritte, mit Lewis nebendrein, zum Marktplatz. Sie gingen unter den vorragenden Obergeschossen der Fachwerkhäuser dahin.

„Ihnen sind doch sicher", begann Herder, „die sieben antiken Weltwunder bekannt, nicht?"

Lewis war zunächst etwas verdutzt über diese Frage, dann bejahte er. „Ja. Wenn ich mich nicht irre, gehören dazu das Mausoleum in Halikarnassos, die Hängenden Gärten der Semiramis, der Leuchtturm auf der Insel Pharos vor Alexandria, die Zeus-Statue des Phidias von Olympia ..."

„Genug, genug", lachte Herder, „ich wusste, dass Sie sie aufzählen könnten! Aber ist Ihnen auch bekannt, dass sich auch hier in Jena sieben Wunder befinden?"

„Ich entsinne mich nicht, von dem Berg dort oben gewaltige Grabmäler oder Statuen gesehen zu haben ..."

„Oh, Lewis! Bestimmt nicht! Jena ist kleiner als der antike Erdkreis, und deshalb sind die Wunder auch entsprechend kleiner – aber doch wunderlich!"

„Ich bin gespannt!"

Herder lachte. „Sie haben schon das eine oder andere erlebt!"

„Was meinen Sie? Wir sind doch bisher nur auf diesen Berg gestiegen und ..." Lewis sah, wie Herder nickte. „Der Berg?", fragte er ungläubig.

„Kein anderer!"

„Aber dieser Berg ist doch nicht wundersamer als so mancher andere und ..."

„Es gilt, nicht zu vergessen, dass ihn dereinst drei stolze Burgen krönten."

„Von deren Pracht allerdings nicht mehr allzu viel zu bestaunen ist, außer jenem Turm, dem wir, zu meiner Erleichterung nicht allzu nahe gekommen sind. Das wäre der Bergsteigerei zu viel gewesen."

„Aber Sie haben ihn gesehen, wenn auch in einiger Ferne und durch das Blattgrün."

„Ja. Er war grau und steinern, wie so mancher Turm seiner Art."

„Somit haben Sie schon das zweite Wunder gesehen, wenn auch nicht in der vorgegebenen Abfolge."

Lewis legte den Kopf schief. „Der Turm. Ein Wunder. So, so!"

Herder stutzte. „Jetzt, wo Sie mir so skeptisch gegenübertreten, muss ich gestehen, ich bin nicht sicher, überhaupt den richtigen Berg angepriesen zu haben. Es könnte auch der Jenzig gemeint sein, der kahle Kalkberg, der so an die Alpen erinnern soll ..."

„Wie auch immer", meinte Lewis, dem Berge recht gleichgültig waren, „von welcher vorgegebenen Abfolge haben Sie denn eben gesprochen?"

Herder legte die Hände an die Aufschläge seines Rockes und skandierte feierlich, wenn auch mit leicht ironischem Unterton: „Ara, caput, draco, mons, pons, vulpecula turris, Weigeliana domu – septem miracula Jenae."

Lewis schaute skeptisch. „Für einen Sinnspruch reimt es sich recht wenig ..."

„Das muss es auch nicht, als Distichon – fragen Sie bei Gelegenheit Schiller. Oder Goethe." Er zwinkerte. „Aber es enthält alles, um Ihnen als Ratespiel zu dienen. Also sagen Sie mir: Was für Wunder könnten Sie bereits erlebt haben – eines steht noch aus."

„*Mons* ist der Berg, *turris* der Turm ...", überlegte Lewis. „Da *pons* die Brücke ist, wollen Sie nicht etwa andeuten, dass der Steg, den wir zweimal überschritten ..."

„Nun, nun! Lewis, machen Sie den Jenensern ihre Brücke nicht schlecht! Sie hat einiges erlebt und verdient einen Spottnamen ebenso wenig wie dieser Bau hier, den Sie bestimmt nicht als Kapelle bezeichnen wollten!"

Während des Gespräches waren sie am Fuß der Michaeliskirche angekommen, und Lewis blickte an deren wuchtigem Turm hinauf, der sich weiter oben zu achteckiger Form verjüngte, um in einer runden Haube mit Giebeln und einem Türmchen zu enden.

„Keineswegs, er ist recht eindrucksvoll."

„Es heißt, der Bau dieses Turms habe ebenso viel gekostet wie der der Brücke."

„Man könnte sagen, sie ähneln sich auch anderweitig. Beide verbinden etwas: Zwei Ufer die Brücke, Erde und Himmel der Turm." Lewis stutzte. „Man könnte sagen ..."

„Weise gesprochen!", lachte Herder. „Aber schauen wir weiter, denn nicht der Turm gilt als Wunder." Herder führte ihn auf die Ostseite, auf den Kirchplatz, und dort sah Lewis eine winklige Gasse, die unter dem Kirchenschiff hindurchführte. Ein niedriges Kreuzgewölbe überspannte sie, und sie war breit genug für ein Fuhrwerk.

„Direkt darüber steht der Altar. Seltsam genug für ein Wunder, nicht?" Herder machte einen Schritt in Richtung Eingang, der Lewis allzu gotisch vorkam.

„Tatsächlich ... aber Sie erlauben, dass wir diesen Weg nicht beschreiten ... er erinnert zu sehr an ein Grabgewölbe."

„Gut. Es ist ohnehin ein anderer vorgesehen. Sie werden zwei Engel treffen ..."

Lewis sah Herder schief an und verkniff sich einen Kommentar.

„... und den Schnapphans!", grinste Herder. „Ich könnte Ihnen jetzt andeuten, wie mein Herr Vater manchmal von Geheimrat Goethe spricht ... doch ich will nicht plappern wie Böttiger ..." Herder lief los. „Kommen Sie!"

Lewis folgte und hatte einige Mühe, mit dem athletischen Herder mitzuhalten, aber schließlich standen sie nebeneinander auf dem Marktplatz.

Lewis schnaufte. „Warum die Eile?"

Herder zeigte auf einen breiten, gemauerten Bau mit hohem Turm, den zwei spitze Dächer flankierten. „Das Rathaus", sagte er.

Lewis prustete: „Glaubten Sie etwa, es würde vor uns davonlaufen?" Er beäugte die ziegelgedeckten Dachspitzen, die wie Pyramiden emporragten und klatschte in die Hände. „Ich habe das nächste Wunder erkannt! Sicher ist mit caput, dem Haupt, der Kopfschmuck dieses Hauses gemeint! Zwei pharaonische Grabmäler mitten in Jena."

„Nicht ganz! Lauschen Sie", meinte Herder, „und schauen Sie!"

Am Turm des Rathauses ruckte der Uhrenzeiger auf die volle Stunde, dann begann eine Glocke zu schlagen. Hoch oben erkannte Lewis neben der Uhr zwei Engelsfiguren, von denen die linke sich plötzlich zu bewegen begann. Der Engel hob die Arme mit einem Buch und einem Glöckchen in Händen so oft, wie die Glocke schlug. Danach ließ sich eine zweite Glocke vernehmen, und der rechte Engel – der seiner Fittiche entledigt war, wie Lewis schien –, der einen Apfel in der Hand hielt, begann, diesen einem blechernen Menschenkopf darzubieten, der über dem Zifferblatt der Uhr angebracht war, und dieser schnappte danach! Erfolglos allerdings, wie Lewis erkannte.

„Erstaunlich", sagte er, als das Schauspiel geendet hatte, „und es war wirklich ein Kopf gemeint."

„Ich dachte, das würde Ihnen zusagen ..." Herder lächelte. „Wie möglicherweise auch der Drache in der Universitätsbibliothek ..."

„Ein Drache!" Lewis überlegte. „Gewiss handelt es sich um eine Figur oder ähnliches ..."

„Keinesfalls! Es geht die Mär, einige Studenten hätten ihn vor nahezu zweihundert Jahren in finsterer Nacht in den Teufelshöhlen, nahe am rechten Ufer der Saale, gefunden und überwältigt. Sieben gehörnte Häupter, vier Füße mit Krallen, zwei Pranken mit Klauen und drei Schwänze besitzt diese Bestie."

„Ich soll Ihnen glauben, dieses Monstrum hause nun in der Bibliothek der Universität?"

Herder lachte. „Sie sind kaum zum Narren zu halten, Lewis! In der Tat handelte es sich um einen Ulk der Studenten, die das Tier kunstvoll aus Draht und Knochen zusammengesetzt hatten."

„Nur so konnte es sein. Denn Drachen und Bibliotheken gehen kaum gut zusammen. Aber natürlich kann ich mich irren."

„Sie werden es noch sehen ..." Herder schaute zum Himmel, wo sich die Sonne langsam nach Westen neigte. „Aber nun sollten wir zum letzten Wunder aufbrechen, damit wir uns rechtzeitig mit Hardenberg treffen können."

„Ganz Ihrer Meinung! Wo soll es hingehen – es schien mir ein Haus auszustehen?"

„Richtig, wir müssen zur Johannisstraße, da hat ein sehr seltsamer Mensch ein sehr seltsames Anwesen errichtet."

Sie gingen los, und erneut schlug Herder eine recht flotte Gangart an.

„Der Mann hieß Weigel und war Mathematikprofessor. Mitte des vorigen Jahrhunderts etwa kam er hier nach Jena und wurde Hofmathematikus und Inspektor der herzoglichen Baudirektion. Das ist ihm offenbar derart zu Kopfe gestiegen, dass er sich daran machte, ein Haus zu bauen, damit ‚die Stadt geziert und andere zur Nachfolge angereizt' würden. Sie werden gleich erkennen, wenn dies so gekommen wäre, könnte Jena weit mehr Wunder aufweisen als sieben. Die Frage ist, ob das der Stadt zu wünschen wäre ..."

Lewis blieb stehen. „Das möchte ich bezweifeln."

Sie standen vor einem riesigen Bau, der eine schier unglaubliche Anzahl von Stockwerken in die Höhe ragte. Über dem steinernen Parterre mit vier kolossalen Doppeltoren zählte Lewis sechs Fensterreihen, die mit acht durch Balken getrennten Öffnungen begannen und sich bis auf eine einzelne hoch unter dem Dachfirst verjüngten. Auf den Seiten des hohen Satteldaches lagerten je drei hintereinander aufsteigende Altane, die sich auf dem Scheitel zu einem quadratischen Türmchen vereinigten. Das untere Stockwerk war mit einem Fries reich verziert, und in dessen Mitte prangte eine geschwärzte Kupferkugel. Überall an der Fassade sah Lewis lateinische Inschriften, die sich auf Aufbau und Zusammenhang des Weltalls bezogen.

„Oculus homini natura concessit", las er und übersetzte dann das Zitat in seiner Gänze: „Augen hat die Natur dem

Menschen gegeben, damit er zum Himmel aufschaue und die Bewegungen der Erde zähle."

„Dort", sagte Herder, „der neunzehnte Psalm: Coeli enarrant gloriam Dei et opera manuum eius adnuntiat firmamentum. Die Himmel erzählen die Ehre Gottes, und die Veste verkündiget seiner Hände Werk."

„Darf ich annehmen ...", begann Lewis.

„Dass Weigel auch Astronom war? Gewiss!"

„Ein seltsames Haus, bei Gott." Lewis sah die Fassade empor, und ihn schauerte. „Sollte es je außerhalb einer Burg spuken, dann hier ..." Oder bei der Witwe Recknagel, dachte er.

Herder nickte. „Aber die Wunder haben noch kein Ende. Im Inneren soll es eine schmale Treppe geben, die um eine offene, viereckige Spindel durch alle Geschosse vom Keller bis zu jenem Türmchen läuft, und wenn man diesen Hohlraum verhängt, mit Tüchern etwa, so dass kein Lichtstrahl von den Seiten eindringen kann, so entsteht ein dunkler, senkrechter Schacht, durch welchen man bei Tage vom Keller aus durch das zurückgeschlagene Dach die Sterne am Himmel zu erblicken vermag!"

„Ein findiger Mann!", lobte Lewis, dem bei dem Gedanken an dunkle Schächte neue Schauer über den Rücken liefen.

„In der Tat! Denn diese hohle Treppenspindel soll auch einen Kasten aufnehmen können, durch den man mittels eines Flaschenzuges von einer Etage in die nächste gelangen kann, ohne die Treppen zu benutzen."

Lewis staunte.

„Es geht sogar darüber hinaus! Die offenbar zahlreichen Zimmer werden durch ein Gebilde von Röhren und eine hydraulische Maschine mit Wasser aus dem Brunnen versorgt!"

„Dauernd fließendes Wasser. Eine großartige Erfindung." Lewis war beeindruckt.

„Weigel hatte auch für jene etwas parat, die nicht nur dem Wasser zusprechen. Als Kellermagd bezeichnete er eine Vorrichtung, die bewirkte, dass ein Maß Wasser, in ein Gefäß gegossen, die gleiche Menge Weines aus dem Keller hervorbrachte."

„Prosit, möchte ich sagen!", lachte Lewis, fröhlicher allerdings, als ihm zumute war.

„Das sollen Sie auch! Denn es ist Zeit, dass wir uns zum *Schwarzen Bären* begeben, um Herrn Hardenberg nicht warten zu lassen, und sollten wir auf ihn warten müssen, so werden wir zusehen, dass auch wir von einer Magd mit Wein versorgt werden!"

„Trefflich!", rief Lewis und war froh, diesem zyklopischen Bau mit seinen tausend Fensteraugen den Rücken kehren zu können.

Sie trafen Hardenberg schon im Gasthaus an, sprachen dem Wein und dem schmackhaften Essen zu und berichteten einander, was sie erlebt hatten.

„Oh", meinte Hardenberg, „was glauben Sie, welche Wunder Sie schauen können, wenn Sie das anatomische Museum besuchten!" Er nickte Herder zu. „Sobald Sie Ihr Studium angetreten haben, sollten Sie Herrn Lewis einmal dorthin mitnehmen, eventuell in der Tarnung eines Studenten, damit es keine Fragen gibt ..."

Lewis fühlte sich äußerst unangenehm, als Hardenberg ihn mit seinen großen Augen anschaute. Konnte es sein, dass dieser etwas von seinem geheimen Auftrag ahnte? „Nein", schalt sich Lewis. Im Blick Hardenbergs ließ sich nichts erkennen außer echtem Wohlwollen, und so zeigte Lewis sich interessiert.

Nach einer Weile brachen sie auf. Hardenberg, um sein Quartier für die Nacht aufzusuchen, Herder und Lewis, um wieder in Weimar zu sein, bevor es gar zu tief in der Nacht war. Es dunkelte schon.

Hardenberg bot sich an, die beiden noch einige Straßen weit zu begleiten. Sie plauderten lebhaft und auch etwas weinselig, lachten und klopften ausgelassen gegen die eine oder andere Fensterscheibe, um hierauf eilig das Weite zu suchen. Als sie nach solchem Schabernack hastig um eine Ecke bogen, prallte Hardenberg plötzlich zurück, so dass die ihm Folgenden beinahe in seinen Rücken stießen.

Herder und Lewis stießen mit den Schultern zusammen.

„Was ist, Herr Hardenberg?", fragte Lewis mit halb vor Überraschung, halb vor Schmerz verzogenem Gesicht.

Hardenberg drehte sich um, und in seinen Augen glomm es furchtsam auf. „Wir sollten einen anderen Weg nehmen", sagte er schnell und drängte sich zwischen den beiden hindurch.

Lewis und Herder spähten um die Ecke und sahen im Halbdunkel eine Gruppe von fünf, vielleicht sechs Männern auf sie zu rennen. Geführt wurden sie von einem hochgewachsenen, wild dreinschauenden Kerl, dessen Gesicht von einer Narbe verunziert wurde.

„Hardenberg!", schrie dieser, und zum Entsetzen von Lewis und Herder griff er an seine Seite und zog blank.

Die beiden stießen sich von der Hausecke ab und rannten hinter Hardenberg her, der sich schon einigen Vorsprung verschafft hatte. Im Sprint erreichten sie ihn, als die wütende Gruppe um die Ecke bog, die sie gerade verlassen hatten.

„Wer sind diese Männer?", keuchte Lewis.

Hardenberg sah ihn kurz an, verlangsamte seinen Lauf aber nicht. „Sparen Sie Ihren Atem, ich ... da hinein!" Er bog in eine Seitengasse, und Herder und Lewis hatten Mühe, ihm zu folgen. Hinter ihnen kamen die Schritte auf dem Pflaster bedrohlich nahe. Als Hardenberg in eine weitere Gasse tauchte, hallten die Schritte ihrer Verfolger ohrenbetäubend von den Hauswänden wider. Hardenberg bog immer wieder vom bisherigen Weg ab.

Lewis spürte sein Herz gegen die Rippen hämmern und einen stechenden Schmerz in der Seite. Herder sah ihn beinahe straucheln, und so griff er ihn kurzerhand am Arm, zog ihn mit sich. Sie hetzten durch die dunklen Gassen, und das Lärmen der Verfolger kam bedrohlich näher, als Hardenberg an einem hohen, dichten Bretterzaun anhielt. Er hieb auf die Klinke einer Tür im Zaun, und als diese nachgab, jauchzte er halblaut. Er riss die Tür auf und schob Herder und Lewis in die Dunkelheit dahinter. Dann sprang er hinterdrein und schloss leise die Tür. Ein Riegel scharrte.

„Keinen Laut jetzt", wisperte er.

Lewis trat zur Seite und spürte, wie ein Ast seine Wange streifte. Sie schienen sich in einem Garten zu befinden, denn er stand auf weicher Erde, und an seinen Knöcheln raschelte Laub. Er presste die Hand auf die Brust und versuchte, möglichst unhörbar zu atmen. Er hörte, wie Herder neben ihm dasselbe tat.

Jenseits des Zauns näherten sich die eiligen Schritte. Immer näher kamen sie, bis sie sich zum Erschrecken von Lewis verlangsamten. Er hörte, wie Hardenberg neben ihm an Rock und Weste zerrte, dann vernahm er das metallische Klicken eines Pistolenhahns, der gespannt wurde.

Vor dem Zaun hielten die Schritte an, und Stimmen wurden laut. Wieder fiel Hardenbergs Name. Lewis klopfte das Herz bis zum Hals, und das Blut rauschte in seinen Ohren, so dass er kaum etwas von dem verstehen konnte, was dort gesagt wurde. Plötzlich krachte ein Stiefeltritt gegen die Tür, und es rüttelte an der Klinke. Der Riegel knarrte. Hardenberg atmete tief ein und hob die Pistole. Lewis schloss die Augen, als es erneut an der Klinke rüttelte. Der Riegel knarrte wieder, gab aber nicht nach.

„Hardenberg!“, fauchte die Stimme des Mannes mit der Narbe, die Lewis wiedererkannte, obwohl sie nun nicht laut vor Zorn, sondern schneidend vor Hass zu ihm drang. „Wenn du dich da drinnen verstecken solltest wie die Ratte im Bau, dann glaube mir, so werde ich dir auch wie einer Ratte den Garaus machen. Wir treffen uns wieder ...“

Eine andere Stimme erklang. „Löber, ich glaube nicht, dass er dort drinnen ist. Sicher ist er längst die Gasse hinunter entkommen. Vielleicht haben wir ihn auch schon vorher verloren.“

„Mag sein“, knurrte der mit der Narbe, „er läuft wie ein Hase, der junge Freiherr. Hasenberg wäre wohl ein treffender Name für ihn!“

Die anderen lachten. „Gehen wir! Wenn der Kerl wieder in Jena ist, werden wir ihn schon zu fassen bekommen!“

Die immer noch lachenden Stimmen entfernten sich. Lewis wollte schon aufatmen, als ein erneuter Tritt die Latten des Zauns erschütterte.

„Ich kriege dich noch zu fassen, Hardenberg, warte nur ab ...“ Dann wandten sich harte Schritte vom Zaun ab und verhallten schließlich in der Gasse.

Hardenberg entspannte die Pistole und steckte sie ein. Lewis wischte sich den Schweiß ab.

Hardenberg räusperte sich. „Ich schulde Ihnen eine Erklärung.“

„In der Tat“, sagte Herder recht kühl und schaute mitleidig auf Lewis, der schwer atmete. Inzwischen hatten ihre Augen sich an das Dunkel gewöhnt, und so sahen sie sowohl einander als auch die Bäume und Beete des Gartens, in den sie sich geflüchtet hatten.

„Nun, zunächst einmal – ein Glück, dass dieses Tor unverschlossen war“, begann Hardenberg.

Herder schnaubte. „Ein Glück, dass man uns nicht alle in Stücke gehauen hat!"

Lewis zischte scharf: „Sie sollten besser weniger laut werden, vielleicht ist es nur eine Finte der Verfolger, und sie lauern noch da draußen!" Er funkelte Herder und Hardenberg an.

Hardenberg nickte. „Lewis hat recht. Aber lassen Sie mich erklären. Zunächst bitte ich Sie um Vergebung für die missliche Lage, in die wir so unversehens ..."

„Ganz so unversehens scheint mir dies nicht geschehen zu sein", meinte Herder. Er wies auf Hardenbergs Rock. „Sie sind für solche Begegnungen angemessen bewaffnet!"

Hardenberg seufzte. „Ich hoffte, die Wogen hätten sich etwas gelegt, aber ein wenig Vorsicht schien mir dennoch angebracht."

„Worum geht es denn hier?", fragte Lewis ungeduldig. „Wer ist dieser hässliche Mensch, dieser Löber?"

„Magister Gottwerth Heinrich Löber. Ein unangenehmer Mensch", entgegnete Hardenberg.

Herder stieß einen verächtlichen Laut aus. „Allerdings! Anscheinend nutzt ein akademischer Titel hier nur wenig."

„Aber warum verfolgt er Sie", fragte Lewis weiter, „mit solcher ... Vehemenz?"

„Da Sie selbst bei dem kurzen Blick, den sie erhaschen mussten, erkannt haben, welche Besonderheit das Gesicht des Herrn Magisters – verunziert. Diese Narbe habe ich ihm beigebracht, in einem Duell."

„Die Wunde scheint tiefer zu gehen, als die Narbe erkennen lässt", vermutete Herder.

Hardenberg räusperte sich. „Zugegeben. Aber lassen Sie mich das hier und jetzt nicht ausweiten. In der Tat war die Sache recht gefährlich. Ich muss Ihnen gestehen, dass ich nicht allein aus Gründen der Wissbegier von Jena nach Leipzig wechselte."

„Oh", machte Lewis. „Sie mussten ... sich davonmachen?"

Hardenberg lachte auf. „Bestimmt nicht! Aber es war – sicherer, sagen wir es so, und wie ich die Dinge sehe, die danach geschahen, war es auf jeden Fall besser." Er sah Herder und Lewis kurz an. „Sie wissen um die Unruhen unter den Studenten, die mit ihrem Protest und Auszug im Juli ihren bisherigen Höhepunkt nahmen?"

Beide nickten.

„Nun, Löber ist der Autor einer aufrührerischen Rede, in der er sich gegen die Duelle ausspricht ..."

„Ein Gedanke, der ihm nicht zugeflogen sein dürfte." Herder lachte leise.

Hardenberg schnalzte mit der Zunge. „Vielleicht. Dennoch scheint es mir seltsam, dass Löber sich gegen Duelle und somit für die Anordnungen des Staates ausspricht. Immerhin: Er stachelt damit die anderen Studenten nur mehr an, indem er zeigt, dass sie noch nicht alle Kollegen auf ihrer Seite haben. Aber ich denke, er tut nur staatstreu, damit er nicht bei der Obrigkeit auffällt. Zwischen seinen Zeilen steht jedoch Anderes. Mir scheint es wichtiger, dass er sich in seiner Rede für die akademischen Orden und deren Nutzen für die Studentenschaft aussprach ..."

Lewis horchte auf. Vielleicht bekam er hier ohne großes Zutun die Informationen, die er beschaffen sollte.

Hardenberg sprach weiter: „Löber bezeichnete diese als Schule der Weisheit und sprach sich gegen das sinnlose Anhäufen akademischen Wissens durch den normalen Lehrbetrieb aus. In den Orden hingegen würden die Studenten die Natur und die menschlichen Rechte lernen, um schließlich die Revolution des menschlichen Geistes auszulösen, die zum Fall der Fürsten und Nationen führen soll."

„Ein Revolutionär", entgegnete Herder. „Einer, der die französischen Ideale vertritt."

Hardenberg wurde ernst. „Schlimmer. Er ist Geheimbündler, ein Illuminat und überdies der Ordenssenior der Schwarzen Brüder. Ein überaus gefährlicher Orden, und er ist ein gefährlicher Mensch."

Lewis wusste nicht, ob er Angst oder Freude verspüren sollte. Wenn er dies Voigt überbrächte, würde er möglicherweise seiner ungeliebten Dienste ledig.

„Dann verstehe ich nur zu gut", sprach er zu Hardenberg, „dass Sie es für besser hielten, Leipzig zum Ort Ihrer weiteren Studien zu küren. Sicher werden Sie rasch dorthin zurückkehren wollen." Er drehte sich halb zu Herder. „So wie wir schnell nach Weimar zurückkehren sollten."

„Sicher", gab Hardenberg nachdenklich zurück. „Ich hoffe nur, Löber hat Sie nicht allzu deutlich in Augenschein nehmen können und bringt Sie nicht mit mir in Verbindung."

„Es war schon recht dunkel, und wir waren weit entfernt", entgegnete Herder mit fester Stimme. „Außerdem, wie sollte er unsere Namen erfahren?"

Hardenberg biss die Zähne zusammen. „Ich habe bei meinem Treffen mit Herrn Professor Schiller erwähnt, welch nette Bekanntschaft ich geschlossen habe ..."

Lewis verzog den Mund. Von Professor zu Magister war der Weg nicht weit, und dass geplaudert wurde, wusste er nur zu gut. Aber andererseits, warum sollte Schiller Löber gegenüber etwas von Hardenberg erwähnen, wo er doch sicher wusste, dass zwischen diesen Feindschaft herrschte?

„Wenn schon", entgegnete Lewis, „was tut es zur Sache? Der Sohn des großen Herder und ein unbedeutender Engländer! Was sollte dieser Löber schon gegen uns haben oder gegen uns unternehmen wollen?"

Hardenberg rieb sich die Wangen. „Löber hat so einiges gegen fremdländische Personen. Es gab da einen griechischen

Studenten, Cyriacus Polizo, der maßgeblich daran beteiligt war, dass es am 10. Juni Tumult gab. Er war angeblich ein Führer der Duellgegner, aber auch das ist für mich zweifelhaft. Wie auch immer seine wahre Einstellung war, er sorgte für viel Unruhe, und am Ende verschwand er sehr plötzlich und heimlich ..."

Lewis lächelte. „Ich bin aber kein Grieche und zettele auch keine Aufstände an."

Hardenberg fuhr fort: „Aber Löber misstraut jedem, der von weither kommt. Es stellte sich nämlich heraus, dass Polizo Ordensmitglieder anzeigte und zur Strafe zu bringen pflegte. Er war ein Spitzel des Geheimen Consiliums zu Weimar."

Lewis wich alles Blut aus dem Gesicht. Er schnappte nach Luft und wandte sich dann fieberhaft an Herder. „Ich denke, es ist mehr Eile als zuvor an den Tag zu legen, dass wir zurück nach Weimar kommen!"

Zehntes Kapitel

In welchem sich
die Nebel verdichten

Regierungsrat Voigt schritt in seinem engen Zimmer hin und her und umkreiste den verloren auf seinem Stuhl sitzenden Lewis wie ein Wolf seine Beute.

„Ich weiß nicht, ob ich Sie loben oder schelten soll!“ Er hielt inne und sah aus dem Fenster, durch dessen Scheiben grell das Morgenlicht ins Zimmer fiel und ihn scharf als Schattenriss zeichnete.

„Zwar haben Sie mir gute Dienste geleistet, wodurch Sie in so kurzer Zeit schon ein paar Namen und Hintergründe haben liefern können.“ Dann drehte er sich um und sah Lewis scharf an. Diesem schien es, als glomm es in Voigts Augen auf, feurige Punkte im dunklen Gesicht, das vom Gegenlicht konturiert wurde.

„Aber dass Sie sich selbst in Gefahr gebracht haben, indem Ihr Name und Ihr Gesicht einer gefährlichen Person bekannt wurden, das ist wohl nicht in meinem, geschweige denn in Ihrem Sinne!“

Lewis verschränkte die Finger, damit Voigt nicht sah, wie sehr ihm die Finger zitterten. „Das war ein bedauerlicher Zufall, den ich ...“

„Natürlich bereuen Sie ihn! Das ist keine Frage.“ Voigt legte die Hand ans Kinn. Seine Finger schienen dürr, und die Nägel wirkten auf Lewis wie Klauen, die im Licht schimmerten.

„Vielleicht sollte ich Ihnen sagen, wie sehr Sie künftig auf der Hut sein müssen, um nicht in arge Bedrängnis zu geraten."

Lewis zuckte schwach die Achseln und versuchte, das Kinn ein wenig zu recken. „Ich werde es schon zustande bringen, mich vor Klingen oder Kugeln zu schützen ... indem ich ihnen aus dem Weg gehe ..."

Voigt verschränkte brüsk die Arme. „Lewis! Erinnern Sie sich, wie ich bei unserem ersten Zusammentreffen erwähnte, dass es sich bei den Schwarzen Brüdern um Menschen handelt, die sich nicht allein mit geistiger Giftmischerei zufriedengeben?"

Lewis zog den Kopf ein. „Ja. Das bedeutet wohl, dass diese nicht allein Komplotte und Aufruhr anzetteln, sondern auch ..." Lewis sog die Luft ein. Dann begriff er. „Keine Klingen und keine Kugeln?"

„In der Tat!", brummte Voigt. „Diese Unholde verstehen sich auf die bedenkliche Kunst der unbemerkten Giftmischerei und wissen, wie man die furchtbaren Todeswässer mit Namen Aqua Tophana und Aqua Lauro-Cerasi anmischt, die unmerklich langsam, aber unwiderruflich sicher töten." Er nickte, und seine Brauen hoben sich wie Portalbögen über die stechenden Augen. „Ich bezweifle, dass Sie der täglichen Nahrungsaufnahme ebenso leicht aus dem Weg gehen können wie Menschen, die Degen oder Pistolen tragen."

„Sie haben recht", sagte Lewis eingeschüchtert. „Zumal sich Pistolen trefflich verbergen lassen."

„Sie sehen es also ein", meinte Voigt, und seine Stimme klang etwas milder als sonst, ohne aber den schnarrenden Unterton zu verlieren. Er nahm ein gefülltes Glas vom Schreibtisch, ging zu Lewis hinüber und gab es ihm. „Einen Arrak auf den Schrecken?"

„Gern", antwortete Lewis und streckte eine zitternde Hand danach aus.

„Falsch! Ganz falsch!“, bellte Voigt und zog das Glas heftig zurück.

Lewis war entsetzt zusammengezuckt.

„Sie dürfen nicht so unvorsichtig sein!“, schalt Voigt. „Nehmen Sie keine Getränke an, die sich bereits im Glas befinden. Selbst wenn man vor Ihren Augen einschenkt, müssen Sie darauf achten, dass auch jemand anderes aus derselben Flasche sein Glas erhält, und auch dann müssen Sie ein Auge auf das Glas selbst haben, ob nicht schon zuvor etwas darin war. Achten Sie auch auf pulverige Rückstände an Rändern oder Boden des Trinkgefäßes.“

Lewis nickte mit bebenden Lippen.

„Hier dürfen Sie natürlich eine Ausnahme machen.“ Voigt lächelte raubtierhaft und gab Lewis endlich das Glas. Der trank und spürte mit Entspannung, wie die wärmende Flüssigkeit in seinen Magen strömte.

Voigt hob ein anderes Glas, drehte es kurz im Licht. „Nach diesem kurzen Vortrag möchte ich Ihnen danken. Gute Arbeit.“ Er trank auch. „Ich denke freilich, Sie sollten Jena eine Zeitlang meiden.“

„Das freut mich zu hören.“ Lewis war erleichtert. Seine Nachrichten hatten ihn tatsächlich seines Auftrages entledigt.

„Von nun an werden Sie verstärkt in Weimar Augen und Ohren offen halten!“

Lewis seufzte, und Voigt lächelte.

„Freuen Sie sich, die Sache wird sehr amüsant. Sie werden oft ins Theater gehen, denn dorthin begeben sich nicht nur die braven Bürger, sondern auch die Aufrührer, die dort – umgeben von der leichten Muse und bei all den freiheitlichen Bühnenworten – eventuelle Mitläufer zu finden glauben. Auf, mein englischer Freund! Zur Jagd in Thalias und Melpomenes Wäldern!“

Voigt lachte, es klang wie eine Raspel, die sich in Eisen fraß, und Lewis wünschte sich halbherzig, in seinem Glas wäre nicht allein Arrak gewesen.

Der September gestaltete sich für Lewis recht angenehm. Zwar befand sich Herder mittlerweile in Jena – ihm waren die Umstände dort verständlicherweise weniger widrig als Lewis –, aber sie schrieben einander häufig und herzlich. Selbst Hardenberg hatte einen Brief gesandt, in dem er noch einmal den Vorfall bedauerte und zum Ausdruck gab, wie sehr ihm daran läge, demnächst eine weitere Zusammenkunft anzustreben. Ohne Zwischenfälle, wenn möglich.

Zur Zerstreuung – und Erfüllung seiner Pflichten – fand sich Lewis bald zum ersten Male vor dem herrschaftlichen Komödien- und Redoutenhaus ein und verbrachte hernach so manche Vorstellung im zweiten Parterre. Zuvor und danach parlierte er mit all den Damen und Herren, die er bereits kennengelernt hatte: Wieland und Bertuch waren da und Bode und auch von Knebel sowie Corona Schröter, welche ihm allerdings weniger herzlich gegenübertrat als noch in Tiefurt. Es mochte sein, dass sie ihm den näheren Kontakt zu Goethe übelnahm.

Die Herzoginmutter selbst war dann und wann ebenfalls anwesend, zusammen mit Louise Auguste, der vormaligen Prinzessin von Hessen-Darmstadt, die nun die Gemahlin des Herzogs Carl August war. Mit ihnen kamen das Fräulein von Göchhausen und andere Hofdamen, die sich zunächst wie eine Traube um die Herzoginnen scharten, nur um den unbekannten jungen Engländer hernach wie die Bienen zu umschwirren. Lewis überstand diese Angriffe, weder wurden ihm tiefere Stiche zuteil, noch hatte er welche auszuteilen. Das besorgte Böttiger für ihn, wenn auch nicht allzu geräuschvoll. Dieser war auf Drängen seiner Frau auch oft bei den Schauspielen zugegen und nutzte die Gelegenheit, um seine Zunge zu schärfen.

Die Abende verflogen mit Kotzebues *Menschenhass und Reue*, Ifflands *Frauenstand* und Hagemanns *Ludwig der Springer*. Überrascht war Lewis, in Schröders *Die Zwillingsbrüder* eine Bearbeitung einen Stückes von Regnard zu sehen, das er selbst schon in Paris erlebt hatte. In der deutschen Fassung war es jedoch derart flach und vulgarisiert, dass Lewis später im Scherz verkündete, eine Farce zum selben Sujet verfassen zu wollen, mit dem ganz und gar nicht enthüllenden Titel: *Die Zwillinge. Oder: Ist es er selbst oder sein Bruder?* Vor allem der massige Bode lachte darüber herzhaft und sparte nicht mit Schulterklopfen.

Immerhin gab sich der *Richard Löwenherz* in der Bearbeitung von Andree ebenso ritterlich und edel wie das Original, das Grétry und Sedaine geschrieben hatten. Auch hierüber konnte Lewis beredt Auskunft geben, wobei er die Tatsache, in Paris gewesen zu sein, mit Bedacht herunterspielte. Schließlich sollte er nicht in irgendwie geartete Verdachtsmomente geraten, sondern vielmehr darauf achten, ob sich andere derart hervortaten. Aber selbst nach verschiedenen bürgerlichen Familienstücken flammten keine Reden auf, und auch ausgelassene Operetten lockten nichts hervor.

All dies mochte an einem ernüchternden Ereignis liegen: Die Franzosen hatten inzwischen Frankfurt und Mainz besetzt, und dieser Hinweis auf einen schlichten Eroberungskrieg verdross die deutschen Anhänger der Revolution, ob im Bürgertum oder im einfachen Volk.

Voigt gab Lewis bei einem weiteren Treffen gegenüber offen zu, dass man im Geheimen Rat Überlegungen anstellte, was bei einer etwaigen Eroberung Weimars durch die französischen Truppen wohl zu tun sei. Er bot Lewis an, bei weiterem Vorrücken der Franzosen ihn seiner Dienste zu entledigen, und stellte ihm frei, jederzeit abzureisen. Auch müsse sich dieser im Klaren sein, dass es möglicherweise zu einem Krieg zwischen Frankreich und England kommen könne, in welchem Falle ihm eine Abreise sogar dringend anzuraten sei.

Lewis dankte Voigt, versicherte diesem aber seine Loyalität, solange es ihm möglich war.

Ablenkung von den Weltereignissen fand er bei den Treffen, den Bällen, den Soupers und Konzerten, welche die Herzoginmutter bei Hofe gab. Am ersten Abend, den Lewis im Wittumspalais verbringen sollte, bot sich wie schon zuvor Wieland als Begleiter an. Es sollte ein Treffen der sogenannten Tafelrunde sein, zu der Anna Amalia regelmäßig einlud und bei der die neuesten Dichtungen gelesen und besprochen wurden, wie man sich auch im Malen und Zeichnen übte. In der Tasche seines Rockes barg Lewis die englische Übersetzung einiger Strophen des *Oberon*, die er fertiggestellt hatte und Wieland am heutigen Abend überreichen wollte.

Als sie durch das eiserne Gittertor fuhren, das sich zwischen zwei mit steinernen Vasen verzierten Pfeilern öffnete, grunzte Wieland mit unterdrücktem Lachen. „Nehmen Sie besser den Hut ab, junger Lewis!"

Lewis sah nach draußen. „Ist die Herzoginmutter gekommen, um uns zu begrüßen?"

„Nein", sagte Wieland, „aber wir sind auf heiligem Boden."

„Wie das?", fragte Lewis. „Das Palais ist weltlicher Besitz."

„Schon, aber es steht auf dem Grund eines Franziskanerklosters. Neben der Einfahrt können Sie noch Überreste des Gemäuers sehen."

„Oh", entgegnete Lewis und stieg aus, als die Kutsche endlich hielt. Er wartete auf Wieland.

„Treten Sie nicht allzu fest auf", warnte der, als sie zur Pforte des Palais gingen.

„Ist etwas mit dem Pflaster?"

„Damit nicht – eher mit dem, was darunterliegt. Dieser Hof ist der ehemalige Kirchhof der Franziskaner. Sie wollen doch nicht den Zorn eines alten Klosterbruders auf sich ziehen, oder?"

Lewis verzog das Gesicht. „Nicht, wenn es sich irgend vermeiden lässt. Lassen Sie uns schnell hineingehen."

Wieland ging langsam und gemächlich hinter Lewis her, der erst wieder aufatmete, als er in den Schatten des Eingangs trat. Im Palais konnte sich Lewis davon überzeugen, dass dies alles wesentlich prächtiger war als in Tiefurt. Bilder, Leuchter und Statuen leuchteten und blitzten von den Wänden und aus Ecken heraus. Das Tafelrundenzimmer selbst war schlichter ausgestattet, als solle hier nichts von den geistigen Gesprächen ablenken.

Hier hatten sich um den Tisch schon einige Herrschaften versammelt, und sie erhoben sich nun und begrüßten die Neuankömmlinge. Lewis fühlte sich sehr an den Abend in Tiefurt erinnert und ließ sich ohne Aufregung in die Vorstellungen und Gespräche treiben. Er lernte den Kammerherrn der Herzoginmutter kennen, Friedrich Hildebrand von Einsiedel auf Scharfenstein, einen gestreng wirkenden Herrn mit dunklem Uniformrock und Epauletten, der eine Schwäche für das Würfelspiel hatte, stets Würfel in der Westentasche bei sich trug und auch sogleich mit Lewis paschen wollte, bis ihn Bode davon abhielt. Daraufhin stritten die beiden in halb amüsiertem Ton, wer besser musizieren könne, Bode auf der Violine oder Einsiedel auf dem Violoncello. Schließlich kamen sie umhin, dass keiner von ihnen brillieren konnte, wenn es der stümpernde Seckendorff – Gott habe ihn selig – komponiert habe, wie damals, als ...

Lewis wandte sich ab, Böttiger hatte ihn, wie so oft, auf solcherlei Dinge vorbereitet, so dass er nicht ganz befangen dabeistehen musste. Immerhin war er froh, dass Goethe nicht zugegen war, denn mit diesem sollte sich Einsiedel auf so mancher Landpartie ziemlich gerauft haben, ab und an sogar bis zur blutigen Nase.

Umso erfreulicher war die Zusammenkunft mit dem Kaufmann Charles Gore und dessen Töchtern Emily und Eliza, die entzückt waren, einen Landsmann zu treffen. Gore war ein gesetzter Herr, ein wenig älter als Wieland, und seine Töchter waren in den mittleren Jahren. Lewis erinnerte sich der pikanten Einzelheiten, die Böttiger ihm anvertraut hatte, und bemühte sich, das Gespräch möglichst wenig auf den Herzog zu bringen. Was ihm recht gut gelang, denn schließlich kannte er ihn nicht. Dafür bot die gemeinsame englische Heimat ausreichend Gesprächsstoff.

Im Anschluss hielt Lewis die Zeit für gekommen, Wieland seine Gabe zu überreichen. Der fühlte sich ausnehmend geehrt, und nachdem Lewis seine Übertragung in der Runde zu Gehör gebracht hatte, erntete er großes Lob, vor allem von Wieland selbst und den Gores.

Von diesem Erfolg angespornt, machte sich Lewis daran, Goethes *Erlkönig* und noch einige andere Gedichte ins Englische zu übersetzen. Nach den eindrucksvollen Abenden im Festsaal des Wittumspalais mit seiner hohen, von Schmuckbändern gesäumten Decke und den Wänden aus rosenfarbenem Marmor, in deren Verlauf das Parkett abwechselnd von den Beinen der Festtafeln und den Beinen der Tanzenden belastet wurde, genoss Lewis die Stille seines Zimmers. Sein Verhältnis zu Eleonore war freundschaftlicher denn je und von keinerlei Unannehmlichkeiten gestört, und Böttiger selbst wusste so manches Neue von sich zu geben und auch einzufordern.

Eines Abends schrieb Lewis erneut einen Brief an seine Mutter:

Nichts und niemand kann höflicher sein als die Leute, die zum Hof gehören. Die beiden Herzoginnen sind äußerst freundlich und entgegenkommend. Wir haben nichts als Bälle, Soupers und Konzerte. Ich langweile mich zu Tode, doch ist es stets ein Trost, daran zu denken, dass ich dies in bester Gesellschaft tue.

Einige Dinge sind allerdings nicht ganz so elegant und wohlgeordnet wie in England: Messer und Gabeln werden sogar an des Herzogs Tafel nicht gewechselt. Die Damen räuspern sich und spucken in den Räumen in einer Weise, die sehr anstößig ist, doch da, wie gesagt, die Herzoginnen sehr freundlich sind und überhaupt jedermann so außergewöhnlich gefällig ist, amüsiere ich mich alles in allem recht wohl.

Da klopfte es, und der Laut des Erschreckens, der aus Lewis' Munde kam, wurde offenkundig als Aufforderung zum Eintreten verstanden.

Eleonore kam herein. „Guten Abend, Herr Lewis", sagte sie heiter.

„Guten Abend", entgegnete er und wollte hastig ein Blatt Papier über den Brief legen, als ihm bewusst wurde, dass die Tinte noch nicht getrocknet war und verschmieren würde.

„Sie verfassen etwas Geheimes?", mutmaßte Eleonore und lächelte.

„Nein", widersprach Lewis, der ahnte, dass Eleonore nach neuerlichen Schauermären dürstete. „Ich schreibe nur einen Brief, an meine Mutter ..." Lewis biss sich auf die Zunge.

Eleonore hob die Hand vor den Mund. „Aber Ihre Frau Mutter ist doch ..."

Lewis seufzte. „Kommen Sie doch ganz herein, Frau Böttiger, und setzen Sie sich. Wir haben schon das eine oder andere Geheimnis geteilt, und Sie waren stets so gut zu mir, da scheint es mir nur gerecht, Sie auch in dieses einzuweihen."

Eleonore nahm Platz und legte die Hände ineinander.

Lewis atmete tief durch. „Ich gestehe Ihnen, ich verleugne meine Mutter. Nicht, weil ich sie hasse, nein, im Gegenteil, ich liebe sie. Ich hasse meinen Vater, der sie betrog und verließ, und diese Scham lastet so auf mir, dass ich sie gegenüber anderen für tot erkläre, um nicht über die wahren Verhältnisse sprechen zu müssen." Er räusperte sich. „Nun ist es heraus. Ich fühle mich zumindest Ihnen gegenüber besser." Er lächelte schwach und wusste nicht, ob er sich wirklich erleichtert fühlte.

Eleonore sah ihn mit großen Augen an. „Das ... tut mir leid."

„Danke. Aber nun lassen Sie uns nicht weiter davon reden, und schweigen Sie auch bitte anderen gegenüber. Ich schätze Ihren Mann sehr, und ich muss sagen, dass meine Abneigung gegen die Ehe – aus Gründen, die ich eben angerissen habe, aber nicht näher vertiefen will – sich durch Ihrer beider Ansehen um ein Winziges abgeschwächt hat, aber dennoch: Sagen Sie ihm bitte nichts, denn ich befürchte ..."

Eleonore sah zu Boden und legte die Hand an den Mund. „Ich weiß, mein Ehemann ist ein Schwatzmaul ..." Zwischen ihren Fingern hindurch konnte Lewis erkennen, wie sie lächelte – und wie unangenehm ihr dies war.

„Allerdings", sagte er, um sie von ihrer Qual zu erlösen. „Ein großes!"

Eleonore hob den Blick, sah, wie Lewis auch lächelte, und nahm die Hand vom Mund. „Ein sehr großes!", lachte sie.

„Ein außerordentliches Schwatzmaul!", lachte auch Lewis. Dann sagte er immer noch lachend: „Nun gehen Sie doch zu ihm und richten ihm einen schönen Gruß von mir aus!"

Eleonore stand auf. „Das werde ich. Gute Nacht!" Sie lächelte noch einmal und schloss dann die Tür von außen.

Lewis atmete pfeifend aus. Er war froh, so leicht aus dieser Situation herausgekommen zu sein. Dann blickte er auf den Brief, dessen Tinte nun trocken war. Ohne noch einmal hinzusehen, legte er ihn fort. Vielleicht war jetzt der richtige Zeitpunkt, um an seinem Lustspiel zu schreiben. Er lachte noch einmal, als wollte er sich vergewissern, dass es ihm gelänge, dann tauchte er die Feder ein.

Ab und an schrieb er einen kurzen Bericht über die Dinge, die er aus den Mündern der Weimarer Gesellschaft vernommen hatte, und ließ ihn Voigt zukommen. Natürlich gab er nicht wieder, dass etwa der alte Herder sich wiederholt und vehement als Parteigänger der Revolution in Frankreich geäußert und die militärische Intervention gegen sie heftig verurteilt hatte, wenn er gar seine Meinung kundtat, dass es nur einen Stand gäbe, nämlich das Volk, und dass der Erbadel eingebildet sei, sich früherer Verdienste auch nach Jahrhunderten noch zu rühmen.

Lewis hatte zunächst angenommen, nur im Kreis um die Herzoginmutter Anna Amalia werde so offen und frei geredet, hatte aber dann in den politischen Disputationen den Eindruck gewonnen, dass man selbst in Anwesenheit des Herzogs Carl August kaum anders gesprochen hätte. Weimar war im Flickenteppich der deutschen Staaten zwar nur ein kleines Land, hatte sich jedoch als Sprecher der Unabhängigen positioniert, um weder Wien noch Berlin das Wort zu reden, und das hatte der kunstsinnige Herzog auch dadurch erreicht, dass er den deutschen Dichtern und Denkern Weimar als Stätte des freien Geistes offenbart und deshalb so viele von ihnen im

Umfeld seines Hofes versammelt hatte. Das geistige Zentrum Deutschlands war Weimar geworden, und Lewis fühlte sich in solchen Gesprächsrunden stolz, dass er hier ohne große Gesten aufgenommen worden war.

So konnte er bei seinen Meldungen auch dem zwingenden Argument folgen, dass nichts allzu arg und verfänglich sei, wenn es im Umfeld des Hofes geäußert wurde. Stattdessen konzentrierte er sich auf unbedachte Nebensätze, aus denen sich möglicherweise schließen ließ, dass jemand den Deckmantel der freien Gedanken zu mörderischem Handeln ausnutzte.

An einem feuchten Spätseptembertag verließ Lewis in der Dämmerung das Haus, den Umschlag mit seinem Bericht unter dem Rock verborgen, und strebte auf den Park an der Ilm zu. Zeit und Stunde schienen ihm günstig, denn wer würde um diese Zeit und bei diesem Wetter über die Wege wandeln und ihn bei seinem heimlichen Tun beobachten? Die Bewohner Weimars saßen in ihren Zimmern und Stuben und ließen den Regen Regen sein. Lewis hatte einen Regenschauer abgepasst, und jetzt lief er gemächlich über das glänzende Pflaster, den Kragen des Mantels ein wenig hochgeschlagen, da ab und an ein Windstoß sprühende Tropfen von den Bäumen schüttelte. Im Park troffen die Äste vor Nässe, und leichter Dunst stieg aus der Ilm auf. In der Mitte der Floßbrücke blieb Lewis stehen und sah aufs Wasser hinab, dessen Oberfläche schon hier und da mit vergilbten Blättern gesprenkelt war.

Lewis hatte Tage zuvor in Herders Volksliedern gelesen und dort vor allem über dem *Wassermann* verweilt. Wenn auch aus dem Dänischen übertragen, so schien ihm diese Mär sehr gut hierher zu passen, vor allem, weil ihm Eleonore erzählt hatte, an manchen Stellen der Ilm hausten Nixen – Wasserfrauen also. Hier im Park zeige sich dann und wann eine wunderschöne Jungfrau im weißen Kleid und mit langen, gelben Haaren. Ihr Schloss indes liege an einer der tieferen Stellen der Ilm, und zwar in der Nähe der roten Brücke bei Tiefurt. Mitunter käme das Wasservolk zur lustigen Gesellschaft und zum Tanz herauf auf die Auen der Ilm, doch währe das Vergnügen – das man als Mensch nur selten zu Gesicht bekäme – stets nur bis Mitternacht, denn dann müssten die Nixen wieder in ihrem feuchten Element sein.

Lewis fragte sich, ob die Wasserfrauen nach der fraglichen Zeit von ärgeren Geschöpfen im Tanz abgelöst würden oder ob sie gar durch diese vertrieben wurden. Er spähte ins Wasser, das mit dem schwindenden Licht immer dunkler und undurchsichtiger wurde. Schatten schienen über den Grund zu tanzen, doch sicher waren es nur die der Blätter, die die Strömung davontrug.

Lewis stieß sich vom hölzernen Geländer ab und machte sich auf den Weg zu dem hohlen Baum, in dem er seinen Bericht zu deponieren hatte. Dann und wann schaute er sich um, ob ihn auch niemand beobachtete. Wieder hatte Regen eingesetzt, und Lewis fröstelte ein wenig. Die Bäume ließen die schweren Tropfen über sich ergehen, während Lewis von einem Stamm zum anderen huschte, um durch das Blätterdach ein wenig Schutz zu erlangen. In den Büschen und Stauden ringsum raschelte es, als Wasser von Blatt zu Blatt perlte; von der Ilm hörte Lewis leises, stetiges Klatschen.

Endlich hatte er den Baum erreicht. Mittlerweile klebten einige gelbliche Blätter an seinen Schuhen, die Strümpfe waren feucht, und er bedauerte nun doch, diese Stunde und diesen Tag gewählt zu haben. Er griff in seinen Rock, angelte den Brief heraus und schob ihn in die Öffnung, die in der zerfurchten Rinde des Stammes kaum zu erkennen war. Dann ging er rasch auf den Pfad zurück.

Die Regenwolken hatten das ohnehin schwache Licht noch verdüstert, und der Schleier des herniederprasselnden Wassers tat ein Übriges, Lewis die Sicht zu erschweren. Mit um den Körper geschlungenen Armen lief er zurück über die Brücke, drehte sich trotz des Regens noch einmal um, als wolle er sich versichern, dass er mit seinen auf den Holzbohlen polternden Schritten keine Nixe im Schlummer gestört hatte – und erschrak.

Im Dunkel der Bäume jenseits der Brücke stand eine Gestalt, schemenhaft und kaum von den Stämmen zu unterscheiden. Lewis war wie erstarrt. Jetzt löste sich der Schatten ein wenig aus dem Hintergrund, und Lewis konnte deutlich den nass schimmernden Hut und den umgehängten Mantel erkennen. Als die Gestalt mit einem Mal langsam den Arm hob, rannte Lewis in die feuchte Dämmerung, lief und lief, bis er den Park verlassen und sicher zu Hause angelangt war.

Doch als er wieder einen klaren Gedanken fassen konnte, musste er sich eingestehen, dass er nicht wusste, ob es sich bei der Geste der Gestalt um eine Drohung oder um einen Gruß gehandelt hatte. Sicher war er sich nur, dass er auf keinen Fall einer Ilmnixe begegnet war. Ob ihm dies freilich lieber gewesen wäre, wollte er sich nicht beantworten.

Irgendwann Anfang Oktober begann Lewis, Goethe zu vermissen, ohne es sich selbst eingestehen zu wollen. So wie ihm einige Personen bei Hofe mitgeteilt hatten, es fehle den Zusammenkünften an Glanz, jetzt, wo der Herzog außer Landes sei, so schien es Lewis, als habe Weimar mit dem Geheimrat einen Lebensfunken eingebüßt. Sicher waren all die Theaterbesuche und höfischen Zusammenkünfte sehr amüsant, aber doch, so schien es ihm, kein Vergleich zu den Dingen, die er mit Goethe erlebt hatte. Lewis schalt sich im selben Augenblick solcher Gedanken, denn schließlich hatte im Bergwerk sein Leben auf dem Spiel gestanden, aber nichtsdestoweniger …

Dies schien ihm die rechte Stimmung, sich an die Übertragung von Goethes *Erlkönig* zu machen. Er las das Gedicht einige Male, um Stimmung und Klang zu erfassen, und dann setzte er sich nieder und warf die ersten Verse aufs Papier.

Draußen schlug in einiger Entfernung ein Fensterladen im aufkommenden Wind. Lewis stand auf, trat ans Fenster und blickte hinaus. Es war noch heller Nachmittag draußen, ein wenig trübe, aber angenehm, wie es ihm schien. Einige Blätter von den Bäumen des Kirchhofs wehten in die Jakobstraße. Lewis blickte zurück auf die Blätter, die seinen Sekretär übersäten. Er lächelte, als ein Gedanke in ihm hochstieg: Was, wenn er den *Erlkönig* Goethe zu Ehren nicht allein von Papier zu Papier übertrug, in der dumpfen Kammer sitzend, trocken und warm? Was, wenn er hinausging, um die wahre Essenz des Werkes zu erfahren und damit eine tiefempfundene Nachdichtung in englischer Sprache zu verfassen?

Lewis sprang vom Fenster weg, ergriff Mantel und Hut und war im nächsten Moment durch die Tür. Mit leuchtenden Augen steckte er den Kopf ins Zimmer Karl Böttigers und unterrichtete ihn in knappen Worten von seinem Vorhaben. Böttiger war erstaunt und wusste kaum etwas zu entgegnen, als Lewis auch schon grüßte und verschwand. Auf der Straße atmete er tief die kühle Luft ein und ging raschen Schrittes quer durch die Stadt zu dem Mietstall, in dem – auf Anweisung Voigts – ein Pferd für ihn bereitstand, welches er in Anspruch nehmen konnte, wann immer er es für nötig hielt. Ein bärtiger Knecht sattelte ihm den Falben und brummte etwas von aufziehendem Nebel.

„Genau den suche ich!“, rief Lewis und schwang sich in den Sattel. Das Tier ließ sich ruhig führen, und Lewis trabte langsam nach Süden zur Stadt hinaus. Sowohl Weg als auch Pferd waren ihm vertraut: Ein paar Wochen zuvor war er mit einer Jagdgesellschaft der Herzoginmutter geritten, und der erste Abschnitt des Tages war der Ausflug nach Berka gewesen, dem kleinen Städtchen an der Ilm, wo sich das herzogliche Jagdzeughaus befand. In dem weiten Bau standen die Fuhrwerke, Kutschen und Schlitten, die für eine stattliche Pirsch vonnöten waren, sowie all die Gerätschaften und Waffen, mit denen man das Wild zur Strecke bringen konnte, und davon gab es reichlich in dem großen Waldgebiet auf der Harth, rings um die drei Hügel, die Berka umstanden.

Dorthin zog es Lewis nun, da ihm die Landschaft zugesagt hatte und der Weg in einem weniger gemächlichen Tempo als dem einer Jagdgesellschaft auch rasch zu bewältigen war. Auf freiem Feld angelangt, gab Lewis dem Falben die Sporen und ritt schnell dahin, immer in Sichtweite des Ilmlaufes.

Bald kam der Nebel auf und zog in immer dichteren Streifen heran, die alten Weiden am Fluss wurden grauer und grauer, und das Rascheln der dürren Blätter verstummte. Tageslicht sickerte durch den Dunst und erhellte die scheinbar zusammengeschrumpfte Landschaft genug, dass Lewis bequem seinen Weg finden konnte. Er fühlte sich herrlich, sog die feuchte Luft in seine Lunge und trieb das Pferd an, damit ihm der Wind ins Gesicht blies. Der Nebel schluckte die Hufgeräusche zum Teil, zum anderen schien er sie zu verzerren, so als folge im Abstand ein weiterer Reiter. Lewis warf einen Blick über die Schulter zurück, erkannte aber nur Nebelfetzen, die weißgrau heranwaberten.

Vor ihm tauchte die dunkle Wand des Waldes auf, und Lewis lenkte den Falben ins Gehölz. Der Pfad war gerade noch zu erkennen unter den Schleiern, die über ihn krochen und sich schreckhaft vor den Hufen des Tieres zurückzogen. Zu beiden

Seiten standen die Stämme dicht an dicht, krallten sich mit den Wurzeln in die feuchte Erde und mit den Ästen in den nassen Himmel. Manche Zweige ragten über den Pfad, zu knorrigen Klauen geformt, und Lewis duckte sich lachend unter ihnen hinweg. Schäume wirbelten im Dunst, als Lewis und sein Pferd die weißen, spinnwebdünnen Vorhänge aus Nebel zerrissen, die sich zwischen den Bäumen über den Weg spannten. Die Schemen formten sich zu Gestalten, die Veitstänze vollführten, ohne auch nur den Boden zu berühren. Sie drohten und griffen nach Lewis, der behände auswich und keck zurückwinkte.

„Es ist nur ein Nebelstreif!“, lachte er, worauf er rasch nach seinem Hut greifen musste, den ihm ein neidischer Ast beinahe vom Kopf gerissen hatte.

Am Wegesrand krochen Wald- und Erdgeister aus ihren Höhlen und starrten Lewis mit glühenden Augen an. Unter Wurzeln hervor und an Baumstämmen vorbei riefen und zischten sie dem dahin Reitenden hinterher, doch zu verweilen, aber Lewis winkte nur und antwortete mit Gelächter.

Bald stieg der Pfad an, und Lewis erkannte, dass er sich am Fuße eines der Hügel um Berka befand. Der Wald lichtete sich und mit zunehmender Höhe auch der Nebel. Lewis klopfte dem Falben aufmunternd gegen den Hals und lenkte ihn die Steigung hinauf. Wie angenehm sich doch Bergaufstiege zu Pferde gestalteten!

Dann hatte Lewis die Kuppe erreicht. Ein lichtes Wäldchen stand hier, und die Aussicht ins Tal offenbarte die kochende, dampfende, wogende Tiefe, aus der sich nur die höchsten Baumspitzen und einige Hügel erhoben. Von Berka stach nur der Kirchturm hervor. Gegenüber erkannte Lewis den vom Wind zerzausten Nadelwaldschopf des Hexenberges, auf dem sich eine alte Richtstätte befand. Demzufolge musste er sich auf dem Schlossberg befinden, und als er sich umdrehte, sah er auch die Überreste der mittelalterlichen Grafenburg. Die Fundamente und Mauern ragten aus dem gelblichen Gras, zwischen den grauen Steinen wuchsen Flechten. Einschnitte und Löcher klafften in den Reihen der Quader, und von einigen Befestigungen waren allein die Fundamente geblieben. Lewis wusste, dass man den Löwenanteil der gebrochenen Steine drunten in Berka verbaut hatte, vor allem im Jagdzeughaus.

Er saß ab und ließ das Tier grasen. Jetzt wollte er ein wenig die Trümmer erkunden, um noch mehr Eindrücke in sich aufzunehmen. Was konnte ihn das alte Gemäuer schrecken, wo er schon den Naturgeistern widerstanden und ihnen kühn ins Fratzenantlitz gelacht hatte?

Auch der Rückweg bereitete ihm keine Sorgen – selbst wenn ihn seine Sinne täuschen würden in Nacht und Nebel, so würde der treue Falbe ohne Fehl den Weg zurück in seinen Weimarer Stall finden.

Lewis rückte sich den Hut zurecht und ging auf die Mauern zu, die sich verwittert hinter Himbeersträuchern duckten. Er stieg über die Trümmer, die den Grund übersäten und kletterte auf eine schiefe Mauerkrone, um sich einen Überblick zu verschaffen. Im Geiste malte er sich aus, wie die Burg vor Jahrhunderten ausgesehen hatte. Ein glanzvoller Sitz, so schien es ihm. Am entfernten Ende des Ruinenfeldes erblickte er eine interessante Ansammlung von Mauerresten und Fundamenten, und so stieg er von seinem Aussichtspunkt und ging, erneut Quadern und Brocken ausweichend, über das, was wohl einst ein Hof gewesen war.

Er strich durch ein Gestrüpp, bog die Zweige zur Seite und versuchte, sein Ziel nicht aus den Augen zu verlieren, als er mit einem Mal den Boden unter den Füßen verlor und mit einem Aufschrei in die Tiefe stürzte.

Als Lewis erwachte, schrak er hoch und stieß sich den Kopf an hartem Gestein. Seiner trockenen Kehle entrang sich gerade einmal ein heiseres Krächzen. Er befühlte seinen Kopf, streifte dabei schmerzhaft den Stein, der ihn umgab und blickte auf. Über ihm, in vielleicht anderthalb Mannslängen Höhe, zeigte sich ein annähernd kreisrundes, von Grasfäden gesäumtes Stück Himmel von blass-bleierner Farbe, in das einige kahle Zweige wie schwarze Blitze hineinragten. Im Licht, das zu ihm hinabfiel, konnte Lewis erkennen, dass er in einem alten Brunnen lag. Zu Lewis' Glück war dessen Umrandung eingestürzt und der Schacht von der ursprünglichen bis auf die jetzige Tiefe mit Schutt und Trümmern gefüllt. Wer wusste, ob er einen tieferen Sturz heil überstanden hätte? Allerdings hatten die Steinbrocken das ihre getan und Lewis' Rücken und Seite arg geschunden.

Vorsichtig bewegte er sich. Gebrochen hatte er sich offenbar nichts, wohl aber tüchtige Prellungen davongetragen. Glücklicherweise hatten auch Zweige und Gras, das am Brunnenboden wuchs, seinen Aufprall gedämpft.

Er stöhnte leise. Wieder unter der Erde!

Lewis richtete all seine Aufmerksamkeit auf das Stück Himmel, das so beruhigend nahe schien, und atmete tief. Er fixierte das helle Rund und maß mit den Augen die kurze, ach so kurze Entfernung, die ihn von der Erdoberfläche trennte.

„Kein Grund zur Aufregung", sprach er im Geist zu sich. „Das ist zu bewältigen." Er würde den Rand des Brunnenschachtes ergreifen können, wenn er nur aufstand und sich etwas streckte, und die eingebrochenen Wände boten Griffe und Tritte, gaben überall Halt, so dass die kurze Kletterei gar keine Anstrengung werden würde. Lewis hob erst den Kopf, dann den Oberkörper und setzte sich schließlich auf. Sein Körper schmerzte durch die Bewegung, aber es war kein Schmerz, der ihn alarmiert hätte. Vorsichtig zog er die Beine unter den Körper und ging auf die Knie, um sich dann an den Wänden abstützend langsam hochzuziehen.

Da hörte er von oben ein Rascheln. „Sein Pferd", dachte er sich. Vielleicht streifte es ganz in der Nähe umher, und wenn er rief, könnte er es dadurch vielleicht herbeilocken und die herabhängenden Zügel ergreifen ... dann aber fiel ihm ein, dass er das Tier nicht unnötiger Gefahr aussetzen sollte. Es war besser, wenn es dem Brunnenschacht fernbliebe, wenn es auch sicher nicht töricht genug wäre, blind hineinzustapfen, wie er es getan hatte.

Da raschelte es erneut, lauter und heftiger, und mit einem Mal hörte er Stimmen, die durcheinander sprachen. Lewis wollte seinem ersten Impuls folgen und rufen, doch dann besann er sich: Wer mochte zu dieser Stunde und bei dieser Witterung die Ruinen auf dem Schlossberg aufsuchen? Gewiss niemand, der die Aussicht bestaunen wollte, denn bei diesem Nebel gab es nichts im Tal zu sehen. Auch musste es bald dunkel werden, dem Farbton des Himmels nach zu urteilen.

Lewis schüttelte den Kopf. Er war selbst erstaunt, wie vorsichtig er durch all die Ereignisse der vergangenen Wochen geworden war und wie schnell ihm Verdächtigungen in den Sinn kamen. Das da oben mochten Bauern sein, Jäger oder Reisende, die vor dem Nebel auf die Anhöhe geflohen waren, um sich zu orientieren.

Lewis reckte sich und wollte mit Händen und Füßen Halt suchen, um sich so weit hochzuziehen, dass er aus dem Brunnenschacht hinausblicken konnte, als er die Stimmen deutlicher vernahm. Mehrere Männer waren es, und er konnte einen tiefen Bass von einem heiseren Flüstern, einen weichen

Singsang von einem scharfen Tonfall unterscheiden. Aber er erschrak zutiefst, als er eine schneidende, vor Hass triefende Stimme hörte, die er schon einmal vernommen hatte und die er nie würde vergessen können. Irgendwo über ihm, zwischen den Ruinen der alten Burg, stand der Magister Gottwerth Heinrich Löber mit seinen Schwarzen Brüdern und beriet sich im Geheimen, plante neues, schändliches Tun, und er, Lewis, saß in dem eingefallenen Brunnenschacht wie der Fuchs in der Falle. Wenn sie ihn entdeckten, war es um ihn geschehen!

Lewis nahm die Hände sachte von den gemauerten Wänden und ließ sich langsam und lautlos zu Boden sinken. Sollte einer der Männer einen beiläufigen Blick in den Schacht werfen, so presste Lewis sich immerhin in die Schatten der Tiefe, um nicht sogleich erspäht zu werden. Aber wie er da so kauerte, die steilen, kalten Wände um ihn herum, ohne die Möglichkeit, sie zu verlassen, in dem schwindenden Licht des immer dunkler werdenden Himmelsrunds über ihm, da kroch erneut die alte Angst vor dem Lebendigbegrabensein in ihm hoch. Langsam und schwach erst, so dass er sie niederringen und zurückhalten konnte, doch dann wuchs und wuchs sie und war bald so stark, dass Lewis der eisige Schweiß auf die Stirn trat.

Er versuchte, sich nicht überwältigen zu lassen, starrte auf den sich verdüsternden Himmelskreis über ihm und lauschte dann den Gesprächen der Männer dort oben. Er wollte eher ihrem Ränkeschmieden lauschen, das ihm sicher das Blut in den Adern stocken lassen würde, als hier unten dem Wahnsinn zu verfallen. Wenn die Männer bald verschwänden, wenn sie gingen, ohne ihn bemerkt zu haben, dann kannte er ihre Pläne, konnte sie Voigt mitteilen und möglicherweise die schlimmen Taten vereiteln, die über Weimar hereinbrechen würden und vielleicht Menschen träfen, die er schätzte und achtete.

Dafür lohnte es sich, gegen die Angst und die Gefahr aufzubegehren!

Erneut schob und zog Lewis sich auf die Füße, reckte und streckte sich und lauschte, das Gesicht nach oben gewandt.

Gerade hatte der Mann mit der tiefen Stimme einen Satz beendet, als Löber dazwischenfuhr. Lewis hörte, dass er ausspie und dann mit einer Stimme wie Eis sprach, die Lewis in den Ohren klirrte: „Auch wenn die Arbeiten wie geplant fortgeschritten sind, Tristram, so bin ich doch der Ansicht, ein schneller Schlag kann zum Erfolg führen. Warum warten, wenn Abaris und Aeschylus schon jetzt in unsere Hände gelangen können? Je früher, desto besser!"

Der Bass erdröhnte, nachdem er kurz gehustet hatte, spöttisch: „Du Heißsporn! Wann wirst du Bedachtsamkeit lernen? All die Jahre an der Universität, und noch immer keinen Sinn für das rechte Maß und die rechte Zeit. Wir gehen vor wie geplant. Wir haben zu viel an Mühen aufgewendet, um alles durch Unbedachtheit zu zerstören." Er hustete wieder.

Dann erklang wieder das heisere Flüstern, und Lewis musste sich anstrengen, um überhaupt etwas zu erlauschen.

Allerdings musste er gestehen, dass er die Reden der Vorigen zwar verstanden, keineswegs aber begriffen hatte. Was waren das für seltsame Namen, mit denen die Männer sich anredeten? Abaris? Was für ein Mensch sollte das sein, aus welchem Lande sollte er stammen? Aeschylus war ein griechischer Name, Tristram ein englischer ... da hatte Lewis plötzlich den Eindruck, die Bassstimme, dieses schallende Lachen kämen ihm bekannt vor ...

Der heisere Flüsterer klang gequält: „Ich muss Cetaos zustimmen. Die Zeit ist gegen uns. Voigt hat so manchen in Verdacht, unter anderem dich, Tristram."

„Wohl, wohl!“, murmelte der, „aber auch Decanus und viele andere in Heropolis. In Butus steht Decius unter Verdacht, und die Schuld dafür ist eindeutig bei dir zu suchen, Cetaos! Was musstest du dich auch öffentlich mit ihm zeigen!“ Er hustete abermals. „Aber sei's drum. Ich bin erkältet, deshalb sollten wir hier nicht länger im Freien herumstehen. Gehen wir hinunter.“

Lewis zuckte zusammen. Plötzlich raschelten Schritte dicht an der Öffnung des Brunnens vorbei. Er hielt den Atem an und duckte sich.

Eine Stimme, die er zuvor noch nicht gehört hatte, meldete sich zu Wort. Sie war wohlklingend, doch von schwerem Akzent geprägt. „Ich bin auch dafür, den Herzog so bald wie möglich zu töten.“

Lewis schlug die Hand vor den Mund, um den Laut seines scharfen Einatmens zu ersticken. Darum ging es also!

Löber zischte: „Richtig! Je früher es geschieht, desto länger kann das Ereignis seine Wirkung entfalten! Das Volk erhebt sich, durch uns angestachelt, und der Adel fällt!“

Der Mann mit dem Akzent sprach weiter: „Ich denke, dass diese Erschütterung auch den Geist schwächen wird, von dem, den ich ...“

„Genug jetzt!“ Der Bass hustete erneut. „Wir beraten und entscheiden, wenn die anderen eingetroffen sind. Wir werden das Für und Wider eines früheren Schlages abwägen. Bis Mitternacht ist alles getan. Aber jetzt hinab, zu Wein und Wärme.“ Er hustete noch ein paar Male, dann raschelten seine schweren Schritte davon, gefolgt von anderen, deren Geräusche das Brummen der Stimmen übertönten. Dann war es still.

Lewis wischte sich den Schweiß von der Stirn. Eine Verschwörung, ein Aufstand, eine Revolte, und das alles mit der Ermordung des Herzogs zu Anbeginn!

Er atmete heftig. Jetzt waren alle Angst und Beklemmung verflogen. Er musste so schnell als möglich aus diesem Loch heraus und nach Weimar! Dort musste er Voigt verständigen und warnen, musste ihm nahelegen, die Verschwörer zu stellen. Er konnte es schaffen – bis Mitternacht wollten die Verschwörer sich noch in der Nähe aufhalten, und es war gerade erst dunkel geworden. Wo immer dieser Ort war, vielleicht in Berka, denn dieser Tristram hatte davon gesprochen, hinunterzugehen – man konnte die Männer fassen.

Denn Lewis hatte eine Ahnung, nein, es war Gewissheit, wer Tristram, der Mann mit der Bassstimme und dem dröhnenden Lachen, war. Johann Bode! Zwar war die Stimme durch die offenkundige Erkältung verändert, doch immer noch ähnlich genug dem, dessen Lewis sich von den Zusammentreffen her erinnerte, und dann der verräterische Deck- oder Ordensname – denn darum musste es sich handeln! Die Liebe zu Lawrence Sternes humoristischem Helden Tristram Shandy – oder Schandi, wie Bode ihn eingedeutscht hatte – hatte diesen unvorsichtig werden lassen und Lewis einen Hinweis auf seine Identität gegeben. Sowie die Erwähnung, dass er von Voigt verdächtigt werde – mehr Beweis brauchte es nicht, Bode gehörte wie Löber zu den Verschwörern, zu den Schwarzen Brüdern, und diese führten Schreckliches im Schilde.

„Nichts wie raus aus diesem Loch“, spornte Lewis sich an und suchte mit Händen und Füßen nach Lücken im Mauerwerk, um emporzuklettern. Wo nur sein Pferd sein mochte? Geflohen bei der Ankunft der Schwarzen Brüder? Entdeckt konnten sie es nicht haben, denn dann wären sie sicher alarmiert und auf der Hut gewesen und hätten nicht über ihre Pläne gesprochen, sondern den Reiter gesucht. Lewis nickte. Sicher graste sein Falbe an der abgewandten Seite der Ruine und wartete brav und treu auf ihn.

Nun aber hinaus! Lewis griff zu, in Spalten, Erdreich und lockeren Mörtel, rammte die Stiefelspitzen in Fugen und Löcher und zog sich empor. Erdklumpen und Steinchen rieselten.

Fast hatte er den Rand des Brunnenschachts erreicht, als sich ein Schatten über ihn schob. Arme griffen nach ihm und rissen ihn hinauf, auf den grasbewachsenen Boden. Noch ehe er einen Laut der Überraschung oder des Schreckens von sich geben konnte, presste sich eine kräftige Hand über seinen Mund, und eine Stimme flüsterte: „Still! Es kann jeden Augenblick jemand auftauchen. Ihnen geschieht nichts."

Dann packte jemand ihn an den Schultern und stellte ihn auf die Füße. Im Dämmerlicht sah er sich einem dunkel gekleideten Mann gegenüber, der den Hut tief ins Gesicht gezogen hatte. „Rasch!", sagte dieser. „Wir müssen fort! Da entlang!"

Lewis wurde mit sanfter Gewalt in eine Richtung geschoben, die von dem Brunnenschacht und auch von den Ruinen wegführte. Hinter einer Mauer sah er das Licht einer Fackel aufleuchten. Auch davon entfernten sie sich rasch und so geräuschlos, wie es möglich war. Der Fremde leitete ihn umsichtig durch das mit Trümmern übersäte Gelände.

Lewis sah, dass sich der Nebel verzogen hatte, der Himmel war nahezu klar, nur einige Wolkenfetzen zogen vor dem Mond dahin. Aus dem Hintergrund erklangen Stimmen, die wohl zu den von Bode erwähnten Neuankömmlingen gehörten. Sie wurden wieder leiser, als sowohl diese Männer in den Ruinen verschwanden als auch Lewis und sein Retter sich entfernten. Es ging ein Stück den baumbestandenen Hang hinab, und dort standen zwei Pferde im Gebüsch, von denen eines Lewis' Falbe war.

Der Fremde schob Lewis zu seinem Tier und bedeutete ihm aufzusitzen. Dann stieg er selbst auf und lenkte sein dunkles Pferd hangabwärts. In Lewis wuchs der Drang, seinem Pferd die Sporen zu geben und zu fliehen, denn er wusste nicht, wer sich hinter seinem Retter verbarg – vielleicht war es nur eine List der Schwarzen Brüder.

Der Fremde bemerkte Lewis' Zögern und drehte sich im Sattel um. „Kommen Sie schon", drängte er halblaut, als fürchtete er, in der Nähe könnten noch weitere Männer herangekommen sein. „Wir haben etwas zu erledigen, Herr Lewis!"

Lewis zuckte bei der Nennung seines Namens zusammen.

Da hob der Fremde seinen Hut vom Kopf, und im gleichen Moment riss der Wolkenschleier vor dem Mond, und dessen helles, silbernes Licht erleuchtete das Antlitz des Mannes.

„Krafft!", stieß Lewis hervor.

„Höchstselbst", bestätigte sein Gegenüber knapp. „Aber nun los, wir haben ein Stück Weges vor uns und wenig Zeit!" Er trieb sein Pferd an, und Lewis setzte auf dem seinen hinterher.

Während sie durch die Nacht in Richtung Weimar hetzten, brachen aus Lewis die Fragen heraus, die an ihm nagten. „Wie war es möglich, dass Sie zur Stelle waren, um mir zu helfen?", rief er zu Krafft hinüber. „Ich ..."

„Ich bin Ihnen seit Weimar gefolgt."

„Durch den Nebel? Ich glaubte einmal, etwas gehört zu haben ..."

Krafft nickte missmutig. „Die schlechte Sicht zwang mich, näher an Ihnen zu bleiben, als ich es sonst bei einer Verfolgung tue."

„Aber ..." Lewis sah konsterniert zu Krafft hinüber, so dass dieser ihn darauf aufmerksam machen musste, wieder auf den Weg zu achten. „Heißt das, Sie haben mich schon häufiger verfolgt?"

„Sicher", nickte Krafft. „Ich habe Sie seit Martinroda kaum mehr aus den Augen gelassen. Goethe hielt dies für besser, und wie Sie sehen, hat er recht behalten."

„Sie waren die Gestalt im Park? An jenem Regentag?"

„Auch. Wenn Sie nicht geflohen wären, hätte ich Sie begrüßt und eine plausible Erklärung für mein zufälliges Zugegensein bieten können."

„Warum dachte Goethe denn, dass es besser sei, mich zu überwachen?" Lewis fühlte sich unangenehm gegängelt. Nicht allein, dass er Voigt zu Diensten sein musste, nun erfuhr er auch noch, dass er keinen selbständigen Schritt unternehmen konnte, ohne beobachtet zu werden. Immerhin war er ein wenig beruhigt, dass er es sich nicht eingebildet hatte, verfolgt zu werden, und es war ihm sehr recht, zu erfahren, dass es sich um Krafft gehandelt hatte und um keinen Schwarzen Bruder.

Krafft entgegnete ausweichend: „Lassen Sie mich Ihnen nur sagen, der Herr Geheimrat hat so seine Ahnungen – und seine Informationen."

„Falls Sie glauben, mich vor der Wahrheit schützen zu müssen, unterschätzen sie meinen Charakter und meine Aufmerksamkeit. Ich kann mir genug zusammenreimen, beginnend mit den schwarzen Reitern vor Tiefurt bis hin zu dem Anschlag im Stollen. Alles fügt sich zusammen!"

„Tut es das?" Krafft klang beinahe amüsiert, aber Lewis ignorierte es.

„Ich habe, als ich in dem Brunnen verborgen war, genug mit angehört: Die Schwarzen Brüder planen den Umsturz und ein Komplott, den Herzog zu ermorden, und ich denke, dass der Mann im Bergwerk den Geheimrat töten wollte – als enger Vertrauter des Herzogs ist auch er den Brüdern im Wege."

Krafft nickte. „Diese Deduktion liegt nahe. Wenn ich auch annehme, das Geschehnis in Martinroda bezog sich nicht allein auf Herrn Goethe."

„Aber die Schwarzen Brüder sind sich uneinig! Vielleicht wollten einige den Plan früher in die Tat umsetzen?"

„Sie haben die Gespräche doch gehört, ebenso wie ich! Diese Menschen tun nichts Unüberlegtes, niemand würde vorpreschen und das Ränkespiel aus dem Gleichgewicht bringen."

„Sie haben wahrscheinlich recht. Der Mann im Bergwerk schien, wie auch sein Gefährte, eher verzweifelt. Er war kein gedungener Mörder."

„Aber einen solchen werden sie auf den Herzog ansetzen! Hoffen wir, dass wir Weimar zeitig erreichen, um Hilfe zu holen. Voigt wird Soldaten entsenden, um die Schwarzen Brüder festzusetzen."

„Glauben Sie, man kann sie fassen? Auch wenn es hieß, sie seien bis Mitternacht in Berka, wie soll man sie finden? Sie versammeln sich doch an einem bestimmten Ort, und wenn die Soldaten Berka durchkämmen, könnten die Verschwörer aufmerksam werden und fliehen!"

Krafft lachte. „Das wird nicht geschehen! Die Schwarzen Brüder sitzen in der Falle, wenn die Soldaten beizeiten eintreffen. Die Burschen hocken wie die Hasen im Bau, oben auf dem Schlossberg!"

Lewis schüttelte den Kopf. „Sie sind in der Ruine?"

„Nein", erwiderte Krafft, „sie sind unter der Ruine! Ich habe alles beobachtet. Als ich Ihnen auf den Berg gefolgt war, blieb ich im Hintergrund, damit Sie mich nicht entdeckten." Er räusperte sich. „Im Übrigen war es töricht von Ihnen, Weimar zu verlassen und allein durch den Nebel zu reiten. Eine Unachtsamkeit, und es wäre um Sie geschehen gewesen, auch ohne Zutun der Schwarzen Brüder."

Lewis wollte sich zunächst gegen die Schelte auflehnen, fragte aber dann: „Warum sollten mich die Schwarzen Brüder überhaupt ... nur weil einer von ihnen ..."

„Die Sache mit Löber ist nur eine Facette, eine persönliche Sache, die auf Sie ausgeweitet wurde, weil Sie Hardenberg kennen."

„Sie wissen darum?"

„Natürlich! Ich war auch in Jena. Ganz in der Nähe, als Sie und die beiden anderen jungen Herren sich im Garten versteckten."

„Sie waren dort und haben nicht eingegriffen? Einen schönen Schutzengel hat mir Goethe auf den Hals gehetzt, wenn Sie mir die Bemerkung erlauben!"

„Nun, nun!", tat Krafft empört. „Ich hätte mich schon meiner Aufgabe gewidmet, wenn es zum Äußersten gekommen wäre!" Er winkte ab. „Es scheint sich aber so zu verhalten, dass die Schwarzen Brüder ein Interesse an Ihnen hegen!"

Lewis stockte der Atem. Also doch? „Aber warum ..."

„Hoffen wir, dass wir es nicht dadurch herausfinden, indem Sie es am eigenen Leibe erfahren. Dies zu verhindern, bin ich da, und dieses Mal ist es noch gutgegangen. Also lassen Sie mich weiter berichten: Ich sah, wie Sie bei Ihrem Erkundungsgang durch die Ruine plötzlich verschwanden. Ich eilte herbei, um zu sehen, was geschehen war, als ich hörte, wie sich Stimmen näherten. Nun, da ich die schwarzmaskierten Gestalten sah, ahnte ich, um wen es sich handelte." Krafft stieß geringschätzig die Luft aus. „Ich weiß allerdings nicht, warum sich diese Männer verkleiden. Entweder halten sie ihre Gesichter auch untereinander verborgen, was auch zu den geheimnisvollen Ordensnamen passen würde. Oder sie misstrauen selbst so gut ausgewählten und versteckten Versammlungsorten wie der Ruine." Er schüttelte kurz den Kopf.

„Die Männer kamen also näher. Es blieb mir nur, Ihr Pferd am Zügel zu ergreifen und rasch dorthin zu führen, wo auch das meine verborgen war. Dann ging ich zurück. Ich musste schließlich erfahren, wohin Sie verschwunden waren und Sie notfalls, wenn Sie entdeckt würden ... aber daran denken wir besser nicht, da es schon zu diesem Zeitpunkt fünf Männer waren. Ich verbarg mich hinter einem Mauerrest und lauschte."

Krafft grinste schief. „Im Grunde war Ihr törichter Ausritt also doch zu etwas nütze. Durch Ihre seltsame Berufung, unerhörte Ereignisse anzuziehen, können wir vielleicht das Schlimmste verhindern, indem wir die uns nun bekannten Pläne der Schwarzen Brüder vereiteln."

„Wenn wir diese fassen könnten ..."

„Erinnern Sie sich: Es bleibt Zeit bis Mitternacht, und um Ihre vorige Frage zu beantworten, wo sich die Verschwörer aufhalten: In der Ruine müssen noch einige Kellerräume erhalten geblieben sein. Ich sah, wie die Männer in der Tiefe verschwanden. Dann suchte ich nach Ihnen, dort, wo ich Sie zuletzt gesehen hatte, und tatsächlich waren Sie dort, in jenem Brunnenschacht."

„In dem ich doppelte Todesängste auszuhalten hatte: begraben zu sein und jederzeit von Meuchelmördern entdeckt zu werden." Lewis schüttelte sich. „Schrecklich!"

„Nun ist es überstanden", entgegnete Krafft munter.

„Hoffentlich", antwortete Lewis leise.

In Weimar angekommen ritt Krafft gemeinsam mit Lewis sogleich zum Haus des Regierungsrats und schilderte diesem die gegebenen Umstände. Voigt hatte sich zu dieser Stunde schon in sein Studierzimmer zurückgezogen und trug eine dunkelrote Hausjacke und ein besticktes Käppchen, das seiner sonst so diabolischen Erscheinung etwas Gütiges gab. Dies währte jedoch nicht lange, denn kaum hatte er auch nur einen Teil des Berichtes vernommen, riss er sich die Kappe vom Haupt und schleuderte sie auf den Tisch.

„Lewis! Was sagte ich über Vorsicht? Sicher, Sie haben nicht unbedacht aus einem Glas getrunken, aber das war noch dümmer! Einsam durch die Gegend zu reiten und sich nahezu von diesen Mordgesellen fangenzulassen!"

Lewis sah keinen Sinn darin, sich gegen diese Tirade aufzulehnen, und so überließ er es Krafft, den tobenden Voigt von den Missständen fortzuargumentieren und ihn auf die Hauptsache hinzuweisen. Voigt wurde mit einem Schlag eiskalt und ruhig. Er verließ das Arbeitszimmer, und Krafft und Lewis folgten.

„Ich alarmiere sogleich Garnisonskommandeur von Germar. Er soll mit einem Trupp Husaren gegen dieses Schlangennest vorgehen und die Brut ausräuchern." Er warf die Hausjacke ab, griff sich seinen Tagesrock und hatte ihn kaum über Armen und Schultern, als er auch schon aus den bequemen Schuhen in die Stiefel schlüpfte.

„Sie, Lewis, begeben sich auf der Stelle in Ihr Quartier, und Sie, Krafft, sorgen dafür, dass er dorthin gelangt. Im Anschluss kommen Sie zur Garnison, Sie werden mir, von Germar und seinen Männern den Weg zeigen."

Im Gehen knöpfte er den Rock zu und öffnete einen Schrank, dem er eine Pistole und einen Degen samt Gehenk entnahm. „Sie haben Ihre eigenen Waffen?"

„Das habe ich, und ich kann mir kaum einen besseren Grund denken, sie einzusetzen." Krafft schaute so grimmig, dass er dem teuflischen Voigt in nichts nachstand.

Der nickte knapp und legt sich den Gurt um. „Dann hoffen wir, dass sie schwarzes Verschwörer-Blut zu schmecken bekommen." Voigt ging durch den Flur und riss die Tür auf. „Herr Lewis?"

„Herr Regierungsrat?" Lewis wünschte sich nichts mehr, als sein sicheres Zimmer zu erreichen. Dieses kriegerische Getue flößte ihm gehörigen Respekt ein, und ihm war nicht wohl in seiner Haut. Was wollte Voigt von ihm?

„Wenn dieses glückt, werde ich Ihnen Ihren leichtsinnigen Ausritt verzeihen, und möglicherweise gibt es für Sie dann auch nichts mehr, was Sie für mich tun können. Dann wäre es mir eine Freude, Sie aus meinen Diensten zu entlassen." Freundlich klang seine Stimme nicht, doch die Worte erfüllten Lewis mit Zuversicht.

Er nickte. „Dann wünsche ich den Herren reiche Beute bei ihrer Treibjagd. Um Berka ist das Glück dem Waidmann hold, wie ich erfuhr, und Schwarzwild ist ausreichend vorhanden." Lewis war froh, nur die Feder zu führen und keine Klinge.

Krafft lachte, und selbst Voigt ließ ein Aufwärtsstreben der Mundwinkel erkennen. „Nun auf!", schnarrte er, und die drei traten in die Nacht hinaus.

Später, in seinem Bett, grübelte Lewis darüber nach, was er heute erfahren hatte. Die Schwarzen Brüder wollten den Herzog ermorden, hatten Ähnliches bei Goethe versucht, wollten den Umsturz anzetteln und die Macht übernehmen. Gelänge es ihnen, würden sicher auch bald in Weimar, dem dann einstmaligen Herzogtum, die Guillotinen ihr blutiges Werk verrichten. Wer wusste, ob nicht auch in anderen deutschen Staaten Ähnliches geplant wurde? Sollte vielleicht ganz Deutschland zwischen der anrückenden Revolutionsarmee und der im Geheimen geplanten Revolution aufgerieben werden?

Lewis warf sich in den Laken herum. Vielleicht sollte er das Land so rasch wie möglich verlassen?

Aber wie verhielt es sich mit der Gefahr, die ihm persönlich drohte? Krafft hatte ihn sehr beunruhigt, indem er Lewis' bisher vagen und lediglich aus Gesichten, Visionen und seltsamen Ereignissen geborenen Verdacht erhärtet hatte. Dabei wog die Person Löbers, mit der er nur durch einen Zufall in Verbindung geraten war, nicht so schwer wie die Tatsache, dass Goethe Krafft beauftragt hatte, ihn zu beschützen – oder zu überwachen. Was mochte Goethe dazu bewogen haben? Nur das Ereignis im Bergwerk? Aber Goethe hatte Krafft doch schon zuvor um ein Treffen ersucht – Krafft war gewiss nicht zufällig in dem Gasthaus in Ilmenau erschienen, und dann das Schreiben, das Goethe wahrscheinlich aus der alten Eiche nahe Martinroda entnommen hatte. Was mochte darin gestanden haben, was hatte Krafft Goethe nicht sagen können, solange Lewis zugegen gewesen war … und die beiden Männer im Stollen – welche Andeutungen hatten sie doch gleich von sich gegeben? Lewis konnte sich nur dunkel erinnern. Muntzer hatte von Gleichheit gesprochen, was ein Hinweis darauf sein mochte, dass er revolutionären Gedanken nachhing. Aber Weihrach hatte zuvor ein Geständnis machen wollen, über eine Sache, in die er hineingezogen wurde und die er für Unrecht hielt. So dachte kein Aufrührer! Er wollte Goethe etwas gestehen, was mit der Arbeit im Bergwerk zusammenhing, eine Erklärung dafür liefern, warum es dort keine Fortschritte gab …

Lewis fuhr hoch. Das war es! Sicher hatten Muntzer und Weihrach die Schwarzen Brüder mit Talent und Arbeitskraft unterstützt, um das Versteck unter der alten Burg auf dem Schlossberg über Berka zu bauen! Krafft hatte von Kellern geredet, in die sich die Männer zurückgezogen hätten. Warum sollten nicht Bergleute – die dann in den Schächten Ilmenaus fehlten – den Hügel unter der Ruine ausgehöhlt haben, damit die Verschwörer einen geheimen Ort für ihre Treffen besaßen?

Lewis nickte, denn dies würde einiges erklären. Ihn packte das Bedürfnis, seine Erkenntnis umgehend jemandem mitzuteilen, aber dann überlegte er sich, dass Krafft, Voigt und die Soldaten dies wohl selbst entdecken würden, wenn sie das Nest der Revolutionäre aushoben. Lewis war nahezu stolz, dass durch ihn – trotz oder vielmehr wegen der Unachtsamkeit, die ihm von Krafft und Voigt vorgeworfen wurde – der ganze Spuk ein Ende hatte. Im Grunde hatte er die Obrigkeit auf die richtige Spur gebracht. Voigt konnte sich nicht beklagen, in ihm, Lewis, nicht einen hervorragenden Spitzel zu haben. Schließlich wurde dem Regierungsrat durch ihn die wichtige Nachricht vom Verschwörernest zugetragen. Fast war Lewis enttäuscht, dass Krafft auch zugegen gewesen war. Ohne ihn hätte er Voigt selbst alles berichten können.

Lewis stutzte. Hatte er alles berichtet? Es schien, als habe er etwas nicht bedacht. Er grübelte und grübelte, doch wollte es ihm nicht in den Sinn kommen. Er spürte, wie müde und erschöpft er war, auch schmerzten ihn die Knochen. Es waren zwei lange Ritte gewesen, und die Aufregung und der Sturz kamen hinzu.

Wie auch immer, Krafft, Voigt und die Soldaten waren auf dem Weg zu den Schwarzen Brüdern, um sie in Gewahrsam zu nehmen, und wenn dies geschehen war, konnte Lewis sich auch wieder sicher fühlen. Die Gefahren, die ihm – aus welchen Gründen auch immer – von den Schwarzen Brüdern drohten, würden mit jenen zusammen ein Ende finden.

Einigermaßen beruhigt sank er ins Kissen zurück und schloss die Augen. Während er in den Schlaf dämmerte, war es ihm, als hörte er von draußen Hufschläge, deren Klang von Metall auf Stein jedoch auch von Meißeln herrühren mochte, die sich in Felsen fraßen.

In der Nacht suchten ihn keine Dämonen oder Engel in seinen Träumen heim, sondern Bilder von äußerst irdischen Gefahren. Er war wieder in dem alten Brunnenschacht gefangen, doch diesmal blieb er nicht unentdeckt. Gegen den düsteren Himmel über ihm zeichneten sich dunkle Gestalten ab, die auf ihn hinuntersahen. Es war, als sei die runde Scheibe, die die Öffnung des Schachtes umriss, das Zifferblatt einer Uhr, und die zwölf Männer, die sich über den Rand beugten, bildeten die Stundenmarkierungen darauf. Im Traum fragte sich Lewis, warum es wohl zwölf Männer waren, obgleich er doch nur sechs belauscht hatte, doch dann entsann er sich der weiteren, die später hinzukommen sollten. Die zwölf schwarzen Brüder starrten ihn mit feurigen Augen an, die aus den schwarzen Halbmasken herausstachen, die den oberen Teil ihrer Gesichter bedeckten. Unter den dunklen Dreispitzen schien völlige Leere zu herrschen, nur die Augen brannten in höllischem Flammenglast.

Plötzlich erschien in der Mitte des Zifferblattes aus Himmel und dunklen Gestalten ein Zeigerpaar, das aus einer unirdisch geschwungenen Hacke und einer Schaufel bestand. Kein Mensch konnte diese Werkzeuge geschaffen haben, es musste das Bergmannszeug von Gnomen und Erdgeistern sein, das sich dort mit einem Mal unter dem Klirren von Metall auf Stein in Bewegung setzte. Wie das Ticken einer Uhr begleitete das Klirren die Zeiger auf ihrem Weg über das Rund, und jedes Mal, wenn zur vollen Stunde auf einen Mann gewiesen wurde, leuchtete ein Mondstrahl auf ihn. Dann hatten die Zeiger ihren Kreis ganz beschrieben, und sie verschwanden mit einem Krachen, als stürze das Weltgebäude ein. In diesem Augenblick beugten sich die zwölf Schwarzen Brüder vor, öffneten ihre mit Fängen bewehrten Münder und spien Ströme von tödlichem Gift in die Grube, so dass Lewis schreiend vor Angst darin ertrank.

Lewis fuhr hoch. Im Haus waren Schritte und Stimmen zu hören. Licht fiel durch den Spalt seiner Tür. Benommen stand er auf und wankte hinüber. Er konnte Böttigers Stimme und die seiner Frau erkennen. Vielleicht war etwas mit Karlchen?

Lewis öffnete die Tür und spähte hinaus. Die Stimmen kamen von der Haustür. Er trat ein wenig näher, zum Treppenabsatz hin, als schnelle Schritte auf ihn zukamen. Lewis wich zurück, und dann sah er Krafft die Stufen heraufstürmen, einen Kandelaber in der Hand, das Gesicht rötlich und verschwitzt, die Haare wirr.

Oben angelangt, sah er Lewis, und sein ernstes Gesicht erhellte sich für einen Moment. „Gott sei Dank, Sie sind wohlauf", sagte Krafft atemlos.

Lewis war noch immer schlaftrunken und verwirrt von dem Traum. Ja, er war dem Gift entronnen, das die Schwarzen Brüder wie die steinernen Wasserspeier eines mittelalterlichen Domes auf ihn hatten hinabregnen lassen. Er nickte, obgleich er sich wunderte, wie Krafft davon wissen konnte. Trotz seiner Benommenheit erkannte er den Kerzenleuchter in Kraffts Hand als einen aus Böttigers Besitz, Krafft musste ihn von diesem erhalten haben. Von unten hörte er Böttiger mit einem Mann sprechen.

„Lewis?" Krafft bewegte den Kopf und versuchte, ihm in die Augen zu sehen.

„Ja?", antwortete er.

„Wachen Sie auf!", fuhr Krafft ihn an und schob ihn in sein Zimmer zurück, um ihn sich dort auf das Bett setzen zu lassen. Krafft entzündete die anderen Kerzen im Zimmer und goss Lewis einen Becher Wasser ein.

Der nahm ihn, trank und erkannte im helleren Licht, dass Krafft einen Riss im linken Rockärmel hatte und eine Schürfwunde am Wangenknochen. „Was ist geschehen?“, fragte er und stellte hastig den Becher fort. Er war nun hellwach.

Krafft zog einen Hocker heran und setzte sich auf die Kante, als wolle er sich keine rechte Rast gönnen. „Wir – das heißt: die Soldaten, der Regierungsrat, der Kommandeur und ich – konnten Berka rechtzeitig vor Mitternacht erreichen ...“

„Wie spät ist es nun?“, unterbrach Lewis ihn.

„Etwa zwei Uhr, schätze ich“, erwiderte Krafft. „Wir kamen den Berg hinauf, und alles war ganz friedlich. Dann entdeckten wir die Pferde der Verschwörer und wussten, sie mussten noch in der Ruine sein. Wir fanden den Eingang zu den Kellern durch den Lichtschein, der nach oben drang – den man allerdings nur dann erkennen konnte, wenn man sich nahe genug zwischen die alten Mauern gewagt hatte. Ein nächtlicher Wanderer dort oben oder gar ein Einwohner Berkas, der zufällig zum Berg geblickt hätte, wäre nie aufmerksam geworden. Von Germar postierte einen Teil seiner Leute draußen, mit angelegten Gewehren, und wir anderen schlichen hinab. Eine Stiege führte uns in die alten Keller, die jedoch wie neu erschienen. Kein Trümmerstück war zu sehen, die alten Keller waren sicher gemauert, und auch neue Gänge waren gegraben, sicher abgestützt wie in einem Bergwerk.“

„Ich ahnte es!“, rief Lewis. „Mir kam die Idee, dass Männer aus Ilmenau dort beschäftigt waren. Deshalb kamen die Arbeiten in der Mine nicht voran, und deshalb ...“

„Richtig!“, nickte Krafft. „Das eröffnete sich später auch uns. Erst einmal aber ging unser Trupp so lautlos wie möglich durch die Gänge. Fackeln steckten in Wandhaltern und leuchteten uns den Weg. Bald hörten wir die Stimmen der Revolutionäre, wie sie ihre Ränke schmiedeten und sich mit ihren geheimen Namen anredeten, die ihre wahre Identität verschleiern sollen. Der Gang weitete sich zu einem großen, unterirdischen Raum, der von Kerzen und Kohlenbecken erleuchtet war und wo Wandteppiche und Banner mit seltsamen Zeichen und Symbolen hingen. Ein runder Tisch stand in der Mitte, um den die Schwarzen Brüder sich versammelt hatten, immer noch maskiert. In dem Augenblick, als sie alle ihre Stimmen erhoben, um sich selbst zu feiern und um das geheime Treffen zu beenden, stürmten wir mit gezogenen Waffen hinein und forderten sie auf, sich zu ergeben. Sie waren zu zwölft, wir waren achtzehn. Dennoch rissen sie ihre Degen heraus und nahmen den Kampf auf. Sie fochten verbissen, als wollten sie um jeden Preis ihre Geheimnisse, von denen sie ohne Zweifel viele besitzen, verteidigen, notfalls mit ins Grab nehmen. Nichtsdestoweniger konnten wir sie überwältigen. Drei von ihnen starben, ebenso einer der Soldaten, je zwei weitere sind verwundet."

Lewis atmete auf. „Dann ist es ausgestanden! Ich bin froh, dass diese Gesellen nun dingfest gemacht sind. Der Herzog ist gerettet und ..."

„Der Herzog ist in Sicherheit. Noch ehe wir nach Berka ritten, wurde ein Eilbote ins Heerlager entsandt, um vor einem Attentat zu warnen. Nach dem, was wir in jenem geheimen Versteck vernahmen, sollten die Meuchelmörder allerdings erst in einiger Zeit ihr ehrloses Werk begehen. Aber eine Warnung ist auf keinen Fall falsch." Dennoch blickte Krafft bitter bei diesen Worten.

„Was ist? Es scheint doch alles gerettet, nun, da die Schwarzen Brüder verhaftet sind und ..."

Krafft sah Lewis fest an. „Zu allem Unglück konnten einige entfliehen."

Lewis erstarrte, und Krafft seufzte, ehe er ärgerlich weitersprach: „Wir merkten zu spät, dass sich einige Verschwörer zurückzogen, während die anderen umso heftiger Gegenwehr leisteten. Schließlich entflohen sie."

„Aber doch nur, bis sie vor die Gewehrläufe der Soldaten liefen", sagte Lewis.

„Leider nein", antwortete Krafft. „Wir hatten nicht bedacht, dass das unterirdische Versteck einen zweiten Ausgang besitzen könnte. Aber selbst wenn, wie hätten wir wissen sollen, wo der Gang endete? Als wir dort, am Fuße des Hügels, herauskamen, waren nur noch Hufspuren zu sehen."

„Wie viele konnten entkommen?", fragte Lewis bang.

„Drei", antwortete Krafft zähneknirschend.

„Wissen Sie, wer? Was ist mit denen, die wir belauschten?"

„Der, der in jenem Singsang sprach, ist unter den Gefangenen, bei den anderen beiden bin ich nicht sicher. Der mit dem Akzent ist entweder unter den Getöteten oder konnte entfliehen ..."

Lewis setzte sich auf. „Was ist mit Bode? Ich hatte eindeutig Bode erkannt!"

Kraffts Kinn zuckte hoch. „Bode? Johann Bode? Was ist mit ihm?"

Lewis schaute konsterniert. Dann ging ihm sein großer Fehler, seine Achtlosigkeit auf. „Bode! Ich hatte ihn an der Stimme erkannt! Er gehört zu den Schwarzen Brüdern!"

„Was sagen Sie da?" Krafft sah Lewis streng an.

„Regierungsrat Voigt hatte ihn im Verdacht, Mitglied in einem Orden zu sein und ..."

Trotz seines harten Blickes grinste Krafft. „Da liegt er nicht falsch, und von anderen könnte man das auch ..." Dann wurde er wieder ernst. „Sprechen Sie weiter!"

„Ich habe Bode schon oft getroffen, und ich bin sicher, unten im Brunnenschacht seine Stimme gehört zu haben! Er gehört zu den Schwarzen Brüdern!"

„Sie sind sicher?"

„Ja … der Mann hustete zwar, und seine Stimme klang rau, aber ich bin mir sicher, dass es Bode war."

Krafft sprang von seinem Stuhl auf, dass dieser fast hintüber kippte. „Warum haben Sie das nicht schon früher erwähnt?"

Lewis hob die Hand zur Stirn. „Ich … es war so viel geschehen, und … ich muss es in all der Aufregung vergessen haben."

Krafft packte ihn an den Schultern und zog ihn hoch. „Kleiden Sie sich an, rasch!"

Lewis zögerte, weil er nicht wusste, was er von diesem Befehl halten sollte.

„Machen Sie schon!", rief Krafft, während er zur Tür ging. „Folgen Sie mir!"

Krafft lief die Treppe hinab und rief schon im Laufen nach Böttiger und von Germar. Lewis kleidete sich rasch und nachlässig an, während unten Stimmen laut wurden. Schnell schlüpfte er in die Schuhe und rannte nach unten.

Dort standen Böttiger und seine Frau mit bangen Gesichtern, Eleonore hatte Karlchen auf dem Arm, der trotz des Tumultes selig schlief. Krafft redete auf einen älteren, aber äußerst kräftig aussehenden Mann in Uniform ein und warf ab und zu entschuldigende Blicke auf die Böttigers. Diese sahen Lewis die Treppe herunterkommen und schauten ihn besorgt an.

„Was ist denn …", begann Lewis, doch da wendete sich ihm schon Krafft zu und winkte ihn heran.

„Kommen Sie, Sie müssen uns begleiten!"

Damit ging er mit dem Soldaten, der zweifellos Wilhelm von Germar, der Garnisonskommandeur, war, aus der Tür, nachdem beide die Böttigers gegrüßt hatten. Als Lewis diese passierte, erhielt er einen ermutigenden, aber dennoch furchtsamen Blick von Böttiger. Eleonore schaute furchtsam und verwirrt.

„Ich muss fort ... kurz, hoffe ich ...“, stammelte Lewis und ging vorüber, ohne eine Reaktion abzuwarten, da Krafft von draußen rief. Auf der Straße standen vier Pferde, von denen Soldaten zwei an den Zügeln hielten. Auf den anderen saßen Krafft und von Germar.

„Aufsitzen“, befahl Krafft und wies ungeduldig auf eines der beiden reiterlosen Pferde. Kaum saß Lewis im Sattel, ritten die anderen beiden los, und er folgte notgedrungen. Die zwei Soldaten blieben zurück und postierten sich, wie Lewis sah, neben dem Eingang des Böttiger'schen Hauses.

Sie ritten von der Jakobstraße aus in nahezu gerader Linie durch die Stadt, am Markt vorbei und in die Frauentorstraße. Schon dachte Lewis, ihr Weg würde sie zu Goethes Haus am Frauenplan führen, als sie in eine Seitengasse abbogen. Vor einem großen, unscheinbaren Haus hielten sie an und saßen ab.

„Hier wohnt die Gräfin von Bernstorff, Bode ist ihr Verwalter“, erklärte Krafft, als sie zur Tür schritten.

Von Germar pochte vehement an die Tür. Er sah Lewis kurz an. „Hier werden wir wohl erfahren, wo sich Bode angeblich aufhält. Dass er selbst hier ist, bezweifle ich.“ Dann fletschte er die Zähne, dass sein hartes Gesicht sich in tiefe Falten legte.

Nach kurzer Zeit öffnete ein langgesichtiger Diener, der recht verschlafen wirkte. Er rieb sich ein Auge, hob einen Kerzenleuchter und beschien mit überraschtem Gesicht die drei Männer.

„Guten Abend“, grüßte er höflich.

„Wir müssen mit der Gräfin sprechen“, begann Krafft, und von Germar fügte hinzu, als er sah, wie sich Empörung auf dem Gesicht des Dieners breitmachen wollte: „Es geht um Leben und Tod. Ich bin Garnisonskommandeur Wilhelm von Germar.“

Daraufhin trat der Mann zurück und bat die Männer mit einer Geste ins Haus. Von Germar und Krafft polterten über das Parkett, während Lewis ihnen voller Schamgefühl folgte. Wie hatte er nur versäumen können, diese wichtige Entdeckung mitzuteilen! Wer wusste, welches Unheil daraus noch erwachsen würde?

Sie gingen weiter durch die Flure, wobei die Stiefelschritte Kraffts und von Germars durch das Haus hallten. Als sie ein geräumiges Zimmer passierten, drehte sich der Diener mit einem Male um. „Ich werde die Gräfin aufwecken. Derweil bitte ich Sie, hier Platz zu nehmen. Sie müssen nicht das gesamte Haus aufscheuchen. Herr Bode liegt krank in seinem Zimmer, und er braucht Schlaf."

„Was?", riefen Krafft und von Germar zugleich.

Krafft warf einen kurzen Seitenblick zu Lewis, der wie vom Donner gerührt dastand.

Der Diener hob eine Hand. „Mäßigen Sie sich doch bitte! Herr Bode ist schwer erkältet und liegt schon den gesamten Tag unter den Decken."

„Führen Sie uns zu ihm!", befahl von Germar.

Das Gesicht des Dienstboten wurde noch länger. „Aber was ist mit der Gräfin?"

„Die brauchen wir nicht, es geht um Bode!", schnappte von Germar, worauf der Diener zunächst zurückzuckte, dann aber seine Lippen spitzte.

„Darf ich fragen, was die Herren eigentlich wünschen?"

Krafft trat einen Schritt vor. „Es geht um das Leben seiner Herzoglichen Hoheit Carl August von Sachsen-Weimar und Eisenach. Führen Sie uns zu Bode!"

Der Diener wurde bleich, drehte sich eilig um und ging voraus. Nach zaghaftem Pochen an einer Tür trat er eingeschüchtert zur Seite und ließ Krafft, von Germar und Lewis den Vortritt.

Schweres Atmen war aus dem Dunkel des Zimmers zu hören. Krafft nahm dem Dienstboten den Leuchter aus der Hand und hob ihn nun, um den Raum zu erhellen. In einer großen Bettstatt an der gegenüberliegenden Wand hob und senkte sich ein gewaltiger Berg aus Decken im Takt des Atmens.

„Bode?", fragte Krafft leise. „Johann Bode?"

Mit einem Schnarchen regte sich etwas unter den Decken, und ein dickes, gerötetes Gesicht, auf dessen Stirn das wirre Haar klebte, tauchte am Kopfende des Bettes auf. „Was ist denn, Konrad?", ächzte eine tiefe Stimme, und ein Husten folgte.

Krafft trat heran. „Herr Bode, wir sind hier, um Ihnen eine Frage zu stellen ..."

Bode blinzelte, hustete erneut und sagte dann mit belegter Stimme: „Sie sind es. Was verschafft mir die Ehre, den famosen Krafft – so es denn Ihr Name ist – in meinen Gemächern begrüßen zu dürfen?" Er wollte lachen, worauf ihn ein neuer Hustenanfall schüttelte.

Krafft sah zu Lewis hinüber, dann richtete er den Blick wieder auf Bode. Er sprach sanfter als zuvor. „Herr Bode, ich bedaure die späte Störung, auch in Anbetracht Ihres Gesundheitszustandes ..."

Bode räusperte sich und blickte an Kraffts Schulter vorbei auf von Germar und Lewis. „Sie, der Major und ... Herr Lewis ..." Er hob verblüfft die Brauen über den vom Husten tränenden Augen. „Sie werden wohl Ihre Gründe haben, hier zu erscheinen."

„Die haben wir", bestätigte von Germar besonnen. Lewis sah, wie der Kommandeur sich unauffällig im Zimmer umblickte und besonderes Augenmerk auf den Fußboden richtete.

Krafft sprach Bode an: „Ich möchte zunächst vorschlagen, das Gespräch auf den Tag zu verschieben, vielleicht auch solange, bis Sie wieder genesen sind."

Bode nickte. „Das dürfte, wie ich hoffe, nicht allzu lange dauern. Die Erkältung plagt mich schon seit einigen Tagen, bald müsste es besser gehen. Dann stehe ich ganz zu Ihrer Verfügung."

Krafft richtete sich auf. „Dann darf ich mich noch einmal entschuldigen und Sie nicht länger belästigen. Meine Frage ist beantwortet." Er verbeugte sich. „Noch eine gute Nacht und gute Besserung."

Bode runzelte die Stirn. „Es freut mich, wenn ich Ihnen helfen konnte. Ich gebe allzeit und gern befriedigende Antworten. Gute Nacht, Herr Krafft. Herr Major."

Von Germar salutierte. Lewis nickte schwach in Bodes Richtung.

Der versuchte, ein wenig zu lachen, hustete jedoch erneut. „Ich hoffe, Herr Lewis, Sie haben erfahren, was auch immer Sie erfahren wollten. Wenn Sie es gewinnbringend verwerten können, wünsche ich mir, einen Blick darauf werfen zu dürfen. Aber nun eine gute Nacht."

„Gute Nacht, Herr Bode", gab Lewis kleinlaut zurück und zuckte mit jedem Hustenstoß, den Bode nun von sich gab, zusammen.

„Konrad, führen Sie die Herrn doch hinaus", bat Bode nun, „und bringen Sie mir dann etwas von Hufelands Tropfen." Dann ließ er sich in die Kissen sinken.

Die drei ungebetenen nächtlichen Besucher verließen das Haus, von Konrad schneller hinausgeführt, als ihnen lieb war. Als der langgesichtige Dienstbote nach sehr kalten Abschiedsworten die Tür hinter ihnen geschlossen hatte, sah Lewis sich seinen äußerst ungehaltenen Begleitern gegenüber.

„Herr Lewis ...", begann Krafft, der, obwohl man seinen inneren Zustand erahnen konnte, seine Stimme im Zaum hielt.

Lewis bewegte aufgeregt die Hände. „Ich weiß, was Sie denken! Aber ich habe mich nicht geirrt! Ich habe die Stimme Herrn Bodes gehört, dort oben, bei der Ruine!"

Krafft schüttelte gereizt den Kopf. „Dieser Mann ist so erkältet, dass er kaum einen Fuß vor den anderen setzen kann, geschweige denn nach Berka reiten und dort ... ach, Unsinn!" Er fuhr mit der Hand durch die Luft.

Lewis wich zurück, als habe der Schlag ihm gegolten. „Aber wenn er es doch war? Wenn er zu denen gehörte, die fliehen konnten? Er hätte durchaus rechtzeitig wieder im Bett ..."

Krafft sah Lewis hämisch an.

Von Germar schüttelte den Kopf. „Ich habe das kontrolliert. Bodes Kleidung lag ordentlich auf einem Stuhl. Die Stiefel waren trocken und sauber. Auch gab es keine Spuren von Dreck oder Erde auf dem Fußboden."

„Aber er hätte das bedenken und die Spuren beseitigen können."

Krafft schnitt Lewis das Wort ab. „Warum hätte er das tun sollen? Er konnte doch nicht ahnen, dass er verdächtigt wird, dass wir bei ihm auftauchen würden! Nein, Sie sind einer Sinnestäuschung aufgesessen und haben Bode zu Unrecht verdächtigt. Kein Wunder, in Ihrer Lage und bei Ihrer ..." Krafft brach ab und stieß die Luft aus. „Eine peinliche Situation, kann ich nur sagen. Das Beste wird sein, Voigt erfährt erst gar nichts davon, sonst wird er toben. Auch wenn er selbst Bode im Visier hat, eine solche Spinnerei ..." Er schnaufte und sagte dann fast zu sich selbst: „Möglicherweise liegt das alles nur daran, dass zwischen den beiden ... aber egal!"

Dann wandte er sich an von Germar. „Lassen wir uns dadurch nicht den Erfolg vergällen! Wir haben den Großteil der Revolutionäre unschädlich gemacht."

„Korrekt", pflichtete von Germar bei. „Drei sind tot, und der Rest ist im Kerker. Aus denen werden wir schon herauspressen, wer die Flüchtigen sind!"

Lewis fragte sich, wie das gehen sollte. Schließlich waren doch alle Aufrührer immer maskiert.

Plötzlich fiel der erzürnte Gesichtsausdruck von Krafft ab. Er drehte sich zu Lewis hin, der zu Boden sah. „Lewis ...", begann Krafft unruhig.

„Ja?", fragte der schwach und hob den Kopf ein wenig.

„Lewis, Sie haben mich vorhin nicht gefragt, warum wir zu Ihnen gekommen sind, nachdem wir wieder in Weimar waren."

Lewis sah Krafft an. „Ich dachte, Sie wollten sich überzeugen, dass ich wohlauf bin, weil die Schwarzen Brüder ..." Er legte die Hand vor den Mund. „Aber das konnten Sie nicht wissen, das habe ich nur geträumt."

„Was auch immer Sie geträumt haben, die Realität ist bedrohlicher." Krafft biss sich auf die Unterlippe. „Ich muss Sie um Verzeihung bitten, dass ich Sie anfuhr, weil Sie in Ihrer Aufregung vergaßen, die Sache mit Bode zu berichten, auch wenn sie sich mittlerweile als falsch herausgestellt hat!"

„Aber warum denn?"

Krafft rieb sich die Wange. Seine Kiefer mahlten unter der mit Bartstoppeln übersäten Haut. „Weil auch ich in der Aufregung etwas vergessen habe. Sie sollten erfahren, dass wir von einer Person sicher wissen, dass sie fliehen konnte."

Lewis schwirrte der Kopf. Er sann kurz nach und riss dann die Augen auf. „Sie meinen ..."

Krafft nickte. „Gottwerth Heinrich Löber."

„Sie kamen zum Haus der Böttigers, um mich zu warnen ... und Sie haben Soldaten mitgebracht ... und dort postiert, weil ...“ Lewis schwankte.

„Ja“, sagte Krafft leise. „Ich konnte hören, wie Löber seinen Schwarzen Brüdern verkündete, dass er Sie umbringen wolle.“

Elftes Kapitel

In welchem es um
Leiber und Leben geht

Als im November der erste Schnee auf das Fensterbrett vor Lewis' Zimmerfenster fiel, betrachtete er ihn mit Unbehagen. Die weißen Flocken zeigten ihm, wie viel Zeit verflossen war, seit er erfahren hatte, dass man ihm nach dem Leben trachtete. Nein, verbesserte er sich in Gedanken, nicht man, nicht irgendjemand, sondern eine ganz bestimmte Person, die überall und nirgends sein mochte und in jedem Augenblick an jedem Ort auftauchen konnte, um ihn zu töten. Seine Nemesis hieß Gottwerth Heinrich Löber, und dieser hatte sich in Lewis' Augen vom Schwarzen Bruder zum Gevatter Tod gewandelt. Anders als mit angsterfülltem Sarkasmus konnte Lewis seine Lage nicht mehr betrachten. Er war wie gefangen im Hause der Böttigers, seit Krafft die Mordpläne gegenüber Lewis auch Voigt mitgeteilt und sich dafür ausgesprochen hatte, dass der junge Engländer von nun an unter Schutz gestellt werden müsse. Dieser Schutz war kaum mehr als ein Hausarrest, wenn auch mit einer zusätzlichen Wache in Form zweier zivil gekleideter Soldaten, die in Sichtweite des Böttiger'schen Hauses herumlungerten. Lewis konnte sie ab und an von seinem Fenster aus sehen, und als nun der Schnee zu fallen begann und die Männer auf der Stelle tretend die Mantelkrägen hochschlugen, lächelte er bitter. Eventuell sollte er ihnen etwas Gutes tun und zu einem Spaziergang aufbrechen. Solcherlei Abwechslung war ihm gestattet, da den Soldaten befohlen war, ihm in gebührendem Abstand zu folgen. Sie sollten einschreiten können, falls es zu einem Zwischenfall käme, hatte es geheißen. Dass damit nicht irgendein Zwischenfall gemeint war, sondern ein bestimmter, hatte Lewis nur zu gut aus den Worten Voigts herauszulesen gewusst.

Er hatte allerdings den Regierungsrat hinreichend gut kennengelernt, um zu wissen, dass Voigt nicht wirklich um sein Wohlergehen und seine Unversehrtheit besorgt war. Lewis war zurzeit nichts anderes als ein Lockvogel, der Köder in einer Falle, die sich beizeiten um den nach Rache dürstenden und dadurch unter Umständen unvorsichtig handelnden Löber schließen sollte. Die Suche nach ihm und den anderen entkommenen Revolutionären war fruchtlos geblieben, und so hoffte Voigt, wenigstens einen der Schwarzen Brüder durch diese List zu fangen. Dafür schien er gewillt zu sein, den Engländer, der ihm zuvor als Spion gedient hatte, zu opfern. Denn diese Dienste waren nun nicht mehr nötig. Gewiss, Voigt hatte sich erfreut gezeigt, die Schwarzen Brüder – oder zumindest einen Großteil davon – arretieren oder begraben zu können. Er hatte neben all dem Tadel über Unvorsichtigkeiten sogar ein wenig schales Lob für Lewis übriggehabt, oder vielmehr für dessen Fortune, geradewegs in das Verschwörernest gestolpert zu sein. Dann hatte er ihn von seinen Diensten entbunden – zumindest solange, bis Löber gefasst war, danach sollte Lewis sich wieder zur Verfügung stellen. Denn auch wenn die äußeren Dinge nun zum Besseren ständen – man hatte die Franzosen am weiteren Vorrücken gehindert, wodurch zumindest Weimar nicht in Gefahr der Besetzung geriet wie Mainz oder Frankfurt –, so solle man sich im Inneren nicht in Sicherheit wiegen. Lewis werde wie zuvor gebraucht, und es sei seine Pflicht, durch

Ermittlungen seine Gastgeber vor Unbill durch weitere Verschwörer oder Mörder zu bewahren.

Lewis seufzte an seinem Sekretär sitzend, während draußen die Schneeflocken umherwirbelten. Er war hier auf ungewisse Zeit gefangen, und danach, wenn er durch Löbers hoffentlich baldige Unschädlichmachung der Gefahr entronnen war, musste er sich hinausbegeben, um im Grunde nach neuer Gefahr zu suchen. Wer wusste, ob dort draußen, im Verborgenen, nicht noch mehr Schwarze Brüder oder andere mörderische Geheimbündler lauerten, die Löbers Fehde weiterführen würden, falls dieser nicht obsiegte?

Lewis konnte nichts weiter tun, als diese Gedanken abzuschütteln und sich durch Arbeit abzulenken. Er übersetzte Gedichte wie Goethes *Veilchen* und auch die *Fischer.* Die Arbeit an seinem Schwank ging ihm nur schwer von der Hand, und so verstieg er sich in die Düsternisse des begonnenen Schauerromans. Wielands Anmerkung über das alte Kloster, auf dessen Grund das Wittumspalais der Herzoginmutter stand, hatte Lewis auf die Idee gebracht, einen Mönch zur Hauptperson der Geschichte zu machen. Der Gottesmann seines im Tagtraum geschriebenen Manuskriptes war nur vage umrissen gewesen, und die Entscheidung, einen Mönch all die Lästerungen begehen und Versuchungen erleiden zu lassen, schien Lewis am schrecklichsten. Er konnte sich all seine Furcht und seine Träume und schrecklichen Erlebnisse von der Seele schreiben, und dies ließ ihn seine Gefangenschaft beinahe vergessen.

Dazu kam noch, dass seine Gefängniswärterin Eleonore ihm freundlicher und herzlicher denn je begegnete – sei es aus der Tatsache heraus, dass sie um die Gefahr wusste, in der Lewis schwebte, sei es, weil er sie an seinen schriftstellerischen Erzeugnissen teilhaben ließ. Böttiger, der sozusagen Direktor des Kerkers war, umsorgte ihn auf eine Weise, die nüchterner, aber doch nicht minder nett war. Allerdings schien er von seinem Gast nicht mehr begeistert, denn er konnte von Lewis nichts mehr an Begegnungen und Erlebnissen in und um Weimar erfahren, und obgleich dieser fleißig zu schreiben schien, kam nichts dabei heraus, was er mit Gewinn hätte begutachten können – ein paar Gedichte, einige halbherzige Komödienszenen, mehr nicht. Böttiger suchte sich also seinen eigenen Klatsch.

Auch Lewis litt darunter, nicht mehr allzu viel Abwechslung zu haben. Theaterbesuche waren ihm der unübersichtlichen Menschenansammlung wegen untersagt, und anderen gesellschaftlichen Ereignissen hatte er ebenfalls fernzubleiben: Was, wenn Löber dort hineinstürmte und in seiner Raserei außer Lewis noch andere in den Tod riss! Zudem wollte Voigt vermeiden, dass Lewis versehentlich etwas ausplauderte: Die Weimarer Gesellschaft und der Adel sollten nicht unnötig durch Verschwörungsgeschichten beunruhigt werden.

So blieb Lewis die Korrespondenz mit dem jungen Herder, der strebsam und vergnüglich in Jena Medizin studierte. Diesem konnte er sich immerhin anvertrauen. Er hatte Herder alles berichtet und diesen auch um Vorsicht gebeten, was Löber anging. Herder jedoch konnte Lewis beruhigen: Was er bislang in Jena gehört hatte, wies darauf hin, dass Löber verschwunden war und sich nicht wieder hatte blicken lassen. Auch Hardenberg, der durchaus einen Grund hatte, gut unterrichtet sein zu wollen, und dies gemeinhin auch war, konnte nichts Aufrüttelndes mitteilen.

Alles schien in erfreulicher Ordnung, und so nahm Lewis sein Exil von den Zerstreuungen des Lebens in Kauf.

Als sich draußen die wirbelnden Schneeflocken vor dem schwärzer werdenden Himmel abzeichneten, schnitt er gerade mit dem Messer eine neue Schreibfeder zu. Da klopfte es unerwartet. Lewis erschrak, glitt mit dem Messer ab, und die Feder war hin. Nach einer resignierten Aufforderung trat Böttiger ein und ging mit einem Brief in der Hand auf Lewis zu.

„Ein Bote aus Jena hat dies soeben abgegeben. Es scheint eilig zu sein."

Böttiger gab Lewis das Schreiben und blieb dann kurz mit ausgestreckter Hand stehen. „Vielleicht hätten Sie Zeit und Lust, nach dem Abendessen mit mir ein Glas in meinem Arbeitszimmer zu nehmen?" Er nahm die Hand zurück und zupfte sich am Ohrläppchen. „Ich glaube, Sie kennen meine Abhandlung über *Kyklopen und Arimaspen* noch nicht. Über die Gewohnheit der Alten, sich den Körper zu bemalen und zu punktieren. Wir könnten ein wenig darüber ... plaudern."

Lewis lächelte. Das klang ganz, als habe Eleonore Böttiger ihren Mann zurechtgewiesen, sich doch wieder um ihrer beider Gast zu kümmern.

„Gern. Ich könnte meinen Teil dazu beitragen. Im äußersten Norden der britischen Inseln lebte ein Stamm, den man Pikten nannte und der diese Kunst pflegte."

Böttiger hob Finger und Stimme und sog ausreichend Luft ein, um damit einen längeren Vortrag zu halten. „Eine barbarische Sitte. Im Allgemeinen bei rohen Menschen zu finden, besonders ..."

Lewis räusperte sich. „Sagten Sie, nach dem Abendessen?"

Böttiger ließ Finger und Mundwinkel sinken. „Oh. Ja! Wir sehen uns bei Tisch."

„Bis dahin. Ich will den Brief lesen und gleich beantworten, da er eilig schien, wie Sie sagten."

Böttiger nickte. „Der Bote war atemlos und sah angespannt aus."

„Nun denn", schloss Lewis. „Ich freue mich auf unsere Unterhaltung."

„Ich ebenso, Herr Lewis", strahlte Böttiger, der aussah, als fiele ihm ein Stein vom Herzen. Er nickte noch einmal und ging dann schnell aus dem Zimmer.

Lewis drehte den Brief in den Händen und erkannte an der Schrift, dass er von Herder stammte. Erfreut öffnete er ihn und überflog schnell die ersten Zeilen.

Dann gefror seine Miene. Schon die Anrede am Kopf des Schreibens war ihm seltsam vorgekommen, und nun erkannte er, dass der Brief in einer ihm fremden Schrift verfasst war. Auch die Unterschrift war ihm von Schwung und Federführung nicht bekannt. Der Name indes umso mehr.

Schnell las er den Brief noch einmal, und dieses Mal zitterten seine Hände. Kalter Schweiß brach ihm aus, und er spürte, wie seine Glieder taub wurden. Entsetzt sank er auf seinen Stuhl. Welch Unglück und Teufelei!

Lewis fuhr sich mit der Hand übers Gesicht. Was tun?

In seiner Notlage sah er nur einen Ausweg. Er sprang auf, griff den Brief, den er hart an die Brust presste, und dann stürmte er die Treppe hinab. Unten riss er die Tür auf und machte zwei Schritte auf die Straße hinaus, deren Düsternis von der dünnen Lage Schnee auf dem Pflaster erhellt wurde. Flocken tanzten im Wind.

„Heda!", rief er die Soldaten an, die in der Nähe standen.

Sie kamen heran, um zu erfahren, was in ihren Schutzbefohlenen gefahren sei. Im Licht, das aus dem Haus fiel, sah Lewis, dass er einen der beiden kannte – er war schon ein paar Mal zum Wacheschieben eingeteilt gewesen.

„Guten Abend", grüßte er gesittet, um den finsteren Gesichtern keinen Anlass zu geben, noch grimmiger dreinzuschauen. „Ich muss einen von Ihnen bitten, sich umgehend zu Herrn Krafft zu begeben und diesen herzuschicken."

Die beiden Soldaten sahen einander an und blickten dann wieder ungerührt auf Lewis.

„Es eilt, es ist wichtig und dringend!", rief Lewis. „Bitte!"

Der eine Soldat zwirbelte seinen Oberlippenbart. „So wichtig wie Sie selbst?"

Lewis sah ihn groß an. Was dachten sie nur über ihn? Aber dann wurde ihm klar, dass es wohl Klatsch unter den Wachposten gegeben haben musste, was seine Person und den Schutzauftrag anging. Da Lewis aber keine Zeit für lange Erläuterungen zu haben glaubte, schien es ihm am erfolgreichsten, wenn er auf seinen scheinbar offenkundigen Status pochte und dazu ein wenig log.

„Ich habe hier", begann er mit fester Stimme, und dabei hob er kurz das Schreiben, „eine höchst vertrauliche Depesche von Herrn von Goethe. Es geht um ein niederträchtiges Komplott gegen den Herzog von Sachsen-Weimar und Eisenach, das es zu verhindern gilt! Sie haben den Boten gesehen, der das Schreiben brachte. Sicher ist Ihnen dessen Eile aufgefallen, da Sie so hervorragende Wachposten sind. Also seien Sie ebenso eilig und nicht minder ausgezeichnet als Boten und schaffen Sie Herrn Krafft her! Es geht um Leben oder Tod!"

Obwohl er innerlich aufgewühlt war, konnte Lewis seine Freude nicht verhehlen. Er hatte den Ton des Majors von Germar gut getroffen, und tatsächlich nahmen die Soldaten Haltung an, der eine erbleichte sogar.

„Ich mache mich gleich auf den Weg", sagte der mit dem Schnurrbart und nickte zackig.

Lewis erwiderte die Bewegung. „Ich werde Sie lobend erwähnen!", fügte er hinzu. Dann machte er auf dem Absatz kehrt und eilte ins Haus zurück, ehe die Soldaten erkennen konnten, wie sehr er am ganzen Körper bebte.

„Löber?", rief Krafft, nachdem er die letzte Zeile des Schreibens gelesen hatte und ließ es sinken.

Lewis saß auf dem Bett und nickte. Es beruhigte ihn, dass Kraffts Wut über die Finte, mit der Lewis ihn ins Haus der Böttigers gelockt hatte, verraucht zu sein schien. Er hatte eingesehen, dass Lewis den Soldaten unmöglich die wahren Beweggründe hätte erklären können.

Jetzt blickte Krafft wieder auf den Brief. „Er hat den jungen Herder."

„Ja, und er fordert mich auf, nach Jena zu kommen. Sonst wird er ihn töten." Lewis legte die Hände an die Wangen und sah zu Boden.

Krafft packte die Lehne des Stuhles, hinter dem er stand. „Ihnen ist klar, dass dies eine Falle ist."

„Sicher!", rief Lewis mit erstickter Stimme. „Aber was soll ich tun?"

Krafft blickte erneut auf den Brief. „Er will, dass Sie sich am Südflügel des Kollegiums einfinden. Am Anatomischen Theater, um Mitternacht." Krafft grunzte. „Natürlich um Mitternacht."

„Dann wird gewiss niemand mehr in den akademischen Gebäuden sein, und er ist ungestört bei seinen ... Plänen." Lewis schluckte und fuhr sich über die wächsern schimmernde Stirn.

Krafft redete beruhigend auf ihn ein. „Sie glauben doch nicht, was Löber da schreibt! Er will Sie nur quälen!"

„Nein, nicht mich! Wilhelm Herder!"

„Ich bin gleichwohl der Ansicht, der Ort des Treffens soll Sie nur verängstigen. Er wird Herder nichts tun, denn er will ..." Krafft biss sich auf die Lippen.

Lewis sah ihn an und nickte. „Mich. Richtig."

Krafft vollführte eine abwehrende Geste. „Denken Sie nicht daran! Planen wir lieber, was zu tun ist." Er machte einige Schritte im Raum. „Ein paar Soldaten, und er ist überwältigt ..."

„Herr Krafft! Das ist kein Angriff auf eine nichtsahnende Bande von Revolutionären! Löber fordert, ich solle allein kommen, und ich zweifle nicht daran, dass er seine Spitzel am Wegesrand postiert hat, die ihm melden, wenn wir mit einer Armee anrücken, und dann ..." Er barg wieder das Gesicht in den Händen.

Krafft ging aufgeregt hin und her. Dann schlug er mit der Faust in seine Handfläche. „Ich begleite Sie. In einigem Abstand, möglicherweise auch auf einem anderen Weg."

Lewis hob den Kopf. „Was können wir zu zweit schon ausrichten? Löber hat viele Männer um sich geschart, gegen die man nichts ausrichten kann. Es geht nicht mit Soldaten, und es geht auch nicht ohne sie."

Krafft trat vor. „Ich glaube nicht, dass Löber viele Verbündete hat. Der Großteil der Schwarzen Brüder ist außer Gefecht. Die anderen sind geflohen, und selbst wenn es noch weitere gibt, so glaube ich, dass diese sich eher ihre Wunden lecken und vielleicht ihre Reihen wieder füllen, als dass sie Löber bei seiner privaten Rache unterstützen." Er sah aus dem Fenster, wo nur noch vereinzelt Flocken fielen. „Ich denke, er ist allein. Vielleicht hat er diesen Brief sogar selbst überbracht. Er ist so von seiner Idee besessen, dass er sie mit niemandem teilen will. Er will allein Rache nehmen."

Lewis atmete schwer, dann stand er auf. „Sie glauben also, es sei möglich, seinen Plan zu vereiteln?"

„Ja, und ich werde mein Bestes tun." Er lächelte, aber seine Augen blieben glanzlos.

Lewis galoppierte allein durch die mondhelle Nacht gen Jena. Der Himmel war sternenklar, und es war kalt. Auf den Feldern und Hügeln lag eine dünne Schneeschicht, und von dieser hoben sich die dunklen Bäume ab wie Schriftzeichen auf einem Blatt Papier.

Lewis hatte mit jedem Herzschlag den Brief Löbers vor Augen, in dem dieser drohte, Herder Schreckliches anzutun. Auch wenn er die Lider fest zusammenpresste, verschwand dieses Bild nicht. Dennoch war er froh, dass ihm sein Geist nicht Vorahnungen und Bilder des künftigen Geschehens vorgaukelte. Er hoffte inständig, es möge gelingen, Löber von seinem Tun abzuhalten. Lewis fürchtete sich davor, in allen späteren Tagen vor Augen haben zu müssen, was Löber am jungen Herder vollführen wollte. Dass er Löbers Schwur zufolge gar keine späteren Tage mehr erleben würde, daran dachte er nicht. Sein Denken war nur darauf gerichtet, Herder zu befreien.

Irgendwo hinter ihm oder auf einem anderen Weg war in diesen Augenblicken Krafft unterwegs, mit seinem Degen und seinen Pistolen, von denen Lewis hoffte, dass er sie im Dienste der Gerechtigkeit einsetzen konnte. Er selbst trug einen kleinen Dolch unter dem Rock. Vielleicht würde er Löber nahe genug kommen können, um ...

Er verscheuchte den Gedanken.

Nach einer scheinbar unendlich langen Zeit in Dunkelheit und Kälte erreichte er Jena. Er passierte das Stadttor und lenkte seinen Falben in Richtung Kollegium. Mit einiger Mühe konnte er sich an die Wegbeschreibung erinnern, die ihm Herder einmal gegeben hatte.

Er sah sich ab und an um. Irgendwann hatte Krafft zu ihm stoßen wollen, doch hatte dieser sich bislang nicht blicken lassen. Ob er für den anderen Weg mehr Zeit gebraucht hatte? Oder hatten ihn etwa Löbers Häscher abgefangen? Lewis erschrak – was, wenn selbst der Plan, dass nur Krafft ihn unterstützte, an Löbers Tücke gescheitert war?

Doch er schüttelte den Gedanken ab. Es galt, Herder zu befreien. Mit oder ohne Krafft. Was danach kommen würde, sollte ihn in diesem Augenblick nicht schrecken.

In seinem Inneren aber schrie alles nach Flucht.

Als er die Südseite des sogenannten Stadtgrabens erreichte, konnte er an der Längsseite des akademischen Komplexes entlangblicken: Dort reihten sich der Karzer und die Bibliothek aneinander, und am Ende erkannte er den niedrigen, achteckigen Anatomieturm.

Langsam ritt Lewis an der Baumreihe entlang, die sich auf der anderen Seite des Weges gegenüber den Gebäuden erstreckte. Er erkannte einen großen Schatten unter den Bäumen gegenüber dem Anatomieturm. Als er näherkam, sah er, dass es sich um einen Reiter handelte, und sein Herz tat einen freudigen Sprung. Krafft!

Lewis ritt etwas schneller, und als er mit dem Reiter auf gleicher Höhe war, öffnete er den Mund, um etwas zu sagen, als ihm auffiel, dass er das Gesicht des Reiters unter dem Dreispitz nicht erkennen konnte. Es war von einer dunklen Halbmaske bedeckt.

Lewis erschrak – solche Masken trugen die Schwarzen Brüder, wie er erfahren hatte, und somit war dieser Mann einer von Löbers Mördern. Seine Hand krampfte sich um die Zügel, er wollte losreiten und sich davonmachen, da hob der Mann die Hand. Der Lauf einer Pistole richtete sich schimmernd auf Lewis' Herz, und dieser erstarrte.

Dann bedeutete der Mann Lewis abzusteigen. Lewis kam der Aufforderung nach, vermied aber jede hastige Bewegung, aus

Furcht, der Mann könne ihn niederschießen, wenn er einen Angriff wähnte. Er spürte, wie sein Herz gegen den Dolch klopfte, den er in seinem Rock verborgen hielt.

Nun stieg auch der verhüllte Mann ab, ohne den Lauf der Pistole auch nur einen Lidschlag lang von Lewis fortzubewegen. Schließlich forderte er ihn stumm auf voranzugehen, über eine Brücke, die den Graben überspannte.

Dann traten sie zwischen die stillen, nachtdunklen Mauern der Universität. Sie überquerten einen Hof, neben dem das steinerne Schiff der Collegienkirche aufragte, und einen weiteren, der zum Bibliotheksgebäude führte. Sie durchquerten auch dieses, ohne einer Menschenseele zu begegnen. Lewis spürte den gesamten Weg über das Atmen des Maskierten in seinem Nacken und deutlicher noch den Lauf der Pistole, mit der ihm der Weg gewiesen wurde, in seinem Rücken.

Dann traten sie wieder ins Freie, in den medizinischen Garten, in dem die Heilpflanzen wuchsen, die den Medizinstudenten als Anschauungsmaterial dienten. Jenseits des Herbariums erhob sich der achteckige Turm, der das Anatomische Theater beherbergte. In seinen langgestreckten Fenstern spiegelte sich die Dunkelheit, und auf dem spitzen Dach ragte eine kugelgeschmückte Spitze empor. Aus dem Inneren war kein Licht zu sehen und kein Laut zu hören, und doch wusste Lewis in diesem Augenblick, dass sich dort drinnen Löber befand – und wohl auch der junge Herder.

Der Maskierte führte ihn an die Umgrenzung des Gartens heran und eine Stiege hinauf, die in einen Raum im Inneren der Mauer führte. Von hier erstreckte sich ein Gang zum Einlass des Turmes, in dem Lewis nun Licht sehen konnte. Er ging langsam darauf zu, immer noch den Lauf der Pistole im Rücken. Im schwachen Licht erkannte er eine Reihe von Gestalten, die sich rechts und links des Ganges postiert hatten.

Sein Mut sank. Löber hatte also doch eine große Anzahl von Mitstreitern. Selbst wenn Krafft auftauchen würde, woran Lewis mit jedem Schritt, den er auf das Anatomische Theater zutrat, weniger glaubte, würde er es mit einer solchen Übermacht nicht aufnehmen können.

Lewis näherte sich weiter den Männern, die wie eine Ehrenformation wirkten, die er abzuschreiten hatte. Oder stand ihm vielmehr das bevor, was in der preußischen Armee als Züchtigung diente, jenes schreckliche, als Spießrutenlaufen bezeichnete Abstrafen? Würde der Maskierte hinter ihm ihn jeden Augenblick durch einen Hagel von Schlägen treiben, damit Löber, der am anderen Ende wartete, ein gar so leichtes Spiel hatte?

Immer näher kam er den Männern, und niemand regte sich. Lewis erkannte im schwachen Licht, dass sie keine Masken trugen und die Gesichter weißlich schimmerten. Ihre Blicke waren starr, ihre Kiefer grinsten.

Da begriff Lewis, dass dies keine Menschen waren. An den Wänden dieser langgestreckten Kammer reihten sich Gerippe aneinander, menschliche Knochengerüste, die zu Studienzwecken dienten. Ihn schauderte, als er an ihnen vorbeischritt, und die toten Augenhöhlen, die auf ihn gerichtet waren, versetzten ihm Stiche, die möglicherweise schlimmer waren als Rutenhiebe. Würde er als eines dieser Skelette enden? Hatte Löber vor, seinen toten Körper allen Fleisches zu entledigen, die Knochen zu bleichen und dann hier aufzuhängen? Oder würde Löber ihn zwischen die Kadaver stecken, von denen Lewis durch Herder erfahren hatte: an denen die Medizinstudenten ihre Skalpelle wetzten, um die inneren Geheimnisse des menschlichen Leibes zu ergründen?

Lewis konnte seine Gedanken nicht weiterspinnen, da der Maskierte ihn nun ins Licht des Anatomischen Theaters stieß.

Er und sein maskierter Begleiter standen in der obersten Reihe der halbrunden Tribünen, die sich in vier Stufen bis zum Boden des kreisförmigen Saales erstreckten. Die Wände mit den Fenstern waren von innen mit langen Bahnen von Tuch verhangen, und Lewis begriff, warum von außen kein Lichtschimmer zu sehen gewesen war, obwohl das Theater durch vier große Kandelaber, die auf hohen Ständern in der Mitte des Raumes thronten, beleuchtet wurde. In ihrer Mitte befand sich ein Tisch, der einem Altar ähnlich war. Denn dahinter stand, wie ein Priester in Schwarz gekleidet, der Magister Gottwerth Heinrich Löber, der die Arme weit zum Gruß ausgebreitet hatte. Und vor ihm lag, mit gespreizten Gliedern, an Handgelenken und Fußknöcheln auf den Tisch gebunden, der halb entblößte, nur mit Hosen bekleidete Körper Wilhelm Herders.

„Willkommen, Herr Lewis", rief Löber, und die Narbe in seinem Gesicht zuckte dabei. „Ich bin erfreut, wie pünktlich Sie sind."

Lewis spürte, wie Wut bitter in seiner Kehle hochstieg. Er sah in Löbers unheilvoll lächelndes Gesicht und erkannte, dass neben seinen blitzenden Augen noch etwas anderes im Schein der Kerzen funkelte. Löber hielt ein blankes Messerchen in der Hand, an dessen Schneide es dunkel und feucht schimmerte. Bestürzt blickte Lewis auf den vor Löber liegenden Herder. Er hatte sich, seit Lewis eingetreten war, nicht gerührt. Ob er ...

„Nein", schnitt Löbers Stimme durch den Raum, „er ist nicht tot. Oder vielmehr ... noch nicht." Löber ließ die Arme sinken und führte die Hände zueinander, dann berührte er vorsichtig die Klinge, als wolle er die Schärfe prüfen. „Ich wollte nicht mit der Vorlesung anfangen, bevor mein gelehriger Studiosus zugegen ist." Dann winkte er dem Maskierten, der reglos hinter Lewis stand.

„Bring Herrn Lewis herunter, damit er einen Platz bekommt, an dem er gut sehen kann."

Der Maskierte stieß Lewis die Pistole in den Rücken und drängte ihn nach vorn. Als sie die Stufen hinuntergingen, fragte Löber wie beiläufig, während er den still daliegenden Herder begutachtete: „Ach, sag übrigens, Bruder, hatte Herr Lewis irgendeine Art von Reisebegleitung?"

„Ja, Cetaos", krächzte der Maskierte heiser, und Lewis erschrak, als er die Stimme wiedererkannte, „und ich habe mich seiner angenommen. Er schwimmt in der Saale."

Lewis spürte einen Stich in der Brust. Krafft war dem Meuchelmörder zum Opfer gefallen, und folglich war die letzte Hoffnung auf Rettung dahin. Außer er selbst versuchte, Löber anzugreifen und ... aber da war noch der Heisere, der weder seine Augen noch seine Pistole von Lewis wandte. Es war ausweglos. Lewis atmete bebend ein.

Löber schien es gehört zu haben. „Herr Lewis, ist Ihnen schwach zumute? Das muss nicht sein." Er wies auf einen Sitz in der vordersten Bankreihe, und der Maskierte drückte Lewis darauf.

Löber nickte. „Nun, da Sie anwesend sind und ich Ihre volle Aufmerksamkeit habe, wie ich hoffe, werde ich mit der Lektion beginnen."

Er sah von Lewis zu Herder und kniff prüfend die Augen zusammen. „Ja", meinte er langsam, „ich denke, Herr Herder müsste jeden Augenblick erwachen." Er hob das Skalpell. „Wie Sie sehen, musste ich mich von der Schärfe des Instruments überzeugen."

Lewis erkannte, dass quer über die bloße Brust Herders die dünne rote Linie eines Schnittes verlief. Der Menge des Blutes nach zu urteilen war dieser jedoch nicht tief.

Löber hatte Lewis' Blick verfolgt und lächelte. „Natürlich habe ich ihn nicht sonderlich verletzt. Es wäre ungebührlich gewesen, ihm das unter Narkose anzutun."

Herder bewegte plötzlich den Kopf und stöhnte leise.

„Ah", sagte Löber mit dem Klang angenehmer Überraschung in der Stimme. „Es ist soweit. Aber ehe Herr Herder wieder völlig bei Sinnen ist, noch ein wenig Theorie für Sie, Herr Lewis. Wissen Sie, was Vivisektion bedeutet?"

Lewis öffnete ängstlich den Mund, doch seine Stimme versagte ihm den Dienst.

Löber winkte ab. „Es sei Ihnen verziehen. In Ihrer ersten und, wie ich hiermit anordne, auch letzten Lektion sollten Sie keine Bemerkungen von sich geben, sondern bloß lernen. Dazu müssen Sie genauestens hinsehen und -hören."

Mit diesen Worten zog er das Operationsmesser mit raschem Schnitt über Herders Brust, so dass sich zusammen mit dem vorherigen Schnitt ein Kreuz bildete. Herder schrie markerschütternd auf und warf den Kopf hin und her, seine Hände und Füße ruckten in die Höhe, und er versuchte, sich zu krümmen, doch die Fesseln hinderten ihn daran. Dann sank er zurück und wimmerte. Womit auch immer Löber ihn betäubt hatte, die Wirkung hielt noch an, er schien benommen.

„Sie sehen", wandte sich Löber wieder an Lewis, „was selbst ein so oberflächlicher Schnitt für Auswirkungen hat. Ich denke, die kommenden Ergebnisse werden noch erheblich eindrucksvoller und damit lehrreicher sein."

Lewis rang mit Mühe ein paar Worte heraus, während seine Augen sich mit Tränen füllten. „Ich habe meine Lehre schon erhalten. Lassen Sie Herder frei. Ich weiß, Sie wollen mich."

Löber lachte. „Genau, und bekommen werde ich Sie auch, Herr Lewis. Aber als ich von lehrreichen Ergebnissen sprach, meinte ich nicht, sie wären für Sie lehrreich." Er blickte auf Herders Körper umher, als suche er Inspiration. „Sie werden für mich lehrreich sein, damit Ich an Ihnen noch Größeres vollbringe." Er sah Lewis ins Gesicht und weidete sich an dessen Entsetzen.

„Tja, und dann", begann er und legte das Skalpell auf Herders Brustkorb ab, der bei der Berührung zusammenzuckte, „dann werden Sie beide den Weg gehen, den alle Kadaver hier nehmen."

Löber trat ein paar Schritte zur Seite, neben einen Hocker mit Kleidungsstücken, die anscheinend Herder gehörten, sowie Satteltaschen und einem Degen, die Löbers Eigentum sein mussten. Neben diesem Hocker öffnete Löber eine Falltür im Boden. „Dort unten werde ich Sie in ein paar Tagen entfleischen – sofern dies noch nötig sein wird –, und dann werden Ihre Knochen draußen auf dem Altan trocknen und bleichen. Schließlich dürfen Sie sich in den Reigen der Knochenmänner, die die Skelettkammer bevölkern, einreihen."

Er lachte, dann wurde er ernst. „Ihres Freundes Hardenberg werde ich mich auch noch annehmen. Zu schade, dass Sie es nicht miterleben können." Löber legte den Finger ans Kinn und schien zu überlegen. „Oder dass er nicht hier ist." Dann schüttelte er den Kopf. „Die Vivisektion ist eine Kunst, die viel Zeit in Anspruch nimmt. Es ist nicht angemessen, dass ich mich in einer Nacht gleich zwei Personen widme. Aber bei Ihnen beiden erlaube ich mir die Ausnahme."

Er nahm das Operationsmesser wieder auf. Lewis sah, wie sich Herders Augen weiteten, wie er den Mund öffnete, um etwas zu sagen, doch es kamen nur unartikulierte Laute heraus. Die Droge musste seine Zunge lähmen.

Löber legte eine Hand über den Mund Herders. Dessen Angstlaute erstickten.

„Ich muss dies tun, damit Sie meinen Ausführungen folgen können. Sobald Sie wissen, was ich zu tun gedenke, werde ich Sie wieder an Herrn Herders Äußerungen teilhaben lassen."

Er hob das Operationsmesser und senkte es langsam auf Herders Bauch hinab.

„Als erstes werde ich Sie – und auch Herrn Herder – mit dem Anblick einer oder vielmehr seiner ..."

„Hören Sie auf!", schrie Lewis.

Löber sah erstaunt auf.

Lewis atmete schwer. „Was wollen Sie denn von uns?"

Löber spitzte den Mund. „Nur, dass Sie leiden. Dass Sie beide leiden."

„Aber ..." Lewis wollte aufspringen, der Maskierte hinter ihm aber drückte ihm eine Hand auf die Schulter und presste ihn in den Sitz zurück.

Löber nickte. „Danke. Halte Herrn Lewis fest, damit er nicht auf dumme Gedanken kommt. Sollte er weiter törichte Reden von sich geben, knebele ihn."

Er grinste wieder, als sei ihm ein amüsanter Gedanke durch den Kopf geschossen. „Vielleicht sollte man auch seine Zunge entfernen ..."

Löber sah auf Herder hinab. „Ja, ich sollte es gleich bei diesem hier tun, dann habe ich eine Hand frei. Und Laut geben kann er dann immer noch."

Als Lewis sah, wie Löber seine Hand auf Herders Mund verschob, um diesem Lippen und Kiefer auseinanderzudrücken, während sich die andere mit dem Skalpell näherte, wollte er erneut von seiner Bank hochfahren. Doch der Maskierte drückte ihn erneut zurück, wenn auch wesentlich behutsamer als zuvor.

Löber sah mit prüfendem Blick in Herders Mund, wie ein Feldscher oder Zahnreißer, der einen faulen Stumpf sucht.

„Ich denke, ich werde die Zunge zunächst spalten, ehe ich sie ganz entferne …"

„Das reicht, Löber!", donnerte eine Stimme durch das Anatomische Theater.

Lewis Kopf ruckte herum. Der Maskierte hatte dies gerufen, aber das heisere Krächzen war aus seiner Stimme verschwunden. Sie klang vielmehr wie …

Der Maskierte hob die Pistole und zielte auf Löber, mit der anderen Hand streifte er Maske und Hut ab. Krafft warf die Larve verächtlich von sich und hielt dabei den Lauf ohne jedes Zittern auf Löber gerichtet.

„Weg mit dem Operationsmesser, oder ich schieße Sie nieder wie einen Hund. Toll sind Sie ja längst!"

Löber war konsterniert, die kalte Seelenruhe fiel von ihm ab. Das Skalpell klapperte auf den Boden, als er von Krafft zu Lewis und wieder zurückblickte. „Aber wie …", stammelte er.

Krafft lächelte grimmig. „Wie ich sagte, ich habe mich des Mannes angenommen. Er schwimmt nun in der Saale, und weder er noch Sie müssen sich darum sorgen, ob das kalte Wasser seiner Stimme bekommt."

Dann wies er mit der freien Hand auf Löber. „Weg vom Tisch! Lewis, Sie nehmen das Skalpell und schneiden Herder los."

Krafft ging langsam auf Löber zu, mit der Pistole auf dessen Brust zielend.

Lewis erhob sich genauso langsam und trat zitternd an Herder heran. Er versuchte, nicht auf die Verletzungen zu schauen, die Löber ihm beigebracht hatte. Herder rührte sich nicht, aber Lewis sah, wie sich seine Brust hob und senkte. Rasch warf er einen Blick zu den beiden Männern. Krafft hielt Löber noch immer in Schach, und im Antlitz des Magisters zuckte es. Lewis fand es erstaunlich, dass Löber keinen Ton von sich gab, es schien, als arbeite sein Verstand fieberhaft an einem Plan, aus dieser Lage zu entkommen.

Krafft rief, ohne Löber aus den Augen zu lassen, zu Lewis hinüber: „Zerschneiden Sie die Stricke und bringen Sie sie dann her, damit wir diesen Menschen binden können."

Lewis nickte, obgleich er wusste, dass Krafft ihn nicht sehen konnte, und suchte auf dem Boden nach dem Operationsmesser. Er sah etwas Metallisches schimmern und bückte sich danach. Da nahm er aus dem Augenwinkel eine Bewegung wahr und drehte den Kopf ein wenig. Löber vollführte von Krafft unbemerkt eine rasche Wendung mit seinem Handgelenk, und zwischen seinen Fingern blitzte es auf. Lewis legte im selben Moment die tastende Hand auf das vermeintliche Skalpell, berührte Metall, zuckte zurück, weil er fürchtete, sich geschnitten zu haben, und erkannte, dass dort nur eine Pinzette lag.

Er warf den Kopf herum. „Er hat das Skalpell!"

Krafft zuckte zusammen, da fuhr auch schon die Hand des Magisters durch die Luft und schleuderte das Skalpell. Krafft schrie, und krachend löste sich der Schuss aus der Pistole. Glas klirrte, und als Lewis nicht mehr vom Feuerblitz und Pulverknall betäubt war, sah er, wie die beiden miteinander rangen. Die Pistole lag nutzlos am Boden, die Stiefel der Männer stießen sie hin und her. Ächzend wanden sich die Männer im harten Griff des jeweils anderen, und plötzlich schrie Krafft vor Schmerz auf. Lewis konnte erkennen, wie Löber das Skalpell, das in Kraffts linkem Oberarm steckte, ergriffen und herumgedreht hatte.

Im Reflex der Pein zuckte Kraffts Faust vor und traf Löber krachend im Gesicht.

Die Männer lösten sich voneinander und taumelten zurück. Krafft stürzte mit dem Rücken gegen die vorderste Bankreihe und stöhnte, während er mit der Hand das Skalpell umfasst hielt, das aus seinem Arm ragte. Mit aufeinandergepressten Zähnen zerrte er daran, riss es aus der Wunde, atmete scharf ein und zog dann seinen Degen.

Er sprang vor.

Löber war neben dem Hocker mit den Kleidungsstücken zu Boden gefallen, richtete sich nun halb auf und blickte hektisch umher. Dann sah er, was er suchte, und streckte die Hand nach dem Bündel von Hosen, Rock und Mänteln aus. Er zerrte seinen eigenen Degen hervor, riss ihn aus der Scheide, sprang auf und konnte gerade noch Kraffts Attacke auf ihn parieren.

Die beiden Männer fochten verbissen miteinander, nutzten jede Finte, die möglich war, und versuchten, einander gegen die Wände oder die Kerzenleuchter zu drängen. Lewis war wie hypnotisiert vom Klirren der Klingen, das in dem hohen Raum widerhallte und den Reflexen der Lichter auf dem hin und her blitzenden Metall.

Neben ihm jammerte es leise.

„O Gott, Herr Herder!", rief Lewis und drehte sich zur Seite.

Herder war erwacht, bewegte langsam den Kopf und versuchte, Worte zu formen.

Lewis legte ihm nervös und unsicher die Hand auf die Schulter. „Sprechen Sie nicht, schonen Sie Ihre Kräfte."

Er sah hektisch zu den Fesseln des jungen Herder und fluchte, dass er das Skalpell nicht zur Hand hatte, um diese zu zerschneiden. Da fiel ihm der Dolch ein, den er bei sich trug. Rasch griff er in seinen Rock und zerrte ihn heraus. Das Klirren der Degen und auch das stoßweise Atmen der kämpfenden Männer schienen näherzukommen, doch er wagte es nicht, zur Seite zu blicken. Stattdessen setzte er die Klinge an der ersten Fußfessel Herders an und durchtrennte sie. Dann die zweite.

Herder versuchte, sich zu bewegen, wollte erneut etwas sagen, aber die Glieder und die Zunge versagten ihm den Dienst.

Einer seiner Füße rutschte vom Tisch, und der Unterschenkel schwang von der Kante.

Lewis zerschnitt Herders Handfesseln und legte dessen Arme von ihrer Position zu beiden Seiten des Hauptes neben dem Leib ab. Herder ächzte. Wer wusste, wie lang er in dieser Lage hatte verharren müssen?

Lewis überlegte. Sollte er Herder aufhelfen und versuchen, ihn die Stufen hinab zum Ausgang zu schleppen? Das würde er kaum schaffen, und dann war da auch noch der Kampf der beiden Männer. Lewis sah aus dem Augenwinkel, wie einer der Kerzenständer umkippte und scheppernd zu Boden stürzte. Die Männer drangen noch immer verbissen aufeinander ein, und jeder schien in dem anderen einen gleichwertigen Gegner gefunden zu haben.

Lewis sah sich hastig um. Gab es nicht noch eine zweite Pistole, konnte er Krafft nicht durch einen kühnen Schuss Hilfe leisten?

Er sah, wie Herder auf dem Tisch bebte. Rasch entledigte Lewis sich seines Mantels und deckte Herder zu. Wenn er kämpfen musste, so wäre das Kleidungsstück ohnehin nur hinderlich. Er sah zu den Fechtenden hin, die bei ihrem Kampf den gesamten Raum durchmaßen. Gerade riss eine der Stoffbahnen aus ihrer Befestigung über den Fenstern und flatterte wie ein Totenvogel auf die Männer herab, die sich gegen die Wand geworfen und ungewollt daran gezerrt hatten. Beide konnten dem fallenden Tuch ausweichen, denn wem es für einen Lidschlag die Sicht genommen hätte, wäre unterlegen.

Lewis begann zu hoffen – wenn jemand den Lichtschein zu später Stunde sah, käme dann Hilfe? Doch darauf konnte er nicht warten. Mit stetem Blick auf die Kämpfer schlich er zu dem Hocker mit dem Kleiderbündel hin. Er griff nach den Satteltaschen, öffnete sie und steckte die Hand hinein – und tatsächlich umschloss seine Faust den Griff einer Pistole. Rasch zog er sie hervor, prüfte, ob sich Pulver auf der Pfanne befand.

Da klang hinter ihm ein Schrei auf, ein Schmerzenslaut Kraffts. Lewis wirbelte herum und sah Krafft fallen, von Löbers Degen durchbohrt. Er erstarrte.

Löber riss den Kopf herum und warf Lewis einen flammenden Blick zu, dann setzte er mit langen Schritten auf diesen zu, den Degen vorgestreckt und mit einem dämonischen Heulen, das von seinen Lippen drang. Fieberhaft riss Lewis den Hahn der Pistole zurück, zielte auf den heranstürmenden Löber und wollte gerade abdrücken, als dessen Klingenspitze seine Hand traf und aufriss. In hohem Bogen flog die Pistole fort, über Löber hinweg und aus Lewis' Sichtfeld.

Dann spürte er die Degenspitze an seiner Kehle und den brennenden Blick Löbers in seinem Gesicht.

Löber keuchte und schluckte. „Nun, Herr Lewis", begann er, „es scheint, als hätten Sie auch mit tüchtiger Unterstützung Ihr Schicksal nur kurz aufhalten können."

Er lenkte Lewis mit der Klingenspitze zu der noch offenstehenden Falltür hin. Als Lewis' Stiefelabsätze den Rand erreicht hatten, blieb Löber stehen.

Lewis sah vorsichtig hinab, damit keine unbedachte Bewegung den Degen in seine Kehle trieb. In der Tiefe war es dunkel, und er glaubte, einen schwachen, aber dennoch ekligen Geruch wahrzunehmen. Er schaute wieder zu Löber zurück, und der verzog hasserfüllt den Mund. Aus einer Stirnwunde sickerte Blut über sein Gesicht, und der in der Nähe umgestürzte Leuchter beschien seine Züge mit flackerndem Licht.

„Nun soll es zu Ende gehen."

Ohne den Degen von Lewis' Kehle zu entfernen, holte Löber einen Dolch aus seiner Kleidung hervor und presste ihn gegen Lewis' Bauch.

„Auch wenn ich sie Ihnen nicht selbst zufügen kann, will ich Ihnen doch einige Stunden des Schmerzes nicht ersparen. Wenn Sie aufgeschlitzt da unten liegen, wird der Tod etwas auf sich warten lassen."

Er fletschte die Zähne, die vom Blut seiner durch Kraffts Schlag aufgesprungenen Lippen rot gefärbt waren. „Damit Sie nicht einsam zu Grunde gehen, werde ich Ihren Freund Herder gleichsam behandelt zu Ihnen hinabstoßen. Dann können Sie sich austauschen, wer die größeren Schmerzen leidet und wer am erbärmlichsten stirbt."

Er verstärkte den Druck auf den Dolch, und Lewis spürte, wie die Klinge durch seine Bekleidung drang, seine Haut ritzte. Er konnte keinen Laut von sich geben.

Löber legt den Kopf schief. „Wie bedauerlich, dass Herr Herder in seinem Studium nicht schon fortgeschritten ist. Was für eine tolldrastische Fügung des Schicksals wäre es doch, wenn er Sie beide dort unten mit seiner Kunst ein wenig vom Tode fernhalten könnte." Er lachte heiser. „Aber leider ist er nicht imstande, Leben zu retten."

„Aber imstande, eines zu nehmen", klang es plötzlich schwach von dem Anatomietisch her.

Löber fuhr herum, wodurch Lewis Schnitte durch Dolch und Degen erlitt. Er zuckte zusammen und sah, dass Herder neben dem Tisch stand, sich mit einem Arm abstützte und mit dem weit ausgestreckten anderen die Pistole hielt. Dann verschwand Herder in einer glühenden Wolke. Der Schuss dröhnte durch das Theater. Lewis spürte einen Ruck und einen Schlag, taumelte zur Seite und sah noch, wie Löber mit erstarrtem Gesicht durch die Falltür ins Dunkel fiel. Ein dumpfer Aufprall klang von unten herauf.

Lewis sackte zusammen. Er presste die Hand gegen den Hals und spürte klebriges, warmes Blut, aber nicht so viel, dass es ihn beunruhigte. Benommen berührte er seinen Bauch. Es schmerzte kaum, und als er hinsah, erblühte eine kleine, rote Blume auf dem Weiß seines Hemdes.

Herder wankte heran, mit dem Kreuz aus verkrustetem Blut auf der Brust. Er blickte Lewis müde an und reichte ihm dann mit schwachem, schiefem Lächeln die Hand. Als Lewis sie ergriff und er sich hochzog, stöhnten beide vor Schmerz. Dann schleppten sie sich zum Tisch und lehnten sich an. Sie keuchten. Lewis sah grelle Punkte vor seinen Augen tanzen. Er fühlte sich etwas schwach. Herder sah ihn mit trüben Augen an, ließ seinen Blick von Lewis' Hals zu dessen Bauch wandern.

„Das sieht nicht schlimm aus. Ein paar Kratzer, so wie meine." Er legte die Hand auf seinen Brustkorb und zuckte zusammen. Dann nickte er Lewis schwach zu. „Gevatter Tod wird uns noch nicht holen."

Lewis wollte etwas entgegnen, als er durch den flimmernden Schleier seines Blickes eine Bewegung sah. Eine dunkle Gestalt erhob sich scheinbar aus der Tiefe, richtete sich stöhnend auf und kam schwankend auf sie beide zu.

Lewis hob zitternd die Hand und wollte den Mund öffnen, als er eine vertraute Stimme hörte.

„Wenn die jungen Herren mit der Kontrolle ihrer Wunden abgeschlossen haben, wäre ich dankbar, wenn sie sich mir zuwenden könnten."

Krafft hielt sich die Seite und humpelte heran. Er grinste die beiden schief an. „Gibt es hier irgendwo Alkohol ... zu medizinischen Zwecken?"

Mit notdürftig bandagierten Wunden schleppten sich die drei Männer aus dem Anatomischen Theater heraus. Am oberen

Ende der Treppe angekommen, drehte Krafft sich um und blickte auf die gähnende Falltür im Boden.

„Es ist nur angemessen, dass ihn das Schicksal ereilt hat, für das er Sie beide vorgesehen hatte." Er presste die Hand auf seine Wunde, die nach dem Erklimmen der Treppe ärger als zuvor schmerzte. „Allerdings wird man ihn nicht einfach der Lehre zuführen können. Ich werde veranlassen, dass der Mensch, der ihm geholfen hätte, Ihre beiden ..." Er zauderte und schüttelte den Kopf. „Verzeihung. Auf jeden Fall wird man seinen Komplizen, der sich gewiss verwundert zeigen wird, dort unten seinen Auftraggeber selbst vorzufinden, sogleich dingfest machen."

Lewis, der den inzwischen wieder bekleideten Herder stützte, wandte den Kopf. „Da Sie von Komplizen sprechen – wie konnten Sie in dessen Maske schlüpfen?"

„Ich bemerkte ihn schon, kurz nachdem Sie Weimar verlassen hatten. Er folgte Ihnen, um zu prüfen, dass Sie auch allein kämen, und als ihm dies so schien, ritt er auf kürzerem Wege nach Jena, um Sie zu empfangen."

„Aber dort haben Sie ihn empfangen", meinte Herder, dem Lewis Krafft vorgestellt hatte.

„So war es", bestätigte Krafft. „Er war nicht achtsam genug, um mich zu bemerken, und das wurde ihm zum Verhängnis."

„Wie konnten Sie wissen, dass er mich zu Löber führen sollte?", fragte Lewis.

„Es schien mir die einzige Möglichkeit zu sein. Hätte Löber noch mehr Männer gehabt, wäre der Plan gescheitert. So jedoch ..." Krafft schaute zur Seite. „Ich habe einiges von dem Heiseren erfahren. Er stürzte nicht gleich in die Saale."

Der kalte Tonfall erschreckte Lewis, aber er fragte weiter: „Warum haben Sie mich nicht um Ihre Maskerade wissen lassen?"

Krafft sah ihn wieder an. „Nun, zunächst hätte Löber uns durch die Fenster des Anatomieturms beobachten können. Sicher wäre ihm Ihre Reaktion aufgefallen, und auch wenn nicht – ich wollte nicht riskieren, dass Sie ... unnatürlich handelten. Sie hätten Löber möglicherweise spüren lassen, dass Sie sich sicher mit mir an Ihrer Seite fühlten."

Herder hustete kurz. „Das war grausam. Herr Lewis litt unter der scheinbaren Ausweglosigkeit."

„Zunächst, Herr Herder, haben Sie gelitten", gab Krafft ernst zurück, „und weiterhin war meine Vorgehensweise nicht so grausam wie das, was hätte geschehen können. Zudem – ich denke, dass Herr Lewis vielleicht ein passabler Dichter sein mag, aber auf seine Schauspielkünste wollte ich nicht blind vertrauen."

Lewis schluckte diese Mischung aus Lob und Kritik und lächelte schief. „Dafür sind Sie ziemlich begabt in solcherlei Dingen. Ihre Verkörperung des Heiseren war sehr gelungen, sie konnte sogar Löber in die Irre führen."

Krafft verneigte sich und verzog vor Schmerz das Gesicht. „Eine der Fertigkeiten, die man beherrschen muss, wenn man als ..." Er atmete langsam ein. „Aber wir sollten von hier fort und uns in medizinische Obhut begeben. Herr Herder, was schlagen Sie vor? Sie sind in diesem Thema und an diesem Ort bewanderter."

Herder nickte. „Begeben wir uns zunächst auf mein Zimmer, es ist nicht weit von hier, und gleich nebenan wohnt auch ein geschickter Kandidat der Medizin, der uns helfen kann. Unsere Blessuren unterscheiden sich ja kaum von jenen, die man beim Duell erhalten mag." Er blickte ein letztes Mal auf die Falltür. „Auch Hardenberg wird erleichtert sein."

Lewis drückte die Hand auf die Brust. „Wahrscheinlich sogar erfreut, so wie ich. Nachdem diese Todesdrohung von mir genommen ist – was soll ich da noch fürchten?“

Krafft deutete nach vorn. „Der Gang mit den Gerippen wäre die erste Prüfung. Als wir ihn zuvor durchschritten, spürte ich, wie Sie ...“

Lewis winkte nach kurzem Seitenblick auf Herder ab. „Meine Überraschung. Was kann mich diese Menagerie des Makabren schrecken, nach den heutigen Erlebnissen?“

Herder lachte. „Schlimmer als der Skelett-Winkel in Ihrer englischen Schule kann es wohl kaum sein.“

„Sie erinnern sich!“, rief Lewis erfreut aus. „In der Tat, dort war es wesentlich ...“

Krafft schob die beiden voran. „Wenn die jungen Herren darüber etwas später plaudern würden? Ich habe eine Degenwunde, die es zu versorgen gilt.“

Auf dem Weg zu Herders Quartier holte Krafft sein eigenes Pferd von dem Ort ab, an dem es die vergangene Zeit treu verharrt hatte. Die drei Männer ritten nun langsam nebeneinander über das dünn mit Schnee bedeckte Pflaster der Gassen, wobei Herder auf dem Tier des Heiseren saß. Auch wenn das schwankende Sitzen im Sattel ihnen wegen der Wunden einiges an Unbehagen bereitete, waren sie dennoch froh, den Weg nicht zu Fuß zurücklegen zu müssen. Auch war die Nacht nicht allzu kalt, der Atem vor den Mündern der Männer war kaum zu sehen. Herder berichtete nun, wie Löber ihn in seine Gewalt bekommen hatte. Er hatte ihm durch einen Boten eine fingierte mündliche Nachricht von Lewis zukommen lassen. Es hatte geheißen, Lewis sei seinem Arrest entkommen und suche Unterschlupf, um einige Zeit außerhalb seines Käfigs im Böttiger'schen Haus verleben zu können.

„Aber warum hätte ich dies Herrn Herder denn nicht schreiben können?“, meinte Lewis ratlos.

Krafft räusperte sich. „Weil bekannt geworden wäre, wenn Sie ein solches Vorhaben in einem Brief an Herrn Herder geäußert hätten.“

„Bekannt? Aber ...“ Lewis zog die Stirn in Falten. „Sie wollen damit sagen, dass meine Schreiben ...“

Krafft nickte. „So leid es mir tut: Ja, sie wurden überprüft. Wir wollten ausschließen, dass Sie Torheiten begehen. Voigt traute Ihnen dies nach Ihrem Ausritt nach Berka zu.“

„Ich bin nicht sicher, ob Voigt nicht genau das begrüßt hätte. Wenn ich mich in diese Gefahr gebracht hätte, wenn Löber mir nachgestellt hätte, dann wäre es Voigt gelungen, diesen ...“ Lewis riss die Augen auf. „Das bedeutet doch nicht etwa ...“

Krafft hob die Hände. „Nein! Das dürfen Sie nicht von Voigt denken.“ Leiser fügte er hinzu: „Nicht in diesem Falle ...“

„Löber wusste das?“ Lewis sah empört von Krafft zu Herder und zurück.

Krafft zuckte die Achseln. „Oder er ahnte es. Immerhin war somit kein gefälschter Brief nötig, oder eine Finte, wie er sie in Ihrem Fall anwandte, nicht wahr, Herr Herder?“

„Richtig“, bestätigte der. „Nachdem ich von dem angeblichen Treffpunkt erfahren und mich dorthin begeben hatte, hat man mich überfallen und betäubt. Ich hatte mich zwar gewundert, warum Herr Lewis nicht zu mir gekommen war, sondern um dieses Treffen ersucht hatte, aber einerseits hieß es, dass er befürchtete, verfolgt zu werden, und mich nicht in Gefahr bringen wollte.“

Lewis legte den Kopf schief. „Eine schlaue Taktik“, nickte er. „So klingt es plausibel.“

„Andererseits“, fuhr Herder fort und sah unangenehm berührt zu Lewis hinüber, „glaubte ich auch, es handle sich um eine theatralische Eigenart von Herrn Lewis. Eine Spielerei, die das Ganze interessanter machen sollte.“ Er biss sich auf die Unterlippe.

Lewis öffnete entrüstet den Mund. „Herr Herder! Was denken Sie denn von mir?“

Krafft lachte und presste gleich wieder die Faust in die Seite. „Sie sehen, Herr Lewis, jedermann sieht in Ihnen den Poeten. Seien Sie froh!“

„Nicht um diesen Preis“, brummte Lewis.

Herder klopfte ihm sachte auf die Schulter. „Es ist überstanden! Was ich allerdings nicht zu hoffen gewagt hatte, als ich gebunden in einer Kammer der Universität erwachte. Löber zwang mich, das von ihm gefertigte Schreiben an Sie zu adressieren.“

Lewis sah Krafft grimmig an. „Eingehende Briefe wurden anscheinend nicht kontrolliert.“

Krafft nickte. „Augenscheinlich ...“ Lewis schnaufte laut. „Mir sind Voigts Ränke zuwider. Wer weiß, was er noch im Schilde führt.“

„Das können Sie ihn selbst fragen, wenn wir ihm dieses Ereignis melden.“

„Sind Sie sicher, dass er es nicht bereits weiß?“, fragte Lewis verächtlich, doch Krafft blickte unschuldig drein.

„Nicht von mir, soweit ich unterrichtet bin ...“

„Nun streiten Sie nicht!“, rief Herder dazwischen. „Wie auch immer die Hintergründe bestellt sein mögen, ich bin froh, dass Sie mein drohendes Schicksal abgewendet haben, und ich danke Ihnen dafür. Wichtig sollte im Augenblick nur sein, dass wir alle leben.“

Er blickte die beiden anderen an und befühlte sacht seine Wunden. „Um auch weiterhin am Leben zu bleiben, sollten wir rasch vorankommen. Herr Krafft, Sie scheinen mir etwas bleich zu sein und dringend Ruhe zu brauchen."

Krafft seufzte. „Ein angehender Arzt und ein angehender Poet. Welch treffliche Gefährten im Kampf gegen dunkle Bruderschaften. Herr Herder, lassen Sie mich Ihnen noch zu dem famosen Pistolenschuss gratulieren, mit dem Sie den Schurken gefällt haben!"

„Danke", sagte Herder bescheiden. „Es war mein erster."

Krafft schaute erstaunt, und Lewis spürte, wie er noch blasser als dieser wurde und selbst dringend, sehr dringend Ruhe benötigte.

Noch während seine Wunden versorgt wurden, verfasste Krafft ein eiliges Schreiben an Regierungsrat Voigt, in dem er diesen über die mitternächtlichen Vorfälle unterrichtete. Er ruhte nicht eher, bis der Brief mit einem Boten unterwegs nach Weimar war, dann sank er erschöpft in einen der fadenscheinigen Sessel, die Herders Studentenbude möblierten. Dessen Studienkollege war bereits gegangen; er hatte keine neugierigen Fragen gestellt, sondern sich routiniert um die Verletzungen der drei gekümmert. Lewis, ebenfalls in einem Sessel sitzend, drehte einen Becher heißen Weins in den Händen und blickte zu Herder hinüber, der langgestreckt auf seinem Bett lag. Dieser hatte schon einiges an Wein getrunken und war mitten im Gespräch weggedämmert.

Krafft leerte ebenfalls seinen Becher und wandte sich dann an Lewis. „Es ist freundlich von Herder, uns für die Nacht Quartier zu bieten. Ich hoffe, die Wunden, welche die Todesangst in seiner Seele verursachte, heilen ebenso wie die körperlichen."

Lewis bewegte vorsichtig seine bandagierte Hand. „Ich denke, Herr Herder wird keine Narben zurückbehalten. Er ist in Körper und Geist sehr robust, und wenn er erst einmal ausgeschlafen ist, wird alles wie ein böser Traum erscheinen." Lewis schmunzelte. „Oder wie eine Schauergeschichte, die man irgendwann über einem Bier erzählen kann." „Oder in einem Roman schildern", fügte Lewis in Gedanken hinzu.

„Herr Lewis", begann Krafft, „Sie entsinnen sich doch sicher meiner Bitte, über diesen Vorfall Stillschweigen zu bewahren. Es wird schon schwierig genug sein, bis morgen die Kulissen dieses Theaterstücks verschwinden zu lassen, damit keine wilden Gerüchte aufkeimen. Voigt wird seinen Männern einiges abverlangen. Gottlob bin ich über solche Arbeiten erhaben und habe meine Schuldigkeit getan, indem ich es meldete."

Lewis fixierte Krafft über seinen Becher. Auch er hatte dem Wein zugesprochen, zudem spürte er nun die Strapazen und die Aufregung in Knochen und Kopf. Von seinem Platz aus konnte er nicht nur Krafft sehen, sondern auch dessen Bild in dem Spiegel, der über Herders Waschtisch hing. Beide Bilder waren gleich und doch so unterschiedlich wie die Facetten, die Lewis von Kraffts Person erlebt hatte.

„Wer sind Sie wirklich, Herr Krafft?" fragte er mit schwerer Zunge und schweren Lidern.

Krafft lächelte, und dieses Lächeln begann vor Lewis' Augen zu verschwimmen, wurde undeutlich, so wie auch Kraffts Physiognomie stets in der Erinnerung verblasste und ihrem Besitzer eine Aura des Geheimnisvollen verlieh.

„Ein Freund", hörte Lewis wie aus weiter Ferne, und in der Wiederholung wurde das Echo immer leiser, bis es in Lewis' Schlaf aufging und verklang. „Ein Freund."

Am nächsten Morgen schien die Sonne kalt und hell ins Zimmer und weckte Herder und Lewis, die sich mit schmerzenden Knochen und wehen Schädeln erhoben. Lewis, der die Nacht im Sessel verbracht hatte, streckte sich mit einigen Klagelauten. Jemand hatte ihn mit seinem Mantel zugedeckt, und dieser Jemand musste wohl Krafft gewesen sein.

Lewis schaute sich im Raum um, streifte mit seinem Blick Herder, der die Schrunden an seinen Handgelenken rieb, konnte Krafft aber nicht entdecken. Auch dessen Mantel und Waffen waren fort.

„Er wird wohl seinen Geschäften nachgegangen sein", vermutete Lewis, als er Herders fragenden Blick bemerkte.

Der streifte stöhnend Hemd und Rock über die Bandagen an seiner Brust. Dann schüttelte er vorsichtig den Kopf. „Wer ist dieser Krafft eigentlich? Er hat uns gerettet und ist, wie es scheint, ein ziemlicher Überall und Nirgends."

Lewis kniff die Augen zusammen, als dächte er angestrengt nach, fände aber keine Antwort. Dann zuckte er die Achseln. „Begnügen wir uns damit, in ihm einen Freund zu sehen." Dann erhellten sich seine Züge. „Um weiter von solchen zu sprechen: Sollten wir nicht Hardenberg von den im Grunde doch recht guten Neuigkeiten wissen lassen? Dass sein Erzfeind im wahrsten Sinne vom Erdboden verschwunden ist, ja, gar von diesem verschlungen wurde?"

Ein wenig schauderte Lewis doch noch bei dem Gedanken an Löber und seine Machenschaften, aber er hatte für sich beschlossen, sich durch die überstandene Gefahr nicht mehr ängstigen zu lassen. Ja, sich vielleicht gar nicht mehr zu ängstigen, jetzt, da all das hinter ihm lag.

Herder verzog den Mund. „Aber Herr Krafft verbot uns doch ausdrücklich ..."

„Sicher", meinte Lewis. „Wir sollen nicht unbedacht darüber schwatzen. Aber ich bin der Ansicht, dass Herr Hardenberg erfahren muss, was vorgefallen ist, und sei es nur, damit er nicht mehr um sein Leben fürchten, nicht in der Furcht vor Löber schweben muss."

„Damit haben Sie recht", nickte Herder. „Selbst Krafft sollte dagegen nichts einzuwenden haben."

„Zudem", ergänzte Lewis und hob das Kinn an, „wenn er zugegen wäre, könnten wir ihn fragen. Jedoch ist er verschwunden und wird ..." – er berührte mit der Hand die Stirn, da die rasche Bewegung seines Kopfes ihm brummende Schmerzen bereitet hatte – „... und wird nicht in den Genuss des reichhaltigen Frühstücks kommen, das wir nun zu uns nehmen sollten."

Herder nickte schwach und rang sich ein Lächeln ab. Dann gingen beide die Treppen hinunter, wobei sie sehr bedächtig einen Fuß vor den anderen setzten, um ihre Schädel nicht allzu sehr zu erschüttern.

Als sie am frühen Nachmittag von ihrer Mahlzeit zurückkehrten, erwartete Sie eine schriftliche Nachricht Kraffts, in welcher dieser sich für sein rasches, abschiedsloses Aufbrechen entschuldigte. Es sei nun aber alles getan, um die Ereignisse im Anatomischen Theater im Verborgenen bleiben zu lassen. Voigt sei zufrieden, wenn auch nicht allzu erfreut über die leichtsinnigen Eskapaden Lewis' und dessen Freundes Herder. Dennoch habe Krafft es zuwege gebracht, Voigt milde zu stimmen, indem er die Blessuren, welche die beiden jungen Männer im Kampf gegen Löber erlitten hatten, ein wenig übertrieb. Lewis sei somit zunächst von seinen Pflichten entbunden und solle in Jena bleiben, um zu genesen. Böttiger wisse nur im weitesten Sinne Bescheid, wie Krafft betonte, würde sich also nicht sorgen. Er fordere jedoch in aller Freundlichkeit, dass Lewis das Weihnachtsfest zusammen mit der Familie in seinem Hause verbringe. Er selbst, Krafft, wünsche ihm und Herder gute Genesung, und Lewis sollte diese Zeit als Ausgleich dafür nutzen, dass er in den vergangenen Wochen regelrecht arretiert und unter Bewachung gewesen sei. Krafft versprach auch in heiteren Worten, dass Lewis sich frei bewegen könne, ohne dass er ihm wie zuvor gleich einem Schatten folgen würde. Zumindest nicht dauernd.

Herder lachte bei diesen Worten, und Lewis, der sich nicht griesgrämig zeigen wollte, stimmte ein. Im ersten Augenblick hatte er ein unbestimmtes Gefühl der Unsicherheit verspürt, als sei ihm ein Schutzengel genommen worden, den er – ohne es zu wissen – in den vergangenen Monaten an seiner Seite gehabt hatte. Aber dann sah er ein, dass er diesen nicht mehr brauchte. Die Gefahren, die ihn bedroht hatten, waren verflogen, hatten sich mit dem letzten Schwarzen Bruder in nichts aufgelöst.

Lewis fühlte, wie ihn eine lang vermisste Unbeschwertheit ergriff. Er würde hier in Jena, umgeben von guten Freunden, eine angenehme Zeit erleben und – so nahm er sich vor – die von Weimar so unterschiedliche Umgebung als Inspiration für seine Werke nutzen. Vielleicht konnte er sich mit Hardenberg austauschen, auf jeden Fall aber Anregungen von Herder erhalten.

Lewis war zufrieden und hörte nicht auf den winzigen Zweifel weit hinten in seinem Kopf, der leise vor sich hingrübelte und sich einbildete, irgendein Mosaiksteinchen missachtet zu haben.

Zwölftes Kapitel

In welchem es Lebendige
und Tote aufrüttelt

Zwei Gestalten duckten sich in die Schatten der spitzbogigen Pforte neben dem Johannistor, das nach Jena hineinführte. Über ihnen ragte der viereckige Torturm dunkel und wuchtig auf, die spitze Steinhaube reckte sich den niedrig hängenden Wolken entgegen. Die beiden Gestalten lauschten auf etwas, und als von jenseits des Tores zu vernehmen war, wie eine Kutsche kurz hielt und dann wieder anfuhr, nickten die beiden einander zu. Dann erklangen Schritte unter dem alten Bogen, der sich über die Gasse buckelte: Eine einzelne Person ging keck dort, wo sich Raum genug für Pferde und Fuhrwerke bot. In dem Augenblick, als die Tritte verstummten, da der Schreitende seine Sohlen nicht mehr auf das trockene Pflaster unter dem Torbogen, sondern auf die Schneedecke davor setzte, verließen die Gestalten ihren Hinterhalt und sprangen ins schwache Mittagslicht. Friedrich Hardenberg zuckte erschreckt, da trafen ihn schon die geschleuderten Schneebälle. Flocken stoben, und plötzlich war Hardenberg weiß überpudert. Johlend griffen Lewis und Herder nochmals in den frisch gefallenen Schnee und schaufelten mit beiden Händen die strahlende Pracht in die Luft, stets bedacht, ihr Ziel angemessen zu treffen. Hardenberg setzte zurück, ließ sein Reisegepäck fallen und versuchte, sich so gut es irgend ging seiner Haut zu wehren. Schließlich gab er auf und hob die geröteten Hände.

„Halt, ihr Affen! Genug! Mehr Schnee passt nicht mehr auf mich drauf!"

Lewis lachte auf: „Gnade wird weder erbeten noch gewährt!"

Herder deutete zum Turm hinauf, an dessen oberen Ecken, dort wo sich die Plattform befand, steinerne Wasserspeier herausragten, die in Affenköpfen endeten. „Die Affen sind da droben, in beiderlei Sinne!"

Dann griff er wieder beherzt in den Schnee, aber noch ehe er ein Geschoss hätte formen können, traf ihn Hardenberg seinerseits mit einer tüchtigen Kanonade. Herder setzte sich auf den Hosenboden und prustete, während Hardenberg sich vorbeugte, die Hände auf die Knie gestützt.

„Wenn du schon die Turmwächter Affen schimpfst, solltest du auch bedenken, was dann geschehen kann!" Er grinste und riss die dunklen Augen auf.

Dann trat er vor, gab Herder die Hand und half ihm auf. Er klopfte ihm auf die Schulter und winkte auch Lewis heran, um ihn zu begrüßen. „Einen schönen Streich habt ihr euch da ausgedacht! Ich bin nass bis auf die Knochen!" Er drehte sich auf dem Absatz einmal herum, die Arme halb ausgebreitet.

„Wir wollten dich ja auch sogleich ins Wirtshaus führen, wo man sich innerlich und äußerlich aufwärmen kann." Lewis klopfte sich den Schnee ab. „Schön, dass du hier bist!"

Hardenberg versuchte, sich seinerseits von den Zeichen der Schlacht zu befreien, und da sie ihm übel mitgespielt hatten, half Herder ihm dabei.

„Nun, ich konnte doch kaum in Leipzig schmoren, wenn meine Freunde hier die gefährlichsten Hasardspiele vollführen!" Er sah Herder und Lewis ernst an. „Es geht euch wieder gut?"

Beide nickten nachdrücklich, wenn auch mit verkniffenen Gesichtern. Ihre Verletzungen waren in den vergangenen Wochen verheilt, doch plagten sie immer noch die Erinnerungen an die schlimmen Ereignisse. Sie hatten versucht, sich so gut als möglich abzulenken, durch Arbeit und Studium – wobei Herder es noch nicht wieder wagte, auch nur einen Fuß in das Anatomische Theater zu setzen – sowie durch allerlei Zeitvertreib, doch eine rechte Linderung schien erst jetzt möglich, da mit Hardenberg ein Mensch zugegen war, dem sie sich mitteilen konnten. Wenn sie auch hatten schwören müssen, über den mitternächtlichen Kampf mit dem teuflischen Magister Stillschweigen zu bewahren, so waren sie übereingekommen, Hardenberg gegenüber eine Ausnahme machen zu dürfen: Schließlich wurzelten diese Ereignisse in der alten Fehde zwischen ihm und dem gerechterweise zur Hölle gefahrenen Löber. Nun war Hardenberg wieder in Jena, und alle drei hofften auf eine herrliche Zeit.

Sie lenkten ihre Schritte in Richtung Gasthaus.

„Was meintest du mit den Turmwächtern und was geschehen könnte?“, fragte Lewis Hardenberg.

„Oh, das ist eine Geschichte, die sich vor über hundertfünfzig Jahren hier zugetragen hat“, begann der und deutete zum Tor zurück. „Die Studenten haben sich schon früher den Jokus gemacht und die Turmwächter, der äffischen Wasserspeier wegen, als Affenwächter bezeichnet. Das hörten diese nicht gern, und irgendwann kam es zu einer Rauferei, bei der einer der Studenten zu Tode kam.“

Herder grunzte: „Nun, falls du mir dieses Schicksal zugedacht hattest, dafür braucht es mehr als ein paar schwach geschleuderte Schneebälle!“

Hardenberg rieb sich das Kinn und blickte erneut zum Johannistor. „Nein, ich denke, für diesen feigen, hinterhältigen Angriff sollte man euch beide vielmehr in den Käsekorb stecken.“ Zu Lewis gewandt konnte er noch die Erklärung nachsetzen, dass es sich dabei um einen Erker an der Westseite des Turmes handelte, als Herder empört schnaubte und sich bückte, um eine Handvoll Schnee aufzunehmen. „Der Käsekorb! Der Pranger für zanksüchtige Weiber! Na warte!"

Im Nu waren die drei in eine weitere Schneeballschlacht verwickelt, die währte, bis ihnen das Haupthaar nass und strähnig ins Gesicht fiel.

„Jetzt mag es gut sein!", rief Lewis keuchend. „Ich denke, jeder hat seine Satisfaktion erhalten. Die Gaststube ruft."

Herder und Hardenberg waren ebenfalls außer Atem und schienen auch ein wenig zu frösteln, und so nickten sie nur und wandten sich mit Lewis zum Gehen.

Wieder wischte sich Hardenberg Schnee von Rock und Mantel und stutzte plötzlich. „Wo ist ...", begann er und sah suchend auf dem Boden umher, der von einem Wust aus zerstampftem Schnee bedeckt war.

„Deine Taschen sind hier", meinte Lewis, der nicht sicher war, was Hardenberg vermisste.

„Nein, nein", antwortete dieser und strich sich fahrig das Haar aus der Stirn. „Wo ist meine Blume, meine Blume ..."

Lewis erinnerte sich an ihre erste Begegnung, bei der Hardenberg eine blaue Blume am Revers getragen hatte. Er zuckte die Achseln. „Verblüht? Schon im Sommer?"

„Nein! Sie verblüht niemals ..." Hardenberg blickte Lewis und Herder an. Aus seinen großen Augen leuchtete die aufkeimende Furcht über einen schrecklichen Verlust, und die Winkel seines weichen Mundes zitterten. Die beiden anderen sahen es mit Erstaunen. „Helft mir, sie zu finden, ich bitte euch!", flehte Hardenberg in so ungewohnt ängstlichem Ton, dass Lewis und Herder ohne weitere Fragen umhergingen und mit den Blicken den Grund absuchten. Hardenberg wischte mit zitternden Fingern hier und da Schnee beiseite, spähte umher und lief schließlich ein paar Schritte in Richtung des Tores, um dort Ausschau zu halten.

„Ich habe sie", rief Herder plötzlich und hielt die kleine, blaue Blüte empor.

Hardenberg stürzte herbei, glitt dabei fast aus und streckte noch im Laufen Herder die Arme entgegen. Ängstlich ergriff er die Blume, barg sie zärtlich in den Händen und blickte Herder dankbar an. „Du hast sie gefunden ..."

Lewis kam dazu und betrachtete, was Hardenberg für so wichtig erachtete. „Sie ähnelt keiner Blume, die ich je gesehen habe, und da sie nicht verwelkt ist, obgleich sie schon so lang in deinem Besitz ist, nehme ich an, dass sie aus Stoff besteht. Auch die Farbe scheint mir gar zu ungewöhnlich für eine echte Blüte."

Herder, der erleichtert war, dass Hardenberg sich wieder beruhigt hatte, hielt es für angemessen, einen Scherz zu machen. „In der Tat. So stelle ich mir die Nasenspitze einer schwindsüchtigen Base vor, die im Adelsstift dahinsiecht ..." Herder grinste schief und wurde dann schlagartig ernst, als er sah, wie ihn Hardenberg anschaute.

„Spotte nicht", sagte er unfreundlich. „Diese Blume ist mir lieb und wert, und ich möchte sie um nichts auf der Welt missen." Er nahm einen sehr versonnenen Gesichtsausdruck an, als er weitersprach, und er senkte die Stimme dabei. „Manchmal scheint es mir, als seien die Blütenblätter ein ausgebreiteter Kragen, in dessen Mitte ein anmutiges Gesicht schwebt ..."

„Dann möchte ich annehmen", begann Herder, „dass der Farbton wohl eher dem Strumpfband jener Dame entspricht ..." Er hob abwehrend die Hände. „Kein Spott! Aber sag, was verheimlichst du uns für Liebschaften?" Er zwinkerte Lewis zu, der die Blume immer noch in Augenschein nahm und nicht auf den Wink Herders achtete.

Stattdessen wandte er sich an Hardenberg. „Darf ich sie berühren?“, fragte er zaghaft.

Hardenberg zuckte darauf zunächst zurück, und ein seltsames Glimmen war in seinen Augen zu erkennen, doch dann nickte er langsam.

Lewis streckte die Hand aus, zeichnete den Rand der Blüte mit seinem Finger nach und öffnete dann überrascht den Mund. „Es ist tatsächlich eine Blume ... und keine aus Tuch oder Seide ...“

„Oh Matthew, du bist genau solch ein Träumer wie Friedrich!“ Er ersuchte mit einer Geste bei Hardenberg um Erlaubnis, die Blume ebenfalls berühren zu dürfen, der zögerte noch mehr als bei Lewis zuvor, doch nach einem drängenden Nicken Herders gab er nach.

„Ich bin der einzige Mann der Wissenschaft hier, und im Gegensatz zu euch weltfremden Poeten, die ihr die Blümlein am Wegesrand nur bestaunt und dann beschreibt, habe ich schon genug Kräuter und Blätter und Blüten in den Mörsertiegel geworfen und ...“ Er stutzte, als auch er die blaue Blume berührte. „Ja, hol mich ...“, begann er und schüttelte dann den Kopf. „Das kann doch nicht sein ...“ Er blickte Hardenberg scharf an. „Ist das eine Taschenspielerposse oder ...“ Doch dann sah er den ernsten Zug auf Hardenbergs Gesicht und sprach nicht weiter.

Der schlug den Mantel zurück und befestigte die Blume wieder an seinem Rock. Er schien erleichtert und lächelte wieder. „Wollten wir nicht essen und trinken? Oder habt ihr in ganz Jena nichts übergelassen für einen hungrigen, dürstenden Gast? Vom Frieren ganz zu schweigen ...“

Lewis und Herder sahen den wie verwandelten Hardenberg groß an und konnten nichts weiter tun, als ihm das Gepäck nachzutragen, da dieser erhobenen Hauptes davonschritt, dann und wann einen gnädigen Blick auf die umliegenden Häuser und Passanten werfend, als sei er der König selbst, welcher der Provinz einen Besuch abstattete.

Einige Zeit später saßen sie zu Tisch, die tropfnassen Stiefel ausgestopft am warmen Ofen aufgestellt, und labten sich an Spickgans, Kastanien und kräftig gefettetem Wirsingkohl. Sie schwatzten munter, und ein ums andere Mal musste das Schankmädchen neuen Wein bringen.

„Um auf besagtes Strumpfband zurückzukommen", meinte Herder und schielte der Bedienung hinterher.

Lewis würdigte sie keines Blickes und wies stattdessen auf Hardenbergs Rock, der hinter diesem über der Stuhllehne hing und an dessen Aufschlag die blaue Blume leuchtete. „Nein, vielmehr sollten wir auf diese geheimnisvolle Blüte zurückkommen. Wie kann es sein, dass sie, wo sie doch offenkundig eine tatsächliche Blume ist, nach all der Zeit noch nicht verwelkt oder anderweitig dahingegangen ist? Seit dem Sommer ist einiges an Zeit verstrichen, und ich bin sicher, dass Friedrich sie sogar noch länger besitzt."

Hardenberg nickte. „Einige Jahre schon ..."

„Einige Jahre?", wiederholte Lewis erstaunt.

„Ja", nickte Hardenberg, „und sie ist mir seitdem eine liebe, teure Begleiterin. Ich fühle mich regelrecht einsam ohne sie."

„Das kann ich verstehen", seufzte Herder, der nicht recht zugehört hatte und immer noch dem Schankmädchen hinterhersah. Dann schaute er auf den Tisch. „Könntet ihr vielleicht rasch die Becher leeren, damit ich ..."

Lewis ignorierte ihn und sprach weiter mit Hardenberg. „Woher stammt dieses wunderbare Ding? Hast du sie an einem geheimnisvollen Ort gepflückt?"

Hardenberg lachte. „Ja, das würde dir gefallen, Matthew, aber ich muss dich enttäuschen – obgleich die Umstände, unter denen ich sie erhielt, nicht minder geheimnisvoll waren."

Lewis öffnete voller Spannung den Mund und beugte sich etwas vor. Hardenberg senkte die Stimme, was dazu führte, dass Herder im Lärm des Wirtshauses keinen Laut mehr verstand. Ohnehin trank er hastig aus und schielte ungeduldig auf die Gläser der anderen, während er im Gastraum umherblickte.

„Ich saß", begann Hardenberg, „wie damals, als wir uns trafen, allein an einem Ecktisch und nahm etwas zu mir, als sich die Tür zur Wirtsstube langsam öffnete."

Herder wurde durch eine Bewegung am anderen Ende des Raumes aufmerksam und reckte den Hals ein wenig.

Hardenberg berichtete weiter. „Ein Mann trat ein. Sein Gesicht war blass und eingefallen, und er blickte sich suchend um."

Herder sah, wie das Schankmädchen an dem Neuankömmling vorbeischwebte, was ihn sogleich von diesem ablenkte, weil er ihr mit schmachtenden Blicken folgte. Lewis lauschte Hardenberg mit aufmerksamem Nicken.

„Dann schien er entdeckt zu haben, wen er suchte, und schritt zielsicher voran. Geradenwegs auf mich zu."

Herder bemerkte mit Missfallen, dass der Mann in seine Richtung ging und ihm dadurch den Blick auf das Mädchen versperrte, das gerade mit sehr aufreizenden Bewegungen auf der Platte eines Tisches herumwischte.

„Ohne ein Wort des Grußes", fuhr Hardenberg fort, „trat der Fremde an mich heran, zog aus seinem Umhang jene Blume, die er mir mit gichtigen Fingern darreichte. Ich ergriff sie, da sie meine Hand wie mit einem Zauber anzog, und dann sah der Fremde mich durchdringend an und sagte ..."

Ein hagerer Schatten fiel über die Züge Hardenbergs, und eine brüchige Stimme stieß mit halb ärgerlichem, halb besorgtem Ton hervor: „Wir waren verabredet! Ich fürchtete schon, der Kutsche sei etwas zugestoßen, und nun zechen Sie hier in aller Seelenruhe!"

„Herr Schiller!", rief Hardenberg und erhob sich. „Sie müssen verzeihen, aber ich habe die Zeit vergessen, als ich hier mit diesen befreundeten Herren saß."

Schiller musterte die Runde aus rotgeränderten Augen. Er grüßte den jungen Herder einigermaßen freundlich, was ihm schwerzufallen schien. Auf seiner Oberlippe stand in winzigen Perlen der Schweiß, und auch die Halsbinde, die über den grauen Rockkragen fiel, schien durchtränkt. Seine Nase sprang schärfer hervor, als Lewis sie in Erinnerung hatte, und auch die Wangen schienen ihm hohl und farblos. Schiller wirkte abgemagert und krank. Dennoch war sein Tonfall ebenso scharf wie damals im Bertuch'schen Garten.

„Master Lewis." Schillers feuchte Augen wurden schmal. „Immer noch mit Goethe zugange? Immer noch hinter Geistern her?"

Lewis spürte, wie Wut in ihm aufstieg. Mochte es der reichlich genossene Wein sein oder das Beisein Herders und Hardenbergs, er wollte sich diesen Anraunzer nicht gefallen lassen.

„Durchaus, Herr Professor", sagte er mit festem Blick. „Die Geister verfolgen mich auf Schritt und Tritt und wollen nicht von mir lassen. Wie ich hörte, geht es Ihnen hingegen nicht so, was Ihre studentischen Zuhörer angeht. Mir kam zu Ohren, Sie können Ihre Vorlesung inzwischen schon in Ihren eigenen Räumlichkeiten abhalten?" Lewis war froh, dass niemand seine Hände sehen konnte, die sich unter dem Tisch ineinander krampften. Vielleicht war er zu weit gegangen. Er sah, wie

Herder errötete. Von ihm hatte Lewis die Nachricht von der misslichen Lehrsituation Schillers erhalten.

Schiller stand da und starrte Lewis an. Auf seinen eingefallenen Wangen zuckte es, ein Hinweis, dass noch einiges an Energie in ihm schlummerte. Hardenberg verlagerte sein Gewicht von einem Fuß auf den anderen und schien fieberhaft zu überlegen, was er äußern könnte, um die Situation ihrer Peinlichkeit zu entledigen. Aus dem Augenwinkel sah Lewis, wie er mit der herabhängenden Rechten nach der Blume am Revers seines Rockes tastete.

Schiller fixierte immer noch den langsam unruhig werdenden Lewis. Mit einem Mal lachte er kehlig, bis sich Tränen in seinen Augenwinkeln zeigten. Dann brach ein Hustensturm aus ihm heraus, der ihn sich krümmen und nach der nächsten Stuhllehne tasten ließ. Rasch schob Lewis ihm den Stuhl zurecht, Hardenberg griff stützend nach Schillers Ellenbogen. Herder hatte seine Starre überwunden und winkte der Bedienung, um einen heißen Wein zu bestellen. Er war zu besorgt um den hustenden, keuchenden Schiller, um dem Mädchen mehr als einen sachlichen Blick zu widmen. Schließlich ebbte der Anfall ab, und Schiller zog ein Tuch aus dem Ärmel, mit dem er sich den Mund abtupfte und der Schweißperlen auf der Stirn entledigte.

„Es geht schon wieder", krächzte er und trank von dem heißen Wein, den das Mädchen gerade vor ihn hinstellte. Dann atmete er tief ein und lehnte sich zurück. Er tat die besorgten Gesichter, die ihm entgegenblickten, mit einem Wink ab. „Ich habe schon Schlimmeres erlebt. Das Lachen reizte meine Kehle allzu sehr."

Er trank einen weiteren Schluck. „Was Sie, Lewis, angeht, so seien Sie mir aufs Herzlichste begrüßt. Sie haben keine falsche Ehrfurcht vor Höhergestellten und verteidigen sich, wenn man Sie schlägt. Das beeindruckt mich."

Er räusperte sich. „Da Sie sich so gut mit Herrn Hardenberg hier verstehen, können Sie auch in jeglicher anderer Hinsicht kein übler Mensch sein. Verzeihen Sie mir also meine Unhöflichkeit."

Lewis wusste kaum, was er antworten sollte, zu sehr überraschte ihn dieser Sinneswandel Schillers, und so nickte er nur höflich.

„Zudem", sprach Schiller weiter, der sich zur Gänze wieder gefasst und durch den Wein auch etwas Farbe auf den Wangen bekommen hatte, „haben Sie, wie ich erfuhr, der Salana sowohl einen fleißigen Studenten erhalten ..." Er nickte zu Herder hinüber, der nun, da es Schiller wieder gutging, das Hin und Her des Schankmädchens verfolgte. Als er merkte, dass Schiller ihn gemeint hatte, war er zunächst verwirrt, schaute dann aber empört zu Hardenberg hinüber.

„... als sie auch eines entsetzlichen Zeitgenossen entledigt", schloss Schiller und prostete Herder und Lewis zu.

Der wiederum schaute nun ebenfalls mit gerunzelter Stirn zu Hardenberg hin. Ehe dieser etwas entgegnen konnte, beschwichtigte Schiller, den Becher geleert auf den Tisch setzend.

„Seien Sie nicht böse auf Herrn Hardenberg. Er hat mich über die Geschehnisse – soweit er informiert war – unterrichtet." Er nickte begütigend. „Zudem waren mir Teile der Geschichte nicht verborgen geblieben." Schiller bemerkte den Glanz in Lewis' Augen. Er blickte sich rasch um, ob auch niemand in Hörweite saß und sagte dann, mit nicht übermäßig gedämpfter Stimme: „Aber am wichtigsten dürfte sein, dass Sie wissen, von mir nichts zu befürchten zu haben: Ich bin weder Illuminat noch Freimaurer, und auch mit den Rosenkreuzern habe ich nichts zu schaffen."

Lewis schüttelte konsterniert den Kopf. „Was wollen Sie damit sagen?"

„Ach, Herr Lewis, Sie müssen vor mir keinen auferlegten Schein wahren. Ich bin mit den Ränken der verschiedenen Gruppen vertraut, und sollte ich es in einigen Facetten nicht sein, so kann ich mir diese durchaus ausmalen." Schiller rieb sich die spitze Nase.

„Dann wissen Sie mehr als ich", meinte Lewis vorsichtig.

Daraufhin lachte Schiller. „Das glaube ich Ihnen aufs Wort. Aber grämen Sie sich nicht, es ist manchmal besser, nicht alles zu wissen. Allerdings wundere ich mich – da Sie doch mit so vielen illustren Herrschaften ..." Schiller hielt inne und schaute versonnen zur Decke, als habe er etwas besonders Kluges oder Amüsantes gesagt. Dann wandte er sich wieder an Lewis: „... Umgang pflegen."

Lewis ahnte, worauf Schiller anspielte, und bevor er seine Zunge zügeln konnte, platzte er mit einen Halbsatz heraus: „Wenn Sie auf Bode ..."

Schiller winkte ab und lächelte noch breiter, was ihm jedoch nicht gut zu Gesicht stand. Es brachte sein hageres Gesicht aus dem Gleichgewicht, wie es Lewis schien.

„Nein, da gibt es noch viel mehr." Er drehte seinen leeren Becher in den Fingern. „Manchmal glaube ich, ich bin der einzige, der den Verlockungen der Gesellschaften widerstehen konnte. Der einzige, der klar und selbständig denken kann."

Lewis erinnerte sich der Worte, die Regierungsrat Voigt über Schiller gesagt hatte.

Schiller bemerkte es. „Ich sehe Ihnen an, wie Sie versuchen, mich in die Reihe der staatsgefährdenden Subjekte einzuordnen. Aber glauben Sie mir: Frei zu denken und Freiheit zu fordern, ist kein Verbrechen. Nur, wenn es nicht aus dem reinen menschlichen Willen herrührt, sondern lediglich dazu dient, die eine Willkürherrschaft durch die andere abzulösen, dann ist es ungesund und zu verdammen."

„Sie sprechen offen mit mir, Herr Schiller", begann Lewis, der sich zu fragen begann, wie viel der Professor über ihn und seinen von Voigt erteilten Auftrag wusste. „Also lassen Sie mich eine offene Frage stellen – die der reinen Bildung dient und keineswegs doppelbödig zu verstehen ist." Lewis schalt sich im Geheimen für diese plumpe und Misstrauen erregende Einleitung. Er hatte wirklich zu viel Wein getrunken. Doch nun war es zu spät, und er sprach notgedrungen weiter. „Wer oder was sind Rosenkreuzer?"

Schiller nickte. „Ein freimaurerischer Geheimbund, wie die Illuminaten. Ein wenig älter, schrulliger gar. Ihnen geht es um Geheimlehren und Alchemie. Auch sind sie gegen alle aufklärerischen Ideen, arbeiten im Namen von Monarchie und Religion, ganz im Gegensatz zu den Illuminaten. Sie setzen alles daran, um diese, ihren Widerpart, zu bekämpfen. Im Königreich Bayern ist es ihnen bereits gelungen, den Orden der Illuminaten verbieten und seine Mitglieder ausweisen zu lassen, und der preußische König Friedrich Wilhelm II. ist selbst Rosenkreuzer und von Rosenkreuzern umgeben: Er setzte just im vergangenen Jahr eine Zensur für politische Schriften ein, die viele aufklärerische Zeitschriften zwang, Berlin zu verlassen. Die Illuminaten dagegen wollen Fürsten und Staaten zur Gänze abschaffen. Manche sagen gar, sie stecken hinter der Revolution in Frankreich ..."

Lewis nickte. Ihm war warm, und so löste er die Halsbinde ein wenig. „Ja, ich ... wir ... wissen um die Schwarzen Brüder und deren Pläne, und – aber darüber sind Sie doch bestimmt auch unterrichtet ..."

„Gewiss", antwortete Schiller. „Aber Sie sollten sich nicht in Sicherheit wiegen. Auch wenn die Schwarzen Brüder dahingerafft zu sein scheinen – die Illuminaten sind stärker denn je." Er sah Lewis durchdringend an, seine Stimme war nur noch ein Flüstern. „Von ihnen gibt es viele. Mehr als Sie glauben und auch an Orten, wo Sie sie kaum vermuten. Näher bei Ihnen, als Sie sich vorstellen können."

„Was wollen Sie damit sagen, Herr Schiller?", schluckte Lewis. Unerträgliche Hitze schien plötzlich in dem Raum zu herrschen. Durch Wein und Wärme konnte er kaum einen klaren Gedanken fassen, geschweige denn enträtseln, was Schiller ihm mit seinen Worten bedeuten wollte. Er sah hilfesuchend zu Hardenberg und zu Herder hinüber, die während des Gespräches geschwiegen und zugehört hatten. Hardenberg sah Schiller an, und seine Miene zeigte, dass er peinlich berührt war und es in seinem Kopf heftig arbeitete. Schiller schaute in seinen leeren Becher und fing dann Herders Blick auf, der sogleich eifrig nach der Bedienung winkte.

Hardenberg räusperte sich und lachte dann, was ein wenig bemüht klang. „Herr Schiller beliebt, mit dir, Matthew, ein wenig zu scherzen. Er weiß genau, wie du Schauer- und Verschwörungsmären schätzt und auch, dass du seinen *Geisterseher* gelesen hast. Nicht wahr?"

Schiller nickte schmunzelnd und zeigte dann aufmunternd die Zähne, womit er ein Lächeln auszudrücken gedachte. „Genauso verhält es sich. Sie brauchen sich keine Gedanken zu machen oder gar zu befürchten, dass Sie von sich geheim haltenden Geheimbündlern umschwirrt werden. Weder hier noch ... woanders."

„Das", begann Lewis mit schwerer Zunge, „beruhigt mich. Wenngleich ich eine solche Posse von Ihnen als nicht sonderlich nett erachte."

Der Wein kam, Herder grinste verschmitzt, und Schiller schob Lewis gönnerhaft einen Becher hin. „Kein böses Blut. Sie verzeihen, dass ich mir einen Spaß mit einem ernsten Thema erlaubte. Um es deutlich zu sagen", hierbei warf er einen

Seitenblick auf Hardenberg, „Sie haben nichts zu befürchten und müssen sich keine Gedanken machen. Aber ich kann es nicht unterlassen, allzu begeisterte Leser von Literatur, zu der ich bedauerlicherweise auch meinen Teil beigetragen habe, mit ihren eigenen Waffen zu schlagen. Ich gestehe Ihnen offen, und das nehmen Sie bitte als Ausgleich für meine kleine Hinterhältigkeit, dass ich kein geringes Unbehagen darüber verspüre, dass mein *Geisterseher* einen so großen Erfolg beim Publikum hat. Ich sehe das Werk aufgrund seiner Nähe zur Kolportage als Schmiererei. Doch nun ist es zu spät, es ist ins Land getragen worden, aus den Seiten der Zeitschrift, für die es entstand, hinaus und zwischen Buchdeckel gefasst. Ein viel zu erhabener Ort dafür." Er seufzte. „Allein, ich kann den Schaden nur begrenzen, indem ich es als Fragment, das es nun einmal ist, belasse. Ich habe meine Anschauung der Dinge geändert, dank der Beschäftigung mit den Kant'schen Schriften, in denen ..."

Lewis spürte, wie das Gespräch an ihm vorbeischwamm. Einen Exkurs in Philosophie würde er nun nicht durchstehen, und so hob er bedächtig die Hand und deutete auf Hardenberg, oder vielmehr, an diesem vorbei und auf die blaue Blume, die an dessen Rockaufschlag schimmerte.

„Was halten Sie davon? Als Sie zu uns kamen, sprachen wir gerade über dieses Blümlein, das Herr Hardenberg von einem geheimnisvollen Fremden erhalten hat. Aber um nicht weiter darauf einzugehen – finden Sie es nicht auch einfach wundervoll?"

Herder schien bei der Erwähnung der Blume auf eine Idee zu verfallen und murmelte halblaut einen Fluch vor sich hin, der sich auf den Winter und die Abwesenheit blühender Liebesbeweise bezog. Hardenberg schaute neben sich, als sei es ihm unangenehm, dass sein Talisman erneut unernste Aufmerksamkeit erhielt.

Schiller hingegen musterte die Blume eingehend. „Diese Blume ist mir bekannt, schließlich trägt Herr Hardenberg sie schon, seit ich ihn kenne. Was Ihre Aussage über deren Schönheit angeht, so ist sie mir ein willkommener Anlass, wiederum auf den großen Kant zurückzukommen. Bedenken Sie, Lewis, dass ein ästhetisches Urteil, wie Sie es abgaben, ein reines Gefühlsurteil ist. Ich stimme mit Kant insofern überein, wie ich es auch in meinen in diesem Winter zu verfassenden ästhetischen Vorlesungen darlegen werde. Doch liegt es mir am Herzen, Einspruch dagegen zu erheben, dass es nur ein Subjektiv-Schönes gebe, vorhanden bloß im Betrachtenden, nicht aber ein Schönes, das in den Gegenständen selbst liege. Diese Lücke im Kant'schen System gedenke ich aufzufüllen, und ich ..."

Lewis schwirrte der Kopf. Was hatte er nur mit seinem hilflosen Einwurf ausgelöst! Er presste die Finger an die Schläfen und ächzte. „Wenn die Herren erlauben – ich bitte darum, mich zu entschuldigen, der Wein, die Wärme ... ich benötige dringend ein paar Atemzüge frischer Luft ..." Er stand ein wenig schwankend von seinem Stuhl auf.

Herder wandte unwillig kurz den Blick von dem Schankmädchen ab, das sich am anderen Ende des Raumes befand, und sagte mit abwesendem Ausdruck auf dem Gesicht: „Ja, geh nur schon vor auf unsere Bude, ich werde noch ein wenig bleiben ..."

Hardenberg nickte Lewis zu und erhob sich. „Ich werde bei Herrn Schiller Quartier nehmen. Wir haben also beinahe den gleichen Weg. Wenn wir nun aufbrechen, und es ist in der Tat Zeit, können wir dich ein Stück begleiten ..."

Lewis winkte ab. Ein weiteres Gespräch mit Schiller würde er nicht durchstehen.

So verabschiedete er sich höflich, mit besonderen Ehrenbekundungen Schiller gegenüber. Hardenberg würde er am morgigen Tag wiedersehen und Herder am Abend, falls dieser nicht mit seinen Avancen Erfolg bei dem Schankmädchen hatte. Lewis zuckte die Achseln. Er brauchte nun einen erfrischenden Gang durch den klaren Winternachmittag und einige Stunden langgestreckten Ausruhens.

Er verließ das Gasthaus, nachdem er sich in die – immerhin wieder trockenen – Stiefel gequält hatte und lenkte seine Schritte einigermaßen geraden Wegs zu seinem Ziel. Nachdem er sich die Treppen hatte hinauf schleppen müssen, stieg er wieder aus den Stiefeln und fiel endlich schwer auf die Pritsche, die ihm in Herders Stube als Schlafplatz diente.

Um ihn herum drehte es sich. Er wusste nicht mehr, wie viele Gläser Wein er getrunken hatte, die genaue Anzahl war ihm im fröhlichen Gespräch mit Herder und Hardenberg abhanden gekommen. Offenbar waren es aber mehr als gewöhnlich und demzufolge zu viele gewesen. Er schob eine Hand unter seinen Kopf und legte den anderen Arm über seine geschlossenen Augen, da das viel zu hell erscheinende Weiß der Zimmerdecke durch seine Lider schimmerte.

Gedankenfetzen trieben vorbei, ohne dass er sie geordnet aneinanderzureihen vermochte. Hatte Schiller ihn tatsächlich nur ein wenig schaudern machen wollen, indem er von weiteren Geheimbündlern sprach und was hatte er damit gemeint, sie befänden sich ganz in Lewis' Nähe? In Jena? In Weimar?

Lewis entsann sich seines Gesprächs mit Herder und Hardenberg, in dem sie gemutmaßt hatten, was mit Löbers Leichnam geschehen sein mochte, nachdem die Männer in Voigts Auftrag sie aus dem Kadaverkeller des Anatomischen Turms gezogen hatten. Herder hatte mit Fug und Recht darauf hingewiesen, dass Löber einen Freund in den Mauern der Akademie haben musste, welcher ihm geholfen hatte, das Theater für seine scheußliche Zeremonie herzurichten und der anschließend die Leichen Herders und seiner selbst …

Lewis warf den Kopf hin und her, als er in unruhigen Schlaf glitt, in welchem ihn Traumgespinste schrecklichster Art verfolgten.

Einsam stand er in grellweißer Leere, und von allen Seiten umtanzten ihn die Schemen jener, die er in den vergangenen Monaten in Weimar kennengelernt hatte. Goethe und Böttiger, Wieland und der alte Herder, Bode und Bertuch, Voigt und all die anderen. Als bein- und fußlose Gestalten schwebten sie dahin, die Leiber endeten in schwarzen, rauchartigen Schlieren, die Fährten von Ruß und Asche auf ihrem ätherischen Weg zurückließen. Einzeln kamen sie ihm näher, hielten ihre Gesichter dicht an das schweißbedeckte, bange Antlitz des jungen Engländers, und kaum, dass sie dies getan hatten, kaum, dass ihr Atem die wächserne Haut des Bebenden streifte, da rissen sie sich die Haut von den Schädeln, wie Larven, derer man sich am Ende des Maskenballes entledigte. Darunter waren die Gesichter bis oberhalb der grausamen Münder von höllischer Dunkelheit, nachtfarben wie die Masken der Schwarzen Brüder, und aus den Höhlen leuchteten feurig die Augen hervor, sengten mit infernalischen Flammen über die von Furcht erstarrten Züge des bangen Lewis. Immer stärker wurde die Hitze, bis schließlich die fratzenhaften Gesichter von ihr verzehrt wurden und nur noch verkohltes Fleisch und aschenweiße Augäpfel übrigblieben.

Im Traum atmete Lewis auf, der Spuk schien vorüber. Doch da bewegten sich die dunklen Gesichter, drehten sich um und um, und aus ihnen entsprossen Leiber und Gliedmaßen, bis Lewis sich von einer Schar dunkler Menschen umringt sah, die nur mit verblichenen Fetzen bekleidet waren. Lewis entsann sich der Berichte seines Vaters von dessen Plantagen auf Jamaika, auf denen afrikanische Sklaven ihr karges, fronreiches Dasein fristeten. Doch diese hier, die Lewis mit geisterhaften Bewegungen umtanzten, schienen jeglicher menschlicher Lebendigkeit entledigt, waren tot, und doch waren sie es nicht. Manche der Sklaven, so hatte Lewis gehört, huldigten einer heidnischen Gottheit primitiver Gestalt. Den Glauben an diese hatten sie von ihren fernen afrikanischen Gestaden mitgebracht. Sie zelebrierten Rituale eines fremden Kultes, Wodu *genannt, dessen Zwecke darin bestanden, die Toten wiederzuerwecken, wie in einer blasphemischen Vorwegnahme des Jüngsten Gerichts. Diese lebendigen Toten, auch* Jumbees *geheißen, wandelten danach auf Erden und gehorchten den Befehlen ihrer Erwecker, führten seelen- und gewissenlos jegliche Taten aus, so gotteslästerlich sie auch sein mochten.*

Lewis sah, wie sich im Zentrum des Kreises der tanzenden schwarzen Sklaven eine bleiche Gestalt aus dem Erdboden erhob, in ein Leichentuch gehüllt, das ihre Züge bedeckte. Der Kreis der schwarzen Männer öffnete sich, diese traten in den Hintergrund, die blinden, weißen Augen auf Lewis gerichtet, der jedoch nur Blicke für die verhüllte Gestalt hatte. Das Gespenst glitt auf Lewis zu, die Arme langsam erhebend, das Leichentuch wie eine Schleppe hinter sich herziehend. Lewis sah, wie unter dem Schleier ein Strich roter Glut aufleuchtete, der sich quer über das unkenntliche Antlitz der Gestalt zog. Dieses feurige Mal erinnerte Lewis an jemanden, doch noch bevor dieser vage Gedanke an Deutlichkeit gewann, traf ihn wie ein eiskalter Guss die schreckliche Wahrheit. Die furchtbare Erscheinung, durch unheilige Riten aus dem Grabe getrieben, war niemand anderes als der Magister Gottwerth Heinrich Löber!

Lewis floh. Seine traumschweren Beine wollten ihm den Dienst versagen, doch kämpfte er sich Elle um Elle voran, versuchte, dem untoten Magister zu entkommen, der die klauenhaften Leichenfinger nach ihm ausstreckte und mit bösartig verzerrten blauen Lippen dem jungen Menschlein hohnlachte. Lewis spürte die Gra-

beskälte, die die lebende Leiche ausstrahlte und die ihm wie Frost durch die Glieder fuhr. Er stand im Dunkeln, und mit einem Mal leuchtete die Geistergestalt Löbers vor ihm auf. Wieder wollte er fliehen, doch dieses Mal waren seine Sohlen wie am Grund festgefroren.

Reglos musste er mit ansehen, wie Löber die Arme vorreckte, die Finger wie kalte Zangen um seinen Hals legte – und zudrückte.

Lewis erwachte mit einem Aufschrei. Kälte und Finsternis drangen auf ihn ein, und als die anfängliche Benommenheit von ihm wich, erkannte er, dass er sich nicht mehr auf dem Zimmer befand, sondern auf der nächtlichen Straße stand, die bloßen Füße bis zu den Knöcheln im Schnee.

Ungläubig sah er sich um, ließ die Arme hängen und schüttelte den Kopf. Er war offensichtlich schlafgewandelt, getrieben von den Bildern, die er im Traum gesehen hatte. Er sah an der Vorderseite des Hauses hoch, wo noch einige wenige Fenster schwach erleuchtet waren. Dort, wo sich das Zimmer befand, das Herder bewohnte, herrschte Dunkelheit. Dieser war scheinbar noch nicht wieder von seinen amourösen Eskapaden heimgekehrt, sonst hätte er Lewis' somnambule Wanderung sicher bemerkt und ihn geweckt, oder er wäre ihm zumindest gefolgt.

Lewis schlang die Arme um den Körper. Er fror schrecklich, der Atem stand ihm in dichten Wolken vor dem Mund. Endlich fiel die Verwirrung über seinen Zustand von ihm ab, und er wandte sich dem Eingang des Hauses zu, der einige Schritte entfernt war. Da bemerkte er aus dem Augenwinkel eine Bewegung, und er drehte sich um.

Ein Mann kam auf ihn zu, die Arme wie zum Gruß ausgebreitet. Im schwachen Licht der Gasse konnte Lewis nicht recht erkennen, wer der Mann war, doch etwas an diesem schien ihm vertraut.

Er lächelte kläglich, mit vor Kälte zitternden Lippen. „Wilhelm! Endlich kehrst du heim! Du wirst kaum glauben, was mir widerfahren ist, schau nur ..."

Lewis stutzte. Der Mann kam näher, ohne auch nur ein Anzeichen, seine Worte gehört zu haben. Jetzt erkannte Lewis, dass jener in ein weites, weißes Gewand gehüllt war, das einem Leichenhemd glich. Wo der Stoff die Brust des Mannes bedeckte, war ein fremdartiges Symbol gemalt, mit einer Farbe, die den Ton getrockneten Blutes hatte. Die ausgebreiteten Arme des sich träumerisch nähernden Fremden schienen nun nicht mehr zu grüßen, sondern wirkten wie eine Drohgebärde. Jetzt richteten sie sich gar auf Lewis, die Hände griffen nach ihm.

Dann erkannte Lewis den Mann. Es war Gottwerth Heinrich Löber, den er für tot gehalten hatte! Doch hier, in dieser dunklen, nächtlichen Gasse, kam er geradewegs auf ihn zu.

Als das matte Licht sein Antlitz erhellte, erstarrte Lewis vor Schrecken. Denn was ihn hier mit getrübten, weißlichen Augen anblickte, war das Antlitz eines Toten, und doch streckte dieser seine zu Krallen gebogenen Finger nach Lewis' Hals aus und schloss sie mit eiserner Gewalt.

Lewis spürte die grabeskalten Finger an seiner Kehle und ächzte. Schwach hob er die Hände, legte sie um die Gelenke Löbers, aber er vermochte nicht, den tödlichen Griff zu brechen. Dicht vor sich sah er das leichenweiße Antlitz Löbers, auf dessen Wange die rote Narbe glühte, wie im Alptraum zuvor, der nun grauenvolle Wirklichkeit zu werden schien.

Die Finger verstärkten ihren Druck, und vor Lewis' Augen begannen sich feurige Räder zu drehen, Sterne explodierten in glühenden Funkenkaskaden. Aus diesem Lichtersturm formte sich der einzige Gedanke, zu dem Lewis noch fähig war: Wie war dies möglich? Doch die Antwort, sollte Lewis sie überhaupt noch ersinnen können, ging in der Not unter, in der sein Geist und sein Körper nach Luft schrien.

Die harten Klauen Löbers krallten sich in Lewis' Kehle, schnürten sie unbarmherzig zu. Die toten Augen regten sich nicht, starrten nur auf ihr Opfer, wie auch der blasse Mund ohne jegliche Regung blieb. Lewis sah, wie sein Gesichtsfeld sich einengte, wie völlige Finsternis von den Rändern herankroch, sich wie ein schwarzsamtener Vorhang von allen Seiten schloss, bis das wenige, was er trübe wahrnehmen konnte, das monströse Gesicht von Löbers Leichnam war.

Das war das Ende, erkannte er, und er fügte sich. Ehe sich die völlige Nacht über ihn senkte, glaubte er, aus weiter Ferne eine bekannte Stimme zu vernehmen, die aufschrie. Dann spürte er, wie der qualvolle Druck auf seinen Hals nachließ, und er wusste, dass ihn der mordende Löber aus seinem Griff entlassen hatte, da nun alles Leben aus ihm gewichen war.

Lewis sank langsam in sich zusammen, fühlte, wie sein Körper zerdrückt wurde, um die Seele aus ihm zu entlassen – und dann war da nichts mehr.

Lewis glaubte, ein Licht zu sehen. Ein mattes Licht füllte seinen Gesichtskreis aus, und in seinem Glanz bewegten sich undeutliche Gestalten um ihn her. Flüsternde Stimmen waren zu hören, und ihr Klang war milde und weich. Lewis spürte keinen Schmerz, der schreckliche Druck auf seine Kehle war gewichen, sein Körper schien ihm weich gebettet und schwerelos. Ein gütiges, möglicherweise vertrautes Antlitz näherte sich ihm, sprach freundliche Worte, und dann netzte ein labender Trank seine Lippen. Sein Hals schmerzte.

Lewis, der sich noch immer matt fragte, warum er noch einen Körper besaß, den er spüren konnte, schluckte und fühlte, wie ihn ein frischer Hauch erfüllte. Die seltsame Empfindung verging, als sich wieder sanfte Dunkelheit um ihn schloss.

Nach einer Weile, deren Dauer Lewis nicht zu bestimmen wusste, war wieder das Licht vor ihm. Die Eindrücke waren die gleichen wie zuvor, nur erschien ihm diesmal ein anderes Gesicht, das ihm ebenso vage bekannt vorkam wie jenes zuvor. Eine Stimme perlte sachte, doch Lewis konnte den Sinn der Worte nicht erfassen. Wieder trank er etwas oder vielmehr schien er etwas zu trinken, denn wie sollte ihm dies ohne einen körperlichen Leib möglich sein? Dann schlief er wieder ein, so es denn Schlaf war und nicht einfach das Ruhen seines ätherischen Ichs im Nichts.

Die Zeit, die ihm nichts bedeutete, verrann, was er daran zu erkennen meinte, dass in den kurz verweilenden Augenblicken, in denen er etwas wahrnahm, mal Helle, mal Düsternis herrschte. Irgendwann, nachdem ihn bislang nur Engel umschwebt hatten – denn wo anders konnte er sich befinden als im Himmel? –, erschien über ihm eine mächtige Gestalt, die mit gebieterischer und doch höflicher Stimme sprach. Wer anders konnte es sein als Gott selbst, der da befahl, ihn von diesem Ort zu bringen und in elysische Gefilde zu verschaffen? Lewis zeigte sich ob der Ehre erfreut, und ehe er noch spürte, wie er hinweggehoben wurde, fragte er sich, warum der Gottvater gar keinen wallenden weißen Bart trug und überhaupt irgendwie dem Geheimrat Goethe ähnelte …

Als Lewis das nächste Mal erwachte oder zu erwachen glaubte, spürte er eine seltsame Vertrautheit mit dem Ort, an dem er sich befand. Hier war es nicht ganz so hell, es waren nicht mehr die vielen Stimmen zu hören, und der Geruch schien anders. Lewis bemerkte mit Verwunderung, dass er riechen konnte. Aber vielleicht war dies auch im Himmel nötig, um die süßen Rosendüfte der Psalmen, den Honiggeruch des Manna und das Odeur der weißen Lilien wahrnehmen zu können, die ...

Lewis war erstaunt, zu welchen Gedanken und Erinnerungen er fähig war, doch bevor er dies näher erörtern konnte, sank er wieder ins Vergessen.

Die, die über ihn wachten, waren andere als zuvor, bemerkte er, als er wieder einmal seine Sinne erlangte. Sie waren immer noch verschleiert, und er war sich auch nicht sicher, ob es überhaupt menschliche, körperliche Sinne waren, die ihm Eindrücke vermittelten. Dennoch wurde er gewahr, dass ein weiblicher Engel sich um ihn sorgte, dessen Haar golden schimmerte, dessen Augen blau leuchteten und dessen Lippen und Wangen sich rötlich von dem elfenbeinfarbenen Antlitz abzeichneten. Lewis glaubte, sich in leisem Entzücken selbst seufzen zu hören, doch war dies undenkbar, da er wusste, dass im Himmel fromme, stille Genügsamkeit herrschte.

Dann und wann flatterte ein kleiner, feister Cherub um den Engel und um ihn selbst und seine wolkenweiche Lagerstatt, und in schöner Regelmäßigkeit trat ein Mann mit haushofmeisterlichem Gebaren hinzu, der kein anderer als der heilige Petrus sein konnte, dessen Gesicht aber seltsamerweise ebenfalls kein Bart zierte. Es schien, als seien die biblischen und altväterlichen Zeiten im Himmel vorüber, und die Herren schabten sich die Gesichter.

Dem schien in der Tat so zu sein, denn Lewis spürte dann und wann, wie es an seinem ätherischen Kinn schäumte und kratzte und wie jemand es daraufhin warm und feucht umhüllte. Seltsam, dachte er. Überhaupt schien alles um ihn herum bei jedem Erwachen irdischer zu werden: Er vermeinte, bekannte Nahrung zu schmecken, vertraute Dinge zu sehen und zu hören. Doch immer wieder fiel er zurück in dunkles Nichts.

Irgendwann vernahm er Glockenschall und fromme Gesänge, die feierlich umherschwebten und lange Zeit währten. Jetzt war Lewis sicher, dass er dort war, wo er sich zu währen glaubte, und er ließ los und lauschte und achtete auf nichts mehr. Vor seinen Augen tanzten Bilder von furchtbaren Geschehnissen, die auf ihn eindrangen, aber von denen er spürte, dass es ein letztes, endgültiges Mal war. Er sah den untoten Löber, der ihn würgte. Er sah Löber, wie er die bluttriefende Klinge in Herders Leib tauchte. Er sah sich in ein schwarzes Loch bodenloser Tiefe fallen. Er sah sich eingeschlossen in Gestein und umspült von strudelnden Wassern. Er sah sich von Flammenmeeren umgeben.

Lewis warf sich hin und her. Der Himmel war vergangen, nun war er in die Hölle niedergestürzt, wo er wegen seiner blasphemischen Schriften auf Ewigkeit Qualen leiden musste, und sein Wächter war nicht der gehörnte, bocksbeinige Teufel, sondern – viel grausamer, wie es schien – dessen uralte Großmutter, die greinend dasaß, von geisterhaft grünem Licht umspielt. Gebeugt war sie über allerlei Blätter, die sich auf einem Tisch häuften, und sie hatte den Kopf in die Hand gestützt und seufzte.

Lewis ächzte entsetzt auf, und die Alte wandte ihm ihr gefurchtes, graues Gesicht zu, die Augen leuchteten auf wie die einer Katze. Da wusste Lewis, dass er die Ewigkeit unter diesen schrecklichen Augen verbringen musste, unter den Augen der jammernden Greisin, des Gespenstes, das das Haus der Witwe Recknagel heimsuchte.

Lewis schrie auf, und mit einem Mal brach die Wirklichkeit über ihn herein wie ein Felssturz aus Farben und Tönen und Gerüchen, alles gemeinsam in einer Kakophonie der Sinne, die in ihn hineinfegte und alle Mattigkeit von ihm nahm. Er saß aufrecht im Bett, in seiner Stube, im Haus der Böttigers.

Eleonore sprang vom Sekretär auf, an dem sie lesend gesessen hatte, und schlug die Hände vor den Mund, die Augen leuchteten erst in Schrecken, dann vor Freude auf.

„Karl!“, rief sie laut. „Karl, komm schnell! Herr Lewis ist wach!“

Dann stürzte sie auf Lewis zu und umarmte ihn herzlich.

Es war, wie Lewis erfuhr, der zweite Weihnachtstag, an dem er aus seiner langen Bewusstlosigkeit erwacht war. Was er in den wenigen Momenten, in denen er aus diesem Schlaf aufgetaucht war, wahrgenommen hatte, waren Fetzen der Geschehnisse in den vergangenen Wochen gewesen. Eleonore und Karl Böttiger hatten den ohnmächtigen Lewis gepflegt, nachdem er schon einige Zeit in einem Spital in Jena verbracht hatte. Dort waren Herder und Hardenberg nicht von seiner Seite gewichen, hatten sich beim Wachen an des Freundes Bett abgewechselt. Mitte Dezember war Goethe von der Kampagne in Frankreich nach Weimar zurückgekehrt, hatte durch Krafft – welchen Herder informiert hatte – erfahren, wie es um Lewis stand und war sogleich nach Jena gefahren. Dort hatte er verfügt, dass Lewis nach Weimar gebracht werden sollte, in die Obhut der Böttigers.

Diese wussten nichts Näheres von den Umständen, die Lewis in diesen Zustand versetzt hatten, es hieß, er sei übel gestürzt und mit dem Kopf aufgeschlagen. Er selbst, der langsam wieder zu Kräften kam, zweifelte an seiner eigenen Erinnerung, die er an jene Nacht hatte. Er musste einen doppelten Alptraum gehabt haben, insofern, dass er von einem in den nächsten hinübergeglitten war, obgleich ihm schien, er sei erwacht. Hierbei musste er wohl die Stube, das Haus in Jena verlassen haben, war dann auf der schneeglatten Straße ausgeglitten und hatte sich den Kopf verletzt. Alles, woran er sich mit dem vagen Gefühl des tatsächlich Erlebten erinnerte – der geisterhafte, zu schauerlichem Leben jenseits des Grabes wiedererweckte Löber und dessen Angriff auf Lewis –, musste ein Traum gewesen sein. Nein, schalt sich Lewis: Es konnte nur ein Traum gewesen sein, denn jenseits des Grabes gab es nichts, und selbst der teuflische Löber konnte dem Tod nicht entfliehen. Doch was, wenn Löber wirklich nicht tot war? Lewis sank in diesen Stunden mehrmals mit jenen Gedanken in die Kissen zurück und schlief unruhig, aber mit heilsamer Wirkung.

Kurz nach Weihnachten besuchte ihn Herder. Lewis konnte bereits wieder das Bett verlassen und herumgehen, fühlte sich aber noch schwach.

„Matthew!“, rief Herder und kam mit ausgebreiteten Armen die Treppe hinauf. Unten vor der Tür stand Eleonore Böttiger, die ihn eingelassen hatte und zufrieden lächelte. Lewis’ Herz schlug fröhlich beim Anblick des Freundes, und doch versetzte ihm etwas einen bangen Stich: Mit dieser Geste war ihm im Traum der mörderische Löber entgegengetreten und hatte dann ...

„Wie gut, dich wieder wohlauf zu sehen!“, sagte Herder und umarmte Lewis.

Der zuckte zusammen.

Herder schaute besorgt. „Oh, verzeih! Ich muss vorsichtiger mit dir umspringen, du bist noch sehr entkräftet!“ Er schob Lewis in Richtung Bett und drückte ihn darauf. Dann griff er sich selbst einen Stuhl.

„Liebe Grüße von Friedrich soll ich dir bestellen und von Herrn Krafft die besten Wünsche und ... ach, ich bin so froh, dich wiederzusehen.“ Er beugte sich vor und sprach leiser. „Frau Böttiger scheint ja eine nette und gute Person zu sein, aber sie hatte es mir und jedem anderen strikt untersagt, dich zu besuchen, kaum dass sie dich hier in diesen Wänden hatte."

Lewis nickte, denn das konnte er sich nur allzu gut ausmalen.

Herder griff in seine Rocktasche und zog ein Schreiben heraus. „Hier, dies soll ich dir von Herrn Goethe überreichen. Selbst er durfte nicht an dich heran, was ihm jedoch nicht viel ausmachte. Er sagte, er habe sehr viel zu tun nach seiner Wiederkehr aus Frankreich, und das, was er dich wissen lassen will, könne er auch brieflich mitteilen."

Lewis ergriff das Schreiben und legte es neben sich. Er würde es später lesen.

Herder redete weiter, war in seinem Überschwang kaum zu bremsen. „Herr Goethe hat aber gesagt, ich solle dir ausrichten, dass du zum Jahreswechsel in sein Haus eingeladen seiest. Er hätte dir schon im Sommer eine Plauderstündchen versprochen, hieß es, und es schien ihm angemessen, dieses Versprechen zu halten, sobald du wieder bei Kräften seiest."

Lewis zog ein Gesicht, ihm war der Gedanke an eine Feierlichkeit nicht sonderlich angenehm.

Herder reagierte darauf mit gespielter Empörung. „Matthew! Bitte! Das kannst du dem Geheimrat nicht abschlagen. Zumal er es als Wiedergutmachung für all die Fährnisse sieht, in die du geraten bist ..."

Lewis wollte etwas anmerken, doch Herder redete bereits weiter. „Außerdem bin ich auch eingeladen, und Friedrich kann auch anwesend sein, wenn er mag!" Er nickte begeistert. „Sag doch zu ..."

Lewis war von dieser Begeisterung reichlich überwältigt, und so bejahte er, einigermaßen abwesend. Irgendetwas wollte er doch noch ...

Herder lächelte breit. „Schön! Dann sehen wir uns dort. Ich komme dich dann am Silvesterabend abholen. Doch jetzt muss ich fort, nach Jena, einiges erledigen." Er beugte sich wieder vor und senkte die Stimme. „Zudem hat mir Frau Böttiger nur eine kurze Zeitspanne zugestanden, in der ich dich vom Gesundwerden abhalten darf."

Herder stand auf und legte Lewis zum Abschied die Hand auf die Schulter. Lewis runzelte die Stirn. Die Übereiltheit Herders schien ihm seltsam, als wolle dieser einem Gespräch ausweichen. Er griff nach dessen Handgelenk und hielt es so fest wie möglich. Herder hob überrascht die Brauen.

„Wilhelm", begann Lewis, ohne Herder anzusehen, „was ist in jener Nacht geschehen?"

Herder biss sich kurz auf die Unterlippe und sagte dann wie beiläufig: „Du hast es doch erfahren. Du träumtest schlecht, wandeltest im Schlaf und stürztest, auf den Kopf."

Lewis drückte fester auf Herders Handgelenk. Nun fiel ihm etwas ein. „Warum hatte ich dann diese Schmerzen am Hals? Als sei ich dem Henkersstrick mit Mühe entronnen? Wo ich doch träumte, man würge mich? Wie fügt sich das zusammen?"

„Ich muss fort und kann nicht ...", beschwor ihn Herder.

„Was kannst du nicht? Mir die Wahrheit sagen?"

Jetzt riss Lewis mit ungeahnter Kraft an Herders Handgelenk, bis dessen Gesicht auf einer Höhe mit dem seinen war.

Er sah Herder ernst an. „Was hat sich wirklich zugetragen? Gib es zu: Es war tatsächlich Löber, der noch lebte und der mich nochmals zu morden versuchte."

Herder wand sich aus dem Griff, mit dem Lewis sein Handgelenk umfasst hatte, und trat einen Schritt zurück. In seinem Antlitz zuckte es. Dann setzte er sich wieder, wagte es kaum, Lewis anzusehen.

„Nein, Matthew, es ...", begann Herder und überlegte dann. Schließlich atmete er tief durch. Er sah zu Lewis hinüber, mit so gefestigten Gesichtszügen, wie es ihm nur irgend gelang.

„Ich will ehrlich sein. Es ist nicht recht, dass wir es vor dir geheim halten, denn du musst gewarnt sein, selbst wenn keine Gefahr mehr von ihm droht."

Lewis schluckte. „Es war Löber, und ihr konntet ihn unschädlich machen."

„Ich wünschte, es wäre so einfach." Herder rieb sich die Stirn, auf der sich leichter Schweiß gebildet hatte. „Ja, es war Löber, den wir für tot gehalten hatten. Zu Recht, muss man sagen, denn ..."

„Du hattest ihn doch mit deinem Schuss niedergestreckt, und er war in den Keller gestürzt und ..." Dann glaubte er zu begreifen. „Löber war noch am Leben und konnte fliehen!" Lewis rang die Hände, jetzt wo ihm die trügerische Sicherheit gewahr wurde, in der er in jenen Wochen gelebt hatte.

Aber Herder schüttelte den Kopf. „In jenem Keller hat man Löber auch gefunden. Krafft teilte es mir mit. Die Männer, die Voigt in jener Nacht zum Bereinigen der Szenerie dorthin geschickt hatte, bargen den Körper und schafften ihn fort. Es soll noch schwaches Leben in ihm gewesen sein. Aber es hieß, er starb, und dann verliert sich die Spur."

Lewis schaute konsterniert. „Wie das?"

„Es scheint, als habe einer der Männer Voigts den Körper verschwinden lassen und sei danach selbst untergetaucht. Ein Verräter möglicherweise. Man hörte nichts mehr von Löber, bis er mit einem Mal wie aus dem Grabe entstiegen vor dem Haus erschien und dich angriff."

„Also doch ...", murmelte Lewis. „Es war kein Traum ..."

„Ein Alptraum, ein fleischgewordener." Herder sah Lewis kummervoll an. „Es ist schrecklich, Matthew, aber wenigstens kannst du sicher sein, nicht unter Hirngespinsten zu leiden."

Lewis lachte bitter auf. „Wie trostreich! Mir wäre jede Ausgeburt meines kranken Geistes lieber als ein Mann, dessen

Bedürfnis, mich zu töten, so groß ist, dass er sich noch in den letzten Zügen zu mir schleppt und mich angreift." Er krampfte die Finger ineinander. Dann ruckte sein Kopf hoch. „Aber wie konnte es geschehen, dass er sein blutgieriges Werk nicht zu Ende brachte? Dass ich hier sitze und lebe?"

Herder lächelte kurz verlegen, dann blickte er wieder ernst. „Ich kam gerade nach Hause, sah dich auf der Straße mit einer Person in tödlichem Kampf verstrickt und eilte hinzu, um dir zu helfen."

„Aber Löber schien übermenschliche Stärke zu haben! Ist dir nichts geschehen?"

Herder blickte nachdenklich, Lewis glaubte, auch ein wenig Verwunderung in seinen Zügen zu erkennen.

„Das ist das Bizarre", sagte Herder. „Noch ehe ich ihn hätte ergreifen können, brach er zusammen und riss dich mit zu Boden. Ich zerrte ihn von dir fort, sah im gleichen Atemzug, dass es sich um Löber handelte und erschrak. Ich war auf einen Angriff gefasst, hielt seine Reglosigkeit für eine Finte, doch dann begriff ich, dass er tot war."

Lewis riss die Augen auf. „Tot? Aber wie?" Er stutzte. „Oh, gewiss, er muss sich irgendwo versteckt gehalten haben, auf einen unbedachten Moment von mir wartend, und dann, als er mich angriff, verbrauchte er die letzten Kräfte seines geschwächten Körpers und starb – an den Wunden, die er Tage zuvor erhalten hatte."

Herder schüttelte den Kopf. Er war blass, und Furcht sprach aus seinen Augen. „Nein. Als ich erkannte, dass von ihm keine Gefahr ausging, stieß ich ihn an, und er war kalt und leblos, als sei er schon lange Zeit tot. Alle Anzeichen wiesen darauf hin, und ich als angehender Arzt sollte es wissen."

„Aber was bedeutet dies alles?", fragte Lewis bang, der jedoch schon Übles ahnte. Er erinnerte sich seines Alptraums von den erweckten Toten.

Herder fuhr sich hilflos mit der Hand durchs Gesicht. „Es bedeutet, dass wir es mit Kräften zu tun haben, die unsere Vorstellungskraft übersteigen und dass es für uns ratsam wäre, diese nicht herauszufordern."

Dreizehntes Kapitel

In welchem sich
Abgründe auftun

Der einst dichte, schimmernd weiße Schnee, der sich in den Straßen Weimars getürmt hatte, war nun niedergetreten, beiseite gedrängt und hatte sich mit Staub und Dreck zu einer schmutzigen Masse verbunden. Er schien Lewis wie ein Spiegel der Ereignisse und Zustände in Weimar, denn was er hier sah, konnte nicht verschiedener sein von dem beschaulichen Musenstädtchen, das er in den vergangenen Monaten erlebt hatte.

Es hatte sich schon angekündigt, als sie mit der Kutsche um die erste Kurve gefahren waren. Ein dumpfer Schlag gegen die Wandung hatte ihn, Herder und Hardenberg aus ihren überschwänglichen Begrüßungen, Wohlaufseinsbekundungen und der Wiedersehensfreude aufgeschreckt, die sie ausgetauscht hatten. Am frühen Abend waren die beiden anderen in Jena aufgebrochen, um Lewis im Haus der Böttigers abzuholen, um dann gemeinsam der Einladung Goethes nachzukommen, den Silvesterabend und Jahreswechsel in dessen Haus am Frauenplan zu verbringen. Goethe hatte in seinem Schreiben stolz verlauten lassen, dass die Umbauten und Einrichtungsarbeiten in seinem neuen Domizil nun zur Zufriedenheit abgeschlossen seien und er sich keinen schöneren Ort vorstellen könne, um wieder mit Lewis zusammenzutreffen. Lewis hatte diesen Vorschlag nach gutem Zureden der Böttigers angenommen, zudem war der freundlich-drängende Ton in Goethes Schreiben unmissverständlich gewesen. Lewis sah ein, dass er nicht länger grübelnd im Bett liegen konnte, und vielleicht ergab sich im Gespräch mit Goethe auch die eine oder andere Erklärung für das eine oder andere Rätsel.

Er hatte daraufhin gemeinsam mit Herder versucht, Hardenberg dafür zu begeistern. Der war zunächst – ungewöhnlicherweise – etwas zögerlich gewesen. Er stünde doch erst am Beginn seiner dichterischen Laufbahn und scheue sich von daher, dem großen Geheimrat gegenüberzutreten, der vielleicht wenig gnädig sein mochte ...

Lewis schaffte es schließlich doch noch, Hardenberg zu überzeugen. Dessen Vater hatte, wie Lewis in den langen Gesprächen, die die drei jungen Männer geführt hatten, bekannt geworden war, die Position des Direktors der kursächsischen Salinen inne, und Hardenberg spielte mit dem Gedanken, sich nach seinem Studium in Leipzig an der Bergakademie im sächsischen Freiberg einzuschreiben. Um diese Hinneigung zum Bergmännischen zu unterstützen – vor allem, weil sie Lewis wesentlich vernünftiger schien als die kurz währende Anwandlung Hardenbergs, dem Militär beizutreten –, wies er darauf hin, dass Goethe der Leiter der Bergbaukommission zu Weimar sei. Man könne also mühelos auch auf anderem Gebiet als dem der Dichtkunst Gespräche führen. Zumal Goethe zurzeit allem Poetischen sowieso abgeneigt schien. Seine Heimkehr vom Feldzug in Frankreich nach Weimar lag erst zwei Wochen zurück, und gewiss hatten die dortigen Erlebnisse ihr Übriges getan, dass der Geheimrat den Sinn des Daseins nur auf dem harten Boden der Realität zu finden glaubte.

In einem vertraulichen Brief hatte Goethe Lewis mitgeteilt, es stünde in Weimar nicht zum Besten: Im Geheimen Konsilium sei man besorgt über all die unruhigen Köpfe, die, von der Pest der Revolution vergiftet, aufbegehrten und Zwietracht säten. Es würden feurige Reden auf den Plätzen gehalten, sogar Drohbriefe würden verfasst, und die Bevölkerung stimme den Rädelsführern zu, aufgestachelt und unzufrieden wegen der Getreideteuerung und der Branntweinsteuer.

Goethe gestand, dass er zunächst gewillt gewesen war, mit harter Regierungsmacht einzuschreiten, doch Regierungsrat Voigt habe ihn von diesem Entschluss abgebracht. Der sei der Ansicht gewesen, man möge das Volk ruhig schreien und toben lassen – dadurch glaube es, wahre Freiheit zu genießen.

Auch müsse er Lewis über etwas Weiteres unterrichten, damit dieser es nicht aus anderem Munde und vielleicht mit Angabe falscher Gründe erführe: Es sei nötig gewesen, den Generalsuperintendenten Herder mittels einer Summe Geldes mundtot zu machen. Durch die Zahlung eines hohen Betrages aus der herzoglichen Kasse als außerordentliches Surrogat, im Ganzen die Summe von zweihundertfünfzig Reichstalern, was dem Jahresgehalt eines Jenenser Professors entspräche, war ihm nahegelegt worden, sich daran zu erinnern, wer als sein wahrer Brotherr fungiere und weswegen er seine revolutionären Schriften abzumildern hätte, um weiteren Aufruhr in den Köpfen und somit Aufbegehren gegen die Obrigkeit zu vermeiden.

Lewis solle dies erfahren, da er mit dem jungen Herder verkehre und somit besser um die Hintergründe wisse, falls es zu einem möglicherweise erregten und die Tatsachen verkehrenden Gespräch käme.

All dies – weit irdischerer Natur als das Geheimnis des wiederauferstandenen Löber, jedoch nicht minder beunruhigend – war auf Lewis eingestürzt, nachdem er wieder aus seinem langen ohnmachtsähnlichen Zustand erwacht war. Es war ihm gar nicht wohl bei dem Gedanken, dass es in den

Gassen zu Tumulten und Aufläufen rund um wilde Redner käme, während er und die beiden anderen jungen Herren sich anschickten, den Jahreswechsel mit dem Geheimrat Goethe zu feiern. Aber andererseits schien es unnötig zu sein, sich ernsthaft den Kopf zu zerbrechen. Schließlich war das Weihnachtsfest beschaulich und besinnlich vorübergegangen, wie er hatte erfahren können. Goethe hatte recht behalten, als er sagte, dass sich selbst der aufbrausendste und von Freiheitsgedanken versprudelte Kopf am Heiligen Abend auf die wahren Werte besinnen würde. Er hatte zudem Lewis zugesichert, ihm eine Nachricht zu senden, sollte es zu unsicher auf den Weimarer Straßen werden und es demzufolge besser wäre, wenn ein jeder in seinen vier Wänden bliebe. Eine Feierlichkeit ließe sich auch ohne zwingendes Datum nachholen.

So aber rumpelte die Kutsche mit den drei jungen Herren am Silvesterabend durch Weimar – mitten ins brodelnde Unheil. Der dumpfe Schlag gegen die Außenwand der Kutsche rührte von einem Dreschflegel her, geschwungen von ungestümer Bauernhand. Der Wagen hielt an, man hörte den Kutscher auf dem Bock fluchen und seine Stimme dann rasch im Getön der Antworten untergehen.

„Nieder! Nieder mit der Willkürherrschaft! Hoch die Freiheit!", brüllte es von draußen mit sich überschlagenden Stimmen, die ohne Zweifel vom Branntweingenuss herrührten.

Wilhelm Herder zuckte mit dem Kopf zurück und ließ den Vorhang des Kutschenfensters wieder herunterfallen. Er wandte sich mit lauter Stimme, mit der er nur schwer den Lärm, der von draußen kam, übertönen konnte, an Lewis: „Sagtest du nicht, der Herr Geheimrat hätte geschrieben, dass manchen Menschen in Weimar der Verstand stillstünde?"

Lewis nickte nach einem Atemzug, in dem er überlegte, ob er Herder auch richtig verstanden hatte, denn das Schreien und

Tönen der Menschenmenge war ohrenbetäubend. „Ja. Aber es hieß auch, die Lage hätte sich seit Weihnachten verändert."

Herder nickte bitter und bedeutete Lewis, selbst nach draußen zu sehen. „Es scheint, als hätte sich bei manchen der Verstand gänzlich aus dem Staub gemacht ..."

Lewis schob den Stoff des Vorhangs beiseite und blickte in die von Fackeln und Laternen wabernd beleuchtete Nacht.

Was er da sah, hätte er sich in seinen düstersten Alpträumen nicht ausmalen können. Es schoss ihm mit einem Mal das Erlebnis durch den Kopf, welches er am Tage seiner Ankunft in Weimar, damals, vor vielen Wochen, gehabt hatte. Er dachte an die Kuh, die er in seinem von Hitze und Schläfrigkeit trunkenen Zustand für den Satan selbst gehalten hatte. Nun jedoch bedurfte es keiner verwirrten Sinne, dieses Spektakel für den Tanz aller Teufel und Dämonen der Vorhölle und des Fegefeuers zu halten. Lewis schaute und schauderte.

Zunächst sah er nur aufgerissene Münder und wutverzerrte Gesichter, vor Wahnsinn leuchtende Augen und zu Krallen gebogene Hände, die sich dicht an dicht und eng an der Kutsche vorbeischoben. Die aufgeregten Schreie und Rufe waren nicht nur hörbar, sie drangen wie Druckwellen auf Lewis' Körper ein und erschütterten Organe und Knochen. Das Gewirr der erhobenen Arme, der flatternden Haare und der darüberwehenden Fetzen von Stoff, die Stangen mit den Kokarden und Freiheitshüten, die sich aus den Massen erhoben, all das verwirrte und betäubte den Blick. Nur mit Mühe vermochte Lewis, sich ein Bild der Lage zu verschaffen, aber es schien, als sei halb Weimar auf den Straßen und – verrückt. Die Menschen schrien wüste Drohungen gegen Regierung und Obrigkeit, Tod und Pest wünschte man den Herrschenden und deren Handlangern an den Hals. Forderungen nach geringeren Steuern und Abgaben, nach niedrigeren Preisen und nach Lösung aus der Fron wurden stets durch eine Stimme laut, dann von anderen aufgegriffen, weitergerufen, durch die Gassen getragen, bis sie in der Ferne verhallten und neue erklangen, und bald bebten die Fassaden, als es von den Häuserwänden wie in babylonischer Sprachverwirrung durcheinanderhallte.

Immer wieder klang der Ruf nach Freiheit auf. Freiheit von diesem, von jenem, Freiheit für diese und für jene. Freiheit, Freiheit, Freiheit.

Lewis schwirrte der Kopf. Er sah kurz ins Wageninnere. Hardenberg hatte aus dem anderen Fenster gesehen und mit einem Mal einen Stoß bedruckter Flugblätter im Gesicht gehabt. Er spuckte und schlug mit den Händen, und die Papierzettel stoben wie Herbstlaub durch den Wagenschlag, während draußen der Mann mit seinem großen Weidenkorb weiterging und schreiend und mit vollen Händen seine Pamphlete unters Volk streute wie ein Sämann, der das Korn auf die fruchtbare, gierende Scholle wirft.

Hardenberg griff eines der bedruckten Blätter und strich es glatt. „Drohzettel", meinte er erzürnt. „Gegen Bürgermeister Häublein. Grauenvolle Dinge werden angekündigt."

Herder nahm einen anderen Zettel. „Das scheint aus einer französischen Zeitung zu stammen." Er überflog die Zeilen. „Ja. Ich habe Ähnliches im Hause meines Vaters gesehen." Beunruhigt warf er einen Blick nach draußen, auf das rasende Volk. „Ich hoffe, er ist nicht auch dort draußen."

Lewis legte die Stirn in Falten. „Ganz gewiss nicht, Wilhelm. Dafür dürfte er gute Gründe haben ..."

Noch ehe Herder nachfragen konnte, warum Lewis sich dessen so sicher sein könne, rief Hardenberg dazwischen. „Mein Gott, seht!" Er zeigte aus dem Fenster.

Draußen wirbelten Funkenwolken, flackerndes, blutgoldenes Licht strahlte durch die Nacht, und mit einem Mal schwebte ein brennender Mensch über die Köpfe der schreienden und brüllenden Massen hinweg. Fäuste reckten sich dem lodernden Körper entgegen, und Laute des Abscheus zischten und pfiffen ihm entgegen.

Lewis hatte sich vorgebeugt und krallte entsetzt seine Finger in Herders Schulter, der seinerseits mit offenem Mund und schreckgeweiteten Augen auf das grausige Spektakel blickte. Hardenberg schirmte die Brauen mit seiner Hand ab und schaute angestrengt, aber nicht minder furchtsam. Dann sog er heftig die Luft ein.

„Es ist nur eine Puppe!", rief er erleichtert. „Eine Strohpuppe!"

Tatsächlich erkannte nun auch Lewis, dass es ein menschenähnlicher Leib war, der aus Stroh gewunden war und mit Stangen hoch über die Köpfe der Menge getragen wurde. Die Puppe trug, durch den Flammenglast erkennbar, Rock, Hosen und einen langen Mantel, der wie der feurige Schweif eines Kometen hinter der Gestalt herwehte. Auf dem groben Haupt saß eine ebenso grob aus Blech geschnittene Krone.

„Dieses Bild dürfte eindeutig sein", meinte Herder.

„In der Tat", knurrte Hardenberg, „und gefährlich obendrein, jedoch nicht allein für die Obrigkeit, die es als drohendes Fanal sehen sollte. Seht!"

Die Funken und brennenden Strohhalme, die zusammen mit den Fetzen der verglimmenden Kleider auf die wütenden Menschen herabregneten, vollzogen ihre naturgegebene Bestimmung und setzen alles in Brand, womit sie in Berührung kamen. Schon brannten einige der geschwungenen Tücher und Fetzen, Kokarden und Bänder in den französischen Farben loderten, und Haare fingen Feuer. Schreiend sprangen Frauen und Männer hinfort, die Schöpfe von knisternden Flammen umweht, schreiend und um sich schlagend, doch niemand half. Die Umstehenden zeigten, deuteten und jubelten, als wollten sie den armen Geschundenen für dieses neuerliche Spektakel applaudieren.

Herder, Hardenberg und Lewis verfolgten das feurige Unheil mit Bestürzung.

„Sie sind alle im Wahn ... im Rausch. Vom Schwindel ergriffen", stotterte Lewis und fuhr sich mit der Hand übers schweißnasse Gesicht.

Da fuhr Herder mit entschlossener Miene auf. „Wir können nicht nur beobachten, wir müssen helfen!" Er griff nach der Tür, wurde aber von Hardenberg zurückgehalten.

Herder funkelte ihn an. „Lass mich, Friedrich! Ich bin bald Arzt, ich kann das nicht geschehen lassen."

„Ein toter zukünftiger Arzt bist du gleich!" Hardenberg wies ungestüm aus dem Fenster. „Sieh doch, wie willst du durch dieses Gewirr dringen, um zu jenen zu kommen, die Hilfe brauchen?" Er sah Herder bekümmert an. „Obwohl es mir scheint, als bräuchte ein jeder einzelne dort draußen Hilfe."

Hardenbergs Antlitz verlor den harten Ausdruck. „Du wirst wohl recht haben. Die armen Menschen, dem Wahnsinn anheimgefallen. Was kann man nur tun?"

Lewis hatte weiterhin nach draußen gesehen, und mit einem Mal hörten sie einen dumpfen Aufprall und einen Schrei. Ein Schatten fiel knapp außerhalb von Lewis' Sichtfeld in die tosende Menge, und sie trug ihn fort. Die Kutsche begann zu schwanken wie ein Schiff auf hoher See.

Angsterfüllt drehte Lewis sich zu den beiden anderen um. „Sie haben den Kutscher heruntergestürzt, zwei Männer sind auf den Bock geklettert!"

Noch ehe Herder und Hardenberg etwas erwidern konnten, wieherten die Pferde panisch auf, eine Peitsche knallte, und mit einem heftigen Ruck machte die Kutsche einen Satz nach vorn. Schreie erschallten, und in ihnen lagen Wut und Schmerz, aber auch Panik und Irrsinn. Gesichter und Flammen huschten an den Fenstern vorüber, als die rasende Fahrt begann und der Wagen wie eine Sichel durch das Feld der Menschen schnitt. Angstvolle Gestalten sprangen in höchster Not zur Seite, doch andere, wahnhaft mutige, krallten sich an der Kutsche fest und ließen sich von ihr davontragen.

Neben Hardenberg tauchte eine zerzauste Gestalt mit irren Augen im Fenster auf, langte mit klauenartigen Fingern nach ihm, doch bevor sich der Angegriffene von seinem Schock erholen, ja erwehren konnte, war der Mann bereits davongehuscht, verschwunden wie ein Alptraum in der Morgendämmerung. Lewis schob mit aufgeregten Bewegungen eine alte Frau zurück, deren Haar wie bleiche Nebelfetzen im Fahrtwind wehte und aus deren zahnlosem Maul Geräusche entstiegen, die aus den Tiefen des Hades zu stammen schienen. Mit einem markerschütternden Kreischen entschwand auch sie.

Mit großen Augen und klopfendem Herzen sah Lewis zu Herder hinüber, der sich festklammerte, um von der irrsinnigen Fahrt nicht durch den Innenraum geworfen zu werden. Er schien fieberhaft zu überlegen.

„Wir müssen hinaus“, schrie er über das Getöse der schreienden Menschen, donnernden Hufe und rasselnden Räder hinweg. „Wer weiß, wie diese Fahrt endet? Womöglich rasen wir alle in die Ilm und ertrinken jämmerlich!“

„Abspringen?“, schrie Hardenberg. „Du bist nicht bei Trost! Ganz wie das Volk dort draußen!“

Lewis sah aufgeregt von einem zum anderen. „Was, wenn wir versuchen, die Kutsche wieder in unsere Gewalt zu bekommen?“

„Auf den Bock klettern? Von hier aus?“ Hardenberg legte die Hand an die Stirn. „Matthew, du bist genauso verrückt wie Wilhelm, wie mir scheint!“

„Dann sag du, was zu tun ist!", schrie Herder über den Lärm hinweg. „Jeden Augenblick kann etwas geschehen! So, wie diese Irrsinnigen lenken, kann die Kutsche jeden Moment umstürzen!"

„Zu spät", rief Lewis noch, als er sah, wie die Flammen der Fackeln draußen mit einem Mal vom unteren Rande des Wagenfensters verschlungen wurden. Im selben Augenblick kippte der Boden zur Seite, und die drei jungen Männer flogen von ihren Sitzen. Mit entsetzlichem Krachen, Schreien und einem heftigen Ruck schleuderte der Wagen schräg in die Menschen am Rand der Gasse, scharrte mit den Rädern über das Pflaster und donnerte mit der oberen Kante gegen eine Hauswand. Schneematsch spritzte, Holzsplitter und Mörtelstücke flogen. Auf der Seite liegend kam die Kutsche zur Ruhe. Ein Pferd wieherte schrill durch die einige Herzschläge währende Stille, auch eine klagende Frau war zu hören, doch dann brandete das Durcheinander der Rufe und Gesänge wieder auf, und alle leisen Laute der Verzweiflung gingen darin unter.

Im Inneren des Wagens hielten sich Lewis und Hardenberg stöhnend die Köpfe, mit denen sie beim Sturz aneinandergeschlagen waren. Herder rieb sich die Schulter und bewegte den Arm in kreisenden Bewegungen. „Mir scheint, als sei uns genau das schon einmal widerfahren ..."

Lewis krächzte: „Immerhin sind dieses Mal keine schwarzen Reiter in der Nähe." Er blinzelte, da er glaubte, nicht richtig zu sehen, doch dann merkte er, dass sein unstetes Sichtfeld nur von dem zitternden Lichtschein herrührte, der in die Kutsche fiel.

Draußen strömte immer noch das Volk vorbei, ab und an traf ein Stockhieb geräuschvoll das Holz der Räder oder des Bodens, doch niemand schien sich um den halb umgestürzten Wagen zu kümmern. Plötzlich barst Holz, ein erneuter Ruck ging durch das Gefährt, und dann waren Wiehern und das Schlagen von Hufen zu hören, einige einzelne Rufe wurden laut.

Hardenberg horchte. „Ich denke, die Pferde haben sich von der gebrochenen Deichsel losgerissen. Immerhin scheinen sie heil."

„Im Gegensatz zu uns", ächzte Lewis. „Wir sollten aus diesem Kasten heraus, mir ist recht schwindelig."

Herder nahm die Hand von seiner Schulter. „Ich glaube, es wäre keine gute Idee, uns der wütenden Menge auszusetzen ..."

„Vielleicht, wenn wir uns daruntermischen und auch freiheitliche Parolen skandieren ...", begann Lewis unsicher, schüttelte dann aber selbst den Kopf, worauf er sich wieder hastig an die Schläfe griff.

Hardenberg hatte immer noch angestrengt gehorcht. Nun wandte er sich an die anderen. „Hört ihr, wie der Lärm abzuklingen beginnt? Es scheint, das Ende der Prozession nähert sich."

„Natürlich", bestätigte Herder. „Es konnte ja nicht ewig so weitergehen, selbst wenn ganz Weimar auf den Straßen wäre. Wir müssen nur warten, bis sich das närrische Volk an uns vorbeigewälzt hat, und dann können wir hinausklettern."

Lewis wollte gerade zustimmen, als Hardenberg aufschrie und ihn beiseite stieß. Durch das über ihnen liegende Kutschenfenster stürzte plötzlich Feuer auf sie herab. Polternd und funkenstiebend fiel eine Fackel ins Innere, von draußen klang noch das wahnsinnige Lachen des Mannes, der den Brand geschleudert hatte und nun entwich.

Herder, Hardenberg und Lewis drängten sich von den Flammen fort, die rasch auf den Vorhang des nun untenliegenden Fensters übergriffen und nach den dreien züngelten. Scharfer Rauch stieg auf, nahm ihnen Sicht und Atem, dann trieben

Feuer und Qualm sie hinaus, durch die Tür, die wie eine Dachluke klaffte und sie nun ins Freie entließ, auf die einsame Gasse hinaus.

Hardenberg sprang als erster aufs Pflaster hinunter und winkte dann den beiden anderen, als er sah, wie die letzten Mitglieder der wütenden Massen am Ende der Gasse verschwanden, ohne von ihnen Notiz zu nehmen. Dann standen die drei keuchend zwischen den Hauswänden, während grelle Flammen aus der Kutsche schlugen und der Schnee des Gassenrandes zischend verdampfte.

„Wo sind wir hier?“, fragte Hardenberg, der sich verwirrt umschaute.

Herder spähte die Gasse hinauf und hinab und nickte dann. „Nicht weit vom Frauenplan. Ich möchte bezweifeln, dass nun die Zeit für einen Umtrunk mit Herrn Goethe ist, aber dennoch halte ich es für das Beste, wenn wir uns dorthin begeben.“

Lewis nickte, während er wie gebannt auf das flackernde Wrack der Kutsche sah. „Wenn wir nur von den Straßen verschwinden. Wer weiß, wohin es den Pöbel als nächstes treibt, möglichenfalls direkt auf uns zu.“

Herder schlug den beiden auffordernd gegen die Arme. „Folgt mir, ich kenne den Weg!“ Dann lief er los, ohne noch einen Blick auf den brennenden Wagen zu werfen.

Lewis hingegen starrte mit Schaudern auf die Trümmer, die im unglücklichsten Fall ihr feuriges Grab hätten werden können.

Nach ein paar Ecken und dem Durchschreiten einiger Gassen hielt Herder an einer Ecke an und bedeutete den Folgenden, sich langsam zu nähern.

Vor ihnen lag ein kleiner Platz, auf dem, von Fackeln beleuchtet, eine rasende Menschenmenge wogte. Wieder wehten Stofffetzen, alte Kleider und Fahnen. Ein Mann stand auf einigen aufeinandergestapelten Kisten und brüllte flammende Worte über die Köpfe und gereckten Arme hinweg. Aus den wenigen Worten, die über das Rufen der Volksmassen hinweg zu Lewis, Herder und Hardenberg drangen, konnten diese sich allerdings keinen Reim machen.

„Dieser Mensch redet völlig wirr!“, meinte Lewis. „Oder klingt es nur für mich so? Schließlich bin ich kein Deutscher.“

Hardenberg schüttelte den Kopf. „Nein, das was er sagt, ist unsinnig. Als sei er dem Irrenhaus entsprungen.“

Herder drehte sich zu den beiden um, nachdem er den Hals gereckt hatte, um mehr zu sehen. „Der Mann, der da Unfug ruft, ist der Buchbinder Unruh, wie mir scheint. Ich weiß nicht, was in ihn gefahren ist, er war stets ein besonnener Mann.“ Er blickte wieder auf den Platz hinaus.

„Da!“, rief er, und Hardenberg und Lewis drängten sich neben ihn, um ebenfalls gute Sicht zu haben. „Jetzt steigt ein anderer Mann neben ihn auf das Podium. Es scheint Pläster zu sein, ein Sattler. Jetzt schreien sie einander an ... oh je!“

Die beiden Männer begannen, sich gegenseitig mit den Fingern in die Haare zu fahren, und rissen daran, dabei schrien sie unartikuliert, und die Zuschauer tobten.

Da fiel ein Schuss, und die Menge spritzte angsterfüllt auseinander. Auf dem freien Platz, der nun vor dem Podest entstanden war, ließ ein junger Mann die Hand mit der Pistole sinken und hob die zweite, die er in der anderen Hand hielt, hoch über den Kopf. Er war in Gelb und Blau gekleidet und schaute träumerisch.

Hardenberg schluckte. „Werthertracht. Mit schwant nichts Gutes, das kann nur eines bedeuten ...“

Tatsächlich, der junge Mann sah noch einmal in die Runde, senkte dann die Pistole in affektierter Geste an die Schläfe und drückte ab. Die Masse schrie auf und übertönte fast das Krachen der Pulverentladung. Der junge Mann fiel, von eigener Hand gerichtet, und die Menge schloss sich wieder um ihn wie ein Schwarm Aasvögel.

Lewis wurde blass. „Jetzt ist es soweit. Jetzt fängt das Morden an."

Herder atmete schwer. „Solange es nur das Selbstmorden ist ..." Er sah auf den tosenden Platz hinaus. „Wir sollten verschwinden, wer weiß, was nun geschehen mag."

Tatsächlich stürmte die Volksansammlung nun das Podium, auf dem sich der Buchbinder und der Sattler weiter gestritten hatten, und zerrten sie beide hinab, in das Gewirr aus Händen und Armen hinein. Am Rande der Menge drosch ein kräftiger Mann, der die Uniform eines Ratswachtmeisters trug, mit einem rostigen Säbel auf einen alten Pensionär ein, der sich mit seinem Stock zu wehren versuchte. Umstehende feuerten die ungleichen Kämpfenden an, die Namen Hartmann und Hüttenrauch waren zu hören und schreckliche Befehle und Vorschläge, was sie einander antun sollten. Auch an anderen Stellen im Getümmel flammten Schlägereien auf.

„Weg! Zum Frauenplan!", rief Hardenberg, und die drei liefen los, einen anderen Weg zu suchen, damit sie den Platz mit der irren Menge nicht überqueren mussten. Das Gejohle war entsetzlich, schrille Schreie klangen auf und hallten ihnen nach. Sie beschlossen, die Innenstadt und die Plätze weiträumig zu umgehen. Zwei, drei Straßen hetzten sie entlang, und der Lärm ebbte bis auf ein unterschwelliges Schwirren von Stimmen ab, dann standen sie mit einem Mal vor einer Frau, die in der einsamen Nebenstraße tanzte. Der Mondschein, der in die Gasse fiel, ließ ihr helles Kleid aufschimmern, und auch ihr loses Haar leuchtete wie nicht von dieser Welt. Sie drehte sich um sich selbst, die Arme ausgebreitet, und von ihrer Rechten hing ein kleiner geflochtener Korb, aus dem weißliche Papierfetzen regneten. Diese flatterten durch die Dunkelheit, bis sie im Schnee, der den Boden bedeckte, unkenntlich wurden.

Schon wollten die drei jungen Männer zurückweichen, als die Frau sie bemerkte und mit weiten, graziösen Schritten auf sie zuflog. Dass sie auf dem eisigen Grund nicht ausrutschte, schien wie ein Wunder. Sie drehte sich in die Mitte der drei und schaute jeden mit schiefgelegtem Kopf und weit aufgerissenen Augen an. Gespenstisch hauchte ihre Stimme aus dem bleichen Mund.

„Verstehen die Herren es, ein Rätsel zu lösen?"

Lewis stand wie erstarrt, Hardenberg griff wie im Reflex an sein Revers, wo sich unter dem Mantel seine blaue Blume verbarg, nur Herder schaute gefasst drein.

Die Frau griff, ohne ihren Blick von den Dreien abzuwenden, in ihren Korb und streute einige Zettel herum, als seien es Blütenblätter. „Ein jeder, der es vermag, der darf mit mir tanzen!"

Sie lachte, leise und hell, so dass Lewis zutiefst erschauerte. Dann drehte sie sich wieder und sprang fort, in die Richtung, aus der Lewis und die anderen gekommen waren. Sie verschwand im Dunkel, eine dünne Spur aus Papierfetzen auf ihrem Weg zurücklassend.

Hardenberg atmete auf. Herder sah der tanzenden Gestalt nach. „Ich glaube, das war die Gemahlin des Verlegers Nicolai. Der Wahnsinn hat auch vor ihr nicht haltgemacht."

Lewis zitterte vor Kälte und vielleicht auch vor Angst. „Wenn sie nicht in den mordenden Pöbel gerät, wird sie sich in diesem Kleid den Tod holen."

Hardenberg hob einen der Zettel auf, warf einen Blick darauf, griff dann den nächsten und den nächsten und einen weiteren und schüttelte schließlich den Kopf. Er hielt die Handvoll Papierfetzen den anderen hin. „Seht ..."

Die Tinte, mit der die Zettel beschrieben waren, war schon durch die Nässe des Schnees verlaufen, gleichwohl konnte man erkennen, dass es keine Buchstaben waren, die sich darauf zu Worten und Sätzen reihten. Vielmehr waren es kunterbunte Schnörkel und Kreise, die niemand, der nicht dem Wahnsinn verfallen war, entziffern mochte.

„Ich weiß nicht, wer mir irrsinniger scheint: die, die dies schrieb oder jener, der das Rätsel darin zu lösen vermag", sagte Hardenberg mit hohler Stimme.

Da vernahmen sie aus einiger Entfernung Jubel und ein helles Kichern, wie von fröhlichen Stimmen und doch mit einem Unterton, der von keinem gesunden Geist herrühren konnte.

„Ich fürchte, eben der wurde gerade gefunden", meinte Herder.

Lewis drängte seine Freunde voran. „Beide sind noch zu sehr in unserer Nähe. Laufen wir!"

Sie rannten die Gasse entlang, um eine Biegung und um die nächste, und dann befanden sie sich in einer Straße, die Lewis bekannt vorkam. Es war jene, durch die er im Sommer mit Böttiger auf der Suche nach Goethe gegangen war. Sie befanden sich direkt hinter dem Haus am Frauenplan.

Hardenberg horchte. „Nichts zu hören."

„Dann ist der Weg frei. Zumindest scheint Goethes Haus nicht belagert." Herder nickte und bedeutete den anderen weiterzugehen.

Sie huschten zum Ende der Gasse, um keine böse Überraschung zu erleben. Lewis hatte die furchtbare Vision einer stumm starrenden Menschenmenge, die sie erwartete und die dann nach einem quälenden Augenblick der Stille auf ihn und die beiden anderen einstürzen würde.

Ein vorsichtiger Blick um die Ecke zeigte ihnen den Platz mit dem Brunnen bar jeder Seele. Sie gingen langsam weiter, eng an die Fassade gedrückt. Beim Näherkommen sahen sie, dass das Pflaster des Platzes mit Fetzen, Bändern, zerbrochenen Stangen, Kleidungsstücken, Hüten und sogar Schuhen übersät war, Zeichen dafür, dass sich hier ebenfalls ein Tumult abgespielt hatte. Manche Fackeln, die vereinzelt dazwischenlagen, qualmten gar noch. Irgendwo in der Ferne erklang ein Schuss, und eine Menschenmenge schrie.

Mit bangen Blicken und dauerndem Lauschen schoben sie sich im Schatten der Häuserwand bis zum Tor. Hier drängten sie sich in den Eingang. Sie wollten gerade klopfen, um sich anzukündigen, als Lewis stutzte.

„Ist euch aufgefallen“, begann er, „dass keines der Fenster erleuchtet ist?“

Herder streckte den Kopf vor und schaute. „Ja. Vermutlich will Herr Goethe keine Aufmerksamkeit und keine Erbitterung erregen. Schließlich ging es noch vor kurzem auf diesem Platz hier zu wie überall.“

Hardenbergs Stimme klang dumpf: „Oder es ist bereits etwas geschehen ...“ Er sah die beiden anderen unheilvoll an.

Lewis ahnte Furchtbares. Er lehnte sich schwer gegen die Tür, suchte Halt an der Klinke, die wie eine Faust geformt war, wie er nun erst bemerkte. Vor all den Monaten hatte er dies anscheinend übersehen. Nun schien es ihm wie ein Omen, eine Ankündigung dräuender Gewalt.

Da schwang die Tür auf, und Lewis stürzte ins Innere. Fast kam er zu Fall, konnte sich nur mit Mühe auf den Beinen halten, dann richtete er sich in der dunklen Eingangshalle wieder auf. Herder und Hardenberg kamen rasch heran, boten ihre Hände als Stütze.

„Schon gut", keuchte er und drehte sich um. „Warum war die Tür nicht verschlossen, sie schien sogar nur angelehnt zu sein?"

„Was auch immer das bedeuten mag", flüsterte Hardenberg, „die Höflichkeit gebietet es, uns bemerkbar zu machen."

Herder stimmte leise zu: „Du bist der Eingeladene. Am besten ist es, du rufst ein paar Worte."

Lewis nickte. Er wusste nicht recht, was er sagen sollte, und so rief er zögernd und halblaut: „Hallo ...?"

Aus den entfernten Schatten am anderen Ende des Raumes antwortete eine brüchige Stimme: „Rührt euch nicht vom Fleck, Gesindel, und macht, dass ihr fortkommt!"

Lewis, Herder und Hardenberg erstarrten vor Schrecken, bis ihnen bewusst wurde, wie unvereinbar der Befehl aus dem Dunkel gewesen war. Da löste sich auch schon eine Gestalt aus dem Hintergrund und trat ins Halblicht, das durch die Tür ins Haus fiel. Es war ein älterer Mann, ein Dienstbote, wie es schien, der zwar leicht zitterte, aber aus dessen Antlitz nicht zu unterschätzende Entschlossenheit strahlte. Dazu kam noch, dass er eine Flinte umklammert hielt, eine veritable Donnerbüchse, deren grausige Lauföffnung nun zwischen den drei jungen Männern hin- und herzuschwanken begann.

„Keine Bewegung! Verschwindet!", wiederholte der Mann. „Hier gibt es nichts zu plündern, solange ich Wache halte!" Dabei stieß er mit der Flinte in die Luft, als wolle er mit einem imaginären, mehrere Schritte langen Bajonett auf die vermeintlichen Diebe einstechen.

Herder fand als erster die Sprache wieder. „Wir sind keine Einbrecher. Wir haben nichts Derartiges im Sinn und außerdem unsere Sinne beisammen. Wir wollen Ihnen nichts Böses."

„Das kann jeder sagen!", fauchte der Mann und fuchtelte noch mehr mit der Flinte herum. „Ihr werdet kein zweites Mal Schindluder treiben, solange ich ..."

Lewis erkannte im schwachen Licht, wie ein paar Tränen über die Wangen des Mannes schimmerten.

„Was ist geschehen?“, fragte er zaghaft, doch der Mann brüllte ihm nur mit brechender Stimme entgegen: „Schweig! Verfluchtes Lumpenpack!“ Der Lauf der Flinte zitterte ebenso stark wie die Schultern des Mannes.

Hardenberg trat langsam, aber heldenmütig vor und breitete die Arme aus. „Guter Mann, wir sind kein Lumpenpack, sondern ehrenhafte Leute. Ich bin Freiherr von Hardenberg, und das sind die Herren Herder und Lewis.“

Ehe der Mann etwas entgegnen konnte, meldete sich Lewis zu Wort. „Das ist richtig! Ich bin Matthew Gregory Lewis aus England und von Geheimrat Goethe zur gemeinsamen Feier des Jahreswechsels hierher bestellt.“

Der Mann schluchzte mit einem Mal. „Ein schöner Jahreswechsel und eine schöne Feier! Die Welt versinkt im Wahnsinn, die Erde tut sich auf! Speit Ungeheuer aus und verschlingt die Guten und Rechtschaffenen!“

Herder schüttelte den Kopf. „Noch einer, den der Wahnsinn gepackt hat.“

Dann sank der Mann in sich zusammen.

Herder sprang hinzu und fing ihn auf, ehe er zu Boden stürzen konnte. Hardenberg ergriff das Gewehr am Lauf und stellte den Kolben neben seinem Fuß auf dem Boden ab. Während Lewis sich auch neben den Ohnmächtigen kniete, klopfte Herder ihm sachte auf die Wangen. Der Mann keuchte und zuckte, aber Herder hielt ihn in sicherem Griff.

„Wer sind Sie?“, fragte Lewis sanft.

Der Mann schaute die drei ängstlich und misstrauisch an, schien dann aber zu erkennen, dass sie ihm wohlgesonnen waren. Er hustete kurz. „Christoph Erhard Suter, treuer Diener des Herrn Geheimrat.“

„Ein wachsamer noch dazu“, nickte Hardenberg.

„Was ist geschehen?“, fragte Lewis nun.

Suter wand sich in Entsetzen, als er sich an die Ereignisse erinnerte. „Sie kamen“, stammelte er, „und holten den Herrn. Auf einmal waren sie da, wie aus der Erde ausgestoßen ...“

Herder hielt die zitternde Hand des Dienstboten fest. „Wer kam? Der Pöbel? Das wütende Volk?“

„Um Himmels Willen! Sie haben den Geheimrat entführt?“, rief Lewis dazwischen.

Hardenberg blickte zur Tür. „Gewaltsam eingedrungen scheint mir niemand.“

All die Stimmen verwirrten Suter, und er klagte nur noch. „Nein, sie kamen und holten den Herrn.“ Dann sank er auf den Boden. Herder musste seinen Kopf stützen, damit dieser nicht auf dem harten Grund zu liegen kam.

Herder blickte auf. „So bekommen wir nie heraus, was sich zugetragen hat. Wir sollten selbst nach dem Rechten sehen.“ Dann blickte er zu Suter. „Diesem armen Mann müssen wir eine weichere Unterlage verschaffen.“

Hardenberg ging langsam weiter ins Haus hinein. „Zuerst brauchen wir Licht.“ Die Flinte hielt er locker in den Händen.

Lewis sah von Herder zu dem keuchenden Suter, der die Augen geschlossen hatte. „Was ist mit ihm? Ist er nur erschrocken oder ist auch er dem Wahnsinn anheimgefallen?“

Herder hatte sich seines Mantels entledigt und ihn dem Dienstboten unter den Kopf geschoben. „Das wird die Zeit zeigen, und ohne Licht kann ich überhaupt nichts sagen.“ Herder rief: „Friedrich! Siehst du eine Lampe oder Kerze?“

„Ja“, klang es aus der Tiefe des Hauses, und die Stimme klang furchtbar hohl und hallend. Dazwischen vernahmen sie das Kratzen von Stein auf Stahl. „Ich habe eine, ich muss nur noch ...“

Herder wandte sich an Lewis: „Schließe bitte die Haustür, wir werden gleich Licht haben, und es muss nicht jeder sogleich sehen, dass wir hier zugegen sind."

Lewis ging zum Eingang und warf einen wachsamen Blick hinaus. Der Platz war noch immer verlassen. Die Fetzen und Überbleibsel, die im zertrampelten Schnee lagen, gaben dem Ganzen das gespenstische Aussehen eines nächtlichen Schlachtfeldes. Gottlob waren keine erschlagenen Körper zu sehen. Lewis schloss die Tür behutsam und wandte sich in der plötzlichen Finsternis um. Noch ehe sich seine Augen an die Dunkelheit gewöhnt hatten, schimmerte aus Hardenbergs Richtung ein schwacher Schein auf. Lewis ging wieder zu Herder hinüber und wartete.

Da scholl ein Aufschrei durch das Haus.

„Um Gottes Willen! Kommt und schaut euch das an!" Hardenberg klang sehr erregt, so dass Lewis gleich aufsprang, während Herder den besinnungslosen Suter nur mit besorgtem Blick zurückließ. Sie eilten dem Lichtschein nach und fanden Hardenberg regungslos in einem Raum stehen, ihnen den Rücken zugekehrt und eine Lampe hoch erhoben in der Hand.

„Was ist ...", begann Lewis und folgte dann dem Fingerzeig Hardenbergs, der zu Boden zeigte. Herder ächzte, und Lewis wurde mit einem Mal bewusst, dass der Diener Suter keineswegs verrückt geworden war.

In der Mitte des Raumes war das Parkett aufgerissen, als habe ein Titan aus dem Inneren der Erde sich mit seiner gewaltigen Faust einen Weg in die Menschenwelt bahnen wollen. In einem wüst verstreuten Kranz aus zerbrochenen Dielen und Latten, Steinen und aufgeworfenem Erdreich klaffte ein gewaltiges Loch im Boden, das düster wie ein Höllenschlund gähnte.

„Mein Gott!", hauchte Lewis. „Die Erde hat sich wirklich aufgetan." Fassungslos schaute er auf die schwarze Leere, die inmitten der Trümmer herrschte und die das Licht der Lampe zu verschlucken schien, als wolle sie nicht preisgeben, was sich hinter ihr verbergen mochte. Im Raum selbst waren Stühle umgeworfen, auf einem Tisch lagen umgestürzte Gläser, einige waren heruntergerollt und zersplittert. Auch ein naher Wandschrank, mit verglasten Türen und mit aufgestellten Tellern darin, hatte offenkundig einen heftigen Stoß erhalten: Die Scherben funkelten, als Hardenberg darüberleuchtete.

„Irgendjemand kam dort heraus und entführte Goethe", fügte Hardenberg mit Grabesstimme hinzu.

Herder hingegen hatte sich wieder gefangen. Er blickte sich im Raum um, griff eine weitere Lampe und einen Kerzenleuchter und entzündete die Dochte. „Mehr Licht!", sagte er hastig, kniete sich an den Rand des Erdloches, wobei er sich weder um Erde noch Steine noch Holzsplitter scherte, und leuchtete hinein.

„Vorsicht!", mahnte Lewis und streckte die Hand aus.

Herder warf einen Blick über die Schulter. „Was soll schon sein – die Entführer, wer auch immer sie sein mögen, werden schon über alle Berge sein."

„Oder unter allen Bergen", brummte Hardenberg.

Lewis stutzte. Ihm schien, als reime sich hier einiges zusammen. Dennoch konnte er keinen klaren Gedanken fassen, zu schrecklich waren die Vorstellung des Geschehenen und der Anblick des klaffenden Schachtes, der üble Erinnerungen hervorbrachte.

Herder legte sich lang hin und streckte die Hand mit der Lampe so tief in die Dunkelheit, wie er es vermochte. „Das Loch befindet sich in der Decke eines Ganges", sagte er, die Stimme gepresst von der unbequemen Lage. „Er führt augenscheinlich von hier fort."

Er beugte sich wieder zurück und drehte sich um. Seine Brust war mit Erde befleckt, und Holzsplitter hingen im Stoff. Er sah entschlossen drein, was Lewis ein ungutes Gefühl der Vorahnung vermittelte.

„Wir sollten dort hinunter“, begann Herder, „und sehen, wohin der Gang führt. Möglicherweise können wir ...“

Hardenberg führte seine Worte fort: „... retten, was zu retten ist.“ Er nickte nachdrücklich.

Lewis hob die Hände. „Nein, Freunde! Das ist töricht! Wir wissen nicht, was uns da unten erwartet.“

Herder lachte bitter. „Was kann uns schon erschrecken! Wir sind oft genug dem Tode entronnen, und was kann fürchterlicher sein als mörderische Magister, die ihr Grab verlassen?“

„Oder eine Stadtbevölkerung, aus allen Fugen des Verstandes geraten“, fügte Hardenberg hinzu. „Nein, wir sind die Einzigen, die den Geheimrat retten können, vielleicht ist es noch nicht zu spät!“

Lewis fuhr sich mit den Händen an die Schläfen. „Das ist Irrsinn!“

„Nicht irrsinniger als das, was die Massen dort draußen umtreibt!“, rief Herder, und Hardenberg stimmte ein: „Bei diesem Vorhaben ist wesentlich mehr Verstand dabei! Los doch, Matthew!“

„Nein, nein!“, wehrte Lewis ab.

Herder packte ihn bei der Schulter. „Du bist es Goethe schuldig! Denke daran, er hat dich aus der Mine gerettet.“

Lewis fragte sich, warum jeder die Tatsachen bezüglich dieses Ereignisses so verdrehen musste. Erst Voigt und jetzt auch noch Herder. Er spürte, wie langsam Wut in ihm aufstieg. „Es verhielt sich keineswegs so! Tatsächlich war er es ...“

Herder nahm Lewis fest in den Blick. „Oder ist es etwa die Angst vor der Tiefe, die dich verzagt macht?“

Lewis brach ab und schaute unangenehm berührt in die ungewisse Dunkelheit des Schachtes.

Herder feixte bösartig. „So oft unter Tage und in Gefahr und immer noch feige ..."

Lewis reckte entrüstet das Kinn. „Was sagst du da?"

„Du warst oft genug in dunklen Löchern und bist wieder ans Tageslicht gekommen. Von den anderen überstandenen Gefahren ganz zu schweigen!" Herder drückte erneut Lewis' Schultern. „Matthew! Nun gilt es! Gib dir einen Stoß und verliere für alle Mal diese kindische Furcht vor dem Dunkel!"

Lewis verengte die Augen und funkelte Herder an.

Da trat Hardenberg herzu. „Wir sind zu dritt! Zusammen können wir es wagen!" Er grinste verschlagen. „Wenn du natürlich nicht Manns genug bist ..."

Lewis riss sich los, seine Stimme bebte. „Ich? Nicht Manns genug? Ein tüchtiger Untertan König Georgs und Staatsbürger des britischen Empires?" Er hob drohend den Finger. „Euch deutschen Kleinstaatlern werde ich es zeigen, was ein Engländer vermag und ..."

Herder und Hardenberg schlugen ihm lachend auf die Schultern. Lewis verstummte überrascht.

„Schon gut, wir glauben es", meinte Herder.

Hardenberg hob die Flinte. „Du darfst gern diesen Schießprügel führen, um zu unterstreichen, was du kannst." Er wurde wieder ernst. „Aber nun mit Bedacht! Wir sollten schauen, ob sich noch etwas findet, was als Waffe taugt. Wir sollten die Gefahr nicht unterschätzen."

Lewis spürte, wie seine Wut einem Gefühl von Mut wich. Es war tatsächlich, wie die beiden sagten. Er musste sich seinen Ängsten stellen, und wann, wenn nicht jetzt, da es um Goethe ging?

„Was geschieht mit Suter?", fragte er sachlich.

Herder wandte sich zum Gehen. „Weg vom Eingang und auf ein Bett. Etwas Wein oder Likör mag ihm auch guttun." Er verschwand, eine Lampe in der Hand.

Lewis und Hardenberg gingen auf der Suche nach Dingen, mit denen man sich zur Wehr setzen konnte, eilig durch die anderen Räume und waren gerade kopfschüttelnd an der Küche vorbeigekommen, als Herder sie herbeirief. Er war immer noch im Bereich des Eingangs, die Tür stand offen, und ein weiterer Mann war bei ihm, der den schwach stöhnenden Suter stützte.

Herder machte eine beschwichtigende Geste. „Das ist ein Vertrauter Herrn Wielands!"

Der Mann nickte einen fahrigen Gruß und verlagerte seinen Griff um Suter.

„Er ist gekommen, um Suter zu holen", erklärte Herder. „Nach dem Eindringen der Entführer fanden Frau Vulpius und Goethes Sohn Zuflucht bei Wieland, der zufällig anwesend war, als alles geschah. Er brachte sie zu sich nach Haus, während Suter hier Wache halten wollte."

„Er war nicht davon abzubringen, hieß es", meinte der Mann. „Draußen hatte die Menge zu toben begonnen und ..."

„Hat man das Militär eingeschaltet, um den Aufruhr niederzuschlagen?" fragte Hardenberg.

„Ja", antwortete der Diener, „es gelingt ihnen aber nur mit größter Mühe, und zudem ..."

Lewis atmete auf. „Dann müssen uns auch Soldaten hierbei unterstützen."

„Keine Zeit!", rief Herder. „Die haben genug zu tun! Es eilt, die Entführung ist noch nicht lange her." Er wandte sich an den Dienstboten Wielands. „Gehen Sie, bringen Sie Suter in Sicherheit. Herr Wieland wird das Nötige veranlassen."

„Er ist noch sehr schwach und auch verletzt. Die Häscher sprangen unsanft mit ihm um", sagte der Dienstbote bedrückt.

„Hat er jemanden über den Vorfall benachrichtigt? Den Regierungsrat Voigt?" Lewis' Hände zitterten. Warum kam nur dieser Dienstbote hierher, ohne eine Abteilung von Voigts Männern, die die Entführung eines der wichtigsten Männer Weimars untersuchten, ja vielmehr die Verbrecher verfolgten?

„Sicher! Doch der Schrecken war groß, Frau Vulpius aufgelöst, Herr Wieland verletzt, es muss fürchterlich gewesen sein. Wir haben einen Boten entsandt, als alle wieder bei klarem Kopfe waren. Es bleibt zu hoffen, dass er durchgedrungen ist. Sollte man bei meiner Rückkehr noch nichts von ihm gehört haben, werde ich mich selbst auf den Weg machen." Der Dienstbote zitterte deutlich. „Ich habe auf meinem Weg auch Rufe und Reden gehört, dass sich noch weitere der furchterregenden schwarzen Männer haben blicken lassen. Sie tauchen wie aus dem Nichts auf und verwickeln die Soldaten in Gefechte, wodurch diese von ihren Ordnungsbefehlen abgehalten werden, und die Menge wird zudem in Furcht und Panik versetzt ..."

Lewis zitterte bei dem Gedanken an das Höllengetümmel, was dort draußen in der Stadt herrschen musste.

„Dennoch!", sagte Herder und sah den Dienstboten streng an. „Gehen Sie! Glück für den Heimweg! Wir müssen die Sache selbst in die Hand nehmen."

„In die bloße Hand", warf Hardenberg ein.

„Wir haben nichts Brauchbares gefunden!", fügte Lewis hinzu.

Herder lachte. „Ich habe das Nötige von Suter erfahren, kommt mit!"

Sie folgten Herder durch die Räume, während die Tür hinter Suter und dem Dienstboten Wielands ins Schloss schlug.

Dann standen sie in Goethes Arbeitszimmer. Zwei Fenster gingen zum Garten hinaus, und auf einem Tisch mitten im

Raum stehend und von vier Stühlen umringt fanden sich Tintenfass und Streusandbüchse. Herder ging zu einem großen, langgestreckten Schreibpult mit vielen Schubladen und zählte sie ab. Dann öffnete er eine Lade, griff hinein und förderte zwei schimmernde Gegenstände hervor.

Lewis und Hardenberg bestaunten die beiden wunderbar gearbeiteten Waffen.

„Goethes Pistolen aus dem Frankreichfeldzug“, erläuterte Herder. „Wir wollen es nicht hoffen, aber wenn es zum Äußersten kommen sollte, scheint es mit nur gerecht, wenn die Entführer eben diese zu schmecken bekämen.“

Die beiden anderen nickten grimmig.

Herder gab die Pistolen weiter und holte Kugeln und Pulverflasche aus der Schublade, bevor er sie vehement ins Schloss warf. „Friedrich, du kennst dich damit aus. Lade sie, und spute dich!“

Hardenberg kam der Aufforderung mit fliegenden Händen nach. Als sie die Pistolen untereinander aufteilten, schauten sie sich noch einmal fest an, um ihre Verpflichtung zu bekräftigen. Nach wenigen Minuten standen die drei wieder vor dem Abgrund, der sich mitten im Zimmer auftat. Sie umklammerten ihre Waffen – Hardenberg hatte einen Säbel in der Faust, der Suter gehörte – und die Laternen und Kerzenleuchter. Sie verharrten einen Augenblick.

„Was gibt es noch zu sagen?“, fragte Herder mit einem Achselzucken und sprang in die Tiefe.

Lewis hielt die Luft an, dann entsann er sich, dass Herder den Schacht zuvor genau inspiziert hatte, demzufolge wusste, was ihn erwartete. Auch Hardenberg trat schließlich einen beherzten Schritt nach vorn und verschwand im Erdboden.

Jetzt, da zwei Lichtquellen das Loch im Parkett erhellten, erschien es Lewis, wenn schon nicht sonderlich einladend, so doch wesentlich weniger unheimlich. Er ließ sich auf dem Rand nieder und rutschte mit einem halbherzigen „Obacht!" in den Schacht.

Unten kam er hart mit den Sohlen auf, schwankte kurz und blickte dann in die Gesichter Herders und Hardenbergs, die sich interessiert umsahen.

„Das ist bei Gott kein Maulwurfsbau", staunte Hardenberg.

Lewis hob seinerseits die Hand mit der Laterne. Der Gang war kunstgerecht gegraben und ausgearbeitet. Ein normaler Mann konnte hier aufrecht stehen, und streckte er die Arme zu beiden Seiten des Körpers aus, so würde er die Wände aus rauem Erdreich gerade mit den Spitzen seiner Finger berühren können. In regelmäßigen Abständen befanden sich hölzerne Stützbalken und Verschalungen, die den Stollen sicherten und stabilisierten, und jenseits des Lichtscheins, der die drei Männer umgab, führte der Stollen schnurgerade in ein ungewisses Dunkel hinein.

Lewis wiegte den Kopf. „Das sieht aus wie im Bergwerk zu Ilmenau. Das können nur Fachleute verfertigt haben – und nicht nur irgendwelche Entführer."

Herder nickte. „Auch wenn wir nicht genau wissen, wer dies getan hat und warum, so habe ich doch eine Ahnung ..."

„Schwarze Brüder?", riet Hardenberg.

„In der Tat", antwortete Herder.

„Zweifellos", entgegnete Lewis. „Suter sprach von Ungeheuern, die aus der Erde kamen, was könnte er gemeint haben als die schwarzgekleideten und maskierten Verschwörer?"

„Ich kann mir vorstellen", sprach Herder weiter, „dass deren Verbindungen weit genug reichen, um ein paar Bergleute anzuheuern, die ..."

„Natürlich!", rief Lewis aus und legte die Hand an die Stirn. „In Ilmenau! Die beiden Männer! Sie wussten von dieser Sache, haben sie gar selbst ausgeführt!"

Herder nickte eifrig. „Da sie, wie du sagtest, von Freiheit und dergleichen gestammelt haben, fügt sich alles zusammen: die Verschwörer – Schwarze Brüder oder Illuminaten oder wer auch immer – haben Goethe entführt, von dem sie glauben, er könne ihnen wegen seiner Nähe zum Herzog auf irgendeine Weise dienlich sein!"

„Noch mehr fügt sich!", sagte Lewis schnell. „Das Gespräch, das ich in der Ruine über Berka belauschte. All das Gerede über Männer, die sie in ihre Gewalt bringen wollten. Damit war der Geheimrat gemeint. Sie gebrauchten diese seltsamen Namen, um etwaige Lauscher zu verwirren und nichts preiszugeben!"

„Was wollt ihr mehr?", rief Hardenberg. „Goethe ist in Gefahr, gar der Herzog, möglicherweise der ganze Staat! Wir müssen handeln."

Herder hob seine Pistole, und auch Lewis fasste das Gewehr fester, dann drangen sie in den düsteren Stollen vor. Es roch nach feuchter Erde und Holz. Lewis fühlte sich beklommen und vermied es, auf die nahen, drückenden Wände und die dräuende Decke zu schauen. Auch erklangen ab und an leise Geräusche, hurtige Schritte winziger Pfoten, die vor ihnen in die Tiefen des Ganges flohen. Doch Ratten waren wohl das geringste Problem, das er hier unten zu befürchten hatte. Die Anwesenheit seiner Freunde flößte ihm immerhin Mut ein. Gleichwohl spürte er, wie seine Handflächen feucht wurden und der Schweiß in kleinen Perlen über seine Handgelenke lief. Er packte die erhobene Laterne und das Gewehr fester, damit sie ihm nicht entglitten.

Nach einer Weile gabelte sich der Weg. Sie traten aus dem Stollen in einen weiteren, der noch etwas breiter zu sein schien und der sich zur Rechten und zur Linken gleichermaßen erstreckte.

„Wohin nun?“, fragte Lewis.

Hardenberg betrachtete den Boden. „Zu dumm, dass Fußspuren in beide Richtungen führen.“

Herder überlegte. „Es scheint mir schlecht, uns aufzuteilen. Wir sollten vereint weitergehen; bestimmt haben wir eine Übermacht gegen uns.“

Lewis schluckte. „Zögern wir nicht. Ich sage, wir gehen nach rechts.“

Schweigend und langsam schritten sie weiter. Gelegentlich ragten fädige Wurzeln aus der Stollendecke, die anzeigten, dass ihr Weg sie unter Bäumen hindurchführte. Auch floss ab und zu Wasser in dünnen Rinnsalen aus Wänden oder Decke. Dort war der Boden mit Planken ausgelegt, damit man den Fuß auf sicheren Grund setzen konnte. Im trüben Wasser huschten bleiche Salamander davon, als die drei jungen Männer darüber schritten. An einigen Stellen verengte sich der Stollen auch zu schmalen Durchgängen, die ins harte Gestein getrieben waren und nur den allernötigsten Raum boten, damit sich ein Mann hindurchzwängen konnte. Hardenberg verschwand als erster in der ungewissen Dunkelheit, da er keine Lampe mit sich führte. Lewis reichte ihm rasch eine nach, und nach einiger Anstrengung konnte sie zu dritt ihren Weg fortführen. Plötzlich zweigten zwei weitere Gänge vom Hauptstollen ab.

Sie blieben stehen, und Hardenberg, der vorangegangen war, leuchtete mit seiner Laterne voran. „Dort sind noch zwei Abzweige.“

Herder schnaubte. „Es scheint, als hätten diese Menschen ganz Weimar unterhöhlt.“

Lewis sah die Gänge entlang. „Ja. Das haben sie tatsächlich!“

Hardenberg und Herder blickten ihn an. „Was führt dich zu der Ansicht?“, fragte Hardenberg. „Es sind doch nur diese vier Stollen, und ...“

„... diese verzweigen und verzweigen sich weiter." Herder begriff.

Lewis lehnte sich haltsuchend an die feuchte Stollenwand. „Ich habe, seit ich in Weimar bin, immer wieder die Erschütterungen im Erdboden gespürt." Er schüttelte schwach den Kopf. „Aber ich dachte natürlich, ich ..."

Dann stieß er sich wieder von der Wand ab. Seine Augen blitzten. „Deswegen ging es im Bergwerk zu Ilmenau nicht voran! Alle Bergleute haben hier unter Weimar gearbeitet, den Erdboden ausgehöhlt, die Stollen vorangetrieben! Zu Goethes Haus und wer weiß, wohin noch! Deswegen erschoss Muntzer seinen Freund Weihrach. Er hatte schon zuviel gesagt, und Goethe sollte im Bergwerk sterben, denn er hätte sich ja vielleicht einiges zusammenreimen können. Als er dann zum Feldzug nach Frankreich aufbrach, hatte er verständlicherweise anderes im Kopf."

Hardenberg schwang den Säbel. „Wir sollten auch anderes im Kopfe haben, als Verschwörungsabläufe zu enträtseln." Er lief weiter in die zuvor eingeschlagene Richtung, ohne sich um die Abzweigungen zu kümmern.

Herder folgte, und auch Lewis lief gezwungenermaßen hinterdrein, obwohl es in seinem Schädel vor lauter Offenbarungen drunter und drüber ging.

Der Gang streckte sich schier endlos dahin, und die drei jungen Männer, die ihn entlanghetzten, fragten sich, ob sie nicht in die Irre liefen, ob Goethe nicht schon rettungslos verloren war und sie selbst gar ihrem Verderben entgegenrannten.

Schließlich, nach einigen weiteren Abzweigungen, die sie verwirrten und verunsicherten, sie aber nicht von ihrem vorgefassten Plan abbrachten, dem Größten der Stollen zu folgen, stieg dessen Grund allmählich an. Er endete in einer Rampe, die in einen großen, in völligem Dunkel liegenden Raum führte.

Vorsichtig näherten sie sich, nachdem sie aufmerksam gelauscht hatten und auch daran dachten, das verräterische Licht abzuschirmen.

Der Raum war hoch, weitläufig und leer und schien vielmehr die Ausmaße eines Saales zu haben. Türöffnungen ohne Füllungen und Flügel gingen nach vielen Seiten ab, und dahinter waren schwach langgestreckte, kahle Gänge und Flure zu erahnen. Als Herder an der entfernten Stirnseite einige Wandgerüste und Aufschüttungen von Erde und Steinen ausmachte, stürzte Lewis zu einer der nahen Fensterhöhlen. Sein Blick ging auf einen weitläufigen Hof, der ihm sehr bekannt vorkam. Jenseits des Pflasters ragte ein Turm auf, ein kolossaler Schatten gegen den nächtlichen Himmel.

„Wir sind im Schloss!“, flüsterte er, da sie bemerkt hatten, wie sehr jeder Laut in den öden Räumen und Gängen nachhallte. „Das da hinten sind Baumaterialien. Ich habe das alles schon gesehen, als Voigt mich hierherbringen ließ!“

„Der Wiederaufbau des Schlosses“, brummte Herder. „Eine ausgezeichnete Tarnung, all den Aushub der Gänge und Stollen unauffällig zu entsorgen.“

„Ob Goethe hier irgendwo festgehalten wird?“, fragte Lewis leise. „Weiträumig genug ist dieses Gebäude, und an all die Keller und Gewölbe will ich gar nicht erst denken ...“

„Dazu ist auch keine Zeit!“, zischte Hardenberg mit einem Mal. „Da kommt jemand!“

Tatsächlich drangen Stimmen und Schritte aus einem entfernten Raum herüber, Lichtschein war zu erkennen, und schon flackerten die ersten Schatten über die Wände.

„Rasch!“, wisperte Herder. „Zurück in den Stollen!“

„Nein“, flüsterte Hardenberg. „Was, wenn sie dort hineinwollen? Ins Nebenzimmer!“

„Die Lichter aus!“, erinnerte Lewis, und dann eilten sie in einen Nebenraum, pressten sich dort neben dem Durchgang an die Wand und wagten kaum zu atmen.

Die Stimmen und Schritte kamen heran und sammelten sich in dem Raum, den die drei jungen Männer gerade noch im rechten Augenblick verlassen hatten. Gesprächsfetzen drangen zu ihnen, und es klang, als erteile ein Offizier seinen Soldaten Befehle.

Lewis wagte es, die Nase dicht über dem Boden um die Ecke des Durchgangs zu stecken.

Tatsächlich sah er so etwas wie einen militärischen Stoßtrupp. Von Fackeln beleuchtet, standen dort an die dreißig Männer, allesamt in Schwarz gekleidet und die Gesichter von Halbmasken verhüllt. Alle hielten Musketen in den Händen, von ihren Gürteln hingen Degen und Säbel. Ein hochgewachsener Mann schritt vor ihnen her und teilte sie mit Gesten und in scharfem Tonfall in Gruppen ein.

„Ihr geht zum Wittumspalais und holt sie dort heraus“, vernahm Lewis und stutzte, doch nicht allein wegen dem, was er hörte. Etwas an dieser Stimme schien ihm entsetzlich vertraut.

„Geht anständig mit den Frauen um, sag ich euch! Ihr, ihr macht euch auf zum Fürstenhaus. Treibt das Pack hierher und seht zu, dass euch niemand auskommt!“

Vielstimmiges, erzürntes Raunen ließ sich vernehmen. Darin ging Lewis bestürztes Einatmen unter. Diese Stimme kannte er ebenfalls von der Burgruine, dieser Mann war einer der Verschwörer, die dem Militär hatten entkommen können!

Der Hüne legte die Hand an den Säbelknauf. „Ich gehe unserem ehrenwerten Geheimrat meine Aufwartung machen!“ Er lachte raspelnd, und die anderen Männer fielen in das gehässige Gelächter ein, und all dies warfen die kahlen Wände zurück, die an manchen Stellen so schwarz waren wie die Masken der

Verschwörer, die Schatten um sie her und die Abgründe ihrer Seelen und Herzen, wie es Lewis durch den Sinn schoss.

Dann entließ der Befehlsgebende seine Schergen. Die erste Gruppe verschwand eiligen Schrittes die Rampe hinunter und in den Stollen hinein, die zweite folgte nach wenigen Atemzügen. Zurück blieb der hochgewachsene Mann, der rau in sich hineinlachte. Er begann, leise summend in dem einsamen Raum umherzuspazieren, eine einzelne Lampe auf dem Boden spendete Licht und warf seine Silhouette verzerrt und ins Riesenhafte vergrößert ans Mauerwerk.

Den drei Männern stockte der Atem. Was, wenn er sie bei seinem Umherstreifen entdeckte? Lewis umklammerte seine Waffe mit krampfhaftem Griff und überlegte.

Die Häscher der Schwarzen Brüder sollten also die Mitglieder der herzoglichen Familie entführen. Ohne Zweifel planten die Revolutionäre den Staatsstreich, gedeckt von dem Tumult in der Bevölkerung, dem Aufruhr in den Straßen und Gassen, welcher das Militär ablenkte, und dieser hier würde sich jeden Moment an den Ort begeben, an dem Goethe gefangen gehalten wurde. Was sie zu tun hatten, lag auf der Hand: Einerseits mussten sie dem Mann zu Goethe folgen, und andererseits lag es an einem von ihnen, den Garnisonskommandeur zu unterrichten, damit dieser, wenn es ihm nicht gelänge, die Entführung zu vereiteln, doch wüsste, wo die Verschleppten zu finden wären.

Lewis sah, wie der Mann mit der schnarrenden Stimme in aller Seelenruhe eine Pfeife entzündete und Rauchkringel in die Luft blies. Er spürte, wie in seinem Rücken auch Herder und Hardenberg unruhig wurden. Sie wollten endlich handeln, doch waren sie zu quälendem Warten und der Angst vor Entdeckung verdammt, solange dieser Mensch sein Pfeifchen schmauchte. Lange Minuten verstrichen, in denen der Mann dann und wann vor sich hin summte. Nun begann er gar, in Zimmerlautstärke ein Liedchen zu singen. Lewis erschauerte ob der bizarren Situation.

Endlich ergriff der Mann die Laterne, klopfte seine Pfeife aus und wandte sich zum Gehen. Gespannt verfolgte Lewis jeden Schritt. Der Hochgewachsene verschwand wie seine Häscher in der Tiefe des Tunnels, immer noch sein Liedchen trällernd.

Lewis sprang auf. „Rasch! Wir müssen ihm folgen, er wird uns zu Goethe führen – und wir müssen Kommandeur von Germar über die Pläne der Verschwörer unterrichten!"

Herder entzündete indessen wieder ihre Laternen. „Ich kenne den Weg zur Garnison", sagte er. „Ich werde mich schon durchschlagen können." Er wandte sich an Hardenberg. „Ich denke, du kannst Matthew mit dem Säbel gut zur Seite stehen."

Hardenberg hob die Klinge. „Wenn ich schon nichts mit Löber ausfechten konnte, dann mit den anderen Schuften."

Herder gab Lewis seine Pistole. „Ich denke, ihr braucht sie da unten nötiger! Viel Glück!"

Er drückte den beiden anderen ermunternd die Schultern und lief dann los, ohne sich noch einmal umzusehen, durch den Raum, durch angrenzende Zimmerfluchten, bis seine eiligen Schritte auf dem Pflaster des Hofes zu hören waren. „Auch dir viel Glück!", sagte Lewis leise, da er fürchtete, seine Stimme könnte hinunter in den Stollen dringen. Er steckte die Pistole in seinen Gürtel, nickte Hardenberg zu, und dann huschten sie die Rampe hinab, in den Gang hinein und dem Verschwörer hinterher.

Das unbekümmerte Liedchen des Hochgewachsenen führte sie durchs Dunkel. Beide hatten ihre Laterne abgeblendet, so dass nur der allernötigste Schein auf ihren Weg fiel. Sollte sich der Verfolgte zufällig umdrehen, würde er auch wegen seines eigenen Lichtes nichts von ihnen bemerken. Insgeheim war Lewis froh über die Sorgfalt, mit der die verschwörerischen Bergleute das System der Stollen und Gänge ausgearbeitet hatten. Der Weg war eben und ohne Aufwerfungen, Löcher oder Stolpersteine. Nur auf den mit Brettern und Holzbohlen ausgelegten Abschnitten mussten sie darauf achten, dass ihre Sohlen keine zu lauten Geräusche hervorriefen.

Immer noch summte und pfiff der Verschwörer vor sich hin, als schreite er nicht klaftertief unter der Erde einher, in Düsternis und Beklemmung, sondern in hellem Sonnenschein und über lauschige Parkwege hinweg. Nur ein ruchloser Mordgeselle, dachte sich Lewis, konnte so ein abwegiges Gemüt besitzen. Doch immerhin führte der Mann ihn und Hardenberg so durch das unbekannte Labyrinth der Stollen und Gänge, die sich immer unübersichtlicher verzweigten. Einmal hatten Lewis und Hardenberg eine falsche Einmündung betreten, ihren Fehler aber noch rechtzeitig bemerkt, um rasch wieder die akustische Spur aufzunehmen.

Lewis schlug das Herz bis zum Hals. Mittlerweile ging es nicht allein darum, den Mann bis zu Goethe zu verfolgen, sondern überhaupt wieder aus diesem Labyrinth an die Oberfläche zu gelangen. Lewis war davon überzeugt, dass er nur mit Mühe wieder zurückfinden würde zu dem einzig sicheren Ausgang, der sich seiner Ansicht nach in Goethes Haus befand. An jedem anderen mochten die bewaffneten Verschwörer lauern oder schlimmer noch, durch einen der Gänge von ihren Freveln zurückkehren! Hier in den Gängen waren Kampf oder Flucht aussichtslos, Hardenberg und er würden den Tod eines Fuchses im Bau sterben, wenn die Bluthunde eindrangen. Oder ärger noch, verbesserte Lewis sich missmutig: Sie waren die Kaninchen, und die schwarzen Füchse strichen überall um sie her.

Hardenberg blieb plötzlich stehen, und auch Lewis verhielt seinen leisen, raschen Schritt. Sie horchten. Die Töne, die sie geleitet hatten, waren verstummt. Lewis fluchte innerlich. Hatte der Verfolgte aufgehört, seinem höhnischen Frohsinn Ausdruck zu verleihen und ging nun stumm weiter? Nein, denn es waren auch keine Schritte zu hören. Es gab nur eine Erklärung: Sie mussten am Ziel sein.

Langsam schlichen die beiden weiter. Wachsam und lautlos, auf jedes mögliche Geräusch achtend, legten sie Schritt um Schritt zurück. Der Erdboden war hier wieder mit Brettern bedeckt, und sollte eines sich gelockert haben, mochte jede Belastung ein verräterisches Knirschen verursachen.

Plötzlich befiel Lewis eine bange Ahnung: Was, wenn der Verschwörer seine Verfolger bemerkt hatte und nun lautlos und hinterhältig im Dunkel auf sie wartete?

Lewis hielt den Atem an und lauschte, doch außer dem kaum hörbaren Luftholen Hardenbergs und ihrer beider sacht gesetzter Schritte konnte er nichts vernehmen. Sie dunkelten ihre Laternen für einen Augenblick völlig ab, um auch den kleinsten anderen Lichtschein erkennen zu können – aber es war nichts wahrzunehmen. Kein Geräusch außer ein paar fernen, ebenso langsamen wie rhythmischen Tropfen, kein Geruch außer dem Moder der feuchten Erde. Noch nicht einmal einen Windzug verspürten sie, der darauf hindeuten könnte, dass irgendwo vor ihnen ein Ausgang war.

Jede Elle, die sie zurücklegten, ließ die furchtsame Anspannung in Lewis steigen, und er fürchtete, jeden Moment etwas Unachtsames zu tun. Was, wenn er mit dem Gewehr scharrend über die Wand streifte, was, wenn er mit dem Bein die tief gehaltene Laterne anstieß? Was, wenn ...

Vor sich erkannte er plötzlich ein schwaches Leuchten. Nichts war zu hören, und im Näherkommen sah Lewis, dass der Stollen hier in einen gemauerten Keller mündete. Nach nochmaligem Verhalten und Horchen traten er und Hardenberg in einen niedrigen Raum, der zweifellos zum Keller eines Hauses gehörte und der von einer einzelnen Lampe an einem Haken matt erhellt wurde. Nichts befand sich darin; sie registrierten nur eine Anzahl schmutziger Fußabdrücke, die den Boden bedeckten und zu einer grobgezimmerten Tür führten. Lichtschein fiel durch die Ritzen.

Hardenberg trat schnell und geräuschlos heran und spähte durch einen Spalt zwischen den Brettern. „Ein weiterer Keller. Kein Mensch zu sehen", wisperte er, und ehe Lewis etwas erwidern konnte, etwa um zu fragen, was sie nun zu tun gedächten, öffnete Hardenberg die Tür.

Lewis wollte einen Laut der Entrüstung und des Erschreckens ausstoßen, doch was er sah, verschlug ihm Sprache und Atem. Dass Hardenberg diesen Raum als Keller bezeichnet hatte, war in Lewis' Augen eine gelinde Untertreibung.

Ein weiter Raum, niedrig zwar, doch ausgreifend, erstreckte sich über eine Fläche, die für einen Ballsaal gereicht hätte. Das Gewölbe trugen zahlreiche Pfeiler aus rotem Mauerstein, die sich zu weiten Bögen spannten und an denen brennende Fackeln in eisernen Haltern staken. Wände und Boden bestanden ebenfalls aus jenen Ziegeln, so dass es in dem feurigen Licht schien, als sei alles aus Blöcken geronnenen Blutes gefügt. Hier und da hingen Teppiche und Banner, die für Lewis fremdartige Symbole und Allegorien zeigten. Weit hinten stand ein großer, tafelartiger Tisch aus dunklem Holz, wuchtig und schwer und mit Schnitzereien verziert wie auch die Lehnstühle, die ihn umstanden. In dessen Nähe reihten sich große Truhen an den Wänden, auch standen Pulte dort und niedrige Regale, die mit allerlei Dingen und Gerätschaften angefüllt waren, die schimmerten und glänzten und die Lewis kaum auseinanderzuhalten vermochte, so seltsam, obskur und zauberisch erschienen sie ihm.

Hardenberg keuchte und sagte dann mit belegter Stimme. „Mir scheint, als sei dies der rechte Ort, um Aufstände zu planen und geheime Rituale zu zelebrieren."

„Ja", antwortete Lewis, und auch seine Kehle fühlte sich rau und trocken an. „Wir sind zweifellos im Allerheiligsten, im Herzen des Verschwörernests. Hier herrschen die Schwarzen Brüder oder Schlimmeres ..."

Lewis sah sich erneut um. „Wo mag nur dieser Mensch geblieben sein? Sein Vorsprung war nicht groß ..."

Da hallte plötzlich eine raue Stimme durch das Gewölbe, die ein munteres Lied sang. Doch die Mauern warfen die Weise so verzerrt zurück, dass sie wie ein Grabgesang erschien. Lewis und Hardenberg zuckten zusammen, sahen sich bestürzt um und konnten doch niemanden ausmachen. Die Stimme schien von überall her zu schallen.

Plötzlich trat eine dunkelgekleidete Gestalt hinter einer der weiter entfernten Säulen hervor, und an ihrer Haltung erkannte Lewis, dass es der Großgewachsene war, den sie verfolgt hatten. Unter Hut und Maske bewegte sich ein spöttisch verzogener Mund, und aus ihm drang die grässliche Weise. Dann beschloss der Mann sein Lied und lachte. Er trat ein paar Schritte auf die beiden jungen Männer zu, die wie erstarrt dastanden, und nun schnitt seine Stimme wie eine Klinge durch die von den Fackeln erhitzte Luft: „Ei, ei! Was haben wir denn da für zwei neugierige Jünglinge." Wieder verzog er spöttisch den Mund. „Müsstet ihr nicht längst in den Betten liegen, als so spät in der Nacht noch auf und unterwegs zu sein?" Sein Mantel bauschte sich mit jedem bedrohlichen Schritt, den er weiter auf Lewis und Hardenberg zutrat.

Lewis bewegte den Lauf der Flinte ein wenig, doch dann sah er aus den Augenwinkeln, wie Hardenberg leicht die Hand hob. Lewis begriff. Ein Schuss mochte andere Verschwörer alarmieren, die sich vielleicht in ungeahnter Zahl in der Nähe befanden. Dann waren sie verloren. So mochte es noch eine Chance geben. Lewis spürte, wie sich Hardenbergs Körper anspannte, als dieser den Säbel fester packte.

Der Große kam näher. Lewis erkannte, dass seine Kopfbedeckung nur zwei Handbreit von der Decke des Gewölbes entfernt war. Doch dann wurde seine Aufmerksamkeit wieder auf des Mannes Gesicht gelenkt, als dieser unverändert scharf und spöttisch weitersprach: „Was würden eure Mütter tun, wenn sie wüssten, dass ihr euch hier herumtreibt? Des Nachts und in fremder Leute Räumen?"

Mit einer ungemein raschen, gewandten Bewegung entledigte der Mann sich seines weiten Mantels, ohne auch nur einen Halbschritt in seinem Gang zu zögern. Wie das Rad eines schwarzen Pfaus blähte sich das Kleidungsstück für einen Lidschlag hinter und um ihn auf, dann lag der Mantel über Arm und linker Schulter, zeigte die dunkelgekleidete Figur, die sich mit furchteinflößender Stärke und Beherrschtheit bewegte. An der Seite blitzte der Griff eines Degens.

„Ich denke, eure Mütter würden euch arg schelten."

In fließender Bewegung zog der Mann seine Klinge, die dabei durch die Luft schwirrte, und machte einige weitgreifende Schritte, mit denen er die letzten, trennenden Ellen zwischen sich und den beiden jungen Männern zurücklegte.

„Das werde ich nun übernehmen."

Dann war er heran. Hardenberg ließ die Laterne fallen und hob den Säbel. Mit dem Ellbogen stieß er nach Lewis, um diesen aus dem Angriffsbereich des gegnerischen Degens zu bringen. Lewis wich zurück und stolperte.

Der Schwarzgekleidete drehte sich einmal um sich selbst, und in dieser Bewegung warf er den Mantel von sich, direkt auf Lewis zu. Im selben Augenblick, da Degen und Säbel klirrend aufeinandertrafen, traf die Masse des schweren dunklen Stoffes auf Lewis, hüllte ihn in Finsternis, wirbelte ihn herum, riss ihn nach hinten und von den Füßen. Hart stürzte er zu Boden, schrie vor Schmerz und Verwirrung. Neben ihm zerbarst die Laterne an den Ziegelsteinen, die Waffe schlug mit metallischem Laut auf den Grund. Während Lewis panisch Arme und Beine bewegte, um sich von dem Mantel zu befreien und wieder auf die Füße zu kommen, hörte er mit hilflosem Schrecken das Scharren der Stiefel und Klingen der Waffen und Hardenbergs heftiges Atmen.

Der Gegner focht schweigend, ohne Anstrengung und in stiller Überlegenheit. Lewis riss an dem Mantel, in dem er sich verstrickt hatte, und endlich konnte er wieder etwas sehen. Hardenberg hielt sich tapfer, wenn auch der Schwarzgekleidete heftig auf ihn eindrang. Funken schienen von den Klingen zu sprühen, das Licht der Fackeln brach sich immer wieder auf dem blanken, tanzenden Metall, und die Reflektionen zuckten über die Wände. Lewis konnte erkennen, wie sich das siegesgewisse Lächeln von den Lippen des Schwarzgekleideten stahl. Aber er schien seinen Gegner unterschätzt zu haben, denn Hardenberg konnte in diesem Kampf von den Duellen zehren, die er gefochten und bestanden hatte. Er glich den Vorteil, den der größere Mann durch die höhere Reichweite seiner Arme und des Degens besaß, dadurch aus, dass er sich rasch, fast hastig bewegte und die Angriffe des Gegners immer wieder unterlief. Mit einem von unten geführten Hieb gegen den Kopf des Gegners riss er diesem den Hut vom Schädel, und nur durch rasches Zurückzucken konnte der Großgewachsene Schlimmeres verhindern. Wie im Zorn drosch er nun auf den kleineren Hardenberg ein, sein Degen blitzte, und nur um Haaresbreite konnte Hardenberg immer mit dem Säbel dazwischenfahren.

Als Lewis sich endlich des Mantels entledigt hatte und seine vom Sturz schmerzenden Glieder zum Aufstehen zwang, stieß Hardenbergs Säbelspitze vor und schnitt die Maske vom Gesicht des Gegners. Der sprang zurück, die Larve flatterte zu Boden, und auf der Stirn des Mannes tat sich ein blutiger Schnitt auf, aus dem sogleich ein karminrotes Rinnsal über die verzerrten Züge floss.

Bislang war der Kampf in völliger Stille abgelaufen, doch nun drang ein Wutschrei über die Lippen des Schwarzgekleideten. Lewis war wieder auf die Füße gekommen und tastete nach seiner Waffe. Hardenberg hatte sich ein triumphierendes Lächeln erlaubt, das aber gefror, als er den Mann nun auf sich zustürmen sah. Unter den prasselnden Hieben wich er zurück, in die Defensive gedrängt. Schon war zu erkennen, dass der schwere Säbel seinen Arm ermüdet hatte und der andere mit der leichteren Waffe über die Dauer des Kampfes einen Vorteil gewann. Endlich hatte Lewis die Flinte ergriffen, wollte sie mit zitternden Händen in Anschlag bringen, als er sich der stummen Warnung Hardenbergs erinnerte.

Noch bevor er jedoch einen weiteren Gedanken fassen konnte, sah er, wie Hardenbergs Gegenwehr erlahmte und der Schwarzgekleidete seine Chance sah. Lewis schrie zugleich mit Hardenberg auf, als die Degenklinge in dessen Fechtarm fuhr. Der Säbel flog davon und prallte klirrend gegen die Ziegelmauer. Der Schwarzgekleidete riss seine Waffe zurück, stieß erneut zu, und Hardenberg brach in die Knie.

Blind vor Wut und Angst rannte Lewis los, das Gewehr wie einen Stoßspeer führend. Der Mann mit dem blutüberströmten Gesicht hob seinen Degen zum Todesstoß, als Lewis ihm die Mündung des Gewehrs in die Seite rammte. Mit wütendem Knurren ruckte sein Kopf zu Seite, eine rote Fratze funkelte Lewis aus stechend dunklen Augen an. Da krampfte Lewis die Finger zusammen, teils aus Erschrecken, teils aus der Wucht des Aufpralls heraus, der seine Hände am Metall und Holz des Gewehrs abgleiten ließ, und sein Zeigefinger krümmte sich um den Abzug.

Mit einem dumpfen Grollen entlud sich das Gewehr in die Seite des Mannes. Stechender Rauch stieg auf und verhüllte den überraschten Ausdruck auf dem Antlitz des Mannes in dem Augenblick, als sein Blick brach. Sein Degen fiel zu Boden, und dann sank er selbst in sich zusammen, zu einem schwarzen Haufen Kleidung, aus dem das Leben blutete.

Lewis ließ bestürzt die Flinte fallen, deren Laufmündung sich zu einer metallenen Blüte entfaltet hatte, aus der kleine Fäden Pulverdampf quollen. Mit dumpfem Klang landete sie auf dem Leichnam des Verschwörers.

Lewis hörte, wie Hardenberg stöhnte, und das löste ihn aus seiner Starre. Rasch trat er zwei Schritte zu ihm hin und ließ sich auf die Knie nieder.

„Oh Gott, wie schlimm ist es?“, keuchte Lewis, als er sah, wie es zwischen Hardenbergs Fingern, die dieser auf seine Armwunde presste, feuchtrot schimmerte.

Hardenberg zeigte die Zähne. „Schon Ärgeres erlebt“, stieß er hervor. „Der Stich ging glatt durch. Oder richtiger: beide.“

„Wenn nur Wilhelm hier wäre“, klagte Lewis.

Hardenberg winkte ab und verzog das Gesicht. „Ein Fetzen Stoff drumherum, und ich kann wieder weiter. Versorgen können wir's später.“

Lewis zerrte sein Oberhemd unter der Weste hervor und riss einen Streifen Leinen ab. Diesen wand er um Hardenbergs Oberarm und litt mit diesem, als er dabei ein wenig zusammenzuckte, aber keinen Laut hören ließ. Dann ließ Hardenberg sich aufhelfen. Er warf keinen Blick auf den Körper des Schwarzgekleideten, unter dem sich eine Lache gebildet hatte, die sich in ihrer Farbe kaum von der des Ziegelbodens abhob. Lewis wandte den Kopf ab. Übelkeit stieg in ihm hoch.

Hardenberg ging zur Wand und hob seinen Säbel auf. Prüfend wog er ihn in der Hand, als er zu Lewis zurückkam. Er schien einen Wimpernschlag lang zu überlegen, dann bückte er sich und hob den Degen des Toten auf. Den Säbel legte er neben den Körper nieder.

Dann sah er Lewis an und sagte knapp: „Danke."

Lewis zitterten die Knie, erneut brannte es bitter in seinem Hals, doch er gab den Blick zurück und nickte.

Hardenberg deutete auf das entfernte Ende des unterirdischen Raumes. „Da hinten ist eine Tür."

Rasch eilten sie durch den blutig dunklen Saal, pressten die Ohren an die Tür, die glatt und sauber gearbeitet war und lauschten einen Augenblick, und als sie sich sicher fühlten, öffneten sie diese behutsam, die Waffen im Anschlag. Sie fanden sich in einem Keller wieder, der so gewöhnlich schien, wie ein Keller nur sein konnte, wenn er auch sehr geräumig und sauber war. Es fanden sich mit Vorräten gefüllte Regale, Säcke, Kisten und Fässer, einige Werkzeuge und kleinere Möbelstücke.

Hinter ihnen fiel die Tür leise klickend ins Schloss. Sie drehten sich um – die Tür war verschwunden! Sie war durch ein Regal voller Kerzenstapel und metallener Leuchter verborgen, das wohl durch einen verborgenen Mechanismus zur Seite schwingen mochte. Sie erkannten jedoch keinen Riegel oder Hebel, mit dem sie jene Geheimtür hätten öffnen können. Der Rückweg war ihnen nun verwehrt, es blieb ihnen nichts übrig, als voranzuschreiten.

Vom Keller führte eine Treppe nach oben, und nach einer weiteren Tür standen Lewis und Hardenberg in einem ruhigen, schwach erleuchteten Gang. Er schien zu einem wohlgeführten und wohlhabenden Haushalt zu gehören, denn das Parkett schimmerte ebenso wie die Tapeten an den Wänden. In Öl gemalte Portraits und Landschaften, gefasst in sehr ansehnliche Rahmen, hingen hier, und auch die Leuchter mit den wenigen entzündeten Kerzen zeugten von Wohlstand.

Zögernd tasteten sich die beiden vor. Kein Geräusch war zu hören. Schließlich kamen sie in den Eingangsbereich.

Lewis sah sich erstaunt um. „Ich kenne dieses Haus", flüsterte er. „Es gehört der Gräfin Bernstorff, und auch Bode wohnt hier."

„Ob auch er ein Gefangener ...", begann Hardenberg und schüttelte dann den Kopf, als er Lewis' Augen sah, die sich im Begreifen weiteten.

Dann blickte Lewis zornig. „Nein, warum auch, wo doch unter seinem Haus der Treffpunkt der Verschwörer liegt?" Lewis bleckte die Zähne. „Dann habe ich mich also nicht geirrt, als ich glaubte, Bodes Stimme in der Ruine zu erkennen! Was danach folgte, war eine Posse seinerseits, um den Verdacht von ihm abzulenken! Es ist alles, wie Voigt es befürchtet hat! Bode ist der Kopf der Schwarzen Brüder und der Revolutionäre und hat Goethe in seiner Gewalt!"

„Dann wird dieser wohl irgendwo hier im Haus festgehalten", entgegnete Hardenberg. „Erinnerst du dich an die Anordnung der Räume?"

„Nein", antwortete Lewis ärgerlich. „Der Besuch war zu kurz, und der Dienstbote scheuchte uns sehr."

„Dann versuchen wir unser Glück." Hardenberg sah sich um. „Ob es noch einen Keller gibt?"

Da scholl ein tiefes Lachen durch das Haus. Es floss wie ein dunkler Strom aus Tönen die große Treppe herab.

„Bode!", flüsterte Lewis. „Suchen wir ihn, vermutlich ist auch Goethe nicht weit – und hoffentlich tut er ihm nichts zuleide."

Sie liefen die Treppe hinauf, so schnell das möglich war, ohne allzu sehr über die Stufen zu poltern. Bodes Lachen führte sie einen weiteren Gang entlang, an dessen Ende eine halboffene Tür warmes Licht über das Parkett strömen ließ.

Jetzt war Bodes Stimme unverwechselbar. Er unterhielt sich munter mit einem weiteren Mann, der bisher ebenfalls ab und an gelacht hatte.

Jetzt waren Lewis und Hardenberg näher heran. Sie sahen durch den Spalt in der Tür in ein Zimmer, das von Bücherschränken umrandet war und in dessen Mitte auf einem Teppich ein bequem erscheinender Sessel stand, nahe an einem Tischchen, das Gläser und eine Karaffe beherbergte.

Diesen Sessel füllte die massige Gestalt Bodes aus, mit rotem Gesicht und hängenden Wangen, die Augen munter und mit dem gespitzten Mund an einem Likörglas nippend. Sein veilchenblauer Rock klaffte ebenso offen wie die graue Weste, und er hatte die Halsbinde gelockert.

Lewis spürte, wie Wärme aus dem Raum drang, und jetzt hörte er das Knistern eines Kaminfeuers. Bode setzte sein Glas ab und sprach zu seinem Gegenüber, den Lewis wegen des Türblattes nicht erkennen konnte.

„Abaris! Es will mir nicht gelingen, mein Verlangen zu unterbinden, immer wieder auf dein Wohl zu trinken! Ich bin froh, dass sich die Dinge zum Besten wenden! Die Provinz Ionien und unser herrliches Hieropolis werden in neuem Glanz erstrahlen, wenn diese arge Zeit hinter uns liegt."

Lewis erkannte die verschlüsselten Benennungen aus dem Sprachgebrauch der Illuminaten wieder. Hieropolis musste der geheime Name für Weimar sein. Doch auch der Name, mit dem Bode seinen unsichtbaren Gesprächspartner angeredet hatte, kam Lewis bekannt vor. Er hatte doch unten in den Gängen den Ansatz einer Auflösung gehabt ...

Jetzt sprach auch der andere Mann, und Lewis erstarrte.

„Darauf können wir nur trinken, guter Tristram! Ich hebe mein Glas auf glückliche Zeiten."

Lewis glaubte zunächst, seine Ohren hätten ihn getäuscht. Doch als der Mann weitersprach, wurde ihm klar, wessen Stimme er da hörte. Jener unsichtbare Gast, der sich freundschaftlich, ja mitverschwörerisch mit Johann Christoph Bode unterhielt, dem Kopf der Weimarer Illuminaten und der Schwarzen Brüder, dem verbrecherischen Geist, der hinter Morden, Komplotten und dem Plan stand, den Herzog, die Adelsherrschaft, ja die geregelte Staatsordnung zu stürzen, jener Mann war ohne jeden Zweifel Johann Wolfgang von Goethe!

Vierzehntes Kapitel

In welchem Ereignisse
und Personen ihr Ende finden

Lewis wandte den Kopf zu Hardenberg und sah ihn verdattert und bestürzt zugleich an. Er wollte nicht glauben, welches Szenario sich da vor ihm ausbreitete: Der vermeintlich entführte und in tödlicher Gefahr schwebende Goethe war seinem vorgeblichen Widersacher nicht nur freundschaftlich zugetan, sondern kollaborierte mit diesem! Goethe war ein Logenbruder Bodes, ein Illuminat und somit zweifellos Gegner von Staat und Monarchie!

Lewis überkam die schreckliche Gewissheit: Goethe, der Vertraute des Herzogs Carl August, sollte als Waffe gegen diesen dienen. Wer wusste, was auf dem Feldzug nach Frankreich geschehen war? Vielleicht waren der Herzog schon tot, das Heer versprengt und die Franzosen auf dem Vormarsch, kurz vor Weimar gar, um die Stadt, die sich im Wahnsinn erging, im Handstreich zu nehmen? Dann herrschten die Illuminaten, die wahrscheinlich doch die Revolution in Frankreich angezettelt hatten, um den Kontinent von aller Monarchie zu entledigen.

Lewis keuchte. Goethe als Verräter an seinem Gönner, an der Kunst, wenn er zuließ, dass der Musenhof Weimar ausgelöscht wurde, und er, Lewis, hatte diesem Mann vertraut, hatte sich im Grunde von ihm für vorgebliche Spitzeltätigkeiten einspannen lassen, die welchem Sinn auch immer gedient hatten. Vielleicht sollten allzu unachtsame Mitverschwörer aufgedeckt und dann ausgelöscht werden. Aber wie konnte Lewis auch nur erahnen, was in den Köpfen dieser Menschen vor sich ging?

Zorn stieg in ihm auf. All die Ängste und Schmerzen, die er und seine Freunde hatten hinnehmen müssen, kamen wieder hoch, und all das hatte geschehen müssen, um nun zu erkennen, dass es umsonst, ja eine Finte und ein Verwirrspiel gewesen war.

Lewis stellte die Laterne ab und zog die Pistole aus seinem Gürtel.

Hardenberg sah es und zischte: „Himmel, Matthew, was willst du tun?"

Lewis ignorierte ihn. Stattdessen entriss er Hardenberg die Schusswaffe und sagte zu diesem, ohne ihn anzusehen: „Lauf los und hole Hilfe. Ich halte die beiden Verräter in Schach!"

„Aber ...", konnte Hardenberg noch entgegnen, da stieß Lewis auch schon die Tür auf und stürzte ins Zimmer.

„Rühren Sie sich nicht!", schrie er.

Goethe, denn er war es tatsächlich, der in dem anderen Sessel saß, und Bode zuckten zusammen. Bode verschüttete seinen Likör, und das Glas fiel auf den Teppich. Goethe wollte aufspringen, doch Lewis richtete einen der Pistolenläufe deutlich auf den Geheimrat.

„Nicht rühren, habe ich gesagt!"

Nun weiteten sich die Augen der beiden Männer, als sie Lewis erkannten. Der ahnte in seiner Wut nicht, welche Erscheinung er bot: Seine Kleidung war mit Erde und Blut verschmutzt, das Haar hing ihm wirr in die Stirn, und auch in seinem Gesicht fanden sich Spuren von unterirdischem Dreck und dünne Spritzer scharlachfarbenen Blutes. Doch am Erschreckendsten mussten wohl der wutentbrannte Ausdruck in seinem Gesicht und die starrenden Augen über dem verzerrten Mund sein.

„Herr Lewis ...“, begann Goethe, doch der schrie ihn nieder.

„Schweigen Sie! Sie Vaterlandsverräter!“ Lewis blickte zwischen dem Geheimrat und Bode hin und her, um keine Bewegung zu versäumen, und hielt seine beiden Pistolen auf deren Körper gerichtet. „Ich habe alles gehört! Sie gehören zu dieser Bande von Heimlichtuern, die sich Illuminaten nennen und die doch nur charakterlose Mordbuben und Verschwörer sind! Sie und die Schwarzen Brüder sind eins und wollen den Staat vernichten!“

Lewis scherte sich nicht um den überraschten Ausdruck, der sich nun auf den Gesichtern der beiden Männer zeigte und die Angst und den Schrecken, die sich zuvor darauf abgezeichnet hatten, ein wenig überlagerte.

„Ich werde Sie an Voigt ausliefern und Sie damit Ihrer gerechten Strafe für den Verrat am Herzog zuführen! Nie wird er durch Ihre Hand ein Leid erfahren!“

Goethe hob nun in sanftem Ton seine Stimme: „Lewis, guter Lewis, Sie verkennen ganz und gar die Hintergründe und fügen die Teile, die Sie besitzen, völlig falsch zusammen.“

Lewis drohte aufgeregt mit der Waffe. „Wollen Sie leugnen, dass Sie Illuminat sind? Wie Bode?“

Der beleibte Mann sah sich unruhig im Raum um und warf immer wieder einen Blick auf die Tür hinter Lewis. Der erinnerte sich, wie er Hardenbergs eilige Schritte vernommen hatte, als jener den Gang entlanggelaufen war, um Hilfe zu holen. Der gute Hardenberg! Ein echter Gefährte, der nicht lang zauderte, sondern Pläne in die Tat umsetzte!

Goethe sprach wieder bedächtig auf Lewis ein. „Nein. Ich bin Mitglied des Ordens, seit demnächst einem Jahrzehnt schon.“

Lewis funkelte ihn böse an.

Goethe fuhr fort: „Aber Sie sollten auch wissen, dass es noch weitere Männer gibt, von deren Zugehörigkeit Sie wissen müssen."

„Ich ahne wohl, dass Sie nicht allein sind in Ihrer Gemeinschaft von Umstürzlern und Meuchlern!", fauchte Lewis.

Goethe erlaubte sich ein schmales Lächeln. „Was würde es an Ihren Ahnungen ändern, wenn ich Ihnen sage, dass sowohl Regierungsrat Voigt, dem Sie ja vertrauen, als auch der Herzog Mitglieder der Illuminaten sind? Der Herzog gar mit mir zusammen in den Orden eintrat?"

Lewis schüttelte aufgebracht den Kopf. „Eine abscheuliche Lüge!"

„Keineswegs!", entgegnete Goethe und wollte weitersprechen, als Lewis ihn unterbrach.

„Was soll das besagen? Dass der Herzog sich selbst stürzen und Voigt sich selbst verfolgen will?"

„Nein. Es bedeutet, dass wir alle in diesen Orden eintraten, um von innen heraus dessen geheime und verbrecherische Machenschaften auszukundschaften und im rechten Moment zuzuschlagen!" Er blickte zu Bode und hatte wieder den gleichen Triumph in der Stimme wie zuvor, als Lewis vor der Tür gelauscht hatte.

Bode rutschte ein wenig auf seinem Sessel umher und sprach nun seinerseits mit seinem tiefen Bass, nachdem er sich ausgiebig geräuspert hatte. „Lewis! Es entspricht der Wahrheit, was der Geheimrat sagt. Seit Jahren, und das wissen Sie von Voigt, haben sich Illuminaten vom Orden abgespalten und sich zu den Schwarzen Brüdern zusammengeschlossen. Die sind der wahre Feind, nicht wir!"

Lewis senkte die Pistolen keinen Fingerbreit, hörte aber aufmerksam zu, welche abstrusen Entschuldigungen nun folgen mochten.

„Wir wissen von den Machenschaften", fuhr Bode fort. „Von den Entführungsplänen der Schwarzen Brüder. Aber in diesem Augenblick ist längst die Garnison alarmiert und bereit, die herzogliche Familie und ihr Gefolge zu beschützen! Draußen wird der Aufstand befriedet, werden die Verschwörer gefangengesetzt, und alles wird gut werden! Wie könnten wir unserem Herzog Böses wollen?"

Lewis sah Bode zweifelnd an, worauf Goethe weitersprach. „Trauen Sie Bode! Er hat mich aus den Fängen der Schwarzen Brüder befreit. Er hatte entdeckt, dass sie einen Anschlag auf mich vorbereiteten und hat diesen im letzten Augenblick vereitelt, und nun werden wir gemeinsam den Weimarer Boden vom Abschaum befreien!"

Bode hatte sich inzwischen in Seelenruhe ein weiteres Glas Likör eingeschenkt. In Lewis' Kopf wirbelten die Gedanken umher, und so hatte er kaum darauf geachtet. Nun nippte Bode lächelnd an seinem Glas und wiederholte Goethes Worte. „... vom Abschaum befreien, sehr wahr!"

Lewis war verwirrt, wusste nicht, was er nun glauben sollte, und so war er froh, als plötzlich rasche Schritte hinter ihm aufklangen, Stiefel über das Parkett polterten. Er drehte den Kopf und erkannte Hardenberg inmitten einer Gruppe Bewaffneter. Dann wandte er sich wieder an Goethe und Bode. „Wir werden sehen, was sich als wahr erweist. Zunächst wird man Sie gefangennehmen und zum Verhör bringen!"

Bode schmunzelte und nippte erneut an seinem Likör.

Da drängten die Bewaffneten in den Raum, sowohl durch die Tür hinter Lewis als auch durch eine weitere an der Seite des Zimmers, die er vorher nicht bemerkt hatte. Lewis atmete auf, doch im selben Augenblick traf ihn ein rüder Stoß. Nun bemerkte er erst, dass die zehn, zwölf Männer, die ihn umringten, von Kopf bis Fuß in Schwarz gekleidet waren und

Masken trugen. Bevor er sich rühren konnte, hatte man ihm die Pistolen entrissen und ihn in eine Ecke gedrängt.

Dort stand auch Hardenberg, ohne Degen und die Hand mit verzerrtem Gesicht auf die Armwunde gepresst. „Sie haben mich noch vor dem Hause ergriffen ...“, klagte er schwach, aber voll Ärger in der Stimme.

Lewis warf einen verdrießlichen Blick auf Bode und auf Goethe, der nun seltsamerweise konsterniert schien.

Bode erhob sich schwer und langsam aus seinem Sessel, wobei er vorsichtig das Likörglas auf dem kleinen Tisch abstellte. Einer der Schwarzen Brüder reichte ihm eine von Lewis' Pistolen, und er prüfte sie. Dann sah er Goethe an.

„Ich denke, die gehören in deinen Besitz, werter Bruder. Ein Geschenk des Herzogs ... sehr hübsch.“ Dann richtete er die Waffe auf Goethe. „Aber nun hinüber zu den anderen! Die Possen haben ein Ende!“

Seine Stimme war schrill und schroff, das freundliche Gesicht strahlte mit einem Mal ungekannte Strenge aus.

Goethe stutzte. „Was ...“

„Hinüber, sag' ich“, brüllte Bode, und Goethe gehorchte. Die Schwarzen Brüder packten ihn und schoben ihn zu Lewis und Hardenberg, hielten sie mit Musketen und Pistolen in Schach.

Bode drehte die Pistole spielerisch in den Händen und ging im Raum auf und ab. „Was für Ränke, was für Intrigen! Aber nun ist Schluss, das Ende ist nah, runter mit den Masken!“ Er lachte. „Bildlich gesprochen!“

Einige der Schwarzen Brüder schmunzelten, manche lachten leise in sich hinein.

Goethe zog ein Gesicht, als wolle er ausspeien. „Was seid ihr doch für drollige Gesellen! Sag, Bode, was wird hier gespielt?“

Bode blieb stehen und hob die Pistole. „Das, was der junge Lewis richtig erkannte! Nur du, lieber Bruder, hast dich blenden lassen.“ Er ließ die Pistole sinken. „Es ist der letzte Akt dieses Spiels, so will ich mich denn erklären. Nur kurz, gewiss, um die Mitakteure nicht zu ermüden!“

Wieder lachten einige der Maskierten. Lewis bemerkte, wie Goethe angestrengt auf deren Gesichter blickte, als vermute er ihm Bekannte unter den Larven.

Bode ging weiter durch den Raum. „All deine Spitzeleien waren mir bekannt. Der selige Löber hatte sie geahnt und recht behalten. Ohne deine dummen Sanktionen gegen die akademischen Orden in Jena hätten wir längst losschlagen können, und die Revolution wäre vollzogen.“ Er klopfte mit dem Lauf der Pistole in seine Handfläche. „Aber nun ist die Zeit gekommen! Der Geheime Rat wird ausgeschaltet, und eine verlässliche Gruppe meiner Vertrauten ist zum Herzog unterwegs, um ... muss ich noch weitersprechen?“

Er grinste Lewis an. „Sie, mein junger, ach so talentierter Dichter haben alles wunderbar zusammengetragen. Zu dumm, dass Sie mir in die Quere kamen, Sie hätten mir so nützlich sein können. In Ihrem Eifer nach Erfolg als Poet und Übersetzer im Dienste einer Weltliteratur hätten Sie gar nicht bemerkt, wie Sie unter meiner Anleitung all das Gedankengut in Ihre Heimat gebracht hätten, das auch diese früher oder später umgestürzt hätte!“

Er feixte und rieb sich mit dem Pistolenlauf das Vielfachkinn. „Aber möglicherweise sind Sie ja bereit, auch jetzt noch mit etwas Druck ...“

Lewis erzitterte vor Ekel. „Niemals! Eher den Tod!“

Goethe schnalzte mit der Zunge. „Damit dürfen wir rechnen, lieber junger Freund“, flüsterte er Lewis zu.

„Keineswegs!", rief Bode, der es gehört hatte. „Niemand wird sterben ... zumindest niemand von Ihnen. Es wird sich alles aufs Wundervollste ergeben."

Er grinste Goethe an. „Vor allem du, Abaris, wirst so lebendig gebraucht wie nur irgend möglich, denn nach dem Tod des Herzogs und der Eroberung von Weimar wirst du hier die Herrschaft übernehmen!"

Goethe schaute überrascht, dann schüttelte er den Kopf und lachte. „Welch eine Verrücktheit! Nie werde ich zu deiner und deinesgleichen Spielpuppe! Wie immer du mich auch zwingen willst!"

Bode ging bedächtig zur angrenzenden Tür. „Ich werde dich nicht zwingen. Du wirst es aus freiem Willen und tiefstem Herzen tun." Er steckte den Kopf in den Nebenraum und sprach ein paar Worte. „Wenn Sie nun eintreten möchten ..."

Dann trat Bode zur Seite und gab den Weg für einen Mann frei, der aus dem Dunkel des angrenzenden Zimmers in den Raum trat.

Goethe und Lewis erkannten ihn sofort: Urbino Leone, der Geisterbeschwörer, den sie in Tiefurt kennengelernt hatten.

Leone sah sich überheblichen Blickes um. Er trug wieder den nachtblauen Rock mit den goldenen Litzen an den Aufschlägen, was zeigte, dass dies kein schillerndes Kostüm für seine Auftritte war, sondern vielmehr dessen Kleidungsgeschmack entsprach. Doch davon abgesehen erinnerte nur wenig an den Mann, der im Sommer seine Kunststücke vollführt und Lewis mesmerisiert hatte. Zwar schwang sich immer noch der schwarze Schnurrbart von der Nase zu den Wangen hin, doch die Züge Leones waren verändert. Er schien nicht mehr so ausgemergelt und bleich, die Augen waren nicht mehr beschattet, und die tiefen Falten um Nase und Mund schienen aufgefüllt. Er hatte in den vergangenen Monaten zugenommen. Doch immer noch setzte er seine Schritte grazil, und die Augenbrauen wölbten sich in Bögen, die Dreistigkeit und Arroganz ausstrahlten.

Als er sich ihm und Goethe näherte, gewahrte Lewis, dass der sachte den Kopf bewegte, als bemerke er etwas, das er sich nicht erklären, nicht vorstellen konnte.

Dann war Leone heran, er lächelte anzüglich, und seine Schnurrbartspitzen zitterten wie die Fühler eines ekligen Kerbtiers, wie es Lewis schien.

Leone fixierte Goethe mit seinen stechenden Augen, sagte kein Wort, sondern griff an seinen Schnurrbart und riss ihn sich von der Oberlippe.

Lewis sog erschrocken die Luft ein, doch Goethe war regelrecht entsetzt. Er keuchte und brachte dann ein Wort über die Lippen, dem Lewis jedoch keine Bedeutung beimessen konnte.

„Balsamo!"

Der Angesprochene schmunzelte und warf Goethe den falschen Oberlippenbart gegen die Brust. „Wie schön, dass Sie mich erkennen", brummte er mit weichem Akzent. „Gleichwohl würde ich bevorzugen, wenn Sie mich Graf Cagliostro nennen, wie es sich geziemt und mir zusteht."

Goethe schnaubte: „Hochstapler!"

„Sie müssen es ja wissen, Geheimrat!", entgegnete Balsamo. „Nachdem Sie sich so kundig über mich ausgelassen haben ...," – nun wurde er lauter, und sein Akzent verstärkte sich – „... mich diffamiert und lächerlich gemacht haben mit Ihrem unerträglichen Lustspielchen aus dem vorigen Jahr, *Der Groß-Cophta*! Ein weiterer Beweis, dass Ihr literarischer Stern im Sinken begriffen ist! Von Ihrer abscheulichen Bloßstellung meiner Familie durch jene andere Schrift ganz abgesehen. Meine arme Mutter und Schwester in Palermo heimzusuchen und ihnen Unwahrheiten und Lügen zu entlocken! Mich als

Ungeheuer darzustellen! Aber ich werde mich rächen! Schon bald werden Sie ..."

„Balsamo!", schalt Bode quer durch den Raum. „Zügeln Sie sich! Dies ist nicht Ihre persönliche Blutrache! Sie sind hier, um einer größeren Sache zu dienen."

Balsamo murrte und wandte sich brüsk von Goethe ab.

Der rief dem Italiener aufgeregt hinterher: „Aber die Inquisition in Rom hat Sie doch im vergangenen Jahr der Ketzerei angeklagt und im päpstlichen Gefängnis eingekerkert! Ich selbst habe davon ..."

Balsamo blickte finster lächelnd über die Schulter zurück. „Dort schmachtet ein bedauernswerter Doppelgänger. Ich weile seit einem halben Jahr als Gast bei Signore Bode und lasse es mir wohlergehen."

Goethe spie trocken aus. „Zu vorgeblicher alter Größe sind auch Sie nicht wieder gekommen, Balsamo! Der Kerker hat sie wohl schwach werden lassen, wenn ich mich des kläglichen Versuchs in Tiefurt entsinne, mich zu mesmerisieren."

Lewis hätte dem Geheimrat liebend gern widersprochen, da er sich lebhaft an sein eigenes Erlebnis dieser Art erinnerte, doch schwieg er aus begreiflichen Gründen.

Außerdem wirbelte Balsamo wutentbrannt herum, machte einen gewaltigen Schritt auf Goethe zu und streckte die Hand wie zum Würgegriff aus. Aber noch bevor ihn Bode erneut zur Mäßigung aufrufen konnte, zügelte sich Balsamo. Er entspannte seine Züge und ließ die Hand sinken. „Wir werden sehen", sagte er knapp und ging zu Bode hinüber.

Goethe war offenkundig zufrieden, Balsamo mit seinem Spott getroffen zu haben. Nun jedoch, als dieser sich neben Bode aufbaute und beide verschworen lächelten, verschwand der gelöste Ausdruck von seinen Zügen, und Lewis fragte sich, was der Geheimrat erkannt haben mochte.

„Sie wollen es nochmals versuchen“, sagte dieser.

Bode klatschte leise in die Hände. „Ich bewundere deine Auffassungsgabe, Abaris, und wie du bereits anmerktest: Wie auch immer ich dich zwingen möge, du würdest nie zu meiner Spielpuppe. Mit Balsamos Hilfe jedoch wirst du glauben, du tätest alles, was ich von dir will, aus eigenem Antrieb.“

Balsamo hatte mit den Mundwinkeln gezuckt, als er mitanhören musste, wie Bode ihn zum wiederholten Male mit seinem Geburtsnamen anredete und nicht mit dem selbstverliehenen Titel, unter dem er an den Fürstenhöfen Europas als Alchimist und Wunderdoktor aufgetreten war. Dennoch verneigte er sich nun galant.

„Ich darf Sie berichtigen, Geheimrat“, sagte er in weichem Tonfall. „Damals in Tiefurt wollte ich Sie mitnichten mesmerisieren. Ich wollte nur Ihren Willen, Ihre Stärke, die Widerstandskraft Ihres Geistes prüfen. Nun aber, da ich wieder im Vollbesitz meiner Kräfte bin und ich mich lange habe vorbereiten können, werde ich Ihre Wandlung vollziehen. Vom anmaßenden Staatsdiener zum weisen Herrscher ... unter unserer geheimen Führung!“

Bode schien es nicht recht genehm zu sein, dass Balsamo sich auf eine Stufe mit ihm stellen wollte. Doch er verbarg das Unbehagen, das kurz über sein Gesicht geglitten war, indem er harsche Befehle austeilte: „Schluss mit dem Gerede! Es ist Zeit!“

Er wandte sich an seine Häscher, die Goethe und die beiden jungen Männer in Schach gehalten hatten. „Ergreift sie und schafft sie hinunter, wir werden gleich beginnen!“

Man packte Lewis unsanft und führte ihn zusammen mit Hardenberg und Goethe aus dem Raum, den Gang entlang und die Treppen hinab. Während man ihn abführte, hörte er Bode mit Balsamo sprechen, konnte aber nicht verstehen, was gesagt wurde. Ihre Bewacher drängten sie die Treppen hinab, und Lewis ahnte, wohin der Weg sie führte: in den unterirdischen Versammlungssaal der Schwarzen Brüder. Auch Hardenberg erkannte es, und unter seinem von Schmerz verzerrten Gesicht – einer der Maskierten führte ihn am Arm, die behandschuhte Faust um die notdürftig bandagierte Wunde gekrallt – flammte ein Ausdruck von Furcht auf.

Es war unabwendbar, dass die Schwarzen Brüder ihn töten würden, da er ihnen weder wie Goethe als künftige Regentenfigur noch wie Lewis als unwissender Botschafter in England dienlich sein könnte. Dennoch würden die Verschwörer sicher nicht auf gnädige Weise mit ihm verfahren, wenn sie die übel zugerichtete Leiche ihres Anführers entdeckten.

Lewis erkannte, was in Hardenberg vor sich ging, und wagte nicht, ihn anzusehen. Goethe dagegen schritt hocherhobenen Hauptes seinem Schicksal entgegen.

Im Keller berührte einer der Maskierten einen verborgenen Hebel, und das Regal mit den Kerzen schwang beiseite, ganz so, wie Lewis es vermutet hatte. Einige der Schwarzen Brüder traten vor, dann stießen die anderen ihre Gefangenen in den Gewölbesaal hinein.

Lewis sah die dunkle Gestalt auf dem Boden liegen, und schon wurden Aufschreie laut. Zwei der Revolutionäre liefen zu dem Toten hin, erkannten, dass es ihr Befehlshaber war, und spähten sodann mit gezückten Waffen nach vermeintlichen Eindringlingen. Fünf Männer liefen durch die Tür zu dem kleinen Vorraum, der in das unterirdische System von Gängen führte, um nach Anzeichen eines Angriffs zu suchen, doch kamen sie rasch wieder zurück.

„Es droht keine Gefahr, wir sind nicht entdeckt", rief einer.

„Aber wer hat dann Didakus getötet?", fragte ein anderer.

Zwei weitere waren mittlerweile neben der Leiche niedergekniet, und einer hob den Säbel empor. „Das ist nicht Didakus' Waffe!" Ein anderer nahm derweil das geborstene Gewehr auf.

Da griff der Maskierte, der Hardenberg am Arm gepackt hatte, an seine Seite und betrachtete den Degen, den er seinem Gefangenen abgenommen hatte. Lewis sah, wie Hardenberg die Augen schloss.

„Aber dies ist sie!", rief der Maskierte und drehte Hardenberg so zu sich herum, dass er ihm in die Augen sehen konnte. „Du hast ihn erschlagen und seinen Degen gestohlen!"

Einer der Männer neben der Leiche des Mannes, dessen Ordensname Didakus gewesen war, stand auf und hob das Gewehr. „Er wurde hiermit grausam zugerichtet." Dann zeigte er auf Lewis. „Wenn ich mir das Blut ansehe, das der da an seinen Kleidern hat, so scheint er mir zweifellos der Mörder zu sein!"

„Das ist gleich!", stieß ein anderer voller Hass aus. „Tötet sie beide! Von Nutzen ist nur der Geheimrat!"

Schon näherten sie sich bedrohlich, während Lewis und Hardenberg von ihren Bewachern noch unsanfter gepackt wurden. Dolche zuckten mit einem Mal aus Kleidung und Gürteln hervor, blitzten tödlich im Fackelschein.

Das ist das Ende, dachte Lewis, doch in diesem Augenblick dröhnte eine gewaltige Bassstimme durch das Gewölbe. „Halt!", rief Bode, und sogleich hielten die Männer inne, und die Dolche senkten sich. „Ohne meinen Befehl wird hier niemand hingerichtet!" Er warf den beiden jungen Männern geringschätzige Blicke zu. „Selbst die da nicht."

Bode war zusammen mit Balsamo in den unterirdischen Saal getreten, jedoch nicht durch den Kellereingang, wie es Lewis schien. Die beiden schritten von der Seite zwischen den Säulen her, und an der Wand hinter ihnen glaubte Lewis zu sehen, wie sich eines der dort gereihten Banner sacht bewegte. Eine weitere Geheimtür musste dahinter liegen.

Dann war Bode heran, bedeutete den Maskierten mit herrischen Gesten, die Dolche verschwinden zu lassen, und wies dann auf Lewis und Hardenberg. „Wenn Balsamo Goethe gefügig gemacht hat, sind diese beiden hier als nächste dran. Der junge Engländer wird mein erster getreuer Gewährsmann in England sein, und der junge Herr von Hardenberg wird die Stelle einnehmen, an der seit dem Tode Cetaos' eine so schmerzliche Leere klafft. Er wird unser neuer Ordenszensor, und ich verspreche, er wird noch herrischer und strikter sein als sein Vorgänger!"

Er sah Hardenberg an. „Eine feine Ironie des Schicksals, die Rolle seines Erzfeindes übernehmen zu müssen, nicht wahr?"

In Hardenbergs Gesicht zitterten die Muskeln, doch er antwortete nicht. Schließlich ließ er den Kopf hängen und sah auf seine Schuhspitzen.

Bode wandte sich an die Maskierten. „Schafft den Leichnam hier hinaus, Balsamo kann keine solche Ablenkung gebrauchen! Didakus wird später sein ehrenvolles Begräbnis erhalten!"

Zwei der Männer schritten zu dem Leichnam hin und hoben ihn vorsichtig auf.

„Ihr anderen", befahl Bode weiter, „richtet alles so her, wie Balsamo es wünscht! Bindet den Geheimrat an meinen Sessel!"

Bode lächelte zu Goethe hinüber. „Ehre, wem Ehre gebührt, Abaris!"

Goethe wollte etwas Scharfzüngiges erwidern, doch Bode übertönte ihn. „Postiert euch dann an den Türen! Wir können während der Zeremonie keine Störung brauchen!"

Während die Schwarzen Brüder durch den Saal gingen und nach Balsamos Anweisungen Stühle verrückten, Feuerschalen aufstellten und entzündeten und Goethe auf den großen, mit kryptischen Schnitzereien verzierten Lehnstuhl fesselten, der am Kopf der Tafel gestanden hatte, wandte sich Bode wieder an Lewis und Hardenberg. Diese standen nun ohne Wächter da, doch sprach aus ihrer Körperhaltung nur zu deutlich, dass sie keinen Fluchtversuch zu unternehmen wagten.

Bode sprach in Zimmerlautstärke auf die beiden ein, so dass kein Wort zu den geschäftigen Männern dringen konnte. „So habt ihr also den heißspornigen Didakus überwältigen können ... zwei kühne Knaben! Aber mir soll's recht sein. Der Bursche war zu machthungrig und versessen, zu selbstverliebt. Ich hätte mich früher oder später seiner entledigen müssen. Nun, da ihr dies für mich getan habt, muss ich meine Finger nicht beschmutzen, und ich zürne euch auch nicht."

Dann begannen seine Augen, sich drohend zu verengen. „Dass ihr jedoch meinen geschätzten Löber getötet habt ..." Bode ballte die fleischige Hand zur Faust. „Ich hätte Krafft schon längst auslöschen sollen – aber ich werde seiner nicht habhaft. Er scheint wie ein Geist, der immer auftaucht, wo man ihn nicht vermutet, und wo man ihn vermutet, dort bleibt er nie lange."

Lewis lächelte schwach bei diesem Gedanken und ertappte sich dabei, verstohlen die Maskierten zu beobachten. Möglicherweise ...

Bode hatte seinen Zornesausbruch wieder unter Kontrolle. „Löber war ein treuer Diener, sogar über den Tod hinaus – nicht wahr, Herr Lewis?" Er funkelte Lewis an, dem dabei und durch die Erinnerung an den unheimlichen Magister ein kalter Stich durch den Magen fuhr.

„Ich erwähne dies nur, damit Sie beide völliges Vertrauen in die Kräfte und Fähigkeiten Balsamos haben. Sie stimmen mir sicher zu, wenn ich finde, dass jemand, dem es gelingt, Leben in einen toten Körper zu zwingen, ohne Schwierigkeiten die Gedanken eines Lebendigen beeinflussen kann?"

Er rieb sich nachdenklich seine Kinnfalten. „Zumindest wird dieses Unterfangen von längerer, erfolgreicher Dauer sein. Ich finde es bedauerlich, dass die Kraft des wiederauferstandenen Löber nicht reichte, Sie zu erwürgen, Lewis."

Bode zuckte die schweren Schultern. „Aber so können Sie mir anderweitig von Nutzen sein. Ich verschwende nicht gern, und warum sollte ich dies mit Menschen oder Talenten tun? Balsamo wird seine Fertigkeiten noch zur Genüge anwenden können. An Ihnen unter anderem." Er hob mit sanfter Geste Hardenbergs Kinn an. Dieser zeigte keine Regung, sah mit müdem Blick in den Raum.

„Mit Ihnen werden wir auch Professor Schiller endgültig überzeugen können, sich uns anzuschließen." Bode zog die Hand weg, und Hardenbergs Kopf senkte sich wieder.

„Apropos", begann Bode, „wo mag sich Ihr Freund, der junge Herder, befinden? Er war doch auch zu Goethe geladen." Er nickte langsam. „Ich hoffe, ihm geschieht nichts, wenn er so allein auf den Straßen umherirrt, auf der Suche nach Hilfe ..." – dabei fasste er Lewis scharf ins Auge – „... nach der Sie ihn so leichtherzig geschickt haben! In den Wahnsinn der Stadt!"

Bode weidete sich einen Augenblick an Lewis' bangem Ausdruck, dann fuhr er fort: „Aber es mag ihm nichts geschehen, schließlich ist er ja der Sohn unseres geschätzten Bruders Decanus."

Lewis öffnete erstaunt den Mund.

Bode nickte gehässig. „Ja, Superintendent Herder ist Illuminat. Überrascht Sie das? Fühlen Sie sich irritiert? Gerät Ihr Weltbild ins Wanken?", triumphierte Bode. „Das ist genau richtig. Sie sollten sich nirgends sicher fühlen, wir sind überall! Aber grämen Sie sich nicht, denn binnen kürzester Zeit werden

Sie ein glühendes Mitglied sein ..." Bode wollte noch etwas hinzufügen, da hörte man Balsamos Stimme.

„Es ist bereit!"

„Nun denn!", wandte Bode sich an Lewis und Hardenberg. „Folgen Sie mir, und werden Sie Zeuge eines großen Augenblicks: der Geburt des neuen Herrschers von Weimar!"

Bode führte die beiden jungen Männer mit spöttischer Geste dort hinüber, wo Goethe in dem mächtigen Armstuhl saß, die Handgelenke an die Lehnen gebunden und von vier Feuerschalen auf eisernen Dreifüßen umstanden, in denen glühende Kohlen rauchten. Balsamo hatte sich vor Goethe aufgebaut, die Arme verschränkt und mit geschlossenen Augen. Der Geheimrat saß ganz ruhig dort, doch atmete er schwer und zornig.

Bode trat zu ihm. „Ich warne dich! Sträube dich nicht", mahnte er. „Ich kann dich gefügig machen."

Er griff in seinen Rock und förderte eine kristallene Phiole hervor, in der eine helle Flüssigkeit das Licht einfing.

„Gift?", lachte Goethe bitter. „Du müsstest wissen, dass ich von Herzen gern in den Tod ginge, wenn ich dafür nicht zu deinem Werkzeug werde."

Bode schwenkte das kleine Behältnis vor Goethes Augen. „Nein. Das Aqua Tophana wird dich nicht umbringen." Dann näherte er sich mit seinem Gesicht dem Goethes. „Nicht direkt. Es wirkt langsam. Sehr langsam. Es wird dich erst nach Ablauf eines Jahres umbringen, so dass du mir in dieser Zeit sehr wohl zu Diensten sein wirst. Die erfreuliche Wirkung ist zudem, dass es hier und jetzt deinen Willen brechen wird." Bode schwieg einen Moment. „Also sträube dich nicht und lebe glücklich bis an dein natürliches Ende."

Goethe antwortete nicht, doch seine Kiefermuskeln arbeiteten.

„Gut", meinte Bode.

Dann wandte er den Kopf ab, ging zu Balsamo und nickte.

„Löscht das Licht“, befahl dieser.

Daraufhin senkten die Maskierten, die sich neben den Säulen mit den Fackelhaltern postiert hatten, die Feuerbrände in eiserne Vasen mit Wasser. Dampf stieg zischend auf, und dann war es finster im unterirdischen Saal. Nur die Kohlenbecken strahlten ihren rotglühenden Schimmer aus.

Für einige Lidschläge konnte Lewis kaum etwas erkennen. Dann gewöhnten sich seine Augen schrittweise an das Zwielicht. Er sah, dass Balsamo begann, beschwörerisch zu gestikulieren und unverständliche Worte zu flüstern. Langsam umkreiste er den Fauteuil, auf dem Goethe saß, und damit auch die vier Becken mit der schwelenden Kohle darin. Wieder vollführte er Gesten.

Lewis meinte, in Bodes Gesicht so etwas wie verdrossene Langeweile zu erkennen, doch mochte ihm das schwache Licht auch einen Streich spielen. Jedenfalls trat Bode einige Schritte vom Ort des Schauspiels zurück, als wolle er diesem nicht aus nächster Nähe beiwohnen, da es ihn zu wenig interessierte.

Balsamo hatte seine Runde beendet und war wieder am Ausgangspunkt direkt vor Goethe angelangt. Herrisch riss er die Arme in die Höhe, und in diesem Augenblick begann es in den Kohleschalen aufzuzischen. Lewis schrak zusammen, Hardenberg auch. Dann züngelten kleine, blaue und grüne Flämmchen über die Glut, tanzten auf und ab und produzierten dichten, langsam aufsteigenden Rauch, der von ihrem Licht türkisfarben beleuchtet wurde. Ein schwerer, drückender Geruch wie von fremdländischen Spezereien machte sich breit. Lewis merkte, wie ihm der Kopf davon leicht wurde, und er sah, wie der Rauch sich allmählich in dem Saal verteilte und wie ein Nebel in einer bläulichen Schicht zwischen Boden und Decke zu schweben begann. Die bläulichgrünen Flämmchen stachen noch immer aus den Becken hervor und knisterten sacht.

Balsamo trat zu einer der Kohleschalen, fuhr mit den Händen durch die Flammen, offenkundig, ohne Schaden zu nehmen, und zeigte dann auf Hardenberg. Der zuckte überrascht, und im selben Augenblick fuhr erneut heller Rauch aus der Schale, der zur Decke stieg. In dem Gewirbel schien Hardenberg Dinge zu erkennen, denn Lewis sah, wie sich dessen Augen weiteten und er wie im Traume sprach: „Ein Mädchen im grünen Halstuch. Sie lebt in einem ockerfarbigen Schloss. Die Philosophie, meine Braut, und sie ... oh nein, oh nein, sie stirbt!"

Lewis sah voller Mitleid, wie sich die Augen Hardenbergs mit Tränen füllten.

Er sprach mit dumpfer Stimme weiter. „Ein Fremdling ist da, umspielt von Blütenstaub ... nach Sais, nach Sais ... die Nacht, ein Lied an sie ... und die Blume ..."

Hardenberg schwankte, und Lewis wollte den Arm ausstrecken, um ihn zu stützen, doch seine Glieder gehorchten ihm nicht. Er fühlte sich wie von Wasser umhüllt.

„Das Lied der Toten", hauchte Hardenberg und sah starr in die Flammen. Der Strom aus Rauch, der von dieser Schale aufgestiegen war, versiegte.

Im gespenstischen Schein sah Lewis, wie Balsamo zur nächsten Schale schritt und wieder mit den Händen durch die Flämmchen strich. Wieder quoll Rauch empor, und dieses Mal richtete sich der scharf geführte Zeigefinger des Mesmeristen auf Lewis selbst.

Lewis schlug mit den Lidern. Dort in der Säule aus schimmerndem Rauch sah er die Gestalt eines Mannes in klösterlichem Habit. Das Bild verschwamm, bewegte sich mit dem Wallen des Rauches, und doch war es für ihn unzweifelhaft zu erkennen. Worte und Begriffe strömten von dem Mönch auf ihn ein, und Lewis spürte, wie sich sein Mund öffnete und schloss, wie sein Atem eben diese Worte ausstieß, ohne dass er dies bewusst herbeigeführt oder zu unterbinden vermocht hätte. Er hörte sich von Ministern und Burggeistern sprechen, von Wunderfabeln und Gefangenen, von Harfnerstöchtern und Venezianern, von Walddämonen und Tartarenherrschern, und schließlich sah er seinen eigenen Tod.

Dann löste er sich aus diesem Wachtraum. Er sah, wie Hardenberg ihn verstört anschaute und wusste nicht, warum. Eben noch hatte er die Rauchsäule aufsteigen sehen, nun war sie schon im Raum verhaucht, ohne dass er sich zu erinnern vermochte, was in dem Zeitraum dazwischen geschehen war.

Der Blick Hardenbergs erfüllte ihn mit der Vermutung, dass er im Bann des grünen Rauches Ähnliches von sich gegeben haben musste wie dieser. Für einen Augenblick dachte er darüber nach, Hardenberg nach seinen eigenen Aussprüchen zu fragen. Oder sollte er es doch nicht tun? Hardenberg schien bestürzt gewesen zu sein, obgleich er nun keine Anzeichen mehr davon zeigte. War es klug, sich auszutauschen und so die nun glücklich vergessenen Schrecken erneut und für immer zu erfahren? Doch dann entsann er sich, dass dazu wohl keine Gelegenheit mehr bleiben würde, da sie alle …

Balsamo war zum nächsten Kohlenbecken geschritten und wollte gerade seine Gesten vollführen, als Bodes Stimme überaus zornig aufdröhnte.

„Schluss damit! Die Spukbildnisse können Sie vor empfindsamen Hofschranzen und schwärmerischen jungen Herren beschwören! Tun Sie, was Ihnen aufgetragen ist!“

Balsamo hatte sich fahrig umgedreht, als habe Bodes Ausbruch ihn selbst aus einer Art Traum auffahren lassen. Noch ehe er etwas entgegnen konnte, knurrte Bode weiter: „Als nächstes hätten Sie wohl mir etwas mit Ihrem Hokuspokus vorgaukeln wollen ..." Er trat wieder ins schwache Licht der Feuerschalen. „Oder dem Geheimrat. Doch der muss seinen Geist nun für anderes bereithalten. Balsamo, beginnen Sie!"

Goethe war all dem reglos gefolgt. Doch nun, als Balsamo zwei hohe Kerzenleuchter hinter seinem Stuhl hervorholte und sie neben den Lehnen aufstellte, die beiden einzelnen Wachslichter entzündete und sich deren Schein über sein Gesicht ergoss, sah Lewis, wie der Schweiß an den Schläfen des Geheimrats herunterrann. Nichts erinnerte mehr an den selbstsicheren Mann, der vor Monaten den Beschwörungen Balsamos mit Stolz und Überheblichkeit begegnet war. Goethe schien wirklich vor dem zu bangen, was nun bevorstand.

In Balsamos Hand erschien sein mesmerisches Pendel mit dem taubeneigroßen Kristall, das Lewis sogleich erkannte. Schillernd brach sich das Licht der Kerzen darin und schien Regenbögen durch den finsteren Saal zu senden.

„Ein wunderbares Schauspiel!", rief Bode, und Balsamo wandte ihm verstört den Kopf zu. Er war auf diese Störung nicht gefasst gewesen, hatte mit der Mesmerisierung des Geheimrats beginnen wollen.

Bode klatschte in die Hände. Als sei dies ein verabredetes Zeichen, bewegte sich einer der Maskierten und verschwand, so glaubte Lewis zu erkennen, durch die Geheimtür hinter dem Banner, durch die zuvor Bode den Saal betreten hatte.

Bode machte eine beschwichtigende Geste in Richtung Balsamo. „Sie werden gleich fortfahren können. Aber ich meine, es sei zunächst an mir, eine kleine Erscheinungszauberei zu wirken. Sie, Balsamo, haben die anwesenden jungen Herren vortrefflich verwirrt und eingeschüchtert. Ich habe aber das Bestreben, dies bei unserem Hauptgast selbst vorzunehmen." Bode legte den Finger an seine Kinnwülste. „Doch ich will mich verbessern. Nicht verwirren und einschüchtern will ich Goethe, sondern ihm ein Stück seiner Zukunft vor Augen halten. Ich will dem bald regierenden Herrscher von Weimar seine Krone darbieten!“

Er umfasste seine Hände und lächelte, als erfülle ihn eine unbändige Freude.

Lewis fragte sich, welche Teufelei Bode ersonnen hatte. Was konnte ihm daran liegen, Goethe jetzt, in diesem Augenblick, irgendein Gebilde aus Gold und edlen Steinen vorzuführen?

Da raschelte der Vorhang, und der Maskierte kehrte zurück, diesmal mit einem Kandelaber in der Faust. Lewis reckte den Hals. Der Mann trug nichts anderes in den Händen. Stattdessen hielt er das an der Wand befestigte Banner hoch und trat zur Seite, als wolle er jemandem den Eintritt erleichtern. Lewis erkannte, dass sich an dieser Stelle tatsächlich eine Geheimtür befand, und in deren Rahmen erschien nun eine Gestalt, die erhobenen Hauptes in das Gewölbe trat. Es war eine Frau. Ihr helles Haar wallte vom Haupt, ihr elfenbeinfarbenes Kleid schimmerte, und ihr Antlitz schien so kalt und schön, als sei es aus Marmor. Lewis betrachtete sie aufmerksam, als sie mit leicht gesetzten Schritten näher kam, und dann erkannte er sie.

Bode ging der Frau entgegen, reichte ihr höflich den Arm und führte sie zu Goethes Armsessel und um diesen herum. Der Maskierte mit dem metallenen Kerzenleuchter war im Dunkel zurückgeblieben und hatte die Kerzen wieder gelöscht.

Nun trat Bode mit der Frau in den Lichterschein. „Ich darf dir deine zukünftige Fürstin, die Frau an deiner herrschaftlichen Seite vorstellen.“

Goethes Augen weiteten sich. Die Frau lächelte kalt.

Es war Corona Schröter. „Guten Abend“, sagte sie sanft.

„Crone“, antwortete Goethe, der seinen ersten Schrecken überwunden hatte und dessen Geist in diesem Augenblick rasch zu erfassen begann, was hier gespielt wurde. „Du bist von solchem Abscheu gegen mich erfüllt, dass du mit diesen Individuen gemeinsame Sache machst?"

Corona Schröter lachte. „Ich dich verabscheuen? Du weißt, das Gegenteil ist der Fall. Du hast dich von mir abgewandt!" Eine Falte erschien zwischen ihren Brauen, wie von einem plötzlichen Meißelschlag in ihre perfekte Stirn getrieben. „Für jenes bäurische Geschöpf ..."

„Corona!", sagte Bode nachsichtig, aber doch mit deutlichem Unterton. „Mäßige dich! So ein Ausdruck in Wort und Antlitz steht einer künftigen Fürstin nicht gut zu Gesicht. Wenn es dich nach kleinen Racheakten gelüstet, so bedenke, dass du sie in kürzester Zeit kalt genießen kannst. Du darfst mit Nebenbuhlerinnen umspringen, wie es dir beliebt ..."

Corona Schröters Züge glätteten sich wieder. „Das ist wahr." Sie überlegte kurz, lächelte dann wieder sphingenhaft und hauchte einen Kuss auf ihre Fingerspitzen. Diese legte sie Goethe auf die Lippen, der voll Ekel den Kopf zur Seite drehte. Corona Schröter übersah dies ohne eine Gefühlsregung und wandte sich dann stolz ab. „Bis später", verabschiedete sie sich leise und schritt dann in die Schatten der Säulen hinein.

Lewis folgte ihr mit den Blicken, sah, wie sie sich neben eine Säule stellte, von der sie einen guten Blick auf Goethe und Balsamo hatte. Lewis sah auch, wie sie langsam den Kopf wandte und ihn dann plötzlich ansah. In ihren Augen schien es aufzublitzen, als erkenne sie ihn wieder, und das leichte Nicken, mit dem sie ihn grüßte, sandte Lewis ein stechendes Gefühl den Rücken hinab. Er hoffte, das matte Licht hatte ihn getäuscht, als er glaubte, ein anzügliches Lächeln in ihren Mundwinkeln bemerkt zu haben.

Bode befahl Balsamo, mit seiner Prozedur fortzufahren.

Das kristallene Pendel begann zu schwingen, warf seine bunten Strahlen ins Dunkel, und Balsamo begann in dessen Takt seinen monotonen Singsang.

Lewis spürte die mesmerisierende Kraft des blitzenden Lichtes und der einlullenden Worte selbst über das Halbdutzend Schritte, das er entfernt stand. Wie sollte dann Goethe dem widerstehen können? Tatsächlich wurde dessen Blick unter den flatternden Lidern trübe, seine Züge verloren ihre Spannung und sanken hinab. Goethes Finger, die sich zuerst noch um die Lehnen des Stuhles geklammert hatten, lockerten ihren Griff, und auch die Schultern Goethes fielen in sich zusammen.

Bode betrachtete dies mit offenkundiger Genugtuung und begann, siegessicher zu lächeln, als Goethe leise begann, die ihm von Balsamo eingegebenen Worte zu wiederholen.

Lewis blickte aus den Augenwinkeln zu Hardenberg, der ganz ruhig dastand und keine Gefühlsregung zeigte. Was mochte in ihm vorgehen? Lewis sah das grausame Schauspiel, in dem Goethes Willen und Geist gebrochen wurde, mit immer größerer Verzweiflung. Konnte er etwas tun? Für einen Augenblick überlegte er, hinzuzustürmen und den Bann zu brechen, den Balsamo über Goethe gelegt hatte. Doch dann erinnerte er sich an die Maskierten, die überall im Saal verteilt standen und ihre geladenen Musketen neben sich hatten. Sicher würden sie es nicht leicht haben, einen fehllosen Schuss auf ihn abzugeben, wenn er sich nun durch das Zwielicht auf Balsamo stürzte. Aber selbst dann – was würde er erreichen? Würde der Vorgang unterbrochen, konnte Balsamo wiederum beginnen, sobald Lewis unschädlich gemacht war.

Aber was, wenn er den Kristall zerstörte?

Lewis verwarf auch diesen Gedanken, denn warum sollte Balsamo nicht ein weiteres Pendel besitzen, das er ebenso verwenden konnte? Jedoch – Lewis spürte sein Herz heftiger schlagen – wenn Balsamo selbst nicht mehr das Pendel führen könnte, wenn er nicht mehr wäre, dann wäre der Geheimrat gerettet.

Doch Lewis hatte keine Waffe, und es würde ihm nicht gelingen, einem der Maskierten Dolch, Degen oder gar Muskete zu entreißen. Selbst wenn, würde man seine Tat vereiteln, ehe er sie vollenden konnte.

Lewis spürte, wie sich sein Magen krümmte. Es war ausweglos, was immer er auch ersann.

Als er wieder zu Goethe blickte, sank aller Mut. Der wirkte starr, hölzern, wie die Puppe, als die Bode ihn sich wünschte. Inzwischen hatte Balsamo begonnen, lauter und eindringlicher auf sein Opfer einzureden. Offenbar trat die mesmerische Prozedur nun in den entscheidenden Abschnitt. Auf Balsamos Stirn hatte sich Schweiß gebildet, er schien von seiner Tätigkeit sehr eingenommen und angestrengt. Bode dagegen wirkte gelöst, voller freudiger Erwartung. Er verfolgte jede Gebärde und jedes Wort Balsamos mit leise wiegender Bewegung seines Kopfes, seine Finger waren ineinander verschränkt und zuckten voller Ungeduld. Balsamo schwang das Pendel vor Goethes Augen nun nicht mehr hin und her, sondern ließ es eine schnelle Kreisbahn beschreiben. Das Zucken der bunten Blitze wurde verwirrender, und Lewis schloss die Augen, um nicht geblendet zu werden, denn Balsamos Worte schienen auch eine Wirkung auf ihn zu haben. Er fühlte sich benommen und glaubte, das Blut in seinen Ohren pochen zu hören.

Lewis öffnete die Augen wieder und schüttelte den Kopf. Das Pochen blieb.

Doch es schien von weiter her zu kommen als aus seinem eigenen Kopf. Zudem schienen auch die anderen es zu hören. Hardenberg warf ihm einen überraschten Blick zu, in dem ein Funken Hoffnung aufglomm. Bode drehte sich verwirrt um, in der Gruppe der Maskierten kam Unruhe auf, einzig Balsamo war in sein Tun vertieft.

Das Pochen schwoll binnen weniger Lidschläge zum Hämmern an, und plötzlich barsten die Türen des Saales nach innen. Sowohl durch die Tür von Bodes Haus als auch von den unterirdischen Gängen her stürmten Soldaten in das Gewölbe ein. Die an den Türen postierten Verschwörer gingen zu Boden, wurden niedergerannt, sprangen aber sogleich wieder auf und begannen mit ihrer Gegenwehr. Fäuste und Klingen flogen und trafen.

Jetzt brach ein ohrenbetäubender, sinnverwirrender Tumult los. Bode brüllte Befehle, seine maskierten Schergen bestätigten sie und richteten sogleich ihre Musketen auf die Angreifer. Diese schwärmten aus, suchten Deckung im Schutze der Säulen, und auch ihnen wurden Befehle entgegengeschrien. Lewis drehte sich verwirrt um, sah, dass Balsamo wie schlaftrunken umherwankte und Bode in die Richtung lief, in der ein helles Kleid im Dunkel schimmerte. Dann spürte er Hardenbergs Hand an seinem Arm, und im selben Augenblick hörte er die Stimme des Garnisonskommandeurs Wilhelm von Germar etwas brüllen, aus dem er nur Bruchstücke von Ergeben und Senken der Waffen verstehen konnte, so sehr hallte das Gewölbe von Stimmen und Schritten wider. Doch es kam noch schlimmer: In das Tönen von klingenden Waffen und das Ächzen der Kämpfenden brach ein Schuss! Im nächsten Augenblick stürmte ein wahres Gewitter von Pulverblitzen und Mündungsdonner los, als Soldaten und Maskierte nahezu blind aufeinander anlegten und feuerten. Lewis fühlte sich von Hardenberg zu Boden gerissen, im Fallen sah er, wie Goethe benommen die Beine ausstreckte und damit den vorbeitaumelnden Balsamo zu Fall brachte. Im Sturz riss der Goethe samt Sessel um und glücklich aus der Schusslinie. Schreie hallten, Kugeln schlugen in Mauern, und eine der Feuerschalen kippte, und aus ihr ergoss sich ein Schwall von Funken und glühenden Kohlestücken, die wie flammender Hagel durch den Raum flogen. Zwei Fahnen an den Wänden fingen Feuer, die Schriftstücke eines der niederen Regale gerieten in Brand, und die Flammen erhellten grell den unterirdischen Saal. So rasch wie der Feuersturm aufgekommen war, legte er sich auch wieder, die Schützen nahmen sich keine Zeit zum Nachladen, sondern drängten nun mit gezogenen Säbeln und Degen aufeinander ein.

Doch das Gefecht währte nur kurz, zu groß war die Übermacht der Soldaten, und im Nu waren die überlebenden Maskierten festgesetzt und gebunden. Fackeln flammten auf, und Lewis sah sich voller Dank aus der scheinbar ewig währenden Dunkelheit auftauchen.

Mit dem Licht trat eine bekannte Gestalt an ihn heran. Herder war nach den Soldaten in das Gewölbe getreten und half nun Lewis und Hardenberg auf. Um sie herum schoben und stießen die Soldaten die gefangenen Schwarzen Brüder in Richtung der Ausgänge, andere versorgten ihre Verletzten.

„Es geht euch gut!“, rief Herder und legte aufgelöst die Hand auf die Brust. Er war verschwitzt, seine Kleider waren zum Teil zerrissen, und er hatte Prellungen und Abschürfungen im Gesicht. „Das war ein Abenteuer, sich durch die tobende Stadt zu kämpfen! Gottlob traf ich ...“

Er stockte und blickte verlegen. „Aber was sage und rede ich – ich kann ja nur ahnen, was euch widerfahren ist.“

„Uns und Goethe!“, rief Lewis und lief zu der Stelle hinüber, wo der umgestürzte Sessel lag. Herder und Hardenberg folgten.

Von Germar war dabei, den Stuhl aufzurichten, wobei ihm ein anderer Mann half, der noch durch die hohe Lehne verdeckt war. Gerade führten zwei Soldaten den erschöpft wirkenden Balsamo ab, der sich verwirrt umblickte, aber kaum zu begreifen schien, was vorgefallen war. Endlich hoben die beiden Männer den schweren Fauteuil wieder in eine aufrechte Position. Als der benommen stöhnende Goethe wieder auf seinen sechs Beinen stand, schob sich ein bekanntes Gesicht in Lewis' Blickfeld.

„Lewis! Alles wohlauf?", fragte Krafft, der einen tüchtigen Kratzer auf der Wange hatte. Einer der Ärmel seines Rockes war abgerissen, und darunter waren das zerfetzte Hemd und der blutverschmierte Arm zu sehen. „Ihr Freund Herder lief mir im Tumult über den Weg und berichtete, was geschehen war. Wir kamen so schnell als möglich."

Auch der Garnisonskommandeur brummte einen Gruß, während er die Fesseln an Goethes Handgelenken löste.

Schwach hob der Geheimrat die Arme und rieb sie gedankenverloren.

Von Germar wandte sich schroff an Lewis. „Von einem der maskierten Schurken konnten wir erfahren, wo sich der Kopf der Verschwörer versteckt hielt und ..."

Lewis sah sich rasch um. „Wo ist Bode? Eben war er doch noch ..."

Bei diesen Worten schwang Hardenberg den Arm zu der Wand mit den Bannern. „Die Geheimtür! Er muss dort hindurch entkommen sein!"

Krafft packte seinen Säbel und hastete los. Im Laufen befahl er zwei Soldaten, ihm zu folgen, und auch Lewis, Herder und Hardenberg stürzten hinterdrein, ohne nachzudenken. Die beiden Soldaten rissen die Fahnen und Teppiche von den Wänden, und endlich enthüllte sich eine schmale Tür. Krafft öffnete sie mit geschicktem Griff, schwaches Kerzenlicht drang aus dem kleinen Raum dahinter. Dann verschwand Krafft im

Halbdunkel, seine Schritte klangen hohl, als träfen sie auf Holz. Nach den Soldaten lief auch Lewis ins Zwielicht, gefolgt von Herder und Hardenberg. Eine enge, hölzerne Wendeltreppe schraubte sich einen gemauerten Schacht hinauf, die Männer betraten sie und eilten so rasch es ging nach oben. Auf halbem Wege hörte Lewis über sich das Stampfen der Schritte, als Krafft eine weitere Tür aufriss und etwas schrie.

„Halt!", hörte er ihn rufen. „Sie Narr!"

Dann waren auch Lewis und die beiden anderen am Ende der Treppe. Sie traten aus einer Geheimtür, die sich in der Wand von Bodes Bibliothek befand, dem Raum, in dem er sich mit Goethe unterhalten hatte. Bode stand vor einem Schränkchen mit offenen Türflügeln, in dem sich allerlei kleine Flaschen und Phiolen befanden, flankiert wurde er von den beiden Soldaten. Krafft kniete neben einem der Sessel, in den Corona Schröter gesunken war. Auf der Brust ihres Gewandes breitete sich ein kleiner Blutfleck aus, gerade entglitt ein dünnes Stilett ihrer erschlaffenden Hand.

Krafft winkte Herder heran. „Schnell! Schauen Sie nach ihr!" Dann sprang er auf und packte Bode am Kragen. „Sie Hund haben Sie dazu getrieben!"

Bode verzog hämisch die fleischigen Lippen. „Es war ihr eigener Wille, ich konnte und wollte sie nicht aufhalten!"

Krafft blickte zu Herder. Inzwischen hatten Lewis und Hardenberg sich um die kaum vernehmbar atmende Corona Schröter geschart, die langsam die Augen öffnete und Lewis anblickte. Sie lächelte ihn schwach an und ließ dann die Lider wieder sinken. Lewis konnte sich zu keiner Gefühlsregung durchringen, zu sehr zerrten die vergangenen Ereignisse an seinen Gedanken.

Herder nickte zu Krafft hinüber. „Der Stich ist nicht lebensbedrohlich. Es mag sein, dass die Lunge punktiert ist, doch es scheint, dass sie überleben wird, mit künftigen Atembeschwerden vielleicht."

Bodes höhnisches Lächeln gefror für einen Augenblick, dann trat erneut der verächtliche Ausdruck auf sein Gesicht. „Zu dumm für eine Sängerin ..."

Bevor Krafft ihn erneut packen konnte, wirbelte Bode herum, griff hastig in das Kabinett und hob eine winzige Flasche an die Lippen. Einer der Soldaten vermochte sie ihm aus der Hand zu schlagen, doch Bode hatte den Inhalt schon geschluckt. Irr grinsend drehte er sich zu Krafft und den anderen um, ein Tropfen lief aus seinem Mundwinkel.

„Ich habe mein Schicksal gewählt! Lebt wohl, ich sehe euch in der Hölle!" Er schloss ergeben die Augen.

Einige Herzschläge verstrichen, in denen niemand einen Laut von sich gab. Alle blickten auf Bode. Der atmete rasch, zog die Stirn in Falten und öffnete dann überraschten Blickes die Augen. Er schien zutiefst verwirrt, denn der Tod, den er erwartet hatte, blieb aus.

Krafft bückte sich und hob das Fläschchen auf. Er las das kleine Etikett. „Aqua Tophana." Er sah Bode an. „Ein langsam wirkendes Gift, wie mir scheint ..."

Bode wurde todesbleich, und dann öffnete er den Mund und begann aus Verzweiflung zu schreien, ein Schrei, der durch die Zimmer und Flure des Hauses scholl und bis hinab in den unterirdischen Saal drang, wo er schaurig verhallte.

Später standen sie alle vor dem Bernstorff'schen Haus und atmeten tief die nächtliche Winterluft ein. Rauch war zu riechen, und dann und wann waren in der Ferne noch ein lautes Rufen, ein Schrei oder gar ein Schuss zu hören.

Von Germar hatte kurz berichtet, dass die Schwarzen Brüder, soweit ersichtlich, getötet oder gefangengesetzt waren, die Tumulte bis auf wenige Ausnahmen befriedet seien und die meisten Bürger Weimars nun erschöpft schliefen. Sie würden am kommenden Morgen hoffentlich wieder voller Vernunft aus ihrer Wirrsal erwachen.

Krafft erlaubte sich ein spöttisches Lachen, wandte sich jedoch, bevor von Germar etwas erwidern konnte, an den immer noch etwas schwach auf den Beinen stehenden Goethe. Der hatte schon von Bodes schleichendem Schicksal erfahren, welches er ohne eine Regung zur Kenntnis genommen hatte.

„Wir erwarten jederzeit Nachricht über die erfolgreiche Vereitelung des Anschlages auf seine Hoheit, den Herzog", erläuterte Krafft. „Wir sind guter Dinge, da wir alles Wichtige von den gefangenen Verschwörern erfahren und unsere besten Männer entsandt haben."

Goethe nickte, und sein Gesicht entspannte sich etwas. Dann schien ihm etwas einzufallen. „Was ist mit ...", krächzte er und musste dann husten. Er hatte zu viel von dem betäubenden Rauch aus Balsamos Feuerschalen geschluckt.

Krafft klopfte ihm auf den Rücken. „Wir haben einen Boten entsandt, eigentlich müsste jederzeit ..." Eine nahende Kutsche war zu hören, und Krafft wandte sich um. „Da sind sie", sagte er nur.

Auch Lewis blickte in die angegebene Richtung und mit ihm Herder und Hardenberg, die einander stützten. Hardenberg war benommen durch den Blutverlust aus seiner Wunde und umklammerte mit der freien Hand seine blaue Blume.

Die Kutsche brauste heran, kam rutschend zum Halten und heraus flog, mit aufgelöstem Haar und angsterfülltem Blick, Christiane Vulpius. Sie eilte auf Goethe zu und fiel schluchzend in seine Arme. Dann stieg langsam Wieland aus dem

Wagenschlag, Goethes schlafenden Sohn auf dem Arm. Er trat zu dessen Eltern und reichte ihn den beiden, die ihn daraufhin zu zweit umfingen.

Wieland trat zu Lewis. Er sah zerschlagen aus, und auf seiner Stirn prangte eine gepfefferte Beule. Er klopfte Lewis auf die Schulter und wies auf die kleine Familie, die da im Schnee stand. „Ein Idyll", seufzte er versonnen. Dann blinzelte er Lewis schelmisch zu. „Aber meine Familie ist größer und weniger ruhig."

Lewis nickte manierlich.

„Besuchen Sie mich doch einmal", bot Wieland an.

Lewis biss sich auf die Unterlippe. „Wenn Sie erlauben, Herr Wieland, ich habe heute genug Unruhe für eine lange Zeit gehabt."

Wieland lachte leise und tippte sich an die dicke Nase. „Na denn ..." Er wandte sich an Goethe. „Fahren wir zu mir. Am Frauenplan ist es derzeit etwas ungemütlich. Es zieht aus allen Löchern."

Goethe nickte ermattet und hob die Hand in Lewis' Richtung, als wolle er ihn heranwinken. Lewis tat einen Schritt in seine Richtung. Er trug eine von Goethes Pistolen im Gürtel, die er aus Bodes Gemächern mitgenommen hatte. Die andere war bisher unauffindbar gewesen.

„Sicher", dachte Lewis, „will er seine Pistolen wiederhaben."

Wie unsinnig dieser Gedanke war, erschloss sich ihm nicht, er war zu müde und verwirrt. Er zog die Pistole langsam aus dem Gürtel.

Im Hintergrund liefen noch immer Soldaten umher, die die maskierten Verschwörer abführten. Die Schwarzen Brüder fügten sich in ihr Schicksal. Dennoch gellte nun ein Schrei auf. Die Umherstehenden erschraken.

Lewis wunderte sich, denn er bemerkte nichts, was diese Bestürzung hätte verursachen können. Er hob die Pistole, um sie Goethe zu geben, richtete ihren Lauf auf den Kopf des Geheimrats. Noch ein wenig näher, vielleicht.

Lewis merkte mit Verwunderung, wie sich Goethes Miene veränderte, wie sich blankes Entsetzen auf seinen Zügen abzuzeichnen begann. Aber warum? Er, Lewis, zielte doch nur auf ihn, ein ganz normaler Vorgang, und nun, nun musste er nur noch abdrücken. Sein Kopf schmerzte ein wenig, sicher von der Aufregung, aber die würde sich legen, wenn er endlich den Finger gekrümmt hatte.

Aus dem Augenwinkel sah er eine Bewegung. Er wollte den Kopf wenden, doch es gelang ihm nicht. Er fixierte Goethe, hielt den Arm mit der Pistole erhoben, und jetzt, jetzt musste er den Abzug betätigen. Irgendwo, weit hinten in seinem Schädel schien eine Stimme zu schreien, die ihn verblüffend an seine eigene erinnerte. Sie schien ihn von seinem Vorhaben abbringen zu wollen, sie forderte, den Arm sinken zu lassen und Goethe nicht zu töten!

Goethe töten! Lewis erschrak. Wer wollte das tun? Er wollte sich entgeistert umsehen, doch seine Halsmuskeln gehorchten ihm nicht. Auch konnte er die Augen nicht von Goethe wenden, den er über den Lauf der Pistole hin betrachtete, und auch sein Zeigefinger wollte ihm nicht gehorchen, als er sich krümmte, immer weiter und weiter.

Lewis beobachtete mit Schrecken, was sein Leib tat, ohne dass er darauf Einfluss nehmen konnte. Es war ihm, als sei er in seinem Körper wie in einem Kerker gefangen und könne nur hilflos dabei zusehen, was sich vor den Fensterhöhlen seiner Augen abspielte. Ohne etwas dagegen tun zu können, spürte er, wie es unter seinem Zeigefinger metallisch klickte.

Wieder war da eine Bewegung neben ihm, und dann fühlte er, wie eine Hand ungestüm gegen seinen Arm schlug. Lewis krümmte den Zeigefinger zu Ende, der Pistolenhahn fuhr nieder, und das Pulver auf der Zündpfanne flammte auf. Die Detonation riss seinen Arm hoch, und für einen Augenblick sah er nichts, nur die wallende Dampfwolke voller Funken, die vor der Mündung der Pistole aufstob.

Schon bewegten sich Gestalten um ihn her, Hände fassten nach ihm. Alles schrie und rannte. Lewis tat einen Schritt nach vorn, halb aus eigenem Willen, halb begaunert und gedrängt. Der Vorhang aus Rauch glitt beiseite und enthüllte ihm die Szene: Goethe stand hocherhobenen Hauptes da, in den Armen Christiane Vulpius und ihren Sohn. Wieland, von Germar und einige Diener waren ängstlich um ihn geschart.

Ein wenig abseits stand Krafft, der eine Büchse erhoben hielt. Zu seinen Füßen lag Balsamo im Schnee, der sich zunächst noch den blutüberströmten Kopf hielt, dann ohnmächtig zusammensackte.

Im selben Augenblick spürte Lewis, wie der Schmerz in seinem Schädel erlosch. Er spürte die Waffe in seiner Faust und sah sich benommen um. Zwei Hände quetschten seine Schultern. Neben sich sah Lewis nun Herder und Hardenberg, die ihn befremdet und alarmiert ansahen, aber nun, als sie erkannten, dass sich sein Blick klärte, ihren Griff ein wenig lockerten.

Er ließ die Hand mit der Pistole sinken, dann entglitt ihm der Griff, und die Waffe fiel in den Schnee.

Lewis hob den Blick und begegnete den Augen des Geheimrats. Der letzte Streif Pulverdampf zog vorüber und verhüllte Goethes Züge. Lewis erinnerte sich an ihrer beider erstes Zusammentreffen, wie ihm der Geheimrat aus einer Wolke aus Staub entgegengetreten war: herrisch und übermenschengroß. Jetzt stand er da, schwach und bestürzt, und der Kreis schien sich zu schließen, als Lewis die Sicht auf Goethe genommen wurde.

Krafft kam ihm entgegen, erschrocken, aufgelöst. Er sprach hastig auf ihn und die beiden anderen ein, erzählte etwas von einem teuflischen Plan Balsamos. Von einem Befehl, den dieser in Lewis' Kopf verborgen haben musste, und von einer unheimlichen, geistigen Kraft, mit der der Mesmerist auf den jungen Engländer eingewirkt habe, um durch diesen Rache an Goethe zu nehmen. Nur durch einen betäubenden Schlag auf Balsamos Haupt habe er den Bann brechen können.

Lewis konnte dem nur zum Teil folgen. Noch immer fühlte er sich benommen, konnte kaum glauben, was er fast getan, ja verbrochen hatte. Es eröffnete sich ihm die entsetzliche Gewissheit, sich zu früh in Sicherheit gewähnt zu haben. Dass er angenommen hatte, die Gefahr sei vorüber und dass er die Macht des Bösen unterschätzt hatte. Er sah in die besorgten Gesichter, die wenige Augenblicke zuvor noch froh und erleichtert gewesen, jetzt jedoch durch dieses grauenvolle Ereignis von Falten der Sorge und der Ernüchterung gefurcht waren.

Er blickte die Gasse entlang zum Horizont. Dort sah er ein rotes Schimmern, ein Glühen von Licht.

Erst hoffte er, es sei der Sonnenaufgang, doch dann erkannte er, dass es der Widerschein eines brennenden Hauses sein musste, fern am Rande Weimars.

Er spürte, dies war ein Symbol dafür, dass es nur auf den ersten flüchtigen Blick eine Erlösung von allem Übel gab. Dass in Wahrheit aber überall Entsetzen und Verdammnis lauerten.

Er fühlte einen Stich im Herzen und fragte sich: Oh Gott, nimmt dieser Alptraum denn niemals ein Ende?

Epilog

Tief in der Silvesternacht saß Lewis in seinem Zimmer am Schreibtisch, das Gesicht in die Hände gestützt. Die Neujahrsglocken waren schon lang in den frostigen Himmeln verhallt, doch die Schrecken der vergangenen Stunden hatten sie nicht vertreiben können.

Vor Stunden war er zurückgekehrt, nach all den matten Wünschen und Abschiedsworten. Karl und Eleonore Böttiger hatten ihn still umarmt, dann hatte er sich sofort zurückgezogen. Der Schlaf wollte allerdings nicht über ihn kommen, doch Lewis erschien dies gnädig, denn dieser erste Schlaf hätte gewiss nur Schatten geboren.

Lewis saß da und dachte stumm in die Leere hinein.

Von den nächtlichen Erlebnissen, von den Erlebnissen des verflossenen Jahres hatte ihn eines besonders aufgewühlt: die Auswirkung der geistigen Macht, die Balsamo über ihn erlangt hatte. Lewis fühlte jedoch, dass dessen mesmerische Kraft, die damals in Tiefurt auf ihn eingewirkt hatte, mehr getan hatte, als nur seinen Willen zu brechen.

Es schien sich eine Tür in seinem Inneren geöffnet zu haben, die in eine Welt hinüberführte, in der all das Wirklichkeit war, was ihn hier nur in seinen Träumen heimsuchte. Lewis fürchtete, dass diese Nachtmahre zu ihm herübergleiten könnten, in seine Welt, oder gar, dass er durch diese Pforte hinübergelangte zu jenem Ort, an dem die Alpträume herrschten und dort für immer gefangen sein würde.

Dieses Tor musste er verschließen, und er war sicher, dass ihm dies gelänge, wenn er all die Schrecken aus seinem Kopf verscheuchte, sie durch die Feder auf das Papier trieb und sie dort in der trocknenden Tinte bannte, damit sie nicht wieder zurück in seine Gedanken kröchen.

Er erinnerte sich des im sommerlichen Fieberwahn geschriebenen Manuskriptes.

Er erinnerte sich des gespenstischen Mönches, der ihm im Dunst des unterirdischen Gewölbes erschienen war. Er erinnerte sich aller wirklichen und unwirklichen, aller wohlgesonnenen und üblen Geister, die ihm in Weimar begegnet waren – und dann tauchte er die Feder ein und begann zu schreiben.

Nachwort des Verfassers

Auch wenn dieser Roman eine fiktive Geschichte erzählt, so basiert sie doch zu größeren Teilen auf der historischen Wirklichkeit, als man zunächst glauben mag.

Der Brite Matthew Gregory „Monk" Lewis (1775-1818) war der Autor eines der wichtigsten und berüchtigtsten Romane der englischen Schauerliteratur, des im Jahr 1794 verfassten und 1796 veröffentlichten *Der Mönch*, der seinem Autor auch den wenig schmeichelhaften Spitznamen einbrachte. Das Werk übte einen großen Einfluss auf die phantastische Literatur Englands, Frankreichs und Deutschlands aus; so wurde es auch das Vorbild für E. T. A. Hoffmanns *Elixiere des Teufels*.

Lewis besuchte als Siebzehnjähriger zu Studienzwecken den europäischen Kontinent und hielt sich von Sommer 1792 bis Frühjahr 1793 in Weimar auf. Er verbesserte seine Fähigkeiten in deutscher Sprache, las deutsche Literatur und übersetzte Gedichte Johann Wolfgang von Goethes und Christoph Martin Wielands. In Weimar traf er unter anderem Goethe, Wieland, Herder, den Hofstaat um Anna Amalia und wohnte bei Karl August Böttiger – nachdem sich in seinem anderen Quartier ein Geist gezeigt haben soll.

Böttiger war und ist als Klatschtante der Klassik verschrien, wovon man sich in seinem Buch *Literarische Zustände und*

Zeitgenossen. Begegnungen und Gespräche im klassischen Weimar aufs Schönste und Detaillierteste überzeugen kann. Hier finden sich all die Seitenhiebe und Bösartigkeiten wieder, die Böttiger als Figur im vorliegenden Roman äußert.

Was die politischen und geheimbündlerischen Geschehnisse angeht, so entsprechen auch sie den historischen Fakten. Die genannten Personen waren Mitglieder der erwähnten Orden, die „Schwarzen Brüder" waren wirklich eine Splittergruppe der Illuminaten. Wenn ich diese auch etwas finsterer gezeichnet haben mag, so waren die Bestrebungen dieselben – wenn auch nicht, Goethe als Machthaber von Weimar einzusetzen.

Repressalien, Schnüffelei und Aufstände waren im vordergründig so beschaulich und gerecht dargestellten Weimar an der Tagesordnung. Interessierte seien auf die drei hervorragenden Sachbücher W. Daniel Wilsons verwiesen: *Geheimräte gegen Geheimbünde. Ein unbekanntes Kapitel der klassisch-romantischen Geschichte Weimars*, *Unterirdische Gänge. Goethe, Freimaurerei und Politik* und *Das Goethe-Tabu. Protest und Menschenrechte im klassischen Weimar*. Deren Lektüre führt interessant und eindringlich vor Augen, dass man sich kaum etwas so schauerlich auszudenken vermag, wie es die Wirklichkeit vorgibt.

Zu dessen Ehrenrettung sei gesagt, dass Wilhelm Bode weder mit Cagliostro noch gegen Goethe paktierte, allerdings tatsächlich 1793 starb, und Cagliostro dürfte vermutlich nicht dem päpstlichen Kerker entkommen sein, in dem er seit 1789 einsaß.

Natürlich habe ich mir auch dichterische Freiheiten erlaubt: So habe ich beispielsweise die Weimarer Aufstände vom Herbst/Winter 1792 und vom Sommer 1793 zu einem einzigen zusammengefügt – das Aufkommen von Wahnsinn, Mord und Totschlag ist jedoch detailliert belegt. So berichtet der

Regierungsrat Voigt in einem Brief an den Herzog wirklich davon, dass die Frau des Verlegers Nicolai Zettel verstreute und zum Lösen des daraufgeschriebenen Rätsels aufforderte. Eines dieser Papiere legte er dem Schreiben bei. Der Brief Voigts ist im Thüringischen Staatsarchiv Weimar einzusehen, der beigelegte Zettel ist allerdings verschwunden.

Weitere Freiheiten gestattete ich mir in der Ausarbeitung der Personen Löbers und Kraffts, die zwar beide belegt, aber im Dunkel der Geschichte verschwunden sind. Johann Heinrich Krafft war wirklich ein von Goethe beschäftigter Agent, der Name jedoch ein Pseudonym. Goethe unterstützte jenen Krafft sowohl finanziell als auch ideell, wer er aber wirklich war, wie er hieß und wie er zu Goethe kam, ist unbekannt. Sowohl Krafft als auch Goethe haben ihr Wissen mit in den Tod genommen.

Was gewisse kleine Abweichungen von der Wirklichkeit in der Beschreibung von Örtlichkeiten angeht, so hat dies zum einen dramaturgische Gründe, zum anderen fußt es in der Verwendung von zeitgenössischen Bildern und Texten, die ja nicht immer eine korrekte Wiedergabe waren, sondern ebenfalls ihren Zwecken dienten.

Ein guter Teil der Textvisionen von Lewis entstammen seinem Roman *Der Mönch* in der anonymen deutschen Übersetzung von 1799. Wer sich über die Lebensumstände Matthew Gregory Lewis' informieren und ein ums andere Mal staunen möchte, dem sei *Monk Lewis. A Critical Biography* von D. L. Macdonald ans Herz gelegt.

Danken möchte ich Thomas Le Blanc, der mich ermutigte, Lewis auf die Reise zu schicken und der immer wieder hilfreiche Hinweisschilder aufstellte, falls der junge Engländer vom Wege abgekommen war. Weiterer Dank geht an Holger Becker, Ansgar Schwarzkopf und Falko Löffler, die mit mir

Freud und Leid des Romanschreibens teilten, sowie einigen anderen Menschen im Hintergrund, denen ich viel, wenn nicht gar alles verdanke.

Alexander Röder

Skurrile High-Fantasy vom Autor der *Geschichten aus der Nightside*!

Simon R. Greens neuer Zyklus *Der Dämonenkrieg* bei Feder&Schwert.

Simon R. Green:
Das Regenbogenschwert
ISBN 978-3-86762-177-9

Rupert ist der jüngste Spross eines bankrotten Königs. Um ihn nicht durchfüttern zu müssen, schickt man ihn aus, einen Drachen zu töten, in der Hoffnung, er möge nie wieder zurückkehren.
Doch dann kommt alles anders: Rupert und sein getreues Einhorn haben einige gefährliche Abenteuer im Düsterwald zu bestehen, bevor sie sich dem schrecklichen Drachen stellen können. Als sie nach getaner Arbeit endlich ins Schloss zurückkehren, bringen sie zwar den Drachen mit, doch er ist alles andere als tot. Im Gegenteil: Er ist quicklebendig und zudem auch noch kooperativ.
Prinz Harald ist alles andere als begeistert. Schnurstracks schickt er seinen kleinen Bruder wieder los, damit er sich einer neuen Gefahr stellen kann: Der Düsterwald droht, das Königreich zu verschlingen.

Wir veredeln die Wirklichkeit!

www.feder-und-schwert.com

FEDER & SCHWERT